AS GUERRAS DO MUNDO EMERSO

{ 1 - A SEITA DOS ASSASSINOS }

LICIA TROISI

AS GUERRAS DO MUNDO EMERSO

{ 1 - A SEITA DOS ASSASSINOS }

Tradução de Mario Fondelli

Título original
LE GUERRE DEL MONDO EMERSO
1 – LA SETTA DEGLI ASSASSINI

© 2006 Arnoldo Mondadori Editore S.p.A., Milão

Direitos para a língua portuguesa reservados
com exclusividade para o Brasil à
EDITORA ROCCO LTDA.
Avenida Presidente Wilson, 231 – 8º andar
20030-021 – Rio de Janeiro – RJ
Tel.: (21) 3525-2000 – Fax: (21) 3525-2001
rocco@rocco.com.br
www.rocco.com.br

Printed in Brazil/Impresso no Brasil

preparação de originais
MARIA ANGELA VILLELA

CIP-Brasil. Catalogação-na-fonte.
Sindicato Nacional dos Editores de Livros, RJ.

T764s   Troisi, Licia
A seita dos assassinos/Licia Troisi; tradução de Mario
Fondelli. – Rio de Janeiro: Rocco, 2009.
– (As guerras do Mundo Emerso)

Tradução de: Le guerre del Mondo Emerso, I: La setta
degli assassini.
ISBN 978-85-325-1609-1

1. Ficção italiana.   I. Fondelli, Mario.   II. Título.
III. Série.

08-5494   CDD–853
                                                     CDU–821.131.1-3

Para Lucia

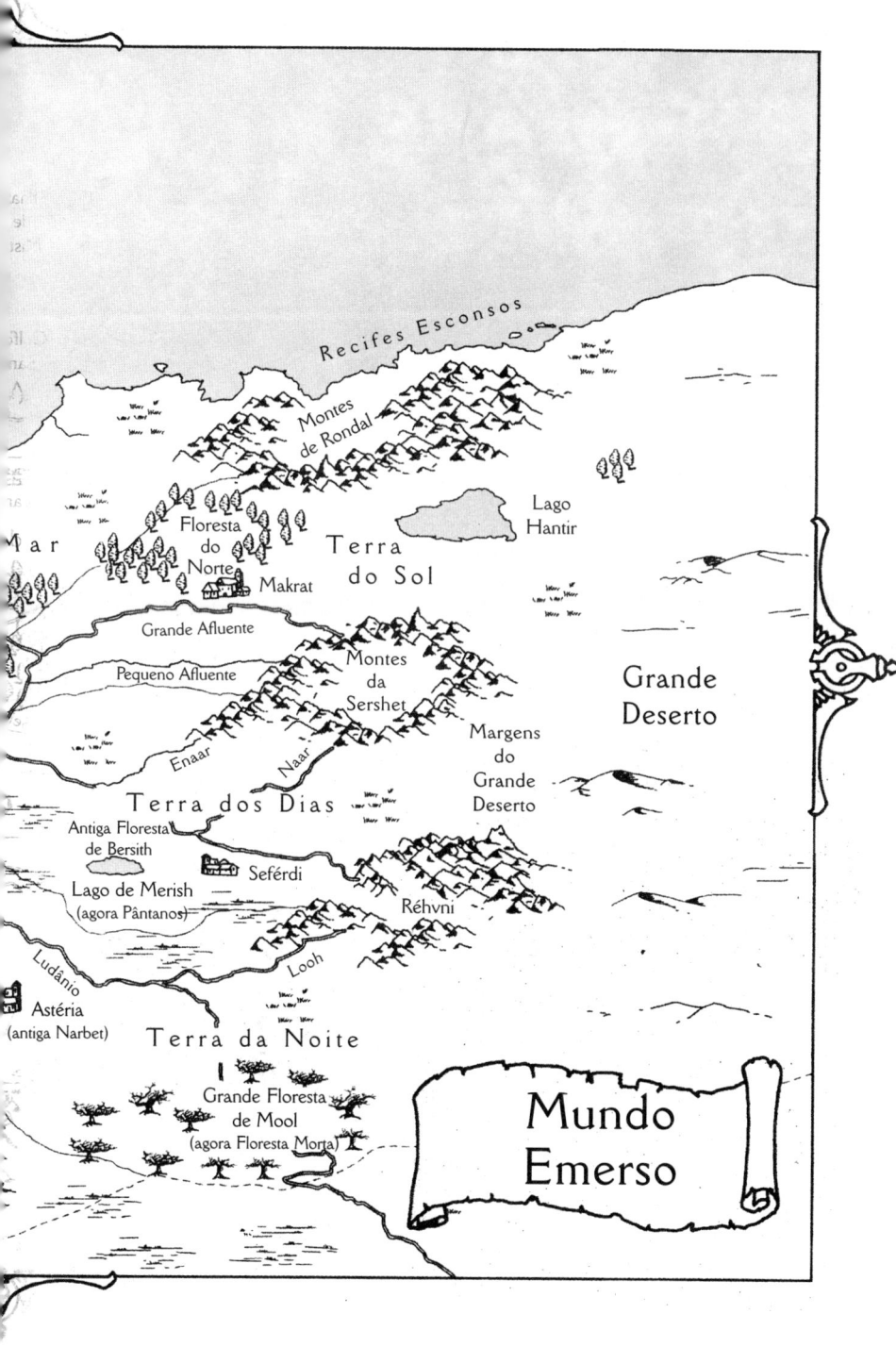

Breathe in deep, and cleanse away our sins
And we'll pray that there's no God
To punish us and make a fuss.

Muse, *Fury*

PRÓLOGO

A torre desmoronou de uma só vez. Fragmentou-se numa miríade de estilhaços de cristal negro que se espalharam por toda a planície, e por alguns instantes todos ficaram ofuscados.

Finalmente a poeira assentou e os olhos puderam contemplar uma visão inimaginável. A Fortaleza já não existia. Erguera-se altivamente ali por quase cinquenta anos, tornando sombria a existência dos Perdedores, ainda apinhados entre os seus escombros, e iluminando as esperanças dos Vitoriosos. Mas agora deixara de bloquear a vista, e o olhar podia alcançar o horizonte.

Muitos gritaram de felicidade. Os gnomos asquerosos, os humanos indignos, os escravos das Terras livres, todos levantaram ao céu o seu júbilo.

Yeshol, o mago, o assassino, chorou.

E o que se seguiu foi simplesmente um massacre.

Homens e gnomos, cavaleiros e rebeldes investiram descontrolados contra os sobreviventes, chacinando-os sem piedade.

Yeshol pegou a espada de um soldado caído e lutou sem esperança. Não queria continuar a viver num mundo sem o Tirano e sem Thenaar.

O último sol moribundo, no céu, era um gomo vermelho. O ocaso surpreendeu-o sozinho entre um amontoado de cadáveres, ainda segurando a arma na mão.

O fado tinha reservado algo diferente para ele. Ainda estava vivo.

E finalmente era noite. A sua noite.

Fugiu, ficou vários dias escondido, mas nunca longe demais da Fortaleza. Viu os vencedores arrebanhando os prisioneiros, viu-os tomar altivamente posse daquela terra.

Não fazia muito tempo, até uma época tão recente que parecia ser ontem, Aster prometera-lhe que os Dias de Thenaar estavam chegando, que o mundo iria mergulhar num banho de sangue para em seguida ter um novo começo.

– E então chegará a era dos Vitoriosos – concluíra Aster, com voz persuasiva.

– Sim, Mestre.

Agora, no entanto, o único homem em que Yeshol acreditara estava morto. O seu Guia, o seu Mestre, o Escolhido.

Jurou vingança, enquanto as carruagens dos vencedores passavam apinhadas de despojos da Fortaleza: os filtros e os venenos do laboratório, os preciosos manuscritos que Aster amava mais do que a própria vida.

Aproveitem enquanto puderem, pois o meu Deus é implacável.

Saiu do seu último esconderijo. Tinha de fugir, salvar-se, e salvar ao mesmo tempo o culto de Thenaar, reconstruir o poder dos Vitoriosos e recomeçar tudo. Tinha de procurar os irmãos que haviam sobrevivido.

Mas antes disso mais uma coisa.

Andou pela planície, descalço. Os fragmentos de cristal negro penetraram na carne, e os pés começaram a sangrar.

Chegou ao coração da Fortaleza. Apesar de só haver agora umas poucas paredes em ruínas, sabia que estava lá, ele conhecia de cor a planta do edifício.

O trono havia sido quebrado e estava espalhado no chão, aos pedaços. Quase nada sobrava do assento, enquanto o espaldar ainda erguia-se majestoso entre os escombros. De Aster, nem sombra.

Acariciou o espaldar do assento real. Seus dedos correram pelos entalhes e se detiveram num pedaço de pano manchado de sangue. Suas mãos apertaram-no. Mesmo no escuro, Yeshol o reconhecia. Era a roupa dele. A que Aster estava usando no dia da queda.

A relíquia que ele procurava.

Primeira parte

Assim foi a Grande Batalha do Inverno, com a qual o reino do Tirano foi derrubado. O imenso conjunto de tropas que se formou naquela oportunidade, no entanto, de nada teria adiantado se, antes, Nihal não tivesse conseguido aniquilar a magia da qual o Tirano era portador. As forças do Tirano eram, de fato, esmagadoras e criadas através da Magia Proibida. Foi por isto que Nihal recorreu a uma esquecida magia élfica. Nas Oito Terras do Mundo Emerso existem, com efeito, oito espíritos primordiais adorados pelos Elfos, cada um dos quais é o guardião de uma pedra provida de poderes místicos particulares. A união das Oito Pedras, encastoadas no medalhão que desde o dia da vitória Nihal sempre usa no pescoço, possibilita invalidar qualquer magia, colocando-a ao serviço daquele que evoca os espíritos.

Uma força extraordinária, portanto, mas hoje em dia perdida para sempre, pois Nihal, o último semielfo, esgotou completamente o poder do medalhão, que agora já não passa de um enfeite.

Foi assim que o derradeiro simulacro da Magia Élfica desapareceu do Mundo Emerso.

Conselheiro Leona,
A queda do Tirano,
Livro XI

I
A LADRA

Mel bocejou, olhando para o céu estrelado. Uma nuvenzinha densa e compacta da respiração formou-se no ar. Realmente fazia muito frio, para ser apenas o começo do outono. O homem apertou ainda mais a capa em volta do corpo. Obviamente aquele maldito turno da noite tinha que ter sobrado para ele. E ainda mais numa fase de vacas magras do dono. Um verdadeiro azar. Antigamente havia vários deles de plantão, ali no jardim. E havia mais lá dentro. Pelo menos dez, ao todo. Agora, no entanto, eram só três. Ele, ali fora, Dan e Sarissa em frente ao quarto. E o pior era que, a cada mês que passava, eles ficavam menos equipados.

"Para não sermos forçados a cortar nos seus salários", vivia repetindo o Conselheiro Amanta.

Mel poderia dispor somente de uma espada curta e de uma armadura de couro muito gasta, além daquela capa fininha que não protegia nem um pouco do frio.

Mel bufou. Antigamente, quando era mercenário, as coisas eram bem melhores.

Naquele tempo, a guerra seguia em frente de vento em popa, o rei da Terra do Sol, Dohor, com o seu insaciável apetite, já tinha enfiado as garras nas Terras dos Dias e da Noite, e a guerra contra o gnomo Ido, na Terra do Fogo, parecia uma mera escaramuça. Um punhado de esfarrapados contra o exército mais poderoso do Mundo Emerso, que esperanças podiam ter? Sim, claro, Ido havia sido General Supremo, antes da traição, e, antes disto, até fora um reconhecido herói da Grande Guerra contra o Tirano, mas eram coisas de uma época distante. Agora não passava de um pobre velho, só isto: Dohor era o General Supremo, além de rei.

Muito ao contrário, no entanto, a luta fora extremamente dura. E longa. Aqueles malditos gnomos surgiam de todos os cantos.

Viviam armando ciladas e ataques repentinos, e fazer guerra tornara-se um contínuo arrastar-se, esconder-se, olhar o tempo todo para trás. Um pesadelo que já durava doze anos. E no qual Mel acabara mal. Uma emboscada, como de costume. Uma dor lancinante numa perna.

Nunca voltara a ser o homem de antes, e tivera de parar. Foi uma fase muito ruim de sua vida. Quer dizer, a única coisa que sabia era lutar, o que mais poderia fazer?

Encontrara um trabalho com Amanta, como sentinela. No começo até que lhe parecera uma solução bastante honrosa.

Não se dera conta de que os seus dias iriam ser todos iguais, perfeitamente idênticos no tédio de uma tarefa que se repetia noite após noite. Nos oito anos de serviço para Amanta jamais acontecera coisa alguma. E veja bem que Amanta tinha uma verdadeira mania por segurança. A sua casa, repleta de objetos tão preciosos quanto inúteis, era tão vigiada quanto um museu, ou até mais.

Mel andou até os fundos da mansão. Dar a volta naquele insensato palácio que Amanta mandara construir levava uma eternidade. Agora estava cheio de dívidas por causa daquela ruína que só servia para lembrar-lhe os bons tempos em que ainda era um nobre abastado. Então, paulatinamente, tinha ficado na miséria.

O homem se deteve para mais um sonoro bocejo. Foi então que aconteceu. Rápido e sem qualquer barulho. Um golpe seco e preciso na cabeça. E depois, a escuridão.

A sombra ficou dona absoluta do jardim. Olhou à sua volta, para então aproximar-se sorrateiramente de uma janela. Os seus passos macios quase nem pareciam pisar na grama.

Abriu a janela e penetrou na casa, rápido.

Naquela tarde Lu estava particularmente cansada. A patroa não parara um só momento de se queixar, e agora lhe dera aquela tarefa absurda que a manteria acordada até altas horas da madrugada. Limpar velhas pratarias... Para fazer o que com elas, afinal?

– No caso de alguém vir nos visitar, sua débil mental desengonçada!

Mas quem? O patrão já caíra em desgraça, e as damas haviam parado logo de frequentar a casa. Todos se lembravam muito bem daquilo que acontecera com os nobres da Terra do Sol que se haviam atrevido a rebelar-se tramando um complô contra Dohor quase vinte anos antes. Apesar de ser um rei legítimo, por ter casado com a rainha Sulana, não era lá muito amado. Concentrava poder demais em suas mãos, e a sua ambição parecia não ter limites. De forma que haviam tentado derrubá-lo, sem, entretanto, alcançarem a sua meta. Amanta até que conseguira sair-se relativamente bem, mas só porque se dobrara à vontade do rei: tivera de tornar-se um mero lacaio do monarca.

Lu meneou a cabeça. Pensamentos inúteis que não levavam a nada. Melhor deixar para lá.

Um leve rumor.

Quase inaudível.

Apenas um sopro sutil.

A jovem virou-se. A mansão era grande, imensamente grande, e cheia de sinistros ruídos.

– Quem está aí? – perguntou assustada.

A sombra ficou achatada contra a parede.

– Deixe-se ver! – disse Lu.

Nenhuma resposta. A sombra respirava devagar, com calma.

Lu correu para o andar de cima, em busca de Sarissa. Costumava fazer isso quando era forçada a ficar acordada sozinha, de noite, pois tinha medo do escuro e porque gostava de Sarissa. Ele era só um pouco mais velho do que ela, com um bonito sorriso tranquilizador.

A sombra acompanhou-a, silenciosa.

Sarissa estava lá, meio sonolento, apoiando-se cansadamente na lança. Ficava de vigia diante do quarto da patroa.

– Sarissa...

O jovem levou um susto e recobrou-se.

– Lu...

Ela não respondeu.

– Ora, Lu... não me venha dizer que ouviu de novo...

– Desta vez tenho certeza – ela falou apressada. – Havia alguém...

Sarissa bufou impaciente.

– É só um momento... – insistiu Lu. – Por favor...
Sarissa deu uns passos, relutante.
– Está bem. Mas que seja uma coisa rápida.

A sombra esperou até ver a cabeça do rapaz desaparecer no ângulo das escadas, então entrou em ação. Esgueirou-se para dentro do aposento. No meio do quarto, vagamente iluminado pelos raios do plenilúnio, havia uma cama da qual chegava um surdo roncar, interrompido de vez em quando por uma espécie de estertores e lamentos. Talvez Amanta estivesse sonhando com os próprios credores ou quem sabe com uma sombra como ela, que viesse tirar dele a única coisa que ainda lhe sobrava: as suas preciosas relíquias. A sombra não ficou surpresa. Tudo conforme o esperado. A esposa dormia num quarto separado do marido. A porta que realmente interessava estava bem à sua frente.

Entrou no outro quarto. Idêntico ao primeiro. Nem um suspiro se ouvia da cama desta vez. Uma verdadeira dama, a mulher de Amanta.

Avançou em silêncio até o lugar que já conhecia. Abriu a gaveta, sabendo perfeitamente o que procurava. Pequenos embrulhos de brocados e veludos. Nem precisou abri-los, sabia muito bem o que continham. Pegou-os, guardou-os na mochila que usava a tiracolo. Mais um último olhar para a mulher na cama. Envolveu-se na capa, abriu a janela e desapareceu.

Makrat, a capital da Terra do Sol, era uma cidade tentacular, parecendo ainda mais extensa à noite, quando os seus contornos eram marcados só pelas luzes das hospedarias e dos prédios. No centro, os grandes palácios senhoriais, maciços e imponentes. Na periferia, por sua vez, as pequenas estalagens, os prédios mais humildes e os barracos.

O vulto avançava confundindo-se com os muros das casas. Com o capuz a encobrir-lhe o rosto, passou silencioso e anônimo pelas ruas desertas da cidade. Nem mesmo agora, com o trabalho já concluído, dava para ouvir os seus passos na calçada.

Foi andando até os limites da cidade, até uma hospedagem afastada. A sua casa naquele momento. Dormiria ali, mas só mais uma noite. Tinha de deslocar-se, de mudar-se continuamente para não deixar rastros. Daquele jeito, incansavelmente, sempre fugindo.

Subiu ao quarto sem fazer barulho, e nada mais encontrou à sua espera a não ser uma cama espartana e uma arca de madeira escura. Fora da janela, a lua brilhava metálica.

Jogou a bolsa na cama, aí despiu a capa. Uma cascata de cabelos castanhos, reluzentes e presos num rabo-de-cavalo, soltou-se até o meio das suas costas. Na luz mortiça de uma vela apoiada na arca apareceu um rosto cansado, um rosto infantil.

Uma jovenzinha.

Dezessete anos no máximo, uma expressão séria, olhos escuros, o rosto pálido e azeitonado.

O seu nome era Dubhe.

A garota começou a despir as suas armas. Punhais, facas de arremesso, zarabatana, aljava e setas. Pelo menos em teoria, um ladrão não deveria precisar de armas, mas a jovem nunca se separava delas.

Tirou o corpete e só ficou com o casaco e as calças de uso diário. Deixou-se cair na cama e ficou olhando para as manchas de umidade no teto, ainda mais lúgubres na luz do luar.

Cansada. Sem ela mesma saber dizer do quê. Do trabalho noturno, daquele eterno vaguear na solidão. O sono apagou os seus pensamentos.

A notícia não demorou a se espalhar, e na manhã seguinte a cidade inteira já sabia. Amanta, o velho Primeiro Cortesão, o antigo conselheiro de Sulana, havia sido roubado em sua própria casa.

Nada de novo sob o sol, recentemente vinha acontecendo amiúde, nos arredores de Makrat.

Como sempre, as investigações de nada adiantaram, e a sombra continuou a ser apenas uma sombra, como já tinha acontecido outras vezes nos últimos tempos.

2
A ROTINA COSTUMEIRA

No dia seguinte, Dubhe saiu da estalagem bem cedo. Pagou com as moedas que ainda lhe sobravam do trabalho anterior. Tinha realmente chegado a raspar o fundo do poço, e a incursão na casa de Amanta tinha sido uma verdadeira bênção. Em geral ela não costumava meter-se com os figurões; contentava-se com trabalhinhos menos vistosos, que lhe permitissem agir sem chamar muita atenção. Desta vez, no entanto, estava realmente enforcada.

Perdeu-se nas vielas de Makrat. A cidade estava animada, parecia nunca dormir. Afinal de contas era o lugar mais caótico de todo o Mundo Emerso, apinhado de gente e cheio de palácios senhoriais que disputavam as ruas e as praças com os casebres dos pobres. Nos subúrbios havia os barracos dos derrotados na guerra, os retirantes das Oito Terras do Mundo Emerso, que haviam perdido tudo ao longo dos anos em que Dohor fora assumindo o poder, seres de todas as raças e muitos fâmins. As verdadeiras vítimas eram eles: sem um lugar para ficar, perseguidos e acossados por todos, separados dos seus similares, inocentes e atordoados como crianças. Houvera um tempo em que as coisas foram bem diferentes: durante o reino de terror do Tirano, eles tinham sido os verdadeiros protagonistas. Só existiam para ser máquinas de guerra. O Tirano criara-os com sua magia, e esta origem era evidente até pela sua aparência: desajeitados, cobertos de uma penugem arruivada, com braços desproporcionalmente compridos e afiados caninos que lhes saíam da boca. Naquela época haviam inspirado um pavor insano, e Nihal, a Heroína daqueles anos obscuros, travara com eles batalhas campais, pelo menos nos relatos dos menestréis nas esquinas das ruas. Agora, só inspiravam pena.

Quando Dubhe ainda era aprendiz, costumava visitar muitas vezes os subúrbios com o Mestre. Ele os amava.

"É o único lugar realmente vibrante e cheio de vida nesta terra que está apodrecendo", dizia, e dava longos passeios por lá com a sua aluna.

Dubhe continuara a visitar aqueles bairros mesmo depois que o Mestre morrera. Quando sentia a falta dele e tinha a impressão de já não poder continuar, perdia-se naqueles becos miseráveis, à procura da lembrança da sua voz. E se acalmava.

Nas primeiras horas matinais a cidade já começava a animar-se. Uma tenda que já expunha as suas mercadorias, as mulheres enfileiradas para buscar água na fonte, a criançada a brincar na rua, a grande estátua de Nihal que se erguia no meio da praça.

Dubhe encontrou o lugar que estava procurando. Era uma loja meio escondida, no limite da zona dos barracos. Vendia ervas, pelo menos nos dizeres do letreiro, mas ela ia para lá por outras razões.

Tori, o dono, era um gnomo. Vinha da Terra do Fogo, como a maioria dos gnomos que povoavam principalmente aquele território e o dos Rochedos. De pele morena, cabelos negros como a noite, longos e presos em trancinhas. Mexia-se o tempo todo de um lado para outro da loja, balançando em cima das perninhas tortas, com um eterno sorriso estampado no rosto.

Bastava, no entanto, uma simples palavra, uma palavra que só as pessoas certas dos ambientes certos conheciam, para que Tori mudasse de expressão. Então ficava sério e levava os fregueses para os fundos. Aquele era o seu templo.

Guardava ali uma impressionante coleção de venenos. Ele era, aliás, um verdadeiro perito no assunto, capaz de satisfazer as necessidades específicas de cada um. Tanto no caso de mortes lentas e sofridas, quanto no de falecimentos rápidos, Tori sempre tinha o vidrinho certo. Mas não era só isso: não havia um só roubo em Makrat que não passasse pelas suas mãos.

– Olá! Precisando de novo dos meus préstimos? – cumprimentou-a quando Dubhe entrou.

– A coisa de sempre... – ela disse, sorrindo sob o capuz.

– Os meus parabéns pelo seu último trabalho... pois foi você, não foi?

Tori era um dos poucos que conheciam alguma coisa dela e do seu passado.

— Pois é — Dubhe admitiu logo, deixando entender que preferia não falar mais no assunto. A menor publicidade possível sempre havia sido o seu lema.

Tori levou-a aos fundos da loja, e ela sentiu-se perfeitamente à vontade.

O Mestre iniciara-a nos segredos das ervas quando a perícia dela com o arco ainda não era lá grande coisa. Naquele tempo ela continuava treinando para se tornar uma assassina, e aquela era uma prática bastante comum entre os matadores de baixo nível: se você não soubesse acertar logo em algum ponto vital, o jeito era usar flechas ou punhais envenenados para que até um ferimento leve resultasse mortal.

"O veneno é para os principiantes", costumava dizer o Mestre, mas para ela tornara-se uma verdadeira paixão.

Passava horas e mais horas dobrada em cima dos livros, ia para a floresta, passeava no campo sempre em busca de ervas, e não demorou a inventar misturas originais, com diferentes níveis de periculosidade, desde suaves soníferos até os venenos mais letais. O que mais a fascinava era justamente isto: estudar, procurar, entender. E Dubhe acabara aprendendo.

Mas depois as coisas mudaram, o assassinato tornara-se a dolorosa lembrança de uma época acabada, e Dubhe dedicara-se com especial afinco aos soníferos, que se podiam revelar muito mais úteis na nova atividade que ela escolhera para sobreviver.

Agora não queria perder tempo. Desenrolou no balcão o fruto do seu trabalho e esperou que Tori, curvo em cima das pérolas e das safiras que examinava com olhar de conhecedor, desse a sua opinião.

— Coisas finas, corte de primeira... só que um tanto reconhecíveis demais... teremos de dar um jeito.

Dubhe nada disse. Era uma ladainha que já conhecia. Ainda guardava dentro de si a arte do homicídio, e levava adiante o seu trabalho de ladra como o melhor dos assassinos: indagava sempre com todo o cuidado antes de dar o bote.

— São trezentas carolas.

Sob o capuz, Dubhe franziu a testa.

— Está me parecendo muito pouco...

Tori sorriu, condescendente.

— Posso imaginar o trabalho que teve, mas procure entender o meu lado também... trata-se de desmontar, fundir... provavelmente, até relapidar... trezentas e cinquenta.

O bastante para mais uns três ou quatro meses de peregrinações.

— Está bem.

Tori sorriu para ela.

— A alguém como você nunca falta trabalho.

A jovem pegou a quantia combinada e foi embora sem cumprimentar. Mergulhou mais uma vez nas ruelas de Makrat.

Perto do meio-dia, deixou a cidade. Foi diretamente para casa, que não passava de uma caverna. A sua verdadeira casa, aquela que compartilhara com o Mestre à beira do oceano, na Terra do Mar, ela a abandonara quando ele morrera, nos dias de sofrimento, e nunca mais voltara para lá. A única coisa que encontrara para substituí-la era aquele buraco. Ficava na Floresta do Norte, não longe demais da civilização, tampouco perto demais das aldeias. Meio dia de marcha era suficiente para chegar lá.

Quando entrou, com o sol que já estava se pondo, sentiu um nó na garganta devido ao forte cheiro de mofo. Fazia muito tempo que não voltava à caverna, e o ambiente não era lá muito arejado.

A cama era um estrado improvisado de palha, o fogão nada mais do que um nicho na parede rochosa. No meio do único aposento havia uma tosca mesa e, encostada na parede, uma estante cheia de livros e de vidros de veneno.

Dubhe preparou um jantar muito simples com os parcos mantimentos que tinha encontrado na cidade. Lá fora já era noite e as estrelas tremeluziam muito claras.

Logo que acabou de jantar, saiu. Sempre gostara do céu, pois com a sua imensidão ele a acalmava. Não havia ruídos nem vento, e Dubhe pôde ouvir o murmúrio do riacho. Foi até a nascente e tirou calmamente a roupa.

O gelo agrediu seu corpo logo que botou os pés na água, mas insistiu, e mergulhou até o pescoço. A sensação de frio não durou muito, e de repente transformou-se num absurdo tepor. Enfiou a cabeça embaixo da água, e os longos cabelos castanhos dançaram em volta do seu rosto.

Só então, completamente mergulhada na água, conseguiu encontrar um momento de paz.

3
O PRIMEIRO DIA DE VERÃO
✦ ✦ ✦
O PASSADO I

É um dia ensolarado. Dubhe levanta-se da cama bastante animada. Desde o momento em que abriu os olhos percebeu que o verão chegara. Talvez fosse a luz ou o perfume do ar que filtra através das frestas das janelas.

Está com oito anos. Uma garotinha de longos cabelos castanhos, cheia de vida, não muito diferente de todas as demais. Nada de irmãos ou irmãs, pais camponeses.

Moram na Terra do Sol, não muito longe da Grande Terra. No fim da guerra, o território foi dividido entre as várias Terras, e só uma região central permaneceu como área separada. Os pais de Dubhe mudaram-se para Selva, uma pequena aldeia recém-construída. Procuravam a paz, e parece que finalmente a encontraram. Afastados de todos, no meio de um pequeno bosque, só ouvem vagas notícias a respeito da guerra de conquista de Dohor. De alguns anos para cá, aliás, nem mesmo isto. Dohor conquistou a maior parte do Mundo Emerso, e agora parece haver uma espécie de frágil paz.

Dubhe entra na cozinha chispando, descalça, de cabeleira ainda toda desgrenhada.

– O sol está brilhando, o sol está brilhando!

A mãe, Melna, continua limpando as verduras, sentada à mesa.

– É o que parece...

É uma mulher gordinha, de bochechas rubras. É jovem, vinte e cinco anos no máximo, mas tem as mãos velhas e calejadas de quem lavra a terra.

Dubhe apoia-se na borda da mesa, de braços cruzados, com os pés balançando no ar.

– Você disse que eu podia sair para brincar no bosque, num dia bonito...

– Eu disse mesmo, mas primeiro tem de me ajudar aqui em casa. Depois poderá fazer o que quiser.

O entusiasmo de Dubhe murcha na mesma hora. Ouviu a conversa dos amiguinhos, um dia antes. Combinaram se encontrar lá fora, se o dia estivesse ensolarado. E o dia está ensolarado.

– Mas, se tiver de ajudar, vou perder a manhã inteira!

A mulher vira-se meio irritada.

– Então quer dizer que passará a manhã inteira comigo.

Dubhe bufa sonoramente.

Dubhe puxa um balde do poço e se lava com a água gelada. Lavar-se com água gelada é uma das coisas de que mais gosta.

E, além do mais, toda vez que puxa um balde, sente-se forte, e ela tem muito orgulho da própria força: entre todas as meninas, é a única que consegue enfrentar Gornar, o mais velho da turma. É um gigante de doze anos, o chefe do bando, e conquistou esta supremacia na base da força. Mesmo com todos os seus músculos, no entanto, nunca conseguiu subjugar Dubhe, e mostra-se sempre um tanto desconfiado com ela, cuidando de nunca pisar nos seus calos. Em alguns casos ela conseguiu até vencê-lo na queda de braço, e sabe que ele não gosta de tocar no assunto. Existe um tácito acordo pelo qual Gornar é o chefe dos garotos, mas Dubhe vem logo atrás. E muito se orgulha disso.

"Poderíamos ir caçar lagartixas, deixá-las soltas num recinto fechado para ver como vivem e caçam ou então apenas brincar e lutar uns com os outros. Seria fantástico!", diz para si mesma, já antecipando os prazeres do verão. Enquanto isso, derrama baldes de água gelada na cabeça e estremece de contentamento. É magra, talvez até um pouco demais. Mas uns garotos já olham para ela corando, e Dubhe fica toda satisfeita. No seu coração há um meninote tímido, Mathon, que parece fazer de tudo para ignorá-la, mas ela pensa nele mesmo assim. Ele também vai estar lá, de tarde, pode contar com isso, e quem sabe se, depois desse tempo todo que passarão juntos, ela não se anime e lhe diga que gosta dele.

A manhã inteira fica iluminada pela expectativa da tarde. Dubhe ajuda a mãe, mas está irrequieta e mal consegue ficar parada enquanto limpa as verduras. Sentada na cadeira, balança as pernas, nervosa, olhando o tempo todo para fora da janela.

Às vezes tem a impressão de ver passar alguém da turma, mas sabe muito bem que, enquanto não terminar, não lhe será permitido sair por nenhuma razão do mundo.

Uma pequena dor no dedo e um "ai" abafado chamam a atenção da mãe.

– Preste atenção, ora essa! Pare de ficar o tempo todo com a cabeça nas nuvens!

E lá vem ela com a lengalenga de sempre. Que deveria pensar em tomar aulas com o ancião e não sair com aquela turma de selvagens que escolheu como amigos.

Dubhe ouve tudo, em silêncio. Não faz sentido rebater, e tampouco concordar, quando a mãe começa com aquela ladainha. E além do mais é tudo encenação, Dubhe sabe disso. O pai lhe contou.

"Quando criança, a sua mãe era mil vezes pior do que você. Então, sabe o que acontece? Um belo dia aparece um homem, as mulheres se apaixonam e param de correr atrás dos ratos nos campos."

Gorni, o pai. Ela gosta dele. Muito mais do que da mãe. O pai é magro, como ela, e divertido.

E, além do mais, o pai não fica zangado quando ela volta para casa com algum animal morto durante as brincadeiras e não grita por causa das cobras, de que ela tanto gosta. Algumas vezes, ao contrário, ele mesmo lhe traz algumas presas. Dubhe tem toda uma série de latas cheias de animais. Há aranhas, serpentes, lagartixas, baratas e um montão de outros bichos que ela arrumou com suas incursões no bosque. Um mago de passagem na aldeia deu-lhe um líquido estranho para diluir na água. Se botar nele os bichos mortos, eles não se decompõem. É a sua preciosa coleção, que mostra a todos com o maior orgulho. A mãe odeia, e toda vez que ela aparece com uma nova peça, quer jogar fora a coleção inteira. Tudo acaba sempre entre gritos e choradeiras, com o pai rindo.

O pai gosta de animais e é curioso.

De forma que, quando ele entra na cozinha, cansado e suado, na hora do almoço, para ela é a salvação.

— Papai!

Pendura-se ao seu pescoço e os dois quase perdem o equilíbrio.

— Já lhe disse muitas vezes para não ser tão estabanada! — berra a mãe, mas para o pai não há problema.

É muito louro, quase albino, e tem olhos muito escuros, os mesmo olhos negros de Dubhe. Tem uns lindos bigodes que fazem cócegas quando a beija, mas é uma coceira agradável.

— Então? A manhã inteira descascando abobrinhas?

Dubhe anui com ar aflito.

— Bom, acho que então merece uma tarde de folga...

— Obaaa — ela grita.

O almoço passa rápido, e Dubhe ataca a comida com ansiosa voracidade.

Engole ruidosamente a sopa. Só o tempo de quase deslocar a mandíbula comendo uma maçã com apenas cinco mordidas e já está chispando para fora.

— Vou brincar, a gente se vê à noite — grita enquanto sai esbaforida.

Livre, finalmente.

Sabe onde encontrar a turma, não há como errar. Na hora do almoço sempre ficam lá embaixo, à beira do rio, onde fixaram o seu quartel-general.

Logo que chega, ouve alguém chamar.

— Dubhe!

É Pat, a outra garota da turma. É a sua melhor amiga, aquela à qual conta todos os seus segredos, a única, aliás, que sabe de Mathon. É uma ruiva sardenta, tão endiabrada quanto ela.

São cinco, como de costume. Cada um resmunga um olá. Gornar está deitado num canto, com um longo fiapo de grama na boca; há os dois gêmeos, Sams e Renni, um deles apoiando a cabeça na barriga do outro. E finalmente, encostado numa árvore, Mathon, que a cumprimenta com um aceno de cabeça.

— Oi, Mathon — diz Dubhe, com um tímido sorriso.

Pat observa, fazendo uma careta marota, mas Dubhe acaba logo com a brincadeira lançando-lhe um gélido olhar.

— Por que não apareceu de manhã? Ficamos esperando por você — diz a menina.

— Pois é... você nos fez perder um tempão — bufa Gornar, agressivo.

— Tive de ajudar a mamãe... E vocês, o que fizeram?

Quem responde é Mathon:

— Brincamos de guerreiros.

Dubhe repara nas espadas de madeira num canto.

— E de tarde?

— Pescaria — sentencia Gornar. — Guardamos os caniços no lugar de sempre.

O lugar de sempre é uma gruta perto do rio, onde costumam guardar os seus tesouros: em geral, coisas de comer que surrupiaram nos campos ou nas despensas de casa. Mas também há objetos estranhos encontrados em suas andanças, como uma velha espada enferrujada, talvez uma lembrança da Grande Guerra.

— Então? O que estamos esperando?

Dividem-se em dois grupos, para ver quem pegaria mais peixes. Pat e Dubhe ficam juntas, e o terceiro é Mathon. Dubhe está extasiada: é um sonho que se torna realidade.

Passam a tarde inteira mexendo com linhas, anzóis e minhocas. Pat consegue enfiar o anzol num dedo, Dubhe finge ter horror de minhocas só para que Mathon a ajude.

— Não são tão feias assim — diz o garoto, segurando uma entre os dedos e mostrando para ela. O bichinho torce-se todo em busca de salvação, mas Dubhe nem repara. Só consegue pensar nos olhos verdes de Mathon, que de repente lhe parecem a coisa mais linda do mundo.

Dubhe sabe tudo de pescarias, já foi pescar muitas vezes com o pai, mas banca a inexperiente atrapalhada.

— Este peixe está puxando demais... — diz queixosa, e Mathon deve logo acudir, apertando as mãos em volta do caniço, junto das de Dubhe. A jovenzinha tem a impressão de estar sonhando: se no primeiro dia de brincadeiras as coisas já correm tão bem, no fim do verão, com um pouco mais de familiaridade, talvez consiga dar um abraço em Mathon e, quem sabe, até mesmo tornar-se a sua namorada.

Um pouco antes do pôr-do-sol, os três juntam as suas presas para ver o que conseguiram. Dois míseros bagres para Pat, três bagres e uma truta para Dubhe, e um pequeno surubim para Mathon.

Nem dá para ensaiar uma luta com o outro grupo. Gornar segura orgulhosamente duas lindas trutas, Renni e Sams têm um surubim cada, mais uma dúzia de bagres de vários tamanhos.

– Afinal de contas, quando o chefe está conosco... – diz Sams.

Gornar vai logo avisando Dubhe que cabe a ela guardar os caniços.

– Você perdeu, e além do mais chegou atrasada. Tem de pagar por isso.

Carregando todos os caniços e a lata das minhocas, Dubhe encaminha-se a contragosto para a caverna. Joga tudo num canto, de qualquer jeito, e já está a ponto de sair quando alguma coisa chama a sua atenção. Um reflexo acinzentado entre as pedras da margem. Aproxima-se para ver o que é. Aí sorri.

É uma pequena serpente. Uma cobrinha que falta na sua coleção. Morta. Mas perfeitamente conservada. O corpo, de uma bonita cor prateada, possui umas estrias mais escuras, uma das quais parece formar uma argola quase preta em volta do pescoço. Dubhe estica a mão e a apanha sem medo, com delicadeza. É pequena, ela sabe que aquelas cobras podem alcançar uma braça e meia de comprimento; aquela nem deve chegar a três palmos, mas mesmo assim é um achado.

– Vejam o que encontrei, vejam! – grita ao voltar junto dos outros.

Os amigos apinham-se à sua volta e olham com curiosidade para a serpente.

Pat fica um tanto enojada, jamais gostou daqueles bichos, mas os olhos dos garotos brilham.

– É uma cobra-d'água de colarinho, meu pai falou-me a respeito. Vocês nem podem imaginar há quanto tempo estou à cata dela...

– Passe para cá.

As palavras de Gornar têm o efeito de uma ducha gelada. Dubhe olha para ele, sem entender.
— Passe para cá, eu já disse.
— E por que deveria?
— Porque ganhei a competição de pesca e mereço um prêmio.
Pat intervém:
— Ninguém falou em prêmio, que eu saiba... só competimos de brincadeira.
— Isso é o que você pensa — rosna o rapaz. — Dê-me logo a cobra.
— Nem pensar! Eu a encontrei, e vou ficar com ela.
Dubhe afasta de Gornar a mão que segura a cobra, mas o garoto já está em cima dela. Agarra-a pelo braço, torce seu pulso.
— Está me machucando! — grita Dubhe, desvencilhando-se.
— A cobra é minha. Você nem gosta desses bichos, enquanto eu até faço coleção!
— Isso não interessa. Eu sou o chefe.
— É o que você pensa!
— Se não me der logo, vou lhe dar tantas pauladas que amanhã você nem poderá botar o focinho fora de casa.
— Experimente! Sabe muito bem que comigo você não pode.
Aquilo já era demais. Gornar pula em cima de Dubhe, e a luta começa. O garoto tenta acertá-la com uns socos, mas Dubhe se agarra às pernas dele e morde, arranha com fúria. A cobra cai na grama. Dubhe e Gornar rolam no chão, e o valentão puxa os cabelos dela com força, até ela chorar. Mas Dubhe não desiste. Continua mordendo, e agora ambos berram de raiva e de dor. Em volta, as outras crianças gritam.

Escorregam até a margem do riacho, continuam se engalfinhando no leito pedregoso, entre as pedras pontudas. Gornar empurra a cabeça de Dubhe embaixo da água. De repente a menina fica assustada. Dentro e fora da água, dentro e fora, com a falta de ar, e a mão de Gornar que segura com força seus cabelos, seus lindos cabelos de que tanto se orgulha.

Com uma última tentativa desesperada ela consegue virar-se, e agora quem está por cima de Gornar é ela. Dubhe reage por instinto. Levanta só um pouco a cabeça do garoto e então joga-a de encontro às pedras. Um só golpe, mas basta. Os dedos de Gornar soltam imediatamente seus cabelos. Por um momento o corpo se enrijece, depois fica mole como um boneco.

Dubhe sente-se finalmente livre e não entende. Para, sentada em cima do garoto.

— Deuses... — murmura Pat.

Sangue. Um filete de sangue mancha a água do riacho.

Dubhe fica paralisada.

— Gornar... — tenta chamar. — Gornar... — mais alto, mas não recebe qualquer resposta.

Quem a tira de lá e a joga na grama é Renni. Sams segura Gornar e arrasta-o fora da água, até a margem. Sacode-o, grita o seu nome com insistência cada vez maior. Nenhuma resposta. Um choro, o de Pat.

Dubhe olha para Gornar, e o que vê fica gravado para sempre na sua memória. Olhos esbugalhados. A fixidez das pequenas pupilas. Olhos apagados, que mesmo assim olham para ela. E a acusam.

— Você o matou — grita Renni. — Você o matou!

4
UM TRABALHO ESPECIAL

Dubhe decidiu ficar em casa uns dois ou três dias. Não era a coisa mais prudente a fazer, pois sabia com certeza que em Makrat haviam sido vistos alguns Assassinos da Guilda. Talvez a seita ainda estivesse procurando por ela. Mesmo assim, no entanto, queria dar um tempo, estava precisando de um descanso.

Nos últimos dois anos não tinha tido um só momento de paz. Havia estado na Terra do Mar, e em seguida na da Água, e depois na do Vento. Quando, finalmente, decidira voltar à Terra do Sol, não pudera evitar um nó na garganta.

Não se tratava apenas da sua terra natal, também era o lugar onde tudo tinha acabado, ou começado, dependendo do ponto de vista.

Estava cansada de fugir, e quanto mais tentava se afastar, mais tinha a impressão de que em nenhum lugar do Mundo Emerso ela poderia realmente sentir-se segura. E não era somente por causa da Guilda, o que a ameaçava era outra coisa. De repente, sem que ela chegasse a dar-se conta, como um doloroso soco no estômago, as lembranças haviam voltado. Tudo devido àquele ócio de que tanto precisava. Porque, enquanto havia trabalho a fazer, a mente ficava ocupada, mas o ócio era desgastante. Quando não estava ocupada com alguma tarefa, a solidão tornava-se uma presença quase tangível. E era aí que as lembranças voltavam.

Só havia uma saída. Botar o corpo para trabalhar.

A manhã estava fresca e luminosa. Dubhe vestiu as suas roupas mais leves: um casaquinho sem mangas e umas calças. Sem sapatos, pois adorava a sensação da pele pisando na grama. E nada de capa.

Começou a se exercitar: o mesmo treinamento ao qual fora iniciada oito anos antes, quando queria ser tão forte e letal quanto o Mestre, o treinamento dos assassinos.

Já estava toda molhada de suor quando o ouviu. E soube na mesma hora de quem se tratava. Entre todos os sujeitos que ela conhecia, só havia um tão bobo a ponto de repetir sempre a mesma brincadeira.

Virou-se de repente e atirou o punhal. A arma fincou-se na madeira atrás do rapaz.

Devia ter uns dezoito anos, magro como um cabo de vassoura, cheio de espinhas. E agora também muito pálido.

Dubhe sorriu.

– Cuidado, Jenna, pois um dia desses vou matá-lo de verdade.

– Ficou doida? Faltou pouco para você me acertar mesmo!

Dubhe tirou displicentemente o punhal da madeira.

– Então pare com suas brincadeiras.

Jenna era uma espécie de amigo, um antigo conhecido que reencontrara depois de voltar à Terra do Sol. Era um punguista, um simples batedor de carteiras que nada tinha a ver com ela.

Agia em Makrat, onde roubava os transeuntes para continuar levando a vida de órfão de guerra. Haviam-se conhecido cinco anos antes, quando ele tentara surrupiar algumas moedas do Mestre. O Mestre ameaçara matá-lo, e ele começara a choramingar implorando piedade. Levando em conta a sua expressão que nada tinha de bobo, o Mestre decidira tomar uma atitude diferente.

"Não esqueça que está me devendo a sua vida", dissera, e o aceitara como uma espécie de assistente.

Desde então Jenna fizera o possível para arrumar bons negócios para o Mestre, procurando clientes e até sendo algumas vezes pago por isso, sem contudo desistir da sua atividade de punguista.

Jenna tinha um cérebro esperto e mãos que agiam ainda mais rápido que a cabeça. Movimentava-se inteiramente à vontade em Makrat e conhecia todos. Além do mais, do jeito dele, era fiel.

Mas então aconteceu. O Mestre morreu, tudo desmoronou, e Dubhe acabou ficando mais uma vez só e desesperada. Foi então que começou a sua fuga, tendo como único sustento o dinheiro que ganhava com os roubos realizados graças ao seu treinamento. Fugira tão depressa que mal tivera tempo de se despedir do rapazinho. Separaram-se, quase esquecendo-se um do outro. Só voltaram a se encontrar quando Dubhe decidiu regressar à Terra do Sol, e desde então mantinham contatos constantes.

Agora voltaram juntos à caverna. Logo que entraram, Jenna fez uma careta de nojo.

— Não entendo como alguém possa morar neste buraco bolorento. E você ainda chama isto de casa? Nem mesmo uma cama decente você tem! Se viesse morar comigo...

Era uma coisa que Jenna não se cansava de repetir. Queria-a perto de si. Dubhe não entendia claramente o motivo daquela insistência.

— Chega de conversa — ela disse ao sentar, cortando sem cerimônias as palavras do rapaz. — Diga logo o que quer.

Jenna ajeitou-se na única cadeira e espichou-se, com os pés em cima da mesa.

— Bem, que tal, para começar, o meu dinheiro?

De algum modo, Jenna ajudara-a nas pesquisas para o último trabalho e pedia agora uma pequena recompensa pelo serviço. Dubhe entregou-lhe rapidamente o que devia.

— Espero que você não tenha se dado o trabalho de vir até aqui só por causa do dinheiro.

Jenna acenou que não com a cabeça, então sentou direito e apoiou os cotovelos em cima da mesa.

— Um sujeito está circulando por aí à procura do melhor ladrão da praça para um trabalho delicado. Coisas guardadas numa casa, algo que não faz nem um pouco o meu estilo, como você sabe, e então eu disse para mim mesmo, por que não ajudar Dubhe? Procurei me informar sobre o sujeito e descobri umas coisinhas interessantes.

Dubhe franziu a testa.

— Não estou gostando.

Jenna mostrou-se surpreso.

— Não seria a primeira vez que trabalha por encomenda...

Dubhe continuava séria, desconfiada.

— Como você sabe melhor do que ninguém, eu não posso dar-me ao luxo de ter publicidade.

Jenna fez uma pausa estudada.

– É um homem de confiança de Dohor.

– Todos são homens de confiança de Dohor. Não se esqueça de que uma boa parte do Mundo Emerso é dele.

Era a pura verdade. Começando como mero Cavaleiro de Dragão, ao casar com Sulana tornara-se rei e, a partir daí, dedicara-se à lenta conquista de todo o Mundo Emerso. Seis das Oito Terras estavam mais ou menos diretamente sob o seu controle, e com os três últimos territórios ainda independentes, a Terra do Mar e as Províncias dos Pântanos e dos Bosques, antigamente unidas à Terra da Água, já era praticamente guerra aberta.

Jenna sorriu com cara de quem sabia das coisas.

– Este sujeito não é uma fichinha qualquer, não trabalha para nenhum dos subordinados: já foi visto muitas vezes com o rei em pessoa.

Dubhe ficou subitamente interessada.

– É um auxiliar de confiança, faz parte do grupo fechado.

– Já falou com ele?

– Falei. Depois de me informar, fiz com que viesse saber de mim. E aí que está a surpresa. Depois do primeiro contato, o homem marcou um encontro comigo numa das mais luxuosas pousadas de Makrat, acho que você conhece, O Estandarte Roxo.

Impossível não conhecer. Um lugar frequentado por generais e figurões do governo.

– Mandou-me entrar num aposento que devia ser pelo menos quatro vezes maior do que a minha casa inteira, e adivinhe quem estava lá?

Jenna fez outra pausa.

– Nada menos que Forra.

Dubhe não pôde deixar de arregalar os olhos. Forra era o cunhado de Dohor e, muito mais do que isso, seu braço direito. Haviam-se conhecido quando Dohor ainda limitava-se a sonhar com o domínio absoluto e, desde então, eram inseparáveis. Tinham estreitado este vínculo com o matrimônio de Dohor com a irmã de Forra, e no campo de batalha estavam sempre um ao lado do outro. Dohor era sem dúvida alguma a mente, o político, não só valoroso combatente, mas também sutil estrategista e calejado diplomata. Forra fazia mais o tipo do guerreiro sem meias palavras. Em qualquer lugar onde fosse preciso matar, lá estava ele com sua pesada espada.

– Nem preciso lhe contar que eu não estava nem um pouco à vontade... – continuou Jenna. – De qualquer maneira, disseram-me do que se tratava. Forra, e com ele obviamente Dohor, embora o nome do rei nunca tenha sido explicitamente mencionado, precisa de um trabalho de qualidade, o furto de alguns documentos sigilosos guardados em segurança numa determinada mansão. É claro que não quiseram dizer mais do que isso.
– Claro.
– Está disposto a pagar até cinco mil carolas. Mas quer antes discutir os detalhes com você, pessoalmente.
Era uma quantia despropositada. Dubhe nunca tinha visto tanto dinheiro na vida, nem mesmo o Mestre, para dizer a verdade.
A jovem ficou calada, de olhos fixos na mesa. Era sem dúvida um trabalho de alto nível, algo que nunca lhe acontecera antes. Um salto de qualidade.
– Só falou isso? Nada mais?
– Nem mais uma palavra. Mas deu-me uma prova da sua generosidade.
Jenna tirou da manga da camisa um saquinho e derramou o conteúdo na mesa. As moedas, de ouro fino, brilharam na escuridão da gruta. Eram pelo menos duzentas carolas.
Dubhe não se alterou. Olhou para as moedas e continuou muda.
– Pediu-me para marcar um encontro. Seja como for, disse que esse dinheiro é seu.
O silêncio tomou conta da caverna.
Um encontro com Forra. Dubhe lembrava-se muito bem dele, já o vira quando visitara a Terra do Vento com o Mestre. Guardara a imagem de um homem enorme, com uma expressão feroz de assassino estampada no rosto. Junto com ele havia um rapazinho pálido, só um pouco mais velho do que ela. Os olhares dos dois jovens cruzaram-se por um momento. Partilhavam o mesmo medo, o medo daquele homem.
– E então? Não tem nada a dizer? – acabou perguntando Jenna, irrequieto.
– Estou pensando.
– Pensando em quê? Nunca mais vai ter uma ocasião dessas na vida, Dubhe!

Mas Dubhe não era do tipo de baixar a guarda. Tinha de analisar os fatos, ainda mais por se tratar de um trabalho acerca do qual não possuía qualquer informação. E se fosse uma armadilha? Quem lhe garantia que por trás de tudo não houvesse a Guilda?

– Não custa nada falar com ele, ora essa. Se não gostar do que ele tem a propor, é só dizer não e ir embora...

– Você tem certeza de que a Guilda não tem nada a ver com o assunto?

Jenna fez um gesto de impaciência.

– Dohor, você está me entendendo? Eu falei em Dohor! Da Guilda ninguém sabe mais nada.

– Mencionou o meu nome?

– Está me achando idiota?

Dubhe ficou mais uns momentos calada, depois suspirou.

– Daqui a dois dias, na Fonte Escura, à meia-noite. Pode dar o recado.

A Fonte Escura era um lugar bastante isolado, no meio da Floresta do Norte. Tinha este nome devido à pequena nascente que ali jorrava formando um minúsculo laguinho cercado de rochas de basalto negro. De forma que, mesmo num dia claro, a água sempre parecia preta como piche. Era um lugar que dava medo, mas Dubhe ia amiúde para lá quando precisava pensar. Ajudava-a a encontrar paz e força dentro de si.

Naquela noite chegou cedo. O céu estava encoberto e o vento empurrava as nuvens com mais violência do que de costume. Ficou no escuro, a ouvir as lamentações das árvores e o monótono escorrer da água.

Gostava do escuro. Jenna sempre lhe dizia que ela parecia ter nascido na Terra da Noite, onde um encantamento lançado por um mago durante a Guerra dos Duzentos Anos, mais de cem anos antes, tinha evocado uma noite perene. E de fato, quando chegara a trabalhar naquela terra com o Mestre, sentira-se perfeitamente à vontade, até melhor do que de costume. Mas a Terra da Noite também possuía, para ela, um aspecto sinistro, porque era lá que a Guilda tinha a sua base. A Guilda, a seita dos Assassinos, da qual o Mestre tentara fugir durante toda a sua vida, a Guilda que também estava no seu encalço.

Quando finalmente ouviu o ruído de alguém chegando já tinha começado a perder a paciência. Eram dois, e estavam atrasados: um homem de passo decidido e pesado, e outro que avançava inseguro. Percebia isto pelo estalar dos gravetos e das folhas secas no chão.

Tentou imaginar.

"O general Forra e um capanga qualquer que só foi chamado para evitar surpresas."

Baixou o capuz da capa sobre o rosto, empertigou os ombros para assumir um ar mais imponente e procurou tornar mais grave a voz.

Dois vultos apareceram entre as árvores. Das costas de um deles despontava o inconfundível desenho de uma pesada espada, daquelas que você só consegue levantar usando ambas as mãos, enquanto o outro mantinha a mão no cabo de uma muito menor. Dubhe percebeu logo que tinha acertado.

Estava emocionada e se levantou até depressa demais.

"Calma, é apenas um trabalho como qualquer outro."

– Estão atrasados – disse, só para mostrar firmeza.

– Não é fácil encontrar este lugar – disse o segundo homem.

Havia começado a chover e ambos os recém-chegados tinham o capuz sobre a cabeça, mas apesar disso, e embora já estivesse escuro, os olhos bem treinados de Dubhe puderam distinguir com bastante clareza as feições dos dois.

Forra era exatamente como ela se lembrava: traços marcados, nariz grande e queixo quadrado, com uma expressão de escárnio eternamente estampada na cara. Só estava um pouco mais velho, mas nem por isso domado pelos anos. Um resquício do medo que sentira dele quando menina voltou a correr pela sua espinha.

O outro, em comparação, era um coitado qualquer. Não muito alto, protegido por uma couraça, com os dedos brancos apoiados na empunhadura da espada.

– Se fosse fácil de encontrar, não lhes teria pedido para virem aqui.

– Sem problemas – disse Forra, com toda a calma.

Dubhe anuiu.

– Talvez fosse melhor você tirar o capuz – disse o soldado.

Dubhe manteve-se calada. Por um momento, um arrepio gelou seus ossos, mas procurou controlar-se.

– Prefiro não mostrar o meu rosto. Faz parte do meu trabalho.
O homem quase perdeu a paciência, mas Forra segurou-o botando a mão no seu ombro.
– Parece que estamos todos um tanto nervosos, não é? Mas não creio que haja motivos para isso.
– O meu contato falou-me sumariamente do trabalho – continuou Dubhe, impassível –, mas antes de qualquer resposta gostaria de conhecer melhor os detalhes.
Quem tomou a palavra foi o outro homem:
– Trata-se de um trabalho delicado, e foi por isso que pensamos em você. A pessoa que deve ser roubada é Thevorn.
Dubhe engoliu. Não estavam falando de qualquer um. Por muito tempo havia sido um dos mais fiéis companheiros de Dohor, ele também da Terra do Sol. Era um mago medíocre, mas provido de uma mente afiada que logo percebeu as potencialidades daquele rapazola macilento cujos olhos brilhavam de ambição. Juntara-se a Dohor desde o primeiro momento e o ajudara na sua escalada. O rompimento entre eles havia acontecido uns dez anos antes, durante o período de paz que se seguira à campanha contra Ido. Foi então que Thevorn começou a tecer a sua rede de alianças com as famílias nobres da Terra do Sol, esperando assim conseguir para si uma fatia do poder. A sua inabalável amizade por Dohor demonstrava-se finalmente uma mera conveniência momentânea.

Cinco anos antes, o mago saíra discretamente do cenário político para cuidar, digamos assim, dos seus interesses particulares, e isso se deu justamente quando se descobriu o complô contra Dohor, do qual também Amanta participara.

Também circulava o boato que a estranha aliança entre o principal inimigo de Dohor daquela época, o gnomo Gahar da Terra dos Rochedos, e Ido fosse de algum modo fruto das maquinações de Thevorn.

Agora, de qualquer maneira, já fazia um bom tempo que ninguém ouvia falar do velho mago.

– No castelo que escolheu como morada, de onde nunca sai, estão guardados documentos de alguma importância que gostaria de ter em minhas mãos – explicou Forra.

– Não creio que será particularmente difícil – disse Dubhe.

— Os documentos ficam num pequeno aposento ao lado do seu quarto de dormir, um cômodo ao qual só Thevorn tem acesso e ninguém sabe exatamente como entrar.

Tratava-se, portanto, de averiguar, uma coisa que Dubhe sabia fazer muito bem.

— Continuo a achar que não haverá problemas.

Forra sorriu sinistro.

— Pois é... estamos plenamente a par das suas especialidades. Não queremos mortos, tem de ser um trabalho limpo, sem pistas. Thevorn deve descobrir o roubo o mais tarde possível.

Dubhe concordou. Não tinha a menor intenção de matar alguém. O assassinato lembrava-lhe tudo aquilo que tentava tirar da cabeça. Quanto à discrição, era a sua característica mais marcante.

— Receberá mais duzentas carolas logo, se aceitar; o resto, no fim do trabalho, e somente se tudo correr exatamente conforme as nossas expectativas.

Dubhe ficou em silêncio por alguns momentos. Percebia claramente a enormidade daquilo que estava acontecendo. E com uma curiosa e inesperada sensação de esperança disse a si mesma que, talvez, com todo aquele dinheiro pudesse até encontrar um jeito de parar com a eterna fuga que já a esgotava. Foi uma esperança fugaz, coisa de um instante. Havia certas coisas que não podiam ser apagadas, culpas e sofrimentos que nem mesmo o mais suntuoso prêmio podia eliminar. Mas de qualquer maneira valia a pena tentar.

— Está bem — disse.

— Quer dizer que aceita — Forra comentou, desdenhoso.

— Aceito. Quando terei o meu dinheiro?

— Amanhã, à mesma hora, neste mesmo lugar.

Dubhe já estava a ponto de desaparecer na mata quando a voz estentórea de Forra a deteve.

— Cuide para merecer a confiança que temos em você. Não nos decepcione.

Dubhe ficou parada, sem mesmo se virar.

— Se realmente conhecem a minha fama, nem preciso responder.

Ouviu-se uma risadinha abafada.

5
tocaias

Dubhe começou a trabalhar já no dia seguinte. A coisa toda se apresentava como algo difícil e complexo, que precisava de cuidadoso preparo.

Era a parte do trabalho de que ela mais gostava. O roubo em si não passava de uma mera tarefa, interessante apenas devido àquela vaga sensação de excitação que lhe proporcionava e ao dinheiro que rendia. Agora, a pesquisa era outra coisa.

E além do mais era um bom motivo para entrar em contato com as pessoas. O Mestre ensinara-lhe como matar um homem, quais pontos do corpo atingir e de que forma, e por muito tempo tinha sido tudo aquilo que conhecera dos outros, de toda aquela multidão de pessoas alheias à pequena família composta por ela e pelo Mestre. Não sabia praticamente nada de como os outros viviam, de como interagiam. Pesquisar, investigar tornara-se uma maneira de sonhar com a vida, de vê-la e de senti-la pelo menos por um momento.

Ficou zanzando em volta da casa de Thevorn, principalmente à noite. Do lado de fora havia normalmente dois guardas, um postado diante da entrada e o outro que ficava rondando o perímetro externo do palácio. Dubhe deu várias voltas em torno da propriedade e, quando começou a sentir-se mais segura, entrou no jardim. Aprendeu a reconhecer cada planta, cada pedra dos muros. Memorizou a cadência das passadas dos guardas, os seus hábitos. Até mesmo a sua respiração sincronizou-se com a dos dois homens.

Dali, de fora, conseguiu apreender muitas coisas sobre o interior da mansão, e preparou um esboço do que imaginou ser a disposição dos aposentos.

Decidiu então que já estava na hora de entrar em contato com alguém do lugar, alguém disposto a falar sem papas na língua da casa e das suas normas. Ficou de olho numa jovenzinha, filha de um antigo e fiel serviçal. Achou que era a pessoa ideal, com seu rosto aberto e a ingenuidade típica da idade.

Aproximou-se dela num dos grandes mercados de Makrat enquanto se mostrava indecisa sobre de quais maçãs fosse melhor escolher. Começar a conversar foi a coisa mais simples do mundo, eram quase da mesma idade.

A jovem, que se chamava Man, mostrou-se logo receptiva. Encontraram-se mais umas vezes no mercado, riram da coincidência e não demoraram nada a criar familiaridade.

Exatamente como Dubhe previra, Man era uma pessoa jovial, quase ingênua, sempre pronta a se abrir com todo o mundo.

Dubhe fingiu ser uma criada e mencionou o nome de uma família bastante conhecida, cuja casa tinha tido a oportunidade de visitar num dos seus primeiros roubos, no início da carreira. Não levou muito tempo para elas passarem, quase sem querer, dos queixumes pelas manias dos respectivos patrões aos hábitos das famílias às quais prestavam os seus serviços.

— O amo só parece sentir-se bastante seguro em casa, é por isso que nunca sai. Mesmo assim toma uns cuidados especiais: tem três quartos de dormir, e cada noite escolhe um diferente.

Dubhe já desconfiava de algo parecido. Todas as noites a posição da última luz da casa que se apagava mudava de lugar. Aquilo tornava as coisas um tanto mais complicadas. Teria de procurar em três aposentos diferentes. Um pequeno problema, mas nada de mais.

— Pois é, parece não pensar em outra coisa a não ser segurança... nem sei por quê... Mas sabe como é, deve ser a velhice... A minha mãe diz que depois de uma certa idade a pessoa... — E Man fez um gesto eloquente girando o indicador perto da têmpora. — De forma que há sempre um soldado de vigia diante do quarto.

Dubhe sorriu, mas sua mente funcionava a mil por hora.

Dormiu muito pouco neste período. Era sempre assim, antes de um trabalho. Passava as noites de tocaia, observando, e durante o dia ficava cozinhando Man. Voltava para casa quando já alvorecia e só lhe sobravam umas poucas horas para descansar. Às vezes até decidia simplesmente não dormir, preferindo ficar meditando. Neste caso ia à Fonte Escura e aguçava os ouvidos. Concentrava-se nos sons daquele lugar sombrio, até sua cabeça ficar completamente vazia e ela passar a sentir-se como um objeto inanimado, planta entre as plantas, terra que se juntava a terra.

Era um antigo exercício que o Mestre lhe ensinara no começo da sua aprendizagem, para relaxar e encontrar a calma antes de algum trabalho.

Foi numa noite dessas que a coisa aconteceu. Dubhe decidira não ir à mansão, naquela noite. Àquela altura conhecia de cor e salteado tudo o que havia sobre o jardim, e até os hábitos do dono já estavam bastante claros na sua mente.

Foi à Fonte Escura depois do jantar, e a escuridão era total. Só as estrelas brilhavam opacas acima da sua cabeça.

Sentou diante da nascente, tomou um gole para acordar por completo e ficar lúcida. Tudo era aconchegante e macio, cheio de folhas secas. O outono estava chegando.

Dubhe procurou fechar os olhos para relaxar, mas estava estranhamente tensa. De alguma forma, sentia-se obscuramente ameaçada, apesar de só estar ouvindo o gemido das árvores sacudidas pelo vento e o lento gotejar da água.

Disse a si mesma que, provavelmente, não havia de ser nada, mas o seu sexto sentido nunca se enganara.

Concentrou-se nos sons. Tinha um talento natural para reconhecer os sons cadenciados. Uma capacidade aperfeiçoada após anos de treinamento. O rangido da madeira fustigada pelo vento. O farfalhar das folhas ainda nos galhos. A água. A água que escorre da nascente devagar. O som redondo e perfeito da gota que pinga no pequeno espelho-d'água, o seu eco quase inaudível que ricocheteia nas negras paredes de pedra em volta.

Então um ruído que destoa, repentino, e ao mesmo tempo uma pequena dor, como uma picada, no antebraço.

O corpo reagiu sozinho, por conta própria. A mão correu às facas de arremesso, que sempre tinha consigo. Não foi preciso pensar. A lâmina brilhou por um instante, e logo deu para ouvir um ganido abafado e um pequeno baque surdo.

O coração disparou no seu peito. As imagens atropelaram-se, o pensamento voltou a uma noite de muitos anos atrás, àquelas mesmas facas lançadas, que acertavam no alvo, e depois para um tempo ainda anterior, até a imagem de dois olhos brancos, esbugalhados e fixos nela, olhos que nunca mais conseguira esquecer, os olhos de Gornar que toda noite vinham visitá-la e acusá-la.

Dubhe recobrou-se devido ao som cavernoso de sua respiração. Um filete de sangue escorria da parte alta do antebraço. Não foi difícil entender por quê. Uma agulha muito fina fincara-se na carne. Veneno. Só podia ser isso.

Aproximou-se do lugar de onde viera o gemido. Tremia, talvez devido à agitação daqueles segundos convulsos.

Avançou com cuidado. Um vulto, imóvel e pálido sob o luar, jazia no chão, com uma faca plantada bem no meio do peito.

"Talvez ainda esteja vivo."

Aproximou-se mais, olhou melhor. Era apenas um garoto, quase um menino! E já não respirava.

Dubhe apertou os punhos, fechou os olhos, rechaçou as imagens que aquele cadáver evocava.

"Droga."

Procurou não olhar para o rosto do garoto, concentrando-se antes na roupa que usava. Tinha um punhal preso à cintura. Preto, com o cabo em forma de serpente. Numa mão, uma zarabatana. Haviam certamente tentado disfarçá-lo, mas para Dubhe tudo nele lembrava a Guilda. A arma, que só os Assassinos da Guilda usavam, a pouca idade e até mesmo a maneira com que a atacara.

A descoberta apagou qualquer outra coisa, até o tremor que aquele homicídio imprevisto provocara no seu corpo.

Parou de olhar e correu imediatamente para a gruta. Sabia que, se de fato havia sido envenenada, correr como uma doida para a caverna não era a melhor coisa a fazer, mas era lá que todos os antídotos que ela conhecia estavam.

Logo que chegou começou a procurar nas prateleiras. Conhecia muito bem cada vidrinho, podia reconhecê-los só pela cor. Sabia os venenos usados pela Guilda; enfileirou as garrafinhas na mesa. Só parou quando todos os vidrinhos ficaram espalhados diante dela.

Interrogou seu corpo como poderia fazer um mago ou um sacerdote. Sentia-se bem. Inexplicavelmente bem. A respiração estava ofegante, mas nada de mais após aquela corrida, e o coração batia rápido, mas com força e regularidade. A visão continuava clara, a cabeça não doía, e ela não se sentia mareada. Não conhecia nenhum veneno que, depois de circular pelo corpo havia algum tempo, não tivesse algum efeito. Examinou a agulha, que ainda segurava espasmodicamente entre os dedos. Estava vermelha na ponta, mas quase não dava para ver. Vermelha do seu sangue. Só isso.

Tomou mesmo assim vários antídotos, só doses mínimas de cada um. Da forma como o Mestre lhe ensinara, mas que nunca tivera a necessidade de pôr em prática até então. Tratou de lembrar direito as doses e como funcionavam.

Permaneceu mais um tempo atenta, controlando com ansiedade a respiração e o batimento do coração, mas nada aconteceu.

Um mistério. Um verdadeiro mistério.

Foi enterrar o corpo do garoto. Uma tarefa penosa que teria preferido evitar, mas que tinha de fazer.

Olhou novamente para ele. Os olhos fechados numa expressão quase de paz, o rosto composto, o cabelo encaracolado espalhado sobre a testa. Quantos anos podia ter mais do que ela? Muito poucos. Como o Mestre lhe contara: na Guilda o pessoal começa muito cedo. Treinamento duro desde meninos, e o primeiro assassinato aos dez anos.

"Quase como eu", pensou.

Devia ser um dos primeiros trabalhos um pouco mais sérios, e tinha acabado mal, muito mal... Estava morto, de olhos fechados, e só por isso Dubhe conseguiu olhar para ele por tanto tempo. Não conseguia encarar os olhos apagados dos cadáveres. As pupilas desprovidas de luz deixavam-na aterrorizada, e não havia uma vez, uma única maldita vez, em que não reconhecesse naquele olhar o desespero dos olhos vazios de Gornar, a sua primeira vítima.

"Matei, matei de novo."

Todos os ruídos, o vento, o frio e até mesmo o medo provocado por aquela agulha misteriosa, dissolviam-se na terrível e gélida consciência disto.

"Matei de novo. É a minha sina."

Procurou não pensar no assunto. Disse para si mesma que só havia tentado defender-se. Cancelou os pensamentos no movimento ritmado da pá que cavava a terra, perdeu-se no cansaço que tomava conta dos seus braços, até perceber de repente que não experimentava mais coisa alguma, que se sentia quase tão morta quanto ele.

Em seguida correu para a nascente, como fizera naquela primeira noite em que matara com o Mestre. Despiu-se espasmodicamente, jogou-se sem demora dentro do pequeno lago, deixou-se afundar, cercada pela água, com os cabelos soltos em volta do rosto.

Ficou algum tempo submersa, sem respirar, esperando que a água penetrasse no seu corpo, que a limpasse, que a livrasse de qualquer impureza.

Havia jurado que nunca mais voltaria a matar, jurara na ocasião da morte do Mestre. E agora tinha traído o seu juramento.

O que acontecera foi muito grave, e Dubhe devia de entender.

O rapaz pertencia realmente à Guilda, afinal? E, neste caso, por que o haviam enviado para matá-la?

Foi a Makrat falar com Jenna. Quando explicou o que queria, o jovem olhou para ela incrédulo e assustado.

— Está me pedindo para investigar a Guilda?

— Não propriamente investigar... Só quero que fique atento e descubra se há algum boato...

— Eu nem sei onde fica a Guilda dos Assassinos... imagine só, então, se vou querer me meter com alguém que tenha a ver com eles!

A reputação da Guilda era terrível. Oficialmente, era apenas uma seita extravagante, como muitas outras naquele tempo de guerra e desespero, e era somente graças a esta fachada, e à proteção de alguns poderosos, que ela pudera continuar existindo. Mas, na verdade, reunia em suas fileiras os mais perigosos assassinos do Mundo Emerso. E diziam que dentro dela aconteciam estranhos rituais de sangue. Poucos, no entanto, realmente sabiam alguma coisa. A Guilda guardava muito bem os seus segredos.

O Mestre havia sido um dos seus asseclas, mas quase nada comentara a respeito com Dubhe. Só quando tudo estava acabado tinha tido a coragem de contar como e por que decidira abandonar a seita, e a partir daí a jovem passara a odiar aquele nome. Havia passado os últimos dois anos tentando fugir dela. Por isso mesmo, agora, precisava saber o que estava acontecendo.

– Só estou lhe pedindo para sondar o terreno, entre os seus conhecidos. Só isso. Ninguém vai reparar. Ninguém pode saber, aliás.

O rosto de Jenna continuava a ser marcado pela maior aflição.

– Estou lhe pedindo ajuda – admitiu finalmente Dubhe. – Não posso cuidar disto pessoalmente, agora, mas preciso saber de alguma coisa o quanto antes.

A expressão de Jenna ficou um pouco mais suave.

– Pagarei pelo favor...

Jenna fez um gesto para cortar o assunto.

– Está bem, está bem... E quanto ao trabalho?

– Sabe que não posso lhe contar nada.

– Mas o pagamento, pelo menos, é tão bom quanto diziam?

Dubhe revelou a quantia.

– Bom, com uma remuneração tão nababesca, daria até para pensar em aposentar-se, não acha?

Dubhe achou graça ao reparar que o mesmo pensamento que por um momento a seduzira na Fonte Escura também passava pela cabeça de Jenna.

Enquanto voltava da casa do amigo, tentou imaginar a própria vida sem o roubo e o homicídio, como se tudo aquilo que havia acontecido até então nunca tivesse existido. Uma vida normal, como aquelas que podia ver durante os seus longos passeios pela cidade. Encontrar um homem que ela pudesse amar, acordar sempre na mesma cama, já não se contentar apenas em sobreviver, esquecer a sua contínua fuga.

Ficou repentinamente entregue a uma estranha sensação de irrealidade. Aquela imagem, afinal, tinha lá os seus atrativos. Em algum lugar perdido no fundo do corpo, ou da alma, Dubhe estava cansada.

A noite do roubo chegou até depressa demais. Dubhe estava pronta, mas a preocupação continuava a afligi-la. O mistério do rapaz da

Guilda ainda continuava sem solução. Jenna não voltara a falar com ela, sinal de que não conseguira descobrir coisa alguma.

Saiu de casa na calada da noite e se dirigiu à mansão de Thevorn. Na pálida luz da foice lunar pareceu-lhe lúgubre e imensa.

Pular o muro que a cercava não foi um problema. Ficou encolhida na grama do jardim por algum tempo, até ouvir os soldados de vigia passarem pela primeira vez. Havia dois deles, fazendo a ronda em sentido inverso. Dubhe mediu as passadas, assimilou o ritmo.

Mais barulho de passos, e Dubhe achatou-se contra a parede prendendo a respiração. O soldado passou sem nada perceber.

Dubhe avançou cautelosamente ao longo do muro até chegar ao local que lhe interessava. Era uma parte da casa particularmente fácil de ser escalada, meio escondida atrás de um alto cipreste. Dez metros mais acima, havia uma chaminé, uma ótima entrada.

Esperou até o vigia passar de novo, então começou a subir pelo cipreste. Desta vez, ao passar, o soldado deu um sonoro bocejo. Logo que ele se afastou, Dubhe pulou sem fazer qualquer barulho: o telhado estava a menos de dois metros de distância.

Tudo estava correndo conforme os planos.

Agachou-se em cima das telhas e, como sombra furtiva, arrastou-se até a chaminé. Escondeu-se atrás dela, àquela altura já fora do alcance dos guardas.

Era a vez do arpão. Prendeu-o num lugar que lhe parecia suficientemente sólido e depois jogou a corda na abertura escura. Deixou-se escorregar para dentro dela.

A chaminé era apertada e seus ombros roçavam nos tijolos.

Continuou a descer, lenta e cuidadosamente, firmando os pés no pouco espaço de que dispunha. Afinal viu uma pálida luz; tinha chegado à base da chaminé. Olhou em volta. Conforme planejara, chegara a um aposento vazio, uma das muitas saletas da grande mansão.

Dubhe nem precisou controlar o mapa, pois lembrava perfeitamente a localização de todos os cômodos.

Saiu da lareira e dirigiu-se para uma porta na parede em frente. Passou por uma longa série de aposentos, todos amplos e decorados mais ou menos da mesma forma, até chegar ao corredor do andar de cima. Neste ponto começava a parte mais difícil do trabalho.

Thevorn dormia cada noite num quarto diferente, mas, como a criada Man lhe dissera, estes cômodos eram igualmente vigiados. Teria de controlar um por um, e a única entrada possível era passando por fora, através da janela de um quarto vizinho.

Viu o primeiro guarda postado, sonolento, diante da primeira porta. Ligeira e silenciosa, Dubhe penetrou no quarto ao lado. O aposento tinha uma sacada, o que tornaria sem dúvida o trabalho mais fácil.

Não encontrou Thevorn lá dentro. O quarto estava vazio. Tudo bem, melhor assim.

Dedicou-se a um exame detalhado do ambiente. Não sabia, ao certo, o que estava procurando, mas agia com o desembaraço de quem passou os últimos dois anos entrando e saindo impunemente de casas como aquela. Sabia tudo de quartos secretos e dos vários jeitos para entrar neles, tanto assim que fazia aquele trabalho quase automaticamente.

A sua procura, no entanto, não surtiu efeito. Nenhuma das paredes parecia esconder entradas secretas.

"Não deu em nada. Não faz mal, a noite é longa."

A jovem prosseguiu na sua exploração. Já era tarde e a criadagem se recolhera. Os próprios guardas, aliás, limitavam-se apenas a preguiçosas rondas pelos corredores principais.

Dubhe não teve a menor dificuldade para evitar os soldados enquanto passava de um aposento para outro.

Na segunda tentativa teve ainda menos sorte. O cômodo ao lado era pouco mais do que um depósito, com uma única janela pequena e estreita. Do lado de fora, nada de sacada. Ainda assim havia uma saliência, uma espécie de cornija. Abriu a janela e esperou que o guarda no jardim saísse de perto. Então pulou na cornija e, com uns poucos passos, alcançou a janela seguinte. Abriu-a com facilidade e entrou.

A cama ficava escondida atrás de pesadas cortinas de veludo. Dubhe afastou-as para ver se havia alguém. De fato Thevorn estava lá, mexendo-se num sono conturbado. E tinha todos os motivos do mundo para agitar-se daquele jeito. Com efeito, naquela noite não só corria o risco de perder os seus documentos, pois na verdade era a sua vida a estar em perigo. Por enquanto era a vez dela, mas na noite seguinte seria provavelmente a vez do assassino.

"Um assassino, exatamente como eu."

Sacudiu a cabeça, como sempre fazia quando tentava livrar-se de um pensamento incômodo.

Entregou-se à mesma cuidadosa busca à qual já se dedicara no outro aposento. Desta vez procurou ser ainda mais delicada, pois o homem parecia ter um sono muito leve e inquieto. Olhou à sua volta com todo o cuidado, apalpou os muros. Não demorou quase nada para encontrar a parede oca.

"Aqui está."

Começou a passar a ponta dos dedos no muro em busca de alguma pista e acabou encontrando-a. Uma tapeçaria com uma borda toda gasta.

Levantou-a de leve. Sorriu. Tinha encontrado uma portinhola trancada.

Dobrou-se até permanecer com o rosto na altura da fechadura e ficou considerando o que seria melhor fazer. Então tirou de um dos bolsos aquilo de que precisava. Uma pequena gazua que se adaptava a vários tipos de fechaduras, um precioso presente de Jenna. O arrombamento era a única coisa que o Mestre não lhe ensinara. Afinal, é muito raro que um assassino precise recorrer a algo tão primário. Jenna se encarregara de preencher esta lacuna.

O quartinho era um verdadeiro buraco. Dubhe teve de agachar-se para conseguir entrar, pois o teto era muito baixo. Num primeiro momento, pareceu-lhe estar vazio. Mesmo assim fechou a porta atrás de si e aí começou a apalpar as paredes. Na completa escuridão, só podia basear-se no sentido do tato. Do outro lado, lá fora, a sua audição bem treinada ainda podia ouvir a respiração pesada de Thevorn.

Seus dedos encontraram uma saliência. Parecia uma espécie de símbolo, que não conseguiu identificar claramente só com a ponta dos dedos. Empurrou, e um tijolo ao lado mexeu-se avançando algumas polegadas. Dubhe tirou-o delicadamente do lugar, enfiou a mão na abertura e ouviu o rangido de um pergaminho.

"Pronto", disse para si mesma. Sentia-se estranhamente constrangida. Não via a hora de aquilo tudo acabar.

Puxou devagar os papéis para fora, preparou a sacola em que iria guardá-los. E foi aí que aconteceu.

Foi como se alguma coisa dentro dela se quebrasse. De repente sentiu uma dolorosa fisgada no peito, o fôlego parecia recusar-se a entrar nos seus pulmões.

"Estou morrendo", pensou, e, mais do que o medo, o que realmente a paralisou foi a surpresa. Mais uma súbita dor no antebraço, e depois mais nada. Só breu.

Quando se recobrou estava no chão, na escuridão total do quartinho, encolhida. Do outro lado da porta, a mesma respiração ofegante e ansiosa de Thevorn. Tentou levantar-se, mas sua cabeça rodava e mal conseguia respirar.

Apoiou-se na parede procurando desesperadamente retomar o fôlego. Seu coração batia acelerado, o ar que respirava nunca parecia suficiente para encher os pulmões. Estava mal. À mercê de um mal que não conseguia reconhecer. Ali, sozinha, na casa do inimigo. Enquanto realizava um trabalho. Ficou apavorada.

"Nada de pânico, sua boba, encontre uma saída!"

Procurou firmar-se, mas suas pernas tremiam. Com passo incerto saiu do quartinho, espiando em volta de olhos embaçados. Ainda tinha uma tarefa a cumprir.

Alcançou a janela e olhou para fora. A cornija pareceu-lhe de repente pequena demais para permitir a sua passagem. Ouviu um abafado tropel no corredor.

"Não, agora não..."

Deixou-se escorregar para fora, pisou devagar na cornija. Teve uma tontura e se segurou na parede.

"Agora não!"

Apoiou as palmas das mãos no muro e começou a deslizar ao longo da parede com todo o cuidado possível. Sair, o quanto antes, procurando limitar os prejuízos.

– Quem está lá?

Uma voz preocupada lá embaixo. Um guarda.

Dubhe ficou olhando reto diante de si; o quarto não estava longe. Fez um derradeiro esforço e correu para a janela.

– Parado!

Não havia tempo. Dubhe seguiu em frente, correu para o outro lado, depois quebrou uma vidraça com a mão.

Estava começando a recobrar-se, mas o estrago já tinha sido feito.

Pulou para dentro do aposento enquanto lá fora várias vozes gritavam alarmadas.

– Alguém entrou!
– O que está acontecendo?
– Alguém entrou! Vi uma sombra pular dentro do salão norte! Avisem os guardas dentro da casa!

Dubhe praguejou e olhou a sua volta. Havia mais uma lareira. Podia tentar sair do mesmo jeito com que entrara. Correu para aquela abertura enquanto a porta da sala se abria.

– Quem está lá?

Dubhe agarrou-se com os dedos aos tijolos, escorou os pés na chaminé enegrecida e começou a escalada.

– Alguém está aí?
– Acho que não tem ninguém, mas é melhor controlar.

A jovem procurou subir o mais rápido possível, mas de repente, para cima, a chaminé se estreitava bastante tornando o avanço ainda mais difícil. As paredes fechavam-se acima dela, e mais uma vez a jovem teve dificuldade para respirar.

Fora da lareira, vozes, ruídos de espadas desembainhadas e passos apressados no soalho.

"Fique firme, não desista!"

Alçou-se para fora a duras penas, roçando nos tijolos e arranhando os braços. Avaliou a situação. Havia uma sacada ao alcance de um pulo, com o jardim logo abaixo, sem nenhum guarda à vista. Dubhe deixou-se cair e aterrissou sem maiores problemas. Achatou-se no chão e esgueirou-se para a sacada.

– Ali! Vi alguém se mexendo na sacada!

Não havia tempo a perder; apoiou as mãos no parapeito e pulou no vazio.

Desta vez o pouso não foi propriamente desprovido de consequências, e Dubhe machucou seriamente um joelho.

Levantou-se, ainda assim, na mesma hora, saiu correndo para esconder-se atrás de uma moita. O jardim permanecia vazio, mas não iria continuar daquele jeito por muito tempo. Alcançou o muro e galgou-o sem demora. Com algum esforço conseguiu voltar à rua, na escuridão da noite. Avançou por um beco, coxeando, e depois de percorrer um bom trecho sentou no chão.

Respirou com calma. O frio da noite fez com que se recobrasse. Abriu os olhos e, acima de si, viu uma lua branca e imóvel.

"Desta vez foi realmente por pouco."

Uma coisa daquelas nunca lhe acontecera antes. Nem durante um trabalho, nem em qualquer outro momento da sua vida. Sempre gozara de uma saúde de ferro. O que diabo tinha acontecido com ela?

Agora tudo parecia ter voltado ao normal; o coração batia tranquilo no peito, a respiração mantinha-se lenta e regular, a mente lúcida. Ficou mais uns poucos instantes no beco, pasma por ainda estar viva, em seguida levantou o capuz da capa e confundiu-se com as sombras de Makrat.

6
A PEÇA QUE FALTAVA

Yeshol estava sozinho na biblioteca. Como sempre. Aquele era o seu refúgio, um lugar do qual todos os demais Assassinos, que partilhavam com ele o espaço da Casa, tinham ouvido falar, mas que muito poucos haviam tido a oportunidade de conhecer. Pois aquela era a sua biblioteca particular, que ele mesmo constituíra, juntando um livro após o outro, e porque somente ele merecia estudar aqueles volumes. De resto, aliás, também Aster escolhera uma vida de solidão. Yeshol nunca se iludira a ponto de considerar-se seu amigo, nem mesmo confidente. A única coisa que sempre desejara de Aster eram ordens.

Agora que ele mesmo se tornara chefe, já que como Guarda Supremo era o único guia para aqueles que haviam compartilhado o grande sonho de Aster, só desejava que os seus asseclas olhassem para ele da mesma forma.

Entre as muitas coisas que apinhavam a mesa havia um livro e um pergaminho. A sua vida inteira desenrolara-se entre os livros. Ainda jovem, devorara-os depressa enquanto treinava as práticas do homicídio. Então Aster decidira facilitar esta paixão entregando-lhe alguns dos seus, ainda que naquela época ele fosse muito mais um executor do que um conselheiro.

Tempos distantes que toda noite, nos últimos quarenta anos, Yeshol tentava reviver com a sua pena.

Mas não era só esta a ocupação das longas noites de Yeshol. O seu plano era muito mais ambicioso. Um por um, tinha procurado os livros da desmedida biblioteca de Aster. Sabia que a chave de tudo, o ponto central do projeto, se encontrava ali naqueles volumes. No dia em que a Fortaleza havia desmoronado chegara a pensar que estava tudo perdido.

Tinha começado a viajar por todo o Mundo Emerso à cata deles. Não foi fácil. Muitas vezes sobravam apenas folhas soltas, amiúde irreconhecíveis, chamuscadas. Só raramente encontrava volumes íntegros e completos; em geral estavam perdidos entre muitos outros livros, em bibliotecas anônimas do interior, ou até mesmo misturados com as velharias à venda nos mercadinhos de trastes usados. Verdadeiras joias, às vezes até escritos autógrafos do próprio Aster.

A tarefa levara anos, mas agora uma parte da antiga biblioteca da Fortaleza fora reconstituída. Uma parte muito pequena, é verdade, mas mesmo assim já era alguma coisa, naquela época de descrentes que chamavam Aster de tirano e continuavam a ter mais medo dele do que da morte.

Noite após noite, Yeshol folheava os livros, um por um, e procurava uma resposta para as suas dúvidas, para uma vaga e grandiosa ideia que cultivava dentro de si entre o sono e a vigília, como o mais precioso dos seus sonhos. No começo tratara-se apenas de horas roubadas ao homicídio, quando não passava de mais um assassino entre muitos outros: aquele que guardara consigo a Relíquia e juntara os irmãos debandados, mas que ainda não era digno do poder maior. Mas depois, nos anos do comando, tornara-se a sua atividade principal.

E então, finalmente encontrara.

Havia sido um grande momento, para ele e para a Guilda, e saíra correndo para o templo, a fim de rezar a Thenaar com voz comovida.

– Obrigado por ter respondido às minhas orações! Sei que não foi por mim, que sou apenas seu serviçal, que tornaste possível tudo isso, mas sim para a tua glória, e eu te entregarei o mundo em troca deste presente que me deste. O teu tempo virá.

O quadro, no entanto, ainda não estava claro. Faltavam umas peças, alguns livros e, particularmente um, o fundamento de tudo. Material que precisava ser procurado, ser encontrado por bem ou por mal. E ele continuava buscando.

Naquela noite, à luz trêmula de uma vela, fazia umas anotações acerca de um volume de Magia Proibida, alguma coisa tão antiga que quase remontava à época dos Elfos.

Dobrado em cima do pergaminho, ia escrevendo palavras pequenas e elegantes na sua escrita ordenada e miúda. Tinha ficado mais velho, durante aqueles anos, mas nem tanto. Alguns fios mais cinzentos no cabelo encaracolado, um leve toque de miopia nos olhos azuis. Seu corpo, no entanto, continuava sendo o de sempre, a fulminante máquina de morte, que tinha construído após anos de treinamento. Um Vitorioso continua sendo antes de mais nada um assassino.

Mergulhado no trabalho, molhou mais uma vez a ponta da pena no tinteiro.

– Aproxime-se – disse sem levantar a cabeça da mesa de trabalho.

O seu assistente estava ali, do lado de fora da sala, e devia ter ficado surpreso, pois ficou indeciso. Podia imaginá-lo: com a mão no ar, parada quando já estava a ponto de bater à porta.

Percebera a chegada dele havia algum tempo. Seu ouvido continuava aguçado como sempre. Ouvira os seus passos, o farfalhar das roupas, e intuíra que vinha vê-lo.

O rapaz apareceu no limiar.

– Excelência, o homem está à sua espera no templo.

E voltou a fechar delicadamente a porta.

Yeshol guardou o livro, colocou a pena no suporte do tinteiro. Nada mais de estudo, pelo menos naquela noite. Mas a pausa valia realmente a pena.

Ao sair do seu aposento meteu-se na rede emaranhada da biblioteca. Movimentava-se à vontade nela, ele que vira construir o lugar e que o planejara. Ao sair dali passou para outro labirinto, o dos corredores da Casa, da nova casa deles, à espera da hora em que poderiam novamente instalar-se nos subterrâneos da Grande Terra, quando o momento chegasse.

Avançou por meandros úmidos e escuros, e corredores infinitos que se cruzavam formando ângulos estranhos, para alcançar afinal uma estreita escada. Subiu por ela com passo decidido e desembocou num antro amplo e sombrio, fracamente iluminado por um pequeno braseiro de bronze que ardia ao lado de uma enorme estátua envolvida na escuridão. A luz mortiça só se espalhava por alguns metros e não chegava a alcançar as paredes da sala nem o seu vertiginoso teto.

Não longe da estátua havia um homem fechado em sua ampla capa.

Os seus traços estavam na sombra, mas era bastante alto e imponente. Dava uma ideia de agilidade e de força ao mesmo tempo.

— Nunca deixo de ficar surpreso com a falta de respeito que me demonstra e com a maneira descarada com que faz isso; ninguém no mundo se atreveria a deixar-me esperar tanto.

A voz era estentórea e segura, e de algum modo rica em nuanças, fascinante.

Yeshol sorriu.

— Sabeis muito bem, Majestade, que eu estou a serviço de poderes muito mais altos do que os vossos.

— E, com efeito, não irei criticá-lo — foi a seca resposta.

Yeshol aproximou-se e acenou uma mesura. O homem, por sua vez, levantou ambos os punhos e cruzou-os no peito. Yeshol ficou surpreso e respondeu com a mesma saudação.

— Devo considerar isto um sinal? Começais a sentir-vos parte da vida da Casa?

— Apenas respeito os seus hábitos e o seu deus.

— Sem, contudo, acreditar nele...

— As pessoas como eu não foram feitas para acreditar, mas sim para se tornar um deus.

— Quem está agora me surpreendendo sois vós, com vossa insolência que já chega às raias da blasfêmia.

— Thenaar me perdoará. Afinal de contas acho que estou a lhe proporcionar serviços bastante notáveis.

Yeshol gostava daquele homem. Esguio e ambíguo, exatamente como ele, poderoso e ambicioso. Nunca poderia chegar a desempenhar, na história da Guilda, um papel tão marcante quanto o de Aster, mas era mesmo assim um precioso aliado. Yeshol jamais desistira completamente da ideia de transformá-lo, algum dia, num Vitorioso, pelo menos em parte, sem revelar-lhe todos os mistérios. Apreciava, de qualquer maneira, a aliança com ele. Tratava-se, afinal, de Dohor, o homem mais poderoso do Mundo Emerso e, num futuro próximo, o seu único monarca.

Os dois deslocaram-se da sombra para a luz. Dohor usava os cabelos louros, quase brancos, bem curtos, e seus olhos azuis mexiam-se o tempo todo, sempre atentos.

— Então? — perguntou.

— O rapaz foi ontem.

— E aí?

— Morreu, mas sabemos que realizou a missão.
Os olhos de Dohor brilharam.
— Perfeito. Simplesmente perfeito.
— Espero que vos deis conta de que para nós foi uma perda considerável. Não gostamos de desperdiçar vidas em tarefas, afinal de contas, secundárias.
— Prometi uma recompensa e a terá.
Yeshol sorriu satisfeito.
— E vocês têm certeza mesmo de que esta tal de Dubhe está à altura da tarefa?
— Achais que, se não estivesse, eu me daria a este trabalho todo para tê-la aqui comigo, na Casa? Nunca vi ninguém tão promissor. É muito melhor do que muitos dos nossos assassinos já formados e goza de alguma reputação como ladra. Recebeu o treinamento dos Vitoriosos.
— Só quero que me traga aqueles malditos documentos. Além do mais, falam de vocês também, é nosso interesse comum que tudo saia conforme o esperado.
— Cheguei aonde cheguei porque sempre soube escolher os meus subalternos.
Yeshol esperou alguns momentos.
— E no que diz respeito ao pagamento?
Dohor olhou para ele de esguelha.
— Podem dizer muitas coisas de mim, mas não que não pago as minhas dívidas.
Por um instante Yeshol enrijeceu-se na defensiva. Todos sabiam muito bem como, no Mundo Emerso, Dohor pagava as suas dívidas, e aquilo que acontecera com Ido era uma clara prova disto. Então viu Dohor sorrir, achando graça.
Afastou uma dobra da capa e sacou um pesado alforje. Havia nele um volumoso livro preto, com um complexo pentáculo vermelho-sangue desenhado na capa de marroquim e tachas de cobre, meio carcomido pelo tempo.
Yeshol abriu-o com delicadeza. As páginas de pergaminho chiaram sinistramente. Estavam todas cheias de símbolos traçados numa escrita quase infantil, às vezes parcialmente apagada por manchas de água e bolor. Era ele. Poderia reconhecer aquela mão entre milha-

res. Acariciou as páginas com mão trêmula, olhou com carinho para aqueles traços. Lembrou-se de Aster dobrado em cima daquele livro, entregue à escrita, com sua testa de criança franzida no esforço de concentração. Pôde rever Aster que se virava para ele, sorrindo suavemente, cansado.

– É você?
– Não deveria trabalhar tanto, Meu Senhor!

O olhar de Aster era ao mesmo tempo melancólico e doce.

– Faço isto por Thenaar. Consegui elaborar novamente estas antigas Fórmulas Proibidas. Elas nos ajudarão a abrir caminho para fazer chegar o tempo Dele.
– Meu Senhor...
– Então?

A voz de Dohor trouxe-o de volta à realidade.

– É ele – disse num sopro.
– Muito bem. Tudo indica que conseguimos novamente realizar o que pretendíamos.

O homem envolveu-se de novo na capa.

– Já sabe o que espero de você agora, não sabe?
– Mostrar-vos-ei o fruto dos meus estudos muito em breve, mas preciso antes analisar com todo o cuidado esta última peça que faltava no meu projeto.

Dohor aproximou-se de Yeshol e se curvou para ficar da mesma altura. Seus olhos fitaram-no, duros e penetrantes.

– Sempre o ajudei, sabe muito bem disto – sussurrou. – Estamos ligados de forma indissolúvel, nesta altura, ainda mais agora que estou restaurando aquele covil que tanto preza.
– Acho que sempre demonstrei a minha total lealdade – disse Yeshol, procurando manter um tom decidido. Afinal, estava falando com um descrente.
– E não vos esqueçais que me prometestes um lugar ao vosso lado, quando os tempos chegarem.
– Assim será.

Yeshol desceu as escadas depressa. A História estava mudando, ali, naquele momento.

Percorreu os corredores até a segunda escada, e então para baixo, rumo à biblioteca, e depois até a mesa em que sentara, e em seguida para a estante, onde apertou um botão escondido embaixo da madeira, um botão do qual só ele conhecia a exata localização.

Um leve ruído na parede, um painel que deslizava e a repentina aparição de uma porta entre as prateleiras cheias de livros. Mais uma escada, desta vez percorrida com velocidade insana, até chegar a um quarto escuro, a sua toca, onde o seu sonho crescia, palpitava. Parou na porta, com o livro apertado nos braços como um tesouro.

Era um pequeno ambiente com a forma de um cilindro. As paredes não tinham qualquer acabamento e estavam manchadas de um bolor esverdeado e branco, em cima do qual sobressaía uma multidão de símbolos traçados com sangue. Não havia coisa alguma ali, a não ser uma rude mesa de madeira num canto e um incômodo escabelo.

Yeshol parou no limiar, trêmulo, ofegante. Sorrindo.

Diante dele havia um globo leitoso, de um azul-celeste pálido e mortiço, que refletia uma luz funérea nas paredes. Estava suspenso no ar, acima de um pedestal. Sobre este, uma taça de vidro, e dentro dela o globo. No seu interior alguma coisa se movia, uma espécie de lento remoinho que às vezes parecia tomar a forma de um vulto indefinido cuja aparência se mantinha vaga e mutável. Rodava devagar, como que procurando coagular-se e assumir traços reconhecíveis.

Yeshol olhou para o globo, encantado.

– Aqui está! – disse mostrando o livro à esfera leitosa. – Eis aqui aquilo que por tantos anos andei procurando, isto! Quem me trouxe foi Dohor. Ele mesmo, o descrente que nos está ajudando a recriar o tempo de Thenaar. Isso dá uma ideia da época triste em que sou forçado a viver! Mas tudo isso vai mudar, está me entendendo? Esqueça o meu antigo fracasso, que o baniu para esta horrenda condição, esqueça, porque eu juro que saberei consertar o meu erro.

Caiu de joelhos e levantou o livro para o céu, os olhos fixos no globo, em extática adoração.

– Seja louvado Thenaar por este grande dia! Seja louvado!

A sua oração atravessou, muda, a pedra acima dele, os corredores vazios da Casa e chegou aos pés da grande estátua no templo.

7
O PROCESSO
✦ ✦ ✦
O PASSADO II

Dubhe está sozinha no sótão. As pernas apertadas entre os braços, o queixo apoiado nos joelhos, os olhos esbugalhados e inchados de pranto. Não sabe, ao certo, há quanto tempo está escondida lá em cima. Mas já é noite, dá para ver perfeitamente, uma magnífica lua brilha no céu.

Gornar morreu. Quem foi chamar os adultos foi Renni, e todos acudiram ao rio; muitos, pelo menos dez, entre os quais os pais de Gornar. A mãe começou a gritar, não parava mais. E Dubhe tampouco conseguia fazer outra coisa a não ser berrar.

– Não queria! Eu não queria! – Mas ninguém prestava atenção. Também chegou o sacerdote, e então levaram Gornar para casa. Quem deu a palavra final foi ele.

Morto.

Morto.

Dubhe não lembra com clareza o que aconteceu em seguida. A sua mãe chorava, o pai apertava-a contra o peito. No começo ela também ficara desesperada, mas depois, pouco a pouco, se acalmara, e sobre tudo aquilo descera o silêncio. Via as pessoas gritando e arrancando os cabelos, mas em silêncio, e tudo parecia-lhe agora infinitamente longínquo.

"Estas não são as pessoas de Selva. Esta não é a minha vida, e esta aqui não sou eu."

Depois, até os pensamentos haviam sumido, um depois do outro, e só ficara a imagem terrível dos olhos de Gornar, dois círculos brancos gravados na sua mente.

Já em casa, os seus haviam começado a confabular, naquele tom baixo e contido que os grandes usam quando falam de coisas importantes.

Foi então que Dubhe foi para o sótão, sem entender ao certo por que fazia aquilo, e se escondera ali. As lágrimas escorriam fartas pelas suas faces, mas não se sentia triste. Para dizer a verdade, aliás, nem lhe parecia ainda estar viva.

A mãe subira na hora do jantar.

– Desça, fique conosco. Você precisa comer.

Uma voz doce, preocupada, que quase não conhecia nela. Não respondera. Não podia responder. Já não tinha voz.

– Talvez mais tarde? Quer que guarde alguma coisa para você?

Subira várias vezes, sempre falando com voz doce e macia. Chegara perto, abraçara-a, apoiara a cabeça no seu ombro, chorando. Nada surtira efeito, e até as lágrimas de Dubhe haviam secado.

Provavelmente, um dia inteiro passara, pois lembrava o sol que acariciava a janela e um céu mais azul do que nunca.

"Hoje o rio vai estar uma maravilha. Pesca-se muito bem, com este sol. Mathon e os outros já devem estar por lá, brincando. Irei juntar-me a eles, brincaremos juntos, conversarei com Pat e contarei que estou apaixonada por Mathon. E Gornar tentará novamente roubar de mim uma cobra, mas não baterei nele, pois ele é o chefe."

– Por que não fala comigo? Por que continua calada?

A mãe grita. O pai também está presente.

Segura-a pelos ombros, sacode-a até machucá-la, mas ela não reage, não se queixa.

"Este corpo não é meu. Eu estou no rio perto de Gornar, e ele diz que o matei."

O pai empurra a mãe para longe de Dubhe.

– É normal que ela se porte assim... o que aconteceu é uma enormidade, é normal.

Não demora muito para a casa se encher de outras vozes, vozes desconhecidas que filtram do soalho e chegam até ela. O seu estômago resmunga e as pernas doem de forma insuportável, mas não consegue se mexer.

– É uma coisa séria, talvez vocês não entendam.

Quem fala é o ancião do vilarejo, Trarek.
A mãe limita-se a chorar.
– Quem parece não entender direito são vocês – rebate a voz forte e sofrida do pai. – Como podem se atrever a pensar que uma coisa dessas aconteceu de propósito?
– Não estamos dizendo isto, Gorni.
Thom, o pai de Renni.
– Mas precisa levar em conta o sofrimento dos pais de Gornar.
– Foi uma fatalidade.
– Não temos a menor dúvida quanto a isso.
– E então não vejo o motivo de continuarmos esta conversa!
– Acontece que estamos falando de uma coisa séria. Dubhe matou um garoto.
– Foi um acidente, ora essa! Um danado acidente!
– Fique calmo, estamos aqui para conversar.
– Vocês não querem conversar, só querem condenar a minha filha, uma menina!
O pai berra. Que ela se lembrasse, nunca acontecera antes.
– Renni diz que fez de propósito... segurou a cabeça do garoto e chocou-a contra a pedra.
– Vocês estão loucos... estão todos loucos...
– Você não pode negar que toda esta violência é anormal numa menina...
– As crianças brincam! As crianças se engalfinham! Certa vez quebrei dois dos seus dentes numa briga, está lembrado? Se o soco tivesse saído errado poderia ter matado você!
– Ninguém choca a cabeça de um garoto contra uma pedra sem a intenção de matar.

Passaram-se alguns dias, e a casa está mergulhada numa calma irreal. Dubhe voltou a comer, mas quase não fala. Para dizer a verdade, aliás, na casa ninguém tem muita vontade de falar. Dubhe passa quase todo o tempo no sótão. É o único lugar onde se sente à vontade. Quando está embaixo, não pode evitar o olhar carregado de pranto da mãe, nem a expressão sombria e nervosa do pai. Fora do sótão os fatos tomam consistência e se tornam reais. Mas ali, em cima, o tempo não existe e Dubhe pode se locomover de um lado para o outro a seu bel-prazer, e apagar da memória aquele dia à beira do rio. E é justamente o que ela faz. Por alguns instantes, muito fugazes, consegue pensar em outra coisa, e no fundo do peito ainda amar Mathon.

"Não vai demorar para isto tudo acabar, e poderei sair de novo. Um verão memorável está à minha espera."

Certa noite o pai entra no quarto dela.
— Está dormindo?
A partir daquela tarde, Dubhe não consegue mais dormir tranquila. À noite, quando está na cama, fica com medo, e mesmo quando consegue pegar no sono na maioria dos casos tem pesadelos pavorosos.
— Não, não estou dormindo.
O pai senta na beirada. Olha para ela.
— Como... como está se sentindo?
Dubhe dá de ombros. Não sabe.
— O pessoal da aldeia gostaria de falar com você.
Dubhe tem um estremecimento. As reuniões com o ancião são coisas de gente grande. Os meninos nunca participam.
— Por quê?
— Porque... você sabe... devido àquilo que aconteceu.
Dubhe sente um nó na garganta enquanto os olhos ficam molhados de pranto.
— Eu... não saberia o que dizer...
O pai afaga-a no rosto.
— Sei que é difícil e feio, mas juro que é a última coisa feia que vai acontecer neste verão.
As lágrimas escorrem sozinhas.
— Não quero...
— Eu também não, mas a aldeia tomou uma decisão, está me entendendo? Não posso ir contra a decisão da aldeia... Só querem que você conte a sua história. Você diz o que houve, e depois a gente esquece, está bem?

Dubhe fica sentada na cama e aperta o pai com força, e chora, chora, como naquele dia na margem do rio, como nunca mais conseguiu chorar desde então.

– Eu não queria, não queria! Acontece que ele começou a enfiar a minha cabeça embaixo da água, e tive medo! Não sei como aconteceu, só sei que a certa altura parou de se mexer! E havia sangue, e ele estava de olhos abertos, e olhava para mim com expressão maldosa, e o sangue, o sangue na água, na grama...

O pai também apertou-a com força.

– Só precisa contar isto – diz com voz alquebrada – e eles irão entender, porque foi um terrível engano, uma história feia onde você não tem culpa.

Afasta-se, volta a acariciá-la na face.

– Está bem?

Dubhe faz que sim com a cabeça.

– Daqui a dois dias vamos falar com eles. Mas, até então, quero que você esqueça o assunto. Prometa que fará isto.

– Prometo.

– E agora durma.

O pai dá-lhe mais um abraço, e é com uma nova calma que a menina apoia a cabeça no travesseiro. Pela primeira vez, após tantas noites, não tem pesadelos.

É um aposento cinzento e enfumaçado. Além do cheiro da fumaça percebe-se o cheiro do homem, das muitas pessoas apinhadas na sala de paredes de madeira.

Estão todos lá. Já faz muitos anos que em Selva não acontecem homicídios, nem mesmo os mais velhos conseguem lembrar a última vez que houve uma reunião como aquela.

Os pais de Gornar estão na primeira fila. Evitam o olhar de Dubhe, estão fechados na sua dor. Parecem-se até demais com os seus pais, sentados na outra ponta, também na primeira fila.

Atrás, a multidão dos que nada tem a ver com a história, mas que querem mesmo assim assistir, ver, participar. Num vilarejo de trezentas almas, um homicídio é um assunto coletivo.

Não há crianças, Dubhe é a única com menos de quinze anos.

Um surdo rumorejar de vozes enche o espaço da sala, e os olhos de todos estão fixos nela, dedos apontam fugazes. Dubhe só espera que aquilo acabe logo.

"Um grande verão está à minha espera", repete para si mesma como numa espécie de ladainha. Depois daquela tarde horrível, haverá sol e brincadeiras, é preciso pensar nisso.

Os anciãos entram. São cinco, liderados por Trarek, o chefe da aldeia, que decidirá junto com os seus iguais. É um velho, e todas as crianças têm medo dele. Tem um porte severo, uma expressão carrancuda, e Dubhe acha que nunca o viu rir.

Os anciãos sentam e o silêncio toma imediatamente conta da assembleia.

Dubhe torce as mãos suadas.

Trarek lê uma fórmula ritual de algum tipo, Dubhe nem imagina o que possa ser. É o primeiro processo ao qual assiste.

A porta se abre e entram os amigos. Dubhe fica surpresa, mas não tem coragem de olhar para eles. Baixa a cabeça, e em seus ouvidos só ecoam as palavras de Renni: "Você o matou! Você o matou!"

Trarek chama-os um depois do outro. Primeiro Pat, em seguida Mathon, depois Sams. Pergunta o que aconteceu no rio.

Falam com voz tensa, têm olhares fugazes e estão todos vermelhos. Resmungam, e suas lembranças parecem um tanto confusas.

– Quem tirou a cobra dela foi ele – Pat diz segura.

– Você acha então que Gornar estava errado? Que foi por causa disso que aconteceu o que aconteceu?

– Não... eu...

– Continue.

Dubhe não escuta. Dubhe não quer lembrar.

– A gente já brigou muitas vezes... brigávamos o tempo todo... às vezes até Dubhe e eu chegamos às vias de fato, mas nunca aconteceu nada... nada grave, pelo menos, só uns olhos roxos e uns arranhões... foi uma desgraça!

Então Pat olha para ela, e Dubhe acha poder reconhecer preocupação e compreensão naquele olhar. E fica-lhe agradecida, imensamente agradecida.

Mathon é muito mais neutro. Conta tudo de forma apressada e sem emoção. Nunca levanta os olhos, fala sem se interromper, responde de imediato às perguntas.

Sams mostra-se confuso, às vezes cai em contradição. Dubhe acha que deve estar se sentindo exatamente como ela, sem saber por que cargas-d'água está naquela sala, falando de coisas que não entende e que só têm a ver com os adultos.

Então é a vez de Renni. Seguro, decidido e parece zangado.

– Quem começou foi ela. Estava furiosa, incontrolável, chutava, mordia, ninguém a segurava. Eu tive de separá-los, pois do contrário ela ia continuar.

– Mas não é verdade... – tenta murmurar Dubhe.

– Não é a sua vez. Cale-se – intervém Trarek, frio.

Renni continua, sem qualquer hesitação.

– Segurou a cabeça dele e chocou-a nas pedras do rio, com maldade. Queria machucar. E não chorou nem um pouco enquanto nós todos estávamos apavorados.

O pai mexe-se na cadeira, gostaria de falar.

Quando Renni descreve a cena, a mãe de Gornar começa a chorar.

– Matou o meu menino, matou o meu menino...

Dubhe mostra-se cansada, gostaria de ir embora. Pergunta a si mesma por que Renni está com tanta raiva dela, por que está tão zangado, enquanto fala.

– Vai ter o que merece, não perde por esperar – cicia entre os dentes, ao se afastar.

Dubhe começa a chorar baixinho, devagar. Prometera ao pai que se comportaria como uma boa menina, que iria aguentar, mas não consegue. Aquela tarde volta muito viva à sua memória, e está com medo.

– Não seria possível adiar? Não está vendo que ela está mal? – tenta defendê-la o pai.

– Nunca estará tão mal quanto o meu filho – sibila com ódio a mãe de Gornar.

Trarek impõe ordem na sala. Está irritado.

– Vamos resolver o assunto hoje mesmo, de uma vez por todas. Para o bem de todos e da sua filha, Gorni. A coisa já está se arrastando por tempo demais.

Então olha para ela. É a primeira vez que faz isto desde o começo do processo. Mas seus olhos são severos e na verdade não a veem. O olhar passa por ela até alcançar a multidão por trás.
— É a sua vez. Fale.
Dubhe procura enxugar as lágrimas, mas não consegue. Conta a história toda entre soluços. Relembra as brincadeiras da tarde, quando tudo parecia estar correndo às mil maravilhas, quando estavam se divertindo. E Gornar que sempre era carrancudo com ela.
— Porque eu sou forte e ele sabia, eu era a única da turma de quem ele tinha um pouco de medo.
Então fala da serpente, daquela bonita cobra brilhosa na grama. Uma linda peça para a sua coleção, e ele a queria. Daí a briga.
— Não sei como aconteceu... não sei, não era a primeira vez que me engalfinhava com alguém.
— Já aconteceu muitas outras vezes? — pergunta Trarek.
— Bastante — responde Dubhe, hesitando. — Só que eu não queria... ele puxou os meus cabelos, mergulhou a minha cabeça dentro da água...
As lágrimas são mais fortes, e Dubhe já não consegue falar. O pai a segura pelos ombros.
— Pode parar, já pode parar.
— Já basta? — pergunta então em tom de desafio a Trarek.
— É suficiente.
Os anciãos se levantam, retiram-se, e enquanto fazem isso dois moços separam Dubhe do pai.
— O que é isto? — ele pergunta com raiva.
— A sua filha precisa ficar num lugar seguro.
— Mas é só uma criança, ora essa! Será possível que ninguém se dê conta de uma coisa tão simples?
Dubhe procura agarrar-se no pai, mas suas mãos estão fracas, e os dois moços são muito mais fortes do que ela.
Enquanto a levam embora, ainda pode ver o pai sendo contido por outros homens e a mãe prostrada no chão, aos prantos.
Trancaram-na num cubículo ao lado da sala onde celebraram aquela espécie de processo. Há uma vela acesa, num canto, e a luz trêmula lança sombras disformes nas paredes. Dubhe sente-se sozinha, e só gostaria de ter o pai ao seu lado. O sol, o verão, os amigos,

tudo lhe parece perdido e longínquo. De alguma forma sabe que não haverá mais brincadeiras e tampouco Selva. Percebe isto de um jeito confuso, vago, mas sabe que será assim. O que ela fez no rio mudou tudo.

Quando vêm buscá-la já são altas horas da noite. Estão todos lá, na grande sala, como se não tivesse passado um só instante desde o momento em que a levaram embora. Só o pai não está lá, e a mãe chora desconsolada.

Os anciãos já estão perfilados, de pé, imperturbáveis como estátuas.

Trarek toma a palavra.

— Não foi fácil tomar uma decisão acerca de um assunto tão terrível. A nossa comunidade não tem lembrança de homicídios. E tanto a vítima quanto o assassino são crianças. Avaliamos com cuidado tudo aquilo que foi dito por quem assistiu à tragédia e procuramos decidir conforme a justiça e a moderação. A pena para o homicídio é a morte, e não há dúvidas de que Dubhe manchou-se desta culpa, todos concordaram quanto a isso. Trata-se, contudo, de uma menina, e se por um lado não pode ser considerada completamente ciente daquilo que fez, por outro ninguém pode matar sem pagar um preço. O mal já foi feito, a serenidade de Selva foi perturbada e a vida de Gornar precisa ser de alguma forma resgatada. Decidimos portanto que Dubhe seja banida de Selva. Amanhã mesmo um grupo de homens providenciará o seu afastamento da nossa aldeia. O pai, por sua vez, por ser responsável pelo comportamento dela, será mantido sob custódia numa cela até nós considerarmos isto conveniente.

É o caos. A mãe de Dubhe começa a berrar enquanto a de Gornar não consegue conter-se.

— Morrer, isto sim! Você devia morrer como o meu filho!

Dubhe continua petrificada no seu lugar, no meio da confusão geral. Depois a mãe joga-se em cima dela chorando, e então ela entende. E também cai em prantos, e grita.

O moço de antes agarra-a rápido e procura arrancá-la do abraço da mãe.

— Deixem-na ficar comigo pelo menos esta noite, só esta noite! O pai nem se despediu dela, eu não me despedi!

Mas o soldado já a segura com firmeza.

Dubhe esperneia, chuta, grita possessa. Como naquela tarde, com a mesma fúria, e o moço prageja.

— Fique parada, menina!

Dubhe morde com vontade, sente o sabor do sangue na boca, e o jovem é forçado a soltar a presa. Mas segura-a imediatamente pelos cabelos dando-lhe um violento puxão. Torce o braço dela atrás das costas e continua a puxá-la pelos cabelos. Leva-a embora deste jeito, arrastando-a, os pés que batem na madeira do soalho.

Tentou rebelar-se, Dubhe, e fez tamanho escarcéu que acabaram trancando-a numa cela. Mesmo ali, continuou a berrar a plenos pulmões, até sua garganta queimar de dor. E grita sempre a mesma coisa: quer o pai. Acredita que seja o único capaz de salvá-la.

Mas ninguém vem; Dubhe está sozinha, sozinha consigo mesma e com a sua punição.

Acordam-na de madrugada. Lá fora o céu é de um rosa pungente. Ela continua atordoada. O rapaz encarregado de vigiá-la aproveita para colocar uma venda nos seus olhos.

Anda com resignação, o jovem segura-a pela mão. Percebe a atadura embaixo dos dedos, é a mão que ela mordeu naquela mesma noite.

O moço segura-a nos braços e a coloca naquilo que deve ser um coche. Dubhe tenta segurar-se nos seus ombros, mas o rapaz desvencilha-se rudemente.

Deve haver dois, Dubhe ouve outra voz, a de alguém mais velho, talvez um ancião. Reconhece-o. É o tecelão. Anda por aí vendendo as suas fazendas, até Makrat, e quase nunca fica na aldeia. Jamais chegou realmente a falar com o homem, mas é dele que a mãe compra os panos para os seus vestidos.

— Vamos logo, se não nunca se vai acabar com isto.

O coche mexe-se com um solavanco, e o rapaz amarra suas mãos com uma corda.

Dubhe chora em silêncio. Teria gostado de despedir-se do pai, de abraçá-lo, de pedir o seu perdão por ser uma assassina, como disse Trarek. E também de apertar a mãe, com força, desculpando-se por todas as cobras e os outros bichos que sempre levou para casa. Mas, acima de tudo, gostaria de saber por quê: "como é que tudo aquilo foi acontecer?"

As horas passam, o coche continua viajando, noite e dia, enquanto Dubhe permanece de olhos vendados. Parou de chorar. Sente-se atordoada, e mais uma vez tem a impressão de não existir. A verdadeira ela mesma está longe dali, em algum lugar de Selva, ao lado do pai e da mãe.

Já é o terceiro dia quando, de repente, o rapaz bufa.

– O que está fazendo? Não é isso que eles pediram para fazermos! – diz o tecelão.

– Ora, cale-se... é só uma criança.

O rapaz se aproxima. Pode sentir a sua respiração no rosto.

– Estamos muito longe de Selva, está me entendendo? Não pode voltar para lá, nem mesmo que consiga fugir. Agora vou desamarrá-la, mas você tem de prometer que vai se portar como uma boa menina.

Dubhe acena que sim com a cabeça. Poderia fazer outra coisa?

O jovem desata os nós, e a menina apalpa os próprios pulsos. Uma dor forte, repentina. Não se dera conta, mas as cordas feriram a carne.

– Fique quieta, se não é pior.

O rapaz derrama água nos arranhões. Bota um pedaço de pão nas mãos dela.

– Está querendo arrumar encrenca? – desabafa o tecelão.

– Cale a boca e não olhe! O que estou fazendo é assunto meu.

Então Dubhe sente o contato frio de uma lâmina na palma da mão.

– O que é? Não quero!

– Fique logo com isto e pare de resmungar – responde secamente o rapaz. – A floresta, o mundo... São lugares feios. Precisa aprender a se defender. E a usar a faca se alguém quiser fazer-lhe algum mal, entendeu?

Dubhe volta a chorar. Tudo é tão absurdo, tão confuso.

– Não pode chorar. Precisa ser forte. E não tente voltar à aldeia. As pessoas são más. Foi bom você sair de lá.
Então a afaga. Um afago rude e inexperiente na cabeça dela.
– Leve-me de volta – Dubhe implora.
– Não posso.
– Quero o meu pai...
– Você é uma menina forte, sei disso. Vai conseguir.
Mais uma vez silêncio, e agora Dubhe aperta entre as mãos o **cabo** de um punhal.

O sol está alto no céu quando chegam. Finalmente o rapaz tira a **venda** dos seus olhos e Dubhe fica ofuscada. Faz calor, mais do que em Selva, e há um estranho cheiro no ar.
O jovem olha para ela, meio sem jeito.
– Suma.
Dubhe continua ali, de sacola a tiracolo, segurando o punhal.
– Precisa ir embora. Queriam matá-la. E em lugar disso acabaram salvando a sua vida! Desapareça!
Dubhe olha em volta; diante dela, uma floresta que não conhece.
– Seguindo em frente, encontrará um vilarejo. Vá para lá – diz **o rapaz**, e o coche já está se movendo.
Dubhe vira-se na mesma hora, tenta acompanhá-lo, mas ele **acelera** e, por mais que ela corra, jamais poderá alcançá-lo.
Uma nuvem de poeira à sua volta, e Dubhe fica sozinha na**quele** bosque desconhecido. Parada, sem saber o que fazer.
Nunca mais irá ver Selva, nunca mais terá a sua vida de volta. **Agora** compreende perfeitamente.

8
CHACINA NO BOSQUE

Dubhe estava nervosa. Tinha ido apressadamente à loja de Tori, mas nem mesmo na saleta dos fundos do gnomo encontrava paz.

Tendo acabado o trabalho, aninhara-se em casa e conseguira dormir. Quando acordou, até que se sentia bem, mas isso não bastava para tranquilizá-la. Saíra então em busca de alguém que pudesse esclarecer o mistério daquilo que acontecera na noite anterior, assim como o ataque que tinha sofrido. Não conhecia sacerdotes, e a única maga à qual podia recorrer morava longe demais.

O gnomo estava agora no laboratório, examinando cuidadosamente a agulha que o rapaz da Guilda tinha usado contra Dubhe. Ela levara-a consigo: era a única prova de que dispunha.

Tori voltou com as suas costumeiras passadas trôpegas, enxugando as mãos num pano bastante sujo.

– E então?

– Nada – ele respondeu, sentando. – Na agulha não há qualquer resquício de veneno. Somente sangue, o seu, suponho.

– Poderia ter-se degradado de alguma forma, não acha?

Tori meneou a cabeça.

– Se, como você afirma, o rapaz era mesmo da Guilda, não pode haver dúvidas. Conheço todos os venenos da Guilda, e todos eles deixam alguma pista...

– Poderia ser alguma coisa nova.

Tori deu de ombros.

– Se formos levar em conta todas as hipóteses, vamos continuar até o infinito. Vamos lá, descreva os sintomas.

Dubhe tinha pensado bastante no assunto, voltara a analisar cada detalhe daquela noite, lembrando o roubo e também a agressão, ambos gravados indelevelmente na sua mente, embora por motivos diferentes. Tinha passado os últimos dois anos tentando se esconder dos olhos da Guilda e, mesmo assim, agora o inimigo parecia tê-la finalmente encontrado. E a isto juntava-se a frustração do seu fracasso, pois tinha deixado o trabalho pela metade, e Forra iria certamente se queixar. Os seus sonhos acerca das cinco mil carolas e, quem sabe, de uma vida diferente simplesmente desapareciam no ar. E o pior era que não entendia o que havia acontecido, e aquilo deixava-a com medo.

Descreveu os sintomas com precisão. Tori ficou uns instantes pensando no assunto.

– Tudo levaria a pensar que se tratou de algum tipo de envenenamento, mas o fato de agora você estar passando bem...

Dubhe não estava convencida.

– Se a Guilda enviou contra mim aquele rapaz, deve haver um motivo.

– Por aquilo que me contou, só o punhal, entre as suas armas, podia ligá-lo à Guilda, e ele poderia tê-lo roubado.

– Tenho certeza de que era um deles. Era ágil, demonstrava ter recebido um treinamento especial... o meu treinamento – concluiu Dubhe, com um leve toque de hesitação.

Tori sacudiu a cabeça.

– Não, você não tem nenhuma prova real. E, além do mais, acompanhe o meu raciocínio: a Guilda envia um rapazola, destinando-o a uma morte certa, e digamos que faz isto para que lhe injete o veneno. Mas este veneno não a mata de imediato. E até aqui a história ainda poderia ser plausível, embora não consiga entender o porquê de matar lentamente. Mesmo assim, vamos admitir que tenha a ver com os seus estranhos rituais: a coisa absurda é que você passou mal três dias depois do ataque, e só por alguns momentos. Então você se recobra e fica melhor do que nunca. Não acha que é uma maneira pelo menos estranha de se livrar de um inimigo? E afinal, não é por outros motivos que a Guilda continua procurando por você?

Dubhe baixou a cabeça. Tori estava certo, mas ainda havia alguma coisa, naquela maldita história, que ela não conseguia entender.

– E como explica o meu desmaio?

– Cansaço. Estou errado ou este trabalho aconteceu logo depois do seu golpe anterior? Cansaço, falta de sono, algo parecido. Ou algum problema de vocês mulheres. Parece-me uma explicação muito mais razoável do que imaginar um complô.

"Não, não é bem assim, as coisas não encaixam."

– E o assassino?

– Um garoto boboca mandado por algum outro boboca inexperiente. Um ladrãozinho de meia-tigela que talvez esperasse tirá-la da jogada. Que até se esqueceu de botar o veneno na agulha.

Tori fitou fixamente Dubhe por alguns instantes.

– Ouça, se quer mesmo tirar isso da cabeça, deixe-me dar uma olhada na ferida.

Dubhe arregaçou a manga. Pensando bem, nunca mais examinara a pequena marca desde aquela noite.

A pele parecia ainda mais alva na luz mortiça da vela. Tori segurou seu braço de forma um tanto rude e começou a olhar com atenção.

No local onde a agulha penetrara na carne havia um pontinho de sangue coagulado. Em volta tinha uma espécie de sombra escura formando um halo vagamente circular em torno da ferida. Algo como um hematoma, com manchas mais claras e mais escuras. Dubhe teve a impressão de quase poder reconhecer um desenho.

Tori soltou o braço logo a seguir.

– Tudo perfeitamente normal.

– Não acha um tanto incomum esta mancha escura? Francamente, não creio que estivesse aqui logo depois da picada.

– Uma mancha roxa, só isso.

Dubhe fez uma careta. Detestava ficar em dúvida.

De qualquer maneira, Tori dera-lhe todas as informações de que dispunha.

– Muito obrigada pela ajuda.

– Não há de quê – o gnomo disse sorrindo, em seguida deu uma palmada na própria testa e saiu correndo para o laboratório. Voltou com um vidrinho cheio de um líquido esverdeado. – Não sou um sacerdote, é claro, mas quanto a ervas sou tão bom quanto qualquer um deles. Se, no seu caso, for só cansaço, este aqui é um excelente remédio. Experimente, você vai se sentir muito melhor.

Dubhe pegou o vidrinho, agradeceu e foi embora.

Deveria estar mais calma, agora. Mas não estava. Enquanto procurava desaparecer misturando-se como sempre com a multidão no mercado de Makrat, alguma coisa continuava a perturbá-la no íntimo. E a assustá-la.
Seria mesmo apenas cansaço?

Só faltava mais uma incômoda tarefa, antes de poder finalmente considerar encerrado o assunto.
Dubhe foi à Fonte Escura, de péssimo humor. Além do mais, ainda estava chovendo naquela tarde.
E como se já não bastasse, Forra e o seu capanga deixaram-na a mofar por um bom tempo, como no primeiro encontro.
Dubhe os viu aparecer entre a cortina de chuva, ambos protegidos por amplas capas.
Forra estampara no rosto aquele sorriso abusado que Dubhe bem conhecia. O sorriso arrogante dos vencedores, o sorriso que sempre tinha quando o seu grande corcel pisoteava as ruínas fumegantes das cidades arrasadas.
Aquele sorriso, agora, era só para ela. Ela, a perdedora. Tentou reagir com raiva.
– E o dinheiro?
– Primeiro os documentos.
Dubhe hesitou. Corria o risco de não ver a cor do dinheiro, depois de entregar os documentos, ou talvez algo ainda pior. Pelo sim, pelo não, encostou a mão no cabo do punhal, pegou os documentos e os entregou àquela piada de guarda-costas: era o mesmo soldadinho assustado da outra vez. Ele devolveu uma bolsa meio vazia. Foi só olhar o saquinho murcho nas mãos do homem para ela entender.
– E o resto? – murmurou.
Forra riu escarnecedor.
– O dinheiro está aí. Nem um centavo a mais. Você não cumpriu o combinado.
– Fiz o meu trabalho. Conseguiram os documentos que queriam.
– Pois é, mas agora Thevorn está procurando por você por toda a cidade. Não havíamos falado de discrição absoluta?
– Deixe que procurem. É problema meu. Quem tem de fugir sou eu.

"Como sempre."

Forra meneou a cabeça, aquele imperturbável sorriso ainda estampado na sua cara.

– Thevorn não é um idiota, sabe muito bem a quem interessava aquele roubo, não certamente a um ladrãozinho qualquer, você não acha?

Dubhe ficou calada. Era a pura verdade. Ficou em pé, de sacola murcha nas mãos. Por alguns momentos a chuva escorreu pelas suas faces. Nada de dinheiro. Tudo inútil.

Guardou finalmente as moedas embaixo da capa.

– Boa, boa menina. Quer dizer, então, que de fato é muito importante.

– Se não tiverem mais nada a dizer, creio que podemos nos despedir.

– Você foi uma decepção, uma grande decepção – disse Forra.

Os dedos de Dubhe apertaram o cabo do punhal.

– Acho que já me castigaram bastante.

Forra concedeu-se um sorrisinho de escárnio.

– Talvez... Nunca se sabe.

Dubhe voltou à costumeira vidinha de sempre. Das cinco mil carolas prometidas só conseguira mesmo quatrocentas. Uma quantia risível, ainda mais levando em conta os riscos que ela correra. E o meio fracasso da missão também não ajudava. Decidiu, portanto, concentrar-se somente no trabalho. Havia muitas coisas na sua cabeça que ela precisava esquecer, e trabalhar era a melhor forma de fazer isso.

Escolheu a dedo uma pessoa. Desta vez, nada de trabalhos por encomenda, joias e coisas parecidas. Dinheiro, dinheiro vivo com o qual partiria para a Terra do Sol. Aquele lugar começava a ficar perigoso demais para ela.

Teve de recomeçar tudo do início: ficar de tocaia, estudar a vítima, aprender os seus hábitos. Mesmo assim, no entanto, a incômoda lembrança da doença, da Guilda e do garoto assassino continuava a atormentá-la. Não conseguia tirar aquilo da cabeça.

A única vez que encontrou Jenna, numa tarde de ventania, ele nada de novo tinha para lhe contar.

Continuava a sentir-se bem, entretanto, e acabou reconhecendo que aquela espécie de desmaio talvez não passasse de fato de um acidente infeliz ou que então o remédio de Tori funcionava às mil maravilhas.

Levou uma semana para planejar tudo. Escolheu trabalhar de dia, apesar de as horas noturnas combinarem muito mais com ela. Tratava-se de uma excursão, de uma viagem de férias de um figurão local que levava consigo uma parte das suas consideráveis riquezas para as despesas pessoais. A comitiva iria tomar o caminho de Shilvan, quem lhe dissera fora um dos criados da casa, a principal fonte de informações para uma ladra como ela.

Dubhe tinha certeza de que o tal homem, um influente mercador, iria levar consigo uma pequena escolta. Fez os seus cálculos e imaginou umas três pessoas: o cocheiro e mais dois homens do lado de fora, provavelmente a cavalo. Escolheu o lugar onde ficar de tocaia e estudou a estratégia. Seria um assalto dentro das regras, um trabalho talvez um pouco espalhafatoso demais para os seus gostos, mas nada que uma pequena dose de sonífero não pudesse tornar menos violento e complicado. Preparou sem maiores dificuldades tudo de que precisava.

Na manhã escolhida, acordou bem cedo. Sentia-se bem, descansada e, principalmente, em perfeita forma. Tomou posição e esperou.

Seu coração batia calmo e regular. Estava extremamente concentrada, tão compenetrada que quase lhe parecia ser parte do ambiente que a cercava. O bosque, os sons, os cheiros. Era um lindo dia de sol, com o céu intensamente azul devido ao ar gelado. Os galhos mal se mexiam e uma lenta chuva de folhas amarelas descia lentamente na trilha.

Então o pesado barulho das rodas que esmagam as folhas.

O som surdo dos cascos na terra nua quase ecoava no galho em que estava agachada. Dois cavalos. Não, mais dois. Exatamente como ela previra. Nenhuma voz, tensão no ar. Medo.

Ouviu o barulho se aproximar, um animal relinchou. Depois, o tilintar de espadas presas à cintura.

Teve a impressão de os seus sentidos se dilatarem ao infinito, até perceberem sons quase inaudíveis: o esforço de músculos e tendões, o atrito dos ossos, o ar empurrado para fora pelos pulmões.

Já podia vê-los: o coche que avançava, lento, os quatro cavalos, os três homens.

"Sede."

"Carne."

"Sangue."

Os seus reflexos foram ainda mais rápidos do que imaginara e, quase como aflita e incrédula espectadora, viu a si mesma puxar o barbante e lançar num piscar de olhos as três facas.

Do tapete de folhas secas levantou-se uma espessa corda, os cavalos tropeçaram e tombaram ruidosamente uns em cima dos outros. A carruagem parou de repente. Na mesma hora as facas acertaram o cocheiro e os cavalos atrelados ao coche, matando-os. Golfadas de sangue vermelho jorraram das feridas molhando as folhas e a terra.

Talvez fosse aquela cor ou quem sabe o cheiro do sangue.

"Sangue."

Dubhe pulou ao chão e sacou os punhais. Não, não era aquilo que ela devia fazer, nada disso. Mesmo assim não conseguia parar, era como se o seu corpo já não lhe pertencesse.

Os dois homens a cavalo recobraram-se da queda e se jogaram em cima dela.

O primeiro tentou acertá-la com a espada, mas Dubhe esquivou o golpe achatando-se ao máximo no chão. Agarrou-o pelo tornozelo e o derrubou, aí investiu contra a sua garganta. Fincou o punhal até o cabo, e a sensação do sangue nas mãos encheu-a de alucinada embriaguez, uma embriaguez que ao mesmo tempo lhe inspirava júbilo e pavor. Puxou então a lâmina e voltou a golpear, mais e mais.

O homem gritava embaixo dela, torcia-se tentando evitar os golpes, mas Dubhe continuava. Gritando, uivando. Depois, uma dor repentina nas costas, violenta, ardente.

Dubhe virou-se de estalo, de arma na mão, mas o outro homem conseguiu esquivar-se.

A jovem podia cheirar o seu medo, seus olhos estavam apavorados. O primeiro homem, enquanto isso, já não dava qualquer sinal de vida. O outro soldado tentou atacar de novo, mas ela foi mais rápida: lançou o punhal que se fincou na mão armada forçando-o a soltar a espada.

O homem perdeu então qualquer compostura. Procurou fugir, mas Dubhe o acertou nas costas com o outro punhal. Ele caiu, mas não se deu por vencido e ainda tentou arrastar-se no chão.

Dubhe caiu em cima dele e o atacou furiosamente com o punhal. Golpeou-o como possessa, com a mesma volúpia insana que usara com o primeiro. Tudo se misturava nas suas percepções: o sangue, os berros. Era uma loucura que a inebriava e da qual se sentia espectadora. Via o próprio corpo que se movia, sentia o sangue escorrer em seus dedos, e seus olhos fitavam os da vítima, mas não tinha controle, não podia parar. Observava a cena com horror enquanto alguma coisa dentro dela exultava selvagem. Continuou a dar golpes por um tempo interminável, até a lâmina se quebrar. Sua mão só ficou segurando o cabo.

Então levantou-se. A vista ia ficando turva, as pernas trôpegas, mas ainda percebia a presença de alguém, podia sentir o cheiro, como um animal.

Começou a correr como louca, a uma velocidade que jamais achara poder alcançar, seguindo um rastro invisível. Então viu à sua frente as costas magras do mercador.

Corria segurando as roupas, as pernas ossudas descobertas, e tropeçava, se arranhava, mas continuava a sua fuga desesperada.

Dubhe não demorou muito para alcançá-lo. Agarrou-o pelos ombros, virou-o, e teve tempo de sobra para ver o terror estampado no seu rosto. O animal que havia nela saboreou longamente aquele pavor, aí lançou-se contra o pescoço do homem e o mordeu.

O grito do mercador foi terrível. Caiu ao chão mais morto do que vivo. Já sem armas, Dubhe apertou as mãos na sua garganta, de olhos fixos nos da vítima, deleitando-se com cada momento da sua agonia. Só quando o homem parou de respirar, finalmente tudo terminou.

Dubhe sentiu-se subitamente vazia, com toda a força esvaindo-se do seu corpo. As mãos soltaram a presa, caiu de joelhos. A dor nas costas voltou a tomar conta dela, repentina e lancinante. O cheiro e o sabor do sangue na boca deixaram-na enjoada, teve vontade de vomitar. A mente, tresloucada, tentava desesperadamente entender, reconstituir, dar algum sentido aos fatos, mas quando levantou os olhos para o cenário em volta não conseguiu formular pensamento algum. Um massacre. Parecia um campo de batalha. Os corpos no chão em posições inacreditáveis, os olhos cheios de terror. Dubhe levantou as mãos ao rosto, mas viu-as vermelhas, completamente manchadas de sangue.

Começou então a berrar. Gritou como nunca fizera na vida, perturbada, apavorada.

Sentia-se mal, muito mal. Passou a mão nas costas e uma terrível fisgada ardente a paralisou. Forçou-se a apalpar de novo. Um longo ferimento rasgava de um lado para outro seu dorso. Não conseguia lembrar com clareza como ou quando arrumara aquela ferida. Não pensava em coisa alguma além daqueles corpos, daqueles olhos arregalados, a sua obsessão, aquela imagem terrível que os anos jamais puderam apagar da sua lembrança.

"Ajuda... preciso de ajuda..."

Levantou-se a duras penas, apanhou no chão a capa que tinha caído. Jogou-a de qualquer maneira em cima dos ombros e procurou sair de lá, cambaleando. Mas não conseguia ficar de pé, estava sem forças, achou que ia desmaiar.

"O que houve comigo?"

Tudo parecia um sonho, ou melhor, um pesadelo. As imagens começaram a tornar-se indecisas, a luz esmorecia lentamente. Tudo se misturava, se confundia, e das árvores pareciam surgir figuras estranhas, grotescas, demoníacas.

Gornar de cabeça rachada, branco como um trapo, sua primeira vítima, e em seguida o rapaz de uns poucos dias antes, que vinham cabisbaixos ao encontro dela e tentavam agarrá-la. O Mestre, no dia em que morrera, entre as fileiras de armados, com os olhos brancos e vazios que a acusavam, e finalmente as últimas três vítimas, horrendamente mutiladas.

Dubhe procurou afastá-las com as mãos, mas seus braços chocaram-se com a madeira. Um casebre. Deixou-se escorregar ao longo das paredes.

"Estou morrendo. E as minhas vítimas vêm me buscar para levar-me ao inferno."

9
O SELO

Dubhe acordou com o sol que esquentava seu rosto. Estava deitada numa cama que não conhecia. E não se lembrava de como chegara ali, do que havia acontecido. Tentou levantar-se, mas uma aguda fisgada nas costas impediu qualquer outro movimento.

Tudo voltou à sua cabeça na mesma hora. Sentiu-se invadir pelo cheiro do sangue, pelas lembranças confusas e horrendas da clareira cheia de corpos chacinados.

– Dubhe! Tudo bem, Dubhe?

Jenna acudira. Dubhe tremia.

O rapaz encostou a mão na testa dela.

– A febre já não está tão alta...

Dubhe voltou a se deitar.

– Já estava começando a ficar preocupado, desde de manhã cedo que você não se mexe. Não teve qualquer reação nem mesmo quando costurei o ferimento.

– Costurou o ferimento?

– Está com um corte enorme nas costas, ainda bem que não era lá muito fundo.

Jenna continuou a falar sem parar, agitado. Dubhe ainda tremia.

– Está com frio? Vou pegar um cobertor. – E já se levantara para buscar.

Dubhe respondeu com um débil não.

– Deixe-me sozinha – disse num tom que Jenna conhecia muito bem.

– Como quiser... eu só queria ajudar... – disse recuando.

– Feche a janela.

Precisava do escuro. Tinha sido assim desde menina, desde aquele dia em que matara Gornar. As outras crianças, quando estavam com medo, procuravam a luz. Ela só queria a mais total escuridão.

Quando Jenna finalmente fechou os batentes e saiu do quarto, Dubhe tentou levantar o braço e apalpar as costas. Mas não conseguiu. Estava muito fraca. Nunca tinha recebido um ferimento sério, pelo menos tão sério como aquele. Procurou concentrar-se na ideia da ferida e interrogar como sempre o próprio corpo para descobrir a gravidade da sua condição. Também tentou lembrar os fatos, descobrir como tinha deixado para trás a clareira para chegar à cabana de Jenna. Tudo inútil. A sua mente estava presa àqueles poucos minutos em que alguma coisa, que era ao mesmo tempo ela mesma e algo alheio ao seu ser, assumira o controle das suas mãos e a forçara a levar a cabo a chacina.

A primeira lágrima escorreu pela sua face sem nem mesmo ela se dar conta de que estava chorando. Tinha esquecido como se faz, durante todos aqueles anos. E viu a si mesma soluçando baixinho na cama, como uma criança, até o pranto se tornar violento e sem esperança.

Jenna, do lado de fora, podia ouvi-la.

Só à noitinha Jenna atreveu-se a entrar. Entreabriu lentamente a porta e Dubhe viu a sua silhueta sobressair contra a luz da lareira.

– Posso entrar?
– Pode.

Enxugara apressadamente as lágrimas, mas sabia muito bem que Jenna ouvira parte do seu pranto.

O rapaz aproximou-se, deixou no chão a bandeja com a comida. Um gostoso cheiro de casa encheu o ambiente.

Jenna acendeu uma vela.

– Não vou demorar, mas primeiro quero dar uma olhada na ferida.

– À vontade – ela disse, conformada.

Jenna olhou para ela fixamente por alguns momentos, mas não fez comentários.

Suas mãos levantaram delicadamente a colcha e as roupas dela, apalparam as costas.

Dubhe fechou os olhos. Longínquas e dolorosas lembranças voltaram a atormentá-la.

"As mãos do Mestre... o seu afeto..."
E, ao mesmo tempo, o treinamento, para o homicídio que ela recusara para sempre, mas que, longe disso, continuava a afligi-la.
"Não há saída, não há como fugir..."
A corrente de pensamentos foi interrompida pela dor. A gaze tinha grudado na ferida.
Jenna parou.
– Desculpe, mas não há outro jeito.
– O que tenho, aí?
– Eu já disse: um grande corte que vai do seu ombro esquerdo para o direito. Só um pouco mais fundo e você teria morrido. Ainda bem que era apenas superficial, mas você estava num banho de sangue quando chegou aqui.
A imagem da chacina na clareira surgiu mais uma vez clara na sua mente revirando-lhe o estômago.
– Você perdeu muito sangue, e isto me deixa muito mais preocupado do que o ferimento.
– Não me diga que tem habilidades de sacerdote! – Dubhe queria ser sarcástica, mas se saiu muito mal.
– Conheço muito pouco da arte dos sacerdotes. Acho melhor chamar um deles...
– Não!
Jenna parou.
– Pense bem: eu consegui costurá-la, mas sou apenas um açougueiro, a ferida ainda pode infeccionar...
– Não quero que mais ninguém fique a par disto. Procure Tori.
– Quem?
Dubhe explicou, disse o que perguntar e o que pedir ao gnomo.
– Descreva-lhe direitinho a situação, mas não mencione de forma alguma o meu nome.
– Por que não?
– Porque eu quero assim.
Jenna não teve outro jeito a não ser concordar, e saiu.
Dubhe apoiou-se num cotovelo para ver o que havia na bandeja. Uma tigela cheia de sopa de cevada, um pedaço de pão e meia maçã ressequida. Provavelmente tudo aquilo que Jenna tinha dentro de casa. Sabia que precisava comer, se quisesse recobrar-se o mais rápido possível.

Deu uma olhada no caldo amarelado, que bem diante dela se transformou numa vasilha cheia de sangue. Virou o rosto, horrorizada.

– Ontem à noite não insisti, mas agora não vou sair daqui enquanto você não comer alguma coisa.

Jenna estava absolutamente certo, mas Dubhe achava que qualquer coisa tinha o acre cheiro do sangue. De qualquer maneira, sentia-se melhor: no corpo, mas principalmente na mente.

Tinha passado a noite entregue a um pesadelo depois do outro, estremecendo devido à febre. Havia sido uma noite infernal, mas acabara lhe fazendo bem.

Conseguiu a duras penas virar-se apoiando as costas na cabeceira da cama. Tirou a tigela de leite das mãos do seu anfitrião. Seu estômago ficou apertado logo que o cheiro chegou às suas narinas. Ainda tinha na boca o sabor de quando mordera o mercador.

Fechou os olhos, forçou-se a não respirar o cheiro gorduroso do leite e tomou um gole.

– Muito bem, é assim que eu gosto. Só não entendo, no entanto, por que continua tendo o estômago tão delicado... – disse Jenna.

– Foi falar com Tori?

Jenna anuiu e levantou-se. Foi para o outro aposento e voltou com um vidro cheio de um líquido denso, esverdeado.

– Deu-me isto, dizendo que o espalmasse na ferida três vezes por dia.

Azeite de oliveira e sumo de erva roxa. Conhecia muito bem aquela mistura, se estivesse só um pouco mais lúcida, ela mesma poderia ter explicado a Jenna como prepará-la.

– Falou quanto tempo vai levar?

– Uns três ou quatro dias para que você se levante da cama, depois mais uma semana para que o corte sare por completo. Acho que daqui a dez dias poderei tirar os pontos.

Dubhe não conseguiu reprimir uma reação de raiva. Era demais. A primeira coisa a fazer, a mais urgente, era entender o que houvera no bosque. O que acontecera com ela naqueles poucos minutos de horror? Qual era o espírito que a possuíra? E por quê?

A partir do terceiro dia Dubhe já começou a se levantar. Jenna tentou dissuadi-la de todas as formas, mas a jovem foi irredutível. Estava tão claro quanto a luz do sol que aquelas paredes a sufocavam, que não via a hora de sair dali.

– Tratei-a tão mal assim, afinal de contas? – perguntava Jenna, mas Dubhe não respondia. Não tinha nada a ver, o amigo fizera o possível, só que ela não podia criar afeição por ninguém, seja devido à sua natureza de assassina, seja porque estava sempre fugindo. O que acontecera na clareira cavara um sulco ainda mais profundo entre ela e qualquer outra pessoa do mundo.

Certo dia, no entanto, quem voltou para casa de humor estranho foi Jenna. Contrariando os seus hábitos, logo que entrou não foi vê-la, mas sim ficou cuidando dos seus afazeres no outro aposento. O jantar passou sem que nenhum dos dois dissesse uma única palavra.

Dubhe não deu muita importância à coisa. Já tinha decidido, de qualquer maneira, que no dia seguinte iria embora, e aquele comportamento do rapaz só podia facilitar a partida.

Foram dormir envolvidos num silêncio pesado. Estavam havia poucos minutos mergulhados na escuridão quando Dubhe viu Jenna aparecer na fraca luminosidade do vão da porta.

– Ouvi uma história, hoje. Na aldeia não se falava de outra coisa.

Dubhe não se mexeu.

– Encontraram quatro homens no bosque.

Dubhe não conseguiu falar. Apertou com força os cobertores. Um sentimento de horror dava um nó na sua garganta.

– Um deles só tinha uma faca fincada no pescoço, mas os outros três...

Dubhe continuou calada.

– Estavam aqui perto, a poucos passos da minha casa. Os passos que podem ser dados por uma pessoa ferida.

– Cale-se, cale-se, cale-se!

Dubhe gritou levantando-se da cama.

– Foi você? O que lhe aconteceu no outro dia? Como ficou ferida, e de onde vinha todo aquele sangue?

Dubhe pulou de pé sem se importar com a dor nas costas, segurou Jenna pelo pescoço e imobilizou-o contra a parede.

– Já disse para ficar calado – sibilou.

Jenna ficou petrificado de medo, com a lâmina encostada na garganta, mas continuou, com um fio de voz:

– Quero saber o que aconteceu... agrediram você?

Viu-o ficar roxo e o soltou na mesma hora. Jenna deixou-se cair lentamente ao chão.

Dubhe passou a mão nos olhos. O pesadelo não tinha acabado. Nunca iria acabar. A sua fuga de nada adiantara. Não se pode fugir do destino.

– Por que não confia em mim? Do que tem medo?

– A minha vida fica a mil milhas de distância da sua, tão longe que você não pode entender. Nem pode vagamente imaginar o que carrego dentro de mim... eu... – Dubhe sacudiu a cabeça. – Não faça perguntas!

– Por quê? Veio à minha porta ferida, sangrando, e eu nada lhe perguntei, procurei ajudá-la, recebi-a e salvei a sua vida. Isso mesmo, salvei a sua vida! Mas aquilo que aconteceu lá fora... aquilo...

Dubhe pegou a sua capa, dobrada com cuidado em cima da cadeira.

– O que está fazendo?

Vestiu-a, juntou a sua roupa e as armas ensanguentadas apoiadas num canto.

– Quer fazer o favor de me dizer o que está fazendo?

Olhou para ele.

– Atreva-se a dizer uma só palavra quanto ao fato de eu ter ficado aqui, e fique certo de que irá morrer antes mesmo de poder se arrepender daquilo que fez.

Jenna ficou imóvel.

– Por que não quer me contar o que houve? Eu só quero ajudar, e esta é uma coisa que você jamais entendeu!

A sua voz tinha uma franqueza e um tom dolorido novos que Dubhe não conhecia.

Sentiu-se de alguma forma comovida, e por isso mesmo dirigiu-se ainda mais rapidamente para a porta.

– Ninguém pode ajudar-me. Esqueça o que aconteceu nestes dias, e não me procure.

Ficou novamente sozinha, na escuridão úmida da sua casa. Quando voltou para lá, totalmente exausta após a fuga da cabana de Jenna, sentiu-se na mesma hora à vontade. A solidão era ao mesmo tempo o seu castigo e a sua salvação.

E entregou-se ao bolor da sua gruta, no escuro, perseguida pela lembrança da chacina no bosque, mas mesmo assim amparada pela penumbra silenciosa.

Pensou em Jenna. Por mais que relutasse, tinha de admitir que havia criado afeição por ele. Era um grande problema, porque ela também, no fundo do peito, sentia vontade de poder contar com ele, assim como no passado acontecera com o pai e, por tanto tempo, com o Mestre...

"Mestre, se você ainda estivesse aqui, eu não estaria tão perdida, tão sozinha!"

Não tinha mais ninguém. Só havia ela e a Fera que descobrira ter dentro de si.

Dedicou os poucos dias seguintes ao repouso e à cura da ferida. Preparara o unguento e, com bastante dificuldade, se esforçava para passá-lo nas costas. Recorria geralmente a uma atadura embebida naquela poção gordurosa, que depois prendia em volta do peito e atrás das costas. Foi durante uma destas operações que o viu pela primeira vez.

Estava nua, na penumbra iluminada pela luz de uma vela. Esticou a gaze diante de si e segurou o vidro com o remédio. O seu olhar foi atraído por uma mancha escura que lhe parecia já ter visto no braço. Olhou melhor. No ponto onde a agulha do assassino da Guilda se fincara havia agora um símbolo claramente visível. Eram dois pentáculos sobrepostos, um vermelho e outro preto, e dentro deles um círculo formado por duas serpentes entrelaçadas, elas também vermelhas e pretas. Onde a agulha penetrara a carne, um ponto rubro, muito vivo, como se dali ainda estivesse jorrando sangue fresco. Dubhe passou o dedo em cima, mas nem o ponto nem o símbolo desapareceram.

A grosseira sutura de Jenna repuxava a carne, mas ela logo percebeu que podia enfrentar uma breve viagem. Se, sozinha, não era capaz de destrinchar o emaranhado dos eventos daqueles dias, então teria de confiar em alguma outra pessoa. Jenna estava certo: precisava de um sacerdote.

Partiu de manhã bem cedo, envolvida na capa e com uma pequena sacola de viagem. Levava o unguento, ataduras limpas e alguns mantimentos.

Só tinha de ir um pouco além da fronteira, sem nem mesmo precisar sair da floresta. O lugar para onde ia encontrava-se na Terra do Mar, a dois dias de caminho da sua casa.

Já fazia muito tempo que não ia para lá. Demasiadas lembranças doces e amargas, lembranças de um passado que ela tentara de todas as formas deixar para trás.

Quando o Mestre morrera, jogara fora tudo aquilo que podia lembrar-lhe a presença dele e cortara os contatos com todos os que o conheciam.

Até com Magara. Pois até um assassino precisa confiar em alguém capaz de curá-lo, porque pode acontecer ficar ferido durante um trabalho. Magara era algo mais ou menos no meio entre uma maga e uma sacerdotisa, mas nenhuma das duas confrarias queria reconhecê-la como uma deles. Com os magos compartilhava algumas práticas e a comunhão com os espíritos naturais, com os sacerdotes, a ciência das ervas e as práticas curativas. Uma herege visionária, provida do dom da vidência, na opinião de alguns, que levava uma vida de eremita na sua terra natal. Quando passava mal, o Mestre sempre ia lá para curar-se, para saber tudo dos venenos e das mágicas que pudessem prejudicá-lo.

Agora Dubhe esperava de todo o coração que ainda estivesse viva, pois era a única pessoa ainda capaz de ajudá-la.

Chegou o anoitecer. Os dias ficavam cada vez mais curtos, e o solstício de inverno já não estava tão longe. O céu era vermelho numa tira sutil sob as nuvens baixas no horizonte. Fazia frio, mas Dubhe achou que o clima parecia mais ameno do que na Terra do Sol. Talvez fosse o cheiro forte da maresia que, do litoral, chegava às profundezas do interior embebendo até os carvalhos e as faias das florestas centrais. Era um cheiro penoso, dolorido: cheiro de casa. O Mestre nascera ali e por muito tempo ali morara. E Dubhe também, por longos anos ao lado dele, naquela terra onde se tinha a impressão de ouvir o tempo todo o rumorejar das ondas quebrando na praia.

Lá estava, diante dela, a tenda de sempre, aquela de que tão bem se lembrava apesar de já não vê-la por pelo menos dois anos. Era uma ampla cobertura de couro presa ao chão por quatro curtas balizas, colocada bem no meio de um círculo de seixos de rio, lisos e arredondados.

Dubhe sentiu ao seu lado a presença do Mestre, sua mão segura em cima do ombro e a sua voz profunda e sempre calma dizendo: "Aqui estamos", toda vez que chegavam àquela clareira.

Quando entrou na tenda, ouviu o tilintar do sininho da fortuna que devia manter afastados os maus espíritos. Um som conhecido, tão familiar e pungente.

Magara: lá estava ela, imóvel como uma estátua de pedra. Dobrada sobre si mesma devido ao peso dos anos, de ombros curvos sobre os joelhos cruzados. O rosto estava oculto, atrás dos longos cabelos brancos cheio de trancinhas entrelaçadas de sininhos, mas nenhum deles se mexia, como se a velha nem mesmo respirasse.

"Mas estava viva."

Magara sentava em cima de um velho tapete desbotado; num canto da tenda, um estrado de palha encostado numa arca de ébano; pendurados nas estacas havia amuletos de todos os tipos, junto com ervas frescas e secas. De um braseiro subiam volutas de fumaça aromática.

– Sabia que você viria. – A voz parecia velha de séculos e não era nem de homem nem de mulher.

Dubhe limitou-se a baixar a cabeça, assim como o Mestre sempre fazia diante dela.

Magara olhou lentamente para a jovem e seus cabelos deixaram entrever o rosto. Sua pele, tão escura quanto o couro da tenda, estava marcada por rugas profundas. Não mudara nem um pouco desde a última vez que Dubhe a vira, provavelmente sempre havia sido velha, e para sempre continuaria a sê-lo. Os mesmos olhos azuis brilhantes, a mesma expressão suave e indecifrável.

Acenou convidando-a a sentar, e Dubhe obedeceu, agachando-se em cima dos calcanhares.

A velha pegou um abano de papel e começou a jogar em cima dela a fumaça do braseiro, murmurando palavras incompreensíveis. Uma espécie de ladainha antiga que Dubhe conhecia muito bem e que, quando era menina, quase a hipnotizava. O Mestre dizia que era algum tipo de ritual de purificação.

A velha colocou finalmente a mão na cabeça dela e a manteve por um bom tempo ali.

– Está perturbada e cansada. Já percebera isto nos meus sonhos. Sarnek anunciou-me a sua vinda.

Dubhe estremeceu. Fazia anos que não ouvia pronunciar o nome do Mestre. Sabia que a velha sonhava com os mortos, mas Dubhe não acreditava em qualquer tipo de além. O Mestre estava morto, era apenas poeira na poeira, e o fato de Magara mencioná-lo daquele jeito quase a deixou irritada.

– Não pense que, só porque você perdeu a fé, os espíritos deixaram de falar comigo – disse a velha, sorrindo docemente, como se tivesse percebido tudo. Aí tornou-se séria.

– Fale.

Dubhe curvou-se até encostar a testa no chão. Era o ritual do Mestre quando precisava da ajuda da velha.

– Preciso dos seus dons.

Começou pedindo que lhe sarasse as costas. A velha entregou-se sem problemas à tarefa. Mandou que se despisse e, antes de começar, ficou um bom tempo observando o dorso nu e nervoso da jovem. Sempre cantarolando a ladainha tirou um por um os pontos enquanto a tenda se enchia de nova fumaça, com cheiro de hortelã.

Magara concluiu a operação com um encantamento de cura. A sua arte era assim mesmo, passava da magia às práticas sacerdotais, e tampouco desdenhava as antigas crenças populares.

– Mas você não veio aqui por isso. Os seus motivos são bem diferentes... – disse, quando acabou.

Dubhe voltou a vestir o casaco e virou-se.

Contou tudo em detalhes. Falou do jovem assassino, da sua misteriosa agulha, na qual Tori não conseguira encontrar qualquer resquício de veneno, e, a seguir, do primeiro desmaio, durante o roubo na casa de Thevorn. Finalmente, com voz trêmula, evocou a chacina no bosque.

– E então isto, que apareceu depois...

Arregaçou a manga e mostrou o braço a Magara.

A velha apertou-o com delicadeza entre as mãos aduncas e apalpou o símbolo com os dedos. Pegou então um tição rubro no braseiro e o passou em cima do desenho. O calor era muito forte, e Dubhe enrijeceu os músculos. A fumaça, no começo esbranquiçada, assumiu de repente uma cor vermelha de sangue. A velha voltou a resmungar as suas ladainhas incompreensíveis e aproximou cada vez mais o tição do braço de Dubhe. A jovem apertou os dentes, mas quando a brasa encostou no símbolo o calor desapareceu, e Dubhe não sentiu mais dor alguma.

Abriu os olhos e viu o tição dissolver-se numa nuvem de fumaça entre os dedos de Magara.

O silêncio tomou conta da tenda, e Dubhe passou a respirar devagar, de forma quase imperceptível. A velha soltou seu braço.

– É uma maldição – sentenciou.

– Nada sei de magia. O que significa? – perguntou Dubhe.

– Alguém lançou uma maldição sobre você, invocando um selo.

Dubhe chegou mais perto da velha.

– No que consiste a maldição?

– Apesar de você ter parado de matar, apesar de ter jurado, depois da morte de Sarnek, que nunca mais voltaria a praticar qualquer um dos ensinamentos dele, o desejo de matar nunca se apagou, continua vivo em você.

Dubhe enrijeceu.

– Não gosto de matar e não preciso.

– O homicídio, o sangue são como drogas que inebriam o homem. Depois de experimentar o gosto, nunca mais consegue passar sem eles. Em você ainda vive a frieza do assassino que foi treinado para isto. O desejo de sangue e de morte foi o sustento de uma fera desenfreada que vive no abismo, uma fera à qual a maldição dá forma e corpo.

Dubhe estremeceu. Uma fera. Era assim mesmo que ela descrevera a si própria quando mordera o mercador.

– De agora em diante a Fera viverá com você, pronta a surgir e se revelar a qualquer momento. Por enquanto ela não tem bastante força para dominá-la, mas esconde-se nos lugares mais ocultos do seu espírito à espera do momento certo para devorá-la. Virá à tona quando você menos espera, cada vez mais poderosa, e a forçará a matar, a chacinar. O homicídio será cada vez mais brutal, mais terrível, e a sua sede de sangue mais insaciável. No fim, a Fera apossar-se-á completamente de você.

Dubhe fechou os olhos, tentando controlar o cego terror que desde a testa até a ponta dos pés gelava cada centímetro da sua pele.

– Existe algum modo para contrastá-la?

Magara meneou a cabeça.

– Um selo só pode ser quebrado por quem o impôs.

O jovem. Só podia ter sido ele.

– E se quem fez isso morreu?

– Então não há esperança.

Teve a impressão de um abismo se abrir embaixo dos seus pés.

– Mas o responsável não foi quem você pensa.

Dubhe ficou atenta.

– O jovenzinho foi o executor, mas o selo foi imposto por um mago. E é por ele que você deve procurar.

Um jovem. Um mago mais velho. A Guilda. Haviam sido eles.

– Então terei de encontrá-lo e forçá-lo a quebrar o selo.

Magara anuiu.

– Mas ele não poderá morrer, lembre-se disto, pois do contrário você estará perdida.

10
RASTROS DE GUERRA
✧ ✧ ✧
O PASSADO III

Nos primeiros dias Dubhe ainda acredita que pode salvar-se. Não desistiu da ideia de voltar a Selva, e diz a si mesma que talvez seja possível, que ainda pode dar certo, que a distância não a espanta. Nunca se perdeu nos arredores da aldeia, e tampouco irá se perder agora. E então perambula, gastando a sola dos sapatos naquele bosque. Tenta acompanhar o sol, como ensinou-lhe o pai, mas não sabe onde está. A viagem durara três dias. Ela nunca tinha feito uma tão longa. Deve estar muito longe de casa. Procura não pensar nisso e segue em frente.

De vez em quando chora, chama o pai, como se a sua voz pudesse chegar até a Selva. Pois ele dissera que sempre iria protegê-la, que nunca a deixaria sozinha, que jamais permitiria que alguma coisa ruim lhe acontecesse. E então por que a sua voz não chegaria aos ouvidos dele, tão longe dali? Sim, sim, claro que iria chegar, e então ele viria buscá-la e levá-la de volta para casa.

Come aquilo que o rapaz lhe deixou e procura economizar. Dorme empoleirada nas árvores, mas pouco e mal. Os costumeiros pesadelos atormentam-na o tempo todo, sem contar que é a primeira vez que dorme no bosque. À noite tudo fica desmedidamente maior, as árvores parecem torres inexpugnáveis, os ruídos mais leves e murmurados transformam-se em assustadores estrondos.

Durante cinco dias Dubhe não faz outra coisa a não ser andar sem rumo, vagueando por todo canto do bosque, e no fim já nem consegue perseguir uma meta. Prossegue, deixa-se levar pelos próprios pés. A esperança vai esmorecendo, a comida escasseia, mas não quer entregar-se, quer continuar a acreditar que ainda pode dar certo, que o retorno é possível, que se for bastante decidida poderá conseguir.

Mas, a certa altura, descobre que não tem mais o que comer, e o cansaço acaba paralisando suas pernas. De repente o desejo de estar com o pai, a vontade de voltar para casa dão lugar a preocupações muito mais materiais. A fome toma conta dela. Pouco a pouco tudo desaparece, e já não há mais tempo, nem mesmo para o desespero. A única coisa que importa é arrumar alguma comida. A vida resume-se em encontrar algo que possa aliviar o vazio na barriga, beber, dormir, andar sem destino e cada vez mais longe.

Dubhe tenta com os peixes. Está acompanhando o curso de um riacho. Começou a fazer aquilo por instinto. Afinal, é mais fácil andar ao longo da margem do que abrir caminho entre as árvores. As suas roupas já não passam de farrapos, e os sapatos também estão em más condições devido à longa marcha. As pernas estão cheias de marcas roxas e arranhões. Mas a fome supera qualquer outra coisa, até a dor dos cortes. E os peixes que pulam perto dela são uma tentação irresistível.

Persegue-os com raiva, encharcando-se na água límpida do riacho. Eles são muito rápidos, enquanto ela é lerda, lerda demais. Mas a sua habilidade compensa o cansaço que tomou conta dela. É uma brincadeira que costumava fazer em Selva. Mergulha as mãos na água, sente os peixes escorregando entre os dedos. Tenta, tenta de novo e não desiste. De forma que, ao entardecer, aperta entre as mãos a sua primeira presa. Dubhe relembra saborosas fogueiras com peixe na brasa, as carnes macias e suculentas entre os dentes. Mas agora levaria tempo demais para encontrar o necessário para acender o fogo, e de qualquer forma é apenas uma coisa que já viu fazer muitas vezes, apesar de ela nunca ter feito. O peixe reluzente convida-a, o estômago vazio protesta com veemência. E então ela o morde, ainda quase vivo. O sabor na boca é horrível, e Dubhe cospe a mordida, mas o estômago fala mais alto, precisa daquela carne. As lágrimas escorrem lentas pelas suas faces e se misturam com a água do riacho. Fecha os olhos e dá mais uma mordida, procura esquecer o nojo e mastiga, com enorme esforço engole os bocados, um depois do outro, até não sobrar mais nada a não ser as espinhas.

Mais um dia, igual a muitos outros. Depois de um tempo infinito, Dubhe chega de repente ao limiar da floresta. As árvores foram ficando pouco a pouco mais raras, substituídas por arbustos e grama alta, mas ela não se deu conta. Tudo parece luminoso demais e, por alguns instantes, Dubhe não consegue entender onde está. Então, devagar, as coisas tomam forma diante dos seus olhos, com uma ampla planície que se descortina à sua frente. A grama verde é de uma cor forte e saudável. Parece a das clareiras perto de Selva, e por um momento Dubhe talvez sonhe com isso. Então, ao longe, vê uma fumaça subir no horizonte. Fumaça quer dizer vilarejo. Fumaça quer dizer outras pessoas. E outras pessoas significam ajuda e comida.

Está novamente a caminho, desta vez sob os raios do sol, sem qualquer abrigo e, mais uma vez, sem comida. Mas Dubhe não para, continua andando, acalorada, com os pés que latejam dolorosamente e o estômago que, como sempre, reclama.

Vez por outra a terra vibra ritmicamente, e o céu é riscado por mirrados bandos de pontos negros: dois ou três no máximo, amiúde sozinhos, estranhos pássaros de forma alongada pairam e volteiam nas alturas. Dubhe fica imaginando o que poderiam ser e lamenta não dispor de um arco para podê-los abater e comer. Mathon tinha um lindo arco, quase do seu tamanho, uma velha relíquia que pertencera ao pai. Era grande e pesado demais para que uma criança pudesse usá-lo, mas Mathon sempre dizia que algum dia iria aprender.

O sol já está se pondo quando o mistério é desvendado. De repente um dos pontos fica maior e começa a descer com amplas volutas. Parece uma enorme serpente que se torce sinuosamente no ar.

Dubhe fica boquiaberta de pasmo, contempla o enorme animal. É azul, como o mar. Os seus flancos faíscam com lampejos de luz, o azul-celeste da barriga escurece até tornar-se profundo como treva no dorso, hirto de espinhentas escamas de vários tamanhos. As asas são imensas e muito finas, com os últimos raios do sol que quase parecem filtrar através delas, e são da cor do céu ao amanhecer. Na sua garupa, um homem completamente protegido por uma reluzente armadura.

Dubhe fica pregada onde está enquanto voltam à sua memória as lendas, os contos em volta da fogueira e as histórias murmuradas durante as longas tardes de verão.

"Nasceram antes mesmo da Grande Mavérnia, quando as terras da Água, do Mar e do Sol eram uma coisa só. Formavam a espinha dorsal do grande reino, eram os cavaleiros mais poderosos do exército: os Cavaleiros do Mar. Montavam grandes dragões azuis e mantinham a paz e a ordem em Mavérnia. Lutaram na Grande Guerra e ajudaram Senar na sua missão."

O animal pousa a poucos metros de distância, e de perto parece ainda mais majestoso. A sua respiração faz ondear o mar de grama. Então criva seus olhos amarelos nos da menina, e Dubhe sente-se nua diante daquele olhar, infinitamente só e pequena.

O cavaleiro tira o elmo, também olha para ela.

– O que está fazendo aqui, menina?

É um homem já de uma certa idade, de pele clara e cabelos loiros.

– Entende o que eu digo? Quem é você?

Fala com um sotaque que Dubhe nunca ouvira antes, duro e áspero, e as suas palavras quase parecem ordens, secas e peremptórias.

– Qual é o seu vilarejo?

Dubhe sacode a cabeça e limita-se a olhar para ele com expressão de desespero.

O homem suspira, desmonta do dragão e se aproxima.

Dubhe dá um passo para trás. De repente lembra-se do punhal e leva a mão à empunhadura. Não sabe por que faz isto. Mas sabe que é a coisa certa a fazer.

O cavaleiro continua a se aproximar, mais vagarosamente, no entanto. Dubhe sente que o pânico está tomando conta dela. E então saca o punhal e levanta-o diante de si, aos gritos. Movimenta-o com amplos gestos, de olhos fechados, e continua a berrar.

– Não faça isso, não quero lhe fazer mal. Olhe, vou ficar aqui, mas procure acalmar-se.

Dubhe para.

O cavaleiro está a uma braça de distância, agachado no chão. Traz na cintura uma grande espada que roça no solo, mas não a desembainhou. Dubhe já sonhou muitas vezes com uma espada só dela, todos na sua turma, aliás, tinham o mesmo desejo. Compara a arma reluzente do cavaleiro com aquela toda enferrujada que eles guardavam na gruta perto do riacho, onde ela e os companheiros organizavam suas brincadeiras.

O cavaleiro sorri.

– Guarde o punhal. Não se pode conversar de armas na mão, não acha?

Dubhe está com medo. Não tem certeza se quer confiar, mas o sorriso do cavaleiro parece sincero. Baixa a arma.

– Boa menina. Será que pode me dizer como se chama?

Sim, ela poderia, mas não consegue. Falta-lhe a voz.

– Você é muda?

"Quem sabe, talvez."

– É muito perigoso andar assim, em campo aberto. Vez por outra as tropas de Dohor chegam até aqui, iriam fazer coisas terríveis com você, se a pegassem.

Coisas terríveis. Dubhe só consegue pensar naquilo que até então houve com ela. E nada lhe parece mais terrível do que o tempo passado sozinha no bosque.

– Vamos fazer uma coisa, então. Só precisa acenar que sim ou que não com a cabeça, está bem?

Dubhe anui. Não tem mais língua, mas ainda pode fazer-se entender.

– Você é de alguma aldeia próxima?

Como é que ela vai saber! Onde fica Selva? Além de um horizonte longínquo demais ou logo ali, atrás da esquina? Ela não tem como saber. Meneia a cabeça.

O homem fica mudo por alguns instantes, olhando para o chão.

– Tudo bem – diz afinal. – Se não sabe, tanto faz. Mas está começando a ficar escuro, e acho melhor você vir comigo.

O homem se levanta, oferece-lhe a mão.

Dubhe olha para ele, hesitando. Mas será que tem escolha? Terá finalmente alguma coisa para comer, um lugar onde se abrigar, e quem sabe a levem até para alguma casa.

Aperta a mão do homem, áspera e seca, cheia de calos.

O cavaleiro continua sorrindo e a leva para perto do dragão. Dubhe finca o pé. Aquele animal é muito lindo, mas ela morre de medo, ele parece aninhar tições ardentes nos olhos. Tenta desvencilhar-se.

– Não vai lhe fazer nada! Obedece a todas as minhas ordens, é bom!

Levanta-a com alguma dificuldade, segurando-a pela cintura, e aproxima-a da cabeça do dragão. O animal vira-se, e Dubhe vê a si mesma refletida nas suas pupilas.

O cavaleiro afaga a cabeça do bicho, e o dragão aperta os olhos numa expressão entre agradecido e ofendido.

Dubhe fica mais calma.

– Agora você.

O cavaleiro segura a mão dela e a encosta na cabeça do dragão. O animal é frio, úmido, mas vivo. Tem uma pele dura e as suas escamas se parecem com a casca das árvores. Sopra uma pequena baforada de fumaça pelas narinas.

– Pronto. Viu? Agora já são amigos.

O cavaleiro afasta-a para colocá-la na garupa do dragão. Há uma sela bastante espaçosa, quase confortável. Em seguida ele mesmo monta, e instintivamente Dubhe agarra a sua cintura com força. Quando levantam voo sente um terrível vazio no estômago e não para um só momento de tremer, apavorada. Não abre os olhos uma única vez.

– Não tenha medo – diz o cavaleiro.

"Não tenha medo."

O acampamento não fica longe, chegam lá quando ainda não está completamente escuro. Há uma multidão de tendas e uma pequena cabana de madeira. Tudo em volta, uma espessa e sólida paliçada. Também há um amplo recinto, e é ali que eles pousam. O cavaleiro coloca-a delicadamente no chão. Um grupo de pessoas parece estar esperando por eles.

– E esta aqui, de onde saiu? – pergunta um rapaz.

– Encontrei no meio da planície, estava sozinha.

– Quem é você? – quer saber outro.

– Não adianta, ela não fala. Acho que é muda. As crianças, na guerra, acabam deste jeito. Levem-na ao refeitório e deem-lhe alguma coisa para comer. Acho que está faminta.

E, com efeito, Dubhe está morrendo de fome.

Dão-lhe pão de centeio e uma sopa de verduras, e ela ataca tudo com voracidade. Devora o pão com grandes mordidas e toma a sopa diretamente da tigela, sem colher. Lembra vagamente as repreensões da mãe, como se ecoassem de um tempo distante, de outra vida.

"Quantas vezes já lhe disse que precisa ter modos à mesa? É a primeira coisa que se espera de uma senhorita!"

– Dê mais para ela, e traga alguma outra coisa. Acho que já não come há vários dias – diz o cavaleiro.

Trazem queijo e mais pão e sopa com fartura, e Dubhe devora tudo, não para. Os outros olham, alguns sorriem e, principalmente, falam a respeito dela.

– Deve ser uma criança de algumas das aldeias atacadas. A fronteira não fica tão longe, afinal.

– Você acha? Reparou em como está suja e esfarrapada? E todos aqueles arranhões...

– Deve ter fugido durante algum saque. Sabemos muito bem que os soldados de Dohor não respeitam ninguém.

– Mas não diz nada? Absolutamente nada?

– No antigo acampamento onde prestava serviço, havia várias crianças nestas mesmas condições. Ficam andando por aí como fantasmas, e algumas deixam-se até morrer de fome.

– Bom, pelo menos quanto a isto, ela não parece correr este risco...

– Sabe lá o que deve ter visto, a coitadinha...

Finalmente Dubhe para. Acha que vai estourar e gosta da sensação. Não sabia que podia ser tão gostoso comer até quase passar mal depois de ficar jejuando por tanto tempo.

O cavaleiro fica com ela. Despiu a armadura e já não parece tão imponente. Segura-a mais uma vez pela mão, leva-a até a cabana de madeira. O ambiente é pequeno, mas confortável. Dubhe quase não consegue acreditar que está numa casa. O cheiro da madeira enche as suas narinas e a faz se lembrar do seu pequeno quarto, no andar de cima, perto do celeiro. Tem vontade de chorar.

– Pare, pare com isso – diz o cavaleiro, enxugando-lhe uma lágrima. – Não precisa ter medo. Agora eu estou aqui para protegê-la.

Mas não é isso, Dubhe gostaria de dizer. Acontece que aquele não é o seu lugar, lugar que, aliás, ela nem sabe mais onde fica. É uma casa bonita, e ele é um homem bom, mas não é o seu pai.

O cavaleiro ajuda-a a deitar-se. Aprontou um estrado de palha ao lado do seu catre.

— E agora, só pense em descansar. Está bem?

Dubhe vira de lado. Ouve o homem que se prepara para dormir, o catre que range sob o seu peso. Então a vela se apaga e tudo mer-gulha na escuridão.

Dubhe fica no acampamento por vários dias. É um lugar estranho, diferente de tudo aquilo que tinha visto até então na vida. Só há homens, e quase todos armados. O cavaleiro chama-se Rin, e Dubhe acha-o muito simpático. Dos demais homens ela tem medo, e ele é o único que sabe consolá-la. Afinal de contas salvou a sua vida, Dubhe não pode esquecer.

No acampamento todos parecem gostar dele, e por reflexo também olham para ela com simpatia. Quando Rin está por perto, Dubhe também consegue se aproximar dos outros soldados. Alguns ainda tentam perguntar como ela se chama, mas sua língua parece não conseguir mais encontrar o caminho da fala, e Dubhe permanece muda. Bem que gostaria de contar tudo, mas não lhe é possível.

Quando não tem outras tarefas a desempenhar, Rin pega-a consigo e a leva para as aldeias vizinhas. Mostra-a a muitas mulheres e pergunta se a conhecem. Dubhe analisa com atenção aqueles rostos, na constante esperança de encontrar alguém que lhe seja familiar, mas as pessoas com que se depara são sempre desconhecidas.

À noite continuam voltando ao acampamento sem qualquer solução, mas nem por isso Rin parece ficar triste.

Deixou que tocasse a espada, ensinou-a a dar de comer ao seu dragão, que se chama Liwad.

Tudo seria até muito bom, se não fosse pelo fato de ela estar tão longe de casa.

Certa noite ouve Rin conversando com o cozinheiro.

— Estou pensando em ficar com ela.

— Daqui a pouco estaremos em guerra...

— Pode ser... mas o rei não se atreve, e então ficamos aqui, de braços cruzados, esperando. Eu fiquei de olho neles, sei o que estão tramando.
— É por isso mesmo que haverá guerra. Assim como você, muitos violam o tratado e espionam o inimigo. Mais cedo ou mais tarde Dohor vai usar isto como pretexto.
— Mais um motivo para ela ficar comigo.
— Não creio que um acampamento seja propriamente o lugar certo para uma menina.
— E o que me diz da floresta, então? Ou da pradaria ou do mar?
— Ela precisa de um pai e de uma mãe. Está infeliz, você não vê? Deveria entregá-la a alguma família das aldeias.
— As aldeias, ao contrário, são justamente os lugares mais perigosos. Os soldados de Dohor costumam ignorar as fronteiras, a gente sabe muito bem disso!
— Só acontece por aqui, deste lado do reino. Do lado do mar ainda há paz. Você poderia mandá-la para lá.
Rin fica calado. Não está convencido.
— Ela não é a sua filha, Rin.
— Eu sei.
— Não pode pensar em substituí-la com ela.
— Nunca tive esta intenção.
— Deu-lhe as suas roupas...
— Ela não tinha outra coisa para vestir. Seja como for, talvez tenha sido um sinal dos deuses. A doença arrancou de mim a minha mulher e a minha filha, e ela não tem pais. Os deuses quiseram que ficássemos juntos para consolar-nos reciprocamente. O que há de errado nisso?
— Ora, aqui está para acontecer um deus-nos-acuda.
— Estarei aqui para protegê-la.
O cozinheiro bufa, levanta-se, vem vê-la no quarto ao lado. Dubhe já acabou de comer.
Um sinal dos deuses. Será que foram eles, os deuses, a querer que tudo isto acontecesse? Foram eles a decidir que ela se precipitasse naquele pesadelo?

O verão está chegando. Dubhe já descobriu que se encontra na Terra do Mar. Não sabe ao certo onde ela fica, só sabe que Selva está na Terra do Sol. Diz para si mesma que talvez não fique tão longe, mas Selva é uma aldeia muito pequena, e na certa por ali ninguém seria capaz de levá-la de volta para lá.

E então começa a aproveitar a tranquilidade do acampamento, às vezes tem até vontade de sorrir, quando está com Rin. Não é o mesmo que estar em casa, mas já não se sente tão sozinha. À noite ainda chora, e às vezes pergunta a si mesma por que não procuram por ela, por que o pai não vem buscá-la, mas de uns tempos para cá já não pensa nisso tanto assim.

Certo dia, no entanto, os rostos começam a ficar mais tensos, e Rin já não pode dedicar-lhe a mesma atenção. Há agitação no acampamento, Dubhe percebe na mesma hora. Tornou-se sensível a estas coisas e começa a ter medo.

Então Rin desaparece e, com ele, muitos outros homens. Dubhe fica sozinha por toda uma semana. A planície, logo além da paliçada, sempre foi pontilhada por colunas de fumaça, mas de repente elas se tornam mais próximas e espessas.

– Os vilarejos aqui em volta estão em chamas. As coisas não estão indo nada bem – ouve dizer um soldado.

Dubhe está inquieta. Receia que alguma coisa terrível aconteça a qualquer hora.

E, de fato, acaba acontecendo. Acordam-na durante a noite, de repente. Dubhe levanta-se assustada e vê diante de si a cara reluzente e gorducha do cozinheiro.

– Vista-se, rápido.

Dubhe gostaria de perguntar, de saber, mas agora sua garganta fica mais do que nunca desprovida de voz.

– Mexa-se, não temos tempo a perder!

O cozinheiro parece apavorado e faz com que ela compartilhe daquela ansiedade. Dubhe veste a roupa depressa e, sem qualquer hesitação, pega o punhal.

– Isso não vai adiantar... – resmunga o cozinheiro.

Dubhe não quer largar a arma. Um nó de lágrimas aperta sua garganta e quase a sufoca.

O cozinheiro segura-a pelos ombros, fita-a nos olhos.

– Precisa fugir o mais rápido que puder. Vá para o norte, o território ainda é nosso, há vilarejos que ainda não foram atacados. Há uma pequena floresta não longe daqui. Procure um abrigo, esconda-se lá. E não tente voltar: no devido tempo eu irei buscá-la. Está me entendendo?

Dubhe começa a chorar. Não quer sair dali, não quer fugir.

Logo fora da tenda, tropel frenético e tilintar de armas.

Dubhe permanece imóvel, não se mexe.

"Não me deixe, não me deixe..."

– Como é? Vai começar a andar ou espera que eu a empurre? – berra o cozinheiro, com os traços contraídos de ira e de medo.

Dubhe tem um sobressalto e foge.

Sai para o calor abafado da noite e tenta correr, mas os primeiros gritos já ferem seus ouvidos. Gritos de dor, como os dos feridos. E uma espécie de terrível chamado. Dubhe sabe que não quer se virar, que logo atrás dela há alguma coisa horrenda. Os soldados de Dohor fazem coisas horríveis. Se olhar para trás, poderá vê-las. Ela não quer, mas não consegue resistir.

Para atrás de uma tenda e se vira. Só por um momento, e olha. O inferno está logo ali. Na pálida luz do luar os homens se matam. Um grande dragão verde volteia no ar, e por toda parte há homens que correm e gritam como possessos no meio das chamas. Quem não foge luta com a lança e com a espada. Muitos já tombaram, feridos, mortos. Os homens do acampamento, os homens que ela conhece. E por todo canto os olhos esbugalhados de Gornar.

Depois Dubhe levanta os olhos para o céu. O dragão verde está passando em cima da sua cabeça e... tem alguma coisa na boca. Ela sabe até bem demais o que é. É uma asa de Liwad.

Dubhe gostaria de gritar a plenos pulmões, mas não há ar em volta dela. Está petrificada.

– Saia logo daqui! – volta a gritar uma voz, e Dubhe só tem tempo de ver o cozinheiro trespassado por uma lança.

Por algum incompreensível milagre o encanto se quebra. As pernas de Dubhe decidem por ela, levam-na para longe.

Foge sem saber para onde, segue na direção apontada pelo cozinheiro enquanto sua mente está distante, num lugar perdido, junto com tudo aquilo que possuiu até aquele momento. Nada mais existe, somente o branco dos olhos dos mortos.

Sem ela mesma saber como, Dubhe alcança o bosque que o cozinheiro mencionou. Correu sem parar a noite inteira e, quando chega, só para porque cai no chão, totalmente esgotada. Seus pés doem, os braços não a sustentam. Não consegue se levantar. Está sem forças. O mundo está envolvido numa luz mortiça, os primeiros raios do alvorecer. Para Dubhe a noite não tem fim. Está de olhos abertos, mas não vê o bosque. Permanece no acampamento, e à sua volta os corpos continuam tombando. E então grita, grita, grita.

Dubhe fica no mato. Deitada no chão. À espera.

O tempo passa. Sem que ela perceba. O sol segue o seu curso. Alvorada, meio-dia, entardecer e novamente noite. Dubhe não se levanta. Então mais um alvorecer de vidro, a estrela da manhã. E a neblina na sua cabeça se dissolve.

"O cozinheiro não virá. Rin não virá. Estão todos mortos. Só eu estou viva."

Está novamente sozinha. Sente-se alquebrada, despedaçada.

Não consegue chorar. Uma calma terrível toma posse dela. Nada de dor nem de alegria, nada de angústia. Tudo como já fora antes, na floresta: vida simples, mera sobrevivência.

O que a estimula a reagir é a sede. Levanta-se e toma um gole de água. Do mesmo riacho que passava pelo acampamento, o mesmo que ela acompanhou para salvar-se.

Fome. Dubhe começa a andar. Para o norte, como aconselhou o cozinheiro.

De repente parece-lhe que não se passou um minuto sequer desde que estava sozinha na floresta. A vida no acampamento, Rin e o seu dragão, desapareceu tudo. Talvez tudo não tenha passado de um sonho.

Uma voluta de fumaça anuncia o vilarejo. É pequeno, quase tão pequeno quanto Selva. Umas poucas cabanas de madeira com o telhado de sapé, estreitas vielas entre as casas, uma minúscula praça com uma fonte. Metade das casas foram queimadas. O silêncio é absoluto. No chão, só mais mortos. Dubhe olha com frieza, sem pestanejar. Alguma coisa aconteceu naquela noite, durante a chacina no acampamento, alguma coisa tirou dela qualquer forma de piedade.

"Estou com fome."

Circula no meio da desolação.

Entra nas casas, seja nas intactas, seja nas queimadas. Procura despensas ainda cheias, revista as cozinhas, os armários, as prateleiras.

Entra finalmente numa casa menos destruída que as demais. Os cadáveres, dessa vez, estão lá dentro, mas Dubhe não tem medo. Todos eles têm a mesma cara de Gornar, mas ela está com fome, e a fome é mais forte que o terror.

Aproxima-se do aparador. Vislumbrou o vermelho de algumas maçãs.

A prateleira está fora de alcance e Dubhe fica na ponta dos pés, esticando o braço. Não consegue chegar lá. Esforça-se ao máximo, mas não adianta: continua alta demais. De repente aparece uma mão e pega uma maçã.

Dubhe se vira, espantada.

– É esta aqui que você estava querendo? – O homem diante dela é um verdadeiro varapau, absurdamente magro. Deve ser um soldado e sorri zombeteiro. Usa uma couraça leve que protege seu peito e longas botas de couro. Tem uma pesada espada presa ao cinturão preto, guardada na bainha. Há alguma coisa estranha e perturbadora nele e na sua aparência.

– Então, você quer?

Dubhe estica a mão, mas o homem puxa a maçã para uma altura que ela não pode alcançar.

Dubhe tenta novamente esticar-se, mas o fruto continua fora de alcance. O homem empurra-a contra o aparador. Corta qualquer caminho de fuga. Em seguida se aproxima, com um sorriso cada vez mais descarado.

– Uma garotinha tão jovem e graciosa não deveria estar num lugar como este, com todos estes mortos. Pois pode acabar encontrando um cara como eu que a leva embora.

O homem aproxima-se ainda mais, mas de repente para.

– Mas que diabo...

– Fique de olhos fechados, menina – diz uma voz calma e firme, diferente da do agressor.

Nem passa pela cabeça de Dubhe desobedecer. Desta vez mantém os olhos bem fechados. Não quer ver mais coisa alguma.

Ouve um gemido esganiçado, acompanhado de um baque surdo.

– Você está bem? – pergunta a voz.

Dubhe abre primeiro um só olho, precavida, depois o outro também. Diante dela há um homem totalmente envolvido numa ampla capa marrom muito gasta. Um capuz na cabeça esconde por completo os seus traços. Na mão, um fino punhal.

O homem que a agredira está caído, com o rosto virado para o chão.

É estranho, mas agora Dubhe já não sente medo, apesar de o homem diante dela ser bastante ameaçador e estar totalmente coberto.

– Então? Tudo bem com você?

Dubhe não consegue responder, só faz um leve sinal afirmativo com a cabeça. Uma mão surge entre as dobras da capa e tira o punhal do seu cinto, onde Dubhe já se acostumou a guardá-lo. O homem segura-o, a luz do sol reflete-se com um lampejo ofuscante na lâmina.

– Isto não é brincadeira. Da próxima vez, procure usá-lo.

Com o mesmo gesto rápido de antes, o homem coloca de volta o punhal na cintura dela.

– Seja como for, vá logo embora deste lugar, para o norte. Além do bosque ainda há paz, com várias aldeias onde poderá encontrar alguém que tome conta de você.

Então, com a mesma hierática elegância com que chegara, dá meia-volta e desaparece na cortina de fumaça.

11
O TEMPLO DO DEUS NEGRO

Partiu no dia seguinte. De manhã bem cedo, despedindo-se apressadamente de Magara.

Já em casa, passou alguns dias só pensando em recobrar-se e descansar. Fazia o possível para não reparar no símbolo no braço; enquanto não o via, quase conseguia esquecer a maldição, mas quando finalmente tinha a impressão de ter-se livrado do pesadelo a manga arregaçada bastava a revelar-lhe a verdade.

Precisava encontrar o mago que lhe impusera o selo.

A viagem não demoraria mais que seis dias; uma coisinha de nada, para as pernas bem treinadas de Dubhe, mas afinal ela ainda estava convalescendo, o que complicava bastante as coisas.

O templo da Guilda ficava na parte mais setentrional da Terra da Noite, num território que na época da Grande Guerra ainda era dominado pela Fortaleza do Tirano.

Dubhe nunca estivera lá. Só conhecia o lugar de ouvir falar e por aquilo que o Mestre lhe contara. Um templo poeirento localizado num lugar esquecido, dedicado a um deus que a maioria dos homens desconhecia. O Deus Negro – era assim que as pessoas o chamavam, Thenaar para os adeptos da Guilda –, que alguns contavam ser um deus dos tempos élficos. O templo estava quase sempre vazio, a não ser por um único sacerdote que passava a vida inteira dentro daquelas paredes, segregado num aposento secreto.

O Sacerdote Escondido era a única figura daquele culto misterioso pela qual as pessoas se interessavam. De vez em quando algum pobre infeliz ia até o templo a fim de pedir uma graça a Thenaar por intermédio do Sacerdote. Em geral tratava-se de pessoas que haviam chegado ao fundo do poço, dispostas a tudo desde que pu-

dessem realizar os seus desejos, até entregar-se àquele culto obscuro.
 Vez por outra o Sacerdote escolhia algum afortunado entre os Postulantes, levava-o consigo até os recantos mais secretos do templo. Ninguém jamais voltava de lá, mas havia pessoas prontas a jurar que tinham recebido a graça justamente devido ao sacrifício de quem fora escolhido pelo Sacerdote Escondido.
 Dubhe não conhecia ao certo quais fossem os verdadeiros rituais do culto de Thenaar. Algumas vezes, ainda criança, tentara perguntar ao Mestre, mas ele sempre se mantivera bastante vago e impreciso a respeito do assunto. Tinham certamente a ver com o sangue e eram ritos ligados ao homicídio, mas isto era tudo que ela conseguira saber. Tratava-se de uma matéria que sempre deixava o Mestre bastante perturbado.
 "Os ritos de Thenaar e da Guilda não são coisas para os homens, nem mesmo para assassinos como eu. São coisas para demônios malignos, coisas que é melhor você não saber."
 Somente uma vez o Mestre mostrara-se mais falador, numa noite que Dubhe nunca mais poderia esquecer. E fora então que ela entendera o motivo pelo qual o Mestre se afastara da Guilda, e o relato daquele único episódio bastara para gelar seu sangue.

Dubhe viajou com toda a calma, parando várias vezes. Talvez tivesse de lutar, ao chegar lá, e era melhor que estivesse em forma e descansada, lúcida, com a mente totalmente alerta. Tentava não pensar demais naquilo que a esperava. A Fera, por enquanto, dormia, mas podia acordar a qualquer momento, e a lembrança do que acontecera da última vez era simplesmente intolerável.
 A dura verdade da sua tarefa, no entanto, mostrou-se claramente no dia sombrio em que já se aproximava da Terra da Noite. As nuvens negras e carregadas de chuva eram vez por outra rasgadas por lampejos acompanhados de trovões que sacudiam o ar. As sombras crepusculares tomaram conta de tudo antes mesmo do meio-dia. Era uma terra para os amantes do entardecer, pois dava para vê-lo a qualquer hora. Bastava ficar ali, perto da fronteira, e olhar para aquele eterno pôr-do-sol. Se pudesse ter escolhido um lugar onde despedir-se do Mestre, teria sido justamente ali, no enrubescer dos

últimos raios do astro rei. Mas, infelizmente, tinha acontecido no verão, sob o céu sereno da Terra do Sol.

A noite foi anunciada pelo aparecimento daquelas raras estrelas que conseguiam abrir caminho entre as nuvens. Era assim mesmo, na Terra da Noite. A alternância entre noite e dia só era marcada pela lua e as estrelas: durante o dia a escuridão era completa, quebrada apenas por uma estranha e quase imperceptível lactescência do céu, um efeito devido à magia que tinha evocado a noite eterna sobre aquele reino.

Dubhe seguiu em frente.

Depois de mais três dias de viagem chegou ao santuário. Ficava numa zona desolada, cercado apenas pela típica vegetação perturbadora da Terra da Noite. Num lugar onde jamais havia luz, a flora normal não tinha qualquer possibilidade de vingar. Por isso mesmo, as poucas plantas que sobreviveram ao encanto eram bastante estranhas. Para elas era suficiente a fraca luminosidade do dia e vicejavam ainda mais na luz das estrelas. Eram plantas com grandes folhas carnudas e opulentas, parecidas com as dos cactos, e tinham cores tenebrosas: o preto predominava, mas também havia árvores com folhas de um marrom escuro que lembrava a cor do sangue coagulado e flores de um azul profundo e intenso. Em muitos casos os frutos daquelas plantas eram estranhos bulbos fosforescentes, animados por uma pálida luz interna.

No meio daquela vegetação, surgia uma alta construção de cristal negro, bastante simples em sua estrutura. A base não passava de um retângulo, nem mesmo muito extenso; o que mais impressionava, na verdade, era a surpreendente altura da construção, que se erguia com três altos pináculos pontudos, dois mais baixos, dos lados, e um central mais imponente e elevado. Parecia uma corrida apressada rumo ao céu. A porta era igualmente esbelta e esguia, uma alta fenda escura que se abria no negrume da parede. Bem no meio, a fachada tinha um grande ornato circular que brilhava com uma cor vermelha muito viva. Os muros eram totalmente cobertos de frisos e símbolos, muito finos e rebuscados, que se envolviam e entrelaçavam até o topo dos três pináculos num complicado emaranhado que escondia não se sabe quais significados.

Além da luz vermelha do janelão redondo, havia dois globos luminosos na boca das estátuas de dois monstros colocados como vigias da entrada. Por trás, a opaca luminescência dos frutos daquela Terra.

Dubhe parou e não pôde deixar de sentir um arrepio diante daquela construção.

Depois do tempo todo que passara tentando evitá-la, agora ela mesma decidira ir lá. Uma raiva profunda entremeou o seu medo.

"Não bastava o meu Mestre, agora quer destruir a mim também..."

Mas o seu medo não era apenas o ódio que sentia pela Guilda e por tudo aquilo que ela representava, nem somente o temor que os raros relatos do Mestre haviam inspirado nela desde a infância. Tratava-se de alguma coisa obscura e maldosa que as próprias pedras quadradas dos muros pareciam destilar, de algo que fluía para fora através da luz vermelha da janela circular. Ao olhar para ela, Dubhe sentiu-se arrastada para uma espécie de voragem. As imagens da chacina atropelaram-na, e percebeu com clareza que todo aquele mal, aquele horror que quase a havia desarraigado de si mesma, só podia nascer dali, daquele lugar sombrio.

Tomou coragem, fechou os olhos no escuro e conseguiu controlar-se. Entrou.

O interior era menos tétrico do que o exterior. O templo estava dividido em três naves sustentadas por colunatas toscamente esboçadas. Os fustes das colunas mostravam manchas de sangue coagulado, o sangue dos Postulantes que apoiavam as mãos nas bordas cortantes entalhadas pelos cinzéis. Dubhe olhou para cima; podia-se distinguir o perfil dos três pináculos, mas era impossível enxergar os topos, altos e longínquos demais dos olhares dos fiéis.

Havia nichos nas paredes, todos eles ocupados por estátuas monstruosas: pesados dragões de aparência pavorosa, ciclopes, seres com duas cabeças, todo tipo de criatura asquerosa que a mente doentia dos adeptos pudera imaginar. No fundo via-se um altar de mármore preto, reluzente, e atrás dele uma enorme estátua negra permeada de veios avermelhados. Era um homem de longos cabelos desgrenhados pelo vento, uma expressão altiva e ao mesmo tempo assustadora pintada no rosto. Numa mão segurava um raio, na outra um punhal sangrento. O sangue que dele escorria parecia de verdade. Vestia uma armadura de guerreiro e emanava uma ferocidade sem limites, animado por uma maldade interior sem nome. O altar também estava manchado de sangue, como tudo o mais lá dentro.

Na nave central havia uma série de toscos bancos de ébano, todos vazios e poeirentos exceto um. Estava ocupado por uma mulher ajoelhada. Curvada sobre as mãos juntas, ela parecia prostrada por algum insuportável sofrimento. Seus pés em chagas sangravam, provavelmente devido à longa romaria, e murmurava uma espécie de oração.

— Fique com a minha vida mas poupe a dele, fique com a minha vida mas poupe a dele...

Sua voz era puro desespero, e a maneira com que repetia aquela ladainha tirava-lhe qualquer sentido. Era a súplica de quem já não tem mais nada a perder, de quem viu arrancar tudo de si e já está pronto a morrer.

Dubhe desviou os olhos. Aquela cena aflitiva deixava-a sem jeito e a perturbava.

"É isto que estão querendo de mim? Querem que me prostre, assim como exigiram do Mestre, sem conseguir?"

Dubhe deu mais uns passos adiante. Para a maioria das pessoas aquele lugar era apenas um templo, mas o Mestre ensinara-lhe que na verdade não passava de uma porta. Embaixo dele, por muitos metros dentro das entranhas da terra, desenvolvia-se a Casa, o lugar onde moravam os Assassinos, onde o ofício religioso era realmente celebrado e onde a Guilda cuidava dos próprios negócios. Todos sabiam da existência da Casa, mas muito poucos conheciam a sua localização e como a ela chegar.

Dubhe começou a analisar os nichos com atenção. Examinou novamente as estátuas de aparência monstruosa, até encontrar a de uma serpente marinha. Correu com os olhos a superfície reluzente e lisa de cristal negro, considerou as saliências no dorso. Encontrou a escama marcada, um risco muito tênue, quase imperceptível, no qual um olho menos treinado nunca iria reparar.

Segurou-a com firmeza e puxou. O aguilhão teve uma leve oscilação, para logo a seguir voltar à posição original. Mais uma precaução. Se alguém o puxasse sem querer, jamais perceberia que acionara um mecanismo.

Dubhe preparou-se para esperar. Envolveu-se na capa e permaneceu ao lado da estátua. No silêncio, a voz da mulher ecoava sonora, obsessiva, intolerável. Não precisou aguentar a lamúria por muito tempo, pois um homem logo surgiu de trás do altar. Usava uma túnica rubra como fogo que chegava aos seus pés, ornada nas orlas com bordados iguais aos frisos que enfeitavam o exterior do templo. Ao ver-se diante dele, Dubhe teve um arrepio.

O homem olhou para ela por alguns instantes, depois fez sinal para que o acompanhasse. Dubhe avançou lentamente no chão preto e branco do templo até o altar. Ainda podia dar meia-volta e ir embora, mas o que lhe aconteceria se desistisse? Sabia muito bem do horrendo fim que esperaria por ela.

O homem a aguardava, imóvel, com um irritante sorriso estampado no rosto. Yeshol, Supremo Guarda da Guilda, seu chefe e oficiante do culto, a eminência parda que tudo dirigia do fundo do seu covil subterrâneo. Apesar de estar com pelo menos sessenta anos, mantinha o corpo ágil de um homem de trinta, com os músculos vigorosos que a túnica mal conseguia disfarçar. Era um típico representante da Terra da Noite: pele leitosa, olhos azul-claros e penetrantes, acostumados a perceber, pela familiaridade com as trevas, os mais insignificantes detalhes, curtos cabelos negros, encaracolados. Quem soubesse olhar com atenção repararia logo na expressão escarnecedora que quase sempre aflorava em seus lábios. Um simulador, acostumado com o engano e as intrigas, sem dúvida alguma um assassino, mas plenamente à vontade nos usos da política.

– Sabia que você viria – disse com o costumeiro sorriso irônico.

Dubhe não se deixou dominar pelo senso de submissão que aquele homem lhe inspirava. Precisava manter-se calma e segura de si.

– Preciso falar com você.

– Siga-me.

Levou-a a uma escada que ficava logo atrás do altar, uma escorregadia escadinha de caracol com os degraus muito pequenos e desiguais. Desceram para um estreito corredor fracamente iluminado por lamparinas e seguiram andando, um atrás do outro, por um bom pedaço. Os seus passos ecoavam sob os arcos da longa galeria.

Dubhe sabia para onde estavam indo, o Mestre lhe contara. A Sala, onde o Supremo Guarda passava a maior parte do seu tempo, o seu refúgio, o local de onde o Grande Velho organizava a vida da Guilda e combinava a morte de quem achava que merecesse. O que estava acontecendo tinha um estranho efeito nela. Havia algo errado no fato de ela estar ali, de acompanhar calmamente os passos de Yeshol, alguma coisa insana. Procurou concentrar-se naquilo que tinha em mente e em nada mais.

Chegaram afinal a uma porta de ébano, no fim do corredor. Yeshol abriu-a com uma pequena chave de prata e foi o primeiro a entrar.

Era um pequeno cômodo circular, escuro como um poço, iluminado por dois grandes braseiros de bronze. As paredes estavam ocupadas por estantes apinhadas de livros, e o ar chegava de uma janela no alto. Encontravam-se, portanto, abaixo do chão do santuário. No meio do aposento havia uma grande mesa e, por trás, uma estátua de Thenaar, exatamente igual à do templo a não ser pelo tamanho, muito menor. Um vago cheiro de sangue pairava no ar, e Dubhe sentiu-se estranha, confusa. Cerrou por um momento os olhos, esperou até ouvir a porta que se fechava e então agiu.

Sacou de repente o punhal, torceu o braço de Yeshol atrás das costas e num piscar de olhos encostou a lâmina na sua garganta.

– Quero saber quem foi – sussurrou no ouvido do homem.

Já fazia muito tempo que não recorria aos seus dotes de assassino, mas seu corpo lembrava-se muito bem do treinamento que recebera, e tudo aconteceu com naturalidade.

"Se há um homem que posso matar, é este mesmo."

Yeshol não se mostrou nem um pouco surpreso, nem assustado. Seu corpo manteve-se firme, a respiração regular. Deu-se até ao luxo de uma risada.

– São então estas as suas intenções? E o que pensa fazer agora? Matar todos os que estão aqui dentro?

Dubhe sentiu-se sufocar de raiva. Não tinha pleno controle de si mesma, sabia disso, e o símbolo no braço latejava.

– Não tenho o menor interesse numa matança. Só quero saber quem me impôs a maldição.

– Sabe muito bem que eu jamais lhe direi. Se Sarnek porventura chegou a lhe falar de mim, já deveria saber disto.

– Não se atreva a mencionar o nome dele!
– Este é o seu problema, Dubhe, esta boba afeição por um Perdedor. Só que você não quer entender...
Dubhe pressionou a lâmina na carne e sentiu um filete de sangue escorrer até molhar seu braço.
– Não me subestime.
Nem mesmo agora Yeshol parecia preocupado.
– O sangue não me assusta, e a morte tampouco. São os meus elementos. Não lhe direi quem foi. E nem preciso frisar que, se me matar, não só não se livrará da maldição como também ficará com a Guilda inteira no seu encalço. Acho melhor, portanto, que você guarde a arma e converse comigo. Há muitas coisas que precisam ser ditas. O que pretende fazer, em seguida? Não está vendo que um leve cheiro de sangue já a deixa transtornada?
Era verdade. Custava a manter o controle sobre si mesma, a Fera estava a ponto de acordar.
Com raiva, Dubhe soltou-o. Yeshol só teve tempo de segurar-se na mesa diante dele.
Ficou assim por alguns momentos, imóvel, em seguida virou-se e seu rosto tinha reencontrado o costumeiro sorriso de escárnio. Indicou-lhe uma cadeira.
– Sabe se cuidar, não há dúvida. Anos passados como ladra e, olhe só para você... o seu corpo, a sua agilidade...
Dubhe apertou os punhos e baixou o olhar.
– Sente – disse-lhe afinal.
Foi o que Dubhe fez. De forma imperceptível suas pernas tremiam.
– Por quê? – perguntou.
– Não consegue entender sozinha?
– Digamos que eu seja mesmo uma Menina da Morte, ainda assim vocês têm aqui bandos de Assassinos, não precisam de mim.
Yeshol sorriu.
– Está por acaso tentando provar que a admiração que sinto por você não é justificada? Os Consagrados não podem evitar o próprio destino, Dubhe, e o seu está sob o signo de Thenaar.
– Não sou uma assassina.
– É, sim. Nasceu para isso.

– Eu não mato! – gritou.
– Já fez isso, e há bem pouco tempo.
Dubhe sentiu-se tomar por uma vertigem.
– Você é como nós, desde antes mesmo que nascesse. Recebeu o nosso treinamento e sabe muito bem, no fundo do seu coração, que é a única coisa que sabe fazer. O que está fazendo agora, esta sua vida ignóbil de ladra, é apenas um imenso desperdício de talento, uma coisa que só pode aviltá-la, pois no íntimo você sente que não é o seu caminho. Você nos pertence e, no fundo da alma, sempre soube disto.

Dubhe apertou os punhos. Lembrou o homem de preto que aparecera na luz lívida do entardecer, o homem que viera procurar por ela, o homem que quebrara o encanto da sua vida tranquila com o Mestre.

A raiva aumentou. Ainda mais porque as palavras de Yeshol eram terrivelmente parecidas com aquelas que, havia muitos anos, ela vinha se repetindo, e correspondiam ao asco que sentia por si mesma, ao sentido de opressão que acompanhava cada dia da sua vida. Ela sempre acreditara no destino.

– Eu não pratico os seus cultos bárbaros, não reverencio Thenaar nem qualquer outro deus, nenhum deles existe.

Yeshol não se deixou impressionar pela blasfêmia.
– Thenaar a escolheu. Ele a quer.
Dubhe teve um gesto de irritação.
– Palavras ridículas, inúteis. Pare com isso e diga logo o que quer para contar-me o que sabe.
– Percebo que continua sem entender. Eu não contarei coisa alguma. Nem agora nem no futuro.

Dubhe fincou o punhal na madeira da escrivaninha.
– Se esta é a sua resolução, eu sou uma mulher morta, e uma mulher morta não tem mais medo de nada. Pode ser que não consiga aniquilá-los, mas certamente muitos dos seus, começando por você, irão acompanhar-me.

– Um assassino é frio, Dubhe, e hoje você está falando sem pensar. O fato de eu não lhe contar nada não quer dizer que não tencione ajudá-la.

Dubhe ficou atônita.

– Nós conhecemos uma maneira para manter sob controle a maldição.
– Está mentindo. Disseram-me que isto é impossível.
– Quem lhe disse não está a par dos fatos. Não se trata de um selo, mas sim de uma maldição. E uma maldição pode ser revogada mesmo por quem não a evocou.
– Quer dizer?
– Quer dizer que nós lhe daremos o remédio para curá-la. Mas pouco a pouco. Levará anos antes de você ficar boa. E durante estes anos, terá de trabalhar para nós.

Dubhe não pôde evitar um sorriso sarcástico.
– Então é isso...
– Vejo que está começando a entender.
– Maldição!
– Seja razoável. Este é o seu lugar: o seu sofrimento cotidiano, a ferida sempre aberta da morte de Sarnek, são todas coisas de que você padece porque ainda não está se sentindo em casa. Aqui encontrará a paz que almeja, porque é dentro destas paredes, nesta escuridão, que está o seu destino, desde antes do seu nascimento.

Dubhe encarou-o com firmeza.
– Descobriu realmente um jeito muito bom, seu bastardo... mas eu odeio este lugar, e antes de me sujeitar às suas ordens prefiro morrer.
– A escolha é sua. Mas pense bem. Não estamos falando na morte que desde sempre você conhece. Não estamos falando de um velho que simplesmente fecha os olhos no fim dos seus dias numa cama, quem sabe até satisfeito com a vida que levou. Não estamos falando de um veneno que mata após uns poucos momentos de dor ou da lâmina que penetra na carne, todas as coisas que você entende, que você conhece. Estamos falando do abismo, um lugar de onde não se pode voltar, um lugar que ninguém, eu lhe garanto, ninguém mesmo conhece. Dia após dia a sua mente ficará mais perdida, e você procurará reencontrar a si mesma, tentará com todas as suas forças. Mas a Fera que vive em você nunca descansa, está perenemente faminta. Vai devorá-la, vai carcomê-la devagar, um pedaço de cada vez. Você irá vê-la agir usando o seu corpo, irá vê-la como naquele dia em que perpetrou a chacina no bosque. Assim, centenas de vezes. E, então, não será somente na hora de matar. A fome de

carne e sangue será a sua obsessão. Virá acordar você na cama, tomará conta de você enquanto anda, enquanto come, em cada momento do seu dia. Até você não passar de um animal, vivendo como um animal. Até a própria loucura se encarregar de matá-la. E não creia que poderá matar-se antes de tudo isso se cumprir, pois a Fera não deixará. Não será uma coisa rápida e bonita.

Dubhe sentiu gotas de suor gélido escorrer pelas suas costas. Podia imaginar e ver tudo aquilo que Yeshol dissera. Podia experimentá-lo. Toda uma vida igual àqueles dias terríveis que acabara de viver.

Levantou os olhos cheios de angústia para o homem, imóvel no seu lugar.

– Como pode fazer uma coisa dessas comigo... como pode ter maquinado... – As palavras morreram na sua garganta.

– Em nome de Thenaar. Quando se juntar a nós, você mesma poderá entender.

Dubhe baixou a cabeça. Sentia falta de ar, naquele cubículo, e um pouco perdida.

– O seu quarto está pronto, logo ao lado desta porta. Sentirá dor, no primeiro dia, pois a morte que mora neste lugar é o alimento da Fera, mas nós lhe daremos o remédio, e ele aliviará imediatamente o seu sofrer. Entre a salvação e uma morte horrenda só há aquela porta, Dubhe, somente ela. O seu sim ou o seu não.

Dubhe continuou olhando para o chão, abalada. Então levantou-se e envolveu-se na capa.

– Não posso decidir, aqui e agora.

– Como quiser. Sabe onde me encontrar, mas também sabe o que esperar se optar pelo não.

Dubhe arrancou o punhal da mesa, esperou que Yeshol abrisse a porta e saiu com ele.

– Pense nisto, Dubhe – ele repetiu enquanto voltavam ao santuário.

A mulher continuava no mesmo lugar, tudo estava exatamente como antes, e tudo era intolerável.

Dubhe deu as costas, passou rapidamente pela nave, cada vez mais depressa, até sair do templo, correndo.

12
O CAMINHO QUE
LEVA À ESCURIDÃO

O primeiro impulso foi ir para longe, fugir de novo para a Terra do Sol. Correu desesperada, sem parar um só momento, beirando os limites da sua resistência, até ver um alvorecer rosado diante de si, até deixar para trás a Terra da Noite.

Estava exausta, e o ferimento doía. Compreendia perfeitamente sua imprudência, sabia que daquele jeito só conseguiria prejudicar-se, mas muito mais do que a razão naquela hora valia o medo frio, o pavor cego. Por isso queria voltar para casa. Voltar para casa a fim de esquecer tudo.

Não demorou a chegar, em cinco dias percorreu em sentido contrário o caminho pelo qual já passara.

Tinha a impressão de ser mais uma vez criança, com todos os antigos medos que voltavam a visitá-la.

"Como se o Mestre nunca tivesse existido, como se eu ainda estivesse à procura de Selva e dos meus pais."

Entrou apressadamente na gruta e, logo que saboreou o cheiro de mofo, pareceu sentir-se melhor. Respirou fundo, fechou os olhos.

Agora que estava novamente em casa, sozinha, voltou lentamente a reassumir o controle. Passou alguns dias cuidando da saúde. O ferimento estava vermelho e inchado, inflamado. Usou o costumeiro unguento de Tori. E, enquanto o corpo se recobrava, os músculos relaxavam e a pele das costas voltava a ser elástica e rosada, ela pensava.

Passou longas horas meditando, na Fonte Escura. O inverno havia chegado. Uma longa tarde de tempestade e, já no dia seguinte, o cheiro do ar estava diferente, a sua consistência mudara, e embora o sol brilhasse os seus raios não chegavam a penetrar a capa de frio que envolvera a terra. Mas Dubhe não receava o frio, procurava-o, aliás, e de noite ia à fonte vestindo a roupa de sempre.

Precisava ficar novamente em comunhão com o mundo e sentir a terra nua sob as palmas abertas das mãos. Quando qualquer outra sensação era apagada por aquele contato, sabia que podia realmente raciocinar com lucidez.

Só a Guilda tinha o antídoto. Nem mesmo Magara podia fazer alguma coisa. Dubhe sabia muito bem que a magia da Guilda era muito particular. O Mestre falara-lhe a respeito. Tratava-se de fórmulas proibidas, da magia malvada que se fundamentava na subversão das regras naturais, baseada na morte. Aquelas mesmas fórmulas, no entanto, eram reinterpretadas, revividas nos moldes do culto de Thenaar. Mas também costumavam dizer, principalmente na Terra dos Dias, que a Guilda era a única verdadeira depositária da magia élfica, a mais obscura e maléfica.

As palavras de Yeshol ecoavam na sua mente, e à noite não podia deixar de lembrar a matança na clareira. Iria continuar daquele jeito, um longo pesadelo, até a mais horrenda das mortes.

Não só ela tinha voltado a matar, apesar de ter sempre tentado com todas as suas forças manter-se longe disso, como também se entregara a uma verdadeira chacina, alguma coisa diante da qual sua mente vacilava. Aquele era o irreversível destino, fora da Guilda, e ela jamais iria suportar um fim como aquele. A escolha parecia muito fácil.

Mas o que significava aceitar a proposta de Yeshol? Significava vender-se ao seu pior inimigo, um inimigo contra o qual o Mestre tinha lutado até a morte. Por ela.

Nunca poderia esquecer o que tinham feito com o Mestre. Juntar-se a eles significaria atraiçoá-lo, trair os seus ensinamentos. Não a treinara para transformá-la numa máquina de morte ao serviço do culto de Thenaar, não era por isso que a salvara, abrigando-a e mantendo-a junto a si. Não era por isso que tudo acontecera do jeito que aconteceu. Quem lhe dera a vida fora ele, mais ainda do que o seu pai, que não conseguira protegê-la nem reencontrá-la depois de perdê-la. Não podia fazer uma coisa dessas com ele. E, além do mais, ela abandonara o caminho do homicídio, jurara isto quando o Mestre morrera.

Não, na verdade não havia uma verdadeira escolha. Uma morte horrenda ou o caminho obscuro da Guilda, do qual vinha tentando fugir durante os últimos dois anos.

Dubhe debatia-se entre mil dúvidas, e só uma solução ia tomando pouco a pouco forma na sua mente. Uma morte escolhida, buscada. Uma morte que fosse, de algum modo, digna e que evitasse a terrível agonia que Yeshol pressagiara.

Sempre fora contrária à ideia do suicídio. Tinha enfrentado toda uma série de terríveis sofrimentos, mas nunca passara pela sua mente dizer "chega", nunca pensara em escolher a saída mais fácil. Agora, no entanto, não se tratava de covardia. Não seria o gesto final de um pusilânime. Trata-se apenas de escolher uma morte no lugar de outra, porque ao recusar a oferta de Yeshol já estaria condenada.

Dubhe passou a noite inteira pensando no assunto. Se a sua resposta fosse não, aquele era o único caminho. Acabar logo com tudo, de uma vez por todas.

E mesmo assim não podia. Nunca vira a si mesma como alguém realmente amante da vida. A vida era apenas uma coisa brutal, primária, e era para ela difícil imaginá-la como algo agradável e bonito. Mas agora, quando um simples gesto era tudo que a separava da conclusão da história, sentia que não era capaz de fazê-lo. Alguma coisa nela ainda desejava viver. Como se um futuro diferente do passado ainda fosse possível, como se o tempo por vir pudesse trazer-lhe de volta o Mestre ou os seus anos em Selva. Uma esperança desesperada, como qualquer esperança. Um irracional desejo de ir em frente, até o fim.

Não, não podia.

Naquelas noites na fonte entendeu que a sua natureza, o conjunto das suas experiências e mais ainda a sua sina já haviam escolhido por ela antes mesmo de se dar conta. O Mestre deixara de existir, seu corpo já se dissolvera na terra, e ela não tinha outra escolha a não ser seguir algo dentro de si que desejava tenazmente viver. Mas não havia alegria alguma nesta escolha, nem alívio.

A Guilda vencera.

Pouco a pouco esvaziou a casa, despediu-se de tudo. A sua morada, a partir de agora, ficaria nas entranhas da terra, com Yeshol.

Quando já estava prestes a partir, no entanto, Jenna voltou a visitá-la. Apareceu com uma expressão sombria estampada no rosto, vestindo uma estranha capa, e ficou no limiar da gruta enquanto leves flocos de neve turbilhonavam no vento.

– Andei procurando por você.

Dubhe não conseguiu disfarçar o prazer que tinha em vê-lo, e por isso mesmo procurou ser dura.

– Achei que tinha sido bastante clara.

Jenna entrou, sentou à mesa. Manteve uma postura de digna humildade, sem qualquer sinal da arrogância que costumava aparentar.

– O que houve com você?

Dubhe percebeu que já não era possível esquivar-se às perguntas.

– Estou indo embora.

Jenna ficou em silêncio, sem saber ao certo o que dizer.

– É por causa daquele acontecimento da clareira, não é? Aconteceu alguma coisa ali, e você estava presente. Agora, eu juro, só quero ajudar... porque... porque somos parceiros nos negócios, mas que diabo... mesmo os parceiros podem gostar um pouco um do outro, você não acha?

Baixou os olhos.

– Porque você gosta de mim um pouquinho... não gosta?

Dubhe ficou uns instantes calada. A situação começava a ficar bastante penosa, muito mais do que ela poderia esperar.

– O que você ouviu dizer ao meu respeito é fruto de uma doença. Eu estou doente.

– Precisa de um sacerdote, então, e de alguém que tome conta de você...

Dubhe meneou a cabeça.

– Só há um lugar onde eu possa ficar boa, e é melhor você não saber onde fica. Estou indo para lá. Pediram-me um preço, para a cura, como sempre, e eu terei de pagar. É a única escolha que ainda tenho, se quiser continuar a viver.

– Quanto tempo vai ficar longe? E o que quer que eu diga aos que procurarem por você?

– Não voltaremos a nos encontrar, Jenna. Nunca mais trabalharemos juntos. Terá de se arrumar sozinho.

Jenna ficou por alguns momentos sem palavras, então, inesperadamente, deu um violento soco na mesa, tanto que Dubhe estremeceu.

– Não! Não mesmo! Já faz muito tempo que trabalhamos juntos, eu a vi crescer, fiquei ao seu lado quando as coisas iam de mal a pior. Não pode livrar-se de mim deste jeito, sem qualquer explicação. Você está me abandonando!

– O nosso sempre foi um relacionamento de trabalho. Nada mais do que isso.

– Não é verdade. Era algo mais!

Com um pulo, ficara de pé.

Dubhe sentiu alguma coisa se mexendo no fundo do estômago. Não era fácil livrar-se de toda a sua vida, e Jenna era uma parte dela. Apesar de ter jurado a si mesma que nunca mais aconteceria, acabara ligando-se a uma pessoa, criara afeição.

– Não creia que seja fácil, para mim, deixar isto tudo e começar uma nova vida, mas preciso, pois do contrário morrerei.

– Mais uma razão para eu ficar ao seu lado.

Dubhe sorriu com tristeza.

– Vá embora, vá logo e esqueça isto tudo. Já lhe disse naquela tarde: você não pode entender, aqueles como eu não têm solução, são seres perdidos.

Jenna apertou os punhos até as juntas dos dedos ficarem brancas.

– Não deixarei que se vá.

Fez tudo muito depressa, com a pressa da inexperiência, com a precipitação dos garotos. Segurou-a pelos ombros e, sem jeito, encostou os lábios nos de Dubhe. Foi uma coisa tão inesperada que ela não teve tempo para reagir. Sentiu aqueles lábios trêmulos apoiados nos seus e ficou entregue a um rio de recordações. Os personagens se confundiam numa lembrança suave e terrível que a deixou confusa. Afastou-se dele com violência.

Ficaram um diante do outro, Jenna de olhos baixos, mais vermelho do que nunca, Dubhe que olhava para ele pasma sem conseguir separar a sua imagem das lembranças.

– Eu nunca amei você – limitou-se a dizer, com uma frieza glacial.

– Eu... sim...

Dubhe aproximou-se. Colocou a mão no ombro do amigo. Ela entendia. Até bem demais.

Jenna estava atordoado, de olhos úmidos. Dubhe o acompanhou para fora e por um trecho do bosque. Caminharam juntos, lado a lado, sem nada dizer. Ao longe, nas montanhas, ouvia-se o lúgubre chamado de uma coruja.

"É o fim da minha vida, assim como já aconteceu outras vezes, no passado."

Parou.

– Adeus, Jenna.

Ele nem teve coragem de encará-la.

– Não pode acabar deste jeito...

– Pode, sim... Volte para casa.

Dubhe deixou-o sozinho no bosque. A hora chegara. Aquela noite iria ser a última da sua antiga vida.

Partiu ao alvorecer, só com umas poucas coisas. Levou consigo as armas e o punhal, pelo qual criara afeição.

Olhou para ele com olhos diferentes.

"Terei de usar de novo."

Sentiu um arrepio. Sempre esperara que aquele momento nunca fosse acontecer.

Também levou umas poucas roupas e alguma comida a ser consumida ao longo da viagem. Nem esvaziou a gruta. Ela mesma não sabia se era porque se sentia ligada demais ao lugar ou porque realmente acreditava poder voltar para lá, algum dia. Limitou-se a dar as costas para aquele lugar que tanto amara e não olhou para trás.

A viagem levou seis dias, exatamente como quando fora ao templo pela primeira vez. Poderia ter-se apressado para chegar antes, mas não tinha a menor vontade. Considerou que provavelmente aquela era a última oportunidade de ficar por tanto tempo ao ar livre, pelo menos durante os primeiros meses, e decidiu aproveitar. Queria levar consigo os cheiros do inverno, antes de o tempo perder-se e de seu corpo ficar aprisionado nos túneis cavados na pedra.

E queria apagar a lembrança constrangedora e triste de Jenna que a beijava e tentava, com aquele gesto ridículo, mantê-la ligada a ele e à Terra do Sol, logo ela que não estava presa a coisa alguma.

Entrou no templo ao meio-dia. A escuridão da Terra da Noite era quase impenetrável, o frio gelava os ossos. O ventou insinuava-se pelo portão adentro e percorria as naves do santuário, ecoando lúgubre em volta da estátua de Thenaar. Desta vez não havia qualquer pessoa sentada nos bancos. Dubhe estava sozinha. E mesmo assim sabia que Yeshol esperava por ela.

Apoiou a mão nas colunas e sentiu as bordas cortantes do cristal negro que feriam a pele. Uma gota de sangue escorreu pelo fuste.

A dor tirou-a daquele vago torpor de devaneio e lhe deu a dimensão exata daquilo que estava a ponto de fazer.

Apertou a palma ferida, mais uma gota caiu ao chão.

Aproximou-se da mesma estátua, acionou a escama que já conhecia, esperou.

Yeshol apareceu, envolvido na sua túnica vermelha. Sorria, sem conseguir disfarçar a sua satisfação.

– Não demorou tanto tempo assim, para tomar uma decisão...

Dubhe não respondeu. Teria feito qualquer coisa para tirar-lhe aquele sorriso do rosto, mas a sua vida estava nas mãos do bastardo, ela fizera a sua escolha, e aquela escolha não incluía a morte de Yeshol.

Yeshol, no entanto, devia ter percebido alguma coisa, pois achou melhor mudar de atitude.

– Nunca duvidei de você. Thenaar a escolheu, não podia fazer outra coisa a não ser voltar.

Tomou o mesmo caminho da visita anterior que, como então, levou-os à sua sala particular. Desta vez, logo que entraram, o homem puxou um cordãozinho dourado pendurado ao lado da estátua de Thenaar.

Acenou para Dubhe sentar e ele mesmo pegou uma cadeira.

– Antes de mais nada, aqui não vai precisar das suas armas. Deixe-as no chão.

Dubhe ficou em dúvida.

— Ainda quer matar-me? Pode ser que consiga cortar a minha garganta, mas os meus irão matá-la... Então, de que terá servido?
Não era bem aquilo.
— Tenho afeição pelas minhas armas.
— Não há uso para elas aqui.
— Prometa que irá devolvê-las quando tudo acabar.
Yeshol fitou-a com um olhar enfastiado, mas concordou.
— Depois da iniciação poderá tê-las de volta.
Dubhe colocou tudo no chão: o arco, as facas de arremesso, as setas. Finalmente, o punhal. Pareceu-lhe quase uma blasfêmia deitar naquelas duras pedras malditas a arma do Mestre.
— Nas condições em que agora se encontra não lhe será permitido participar das nossas reuniões na Casa. Você está impura devido à vida corrupta e descrente que levou fora destas paredes, e ao mesmo tempo a maldição desencadear-se-ia no caso de você entrar sem ainda manter sob controle a Fera que se abriga no seu âmago.
Dubhe interrompeu-o com um gesto.
— Quem botou essa Fera no meu coração foi você, e de qualquer maneira quero deixar bem claro o seguinte: trabalharei para vocês, farei o que quiserem, mas nunca terão a minha fé. Não creio em divindade alguma e muito menos num deus como Thenaar.
Yeshol sorriu.
— Só Thenaar decide. Seja como for, morará conosco, e morar conosco, pertencer à Guilda, significa participar do culto. Você não terá outra escolha.
A porta abriu-se e apareceu uma figura encapuzada. Vestia uma longa túnica preta de fazenda grosseira. Curvou-se diante de Yeshol juntando as mãos no peito, então tirou o capuz. Era um homem bastante jovem, de cabelos loiros tão claros que pareciam sem cor, muito curtos; os olhos eram igualmente claros e desprovidos de expressão, o nariz delgado, a pele pálida. Olhou para ela como se fosse transparente.
— Ele é o Guarda dos Iniciados, o seu nome é Ghaan. Cuida dos jovens que vêm nos procurar, dos novos adeptos. Em geral costumam ser crianças, mas em alguns casos também pode tratar-se de pessoas um pouco mais velhas, como você. Ele irá iniciá-la ao culto. A partir de agora e até a cerimônia da iniciação não terá contato

com mais ninguém, somente com o Guarda dos Iniciados. Devido à sua impureza, não merece a palavra de nenhum outro membro da Casa.

Yeshol acenou com a mão e quem falou foi Ghaan.

– Levante-se e siga-me.

Dubhe obedeceu. A sua vida, agora, pertencia àquela gente.

Antes que saísse, Yeshol voltou a chamá-la.

– Reparei na sua mão, Dubhe – disse sorrindo. – Ela prova, mais uma vez, que você pertence a Thenaar, pois a primeira coisa que um iniciado precisa fazer é oferecer o próprio sangue, e foi o que você fez.

Dubhe apertou o punho com força.

Passaram por numerosos corredores cavados na pedra, todos eles escuros e fedorentos. O cheiro de sangue, no entanto, mais forte no antro de Yeshol, tinha quase completamente desaparecido, e Dubhe podia respirar mais à vontade. O homem diante dela nada dizia, limitava-se a andar, e Dubhe o seguia. Não demorou muito a perder a conta das ramificações e dos cunículos pelos quais haviam passado.

Chegaram afinal a uma porta de madeira. Ghaan abriu-a usando uma longa chave coberta de ferrugem. O interior era um verdadeiro poço. Cheirava a bolor e era minúsculo. Dubhe calculou que mal poderia caber ali deitada, e mesmo assim teria de dobrar as pernas. No alto, bem no alto, via-se uma fenda muito pequena pela qual entrava um pouco de ar.

– Esta aqui é a cela da purificação. – A voz do homem tinha um tom estrídulo, e ele falava sem olhá-la no rosto. – Ficará aqui por sete dias, sete dias em que jejuará para purificar-se. Ser-lhe-á concedida uma meia jarra de água diária. Eu passarei todos os dias a fim de exigir o tributo e instruí-la-ei acerca do culto. Depois disso, terá acesso à Casa e receberá a sua iniciação.

– Não acredito no deus de vocês – murmurou Dubhe.

De repente tudo lhe parecia totalmente insano. Perguntou a si mesma como podia ter aceitado aquilo, e lembrou o horror com que o Mestre falava daquele lugar.

Ghaan ignorou-a.

Dubhe entrou. A porta fechou-se com violência atrás dela, o chiado estrídulo da chave na fechadura ricocheteou entre as paredes até alcançar a pequena fenda lá em cima. Ecoou como um barulho ensurdecedor.

Dubhe conhecia as insídias e as lisonjas da escuridão. Nas horas piores, o escuro acolhera-a e a abrigara, afastara-a da realidade e a consolara. E o outro lado da moeda consistia justamente nisso. A solidão e a escuridão tiravam a realidade das coisas, engoliam tudo aquilo que estava do lado de fora, falseavam os contornos. O escuro protege, mas engana.

E foram assim aqueles sete dias de delírio.

A razão tentava resistir. Mas as visões apareciam. Passado e presente confundiam-se, às vezes Dubhe tinha a impressão de ainda ser criança, em casa, às vezes estava novamente no bosque, escorraçada de Selva, mais outras vezes via o Mestre que a fitava com olhos severos. Gornar vinha persegui-la, assim como as outras vítimas daqueles anos desesperados, durante os quais tentara esconder de si mesma a crueldade do seu destino.

A sede ressecava a garganta, a fome era um contínuo tormento, o ar era pouco e fechado. Dubhe procurava estrenuamente segurar-se na essência do seu ser, nos seus pensamentos. Enquanto não os perdesse, a Guilda continuaria tendo como prisioneira alguma coisa que não lhe pertencia. Enquanto ela conseguisse manter a consciência de si, a vida ainda teria algum sentido.

Ghaan vinha visitá-la à noite; Dubhe sabia disso porque acima da prisão, quando ele chegava, sempre surgia uma estrela luminosa e vermelha.

À primeira noite trouxe-lhe novas roupas: uma túnica idêntica à dele, preta e de uma fazenda tosca que picava a pele. Depois cortou-lhe os cabelos. Ela não se opôs. Em seguida pediu que lhe desse a mão que não estava ferida. Ela obedeceu, e o homem fez uma incisão na palma com a faca.

– Pela Espada que degola – murmurou, e recolheu o sangue numa pequena ampola.

Entregou-lhe então uma tira de pano limpo com a qual limpar o sangue. Estava úmida, como que embebida em alguma coisa.

O corte era pequeno mas profundo, e a vista do sangue deixou Dubhe transtornada.

"A Fera está com sede."

A partir da segunda noite, Ghaan também começou a instruí-la. Entrava na cela trazendo consigo outra estranha ampola que ela devia cheirar, e por algum tempo Dubhe se recobrava, ficava mais atenta, mais consciente de si mesma.

Mais tarde só teria uma vaga lembrança daquelas horas noturnas passadas com o homem, atordoada de fome e de sede e quase hipnotizada pela voz de Ghaan que, numa lenta e insistente ladainha, contava-lhe de Thenaar.

— Ele é o Deus supremo, muito mais poderoso que todos os demais deuses venerados no Mundo Emerso... Thenaar é o dono da noite. Surge com Rubira, a Estrela do Sangue: aquela lá, está vendo? Bem em cima da sua cabeça. Chega ao seu ponto mais alto à meia-noite, e então reina sobre as sombras. Rubira é a serva de Thenaar, antecede-o e o anuncia... Nós, seus discípulos, somos os Vitoriosos. O povo chama-nos vulgarmente de Assassinos, mas na verdade somos os Eleitos, a Estirpe Predileta de Thenaar...

No fim de cada uma destas sessões, Ghaan feria-a. Um novo ferimento, todas as noites, numa parte diferente do corpo. Depois das palmas, foi a vez dos antebraços e das pernas. Na última noite, fez um corte na sua testa.

— Sete sinais, sete como os Grandes Irmãos que marcaram a nossa história de Vitoriosos, sete como os dias do ano em que Rubira fica oculta atrás da lua, sete como as armas dos Vitoriosos: o punhal, a espada, o arco, o laço, a zarabatana, as facas e as mãos.

As feridas sararam depressa, provavelmente as tiras de pano tinham algum unguento curativo, e só deixaram um leve risco branco. Quando Dubhe olhou para a própria mão lembrou que o Mestre também tinha marcas como aquelas.

"Lembre, Dubhe, são o símbolo da Guilda. Quando as encontrar, quer dizer que estará diante de um Assassino."

"Sou uma Assassina, aquilo que eu sempre estive marcada para ser", disse a si mesma.

No oitavo dia a porta abriu-se para mostrar um vulto diferente da magra figura de Ghaan. Dubhe levantou penosamente a cabeça para o céu. Rubira ainda não surgira.
— O período de purificação chegou ao fim.
A voz calma e pacata de Yeshol.
— Esta noite, quando a Estrela de Sangue surgir, será a hora da sua iniciação, e a partir daí você pertencerá a Thenaar.

Foram buscá-la na cela logo que escureceu. Chegaram duas mulheres, de cabelo raspado, elas também vestindo as longas túnicas pretas. Provavelmente ajudantes do Guarda dos Iniciados, pensou Dubhe. Levaram-na para outro aposento, onde o cheiro de sangue já era mais penetrante, quase enjoativo. Era um local amplo e redondo, iluminado por grandes braseiros de bronze que espalhavam um estranho perfume aromático e uma luz lúgubre que dançava nas paredes de pedra sumariamente esboçada. Além das mulheres que a haviam acompanhado, também estavam lá dois homens. Eles também de cabeça raspada, mas sem as túnicas; usavam, por sua vez, negras calças de linho, e seus peitos nus estavam marcados por cicatrizes brancas que formavam estranhos desenhos, parecidos com os enfeites do templo. Entre eles, sentado num tosco assento, estava Ghaan. As duas mulheres forçaram-na a se ajoelhar.
— O que vai ser de mim? — tentou saber Dubhe.
— Vai descobrir quando acontecer.
Ghaan levantou-se e saiu do aposento.
Os homens permaneceram imóveis em seus lugares enquanto as mulheres encarregaram-se dela. Ofereceram-lhe mais um jarro de água e um pedaço de pão que Dubhe logo agarrou, famélica. Só precisou de umas poucas mordidas para acabar com ele. Entregaram-lhe então um pequeno cálice cheio de um líquido arroxeado de cheiro penetrante. Mandaram-na primeiro cheirar aquele aroma, depois tomar o licor.

Era alguma coisa muito forte, que queimava na garganta, tanto que seus olhos lacrimejaram. Pediram que sentasse, deixando-a tranquila por alguns momentos.

Sentia-se exausta, embora o pão e a água lhe tivessem devolvido algum vigor, mas também estranhamente atordoada. O mundo vacilava diante dos seus olhos na cadência das chamas nos braseiros.

– O que fizeram comigo? – murmurou.

– Calada – disse uma mulher. – O iniciado não pode falar. Vai ajudá-la a aguentar.

Deram-lhe mais água, então, também saíram.

Só aí os homens mexeram-se. Dubhe viu que pegavam as correntes e se aproximavam dela. Prenderam seus pulsos e tornozelos, e ela quase teve vontade de rir. Tinha ido até lá de livre e espontânea vontade, plenamente consciente da sua escolha, e agora acorrentavam-na como uma prisioneira.

– Não estou pensando em fugir... – tentou dizer.

– Não é por causa de você, mas sim da maldição.

Dubhe não entendeu com clareza o sentido daquelas palavras.

Levantaram-na, carregaram-na quase com desvelo, levaram-na para fora.

Foi mais uma vez uma longa peregrinação por corredores úmidos e escuros. As paredes ondeavam terrivelmente, como entranhas vivas, dando a impressão de poderem se fechar a qualquer momento em cima dela. Depois, devagar, começou a perceber uma espécie de respiração. Era como se um animal estivesse escondido em algum lugar ali perto, ofegando. Havia cheiro de sangue, cada vez mais acre e penetrante, e Dubhe começou a suar. O vigor parecia estar voltando às suas pernas, as passadas tornavam-se mais seguras, mas seu coração batia cada vez mais rápido.

"É ela. Está no meu encalço. Vem me procurar. A Fera!"

Os homens seguraram com mais força seus braços enquanto o barulho ao longe se transformava lentamente num monótono salmodiar, numa lúgubre ladainha diferente de tudo aquilo que Dubhe até então ouvira.

Curvas, trechos em declive, e aí em aclive, e escadas. O percurso tornava-se um labirinto cada vez mais complexo, e agora as paredes pulsavam naquela cantiga, tremiam no ecoar das vozes murmuradas pela multidão. O cheiro de sangue ficava cada vez mais forte, nauseabundo.

– Não, não... – tentou sussurrar Dubhe enquanto os braços e as pernas eram sacudidos por breves espasmos.

O murmúrio transformou-se num surdo trovão, o cheiro tornou-se insuportável, e finalmente chegaram à sala.

Era uma enorme gruta natural, com a abóbada hirta de estalactites pontudas. A luz dançarina de brasas penduradas no teto animava nas paredes maléficas criaturas de sombra. No meio da sala havia duas largas piscinas, cheias de sangue. Era dali que vinha o cheiro. Nelas mergulhava os pés uma grande estátua de Thenaar, bem maior que a outra do templo: inteiramente esculpida no cristal negro. A postura da estátua era a mesma da cópia no santuário: ela também segurava uma seta e um raio, mas a sua expressão era, se possível, ainda mais malévola.

Entre os pés da estátua, outra figura de cristal negro, menor, que mal chegava aos joelhos de Thenaar. Os olhos confusos de Dubhe não conseguiram distinguir com clareza o que representava, mas parecia um menino vestindo uma túnica, de olhar estranhamente sério e triste.

Aos pés das estátuas, em volta das piscinas, toda uma multidão de homens e mulheres vestidos de preto. Os Vitoriosos, como Ghaan os definira, os Assassinos. Era a voz deles que salmodiava e invocava Thenaar. As paredes ecoavam aquele chamado, e até o chão tremia.

Logo que Dubhe viu o sangue começou a gritar enquanto tinha a impressão de que a Fera lhe rasgava a carne. Queria beber, saciar a sua sede e matar. Agitou-se, tentou desvencilhar-se, mas os homens que a acompanhavam seguraram-na com firmeza e a empurraram para uma das piscinas.

Como naquela noite na clareira, Dubhe assistia a tudo impotente. Via o próprio corpo possuído pela Fera e estava apavorada.

"Vai ser como então! Mais uma vez estraçalharei as carnes destes homens! E a Fera devorar-me-á!"

Quando mergulharam seus pés no sangue, sentiu-se desfalecer.

Yeshol estava diante dela, seu rosto desfigurado no êxtase místico e sua voz trovejava acima de todas as demais.

Os dois homens engancharam a umas argolas as correntes que agrilhoavam seus pulsos e tornozelos, e Dubhe ficou sozinha na piscina, com o sangue pegajoso a cobrir-lhe os pés.

A um sinal de Yeshol o silêncio tomou conta da sala, e a única coisa que se ouviu foi o grito de dor de Dubhe. Soou como um berro desumano aos seus ouvidos.

"É o grito da Fera! Libertem-me!"

Por mais que ela berrasse, a voz de Yeshol conseguiu sobrepujar os seus gritos.

— Poderoso Thenaar, a presa que por tão longo tempo manteve-se esquiva agora está aqui, diante de ti, e pede para ser admitida no grupo dos teus. Por ti, ela abandonará as fileiras dos Perdedores, renegará a sua vida de pecado e seguirá pelo caminho dos Vitoriosos.

Yeshol tirou de uma dobra da túnica uma ampola cheia de um líquido vermelho.

— E, purificada, oferece-te o seu sofrimento e o seu sangue.

A assembleia voltou a salmodiar uma estranha oração.

Yeshol derramou o sangue na piscina, e a voz do coro ressoou mais alta e mais forte.

— Sangue ao sangue, carne à carne, aceita a oferenda e acolhe em ti a progênie da morte.

Dubhe caiu de joelhos. Estava enlouquecendo. Aquilo que tentara evitar estava a ponto de acontecer. A insanidade. A dor. A morte. A pior possível. Havia sido enganada.

A assembleia calou-se mais uma vez e a voz de Yeshol se fez ouvir límpida e sonora.

— Que o teu sangue, poderoso Thenaar, purifique e marque a nossa nova irmã, e grave nela o teu símbolo obscuro.

Pegou uma larga tigela de bronze, mergulhou-a na piscina e jogou o sangue recolhido na cabeça de Dubhe. A jovem estremeceu e ficou ainda mais prostrada.

"Estou morrendo. Finalmente estou morrendo", disse a si mesma enquanto as garras da Fera a dilaceravam. Viu confusamente o rosto de Yeshol que se aproximava, cada vez mais perto, até sentir sua respiração nos seus lábios. A voz do homem era um murmúrio maldoso.

— Lembre-se desta dor, deste sofrimento. É o que espera por você se nos desobedecer. Mas agora, uma vez que se portou direito, merece um prêmio.

Levou à sua boca uma ampola, e um líquido refrescante desceu pela sua garganta. As presas que até então estavam rasgando seu peito pareceram recuar e ela se sentiu tomada por uma estranha paz. Aí tudo se dissolveu na escuridão.

Segunda parte

A história do Tirano continua tendo até hoje muitas partes misteriosas. As fontes acabaram sendo perdidas, e muitas das pessoas que o conheceram morreram durante a Grande Batalha do Inverno, que representou o fim do seu reinado. A história que pretendo reconstituir é, portanto, fragmentária e não muito clara. Até mesmo os quarenta anos do seu reino continuam sendo um período obscuro, acerca do qual não temos informações precisas.

Sabemos com certeza que nasceu na Terra da Noite, e igualmente certo parece ser o fato de ele ter tido acesso, a certa altura, ao Conselho dos Magos, como relatam os arquivos daqueles anos. Bem sabido, por outro lado, é o seu aspecto físico, a única característica universalmente conhecida e comprovada: ele tinha a aparência de um menino com no máximo doze anos, e este semblante devia-se a algum tipo de castigo não melhor identificado que lhe foi infligido. Também sabemos que em apenas quarenta anos, de forma arrebatadora, conseguiu botar as mãos na quase totalidade do Mundo Emerso, mas foi detido pelas tropas das Terras livres lideradas por Nihal, quando já se preparava para conquistar a Terra do Mar e do Sol. Muito pouco sabemos, no entanto, das suas finalidades, da organização que no fim queria dar ao seu reino. Uns dizem que só desejava o poder em si, outros que a sua meta era a completa destruição. Há até quem defenda a hipótese de ele ter sido levado à loucura por algum tipo de amor doentio pelo Mundo Emerso. É para mim impossível identificar, nesta rede de hipóteses, a que realmente corresponde à verdade; só nos resta aceitar a evidência de a verdade ter morrido com ele.

Therya da Terra do Sol,
Relatos da Idade Obscura

13
O MESTRE
+ + +
# O PASSADO IV

Dubhe vê aquele vulto se perder lentamente na fumaça. Falta pouco para ele desaparecer por completo: a sua capa marrom já não passa de uma mera mancha de cor entre as sujas volutas esbranquiçadas que encobrem o vilarejo. O seu salvador. Dubhe pula para a porta. E corre atrás dele, sem saber por quê. Mantendo distância, esquecendo a maçã pela qual havia entrado naquela casa.

Fora do vilarejo a fumaça torna-se menos espessa, o ar retoma o seu perfume costumeiro, um perfume que agora lhe parece quase familiar, um cheiro bom e limpo. O cheiro daquele homem.

Tem medo dele, não há a menor dúvida. E é por isso que se mantém longe, não se aproxima demais. Mas o homem cujas pegadas decidiu seguir não é uma pessoa normal. Ela pode sentir isso.

O entardecer pinta a terra de um amarelo azedo. Nuvens baixas marcam a linha entre o sol e o céu. O homem para, vira-se para trás. Dubhe se esconde atrás de uma árvore.

– Sei que você está aí.

Dubhe fica calada, mas respira, arquejando. Não sente mais a sua presença, receia que tenha ido embora, que a tenha deixado sozinha. Tenta espiar por trás da árvore. Nada. Grama. Aí uma mão no ombro, e a menina estremece, vira-se como raio apontando o punhal. É ele.

– Já lhe disse para tomar o caminho do norte, se não tiver uma casa.

Dubhe mantém o punhal erguido diante de si. Sua mente está vazia, só há um único pensamento prepotente se debatendo na sua cabeça.

"Não me deixe sozinha."

– Não posso levá-la comigo, e, creia-me, é melhor para você. E pare de vir atrás de mim, senão te mato.

"Não me deixe sozinha."

Mais uma vez o homem dá as costas e vai embora. Dubhe observa a capa que o vento avoluma levemente em cima dos seus ombros. Então recomeça a segui-lo.

À noite o homem acampa no bosque. Não acende nenhuma fogueira. Afinal, está muito quente, e uma linda lua brilha no céu. Dubhe fica olhando para ela por alguns instantes: cheia, fria e gigantesca.
    O homem come umas fatias de toucinho, mas não tira o capuz. Nunca tira. Dubhe olha para aquele toucinho com desejo, e o seu estômago protesta. Tinha ido ao vilarejo em busca de comida, mas nada conseguira. E agora está com fome. Gostaria de ir até o homem para pedir alguma coisa, mas não tem coragem. De forma que fica onde está, à espera que ele adormeça.
    Nem mesmo no sono o homem mostra a cabeça. E Dubhe não consegue dormir, a fome a atormenta.
    "Agora vou até lá e pego um pedacinho bem pequenino. Sou boa nisto, sei mexer-me sem fazer barulho. Ele nem vai reparar."
    Fica se debatendo entre a gratidão pelo seu salvador e a fome que lhe aperta o estômago. A fome acaba ganhando. Faz exatamente o mesmo quando brincava com os amigos, em Selva, só que desta vez o jogo é terrivelmente sério. De bruços, arrasta-se na grama. Procura fazer menos barulho possível, sem saber que com o homem com o qual está tratando é tudo inútil.
    Aproxima-se da bolsa. Há duas: uma delas parece uma espécie de caixa de madeira, que o homem deve normalmente carregar nas costas, embaixo da capa, pois Dubhe nunca tinha reparado nela. A outra é uma sacola de pano; Dubhe abre-a e, ao cheirar os aromas que dela exalam, quase desmaia. Há toucinho e outras carnes salgadas, mas também nozes e uma pequena forma de queijo, pão dormido e um cantil de vinho. Até que gostaria de levar tudo, mas contenta-se com um pequeno pedaço de queijo cortado de qualquer maneira com a ajuda do punhal.
    No escuro, os olhos do homem estão atentos e vigilantes.

Quando ele se levanta, continua a segui-lo. Durante o resto do dia. O homem para à margem de um riacho para almoçar. Molha o rosto na água gelada, mas nem mesmo agora Dubhe consegue ver seu rosto. Começa a ficar curiosa.

Enquanto ele come calmamente o seu pão, de repente pega o queijo, corta um pedaço e o joga entre as moitas.

– É seu.

Dubhe fica atônita. Não fez qualquer barulho. Não pensou que alguém pudesse ouvi-la.

O homem não diz mais nada. Continua comendo em silêncio, sem nem mesmo levantar a cabeça.

Dubhe apanha o queijo e o devora com vontade. Só precisa de umas poucas famélicas mordidas para acabar com ele.

O homem atira um pedaço de carne, como poderia fazer com um animal, e Dubhe o devora também.

Ele não levanta a cabeça, não olha para ela. Continua agindo como se ela não existisse, depois levanta-se e retoma o seu caminho.

Dubhe acalma a sede bebendo avidamente no riacho, mas não o perde de vista.

De repente percebe que nunca mais poderá deixá-lo.

Continua a segui-lo durante três dias. Fica sempre relativamente longe, mas nunca o bastante para ele ficar fora de alcance. Dorme com ele, come com ele.

Quando chega a hora das refeições ele parece ignorá-la, mas acaba sempre jogando-lhe alguma coisa. Não dá a impressão de querê-la, mas tampouco de rejeitá-la. Não faz coisa alguma para despistá-la, não corre entre as árvores, nem por terrenos pedregosos para disfarçar as suas pegadas.

Dubhe, por sua vez, não pensa em coisa alguma. Não tem motivo para pensar. Só precisa acompanhar aquele homem, pois é ele e porque a salvou.

Ao entardecer do terceiro dia, chegam perto de um acampamento. Parece bastante grande. Só dá para ver a paliçada externa, de madeira, mas é certamente muito maior do que a do acampamento de Rin.

Dubhe está cansada. Ao ficar com Rin, tinha de alguma forma recobrado as suas forças, mas agora está exausta. O homem nunca descansa, não para de andar. Dubhe baixa a cabeça olhando para o chão, para a grama já meio queimada pelo sol, e quando volta a levantá-la ele já não está. O homem desapareceu. Olha em volta, procura por ele. Fica imediatamente com vontade de chorar.

"Não é possível."

De repente uma mão tapa sua boca, o frio de uma lâmina encosta na sua garganta. Tudo parece parar naquele instante.

É a voz do homem que murmura ao seu ouvido, a sua respiração quente que acaricia sua face.

– A sua viagem acabou. Sabe quem sou? Faz ideia? Sou um assassino, e você tem de parar aqui mesmo de me seguir. Vá morrer onde achar melhor. Se continuar acompanhando as minhas pegadas irei matá-la, está me entendendo?

Dubhe não sabe o que dizer. Mas seu coração está calmo. É ele. Encontrou-o de novo. Pois é, é ele. E não tem medo da sua voz fria, da sua mão que não vacila apertando-lhe a boca ou do seu punhal. É ele, e ela já não está sozinha.

– Suma daqui – sussurra-lhe finalmente, e desaparece. De verdade.

Há um pequeno matagal ao lado do acampamento, não muito longe. Dubhe procura instintivamente abrigo nele. Já compreendeu que naquele lugar é melhor nunca ficar em campo aberto. Quem lhe disse foi Rin. O homem nunca mais apareceu depois que a ameaçou, mas Dubhe não está preocupada. Está indissoluvelmente ligada a ele. Nunca irá perdê-lo. Pertence-lhe.

Senta no limiar do bosque, entre as árvores. Está com fome, mas sabe que o homem lhe deixou alguma coisa. Um dos seus bolsos está pesado, deve conter alguma comida. Procura com a mão e saca o conteúdo. O que sobrou do queijo. Dubhe sorri. Depois de tanto tempo, finalmente consegue sorrir de novo.

"Não me abandonou e jamais irá abandonar-me."

É alta noite e a lua está quase cheia. Só lhe falta um pequeno gomo escuro, engolido pelo céu. Dubhe fica por uns momentos olhando para ela e sente-se tomar por uma espécie de paz distante que a acalenta.

Ouve vozes. Murmúrios que chegam da mata espessa. Aproxima-se com cuidado, guiada pelos sons.

— Está atrasado. Deveria ter chegado ontem.

— O que importa é que estou aqui, não acha?

Dubhe posta-se atrás de uma árvore, à escuta.

"Isto!"

É ele, com a sua capa. Ao seu lado, um soldado com uma longa espada na cintura.

— Então? A prova?

— Está com o dinheiro?

O soldado tira alguma coisa.

— Não pense que vou pagar antes de ter as provas.

É a vez do homem. Pega o estojo de madeira, abre-o. Um cheiro insuportável espalha-se pelo matagal, e Dubhe vê alguma coisa terrível. É a cabeça de um homem, de olhos entreabertos. Um assassino, o homem dissera. Era a isso que ele se referia. Leva a mão à boca, aterrorizada.

O soldado também leva a mão à boca e sufoca uma ânsia de vômito.

— Eis a prova — diz o homem —, agora é a sua vez.

O soldado fica um momento calado, acaricia o queixo como que pensativo.

— Não é ele — conclui.

— Não banque o espertinho comigo.

Uma nota ameaçadora vibra na voz do homem, mas o soldado parece não se importar.

— Não é ele, tenho absoluta certeza. E você não terá o dinheiro.

O homem permanece parado no seu lugar.

— Você está brincando com fogo.

O soldado dá uma risadinha nervosa.

Dubhe percebe que há algo estranho no ar. Por mero acaso olha à direita, atrás do homem, e vê um reflexo repentino. Uma lâmina iluminada pela lua.

Grita.

Esgoelando-se. O violento sopro que sai dos seus pulmões destrava a garganta. Desata a língua. Não consegue falar, mas pode berrar.

O homem é extremamente rápido. Vira-se, curva-se. A lâmina só roça na ponta do capuz, que cai sobre seus ombros.

– Maldita garota! – prageja o soldado, mas tudo aconteceu num piscar de olhos.

O homem saca o punhal, crava-o no meio do peito do agressor que o atacou pelas costas. O sujeito cai sem dar um pio.

O homem se vira, ainda dobrado sobre si mesmo, pega alguma coisa presa ao seu peito. Enquanto isso o soldado tinha desembainhado a espada, tenta golpeá-lo. Ouvem-se dois leves sopros na escuridão, e o soldado dobra os joelhos, ganindo. Procura recobrar-se, tenta uma desesperada investida. Contra ela.

Dubhe o vê chegando, com os olhos injetados de sangue. A espada vibra diante dela num amplo arco. Fecha os olhos. Dor. No ombro. Volta a abri-los.

O homem está com um pé em cima das costas do soldado debruçado no chão.

Pela primeira vez, o homem arqueja.

– Que vantagem teria em matá-la?

Não lhe dá tempo para responder. Finca a lâmina entre suas costas. O soldado está morto.

Dubhe desvia o olhar. "Fique de olhos fechados", dissera-lhe o homem, da primeira vez.

Deixa-se cair sentada. Alguma coisa quente escorre do seu ombro. Para não olhar o soldado morto, levanta os olhos para o homem.

Depois de segui-lo por tanto tempo, finalmente pode ver seu rosto. É jovem, mais jovem que seu pai. Tem cabelos arruivados que formam uma encaracolada moldura em volta do seu rosto, até caírem em cima dos ombros. Olhos azuis, profundos, e traços severos marcados pela barba descuidada. Dubhe não consegue despregar os olhos dele enquanto sua vista lentamente se apaga e uma dor intensa, dilacerante, parece rasgar seu ombro.

O homem olha para ela. Para a menina apoiada na árvore. Salvou a sua vida. Ela, a pequena parasita que ele ajudou. Está ferida no ombro e o fita com a expressão fiel e submissa de um cachorrinho. Mas viu seu rosto, e esta é uma coisa que um assassino não pode

permitir. Ninguém que viu seu rosto jamais sobreviveu, e isso deve valer para ela também, mesmo que se trate de uma menina.
Pega uma das facas de arremesso, deve bastar para o pescoço macio daquela garotinha. Enquanto se aproxima, ela não tem medo, ele pode sentir. Está a ponto de desmaiar, mas não tem medo. Olha para ele com olhos que dizem tudo. Ajude-me. É isto que ela pede. Levanta o braço, mas aí para. A menina fechou os olhos. Desmaiou.
"Mas que droga! Afinal é por isto que abandonei a Guilda..."
O homem curva-se sobre ela, apalpa seu pulso. Ela pediu ajuda, e ele irá ajudá-la.

Dubhe recobra-se com o sol queimando em suas faces. Talvez tenha sido o calor a acordá-la ou o oscilar que embala todo o seu corpo. Cheiro de sal, o mesmo de sempre, e braços fortes que a seguram apertando-a embaixo da barriga.
"Papai..."
Depois tem ânsias de vômito. A pessoa que a carrega nos ombros coloca-a imediatamente no chão. Dubhe não aguenta mais, está esgotada.
Alguém entra no seu campo visual: é ele, o homem. Fita-a com olhar inexpressivo, mas só de vê-lo Dubhe sente uma onda de calor reanimar seu coração.
— Está melhor?
Dubhe dá de ombros.
O homem oferece-lhe um cantil de água. Primeiro ela enxágua a boca, depois bebe avidamente. Está com muito calor, e os pensamentos atropelam-se loucamente na sua cabeça. A única coisa certa e segura é que ele está ali, e portanto ela não tem nada a recear.
O homem carrega-a mais uma vez nos ombros, e a caminhada continua.

— Um quarto para mim e a minha filha.
— Não quero problemas.
— Não terá.
— Este sempre foi um lugar de respeito, nada de andarilhos...

— A menina está doente. Dê-me logo um quarto, tenho dinheiro comigo.
Tilintar de moedas no balcão.
— Tampouco quero moribundos aqui dentro...
É a vez do chiado de uma lâmina que sai rápida da bainha, em seguida o barulho dela que se finca na madeira.
— Dê-me um quarto e não terá problema algum.
— Sim... subindo... no... primeiro... andar.

A porta range, Dubhe consegue vislumbrar um quarto aconchegante, até com umas flores num vaso, mas está confusa, atordoada.
O homem ajeita-a na cama, e o frescor do linho e das colchas levam-na a sorrir. Cheiro de limpo, cheiro de casa.
Dubhe entrega-se àquela nova sensação de bem-estar. Um dos seus ombros dói muito, e apesar de estar com calor é sacudida por arrepios de frio. Através das pálpebras entreabertas vê que o homem se atarefa para não perder tempo. Procura na bolsa, pega alguma coisa que bota na boca para então mascá-la com vontade.
Aproxima-se e segura o braço com o ombro ferido, puxando-o delicadamente das colchas. Dubhe repara que está enfaixado com um tosco pedaço de pano vermelho de sangue. Quando o homem desfaz a atadura, Dubhe grita. Dói muito.
— Calma, calma, não vai demorar — ele diz com voz enrolada.
Embaixo da atadura há um corte muito feio. Cheio de sangue fresco e grumos coagulados, de orlas rasgadas, profundo. Dubhe começa a chorar.
"Vou morrer... e como dói!"
O homem tira uma estranha papa verde da boca e, com gestos seguros, começa a espalmá-la por cima da ferida. No começo ela arde, e Dubhe não consegue reprimir mais um grito, mas aí torna-se fresca e agradável.
— Aguente — murmura o homem. — Afinal você é uma menina corajosa, não é? Aquele bastardo feriu-a com a espada, mas é uma coisinha de nada. Vai passar logo, você vai ver.
Dubhe sorri. Se ele diz, deve ser verdade.
O homem enfaixa-a agora com uma atadura apertada que arranca dela mais alguns gritinhos. Então tudo acaba e Dubhe sente-se

exausta. Seus olhos se fecham sozinhos, a mente perde-se em pensamentos estranhos. No limiar do sono ainda ouve uma voz tranquilizadora.
– Agora descanse.

Dubhe e o homem permanecem na hospedaria por mais dois dias. Ele está quase sempre fora, costuma voltar no meio da noite, mas isso não é um problema, pois Dubhe passa quase o dia todo dormindo. Quando o homem chega, a primeira coisa que faz é trocar a atadura. Cada novo curativo dói menos que o anterior. E o corte também melhora; é um rasgão feio, mas parou de sangrar.

O homem não fala muito, só quer saber das suas condições.
– Está melhor, hoje?

Sua voz nunca é afetuosa ou solícita. É sempre fria e comedida, assim como todos os seus gestos. Nunca sai sem cobrir a cabeça, e só tira o capuz à noite, diante dela.

Dubhe o vê mover-se pelo quarto e acha que lembra um gato. É tão esquivo quanto aquele animal, e elegante, exatamente como na tarde em que foi vítima da agressão. Não fez qualquer movimento desnecessário, era como se executasse uma dança desde sempre conhecida. E o mesmo acontece com todos os seus gestos.

Carrega muitas armas consigo. Quando está no quarto, passa a maior parte do seu tempo a limpá-las. Há facas, e o arco que sempre esconde embaixo da capa, junto com uma pequena aljava e algumas setas, e uma porção de finos dardos que usa com a zarabatana.

De todas as armas do homem, a que Dubhe mais admira é o punhal. Tem o cabo preto, trabalhado com um ornato em espiral que lembra uma serpente, de boca aberta perto da empunhadura, simples e branco como a lâmina, de aço reluzente. Dá medo só de olhar para ele, e parece ainda mais letal quando o homem o segura. Usa-o muito, à noite, quando treina. No meio do quarto faz estranhos exercícios, golpeia o vazio com a lâmina. O barulho dos seus passos rápidos é leve no soalho de madeira.

Certa noite o punhal está sujo de sangue. O seu cheiro metálico e penetrante enche o aposento, e Dubhe fica enojada. O homem percebe e sorri com tristeza nos olhos.

– De tanto matar, a gente acaba se acostumando, mas é melhor você não saber como é.

Deixam a hospedaria à noite. Dubhe entendera que estavam prestes a partir, desde um dia antes, quando o homem a forçara, pela primeira vez, a se levantar. Não foi fácil. Sua cabeça rodava sem parar, as pernas pareciam incapazes de sustentá-la, mas ele fora implacável. Amparara-a quando ameaçava cair ao chão, mas não tentara confortá-la, não lhe murmurara qualquer palavra de encorajamento. Simplesmente a forçara a ficar de pé.
   O homem junta as suas poucas coisas, depois entrega-lhe um embrulho. Dubhe abre-o. Uma capa marrom, desbotada e velha.
   – Eu não posso ser reconhecido, e também não quero que alguém se lembre da sua cara. Enquanto estivermos viajando, terá de usá-la, e nunca tirará o capuz, a não ser quando tivermos certeza de estarmos sozinhos.
   Dubhe concorda com um sinal de cabeça e, pela primeira vez, veste a capa.

Continuam viajando por um bom tempo, principalmente à noite, e hospedam-se o mínimo possível em estalagens. Passam a maioria das noites ao relento, sob as estrelas. Afinal, estão em pleno verão, Dubhe pode senti-lo pela suavidade do ar.
   Às vezes, enquanto contempla o céu, volta a pensar nas tardes, como aquelas passadas em companhia dos pais ou dos amigos. Parecem-lhe incrivelmente distantes, e estas lembranças não despertam nela qualquer sentimento particular. Agora está tudo envolvido na neblina. Fica imaginando quem era afinal Mathon, como pôde gostar dele. Daquele afeto não sobrou mais coisa alguma.
   Quando esses pensamentos se insinuam na sua mente, vira-se e olha para o homem, entregue ao seu sono leve, envolvido em sua capa. Sabe que agora aquele homem é tudo que ela possui.

Com o passar dos dias o cheiro da terra que estão atravessando torna-se cada vez mais penetrante, até que, a certa altura, preenche todo o ar em volta, denso e quase familiar.

– Chegamos – diz simplesmente o homem.

Foi uma viagem de dez dias, a marchas forçadas, e Dubhe está um tanto cansada. Mas ainda assim curiosa de saber onde se encontra. O passo do homem torna-se menos apressado.

"É a casa dele. Só pode ser a casa dele", ela diz a si mesma.

O ambiente é desolado. Embora seja verão, o céu está cinzento, carregado de umidade e de chuva. O ar abafado domina tudo, e o panorama em volta é formado quase exclusivamente de dunas varridas pelo vento. Aqui e acolá uns tufos de grama alta, de uma cor esverdeada, sem brilho.

Em seguida descortina-se diante dela uma paisagem inesperada, alguma coisa imensa, esplêndida e assustadora. Uma grande faixa de areia fina, emoldurada por uma desmedida extensão cor de barro. E água, água a perder de vista, até o horizonte e além. Água encrespada pelo vento, ondas que morrem na areia com amplas rendas de espuma branca. Num canto, quase no limite entre a areia e o mar, há uma pequena casa meio em ruínas, com teto de sapé e muros formados por grandes pedras quadradas. O homem dirige-se para lá, mas não Dubhe.

Dubhe corre ao longo da praia, o vento a desgrenhar seus cabelos, em direção da água. Para a poucos metros de distância e fica olhando, encantada. O cheiro que vinha sentindo durante a viagem está agora muito forte. É o odor daquela desmedida imensidão de água, uma coisa da qual sua mente não consegue dar conta. Nunca viu algo parecido e muito menos capaz de despertar nela um reverente temor como aquele. As ondas, com até dois metros de altura, são a coisa mais poderosa que ela já vira. Dubhe admira aquele espetáculo com uma mistura de medo e maravilha.

A mão que se apoia no seu ombro pega-a de surpresa. Como sempre, o homem chegou atrás dela em silêncio, sem deixá-la perceber a sua presença.

– O que é? – murmura Dubhe.

– O oceano, a minha casa – responde o homem.

À noite, Dubhe transforma-se de repente numa enxurrada de palavras. Parece que quer vingar-se dos longos dias de silêncio. O homem preparou uma gostosa refeição de carne assada e queijo fundido, e é diante do jantar servido numa mesa espartana que Dubhe começa a contar.

O homem limitou-se a perguntar como ela se chamava, e Dubhe não parou mais. Conta tudo, sem nem mesmo tomar fôlego, falando da sua vida em Selva, já tão distante, e atreve-se até a mencionar Gornar e a maneira como o matou. Não consegue esconder nada. E em seguida, os dias de andança pelo bosque, sozinha, e a breve pausa no acampamento até a noite do ataque e da destruição, e finalmente o dia em que eles dois se conheceram.

O homem nem parece estar ouvindo, mas para Dubhe isso não faz diferença, o que realmente importa é falar.

Quando finalmente se cala, já é noite. Na mesa, as sobras do jantar. O homem fuma lentamente o cachimbo. O cheiro do tabaco é uma coisa nova para Dubhe; em Selva não conhecia ninguém que fumasse.

Depois de alguns momentos o homem sorri com amargura.

– Você fala muito – observa, e quase parece enfastiado. Depois fica sério. – Estou fugindo de um lugar onde nascem pessoas como você, que são transformadas em pessoas como eu.

Dubhe não entende.

O homem dá mais uma tragada, então continua:

– Quem mata ainda muito jovem, como você, é um predestinado, um predestinado ao homicídio. Desde o momento em que, pela primeira vez, você derrama sangue, o seu destino já está marcado: não há outro caminho a não ser o do assassinato. É a sua sina. Mas é uma coisa que as pessoas normais não podem entender; para as pessoas normais, aqueles como você e eu são uma ameaça. É por isso que a baniram. Até mesmo seu pai e sua mãe a odeiam, porque a força que existe em você, a força que a levou a matar o seu amigo, os deixa apavorados.

Dubhe fita-o de olhos arregalados. Não sabe o que dizer. Mas aquela vez entende perfeitamente o que o homem está dizendo. Uma coisa terrível. Uma coisa na qual já pensara sozinha. Quer dizer que ela é má e que é por isso que a escorraçaram. Nasceu maldosa, os deuses assim quiseram, e nada poderá mudar esta terrível verdade.

"E agora?"

Olha para o homem, espera que ele possa dissipar os seus medos. Mas ele continua fumando, tranquilo.

– É, pelo menos, o que dizem os adoradores de Thenaar – acrescenta, e sua voz assume um tom de desprezo. – Cabe a você acreditar ou não.

– Você acredita? – ela pergunta, titubeante.

– Eu não acredito em nada.

A fumaça sobe em lentas volutas até as vigas do casebre.

– Eu sou um assassino. Um assassino vive de homicídio e solidão. Ajudei-a porque salvou a minha vida e a recompensei. Mas não posso continuar andando por aí em companhia de uma garotinha. Vou deixar que se recupere, mas depois terá de ir embora. Cada um seguindo o seu próprio caminho. O meu é feito de solidão. Você terá de encontrar o seu.

O homem esvazia o cachimbo. Então se levanta e se retira para o seu quarto, apagando a vela.

14
NAS ENTRANHAS DA CASA

Dubhe acordou na penumbra, atordoada, deitada numa cama bastante incômoda, coberta por lençóis de linho cru e peles que exalavam um cheiro nauseabundo.

Estava com uma terrível dor de cabeça e se sentia um tanto enjoada, mas mesmo assim lembrava com precisão o que lhe acontecera antes de desmaiar. O ritual e a dor.

"Mais uma vez sobrevivi."

Com muito esforço levantou a cabeça. Encontrava-se numa ampla sala cavada na rocha; havia o costumeiro buraco para a ventilação, lá em cima, no teto, e tochas penduradas nas paredes. Vislumbrou outras camas, mas não tinha forças nem vontade para ver se estavam ocupadas. Devia ser uma espécie de enfermaria.

– Vejo que acordou. Espero que esteja bem disposta.

A voz jovem e fresca de uma mulher surpreendeu-a. Virou a cabeça e viu uma moça sentada ao lado da cama. Só era um pouco mais velha do que ela e usava os trajes dos Assassinos. Vestia um casaco preto de amplas mangas e um corpete de pele. As calças, também negras, bastante justas e enfiadas em longas botas, eram de camurça. Só havia dois toques de cor nos seus trajes: o cinto prateado e os botões vermelhos como sangue do corpete.

A jovem, bastante pálida, tinha cabelos loiros, encaracolados. A pele mostrava quase imperceptíveis sardas em volta do nariz, e as mãos tinham longos dedos finos.

– Quem é você? – perguntou Dubhe.

– A Monitora que vai ensinar-lhe a vida dos Vitoriosos, Rekla, mas para você sou simplesmente a sua Monitora.

Um mestre, portanto.

"Tão jovem..."

– Que lugar é este?

– A enfermaria. Foi trazida para cá depois da iniciação.

A jovem tirou do bolso das calças uma ampola.

– Está vendo isto? Dubhe não só estava vendo como também reconhecia o vidrinho muito bem. Era a última imagem que seus olhos haviam gravado antes de se perderem na escuridão: Yeshol mandara-a tomar um gole do líquido daquela ampola.

– Acontece que sou a Guardiã dos Venenos. Guardiã dos Venenos, mais um cargo importante, importante demais para uma jovem que aparentava ter menos de vinte anos.

– Esta é a cura para a sua maldição, este líquido é a linha sutil que separa você da loucura.

Sorriu, quase sincera. Dubhe sentiu na mesma hora que a odiava.

– Aqui dentro, só eu conheço a receita, e só eu estou autorizada a guardá-la. Só graças a ela você poderá evitar que a Fera a mate no futuro. Entregar-lhe-ei uma ampola por semana, nada mais do que isso, e só dependerá do meu irrefutável critério fornecer-lhe mais.

Dubhe apertou o queixo.

– É uma ameaça?

O sorriso franco não desapareceu dos lábios de Rekla.

– Nada disso. Só estou frisando as condições da sua permanência aqui, condições que você concordou com o Guarda Supremo antes de consagrar a sua vida a Thenaar. E quero lembrar-lhe que não passa de uma discípula: não tem permissão para tratar-me de forma tão familiar.

Dubhe se encontrava muito cansada para replicar, e além do mais sua mente ainda estava confusa devido ao rito de iniciação. Farrapos de lembranças continuavam a surgir na sua cabeça.

– Vai ser sempre assim? – perguntou. – Terei de passar mal toda vez que tomar a poção?

– Está passando mal porque a maldição foi estimulada, não devido à minha poção. Não se preocupe, estará plenamente capacitada para cumprir com os seus deveres de Vitoriosa.

Rekla guardou o frasquinho, depois olhou de novo para Dubhe.

– Serei a sua sombra por muitos dias. Você nada sabe do culto de Thenaar, exceto as poucas informações que lhe foram dadas pelo

Guarda dos Iniciados. Há muito mais coisas que precisa saber, e também tem de treinar nas práticas dos Vitoriosos o seu corpo enfraquecido pelos vícios dos Perdedores. Mas cada coisa no devido tempo.
Voltou a sorrir. Fazia muito aquilo.
– Hoje é um dia que pode dedicar ao descanso; mais tarde conduzi-la-ei aos seus aposentos para que comece a levar a sua vida de Vitoriosa.
Levantou-se, em seguida curvou-se sobre ela.
– Descanse – disse, mas o seu tom era estranho, e quando Dubhe a fitou nos olhos, pôde reconhecer neles um toque de malvadeza.

Rekla voltou ao entardecer. Dubhe dormitara o dia inteiro, mas, embora o corpo estivesse descansado, o mesmo não podia ser dito da mente.
O sono havia sido leve e inquieto, atormentado por visões.
Rekla aproximou-se da cama, sempre sorrindo.
– Está pronta?
Dubhe anuiu. Teria preferido ficar ali por mais algum tempo, mas não podia adiar o acerto de contas com a decisão que havia tomado. Saiu da cama.
Rekla entregou-lhe um embrulho.
– Aqui estão as suas roupas.
Dubhe pegou-as. Eram exatamente iguais às da Monitora, a não ser pelos botões do corpete que, em lugar de vermelhos, eram pretos.
– Yeshol...
A mulher calou-a imediatamente.
– Não se atreva – disse, e de repente seu rosto tornou-se severo.
– Nenhum de nós é digno de pronunciar o nome do Guarda Supremo, e você menos ainda. É a primeira vez, e serei clemente, mas se a pegar de novo com aquele nome na boca mandarei castigá-la. Para nós todos, ele é Sua Excelência.
Dubhe fez uma careta.
– Sua Excelência disse que eu poderia ter de volta o meu punhal depois da cerimônia.
– Ser-lhe-á entregue nos seus alojamentos. Agora vista-se.

Passaram novamente por túneis e estreitos corredores. Rekla metia-se num depois do outro sem a menor hesitação, e Dubhe procurou guardar na memória todas as viradas no caminho. Mas não era fácil. A única coisa com a qual podia contar para orientar-se era o fedor do sangue. Empestava todos os cantos, mas não com a mesma intensidade. Era uma pista um tanto evanescente, mas Dubhe sempre mantivera o faro bem treinado, da forma que lhe ensinara o Mestre. Ficou surpresa com o fato de aquele cheiro só lhe dar náusea, sem contudo despertar a Fera. Claro, ainda assim permanecia inquieta, como se alguma coisa nela estivesse a ponto de explodir, mas tinha certeza de que podia se controlar.

"Quer dizer que os seus venenos funcionam, sua maldita."

Finalmente Rekla parou.

– É aqui que os Vitoriosos moram.

Dubhe ficou pasma. Acreditara que aquele pessoal dormisse em algum tipo de dormitório, e agora podia ver que havia até quartos particulares.

Rekla sacou uma velha chave enferrujada e a enfiou na fechadura. A porta abriu-se. A Monitora parou no limiar e mostrou-lhe a chave.

– Este é o seu alojamento e esta é a sua chave. O Guarda das Celas, no entanto, possui uma que abre todas as portas, e não se esqueça de que pode entrar quando ele bem quiser.

A mulher entrou e Dubhe foi atrás. O quarto era extremamente pequeno. Não tinha janelas, exceto o costumeiro buraco que dava para fora, tendo no fundo uma janelinha de vidro que podia ser fechada em caso de chuva ou de neve. Num canto, um pequeno nicho com a infalível estatueta de Thenaar, de cristal negro. Apoiada na parede havia uma cama de madeira em condições bastante precárias. Em cima dela, uma camada de palha amontoada de qualquer jeito, um travesseiro, lençóis e cobertores dobrados e prontos para serem usados. Aos pés da cama tinha uma arca de mogno sobre a qual Dubhe viu reluzir o seu punhal. Yeshol não havia mentido. Ao lado dele, um jarro, um rude copo de louça e uma volumosa ampulheta de madeira escura.

– Este é o seu quarto. Na arca irá encontrar uma muda de roupas.
Dubhe aproximou-se da arca, prendeu o punhal na cintura.
"Lembre-se de que é apenas uma hóspede, aqui. Algum dia irá embora."
– E, agora, vamos!
Rekla saiu do quarto e Dubhe foi atrás.
Voltaram a percorrer inúmeros corredores imbuídos do fedor de sangue. Depois de alguns minutos desembocaram num amplo salão.
– Este é o refeitório dos Vitoriosos: juntamo-nos aqui à primeira hora depois do alvorecer, ao meio-dia e à primeira hora após o pôr-do-sol. São as três refeições às quais fazemos jus.
Era uma sala retangular, cheia de bancos escuros colocados ordenadamente em torno de mesas de ébano. No meio da parede mais comprida havia uma espécie de púlpito sustentado pela disforme estátua de um ciclope.
– Precisamos nos apressar, vamos comer daqui a menos de meia hora.
Rekla acelerou suas passadas e Dubhe quase correu o risco de perdê-la enquanto a via mexer-se rápida e segura pelos corredores.
– Hoje à noite, depois do jantar, dar-lhe-ei um mapa deste lugar. Terá de aprender a disposição de tudo em dois dias, estou sendo clara?
Dubhe não respondeu. Limitou-se a acompanhá-la.
Chegaram a um lance de escadas, desceram e alcançaram uma ampla sala circular totalmente vazia. Nas paredes havia uma série de portas negras como piche.
– São as salas de treinamento. Eu lhe ensinarei o culto, mas o treinamento ficará a cargo de outro Monitor.
Rekla tomou rapidamente o caminho das salas. Algumas continham fantoches, outras alvos. Todas elas tinham paredes cheias de armas de todo tipo: arcos, zarabatanas, os mais diversos punhais, assim como várias espadas, uma arma com a qual Dubhe estava muito pouco familiarizada, pois o Mestre sempre dissera que era supérflua para um assassino.
Percorreram apressadamente, detrás para a frente, o caminho pelo qual tinham vindo e, enquanto estavam nas escadas, um lúgubre sino tocou duas vezes.

— É a chamada para o jantar. Dá quatro toques: depois do quarto, as portas se fecham e ninguém mais pode entrar.

A sala já estava cheia e, de relance, Dubhe calculou que devia haver pelo menos umas duzentas pessoas ali dentro. Os duzentos mais perigosos assassinos do Mundo Emerso, duzentos assassinos que de repente se tornaram seus companheiros. Havia homens e mulheres, e um grupo razoavelmente numeroso de crianças numa mesa separada, de roupas pretas e controladas por uma dúzia de mulheres vestidas de vermelho.

— Siga-me.

Rekla e Dubhe sentaram na ponta de uma mesa, e quando Dubhe tomou o seu lugar foi logo objeto de vários olhares curiosos. Enfrentou-os com firmeza. Não tinha a menor intenção de ser tratada como a nova curiosidade local. Demorou muito pouco para os olhares deixarem de importuná-la.

— Eu não deveria sentar com você — murmurou Rekla. — Os Monitores sentam juntos naquela mesa. — E indicou um canto afastado, onde estavam sentados homens e mulheres que compartilhavam com ela os botões coloridos do corpete. — Mas como você acaba de chegar e foi entregue aos meus cuidados, tenho certeza de que Thenaar perdoará esta minha pequena falta.

Os murmúrios que preenchiam a sala calaram-se de repente logo que uma figura vermelha apareceu no púlpito. Dubhe reconheceu o vulto na mesma hora. Era Yeshol.

Ao mesmo tempo, no fundo da sala, surgiu um grupo de pessoas maltrapilhas e descalças, de olhos cavados e com os rostos marcados de quem padece a fome e sofre devido à dura labuta diária. Carregavam grandes panelas enquanto outros traziam pratos e talheres que foram colocando diante dos comensais.

Mais uma vez Rekla virou-se para ela e ciciou em seu ouvido.

— São os Postulantes, vêm orar no templo para os seus entes queridos e participam do sacrifício; alguns são filhos, amigos ou parentes, por eles consagrados a fim de obterem o que pediram a Thenaar, outros são filhos de Perdedores que nós matamos.

"Escravos", Dubhe disse para si mesma. Como ela. O único motivo por não estar entre eles havia sido, primeiro, a proteção do Mestre e, depois, o homicídio que ela cometera aos oito anos de idade, que aos olhos da Guilda a transformara numa escolhida.

Quem lhe entregou a tigela, a colher e a faca foi um rapazinho triste e macilento. Dubhe cruzou o seu olhar por alguns segundos, mas o jovem logo esquivou-se.

Depois foi a vez do pessoal com os panelões; serviram a cada um uma porção de gororoba vagamente arroxeada que fedia a repolho, colocando ao mesmo tempo ao lado de cada tigela um pedaço de pão de nozes. Dubhe teve a desagradável sensação de estar sendo servida por fantasmas. Lembrou a mulher que, de joelhos num banco, estava se queixando desconsolada quando chegara à primeira vez ao templo. Talvez ela também estivesse ali.

Quando o jantar acabou de ser servido, ninguém mais falou. No silêncio que tomara conta do refeitório ressoaram então, claramente, as palavras de Yeshol, a voz estentórea animada por uma espécie de furor místico, exatamente como no dia da iniciação.

– Vamos agradecer a Thenaar por este longo dia de trabalho e, mais ainda, pela dádiva destas trevas, tão propensas ao homicídio e tão amadas pelos Seus Filhos.

O auditório respondeu com uma ladainha de concordância.

– Sangue ao sangue, carne à carne, para a eterna glória de Thenaar.

Os ouvidos de Dubhe zuniam.

Yeshol retomou a palavra:

– Os tempos nos são proveitosos: uma nova adepta juntou-se a nós, uma Vitoriosa que por muitos anos fugiu do seu próprio destino, mas que finalmente voltou a Thenaar. Esta noite está sentada entre nós, e com a sua vida sara finalmente a ferida que alguns anos atrás foi provocada nesta comunidade pela saída de Sarnek, que decidiu dedicar-se à causa dos Perdedores.

Dubhe dirigiu um olhar de fogo a Yeshol. Teve certeza de que o homem a viu, pois ficou alguns momentos olhando para ela, mas, como de costume, não perdeu a pose.

– Agora Sarnek está morto, e a vergonha do seu escândalo foi apagada da terra. Dubhe volta para nós e compensa aquilo que nos foi tirado no passado.

Um aplauso ecoou na sala. Dubhe manteve os olhos fixos no prato. A escolha pela qual tinha optado tornava-se cada vez mais pesada, mas a lembrança da Fera que dilacerava seu peito tentando sair era mais presente do que nunca.

– Finalmente o tempo está chegando. Já languescemos até demais longe da nossa verdadeira Casa, desterrados para este lugar. Mas eu jurei que não iria morrer antes de ver o triunfo de Thenaar, e assim será. Lembrem-se disto, a hora está chegando.

Desta vez um grito de júbilo ressoou na grande sala. Dubhe continuou olhando para a sua sopa. Aqueles delírios nada tinham a ver com ela. Só precisava alhear-se ao máximo daquela assembleia.

– E agora podem comer, à espera do dia consagrado a Thenaar.

Duzentas e tantas colheres começaram, todas juntas, a bater na louça das tigelas. Não se ouvia qualquer outro barulho.

Dubhe ficou por uns momentos olhando aquela gororoba. Não tinha a menor vontade de comer. O cheiro de sangue continuava a encher suas narinas.

– O que há com você? Não quer comer? – quis saber Rekla.

Só então Dubhe pegou a colher e começou a engolir a sopa. Estava enjoada, mas esforçou-se para vencer a náusea. Mais uma vez repetiu a si mesma que tinha de aguentar até o fim.

O jantar demorou cerca de uma hora. Mais uma vez coube aos serviçais tirar os pratos sujos. Tinham olhos vazios e mexiam-se com gestos automáticos.

– Não há motivo para você ficar observando os Perdedores Postulantes, eles não merecem a sua atenção – admoestou-a Rekla, azeda.

Dubhe desviou o olhar. Sentia-se estranhamente atraída por aqueles rostos. Durante a guerra tinha visto muitos iguais a eles.

"A expressão das vítimas é sempre a mesma, em qualquer lugar."

Parecia-lhe ver a si mesma, menina.

Rekla já se levantara e Dubhe foi forçada a apressar-se para acompanhá-la.

– Reconhece o caminho?

– Duas vezes não bastam, para um percurso tão complicado.

Um sorriso de escárnio estampou-se no rosto de Rekla.

– Um Vitorioso não precisa de repetições inúteis. Um Vitorioso memoriza um percurso passando uma só vez por ele. Não vai ser fácil para você, garota.

– Não me subestime: eu, pelo menos, consegui alguma fama como ladra, no Mundo Emerso. O seu nome, ninguém conhece.

Dubhe quase não teve tempo de concluir a frase: a mulher encostou-a na parede dobrando-lhe o braço atrás das costas e apontando a faca para a sua jugular. Dubhe ensaiou uma expressão irada, logo substituída pela dor no braço.

"Esta mulher reage com a velocidade de um raio..."

Na penumbra do corredor a voz carregada de raiva de Rekla ecoou rente ao seu ouvido.

– Sou a sua Monitora, nunca mais se atreva a usar esse tom comigo se não quiser que a mate e ofereça o seu sangue a Thenaar. O fato de ter sido escolhida por Yeshol não lhe dá qualquer privilégio.

Soltou-a com violência, jogando-a ao chão, e Dubhe acabou de quatro no piso do corredor.

– Lembre-se disso: sou a Guardiã dos Venenos, e sua sobrevivência está nas minhas mãos. Sem a minha ampola a maldição irá destroçá-la. E agora levante-se.

Dubhe apertou os dedos nas imperfeições do chão. Estava furiosa, mas não podia fazer nada. Levantou-se e acompanhou a mulher, cabisbaixa.

Não demoraram muito para chegar ao quarto. Rekla abriu a porta e entregou-lhe a chave, junto com um mapa.

– Amanhã virei acordá-la. Nesta altura deverá ter memorizado metade da extensão da Casa.

Sorriu escarnecedora, e Dubhe arrancou-lhe o mapa das mãos.

– Pode contar com isto... – sibilou.

– Estou contando, pois o medo é o melhor incentivo, e garanto que se não acatar as minhas ordens poderá saborear o medo em todas as suas formas.

Virou-se e foi embora sem esperar por uma resposta.

Dubhe ficou sozinha no limiar.

Entrou e bateu a porta atrás de si. O cheiro do ar fechado apertou sua garganta. Não havia qualquer possibilidade de fuga daquele lugar enterrado nas entranhas da terra, nem mesmo uma janela de onde contemplar o céu sonhando com uma impossível liberdade.

"Não terão a minha alma", repetia continuamente a si mesma. Mas ali, na luz trêmula da única vela que lhe permitiram ter, nem mesmo aquela frase parecia ter sentido.

"Já faz muito tempo que perdi a minha alma."

Sentou raivosamente na cama e desdobrou o mapa, cheio de escritas e símbolos pretos. Acima dela, a estrela vermelha do seu cativeiro brilhava com sua luz fria.

15
SOB O OLHAR DE THENAAR

Dubhe acordou sobressaltada. Alguém estava batendo violentamente à porta. Na espessa escuridão do quarto, demorou um pouco para dar-se conta do que estava acontecendo. Olhou em volta, viu o poço e recordou. A Guilda. E também lembrou-se logo de quem estava batendo: Rekla, que vinha para a aula matinal.

— Já vai — resmungou e saiu da cama.

Vestiu a roupa e abriu a porta. Uma lâmina de luz brilhou no escuro, arranhando seu peito. Dubhe reagiu de imediato, sacando o punhal.

— O que é isso, ficou louca? — gritou.

A outra encostou a arma na sua garganta. Uma espada.

— Tem de ser pontual. Bem que avisei que iria puni-la, se não fizesse o que mandei.

Dubhe ficou por mais alguns momentos na defensiva, de punhal na mão.

— Guarde-o imediatamente — sibilou a Guardiã dos Venenos.

Dubhe obedeceu.

A outra fitou-a com desdém.

— Precisa tomar banho. Venha comigo.

Percorreram o mesmo caminho tortuoso, mas desta vez Dubhe sabia para onde estavam indo. O estudo noturno fora proveitoso, e agora identificava os cunículos, embora nunca tivesse passado por lá. Avançou bravamente ao lado de Rekla. A mulher sorriu com escárnio.

— Não fez nada mais do que o seu dever.

Levou-a às termas, que Dubhe já vira desenhadas no mapa. Ficavam ao lado dos ginásios e eram alimentadas por uma nascente subterrânea de água quente; afinal de contas, aquele lugar era bastante próximo da Terra do Fogo, que se caracterizava justamente pela presença de numerosos vulcões; tudo indicava que o Thal, o maior vulcão daquele território, fazia chegar o seu sopro de fogo até ali, esquentando as nascentes.

As termas eram um grande salão circular, como todas as demais salas daquele labirinto esboçado toscamente na pedra. Num canto, uma imponente estátua de cristal negro de Thenaar dominava o ambiente.

Mais uma vez, como na Sala Grande onde se dera a iniciação, aos seus pés havia a outra figura, a menor. Desta vez Dubhe conseguiu vê-la com maior clareza. Era realmente um menino, mas seu rosto estava marcado por uma expressão de tristeza que o fazia parecer um adulto em miniatura. Os seus traços eram de uma beleza perturbadora, os cabelos encaracolados haviam sido esculpidos com tamanha perícia que pareciam macios e brilhantes. Dos lados da cabeça, sob os cabelos, aparecia alguma coisa pontuda que Dubhe não soube identificar. Uma longa túnica, de ampla gola, descia até seus pés enquanto os braços abertos pareciam abraçar toda a sala.

Dubhe ficou surpresa, sem saber quem poderia ser aquela figura.

A sala estava quase totalmente ocupada por uma grande piscina de água quente cujos vapores preenchiam por completo o aposento. De algumas bocas monstruosas ao longo das paredes jorravam jatos de água. Havia uma pequena multidão de homens e mulheres.

– Desta vez ainda vim acompanhá-la, mas a partir de agora, antes de apresentar-se diante de mim, terá de passar por aqui sozinha, a fim de lavar-se. Nos vemos no refeitório depois do primeiro toque do sino – Rekla disse, afastando-se.

Dubhe olhou para a piscina apinhada de corpos e teve a impressão de estar vendo larvas se alimentando no escuro. Vultos pálidos, corpos vigorosos devido ao treinamento, e pareciam todos iguais.

Dubhe despiu-se depressa, deixou as roupas num dos nichos cavados na parede com esta finalidade, em seguida mergulhou e ficou algum tempo debaixo da água. O calor entorpeceu-a. De repente lembrou as manhãs na Terra do Sol, quando ia à Fonte Escura para lavar-se. A água, lá, era um impacto gelado e revigorante, e o frio já bastava por si só a dar uma sensação de limpeza.

Deu umas braçadas, apesar de não ser nem um pouco fácil nadar naquele calor insensato, depois ficou sob o jorro de uma das pequenas cachoeiras. Havia um homem, ao lado. Fitou-a, mas ela percebeu que não tinha malícia. Olhava para ela como poderia olhar para outro homem, e nos seus olhos só havia a curiosidade pela recém-chegada. Mesmo assim Dubhe sentiu-se um tanto constrangida. Nadou de volta ao outro lado, saiu e enxugou-se. Quando acabou de abotoar o corpete o sino deu o primeiro toque.

Ainda que não tivesse estudado o mapa com cuidado, não achou a menor dificuldade em encontrar o caminho do refeitório. Todos iam na mesma direção, e bastou ela acompanhar aquele rio de gente para chegar à ampla sala.

Desta vez as mesas já estavam postas: um pedaço de pão preto e uma tigela de leite diante de cada um.

Todos sentaram-se nos seus lugares e o costumeiro silêncio tomou conta do aposento. Dubhe já sabia o que iria acontecer: a religiosidade vive de rituais. Com efeito, Yeshol apareceu no púlpito.

– Oremos para que Thenaar nos conceda um longo dia de trabalho, no fim do qual poderemos gozar do dom das trevas, propícias ao homicídio e tão amadas pelos Seus Filhos...

Repetiu a invocação da noite anterior, e mais uma vez o auditório respondeu unânime.

– Sangue ao sangue, carne à carne, para a eterna glória de Thenaar.

Yeshol mostrou-se satisfeito.

– E agora comam, comam à vontade, refestelem-se.

Todos caíram em cima do que tinham na frente. Dubhe tomou rapidamente o leite e com umas poucas mordidas acabou com o pão.

– E agora? – disse quando acabou.

Rekla ainda tinha diante de si metade do leite.

– Agora, você não se porta mesmo como uma assassina. Ninguém lhe ensinou a virtude da paciência?

– Sou uma ladra, com efeito.

Rekla sorriu escarnecedora.

– É uma Criança da Morte, é a sua sina. – Calou-se, tomou algum tempo só para irritar Dubhe. – Aprenda a reconhecer o momento da espera e o da ação.

Depois da refeição matinal foram ao templo. Estava silencioso e sombrio, como de costume. Ecoavam os sons do vento e da chuva: lá fora devia estar acontecendo uma verdadeira tempestade. Dubhe ficou à escuta daqueles barulhos. Fazia pouco mais de uma semana que vivia nas entranhas da terra, mas já sentia falta do mundo exterior. Chegou a pensar em dar uma saída, só por um momento, para aproveitar a chuva e o vento que fustigam o rosto, mas logo afastou o pensamento da cabeça. Rekla já ficara de joelhos diante do altar.

– Ajoelhe-se.

– Eu não acredito em Thenaar.

Não sabia ao certo a razão daquela atitude. Yeshol havia sido claro: viver na Guilda significava aceitar o culto, e era a única maneira de fugir de uma morte horrenda. E mesmo assim não queria. De alguma forma, o Mestre proibia.

Rekla virou-se devagar.

– Todo seu inútil gesto de rebeldia, toda palavra desnecessária significam sofrimento. No momento você não se dá conta disto, porque está cheia de poção, mas lembre-se da tarde em que foi iniciada, lembre-se dos seus gritos desumanos. Terá de passar por isto tudo de novo, Dubhe, se não se ajoelhar.

Dubhe apertou os punhos, mas ajoelhou-se. A lembrança da Fera atormentava-a, impedia que fincasse o pé e insistisse em suas recusas.

– Não faço a menor questão que permaneça aqui conosco. Para mim você é e continuará sendo uma Perdedora, porque é como tal que se porta. Mas Sua Excelência acredita em você, e ele é a imagem de Thenaar na terra, pelo menos enquanto o Filho Predileto não voltar. Se não corto a sua garganta aqui, agora mesmo, é só por causa da minha fé, não se esqueça disto.

– E eu só não mato você devido às poções – retrucou Dubhe.

Rekla sorriu de leve.

Ensinou-lhe uma oração.

– Poderoso Thenaar, deus do raio e da lâmina, senhor do sangue, ilumina o meu caminho para que eu leve a cabo o homicídio e possa oferecer-te sangue de Perdedor.

Rekla explicou que era o que um Assassino costumava rezar antes de um homicídio e convidou-a a repetir.

Dubhe teve de respirar fundo. Alguma coisa nela impedia que repetisse aquela ladainha boba. Fez um esforço e acabou conseguindo, mas recitou a oração de forma tão irritada e cheia de ódio que

Rekla ficou visivelmente ofendida. Ao contrário de Yeshol, aquela mulher era muito sensível à blasfêmia, mas apesar do seu olhar de fogo manteve sob controle a sua raiva.

Dubhe começava a entender até onde podia chegar. Só havia uma pessoa que podia matá-la, e esta pessoa era Yeshol, que tramara na sombra para tê-la em suas fileiras. Com Rekla ainda podia levar alguma vantagem.

Logo que concluiu a reza, levantaram-se e foram sentar num dos bancos. Rekla começou a instruí-la. Muitas coisas Dubhe já sabia; lembrava-se de algumas pois Ghaan lhe falara a respeito durante os longos dias da purificação, conhecia outras porque era o que o povo costumava contar, e mais outras porque lhe haviam sido reveladas pelo Mestre. Rekla escolheu o caminho mais longo, começando de longe, a partir das crianças. Thenaar é um deus cruel que adora a morte, mas é principalmente um deus que escolhe: de um lado os eleitos, os Vitoriosos, e do outro os Perdedores. Os Perdedores são os homens comuns, aqueles que nunca mataram, ou que só o fizeram numa guerra, a mando de outrem, e são seres indignos de Thenaar. Ele os odeia e quer esmagá-los, pois são o fruto da abominação criadora de outros deuses de coração mole. Os Vitoriosos são os homicidas, os Assassinos da Guilda.

– Nós não somos como os soldados, que matam em nome de ódios alheios, e tampouco como um mero sicário que mata por dinheiro e vende a nobre arte do homicídio em troca de um simples pedaço de pão – disse Rekla, com olhos brilhantes. – Nós matamos pela glória de Thenaar, livramos o mundo dos Perdedores para que possa chegar o Tempo Dele: um mundo onde só haverá as criaturas por Ele adoradas, os Vitoriosos, um mundo melhor.

Dubhe mal conseguiu reprimir uma careta. A Guilda que matava em nome de um mundo melhor... Com Yeshol que exigia dinheiro para deixar à solta os seus Vitoriosos, com a Guilda que gerenciava extraordinárias quantias de dinheiro!

A verdade era que a vida não tinha o menor valor naquele mundo, e Dubhe compreendera isso no próprio dia em que fora escorraçada de casa e seu pai não a salvara.

Rekla continuava a contar: os Vitoriosos são marcados pelo destino, são aqueles que matam quando ainda são crianças. Os recém-nascidos de mulheres que morrem de parto ou então pessoas como ela que, enquanto brincam, assassinam um amigo, ou jovenzinhos que matam por prazer, assim, sem uma razão específica.

Dubhe meneou imperceptivelmente a cabeça. Não havia sido por Thenaar. Sabia muito bem disso. Não fora pela glória de Thenaar que Gornar morrera. Só acontecera porque estava escrito nas estrelas, apenas isso. De forma que ficou ouvindo aquela história toda em silêncio, mas sem acreditar numa única palavra. Iria ouvir passivamente durante muitos dias ainda por vir, mas continuaria a não acreditar em coisa alguma, como sempre.

"Não sou como eles e nunca serei."

Depois do almoço, Dubhe teve uma hora de descanso.

– Iremos ao ginásio, mas não se deve exercitar de barriga cheia.

Rekla entregou-lhe um pesado volume de pele preta, com vistosas tachas enferrujadas.

– Quero que até amanhã leia pelo menos metade – disse, e desapareceu na escuridão dos corredores.

Dubhe não tinha a menor vontade de ficar zanzando pela Casa. Acabou voltando ao quarto, onde passou uma hora muito aborrecida, lendo alguns trechos do livro. Era um texto sagrado para iniciados, que tratava de doutas considerações acerca da organização social da Casa. Nunca passaria pela sua cabeça que a Guilda tivesse uma organização tão complexa: pensara que houvesse algum tipo de distribuição de tarefas, mas nunca teria imaginado o grande número de castas e classes necessárias para o trabalho e o sustento de uma seita como aquela, que só compreendia algumas centenas de pessoas.

Descobriu que havia muitos Monitores do nível de Rekla: o encarregado das cozinhas, o dos sacrifícios, o que cuidava dos noviços, dos ginásios, da limpeza do templo. Uma infinidade de cargos.

E descobriu que a Guilda também tinha ramificações fora da Casa, através de homens que não eram propriamente iniciados, mas que de alguma forma permitiam que a Casa esticasse os seus tentáculos sobre todo o Mundo Emerso. Tratava-se de sacerdotes, em sua maioria, que oficiavam o culto às escondidas, e de muitos magos. Havia até uma lista. Dubhe conhecia vários daqueles homens e nunca desconfiara deles. Em muitos casos eram pessoas que trabalhavam como conselheiros de reis e de nobres. Sabia que a Guilda era poderosa, mas nunca teria imaginado que o seu poder fosse tão amplo.

A ampulheta avisou-a de que a hora estava acabando. Pareceu-lhe quase o fim de um pesadelo, e sentiu-se aliviada por poder finalmente ir ao ginásio.

Quando entrou no setor de treinamento quase não conseguiu reconhecê-lo. As várias salas, escuras e praticamente desertas na noite anterior, estavam agora plenamente iluminadas por imponentes trípodes de bronze que exalavam um perfume adocicado. O cheiro de suor era, mesmo assim, muito forte e misturava-se ao vago odor de sangue. Dubhe foi acometida por uma leve tontura, mas recobrou-se prontamente. Rekla já esperava por ela.

As salas se encontravam repletas de pessoas, em sua maioria crianças, tanto meninos quanto meninas. Havia até crianças bastante pequenas. Estavam, todas elas, compenetradas nos mais variados exercícios, seja para alongar e fortalecer os músculos, seja para aprimorar o sentido do equilíbrio ou a capacidade de concentração. Algumas treinavam com as armas, outras lutavam de mãos vazias, ensaiando vários ataques e aprendendo a reconhecer os lugares onde o corpo humano é mais vulnerável. Mais outras atarefavam-se em volta de manequins. Nenhum daqueles jovenzinhos, no entanto, parecia realmente criança. Tinham rostos compenetrados no esforço e careciam por completo daquela vivacidade que Dubhe considerava própria da infância. Eram adultos fechados dentro de corpos miúdos. Lembrou-se de repente da estátua ao lado daquela de Thenaar, a do me-nino com expressão de adulto.

Sempre guiada por Rekla, passou por outra sala, cheia de adolescentes.

– Se fosse por mim – a Monitora comentou azeda – iria deixá-la aqui mesmo, com os jovens da sua idade, mas Sua Excelência acredita que você vale mais e merece um tratamento especial.

Chegaram finalmente às salas reservadas ao treinamento dos adultos. Todos eles tinham movimentos sinuosos e se exercitavam sozinhos. Dubhe disse para si mesma que não se tratava propriamente da Fonte Escura, onde era tão agradável treinar, mas era mesmo assim um lugar em que poderia procurar a concentração, e voltar a ser ela mesma, encontrando um pouco de solidão.

Rekla, no entanto, dirigiu-se segura para um homem meio afastado, num canto. Estava apoiado na parede, segurando uma espécie de chicote. Era alto e muito magro, excessivamente magro. A sua cabeça careca brilhava na luz intensa das trípodes. Tinha cara achatada, nariz adunco, boca larga e fina, e queixo fugidio.

Logo que Rekla se aproximou, o homem desistiu da pose quase acintosamente atrevida e deixou cair os braços ao longo do corpo. Eles eram absurdamente compridos. Não encarou as duas mulheres nos olhos, mantendo em vez disso a cabeça baixa, mas olhando para elas de esguelha. Sua voz combinava perfeitamente com o aspecto: manhosa e sonora, quase estrídula.

– Olá, Rekla. A recém-chegada, suponho. – E virou-se para Dubhe. Seus olhos eram extremamente pretos, dois poços de escuridão móveis e indefiníveis.

Rekla limitou-se a concordar. Parecia considerá-lo com condescendente superioridade e indisfarçável desgosto.

– Sua Excelência quer que, por enquanto, teste as potencialidades dela e prepare um relatório.

– O desejo de Sua Excelência é uma ordem – respondeu o homem, com uma mesura quase escarnecedora. Não parecia tão ardorosamente crente quanto Rekla. Alguma outra coisa o animava, não o fanatismo que marcava todos os demais.

A Guardiã dos Venenos deu meia-volta e foi embora. Dubhe ficou sozinha diante do homem que a fitava com calma, em silêncio. Ela deixou-se examinar com relutância, sentindo muita falta da sua capa. Não estava mais acostumada a sair sem ela, de rosto e corpo descobertos.

– Eu sou Sherva, o Monitor do Ginásio. O seu nome?
– Ainda não sabe? – perguntou Dubhe.

O homem sorriu enviesado.

– Quero ouvir dos seus lábios.

Dubhe contentou-o.

– O corpo de um assassino diz muita coisa acerca dele, e o seu é bem treinado para as técnicas que exigem agilidade e discrição.

Isto é bom. Mas não tem prática de matar sem o uso das armas, e parece não estar acostumada com a espada. Você atira bem com o arco, mas com uma só mão, e tem preferência pelo punhal. E isto também é bom, pois os Vitoriosos procuram o sangue, e o punhal é a arma preferida de Thenaar.

– Não conseguiu impressionar-me.

– Não era minha intenção. Há quanto tempo não pratica?

O pesadelo assumia contornos mais palpáveis.

– Nunca pratiquei. Só recebi o treinamento.

Sherva acariciou o próprio queixo, observando-a com olhar crítico.

– Isso mesmo... você é uma ladra, não é?

Dubhe anuiu quase aliviada.

– Há quanto tempo concluiu o seu treinamento?

– Há dois anos.

– E até então você estava com Sarnek, não é verdade? Mas não é só isso. Nestes dois anos continuou treinando com as técnicas que ele ensinou. Uma homicida sem sangue, um sicário sem vítimas.

Dubhe não soube o que dizer. Depois da rigidez do relacionamento com Rekla, a conversa com aquele homem era muito mais interessante. Havia alguma coisa doentia nele, como em qualquer coisa lá dentro, aliás, mas também algo fascinante.

– De qualquer maneira – disse –, nem é preciso olhar para o seu corpo para entender do que é capaz. Só precisa de prática.

Começou a mover-se, e Dubhe acompanhou os seus movimentos. Os seus passos não faziam qualquer barulho. Mexia-se como que numa dança, com uma fluidez que Dubhe nunca vira antes, nem mesmo num animal. Parecia que o ar se abria para deixá-lo passar, fechando-se atrás dele, imóvel, sem rastro. Nem mesmo os sentidos aguçados de Dubhe conseguiam perceber qualquer sinal da sua passagem.

– Não se espante – ele sussurrou sem virar-se, quase lendo os seus pensamentos. – A minha agilidade é fruto de muitos anos de treinamento e já tornou-se a minha especialidade.

Dubhe começava a sentir algum tipo de involuntária simpatia por aquele homem.

Acabaram entrando num cômodo poeirento e menos iluminado, longe do burburinho do ginásio. Era um local menor, mas provido de tudo: havia manequins, armas de todos os tipos. Sherva encheu de óleo uma lamparina e acendeu-a com um tição.

– Normalmente costumo cuidar de crianças, com as quais me dou melhor, mas Yeshol pediu que me dedicasse a você, hoje e no futuro.

Dubhe ficou surpresa com a simplicidade com a qual o homem mencionara o nome do Supremo Guarda.

– Nunca podemos parar de treinar, e além do mais há práticas que você ainda não domina, e é com elas que vamos trabalhar.

De certa forma Dubhe tinha a impressão de ter voltado à infância. Treinar, aprender novas técnicas eram coisas de que sempre gostara.

– Já matou como sicário? – perguntou de chofre.

– Não – disse Dubhe, seca. Os pensamentos voltaram ao seu primeiro homicídio.

Sherva olhou para ela de esguelha, sorrindo. O seu sorriso continuava inefável, malévolo.

– Ou, quem sabe, já tenha feito isso, mas não me interessa. Se fez, fez por dinheiro, e não se mata por dinheiro, não se mata por outra coisa que não seja o homicídio em si.

– Rekla pensa diferente. E Yeshol também. Mata-se por Thenaar, no entender deles.

O assunto estava ficando interessante, e Dubhe queria saber mais.

– Eu almejo a perfeição da técnica. Talvez seja esta a minha maneira de servir a Thenaar. Mas agora chega de conversa, mostre o que sabe fazer.

Foi como voltar à infância. Teve de mostrar o próprio valor usando várias armas, simulando emboscadas, exibindo a própria agilidade com exercícios e acrobacias. Sherva preferiu não fazer comentários e ficou calado durante toda a prova, mas Dubhe achou que o tinha impressionado favoravelmente no uso do arco e no do punhal. O homem também mostrou-se satisfeito com a sua agilidade. A coisa começou a piorar quando chegou a vez de usar a espada. Dubhe sabia que ele tinha acertado em cheio, ao comentar as suas habilidades só de olhar para ela. Afinal, a própria conformação dos seus músculos não deixava dúvidas, ela sempre soubera disso.

Em seguida, quando pediu que ela mostrasse a sua capacidade de matar de mãos vazias, Sherva surpreendeu-a.

– Nada de manequins, agora. Tente comigo.

Dubhe ficou por alguns momentos indecisa.

– Posso machucá-lo, até feri-lo seriamente. O Mestre treinou-me bastante nisto, e eu não gostaria...

– Faça o que mandei e deixe de conversa!

Dubhe suspirou e decidiu levar a coisa a sério.

Fez de tudo: tentou quebrar-lhe o pescoço, estrangulá-lo com chaves de braços e de pernas, e até com os punhos. Aquele ser era anormalmente ágil. Parecia escorregar entre as mãos como uma enguia. Logo que achava tê-lo segurado com firmeza, ele se livrava. Parecia poder soltar todas as juntas do seu corpo, pois podia desarticular pernas e braços dobrando-os em ângulos impossíveis. Dubhe não conseguiu deixá-lo em dificuldade uma única vez e tampouco qualquer marca nele. No fim da prova, Dubhe estava ofegante enquanto Sherva continuava a respirar com o ritmo de sempre.

– Esta é magia... – murmurou Dubhe.

Sherva sorriu, malicioso.

– Também, mas não é só isso. São fórmulas proibidas, é exercício e dor, você também pode ser assim, dentro de alguns anos. Quer?

Dubhe não sabia. Não fora até lá para se aprimorar, para tornar-se um assassino perfeito. Preferia nem mesmo pensar que teria de matar e fazer do homicídio o seu ofício. Só estava ali para sobreviver, só vendera seu corpo para não ser presa da Fera.

– O mestre é você – respondeu.

Sherva pareceu ficar algum tempo pensando no assunto, então falou:

– Confirmo o que já disse. Precisa aprender a usar a espada e a sua agilidade, embora excelente, ainda pode ser melhorada. Tem de se dedicar às técnicas de ataque sem armas. E, principalmente, precisa aprender aquilo que Yeshol mais deseja: o ritual do homicídio da Guilda!

Permaneceram ali por mais uma hora. Sherva não parou um só momento de impor-lhe exercícios capazes de soltar as articulações. O Mestre mandara-a muitas vezes fazer a mesma coisa, no passado, e Dubhe ficou imaginando se ele mesmo não tinha aprendido com Sherva, e quase teve vontade de perguntar. Os exercícios do Mestre, no entanto, jamais haviam sido tão duros e dolorosos. Sherva levava-a ao limite extremo, à beira da ruptura, e só então mandava-a relaxar. Ainda assim, de alguma forma, até que foi agradável. O corpo tinha de agir, os músculos e os tendões se esticavam, as articulações estalavam. No penoso esgotamento do corpo, no sofrimento físico, esvaía-se a angústia, desaparecia o senso de opressão, e Dubhe estava mais uma vez livre. Quando pararam, embora não houvesse um só músculo do seu corpo que não estivesse dolorido, ela teve a impressão de ter recuperado alguma serenidade.

16
SIM, MESTRE!
+ + +
O PASSADO V

A casa do homem é pequena, como todas as que Dubhe conheceu até então. Somente dois cômodos, à beira da arrebentação. No primeiro há uma lareira e uma mesa, o outro a menina só conseguiu ver de relance através da porta entreaberta. É o cômodo em que o homem dorme, e para Dubhe é algo parecido com o quarto da mãe e do pai em Selva, um lugar estranho e misterioso onde não pode entrar.

O homem colocou um pouco de palha no chão, deu-lhe uns lençóis. Dubhe não se deita logo, fica algum tempo sentada à mesa, no escuro. Do quarto ao lado não chega barulho algum. É como se ele lá não estivesse, mas as suas palavras ficaram pairando no ar, em volta dela.

"Quem mata quando ainda é criança é um predestinado, um predestinado ao homicídio."

É verão, mas faz frio. Lá fora o barulho é ensurdecedor. O vento faz chiar as tábuas do telhado e parece querer arrancá-las, mas o que mais perturba Dubhe é o incessante estrondo do mar.

Começa a tremer, gostaria de chorar. Em horas como aquela costumava procurar o pai, e ele, meio sonolento, sempre encontrava um jeito de consolá-la. Não importava o que lhe dissesse, ela sempre acabava voltando para a cama mais serena.

Levanta-se finalmente da cadeira.

"Vou até lá, ele acorda e me diz que está tudo certo. Não vai demorar quase nada, e então ficarei tranquila."

Mas não vai até ele. Em lugar disso, veste automaticamente a capa e aproxima-se da porta. Leva algum tempo a abri-la, pois o vento lá fora é violento e pressiona contra ela. Só com muita dificuldade Dubhe consegue sair.

A areia investe logo contra ela fazendo arder seus olhos. Por alguns segundos de pânico sente-se totalmente cega na escuridão e na areia que fustiga seu rosto. Mas se acostuma.

Está tudo muito escuro, mas acima dela ainda brilha a lua, quarto minguante, cercada por um cortejo de nuvens que correm ligeiras. Caminha no vento, afundando penosamente os pés na areia, rumo ao oceano que tanto a amedronta.

Sente que está fugindo há tempo demais, principalmente de si mesma, de Gornar. Está cansada, quer parar. E por isso aproxima-se da arrebentação, no mesmo lugar onde se deteve algumas horas antes, quando chegaram. As ondas são bem grandes e se quebram ruidosamente na areia, a água estica seus dedos abocanhando largos pedaços de praia, e quando recua parece a mão de um homem que precipita, de um moribundo que se agarra até nos menores seixos no caminho em busca de salvação. É água escura, sombria, e Dubhe não pode deixar de pensar em sangue. Diante de todo aquele negrume, ela fica maravilhada com os reflexos da espuma. Aquele borbulhar parece animado por uma espécie de magia, porque brilha apesar da escuridão da noite. Fica olhando, encantada.

"O mar troveja, é forte, mas traz consigo uma coisa delicada como a espuma..."

Senta na praia e já não tem medo.

O homem acorda, e logo percebe alguma coisa diferente no ar.

"A menina..."

Foram justamente os anos de treinamento nas entranhas da terra a torná-lo tão sensível em relação ao mundo e expandir daquele jeito os seus sentidos. Basta-lhe um pequeno detalhe, e logo percebe que há algo errado no ar. Coisa, aliás, que já salvou a sua vida inúmeras vezes mas de que, no entanto, ele não gosta. Leva-o de volta à Guilda, aos anos que gostaria de apagar da lembrança.

Levanta-se e encontra o improvisado estrado de palha vazio. Chega a pensar, quase a esperar, que tenha ido embora. Afinal, não foi lá muito amável, com ela, na noite anterior. Mas não mentiu para Dubhe, só lhe disse a verdade. Não é uma época, aquela, em que se possa deixar uma criança na ignorância por muito tempo.

Diz a si mesmo que no fundo lhe fez um favor. Quanto antes ela entrasse em contato com a realidade, melhor para ela.

Apesar de tentar convencer-se de que estava satisfeito com o fato de a menina não se encontrar na cama, procura quase sem querer uma pista: a capa desapareceu, sinais de areia na entrada.

"O que diabo estou fazendo? Ela saiu sorrateira, e é a melhor coisa que pudesse fazer. Um estorvo a menos."

Sai. Diz a si mesmo que só quer respirar um pouco de ar fresco, mas no fundo sabe que não é bem assim.

Espreguiça-se na porta e inala a plenos pulmões a maresia. É um lindo dia, claro e luminoso após o forte vento da noite. Os raios de sol esquentam a areia. Verão, já faz calor, mas sem o ar abafado do interior. É por isso que ele mora na praia.

Olha em volta sem procurar nada em particular e a vê. Um pontinho ao longe.

Aproxima-se lentamente. Está envolvida na capa, com o capuz a cobrir-lhe quase inteiramente o rosto, de pernas juntas entre os braços. Quando chega perto, repara que está dormindo. Fica imaginando o que pode estar fazendo ali e por que decidiu passar a noite ao relento, ainda mais com aquela terrível ventania e tão perto das ondas que continuam impetuosas apesar do sol. Mas na verdade já sabe. Aquela menina se parece com ele muito mais do que poderia imaginar.

Tem vontade de acordá-la com um pontapé, mas por alguma razão que não lhe é muito clara prefere agachar-se ao lado dela. Tem uma expressão séria, sisuda.

Sacode seu ombro de forma um tanto bruta, e a menina acorda sobressaltada. Antes mesmo de recobrar-se por completo, ela já segura o punhal.

"Uma assassina...", considera o homem.

Os olhos antes amedrontados enchem-se logo de aliviada alegria.

– Passou a noite aqui fora?

Ela fica vermelha.

– Queria ver o oceano, e aí adormeci...

O homem se levanta.

– Se quiser comer alguma coisa, estou preparando o desjejum.

Vira-se e não espera por ela. Sabe que não precisa. De repente fica tomado por uma estranha melancolia enquanto ouve o tropel da menina na areia. Alguma coisa começou naquela noite, alguma coisa que não levará a nada de bom, para nenhum dos dois. Por uma vez na vida, ele fica quase tentado a acreditar no destino.

O homem cumpre o que prometeu: dissera que lhe daria tempo para recobrar-se, e é isso mesmo que ele faz. Não a apressa, deixa que fique na sua casa. Vez por outra examina a sua ferida, naquela altura quase completamente curada, e cuida para que ela coma. Seria quase como estar de novo em Selva, não fosse pelo ensurdecedor silêncio que reina entre os dois.

O homem quase não fala. Mostra-se mais carrancudo do que de costume, há alguns dias. Já não tem a expressão segura de quando viajavam. Parece murchar no ócio e passa longas horas deitado na cama, fumando cachimbo. Está descuidando até dos seus exercícios, e aquilo deixa Dubhe ainda mais perdida. Sempre achara que eram importantes para ele, e além do mais gostava de reparar na elegância dos seus movimentos. Há alguma coisa, na dança de um punhal, que a atrai. Gostaria de aprender, ela fica pensando.

— Não vai treinar? — pergunta certa vez, encontrando finalmente a coragem de abrir de novo a boca diante dele.

Está sentado à mesa, de cachimbo na boca.

— E o que é que você tem a ver com isso?

— Nada, só que quando estávamos viajando você nunca deixava de fazer os seus exercícios.

— Estou à espera.

Pois é. Ela também está à espera, embora não saiba exatamente do quê. Não do pai, como já acontecera no passado. Agora é algo diferente, algo que não sabe definir.

— À espera do quê?

— De trabalho. E, enquanto espero, descanso. De qualquer maneira, você nada tem a ver com isso.

Dubhe não diz mais nada. Não que estejam vivendo juntos há muito tempo, mas já aprendeu a conhecê-lo. Quando o homem fica tão intratável, ela prefere permanecer quietinha num canto, a observá-lo.

Certo dia batem à porta. Dubhe leva um susto. Estava começando a pensar que eles dois viviam na solidão às margens do mundo, o mundo do qual ela costumava falar com os amigos.
"O Mundo Emerso está apoiado numa espécie de mesa, e toda volta das Oito Terras está a margem", dizia Gornar.
"Bobagens de crianças", sentenciava quase sempre Pat. "Mamãe diz que a oeste há um grande rio, e a leste o deserto."
Gornar meneava a cabeça: "Dizem isto para que você não fique com medo. Na verdade, não há absolutamente nada em volta, só as bordas, e é ali que vivem os magos e os ermitões, à beira do abismo."
"E Nihal e Senar, que voaram para além do Saar?"
"Voaram para o nada, o lugar para onde vão os heróis cansados."
Dubhe não saberia dizer se acreditava ou não na história, mas aquele lugar parecia-lhe realmente o que Gornar mencionava. Às vezes, chegava a pensar que as outras pessoas nem existissem mais, que no mundo só houvesse ela e aquele homem do qual nem conhecia o nome.
O homem veste a capa logo que ouve bater à porta, e Dubhe aproveita para ir abrir. O homem afasta-a de mau jeito.
– Isto não é para você, não se meta – diz para ela.
Abre, e no limiar aparece um sujeito que logo deixa Dubhe assustada. Tem um rosto achatado, com um narigão descomunal e gordos lábios rachados pelo calor. Seus cabelos são longos e extremamente negros, e a barba e os bigodes também são compridos. A ampla testa está cheia de rugas, e os olhos pequenos lembram os de um leitão. Aquela cabeça incrível está plantada num corpo igualmente grotesco: tem menos da metade da altura do homem que a hospeda, com o tronco bastante desenvolvido e perninhas atarracadas e curtas. Dubhe esconde-se imediatamente atrás do homem. E ele aperta-a ainda mais junto do seu corpo.
– Quem é você?
– Estou falando com o assassino?

A voz do recém-chegado é rouca e profunda, tenebrosa. Dubhe agarra-se com força na capa do homem.

– Pode entrar.

O homem vira-se, empurra Dubhe para fora de casa, encosta a porta e fala com ela:

– Você não pode ouvir.

– Mas aquele homem...

– Não é um homem, é um gnomo.

Dubhe já ouviu falar neles, mas só sabe que ficam no sul, entre grandes montanhas pretas e vulcões. O que ela conhece melhor é Ido, o traidor, o terrível gnomo que mais de uma vez já tentou matar o bom rei deles, e agora está ainda mais assustada.

– Fique na praia – diz o homem – e não volte até eu chamar.

Aí dá-lhe as costas e tranca-a fora de casa.

Dubhe está mais uma vez sozinha, diante da porta. A contragosto e com lágrimas enchendo-lhe os olhos, obedece e volta a sentar na areia. Tem a impressão de estar sendo excluída e teme pelo homem.

À noite ele está mais uma vez ativo. Depois do jantar apanha todas as armas e começa a limpá-las. Dubhe fica sentada, olhando. Sempre gostou de ver alguém fabricando as flechas. Principalmente devido às plumas, e agora há um monte delas na mesa, e o homem corta-as na medida certa com a faca afiada.

– Posso pegar uma?

O homem acena que sim com a cabeça.

– Quem era o gnomo?

– Alguém por quem eu estava esperando.

– E aí?

– Trabalho, Dubhe. O gnomo mora em Randar, não muito longe daqui, e a sua filha foi morta. Quer que eu mate quem a assassinou.

Dubhe fica por alguns momentos calada. Depois toma coragem.

– É disso que você vive? De matar?

O homem anui sem interromper o seu trabalho.

– Mais ou menos como um soldado...

– Um soldado mata numa guerra. No meio de muitos outros homens que matam. Você entende a diferença?

Dubhe anui.

– Eu pego as pessoas pelas costas enquanto estão na cama, dormindo, quando acham que nada de mau pode acontecer-lhes.

Dubhe estremece.

– Disseram-me que matar é uma coisa feia. É por isso que me mandaram embora.

– E é mesmo.

– Por que faz isso, então?

O homem sorri sarcástico.

– É o meu trabalho. É a única coisa que sei fazer. Ensinaram-me o ofício desde quando era criança, ainda mais jovem que você. Nasci no meio de assassinos.

Dubhe fica brincando com uma pluma entre os dedos.

– Quanto é que o gnomo está pagando, desta vez?

O homem para, olha para ela.

– Por que quer saber?

Dubhe baixa os olhos, fica corada.

– Assim...

O homem retoma o trabalho, parece um tanto irritado.

– Duzentos náutilus.

É uma moeda que ela não conhece.

– É muito?

O homem bufa.

– Mais ou menos trezentas carolas.

Dubhe arregala os olhos.

– Um dinheirão...

Continua a revirar a pluma entre os dedos.

– E quando vai matá-lo?

O homem joga violentamente a lâmina na mesa, de modo que Dubhe se assusta.

– Chega de perguntas. Você não deve absolutamente se interessar pelo meu trabalho. Bote isto na cabeça, só vai continuar aqui comigo enquanto não se recobrar por completo. Mas, quando eu arrumar algum trabalho sério, irei embora, e você também.

Arranca a pluma da mão dela e começa a moldá-la. Nenhum dos dois volta a falar, mas Dubhe continua olhando para o homem de soslaio, espiando os seus movimentos.

"Algum dia serei como ele."

O homem parte. Avisa que ficará fora uns dois ou três dias.
– Quero ir com você.
– Vou trabalhar, não é uma viagem de férias.
– Já estive com você enquanto trabalhava, cheguei até a ajudá-lo.
– Você fica aqui e não se fala mais no assunto.
Dubhe cala-se, amuada. Não tem a menor vontade de permanecer ali. Já ficou sozinha até demais, e agora que encontrou alguém não tenciona deixá-lo ir embora por nada no mundo. O homem, no entanto, é inflexível.
– Daqui a pouco será o meu aniversário.
É verdade. O primeiro aniversário da sua nova vida.
– E por que eu deveria me interessar?
O homem parte à noite, e Dubhe fica sozinha no casebre. Deixou tudo que ela poderia precisar. Há comida, pão e queijo, mas também um pouco de charque e frutas, nada que precise ser cozinhado, pois não acha oportuno deixá-la usar a lareira. Há também um pote de pomada para a ferida, que nesta altura já não passa de um risco vermelho no ombro.

Não lhe falta, de fato, absolutamente nada para levar a vida. Mas a casa está vazia sem ele. Sem o homem que fuma cachimbo, sem as suas armas, sem os seus exercícios à noite, aquela casa está morta, abandonada.

Passa os três dias seguintes esperando ansiosamente por ele enquanto antigos medos ressurgem na sua cabeça. À noite, é mais uma vez perseguida pelos pesadelos, com o rosto de Gornar e seus olhos reaparecendo em todas as faces dos muitos mortos que viu naqueles últimos tempos.

Durante o dia passeia na praia, olha para o mar e, algumas vezes, chega até a cair na água. A água exerce uma incrível atração sobre ela, gosta de sentir-se levar para cima e para baixo pelas ondas. Gostaria que ele estivesse ali, para vê-la.

Mas é ao pôr-do-sol que a solidão fica realmente pesada. O silêncio é mais uma vez o eterno companheiro de dias que passam lentos e monótonos. Mais uma vez tudo volta a ser insuportável, reduzido a uma brutal simplicidade que não faz sentido, como na floresta.

Dubhe dá-se conta antes mesmo de entender. É uma repentina consciência que a deixa petrificada. A sua casa é aquele homem, o seu caminho é qualquer um que ele decida tomar. Ela lhe pertence e nunca vai deixar que a mande embora. Já se recuperou, sabe muito bem disso, e quando ele voltar, se voltar, pedirá provavelmente que se vá. Mas ela não obedecerá. E se a escorraçar, irá atrás.
Depois de muito tempo, tem novamente um lugar onde ficar.

Volta à noite e abre a porta devagar, mas Dubhe o ouve imediatamente, assim como sabe na mesma hora que só pode ser ele.
Levanta-se do estrado, planta-se diante da entrada.
Ele para na soleira. Não passa de uma silhueta preta que se sobressai na vaga luminosidade do luar, mas para Dubhe é uma figura inconfundível.
– Já é tarde, deveria estar dormindo.
– Nunca mais me deixe sozinha.
Não foi fácil dizer, é uma frase que exige uma resposta. Que não chega. O homem entra e fecha a porta, vai para o quarto e se tranca lá dentro. Mesmo assim Dubhe está feliz. Ele voltou, e agora ela também sabe o que fazer.

Durante alguns dias tudo parece correr normalmente. O homem está mais calmo, mas continua esquivo e silencioso como de costume e, aliás, parecendo fazer o possível para evitá-la. Dubhe tenta tornar-se útil, embora não saiba fazer lá grande coisa. Quando ainda estava em Selva, a mãe queixava-se o tempo todo porque nunca ajudava nas tarefas domésticas.
Arruma a cama, dá uma varrida na casa e procura ajudar o homem na cozinha. Ele, no entanto, nem parece reparar nessas tentativas e continua levando a vida de sempre.
Às vezes desaparece, e não diz para onde vai, mas volta no mesmo dia, e traz consigo alguma coisa de comer. Toda vez que o vê sair, Dubhe receia que nunca mais volte.
O penoso assunto mostra-se em todas as suas facetas no fim da tarde. O único momento do dia, aliás, em que é quase impossível

não conversar. O homem está de cachimbo na boca e senta, pensativo, de um lado da mesa. Dubhe acaba de lavar e guardar diligentemente a louça do jantar, e agora também está sentada, olhando o mar calmo lá fora.

— Parece que você está bem melhor...

Dubhe percebe imediatamente aonde aquela conversa quer chegar.

— Nem tanto, às vezes ainda dói.

O homem esvazia o cachimbo. Não parece zangado, como em muitas outras ocasiões, somente cansado.

— Deixei-a ficar aqui em casa para que sarasse e a ajudei, naquela noite e mais tarde, porque salvou a minha vida. Concorda comigo?

Dubhe acena que sim e percebe que, desta vez, não conseguirá evitar as lágrimas.

— O trabalho deu certo, mas não posso ficar parado aqui por muito tempo. A Terra dos Rochedos, por sua vez, é um ótimo lugar. Cheio de intrigas, o vento está mudando.

Dubhe não entende o que o homem quer dizer com aquilo, prefere não pensar em guerras e em todas as outras bobagens dos poderosos. Mas sabe que ele está lhe dizendo que acabou.

— A Terra dos Rochedos é um lugar perigoso. Não poderei levá-la comigo.

Dubhe acompanha com um dedo os veios do tampo da mesa. O silêncio é tão pesado que oprime seu coração.

— Amanhã juntarei as minhas coisas e nos deixaremos.

— Eu não tenho um lugar para onde ir.

— Sobreviveu sozinha no bosque. Saberá dar um jeito, tenho certeza disso, ou quem sabe eu mesmo lhe arrume um lugar. Mas você precisa esquecer-me, como se nunca tivéssemos nos conhecido. A não ser você, ninguém que tenha visto o meu rosto ainda vive. Você é a única, e por isso mesmo deveria matá-la. Mas não posso... Esqueça a mim e ao nosso encontro. É melhor para nós dois.

— Não, não é melhor! Como pode dizer que é melhor? Expulsaram-me de casa, vivenciei a guerra e matei! Nunca haverá um lugar para onde eu possa ir!

Dubhe está de pé e grita enquanto as lágrimas correm fartas pelo seu rosto. O homem não olha para ela, prefere ficar de olhos pregados no chão.

– Um assassino não pode manter relações com ninguém. Não tem sentimentos nem amigos, no máximo aliados e discípulos, mas não é o meu caso. Para mim, você é simplesmente um estorvo.

– Posso ajudar, como fiz nestes últimos dias. Não viu como sou boa? Posso aprender a fazer tudo aquilo de que necessita, há mil coisas que eu posso fazer...

O homem sacode a cabeça.

– Não quero ninguém comigo, e muito menos uma criança.

– Não sou mais uma criança...

Dubhe suplica. Está na hora de provar quão forte é a sua determinação e quão profundos o apego e afeto por aquele homem.

– Comigo não encontrará outra coisa que não seja a morte, será que não pode entender uma coisa tão simples? Não viu como é que eu levo a minha vida? E será assim para sempre, você também acabaria sendo forçada a matar, e isto não é justo.

– Mas eu já matei, e você disse que até os meus pais me odeiam. Por isso mesmo deixaram-me aqui, meu pai não veio procurar-me. Você é tudo o que eu tenho, e se me deixar morrerei, tenho certeza disto.

O homem se levanta. Continua a não olhar para ela.

– Por que não me encara, por quê? Não vou incomodá-lo, eu juro! Serei boazinha e comportada, nunca precisará queixar-se de mim!

O homem dá as costas e retira-se para o quarto.

– Amanhã nos despediremos. Não há mais nada a dizer.

O homem não consegue dormir. Já juntou as poucas coisas que levará consigo durante a viagem, e se sente cansado, desejoso de repouso. Mas o sono não chega. Ouve a menina do outro lado, além da porta, e amaldiçoa os próprios sentidos bem treinados. Ela soluça. Não é um pranto de criança, no entanto, também não é birra. Chora com raiva, abafando os soluços, como os adultos.

O homem vira-se de um lado para outro na cama. Está irritado. Gostaria de esquecer o assunto, mas não pode. Ouve-a como uma cunha que penetra nas suas têmporas e percebe o seu medo, tão presente e verdadeiro, o medo de perder tudo e, junto com este tudo, até ela mesma. Sabe muito bem que foi ele a devolver-lhe a voz, a salvá-la não apenas daquele homem e da morte, mas também da loucura. É por isso que não pode abandoná-la. Quem sabe, porventura até consiga tolerar a sua presença, pois é, talvez chegasse até a achar agradável o fato de tê-la por perto, saltitante e feliz. Mas é uma alegria com a qual ele não pode sonhar. Afinal, só pode continuar a matar se ninguém mais souber disso, se não houver mais ninguém para compartilhar o peso das suas culpas. Com ela por perto seria como ter continuamente diante dos olhos a vida que tantas vezes ele destruiu e, pior ainda, os anos passados na Guilda, e ela, ela que teve de abandonar e que agora está morta.

Não, não pode, e pensando nisso volta a virar-se violentamente na cama, e o rangido encobre por um instante o pranto de Dubhe.

Dubhe preparou a refeição matinal. Leite quente e pão preto. Como todas as manhãs. Mas quando ele sai do quarto já está pronto para a viagem. A costumeira capa puída, aquela que usava quando o viu pela primeira vez, a pequena caixa de madeira, a sacola. O rosto está novamente oculto pelo capuz.

– Não vou comer. Vou partir logo.
– Então eu tampouco vou comer.

Dubhe pega a sua capa na cadeira e a veste, baixando o capuz em cima do rosto.

– Já conversamos sobre isto.
– Você disse que um assassino não tem amigos. Eu não sou sua amiga e nunca serei, e também sei que jamais poderei ser sua parceira, por ser jovem demais. Então serei a sua discípula.

O homem sacode a cabeça.

– Não quero ensinar coisa alguma a ninguém.
– Mas eu quero aprender. No dia em que recuperei a fala, você me contou a história das crianças que matam. Perguntei se você acredi-

tava nela e você disse que não acreditava em coisa alguma. Quanto a mim, eu acredito. E quero que me ensine a ser um assassino.

O homem senta, descobre o rosto, e ela quase leva um susto. Está pálido, encosta a testa na mesa. Não se parece nem um pouco com o homem forte e seguro que Dubhe aprendeu a conhecer. Levanta a cabeça, criva no seu rosto olhos velados de profunda tristeza, e a menina quase se arrepende daquilo que disse.

— Não a deixo aqui porque não a quero, deixo-a para livrá-la de um destino terrível. Será que não pode entender?

Dubhe se aproxima. Pela primeira vez, desde que o conhece, encosta a mão nele. Toca de leve seu braço, fita-o muito séria.

— Você salvou a minha vida e eu lhe pertenço. Sem você não posso ir a lugar nenhum. Quero ficar ao seu lado e aprender. Nada existe de pior, para mim, do que ficar sozinha. Antes da solidão, prefiro ser um assassino.

— Está dizendo isso porque não sabe.

Dubhe junta as mãos sobre a mesa, apoia nelas a cabeça.

— Eu lhe peço, Mestre, aceite-me como discípula.

O homem fica olhando um bom tempo para ela, aí afaga sua cabeça. Sua voz soa baixa e rouca quando ele fala, e cheia de tristeza.

— Pegue as suas coisas. Vamos embora.

Dubhe levanta a cabeça e sorri feliz. Por um momento seu rosto parece brilhar com a expressão alegre e inocente de antigamente.

— Sim, Mestre.

17
O PROFETA MENINO

Dubhe não conseguiu adaptar-se facilmente à nova vida. Era mais forte do que ela; tudo, na Guilda, a enojava. Não suportava o cheiro do sangue que impregnava a Casa inteira, não tolerava os Vitoriosos, tão parecidos uns com os outros, com seus olhos apagados que só assumiam alguma luz no furor da oração, odiava a própria oração, tão monótona e repetitiva que chegava a atordoar. Era a negação de tudo aquilo que o Mestre lhe ensinara, e agora começava a entender o motivo pelo qual ele tanto se esforçara para mantê-la afastada daquele lugar.

À noite, sozinha no seu quarto, pensava nele durante aquelas poucas horas de solidão total que lhe eram concedidas. Ele também vivera ali e tivera de suportar tudo aquilo que agora ela tinha de passar. Mas ele nascera entre aquelas paredes e tudo fizera para fugir. Mas o que dizer dela, por sua vez? Para continuar a viver, vendera-se, entregara o corpo àquelas pessoas, junto com as suas armas e habilidades.

O ar da Casa a sufocava, e então sonhava com uma possível fuga. "Vou tentar descobrir como se faz a poção e depois fujo."

Mas Rekla era um osso muito mais duro de roer do que ela podia imaginar.

Aconteceu logo na primeira semana, quando para Dubhe ainda era difícil tomar contato com aquele lugar úmido e escuro, quando ainda se sentia perdida, cercada por olhares curiosos.

Tudo começou bem devagar, de forma imperceptível. Ela acordou à mercê de um vago mal-estar, mas não deu maior importância àquilo. Logo que saiu do seu aposento, no entanto, foi acometida por uma violenta tontura, com o cheiro de sangue parecendo-lhe mais penetrante do que de costume. Apoiou-se no umbral da porta e a tontura passou.

No templo, durante o resto da manhã, tudo pareceu correr de forma normal, e Dubhe ficou ouvindo os delírios de Rekla com a costumeira falta de interesse. A mulher, entretanto, tinha a sombra de um estranho e indisfarçável sorriso nos lábios, e vez por outra interrompia a sua pregação olhando para ela de soslaio.

Foi no fim da tarde, porém, que a coisa começou a ficar séria. Tinha conseguido treinar ao lado de Sherva, e logo a seguir fora às termas em busca de um banho reparador.

Percebeu que havia algo errado quando estava na água. Uma repentina sensação de opressão no peito. Parou de estalo, apavorada. Era uma impressão vaga, longínqua, mas Dubhe a conhecia muito bem. Fez com que se lembrasse de imediato das imagens, ainda muito vivas, da iniciação.

Passou uma noite bastante atormentada. Embora a janela estivesse escancarada, Dubhe foi acossada pelo fedor de sangue. Podia sentir o cheiro em qualquer lugar, um odor que irritava suas narinas, mais intenso do que nunca.

Não parava de revirar-se na cama, mas não adiantava. O medo ia tomando conta dela.

A Fera. Ela estava voltando. A maldição botava as unhas para fora, o efeito da poção estava se esvaindo.

Levantou-se da cama, alcançou a porta tropeçando e, ao chegar lá, desabou no chão. O silêncio reinava absoluto, e os corredores só ressoavam com a sua respiração ofegante.

Rekla. Ela sabia. Quase certamente era culpa dela. De forma confusa, Dubhe lembrou o estranho sorriso que a Monitora mal conseguia disfarçar, seus olhos averiguadores.

"Maldita bruxa."

A mente vacilava, a Fera murmurava palavras de morte em seus ouvidos, e de repente Dubhe sentiu-se perdida diante do labirinto de corredores e cunículos que se espalhavam pela Casa. A enfermaria. Onde ficava? E o quarto de Rekla? Até então nunca precisara ir até lá.

Com passo apressado, insegura nas pernas, começou a avançar pelos corredores, cada vez mais acuada pela Fera. Tinha a impressão de estar sendo perseguida, quase podia ouvir as suas passadas ao mesmo tempo rápidas e pesadas.

"Não como naquela noite, não como naquela noite..."

O símbolo no braço palpitava, latejava mais doloroso e evidente do que nunca.

Dubhe começou então a errar sem rumo, não conseguia lembrar o caminho, e só ia em frente por força da inércia, correndo, tropeçando. E enquanto isso o cheiro de sangue tornava-se mais intenso, mais invasivo, insuportável, um chamado selvagem ao qual tinha a impressão de não poder resistir.

Jogou-se sem qualquer discrição contra a primeira porta que encontrou, martelando a madeira com os punhos. Quase não conseguiu ver a pessoa que apareceu. Caiu simplesmente em cima dela, sentindo-se esvaziada de toda a força.

– Ajuda... – murmurou Dubhe com uma voz rouca que não parecia pertencer-lhe.

Não ouviu o que aquele homem, ou mulher, lhe dizia. Só percebeu que estava sendo arrastada para algum lugar enquanto um murmúrio baixinho a acompanhava.

Deitaram-na em alguma coisa macia e, pelo pouco que Dubhe conseguiu ver do fundo do seu delírio, deu-se conta de que estava na enfermaria.

A imagem de Rekla surgiu de repente diante dela.

– O que diabo fez comigo, sua maldita? – perguntou com voz esganiçada e sofrida.

Rekla ameaçava-a com a ponta da espada e sorria tranquila.

– É muito boba mesmo. E pensar que se atreveu a compararse comigo... dá até vontade de rir.

Reprimiu, de fato, uma risada irônica.

– Não contou os dias? Já se passaram oito, desde a iniciação... e não diga que não avisei...

Dubhe começou a entender. A poção.

Rekla agitou-a bem diante do seu nariz, azulada e límpida dentro da ampola, uma miragem. Dubhe esticou instintivamente as mãos, mas Rekla levantou-a fora do seu alcance.

– Dê-me.

– Faltou-me o respeito demais, e continua a fazê-lo... eu avisei, não avisei? Para as crianças desobedientes que não se portam direito há um castigo...

– Dê-me! – Dubhe repetiu gritando. – Estou mal, e se não me der o remédio vou acabar fazendo um massacre, você sabe disso!

Rekla meneou a cabeça.
— Eu não diria isso.
Dubhe agitou-se até desabar do catre, caiu pesadamente no chão onde continuou a torcer-se de dor. Rekla só precisou de um pé para detê-la. Tinha uma força descomunal para alguém do seu tamanho.
— Calma.
Chamou os mesmos gigantes da noite da iniciação e eles se encarregaram de levá-la embora.

Dubhe berrava, a dor dilacerava seu peito, cada vez mais violenta. À medida que era arrastada pelos corredores da Casa, cada vez mais longe do seu coração pulsante, sonolentos Assassinos apareciam à porta dos seus aposentos. Dubhe passou diante daqueles rostos com olhos suplicantes, mas não encontrou qualquer sinal de piedade no qual se agarrar em sua queda: apenas fria curiosidade.

A cela também era a mesma, Dubhe pôde reconhecê-la. O silêncio era total, só quebrado pela sua respiração que mais parecia o feroz arquejar de um animal acuado.

Jogaram-na lá dentro, acorrentaram-na no chão com pesados grilhões e fecharam a porta. Ela ficou sozinha com todos os seus demônios.

Pensando bem, com a calma que se segue à tempestade, Dubhe percebeu que Rekla havia sido até generosa, quase piedosa. Deixou-a mofar naquele buraco somente um dia, mas foi um dia infernal. A Fera esperneava e, por uns poucos intermináveis instantes, quase chegava a apossar-se do seu corpo. Vultos de pesadelo povoavam a espessa escuridão da cela e Dubhe quase implorava por um fim qualquer, desde que pudesse livrar-se daquele tormento.

Então Rekla entrou. Parou diante dela, estirada no chão, e dominou-a imponente, de pernas abertas.
— Como é? Aprendeu a lição?
Dubhe fitou-a com ódio, esgotada.
— Como pode infligir-me uma coisa destas? — murmurou com voz rouca devido ao contínuo gritar.
Rekla franziu os lábios perfeitos num sorriso.
— Eu não, mas sim Thenaar.

Depois ficou novamente séria.

— A partir de agora responderá às invocações durante as refeições e rezará comigo no templo todas as manhãs. E, sobretudo, nunca mais se atreverá a faltar-me ao respeito. Diga: "Sim, minha Monitora", e este tormento acabará num instante.

Dubhe continuou a fitá-la com desprezo. Sentia-se humilhada, mas, principalmente, prostrada pelo cansaço e pelo terror. Havia sido acuada, sem saída, e agora sentia-se nua, indefesa, à mercê daquele pavoroso pesadelo.

Fechou os olhos e disse:

— Sim, minha Monitora...

Logo que se recobrou, Dubhe tentou pedir explicações a Yeshol. Fez o seu pedido através de Sherva, que até então era a única pessoa com a qual conseguia manter algum tipo de relacionamento, durante as longas e taciturnas horas de treinamento.

Inesperadamente, Yeshol não criou problemas, mas recebeu-a de forma bastante apressada.

O Supremo Guarda estava sentado à mesa, dobrado em cima dos livros, com um par de óculos de finos aros de ouro em cima do nariz. Dubhe fez uma mesura levando as mãos ao peito, a saudação dos Assassinos, depois fitou-o nos olhos.

Yeshol levantou vagarosamente a cabeça do volume que estava examinando.

— Então?

— Isso não estava no nosso trato.

— Isso o quê?

Fingia. E o fazia sabendo que fingia. De propósito, para escarnecê-la.

— A Guardiã dos Venenos recusou-se a dar-me a poção e deixou-me um dia inteiro trancada na cela.

Yeshol anuiu.

— Eu sei.

— Entreguei-lhes o meu corpo e, em troca, vocês disseram que iriam curar-me. Não me parece que estão cumprindo o que prometeram.

Yeshol meneou a cabeça.

— Você pertence à Casa, Dubhe. Inteiramente. Deixou de ser a pessoa que existia fora daqui, a ladrazinha, a discípula de um traidor.

Dubhe estremeceu, mas ficou calada. Não estava em condições de replicar.

— Se achar que ainda está fora daqui, que ainda pode viver seguindo as regras do mundo, está errada. Escolheu o caminho dos Vitoriosos, e isto comporta toda uma série de coisas, entre as quais a obediência aos Monitores e o ofício do culto. Em troca disso, poderá viver.

— Isto é o que eu chamo de tortura — murmurou Dubhe.

Yeshol fez um gesto de fastio com a mão.

— Então vá embora, como fez Sarnek. Afaste-se deste lugar, mas não sobreviverá mais que alguns meses lá fora, tendo como desfecho uma morte que você já pode perfeitamente imaginar.

— Por que não se contentam simplesmente com o serviço que eu posso lhes prestar?

— Porque nós matamos por Thenaar. E você fará o que nós mandarmos, e se não o fizer serão muitas as noites que passará na cela, tendo a sua Fera como única companhia.

Dubhe não teve outra escolha a não ser ficar calada, cheia de ira. Mais uma vez, como sempre, não passava de uma escrava.

Certa manhã, depois de algum tempo, Rekla convocou-a.

A Guardiã dos Venenos parecia estranhamente tensa, mas ao mesmo tempo excitada. Para Dubhe era apenas uma manhã tão irritante quanto qualquer outra, ao lado de uma pessoa que desprezava.

— Hoje será admitida a um dos mais profundos e importantes mistérios da nossa crença. Não são muitos os que conhecem os detalhes do nosso culto, e a maioria das pessoas ignora quem é Thenaar e o que significa servi-lo e adorá-lo, mas o que vou revelar-lhe é um segredo que guardamos zelosamente, um dos alicerces da nossa fé.

Dubhe tornou-se atenta. Não se sentia particularmente interessada em conhecer os mistérios da seita, mas achava que quanto mais a par ficasse dos detalhes, mais armas teria ao seu dispor para lutar contra o domínio que a Guilda tinha sobre ela.

Rekla começou bem de longe, pegando um caminho tortuoso e falando em Rubira, a Estrela de Sangue, que Dubhe logo lembrou ser a luz no céu que acompanhara os seus dias de purificação.

— A estrela vermelha é ocultada pelo eclipse sete vezes por ano, sete como as sete armas de Thenaar. São as Noites da Falta, a lembrança dos sete dias em que os deuses lançaram as bases do mundo dos Perdedores, manchando a obra perfeita de Thenaar. No começo ele criou os Vitoriosos, dos quais nós somos os descendentes, e um mundo povoado somente por eles. Os outros deuses, as divindades espúrias veneradas pelos Perdedores, tinham inveja da perfeição daquela obra e fizeram o possível para corrompê-la. Acorrentaram então Thenaar por sete dias e criaram os Perdedores. Quando Thenaar conseguiu libertar-se, deu início a uma longa guerra contra os demais deuses, na época que foi chamada de Caos, mas não lhe foi possível prevalecer uma vez que os outros eram numerosos demais. Ele foi então novamente acorrentado nas entranhas da terra, muitas milhas embaixo da nossa antiga Casa, aquela à qual finalmente voltaremos, na Grande Terra. Mas Thenaar colocou no coração dos Vitoriosos a semente da violência e confiou-lhes a tarefa de preparar a sua volta, limpando o mundo dos frutos impuros gerados pelos outros deuses. Como sinal da sua benevolência, a cada geração ele enviaria as Crianças da Morte, as crianças como você, para que a progênie dos Vitoriosos pudesse crescer saudável, e deixou no céu Rubira, para confirmar nos Vitoriosos a esperança na qual acreditam. O eclipse de Rubira é um momento de dor, por isso passamos a noite rezando a fim de propiciar o renascimento de Thenaar e, com ele, o de Rubira. O renascimento de Rubira permitirá mais cinquenta e dois dias de fartura, até a hora do encobrimento seguinte.

Rekla fitou Dubhe com intensidade, ficando por alguns momentos calada. Então prosseguiu:

— A herança de Thenaar seria de qualquer forma um tanto pobre se consistisse apenas em Rubira, pois a promessa ficaria reduzida a uma mera estrela. Não, a promessa de Thenaar é muito maior, muito mais abrangente. Ele enviou sete homens, um de cada vez, para as sete terras do Mundo Emerso, sete como os eclipses de Rubira. Eles atravessaram a história trazendo consigo a mensagem de Thenaar.

Com umas rápidas pinceladas Rekla fez o retrato de cada um deles.

— Irá encontrá-los no livro que lhe dei, e quero que estude com atenção as suas biografias.

Dubhe anuiu sem muita convicção. Bastante decepcionante, como grande segredo da Guilda...

– Mas o mais importante deles é o último, o oitavo.

Dubhe deixou imediatamente de lado as suas considerações e voltou a prestar atenção.

– Foi o último a chegar, para encerrar o ciclo. Não corresponde a nenhum eclipse de Rubira, mas vem da terra em que tudo teve início, a Terra da Noite. E há uma razão para ele não estar associado a qualquer eclipse: ele não vem esconder, ele representa o triunfo de Thenaar, do ressurgimento dele e de Rubira, que brilhará pela eternidade, sem nunca mais desaparecer no céu, iluminando o mundo dos Vitoriosos.

Dubhe lembrou-se de repente da misteriosa estátua da criança. A qual dos oito grandes homens correspondia aquele menino? Ou será que era alguma outra coisa?

– Ele é o arauto de Thenaar, o seu mensageiro predileto, o Enviado. O seu nome é Aster.

Era um nome que de alguma forma soava ameaçador, mas Dubhe não sabia exatamente por quê.

– É o menino? – perguntou com um fio de voz.

Rekla anuiu.

– E se você tiver alguma perspicácia na cabeça, provavelmente já deve ter entendido de quem estou falando.

Dubhe estava confusa.

– Aster não só difundiu o verbo de Thenaar; Aster, único entre as grandes figuras do nosso culto, tentou realmente instaurar o reino dos Vitoriosos, e não do jeito que usamos agora, com toda uma série de homicídios individuais, mas sim com um grande holocausto libertador. Durante quarenta anos foi o nosso guia, foi a mais direta e verdadeira emanação do nosso Deus na terra. Nessa época, e por muitos anos, acreditamos que os tempos estivessem chegando, que Thenaar estivesse prestes a manter a sua promessa.

Dubhe sentiu um arrepio correr pela espinha.

Rekla sorriu feroz.

– Você ainda nem sabe do que estou falando, sabe? Isto só demonstra quão longe ainda está do caminho dos Vitoriosos. Seja como for, não pode deixar de perceber o poder que a sua figura emana, até mesmo quando é só evocada com palavras, como estou fazendo agora. Posso sentir que está com medo, que de alguma forma obscura você consegue compreender toda a sua grandeza.

Dubhe quase não conseguia falar.

– Quem é?

– O Tirano.

A palavra caiu no templo como uma pedrada. Não havia ninguém, no Mundo Emerso, que não receasse aquele nome acima de qualquer outra coisa. Tinham-se passado quarenta anos desde a sua queda, quarenta como os anos de terror durante os quais reinara. A guerra que o depusera, a Grande Guerra, era lembrada como um dos períodos mais sombrios da história do Mundo Emerso. Nihal e Senar, que o derrotaram, já haviam se tornado uma lenda, e as suas estátuas erguiam-se nas esquinas e nas praças.

– Ou melhor, aquele que o povo inculto chamava de Tirano com tamanha insistência que, no fim, até ele próprio acabou ocultando atrás daquele epíteto o seu verdadeiro nome, um nome que agora só aqueles como nós, os Vitoriosos, podem atrever-se a pronunciar.

– Você não pode estar falando sério...

– Estou, sim. Chamava-se Aster e era um menino, justamente como você o viu nas estátuas. Foi um insano inimigo a condená-lo àquela maldição, de ficar para sempre aprisionado no corpo de uma criança. Uma Criança da Morte. Está entendendo, Dubhe? Será que finalmente está entendendo?

Os olhos de Rekla brilhavam mais do que nunca, inflamados de furor místico.

– Lutou, matou, massacrou durante anos, anexando um depois do outro os reinos vizinhos para recriar na terra o reino de Thenaar. Nas profundezas do seu palácio a Guilda crescia e prosperava, e Yeshol era o seu braço direito.

– O Tirano foi a pior coisa que já aconteceu no Mundo Emerso... – tentou dizer Dubhe.

– Cale-se! – gritou Rekla, os traços do rosto contraídos de raiva. – Você não sabe de nada! Só está repetindo aquilo que o vulgo ignorante anda dizendo, os boatos inventados por Nihal e Senar que o mataram, os malditos! A verdade é outra.

Dubhe estava pregada no banco, com os dedos apertados e brancos agarrados na borda.

– Não... todos sabemos muito bem o que ele fez... e para onde levou o Mundo Emerso...

Rekla esbofeteou-a com força.

– Peça perdão! Peça imediatamente perdão a Thenaar por esta horrenda blasfêmia! Aster foi o santo da nossa época.

Dubhe recobrou-se, ajeitou-se no assento.

– Infelizmente Aster não conseguiu levar a bom termo os planos de Thenaar. Yeshol estava lá, quando caiu, quando Nihal venceu, quando a Fortaleza desmoronou diante dos nossos olhos.

Rekla estava comovida. Foi forçada a enxugar uma lágrima no canto do olho.

– Mas ele voltará – prosseguiu com voz firme. – A sua passagem nesta terra só foi o prelúdio daquilo que está por vir. Voltará junto com os outros Sete Grandes, e Thenaar dominará a todos. E então tudo será como no princípio.

Rekla parou, retomando o fôlego.

Dubhe estava atônita, paralisada.

– O grande segredo da nossa fé é este. Por enquanto precisamos ocultá-lo dos outros. Mas os tempos estão maduros, o nosso poder e a nossa força tornam-se cada vez maiores.

Rekla sentou novamente no seu lugar e voltou a ser a mulher fria e cruel que Dubhe conhecia.

– Quero que fique a par de tudo, que estude a vida dos Sete Grandes, assim como a de Aster. Entregar-lhe-ei, logo depois do almoço, um livro escrito pela própria mão de Sua Excelência Yeshol. A Noite da Falta, um dos eclipses de Rubira, está chegando, e até então quero que você mergulhe na leitura.

Levantou-se e já estava indo embora quando reparou que Dubhe permanecia sentada no seu lugar. Então Rekla aproximou-se, baixou seu rosto de menina impertinente até ficar na altura do ouvido da outra e voltou a falar, sussurrando:

– Agora você é nossa, Dubhe, sem qualquer possibilidade de fuga. Quando um de nós conhece a verdade, nunca mais pode ir embora...

18
UM TRABALHO DE VITORIOSO

As semanas foram passando e Dubhe procurou esquecer, ou pelo menos ignorar, aquilo que Rekla lhe dissera. Enquanto não encontrasse um jeito de salvar-se saindo dali, teria de baixar a cabeça e aceitar as adversidades.

Procurava dizer a si mesma que fugiria, que encontraria uma maneira de safar-se, quem sabe antes mesmo de ser forçada a trabalhar para aquele pessoal. Enquanto isso, tentava não sujeitar-se à crença deles. Quando as orações preenchiam o refeitório, ela fingia recitá-las, mas pensava em coisas totalmente diferentes. Quando Rekla se ajoelhava no templo, ela amaldiçoava mentalmente aquele deus e o seu maléfico assecla.

Achou por bem dedicar-se a algumas pesquisas. Começou a explorar a Casa cortando algum tempo das termas e das refeições. Era imprescindível encontrar o laboratório de Rekla; ou então entrar no aposento dela: era o primeiro passo e dele dependia tudo aquilo que poderia acontecer em seguida.

Mas Rekla ficava grudada nela como um parasita, e, mesmo quando não estavam juntas, Dubhe tinha a impressão de sentir o olhar da outra que não a perdia de vista um só momento. E devia ser realmente assim, pois Rekla não era boba, e na certa já devia estar desconfiada de que Dubhe estava tramando alguma coisa.

Enquanto isso, para não despertar suspeitas, ela fazia o possível para mostrar-se condescendente e solícita na execução das ordens da Guardiã dos Venenos. Mas não era fácil: obedecer àquela que de fato considerava uma inimiga pessoal exigia um tremendo esforço.

"Eu sou diferente e sempre serei."

Continuou muito tempo sem manter qualquer contato com os demais Assassinos. Os anos de solidão haviam-na tornado esquiva e, de qualquer maneira, não estava minimamente interessada no pessoal que costumava encontrar nos corredores. Eram colegas, nada além disso, e se sentia quase naturalmente levada a considerá-los adversários.

A única pessoa para a qual olhava com algum interesse era Sherva. Não que falassem muito durante os treinos, mas Dubhe sentia que era diferente de todos os demais. Só raramente o nome de Thenaar aparecia em seus lábios.

O adestramento prosseguia de forma bastante satisfatória. Dubhe começava a reparar nos primeiros sinais de melhora nos seus movimentos. Sentia-se mais ágil, e até mesmo mais silenciosa, embora as suas qualidades não fossem nem de longe comparáveis às de Sherva. Aprendeu as técnicas de estrangulamento, que não conhecia, e também melhorou na esgrima, na qual era um tanto sofrível. Afinal de contas, até que gostava da teoria, e esperava não ter de pôr em prática aqueles ensinamentos tão cedo ou até mesmo nunca. Sabia que se tratava de uma esperança absurda, mas esperar também era uma maneira para não se dobrar à vontade da Guilda.

Ao mesmo tempo, sentia-se eternamente tensa. A ordem para agir podia chegar a qualquer momento, e aquela indecisão a esgotava.

– Por que ainda não me mandaram fazer alguma? – perguntou certo dia a Sherva.

– Para eles você ainda não é uma Vitoriosa, e enquanto não acharem que se tornou parte da Casa não lhe confiarão a tarefa de matar alguém. Não pense que a pegaram só pelo fato de acreditarem nas suas potencialidades, pegaram-na porque de fato acreditam que você é uma Criança da Morte.

– Por que diz "eles"? – Dubhe perguntou de supetão. – Você é muito importante, aqui na Casa, e mesmo assim continua dizendo "eles" como se não fosse um Vitorioso.

– Já lhe disse que cada um serve a Thenaar de um jeito diferente. Eu não sou totalmente um deles. Porque a minha maneira de glorificar o homicídio é toda minha, muito particular.

– Não creio que Yeshol ficaria satisfeito com esse seu modo tão pessoal de falar.

Sherva sorriu.
– Mas continua mantendo-me aqui. Os meus préstimos são mais importantes do que a minha fé.
Dubhe tomou coragem e insistiu:
– O porquê de eu estar aqui é bem claro. Continuo, no entanto, sem entender por que você permanece na Guilda...
Sherva voltou a sorrir.
– Porque é aqui que você encontra o extremo requinte do homicídio, e é justamente esta perfeição que eu almejo. E, se para alcançá-la eu tiver de adorar um deus e um rapazinho que morreu há quarenta anos, farei isso. Yeshol poderá dizer que Thenaar opera em mim deste jeito, mesmo que eu não me dê conta disto. E eu digo que só assim poderei aperfeiçoar as minhas capacidades, e é por esta razão que fico.
Mudou então de assunto, como que arrependido por aquele repentino arroubo de sinceridade.
– Seja como for, não creio que ainda terá de esperar muito. De uns tempos para cá, Rekla não tem mais motivos de queixa, e acho que muito em breve você será encarregada de alguma tarefa.
Não tinha entendido. Não tinha entendido que Dubhe não estava nem um pouco impaciente. A conversa, de qualquer maneira, havia sido muito proveitosa. Sherva era como ela, nada tinha a ver com todo aquele fanatismo que imbuía a Casa, mantinha-se lúcido e calculista, um ser solitário que só pensava no próprio interesse, e por isso mesmo a sua amizade poderia tornar-se muito útil no futuro.

Infelizmente foi como Sherva previra: Dubhe não teve de esperar muito tempo até receber um encargo.
Certa noite, durante o jantar, Yeshol acrescentou umas palavras a mais à sua costumeira ladainha.
– Amanhã será a Primeira Noite da Falta; oficiaremos o culto durante a noite inteira reunindo-nos no templo. Rezaremos pelo sucesso das próximas tarefas e, particularmente, por aquelas que envolverão os nossos novos discípulos.

Dubhe percebeu logo que estavam falando dela. Mordeu os lábios. Afinal era o motivo de ela estar lá, sempre o soubera.

Depois do jantar Rekla a deteve.

— Mais tarde Sua Excelência quer que vá falar com ele.

Quando Dubhe entrou na sala particular, reparou que o Supremo Guarda não estava sozinho. Apoiado na parede, numa pose bastante arrogante, havia um homem.

A jovem identificou-o logo como um paisano; tinha a pele cor de âmbar da sua terra e os cabelos muito pretos típicos da linhagem mais antiga da Terra do Sol. Possuía uns curtos bigodes bem cuidados e, no conjunto, uma aparência bastante agradável. Não olhou nem se mexeu com a chegada dela, mantendo um irritante sorriso estampado no rosto.

Dubhe considerou os seus trajes: um Assassino como qualquer outro, como ela.

Yeshol sorria com amabilidade, um sorriso do qual ela aprendera a desconfiar.

— Imagino que já saiba por que está aqui.

— Decidiram pôr à prova a minha capacidade de assassina.

Procurou manter a tensão sob controle, e de fato conseguiu, pois Yeshol sorriu satisfeito.

— Isso mesmo. Depois de amanhã, à noite, sob os auspícios da Rubira renovada, receberá o encargo de matar um homem destas terras. Trata-se de um sacerdote detestado por Dohor, pois disfarçou-se por muito tempo como espião para em seguida atraiçoá-lo pelas costas. Você dispõe de uma semana, e dentro deste prazo terá de nos trazer a cabeça do homem para que a possamos mostrar ao comitente. O nome é Dunat, mora em Narbet e exerce as suas funções no templo de Raxa.

Dubhe já ouvira falar. Raxa era um deus menor, protetor do comércio e dos ladrões. Jenna sempre costumava usar uma medalhinha votiva presa nas pregas da roupa, ela mesma roubada pelas ruas de Makrat. Certa vez até dera uma de presente para ela, que ficara esquecida em algum lugar.

"Um sacerdote..."

Apertou os punhos. Não estava gostando nada.

— Será feito conforme os seus desejos.

Já estava a ponto de sair quando Yeshol retomou a palavra:
— Não agirá sozinha, nesta tarefa.

Dubhe gelou e ficou parada no lugar.

Yeshol apontou para o homem, que finalmente levantou a cabeça. Olhos azuis. Intensos olhos azuis que a fitavam, irônicos. Ninguém diria que era um membro da Guilda.

— Toph irá acompanhá-la na missão. É um Assassino muito preparado e poderá indicar-lhe a melhor maneira de agir.

O homem cumprimentou-a rapidamente com a saudação dos Assassinos, mas Dubhe não respondeu.

— Fui treinada. Já sei como proceder.

— Uma coisa é a teoria, a prática é outra. Não podemos esquecer que, afinal, é o seu primeiro assassinato.

— Seja como quiser — repetiu Dubhe, controlando a raiva.

Despediu-se de forma apressada e dirigiu-se à saída. Percebeu que Toph a estava seguindo.

— Deveria procurar ser mais silencioso quando se mexe — comentou.

Ele respondeu rindo baixinho.

— Não perco o meu tempo desperdiçando as minhas qualidades com os meus pares.

Dubhe seguiu em frente, mas Toph continuou firme atrás dela.

— Não acha que deveríamos combinar a melhor maneira de agirmos? — disse afinal, detendo-a quando já estava cansado de correr atrás dela pelos corredores.

— Cada coisa no devido tempo.

— Que será amanhã.

— Até amanhã, então.

Ele deu de ombros.

— Como quiser. — E deixou-a passar.

Afastou-se abanando a mão.

Toph foi incomodá-la durante o treinamento. Estava ensaiando uns movimentos com Sherva quando reparou na figura do homem no vão da porta. Limitava-se a olhar para ela, mas o fazia com uma

insistência tão irritante que Dubhe perdeu a concentração e foi desarmada.
– Vá falar com ele, Yeshol já me contou – disse Sherva.
Foram para um aposento vazio do ginásio, sentaram no chão e Toph foi mostrando pergaminhos cheios de mapas e anotações sobre horários e hábitos de Dunat e do templo. Estudara o seu papel, pois estava realmente a par de tudo. Tirara dela até o prazer da pesquisa, que naquela história horrível podia ser afinal a única coisa vagamente agradável.
– Vejo que estudou o assunto nos mínimos detalhes.
Toph sorriu de um jeito cheio de boba empáfia.
– Faço questão de servir a Thenaar com afinco.
– E, a seu ver, qual seria o meu papel, nisso tudo? Quer deixar alguma coisa para mim ou quer todos os aplausos para si mesmo?
Estava sendo irônica, mas nem tanto. Iria ser um alívio se, no fim, ele cuidasse de tudo.
Toph apoiou-se nos braços.
– O Supremo Guarda quer que você se encarregue da matança. A mim só caberá acompanhá-la e sugerir como realizar a tarefa.
Uma babá.
– Um papel não muito nobre...
Toph voltou a sorrir. Sorria o tempo todo.
– Se tivesse sido mais comportada com Rekla, agora não teria de me aguentar.
– E o que é que você sabe a respeito?
– Tudo. Você não olha para a Casa, mas a Casa olha para você. Todos nós acompanhamos os seus movimentos, e observamos, ficamos atentos, para sabermos se é ou não é dos nossos.
– E sou?
Toph deu de ombros.
– Vamos saber quando você matar. Para mim, tanto faz. O meu único interesse é Thenaar e provar que sou um grande assassino.
Toph juntou todas as suas anotações e se levantou.
– Partiremos ao alvorecer, passarei no seu quarto. Aproveite a cerimônia, hoje à noite.

Chegou então a Noite da Falta. Era a primeira vez que Dubhe participava de um rito realmente importante da Casa. Recebeu uma capa preta e um punhal. Rekla explicara que era justamente nas Noites da Falta que os novos Assassinos recebiam suas armas. Dubhe guardou-a na bota, mas já sabia que não iria usá-la. Não podia separar-se do punhal que lhe havia sido doado pelo Mestre: não tinha outra arma que ela pudesse usar.

Reuniram-se todos no templo um pouco antes da meia-noite. A parte superior do pináculo à esquerda havia sido removida, e naquele espaço dava agora para ver Rubira. O templo não demorou a ficar cheio e Yeshol, de pé no altar, conduzia a reza. Um forte cheiro de incenso pairava no ar, e os olhos de Dubhe logo começaram a arder enquanto ela ficava um tanto mareada. A ladainha que os Vitoriosos salmodiavam era lenta e hipnótica, e ela não demorou a repeti-la junto com os outros, ondeando levemente e levantando as palmas das mãos para o céu.

De repente Yeshol deu um grito e todos levantaram os olhos para a abertura no teto. No meio da gritaria, Rubira desapareceu devagar, só deixando uma mancha escura no céu.

Começou então a parte central da cerimônia. Cada Assassino se aproximava em fila indiana do altar, segurando o punhal desembainhado na mão, e fazia um corte no próprio braço deixando várias gotas escoar para uma bacia cheia de um líquido esverdeado e denso. Cabia então a Yeshol remexer na mistura com uns lentos e hieráticos gestos.

Chegou a vez dela. Atordoada, Dubhe dirigiu-se ao altar, brandindo o punhal que lhe havia sido entregue por Rekla. Chegou diante de Yeshol, levantou a arma e baixou-a com força em cima do braço. De repente sua mão parou, bem perto da pele. Tinha quase a impressão de que alguém a segurava. Tentou empurrar com mais força enquanto a lâmina persistia em sua aflitiva monotonia. Não houve jeito. Alguma coisa impedia que se ferisse, alguma coisa que lhe era impossível vencer, e quanto mais se esforçava para baixar a lâmina, mais um vago e indefinido mal-estar espalhava-se pelo seu corpo. Sua mão tremeu, e afinal o punhal caiu no chão.

Yeshol sorria diante dos seus olhos interrogativos. Curvou-se e apanhou o punhal. Ele mesmo riscou-lhe o braço para deixar correr o sangue fora da ferida e fazê-lo pingar na bacia.

– A maldição não permite que se fira nem que se mate. Ela quer sangue, mas não o seu – disse.

Então devolveu-lhe o punhal e convidou-a a voltar ao seu lugar. Dubhe sorriu com amargura. Não havia escapatória. A sua única saída era encontrar um jeito de preparar a poção.

Quando Toph veio bater à porta para buscá-la, na manhã seguinte, Dubhe já estava pronta. O embrulho jogado nos ombros, o capuz da capa escondendo seu rosto, ela era uma figura mais negra do que a própria noite. Não conseguira dormir direito, pensando com aflição no dia seguinte, quando todos os seus esforços dos últimos dois anos iriam tornar-se vãos. Nos poucos momentos em que fechara os olhos, sonhara com o Mestre. Ele não dizia nada. Só olhava para ela, e aquele olhar sofrido valia mais que mil palavras.

– Antes de irmos, precisamos cumprir o ritual – disse Toph enquanto subiam ao templo.

Aquela oração absurda. Dubhe aceitou-a a contragosto. Como de costume, o templo estava vazio, com a estátua de Thenaar mais imponente do que nunca. Toph ajoelhou-se aos seus pés com fervorosa dedicação. Dubhe rezou com ele, mas os seus pensamentos estavam todos concentrados na porta, a grande porta de ébano atrás dela. Toda vez que estivera ali perto, desde que chegara à Casa, reconhecera nela a única, frágil e inviolável barreira que a separava da liberdade.

Concluiu a oração de forma apressada.

– Vamos – disse, e levantou-se decidida.

– Um verdadeiro Assassino – Toph comentou com um sorriso irônico. – Já não está vendo a hora de matar... Vamos ver então como se sai.

Dubhe nem prestou atenção no que o outro dizia. Ao longo da nave vazia do templo, os seus passos ecoavam nas paredes, marciais.

Encostou as palmas das mãos na porta, empurrou-a e saiu. Estava ventando. Na escuridão da noite, um triunfo de cheiros envolveu-a.

Gelo, odor de madeira e de frio. Musgo e folhas maceradas sob a neve. O estranho e misterioso aroma das plantas luminescentes, que conseguiam florescer mesmo no inverno.

"Vida, finalmente."

Toph adiantou-se a ela, com suas botas de couro rangendo na neve.

– Conhece o caminho? – perguntou, virando-se para trás.

Dubhe não respondeu. Baixou a cabeça e seguiu em frente.

19
VIAGEM DE APRENDIZAGEM
+ + +
O PASSADO VI

A situação de Dubhe logo fica difícil. Agora que se tornou oficialmente discípula do Mestre, ela pode sentir que, de alguma forma, as coisas ficaram diferentes. O homem mudou de atitude em relação a ela, está sendo menos protetor ou talvez esteja simplesmente zangado pela escolha que ela fez, devido à sua pretensão.

Antes, quando viajavam, ele costumava esperar, dava-lhe tempo para que o alcançasse e sempre procurava ajustar-se aos passos mais curtos dela. Agora, nem pensar. Avança apressado, e Dubhe precisa se esforçar para não ficar para trás, tanto que às vezes precisa correr.

À noite está sempre cansada e acaba caindo exausta ao lado da fogueira. Ele nunca deixa de mostrar-se em plena forma e descansado. Prepara o jantar com os movimentos elegantes e comedidos de sempre.

– Pensei que estivesse acostumada com longas marchas – disse certa noite, ao vê-la desmoronar exausta ao lado de uma pedra.

Dubhe sorri timidamente.

– É verdade, andei muito antes de encontrar você, mas nunca com esta velocidade.

– Precisa manter as pernas sempre bem treinadas. É muito importante para um assassino.

Dubhe fica de orelhas em pé: é a primeira aula da sua aprendizagem.

– Um assassino tem de ser silencioso e rápido, precisa saber fugir rapidamente, mas ao mesmo tempo sem que ninguém o ouça.

Dubhe concorda, séria.

– Nunca mais quero ouvir queixas devido à rapidez dos meus passos, está claro? Você só tem de me acompanhar e nada mais. É só uma questão de treino.

– Sim, Mestre.

As conversas entre os dois só tratam disso e sempre se concluem do mesmo jeito, com um sonoro "sim, Mestre" de Dubhe. A menina não para de dizer isso. Gosta do som daquela palavra, Mestre, mas principalmente de ser parte da vida dele, de pertencer-lhe.

Durante a viagem, o Mestre não lhe ensina nada de particular. Só seguem andando em silêncio, o dia todo. Quando param, ao pôr-do-sol, Dubhe deixa-se cair exausta no chão e adormece na mesma hora, com a sacola das roupas embaixo da cabeça. Ao mesmo tempo, porém, a cada dia que passa a coisa se torna menos cansativa, e suas pernas acostumam-se ao ritmo da marcha.

Na prática, Dubhe tem de percorrer ao contrário todo o caminho que já fizera sozinha, durante os primeiros dias longe de Selva. Atravessam territórios que ainda estão em guerra, o que os força a avançar principalmente à noite.

Numa certa tarde, Dubhe percebe que estão passando pela região onde já existira o acampamento de Rin. Lembra-se perfeitamente do lugar e da última noite em que o viu.

– Havia um acampamento aqui perto – diz de repente, e depois prossegue, contando de Rin e dos seus, do período passado ali e de como morreram.

– O cozinheiro nunca mais apareceu. Foi quando você me encontrou, Mestre.

– Imaginei algo parecido – ele responde lacônico.

Talvez seja porque está perdida entre as lembranças, talvez porque as imagens do presente se misturam com as da noite em que todos morreram ou, talvez ainda, a culpa seja do vento que encobre o já quase inaudível barulho dos passos do Mestre. Seja como for, acontece que de uma hora para outra Dubhe sente-se sozinha. Para e olha em volta. Está cercada por uma escuridão quase total, só amenizada pela pálida luminescência do céu estival. Ao seu redor, só folhas que farfalham com insistência e um pedacinho de céu lá em cima. O Mestre desapareceu.

– Mestre?

Exatamente como naquela noite. De repente as lembranças voltam, vivas e terríveis, a tomar conta da sua cabeça. Logo antes do

anoitecer, viu lúgubres penachos de fumaça se levantando na planície. Acampamentos, soldados, como os homens que mataram Rin, como o homem do qual o Mestre a salvou.
— Mestre?
E subitamente parece-lhe ouvir passos, ruído de cascos, como naquela noite, clangor de espadas e armaduras e, na distância, gritos de morte.
— Mestre, onde está? Onde está você?
Corre como louca entre as árvores, machucando-se com os arbustos e as urtigas que lhe fustigam o corpo, até uma mão segurar rispidamente seu braço, puxando-a para um canto.
— O que deu em você? Que berreiro é esse?
Antes mesmo da voz, é o cheiro que Dubhe reconhece. Joga-se em seus braços, aperta-o, chora.
— Há soldados por aqui, e eu tinha perdido você!
O Mestre não a abraça. Não afaga sua cabeça, não a consola.
— Não há soldado nenhum aqui perto: eu saberia — limita-se a dizer no fim, quando Dubhe apenas soluça em silêncio.
Ela se levanta, enxuga as lágrimas.
— Tive a impressão... tudo se parece com aquela noite...
O rosto do Mestre fica sério.
— Cometeu uma imperdoável imprudência: não pode começar a berrar num lugar como este, no meio da noite.
— Desculpe, mas o escuro...
— Até agora acompanhou-me sem maiores problemas. Precisa manter a concentração. Se me perdeu, é só porque começou a correr atrás de fantasias inúteis.
Dubhe baixa os olhos, envergonhada.
— O seu treinamento já começou, não se esqueça disso. Decidiu escolher que viria comigo, e esta escolha comporta muitas coisas: já não é uma criança e, principalmente, o passado passou, é algo que ficou para trás e que não pode afetá-la. Só existe o presente, e o seu presente sou eu. Nunca mais quero vê-la chorar ou se queixar inutilmente. Algum dia você será um assassino, e os assassinos não podem dar-se ao luxo dessas fraquezas.
O "sim, Mestre" desta vez é tristonho. Dubhe afasta da cabeça todas as lembranças daquele lugar, a imagem de Rin e o aspecto ma-

jestoso de Liwad, o dragão. Mas, para derrotar o medo, não procura tornar duro o próprio coração, como o Mestre desejaria, e sim pensa nele.

"Aquele tempo passou, agora já não preciso recear coisa alguma, com ele ao meu lado."

Dubhe melhora. Mexer-se no escuro torna-se mais fácil. O mundo está cheio de sons, e ela aprende a ouvi-los: cada um deles é portador de uma mensagem própria. A noite já não é escuridão, é algo repleto de trilhas feitas de cheiros e ruídos que se misturam.

Suas pernas são agora capazes de avançar depressa entre as moitas da vegetação rasteira e de fazê-lo sem quebrar o silêncio. Já não se machuca com as urtigas, já não quebra os galhos com seus passos demasiado pesados. Segue em frente agilmente, segura, tendo as costas do Mestre sempre diante dela, como advertência e finalidade a ser alcançada.

O Mestre continua sem dizer muita coisa. Mantém-se quase sempre calado, mesmo durante o jantar, e nunca explica nada. Cabe a ela, sozinha, aprender a não se cansar demais durante as marchas, e também a orientar-se durante a noite.

Na verdade, não acredita estar realmente interessada em tornar-se um sicário, mas aprender parece-lhe a única maneira para não morrer, para não ficar sozinha, para continuar ao lado do Mestre.

– Quando irá ensinar-me a usar as armas? – pergunta certo dia.

É uma das últimas marchas noturnas deles, pois naquela altura já estão longe da zona de guerra.

O Mestre concede a si mesmo uma espécie de sorriso, o primeiro desde que saíram de casa.

– A primeira virtude do assassino é a paciência. O assassino é um caçador. Você já caçou?

Uma multidão de lembranças agradáveis invade Dubhe.

– Claro! Já cacei pirilampos, e pássaros também, com o estilingue. Sei pegar sapos.

O Mestre volta a sorrir.

– Não é lá grande coisa, mas é melhor do que nada. Quando você está caçando, precisa saber esperar a hora certa. E o mesmo vale para o treinamento. Estou adestrando você. Está aprendendo a usar a primeira e mais importante arma de um assassino.

Os olhos de Dubhe cintilam.

– Qual?

– O corpo. E isto é só o começo. Precisará tornar-se de fato tão perfeita quanto uma arma, implacável e pronta a dar o bote de surpresa e com decisão.

Dubhe pensa no punhal do Mestre, ali, preso no cinto, em contato com seu ventre. Vai ser uma arma e tanto, nas suas mãos. Um punhal que só pertence a ela.

A mata fica pouco a pouco menos fechada, uma imensa planície queimada pelo sol descortina-se diante deles. Um deserto de terra e areia preta, só levemente interrompido por suaves colinas gastas por algum antigo cataclismo, e um imenso nada até perder de vista.

– Que lugar é este? – Dubhe pergunta ao Mestre.

A desolação é total, o profundo silêncio só é quebrado pelo grito de algum corvo ao longe.

– É a Grande Terra.

Dubhe lembra. Conhece aquele nome. É um lugar onde a história deixou a sua marca, mencionado amiúde nos contos dos adultos e dos anciãos que ela ouvia em Selva. Quase cem anos antes ali existia Enawar, uma cidade mítica de extrema riqueza, deitada entre duas amenas colinas e aninhada no verde absoluto de gramados e florestas. Era ali que o governo da Idade do Ouro tinha a sua sede, quando a guerra não passava de uma lembrança dolorosa.

Mas Enawar havia sido destruída, arrasada com a sua imensa biblioteca da qual ainda existiam fragmentos espalhados, guardados como relíquias em outras bibliotecas ou nas moradas de reis e dignitários. Com seus palácios gêmeos, preto e branco, um para o Conselho dos Magos, o outro para o Conselho dos Reis. Com seus jardins ricos de magnificência, com suas fontes de fantásticos jorros de água.

Contavam que havia sido assim que começaram os Anos Obscuros do Tirano, com a destruição de Enawar.

Com os Anos Obscuros a Grande Terra tornara-se domínio e propriedade particular do Tirano, que ali mandara construir o seu imenso palácio, a Fortaleza, uma enorme torre de cristal negro. Podia ser vista de pelo menos um lugar de todas as terras, pois era mais alta do que qualquer outra construção que já fora erguida no Mundo Emerso, um verdadeiro e arrogante desafio aos deuses. Da torre ramificavam-se então oito longos braços, cada um em direção a uma Terra, exatamente como os dedos do Tirano, esticados a agarrar todo o Mundo Emerso. Como um câncer, a Fortaleza sugara toda a seiva vital daquele lugar. Nada mais de florestas, nada mais de pastagens, nem mesmo haviam sobrado as colinas, niveladas para abrir espaço à construção. Da Grande Terra restara apenas uma vasta planície rasgada ao meio pela imensa Fortaleza.

E então acontecera a Grande Guerra, na qual Nihal e Senar haviam aniquilado o Tirano. A Fortaleza fora derrubada, ruindo na planície e levando consigo quarenta anos de terror e domínio despótico.

A partir daí, a Grande Terra passara por fases alternadas. Por algum tempo, logo depois da Grande Guerra, quando Nihal e Senar ainda não haviam deixado o Mundo Emerso, cogitara-se em deixá-la daquele jeito mesmo, desolada e cheia de escombros da Fortaleza, para que o mundo lembrasse do que acontecera. Depois pensara-se em construir uma nova Enawar, mas esta ideia também tinha sido abandonada. E o território fora então repartido entre as várias Terras, deixando livre só a parte central onde foram reconstruídos os dois palácios do Conselho dos Reis e dos Magos. Os destroços haviam sido tirados do lugar e só o trono ficara, exposto na entrada do Palácio do Conselho dos Reis, ao lado de duas majestosas estátuas de Nihal e Senar.

No que diz respeito aos territórios concedidos às várias Terras, a maioria deles ficou árido e deserto. Apesar de todas as tentativas, não se consegue fazer com que alguma coisa vingue ali. Tudo indica que se tornaram definitiva e irremediavelmente estéreis. As pessoas continuam a chamá-los de Grande Terra, embora já pertençam a outros territórios. A natureza deles é tão diferente e alheia à das demais terras que todos continuam a percebê-los como algo estranho, algo que pertence a outra época e a outro mundo.

O Mestre curva-se, pega um punhado de terra e a segura na mão. Está seca, morta, escorrega entre os dedos como areia. Em seguida abre a mão e mostra a Dubhe o conteúdo.

— Está vendo estes grãozinhos pretos? É o que sobra da Fortaleza.

Dubhe arregala os olhos, pasma e quase com medo. Também pega um punhado de terra e a deixa escoar até só ter na mão os fragmentos de cristal negro. Guarda-os numa sacola presa à cintura, por baixo da capa.

— Por que os guarda? São apenas uns fragmentos idiotas que não servem para nada. Jogue fora.

O Mestre quase parece zangado.

— São fragmentos históricos... já me contaram tantas coisas a respeito do Tirano... dá uma sensação estranha poder segurar algo que também foi tocado por ele.

— Não há nada de admirável no Tirano, nada mesmo! Achava que era imortal e tinha a ilusão de poder usar à vontade tudo aquilo que existe no mundo. Um pobre louco como ele só merece desprezo. Jogue fora.

Dubhe fica indecisa, e então o Mestre tira de qualquer jeito a sacola dela, esvazia-a com violência.

— Desculpe, Mestre, não pensei que estava fazendo alguma coisa errada...

O Mestre não faz comentários, mas retoma o caminho com passo apressado.

Continuam avançando pela planície desolada por vários dias, atormentados por um calor quase insuportável. Os lábios de Dubhe ressecam devido ao vento e ao sol, acabam se rachando e sangrando. Quando, à noite, Dubhe sacode a capa diante da fogueira, pergunta a si mesma como pôde pensar em levar consigo, no primeiro dia, os fragmentos de cristal negro. Agora as minúsculas lascas insinuam-se por baixo da roupa irritando a pele, picando-a.

— E ainda há coisas muito piores. Comparado com o Grande Deserto, isso aqui não é nada. Você é realmente uma garotinha meio desmiolada — graceja o Mestre.

Dubhe fica toda vermelha, mas não há nada que ela possa fazer.

Somente na hora do pôr-do-sol aquela desolação se acende. Os ocasos não são certamente boas lembranças para Dubhe. Todos eles fazem com que se lembre de Gornar. Mas naquela total monotonia cinzenta pela qual estão passando, o pôr-do-sol assume outro sentido. É o único momento colorido do dia, ilumina a planície com estranhos reflexos. E aí, de repente, quando o sol parece definitivamente sumido além do horizonte, aparece muitas vezes um único lampejo. Um único e muito breve fulgor de um verde vivo e ofuscante. Por um momento é como se a Grande Terra voltasse a florescer, como se a grama se espalhasse pela virulenta imensidão, para recuar logo a seguir e sumir como miragem.

O Mestre olha para ela, que, quase comovida, admira o céu irremediavelmente fadado à escuridão da noite.

– Viu o raio verde, não viu?

Dubhe tem um estremecimento.

– Então não imaginei, não é? Existe mesmo...

O Mestre meneia a cabeça.

– Não, não imaginou. Dizem que só as crianças podem vê-lo, porque ainda não foram contaminadas pelas feiuras do mundo. E também contam que seja portador de uma mensagem dos Elfos, a última mensagem deles para o mundo, levada pelo sol a quem é puro e ainda não sujou as mãos de sangue.

Ri baixinho, irônico. Dubhe sente-se dominar por uma profunda tristeza.

– Mas, então, por que eu...

– Eu também posso vê-lo – corta o Mestre. – Já vi um montão diversas vezes, aqui no deserto, e nunca me disse coisa alguma. E por mais pessoas que eu tenha massacrado, o raio verde continua aqui, esperando por mim cada vez que passo por estas terras. Certa vez, um sábio me disse que é devido ao ar límpido daqui, que se pode vê-lo. Nos outros lugares o ar é pesado, encobre o raio. Só isso, nada mais.

No deserto o treinamento muda. Agora o Mestre exige dela estranhos exercícios.

– Quero que fique de vigia.

– Para quê? Só há nós dois...

— Não questione as minhas ordens. Só faça o que eu mandar. Fique acordada por duas horas, até eu chamá-la, e preste atenção em todos os sons, em todos eles, e ai de você se adormecer.

Mas logo de cara Dubhe adormece e acaba sendo acordada por um tapa na cara.

— Foi sem querer, Mestre, por favor perdoe-me...
— Concentração, Dubhe, concentração! Precisa aprender a dominar a si mesma, a fazer com que a mente prevaleça sobre o cansaço, sobre a fome, sobre qualquer mensagem que o seu corpo lhe envie, entende?

Meditação. Horas e mais horas, durante a noite, muitas vezes na mais absoluta escuridão, contemplando o nada, sem um lugar onde os pensamentos possam deter-se em sua corrida, sem qualquer ponto de apoio em que se agarrar para não ficar à mercê do sono.

— É porque não está olhando com a devida atenção. Não há dois instantes iguais, o mundo continua fluindo sem parar, transforma-se, muda de forma, mas você está distraída demais para perceber. O ruído do vento como uma cantiga, ora comedida, ora violenta. Um trovão ao longe. Os passos metálicos dos insetos no solo. As minúsculas lascas de cristal negro que se chocam rolando sobre si mesmas. Aprenda a ouvir.

Assim, uma noite depois da outra, até perceber qualquer mínima vibração. Até dar-se conta do mundo, antes mesmo de vê-lo, e tornar-se uma coisa só com ele.

— A concentração junta-se à paciência, à capacidade de aguardar e esperar. É preciso ler o mundo como um livro, mergulhando totalmente nele. Senti-lo nos ossos e interpretar os seus sinais até encontrar o instante certo, o único, para dar o bote eficazmente. A essência do assassinato consiste justamente nisto.

Dubhe tenta, se esforça, quer melhorar. Mas, invariavelmente, acaba dormindo.

— Fiquei acordada muito mais do que de costume, eu juro!
— Eu sei, mas enquanto não alcançar o objetivo não pode dar-se por satisfeita. Eu, pelo menos, não me contentarei.

O Mestre, com efeito, nunca se entrega ao sono, Dubhe tem certeza disso. Sublimou de forma tão completa aquele exercício, para ela ainda irrealizável, que consegue manter-se parcialmente consciente do mundo até na sonolência. Até quando dormita por alguns minutos, os seus sentidos continuam de alguma forma atentos, vigilantes. Ela também precisa ficar assim. Começa a entender o sentido do treinamento daqueles dias.

Em seguida a monotonia do descampado também chega ao fim. Pela primeira vez depois de vários dias o olhar tropeça num obstáculo enquanto procura desvendar o horizonte. O perfil indeciso de altas montanhas aparece ao longe.
– Estamos quase chegando. Mais uns dez dias e finalmente poderemos descansar.
Daress, as Montanhas do Norte, explica o Mestre. A Terra dos Rochedos.
– Está cheia de gnomos. São praticamente os únicos habitantes do lugar.
Dubhe se lembra do sujeito baixo e mal-encarado que há pouco tempo veio bater à porta deles.
– São todos assim? – quer saber, preocupada.
– E o que há de mal nisso?
Dubhe baixa a cabeça, calada. Não tem coragem de dizer que tem medo deles.

E finalmente reencontram os bosques, por toda parte. No horizonte, montanhas cobertas de neve, brancas e pontudas, diante deles um macio tapete verde no qual Dubhe avança com prazer.
Gosta de dormir à sombra das árvores, e ali no bosque até os exercícios impostos pelo Mestre parecem menos desagradáveis, mais amenos de cumprir.
Certa vez consegue ficar acordada pelas duas horas que o Mestre lhe prescreveu, e quando ele desperta, ela quase o ensurdece:
– Consegui, consegui! Olhe para mim: não adormeci!
O Mestre não perde tempo com elogios inúteis. Limita-se a anuir.
Então, certa manhã, Dubhe o vê aprontar o arco.
– Hoje vamos caçar.

O coração dá um pulo no peito da jovem. As lembranças de Selva voltam vivas e presentes à sua mente.
— Siga-me.
Avançam sem rumo certo pela floresta, mas o Mestre logo tem motivos de queixa.
— Está fazendo muito barulho, isso assusta os animais.
Ficam de tocaia, esperam, perseguem ruídos que Dubhe não consegue ouvir, observam detalhes em que ela não consegue reparar. O pai dela não caçava jamais. Quem comprava os bichos era a mãe ou então algum amigo trazia de presente. Eram uma família camponesa, e Dubhe nada sabe sobre a caça. É por isso que não entende, que fica meio perdida.
— Observe com atenção — diz o Mestre, e ela observa, procura imitá-lo, mas mesmo assim sem inteirar-se do sentido da coisa.
— O que estamos procurando exatamente? — murmura.
— Rastros — ele diz sem dar muitas explicações e indica alguma coisa no solo.
Dubhe sabe do que se trata. Também havia nos bosques perto de Selva. Rastros de veado. Já viu antes, certa vez.
— Não deve estar longe.
Agacham-se, deitam-se no chão.
— Está ouvindo? — A voz do Mestre é apenas um suspiro.
— Não...
— Concentre-se.
Dubhe fecha os olhos, do mesmo jeito que faz à noite, quando executa os exercícios. O silêncio então fala com ela, e o ruído ritmado das patas na mata fechada torna-se agora evidente.
— Sim, agora estou!
O Mestre tapa-lhe rudemente a boca com a mão.
— Não precisa berrar, sua boba!
Avançam arrastando-se entre as moitas, então o Mestre se levanta. Indica alguma coisa meio escondida entre os arbustos.
Um pequeno veado. Parece estar de sobreaviso e olha em volta mexendo nervosamente as orelhas. Dubhe acha que é lindo. Não se lembrava que o bicho era tão elegante e bonito.
O Mestre é tão silencioso que não dá para ouvi-lo. O veado, agora, parece mais tranquilo, pois volta a pastar inclinando o pescoço.

Dubhe vira-se e vê o Mestre pronto. A expressão absorta, concentrada, o arco tenso e a seta apontada. Seus braços imóveis esticam ao máximo a corda retesada.

– Mestre, vai querer...

Não dá tempo para ela acabar. A flecha solta-se do arco, a corda geme de leve. No silêncio do bosque, o baque do veado que tomba é violento. Dubhe ouve-o enquanto se debate, ela se lamenta e fica petrificada no seu lugar, horrorizada.

– Vamos, mexa-se. É o nosso jantar.

O Mestre adianta-se, curva-se, mas Dubhe não o acompanha.

– Já lhe disse para vir para cá! – intima, e Dubhe apressa-se, aproxima-se. Ele está curvado sobre o veado e sacou a faca.

– Se ainda não morreu, você tem de acabar com ele com a faca. Apoia a lâmina no pescoço e corta com firmeza, entendeu?

O Mestre encena o que acaba de dizer, e Dubhe sente uma multidão de pequenos arrepios correndo pela sua espinha. Acena que sim.

– Então faça.

– Como disse?

O Mestre entrega-lhe o punhal.

– Mate-o.

O jovem veado agita-se, mexe as patas, mas cada vez mais debilmente. Mal consegue respirar, arqueja, sofre e está apavorado.

– Eu nunca usei o punhal...

– Mas já matou, não matou? E não se tratava de um animal, mas sim de um garoto.

Dubhe estremece como se tivesse recebido uma bofetada.

– É verdade, mas...

– É a mesma coisa. E, além do mais, não está vendo que sofre? Vai morrer de qualquer maneira.

– Eu...

– Faça logo!

A voz do Mestre é uma espécie de rugido, e Dubhe sobressalta-se. Sente as lágrimas encherem seus olhos, mas mesmo assim a mão pega o punhal. O calor dos dedos do Mestre ainda aquece a empunhadura.

– Pare de chorar e faça o que tem de fazer. Disse que quer tornar-se minha aluna, não disse? Pois bem, um sicário mata. É matar ou morrer, Dubhe! Pessoas como nós não têm outra escolha. E você vai começar com este animal.

Dubhe funga ruidosamente, procura enxugar as lágrimas, mas não adianta. O pequeno veado fita-a com olhos cheios de dor e pavor, e se agita, tenta uma fuga impossível. O punhal fica indeciso entre as mãos trêmulas.

– Mexa-se, se não quiser que eu vá embora. E, juro, desta vez nunca mais vai me ver.

Dubhe soluça, mas aproxima-se do animal. As lágrimas turvam a sua vista, de forma que não consegue ver direito a cabeça do veadinho. Só sabe que se agita espasmodicamente sob seus dedos. Apoia a lâmina, ainda indecisa. Fecha os olhos.

– Abra esses malditos olhos e afunde a lâmina!
– Mestre, eu lhe peço...
– Obedeça!

Com um grito, Dubhe faz o que tem de fazer, de olhos fechados, e logo que sente o sangue jorrar na sua mão solta a presa e foge.

O Mestre a segura com força, sem nada dizer.

Embora Dubhe tenha sido forçada por ele a fazer uma coisa horrível, não o odeia. Aninha a cabeça no seu peito à procura de abrigo. O calor e a calma respiração do homem a tranquilizam. O Mestre continua calado, mas está ali, está com ela.

Dubhe não quis assistir enquanto preparava a carne do veado. Está com fome, mas ficou afastada, mesmo quando, ao entardecer, um delicioso cheiro de carne se espalha no ar.

– Só tem isso. Aconselho que coma – diz o Mestre.

Dubhe olha com horror para o pedaço de carne.

– Estou falando para o seu próprio bem.

Está taciturno, o Mestre. Parece triste e desanimado.

– Não deveria ter fechado os olhos.
– Perdoe-me, Mestre, mas não foi nada fácil... lembrei-me de Gornar... o garoto... aquele de que lhe falei... o do acidente... e então... o bicho olhava para mim com os olhos *dele*...

O Mestre suspira.

– Você não nasceu para este trabalho. O seu caminho é outro.

Dubhe levanta-se com um pulo.
– Por que diz uma coisa dessas? Não é verdade! Estou me esforçando, aprendi muitas coisas e... gosto muito delas!
O Mestre fita-a, pesaroso.
– Não é justo que uma criança aprenda estas coisas, e o fato de você não querer fazer, de não querer matar o veado, é normal. O que não é normal é o fato de você estar comigo, de continuar a acompanhar a minha vida.
– Eu quero tornar-me um sicário! Quero ser como você!
– Quem não quer que fique comigo sou eu.
O Mestre olha para o fogo, e Dubhe pode sentir a sua dor, uma coisa que a apavora e que a comove.
– Foi para termos alguma comida, sei disso. Já vi matar porcos, na minha aldeia, e era a mesma coisa de agora. Mais cedo ou mais tarde eu faria o mesmo. Fui muito boba.
O Mestre continua de olhos fixos nas brasas, ausente, mas Dubhe sabe que está ouvindo.
– Prometo que de agora em diante serei mais forte e farei exatamente o que você mandar. Nunca mais terá de envergonhar-se por minha causa.
O Mestre sorri.
– Não estou nem um pouco envergonhado.
Dubhe retribui o sorriso. Sente-se aliviada. Com mão insegura pega o pedaço de carne que o Mestre lhe oferecera. Leva-o decididamente à boca e dá uma boa mordida. Está muito bom, mas mesmo assim deixa-a enjoada. Faz um esforço para engolir e olha para o Mestre. Não consegue decifrar seus olhos, que a perscrutam em profundidade, que a atravessam de lado a lado.

20
O VELHO SACERDOTE

Toda a paisagem estava coberta de neve e, penetrante como uma lâmina, o frio insinuava-se sob as roupas em busca de qualquer pedacinho de pele que ele pudesse agredir com ferocidade. O casaquinho que vestia mal dava para evitar que ela congelasse e, se não fosse pela capa, nem conseguiria seguir adiante.
 Dubhe e Toph ficaram andando o dia inteiro em silêncio, apesar de o homem procurar várias vezes conversar com ela.
 – Você não é lá muito faladeira, não é? – ele tentou mais uma vez na hora do almoço.
 – Nunca fui de muita conversa, em toda a minha vida – viu-se forçada a dizer Dubhe.
 – Isso é ruim. Dá-lhe uma aparência fúnebre e não fica bem numa mocinha, ainda mais numa garota bonita como você.
 – Não caia no erro de subestimar-me. Não sou uma mocinha.
 Toph levantou as mãos.
 Na hora de comerem, partilharam uma pequena forma de queijo e um pedaço de pão. Dubhe tinha o estômago totalmente embrulhado e quase não comeu. Toph regou tudo com abundantes doses de vinho. Pelo que Dubhe sabia, o uso do álcool não era uma coisa apreciada na Guilda, e comentou o fato com ele.
 Toph deu de ombros.
 – Quando cometi o primeiro homicídio estava totalmente embriagado. O meu mestre deu-me uma sova tão violenta que a partir daí aprendi a moderar-me, e quando o matei posso garantir que estava completamente sóbrio.
 Deu uma fragorosa risada, e Dubhe evitou olhar para ele, enojada. Já ouvira dizer que os Vitoriosos matam os próprios mestres, quando eles ficam velhos e cansados demais, mas nem o Mestre nem Rekla já haviam tocado no assunto de forma tão clara.

– E você? – prosseguiu Toph sem pestanejar. – Você entrou porque matou quando ainda era menina, não foi? É uma Criança da Morte... Conte-me tudo.
– Não é uma coisa da qual eu goste de falar.
Toph ficou estranhamente sério.
– Mas o que é isso? Deve sentir-se orgulhosa, ora essa! É o que a qualifica como Vitoriosa, pois do contrário continuaria sendo uma Perdedora pelo resto da vida, levando a vida como ladrazinha barata.
Dubhe fitou-o fixamente, gélida.
– Já ouviu falar em Amanta?
– Aquele que todos evitam e que ninguém quer por perto? O antigo pupilo de Dohor da Terra do Sol?
Dubhe anuiu.
– Quem arrombou a sua casa fui eu, e depois foi a vez de Thevorn, que sem dúvida você conhece. Ainda acha que sou uma *ladrazinha barata*? – Deu as costas sem esperar por uma resposta.
– Mas, então, quanto ao homicídio na infância? – Toph insistiu após um curto silêncio.
– Foi um acidente. Um amigo meu. Acabamos brigando e ele bateu a cabeça.
– Um garotinho, então.
Toph voltou a rir.

Retomaram a marcha de manhã bem cedo, e ao entardecer já estavam perto de uma aldeia próxima de Narbet, a capital da Terra da Noite. Encontraram uma hospedaria miserável quase completamente às moscas, coisa aliás de que muito gostaram, e lá ficaram uma vez que o tempo estava piorando e deixava prever uma verdadeira tempestade.
Jantaram conversando baixinho sobre o alvo e a tarefa que esperava por eles. Dubhe participou a contragosto. Não via a hora de aquela maldita história acabar. Toph assumiu ares de conspirador e se chegou a ela para não ser ouvido pelo tabernheiro e os demais fregueses da pousada.
– Nerla, aquele bobo do filho do sacerdote Berla, de quem acha que recebe as ordens, afinal?

Nerla era o atual regente da Terra da Noite. O verdadeiro rei, Rewar, havia sido executado trinta e sete anos antes, no fim da guerra com Dohor. Era um jovem desmiolado, e todos estavam cansados de saber que não passava de um títere de Dohor. Para dizer a verdade, aliás, Dohor estava por trás de quase todos os monarcas atuais, exceto os da Terra do Mar e da Água, ainda livres. Dohor havia escolhido um comportamento muito menos dramático do que o do Tirano: enquanto o primeiro fizera um grande estardalhaço e conquistara sem qualquer cerimônia as Oito Terras, uma depois da outra, Dohor escolhera mais elegantemente o papel de defensor da paz.

A sua primeira jogada havia sido casar com Sulana, a rainha da Terra do Sol. Então, não deixara escapar a oportunidade quando Rewar invadira a Terra dos Dias. Em menos de cinco anos tinha dobrado Rewar à sua vontade. A Terra da Noite tornara-se o primeiro protetorado da Terra do Sol. Depois chegara a vez da Terra dos Dias, que Rewar se encarregara de livrar dos fâmins. O obstáculo mais sério havia sido a Terra do Fogo. Ido, o seu antigo mestre, e Aires, a rainha da Terra do Fogo, tinham-no acusado de perseguir os Fâmins, uma acusação bastante verdadeira. Através da corrupção e das mais variadas amizades, contudo, Dohor havia conseguido convencer o Conselho de que Aires e Ido conspiravam contra ele e todo o resto do Mundo Emerso. A rainha tinha sido deposta, a regência confiada ao costumeiro rei fantoche, enquanto Ido fora expulso da Ordem com uma nota de demérito e Dohor acabara assumindo o posto de Supremo General. A partir daí havia sido até fácil demais trilhar a velha história de sempre. Os tempos estavam difíceis e precisavam de um guia forte; e quem podia ser melhor, para a missão, do que Dohor, herói, Supremo General, que além do mais salvara o Conselho dos planos malignos do maldoso Ido? Depois de cinco anos de guerra, a Terra do Fogo acabou sendo transformada num Protetorado anexado à Terra dos Rochedos e à do Sol. Houve mais cinco anos de resistência sob o comando de Ido, mas tudo chegara ao fim com a entrada de Forra no jogo. Contavam que a guerra acabara num insensato banho de sangue. O último ato tinha sido a guerra contra a Terra dos Rochedos, que se concluíra com a morte de Gahar, desde muito tempo um fiel aliado de Dohor. De forma que, ao longo de quarenta anos, um ambicioso e jovem Cavaleiro de Dragão acabara assumindo o poder em praticamente todo o Mundo Emerso, embora mantendo uma aparente liberdade e autonomia em cada território, que tinha uma administração independente e um regente próprio. As últimas dores de cabeça remanescentes eram as terras da Aliança das Águas, formada pelos antigos territórios da Terra da Água e do Mar, ainda completamente livres.

– Sei muito bem que na verdade tudo pertence a Dohor – respondeu Dubhe.

– E, portanto, a nós – concluiu Toph.

Dubhe ficou pasma. Já ouvira boatos a respeito, mas todos achavam que eram apenas rumores. Dohor não podia ser certamente considerado uma boa pessoa, mas chegar ao ponto de juntar-se à Guilda... era uma coisa que nem mesmo o Mestre jamais mencionara durante as longas e aborrecidas aulas que lhe ministrava sobre as intrigas que haviam animado os quarenta anos de lutas intestinas subsequentes à Grande Guerra.

– Como assim?

– Não foram poucos os favores que fizemos à Sua Majestade, e ele soube nos recompensar.

– Mas... em que medida?

Toph meneou a cabeça.

– São coisas que só mesmo Yeshol conhece inteiramente.

Deixaram a hospedaria de manhã bem cedo. O tempo estava feio e uma nevasca úmida e irritante que encharcava as capas tomara o lugar da tempestade do dia anterior.

Dubhe estava totalmente compenetrada em seus pensamentos. Iria acontecer naquela noite, e ela estava com medo. Com efeito, nunca realmente matara a sangue-frio. Sabia como fazê-lo, é claro, lembrava cada uma das palavras que o Mestre lhe dissera durante o treinamento, mas nunca pusera em prática qualquer um daqueles ensinamentos. E além do mais jurara que nunca faria aquilo, em nome das coisas mais preciosas que tinha na vida. E agora tudo isso ia derreter como neve no sol, e a tristeza, a angústia tomavam conta dela.

Lá pelo meio-dia Toph trouxe-a de volta à realidade.

— Chegamos, Dubhe. Eis a grande Astéria.
Dubhe olhou para ele de soslaio. Ninguém mais a chamava daquele jeito. Quem lhe impusera aquele nome havia sido o Tirano, mas quando ele caiu a cidade voltara a chamar-se como antigamente: Narbet. Era assim que Dubhe a conhecia.
Olhou para as grandes muralhas em ruínas, cobertas de trepadeiras e de pequenas flores de cor leitosa, capazes de sobreviver sob a tênue camada de neve. Com o passar dos anos, a cidade tornava-se cada vez mais decadente. Cada vez mais brechas apareciam nos muros, cada vez mais emaranhado o desenho das plantas daninhas que invadiam seus blocos de pedra quadrados, mas, principalmente, cada vez mais esquálidos e esfarrapados os dois soldados de vigia diante das portas.
— Quem são vocês? — perguntou um deles, apontando a lança.
— Dois emissários da Terra do Sol — respondeu prontamente Toph, afastando a borda da capa para mostrar o pergaminho que trouxera consigo com este fim.
— Está bem, está bem... podem entrar.
A cidade descortinou-se diante deles, silenciosa. Sempre fora assim, Narbet. Um lugar apinhado de mendigos de ambos os lados da rua e sede dos mais improváveis e inesperados negócios, onde os mercados eram despojados e tristes e as lojas desprovidas de quase tudo. Quanto à comida, havia muito pouca, seja porque a Terra da Noite desde sempre precisava de magia para cultivar uma terra nunca beijada pelos raios do sol, seja porque o pouco que ali vingava acabava sendo desviado para a frente de batalha ou para a nobreza da Terra do Sol ou ainda para satisfazer a fome da nobreza local. As casas dos ricos desabrochavam como flores no deserto de casebres que constituía o panorama típico da cidade. Eram mansões cercadas por amplos parques, ornadas com estátuas e estuques multicoloridos. Alardeavam pomposa fartura com cada um dos seus tijolos. O cúmulo daquela orgia de ostentação: o majestoso palácio de Nerla, o rei. Era o antigo paço, mas reformado para voltar a ter a faustosa aparência de priscas eras. Nerla mandara construir uma nova ala e, principalmente, uma imponente torre, que todos olhavam de esguelha, pois lembrava demais a Fortaleza.

Dubhe observava todos aqueles palácios, todo aquele luxo com o costumeiro olhar desencantado. Para ela, aquilo era uma ofensa à pobreza do território. Certa vez até chegara a mencionar a coisa com o Mestre, revoltando-se com veemência contra aquela condição.
"Por que o povo não se rebela?"
"O mundo está dividido entre quem é forte e quem é fraco. E, de qualquer maneira, nós estamos a serviço dos ricos, somos os executores dos aspectos mais obscuros do sistema e não temos certamente interesse em lutar contra eles."
Dubhe desviou o olhar dos grandes e opulentos palácios para a cidade dos pobres. Também havia construções imponentes, que no passado deviam sem dúvida alguma ter sido muito bonitas, mas que agora estavam entregues à decadência e ao descuido. Os antigos edifícios senhoriais e do poder público tinham-se tornado refúgios para os pobres que deixavam o campo em busca de uma vida melhor na cidade, o que quase nunca conseguiam. Entre os vários prédios, casebres de madeira recém-construídos, miseráveis tabernas e hospícios onde os doentes e os desnutridos procuravam abrigo.
Ela e Toph almoçaram numa pousada só um pouquinho melhor do que as demais e, depois da refeição, Dubhe pediu para ficar sozinha.
– Para fazer o quê? – Toph perguntou atônito.
– Cada um tem seus próprios métodos. Antes de um trabalho, eu preciso concentrar-me.
Toph deu de ombros.
– Nos vemos aqui mesmo, na hora do jantar.
Dubhe procurou um lugar especial, onde já havia estado com o Mestre. Era outra hospedaria, naquela altura totalmente em ruínas. Pois é, era para lá mesmo que queria ir. Entrou e ficou perambulando pelos vários ambientes, até chegar àquele quarto, aquele que alguns anos antes ela tinha compartilhado com o Mestre. Sentou no chão e meditou, como sempre fazia. Pensou nas palavras que o Mestre lhe deixara.
"Eu já lhe disse no passado, Dubhe, quando nos encontramos. Você não nasceu para isso. Veja só o que aconteceu comigo, siga por outro caminho. Esqueça que me conheceu, esqueça tudo aquilo que lhe ensinei e procure ter uma vida diferente. Se não quiser fazê-lo por você mesma, faça por mim e pelo meu sacrifício."

Fechou os olhos e reviu a sua imagem de homem maduro, de ombros largos e corpo bem treinado.
Dubhe levou as mãos aos olhos.
"O que é que estou fazendo?"
Mas não havia escolha. Provavelmente tudo já fora decidido muitos anos antes, quando à beira de um riacho tinha segurado entre os dedos os cabelos de Gornar e arremessado a cabeça dele contra as pedras. O seu caminho fora escolhido naquela hora, e não havia mais nada que agora ela pudesse fazer.

– Você não parece estar muito em forma... – observou Toph durante o jantar. – Os seus olhos estão vermelhos.
Dubhe desviou imediatamente o olhar.
– Deve ser o frio. De qualquer maneira, ficarei sozinha, aqui, no meu quarto, até nos encontrarmos diante do templo.
– Aconselho que tome o antídoto antes de entrarmos em ação. Rekla avisou que seria melhor você tomar a poção com alguma antecedência, pois do contrário poderia não funcionar.
– Entregue-me logo depois de completarmos o serviço – Dubhe disse com firmeza.

Quando o sino da malfadada torre do palácio deu o último toque, Dubhe estava pronta. Respirou fundo, procurou esvaziar a mente, mas não foi fácil. Deu uma última olhada nas suas armas. De repente o punhal já não era uma lembrança do Mestre, mas sim uma arma, que muito em breve teria de usar de verdade.
Envolvida na capa, começou a andar pelas ruas de Narbet. A neve parara de cair e um vento gelado estava agora varrendo as vielas. Avançou devagar, sem fazer qualquer barulho na neve compacta, com uma fria determinação rasgando seu coração. Só quando o templo apareceu a distância teve um súbito estremecimento.
O clero da Terra da Noite até que podia ser considerado abastado, mas aquele era um templo de terceira categoria, pequeno e meio arruinado. Dubhe meneou a cabeça.
Toph esperava por ela num beco.

– Bem na hora. Ótimo.

Estava irrequieto, excitado. Dava para ver que, como bom profissional, não via a hora de realizar o trabalho.

– Deixo tudo por sua conta. Só ficarei olhando.

Entraram empurrando delicadamente a porta. Por alguns instantes o vento uivou na sala, depois a porta voltou a fechar-se e tudo mergulhou novamente no silêncio.

O interior do templo combinava com o lado de fora. Não passava de um grande cômodo retangular de teto baixo, com uns dez bancos poeirentos enfileirados e um altar meio gasto, mas muito limpo. Evidentemente Dunat devia cuidar com diligência dos rituais, mesmo na ausência de fiéis.

A estátua que representava Raxa, atrás do altar, demonstrava um trabalho bastante tosco; de madeira, retratava um homem que segurava nas mãos um cajado e um pequeno saco de moedas. Espalhados de forma incerta pela escultura, alguns traços desbotados de pintura.

Dubhe considerou que provavelmente o tal Dunat não passava de um pobre coitado. Certamente, não parecia ser alguém que merecesse a morte.

– Vamos lá. Não ficou o tempo todo dizendo que tínhamos de nos apressar? – repreendeu-a Toph, falando baixinho.

Dubhe concentrou-se, mas sentia-se mesmo assim lerda, pesada. Não queria, não queria fazer aquilo, só isso.

Estava muito escuro, mas de qualquer forma acabou encontrando a porta que procurava, meio bolorenta e estufada pela umidade. Usou a faca para entreabri-la com delicadeza, e conseguiu fazer tudo sem ninguém ouvir. Entrou com todo o cuidado, já de punhal na mão.

Viu-se diante de um pequeno cômodo, iluminado apenas pela luz de uma vela, um quartinho com um tosco colchão de palha e um pequeno altar num canto. Havia a versão em miniatura da estátua de Raxa, e Dunat estava ajoelhado diante dela. Murmurava uma oração com voz arfante, sem parar. Só estava usando uma camisola de dormir, sobre cuja candura esparramavam-se os seus ralos e esbranquiçados cabelos de homem velho e desleixado.

Medo, terror incontrolável. Dubhe podia perceber claramente. Aquele homem sabia o que muito em breve iria acontecer com ele. Podia imaginar, e procurava conforto naquela desesperada oração que resmungava em voz baixa.

"Não posso, maldição, não posso!"

O punhal tremeu em suas mãos, caiu.

– O que está esperando? – Toph murmurou com raiva.

Dunat pareceu ouvir alguma coisa, pois virou-se de chofre, os olhos cheios de pavor, e gritou um "Não" vibrante enquanto pulava de pé e procurava salvar-se.

Dubhe ouviu Toph agir atrás dela e viu a faca de arremesso fincar-se na perna do velho, que tombou no chão em prantos.

– Mate-o! – rugiu Toph.

Ao longe, a voz da Fera no seu coração respondeu com o mesmo rugido, e foi isto que lhe deu força. O corpo agiu por conta própria, respondendo àquele antigo chamado que estava enterrado no seu peito e que a Fera trazia à tona. Correu atrás de Dunat, segurou sua cabeça torcendo-a com um único movimento. O homem calou-se na mesma hora enquanto Dubhe não conseguia soltar a presa, de olhos fixos no altar e na estátua, sujos do sangue que a ferida do velho derramara.

"Pronto. Está feito."

Foi tomada por um repentino arrepio.

Quando finalmente conseguiu soltar o homem e levantar os olhos, o que viu deixou-a petrificada. Havia uma jovem no limiar. Imóvel, as mãos na altura do rosto branco, de boca aberta, incapaz de gritar, até mesmo de falar. Estava de camisola, talvez uma criada do templo da qual Toph, na sua investigação, nada soubera. Era tão jovem quanto ela e a fitava como se costuma fazer com os monstros.

"Não..."

Toph reagiu com a velocidade do raio, e a jovem fez o mesmo. Tentou afastar-se da porta e gritar. Toph segurou-a pelos cabelos, longos e soltos em cima dos ombros, puxou-a com violência até fazê-la cair no chão. Ela berrou.

Dubhe mexeu-se, procurou ficar entre Toph e a jovem, para impedir que... Mas Toph foi mais rápido. Sacou o punhal e o fincou na garganta da moça.

— Mas que noite infernal... parece que nada quer sair direito. Olhos brancos, arregalados. Olhos sem vida. Olhos acusadores. Transtornada, Dubhe olhou para o abismo. A sua vida estava lá, bem no fundo.

Apertou o pescoço de Toph com força, jogou-o contra a parede.

— Por que a matou?

Estava descontrolada, louca de raiva, tanto que nem se dava conta da idiotice da pergunta.

— Solte-me imediatamente se não quiser que a mate.

Dubhe afrouxou a presa, recuou com falta de ar. Toph deu-lhe um sonoro bofetão.

De alguma forma a ira se esvaíra. Agora Dubhe sentia-se como um invólucro vazio.

Toph recobrou a calma e, depois da reação violenta, conseguiu olhar para ela com mais compreensão.

— Mais sangue para Thenaar, e isto é bom.

Dubhe estava meio mareada.

— O que está acontecendo com você, afinal? Deveria estar contente... além do mais, não é a primeira vez que mata alguém.

"É verdade, já matei até demais. Mas nunca deste jeito, nunca!"

— Agora precisamos cumprir com o ritual, mexa-se! — concluiu Toph.

Dubhe fechou os olhos. Tudo ficara subitamente gritante, vivo demais, insuportável.

Toph aproximou-se do cadáver da jovem, depois tirou do bolso um vidrinho cheio de um líquido esverdeado.

— Cumprirei o ritual com o corpo dela, você fará o mesmo com a sua vítima.

Toph desembainhou o punhal e o fincou com firmeza no peito da moça.

— Agora você põe o sangue na ampola... — e fez isto com o maior cuidado — e recita a oração: "Para Thenaar, Pai dos Vitoriosos, à espera do seu triunfo." E finalmente toma um pouco.

Levou a ampola aos lábios, tomou um pequeno gole, e deu para ver que fazia aquilo quase com volúpia. Dubhe sentiu o estômago que se revirava, mas ao mesmo tempo, bem no fundo daquele enjoo, havia alguma coisa que exultava, alguma coisa que se reconhecia naquele ritual macabro.

"A Fera."

Toph entregou-lhe a ampola.

– Agora você.

Sorria para ela, um sorriso monstruoso. Dubhe segurou-a. Aproximou-se do velho. Sacou o punhal. Lembrava as palavras do Mestre.

"Trespassar os mortos, profanar os seus restos é um ato animal, contrário às regras do homicídio. O assassino inflige o golpe, e quando a vítima morre está tudo acabado. Brutalizar o cadáver significa extravasar a própria raiva e o próprio sadismo. Exatamente o contrário daquilo que se espera de um sicário."

Mas não podia esquivar-se. Ao longe, a Fera levantava a voz.

"Afinal de contas, eu também sou uma fera, nesta altura."

Dubhe repetiu aquilo que Toph acabara de fazer. Encheu a ampola com o sangue do sacerdote.

– Tome um gole e então volte a enchê-la – disse Toph.

Dubhe olhou para a ampola.

"É o alimento da Fera, e você sabe que o quer, pois a Fera é você."

Aproximou a ampola dos lábios e a Fera soltou um grito.

Hesitou.

"Não posso..."

Hesitou por mais alguns instantes.

Então, de repente, sem tomar gota alguma, devolveu a ampola a Toph.

– Vamos embora.

Nem esperou que ele respondesse. Envolveu-se na capa e saiu porta afora. Correu pelo templo e se jogou para fora, onde foi recebida por uma gélida rajada de vento. Os olhos e a mente estavam cheios das imagens daquele quarto, o idoso ainda debruçado em cima do altar e a jovem no chão. Uma moça só um pouco mais velha do que ela e sem culpa de nada. Não via mais nada, andando, enquanto a ventania a ensurdecia. Só ouvia a voz que a chamava, raivosa, quase preocupada.

21
UMA MISSÃO SUICIDA

A porta do Conselho das Águas estava trancada, e Lonerin mantinha os olhos fixos nela, torcendo as mãos. Não era a primeira vez que assistia a uma sessão do Conselho. Afinal, ser aprendiz de um mago da Terra do Mar significava quase automaticamente estar envolvido na luta contra Dohor. Mas daquela vez era diferente, daquela vez a tensão era opressiva, quase dava para vê-la pairando no ar.

– Você não acha que já estão trancados lá dentro há muito tempo?

Theana, a jovem loira e esguia sentada ao seu lado, estava tão preocupada quanto ele ou até mais.

– Acontece que a situação não está nada boa.

– Acha que ainda temos uma saída, Lonerin, ou vai ser mesmo o nosso fim?

Lonerin teve uma reação enfastiada. Gostava de Theana; apesar de ela estar mais adiantada do que ele no treinamento, às vezes tinha momentos de incerteza, e costumava tranquilizá-la, mas agora não suportava aquela ansiedade.

– Não adianta ficarmos aqui remoendo as nossas dúvidas, não tem sentido. Só nos resta esperar – disse ríspido.

Theana calou-se, aflita, e o silêncio tomou novamente conta da antessala. Havia muita gente, ali fora. Todos aqueles que não pertenciam ao Conselho mas que, de alguma forma, participavam da resistência.

Afinal de contas, havia motivos de sobra para se preocupar. Um dos melhores espiões, infiltrado nos ambientes próximos da Guilda, tinha tido um triste fim, logo depois de enviar ao Conselho um dramático relatório cheio de presságios sombrios.

O conteúdo não fora totalmente revelado, mas tratava-se certamente de algo extremamente grave, de uma jogada final que Dohor tencionava realizar.

Lonerin lembrava-se muito bem do espião. Era um jovem mago que havia sido aluno do seu mestre com o qual, durante algum tempo, mantivera alguma familiaridade. Aramon, era assim que se chamava, chegara a ajudá-lo em várias ocasiões, quando alguns encantamentos não conseguiam entrar na sua cabeça. Um rapaz gorduchinho, com cara de menino não muito crescido, mas sem dúvida perspicaz e, principalmente, muito preparado nas artes mágicas.

Haviam feito com que fosse encontrado morto num matagal próximo dali, degolado.

Lonerin apertou o queixo. Fora a Guilda, quanto a isso não havia dúvidas. Todos sabiam que Aramon estava investigando neste sentido. Lembrou que alguns dias antes o mestre Folwar o interrogara a respeito da Guilda.

– Ninguém a conhece melhor do que você, entre nós.

Lonerin ficara pasmo.

– Tratava-se da minha mãe, mestre...

– Mas talvez ela lhe tenha contado alguma coisa...

– Eu era muito jovem.

– Compreendo a sua dor, Lonerin, mas quando veio me procurar disse que gostaria de deixá-la brotar, de transformar o seu sofrimento em alguma coisa útil... chegou a hora.

Lonerin percebeu que apertara tanto as mãos a ponto de embranquecer os nós dos dedos. Percebeu com aflição que a lembrança da mãe ainda despertava a sua ira.

– Veja!

A voz de Theana interrompeu o curso dos seus pensamentos e fez com que dirigisse o olhar para a porta da Sala do Conselho. Estava finalmente se abrindo.

Na luz que filtrava do interior, viu o rei e os magos sentados em volta da grande mesa de pedra, e o seu mestre, prostrado, sentado do outro lado da sala, quase desfalecido no assento.

O serviçal que abrira a porta dirigiu-se aos presentes na antessala.

– Já podem entrar.

As pessoas procuraram manter as aparências, mas na verdade acabaram invadindo desordenadamente a grande sala.

Lonerin aproximou-se logo do seu mestre, Folwar, e curvou-se sobre ele.

– O senhor está cansado.

Era um velho de aparência extremamente frágil. Suas mãos eram ossudas e a pele tão diáfana que dava para ver perfeitamente a trama das veias; no crânio magro uns poucos cabelos brancos que lhe chegavam aos ombros. Seu corpo jazia largado num assento provido de duas rodas de madeira.

Com enorme esforço virou-se para o discípulo, olhou para ele com olhos azuis, profundos, e sorriu suavemente.

– Só preciso descansar um pouco, Lonerin, só isso. Não foi fácil – disse Folwar.

O rapaz apoiou a mão no seu ombro, e o velho apertou-a com gratidão. Lonerin sentiu-se subitamente calmo. Agora, conheceria a verdade.

Enquanto todos tomavam o próprio lugar na grande sala circular, Lonerin olhou à sua volta. Não demorou a encontrar a pessoa que procurava, aquela que despertava a sua maior admiração: Ido. Estava sentado num canto, nos costumeiros trajes de guerra que, naquela altura, nunca deixava de usar, mesmo longe do campo de batalha: uma couraça de couro velho e desbotado, a espada presa com firmeza na cintura, uma simples capa nos ombros, o capuz a cobrir parcialmente sua cabeça, mas não o bastante para ocultar a brancura espectral da cicatriz que atravessava uma boa metade da parte esquerda do rosto. Lonerin ficou um bom tempo olhando para ele. Era um herói de antigas épocas, "um sobrevivente que não conseguia acompanhar os novos tempos", como ele mesmo amiúde dizia, uma figura lendária que sempre aparecia nas histórias que se contavam às crianças. Embora estivesse com mais de cem anos, uma idade bastante respeitável mesmo para um gnomo, não tinha absolutamente a aparência de um velho. Não fosse pelo emaranhado de pequenas rugas que lhe marcavam o rosto e pela candura dos longos cabelos brancos, parecia ainda estar na plenitude do vigor físico, com um corpo enxuto e saudável e um olhar que penetrava fundo. Fora o mestre de Nihal, mais de quarenta anos antes, e participara de corpo e alma da luta contra o Tirano em cujo exército, numa época ainda mais longínqua, também militara, para em seguida servir nas fileiras das Terras livres. Durante muito tempo também havia sido Supremo General, depois da Grande Guerra, antes de Dohor empreender a sua conquista do Mundo Emerso.

A contemplação de Lonerin foi interrompida por Dafne, a atual soberana da Província dos Bosques e neta daquela Astreia que dera início à Grande Guerra. Ao reparar que ela se levantara, Lonerin pensou que se alguma coisa boa podia acontecer com mais uma guerra esta seria justamente a reunificação da Terra da Água, agora dividida entre a Província dos Pântanos, dos homens, e a Província dos Bosques, das ninfas.

A ninfa levantou o braço pedindo silêncio.

Era pálida e diáfana como água de nascente, fina e incorpórea como o ar, e mesmo assim linda, de uma beleza desumana e desconcertante. A palidez da carne tornava-se transparência cristalina nos seus cabelos líquidos, que flutuavam em volta da sua cabeça.

– O Conselho deliberou – disse com uma voz que lembrava o som de uma flauta, repetindo as palavras de praxe – e apresenta agora as suas decisões ao diretório da Aliança das Águas.

Fez uma breve pausa e então prosseguiu:

– Como já devem saber, o nosso irmão Aramon está morto. Antes de acabar nas mãos da Guilda, enviou-nos o seu último relatório sobre o que descobriu nos territórios da Terra da Noite. As suas palavras são bastante obscuras, escritas às pressas. Deixa entender que de fato existe uma aliança entre Dohor e a Guilda, coisa da qual já desconfiávamos.

Um murmúrio de espanto e preocupação serpenteou pela sala.

– Já por si a coisa é bastante preocupante, levando-se em conta o poder que a Guilda exerce sobre uma grande parte do Mundo Emerso. Fica ainda mais preocupante, no entanto, quando Aramon conta que ouviu falar de uma grande cerimônia que a seita estaria preparando, algo da maior importância mencionado por um Assassino com o qual o nosso homem entrara em contato. Na sua última mensagem, Aramon diz que o Assassino falava em "fim dos tempos" e em "advento de Thenaar"...

Quase todos tiveram reações de inquietação; Lonerin reparou que Ido nem se mexeu. Continuava sentado no seu lugar, com o único olho que lhe sobrava fixo em Dafne.

– Sabemos de viagens de Dohor à Terra da Noite, mas isso poderia não significar coisa alguma. Ao mesmo tempo, temos notícia de estranhos movimentos na Grande Terra, de buscas de livros nos mercados e nas bibliotecas por parte de homens de confiança de Dohor. Alguma coisa está para acontecer, e a repentina morte de Aramon só pode indicar que se trata de algo muito ruim.

Um pesado silêncio tomou conta da sala.

– Diante de sinais tão inquietantes, o Conselho decidiu que precisamos de uma investigação ainda mais profunda e aprimorada. Conforme sugestão do general Ido, as nossas próximas pesquisas deverão ter como objeto o coração da própria Guilda.

Desta vez Ido não ficou parado. Fez um sinal para Dafne que, na mesma hora, voltou a sentar. Então o gnomo se levantou e a sua voz rouca encheu a sala.

– Uma vez que a proposta foi minha, acho melhor eu mesmo falar a respeito. O nosso verdadeiro problema é a Guilda.

– Mas nenhum de nós sabe onde ela se esconde – observou alguém.

– É verdade, mas conhecemos a aparência com que ela se mostra às pessoas: aquele templo perdido no meio da Terra da Noite – rebateu prontamente Ido. – É ali que precisamos indagar. É ali que precisamos buscar as nossas respostas.

– Já fizemos isso, e não conseguimos nada – observou a mesma pessoa de antes.

– Vamos encarar a verdade, já faz muito tempo que estamos subestimando a Guilda – continuou Ido. – Ficamos ali, só olhando enquanto ela cuidava dos seus próprios negócios e se desenvolvia como um maldito câncer. Chegou a hora, no entanto, de cuidarmos do assunto com mais atenção.

– E o que propõe, então?

– Um plano em duas partes: procura da base secreta da Guilda e do jeito de lá entrar, e infiltração nas suas próprias fileiras.

– Com todo o respeito que o senhor merece, general – interrompeu um comandante, de um canto –, acredito que seja totalmente impossível alguém se infiltrar na Guilda. Trata-se de uma seita fechada, não aceitam pessoas vindas de fora.

– Há os Postulantes – interveio Lonerin.

Falara num impulso repentino, e sentiu um aperto no coração quando reparou que Ido olhava para ele.
— Como assim? — perguntou o general.
Lonerin ficou um momento indeciso enquanto a mão do mestre procurava animá-lo com seu calor.
— É uma coisa que só poucas pessoas conhecem. Quase sempre alguém como eu, da Terra da Noite, e mais alguns pobres coitados vencidos pelo desespero. Quando alguém quer pedir alguma coisa aos deuses, e já tentou tudo sem qualquer resultado, acaba recorrendo ao Deus Negro, a Thenaar, como é conhecido naquele lugar. Só que muitos daqueles que a ele se dirigem, nunca mais voltam.
O silêncio tornou-se ainda mais pesado.
— E então? Precisamos de mais um espião morto? E como vamos saber de alguma coisa, se os nossos forem capturados pela Guilda? — perguntou o mesmo comandante que contestara Ido.
— O general disse que o templo é a aparência, a parte visível da Guilda, certo? Pois bem, eu também acho.
— Isto é muito interessante... — disse Ido, e Lonerin sentiu-se lisonjeado. — O que está propondo, então... e como é mesmo o seu nome? — prosseguiu Ido.
— Lonerin, discípulo do mestre Folwar.
— Muito bem, Lonerin, qual é a sua proposta?
— Um homem que se apresente como Postulante no templo do Deus Negro. Os Postulantes participam das cerimônias da Guilda, pelo menos é o que contam na minha terra. Eles pegarão o homem e o levarão para o seu covil.
— Vamos supor que a Guilda pegue realmente os Postulantes — considerou Asthay, o conselheiro da Terra do Mar. — Quem nos garante que são de fato levados ao covil? E mesmo que isso aconteça, como podemos saber que não são mortos imediatamente. Seria um verdadeiro suicídio.
— Sei que não é assim. — Lonerin sentiu um suor frio cobrir como um véu sua testa.
— E posso saber como?
— Porque... porque conheci um Postulante e vi o seu... cadáver... depois... depois de algum tempo... muito tempo depois que entrara.

O homem calou-se, assim como o resto dos presentes.

— Não conheço nem quero conhecer os rituais deles, mas sei que os Postulantes permanecem vivos... pelo menos durante algum tempo. No prazo de um ano, no entanto, todos eles somem. Lá na minha terra... às vezes... encontramos os corpos. — Tentava não pensar no corpo no qual topara e cuja imagem ainda o enchia de cego terror.

Quem tomou novamente a palavra foi Ido:
— Pode ser que seja de fato um suicídio, mas estamos desesperados. Se for uma missão voluntária, não vejo nada de mau nela. Durante estes anos em que andei por inúmeros campos de batalha já vi coisa pior. Infelizmente, o risco faz parte do jogo.

Lonerin calou-se. Não queria dizer alguma coisa errada naquela altura. Deixar florescer a própria dor... o motivo pelo qual tinha escolhido o caminho da magia... não podia haver melhor ocasião.

Ido continuou:
— Eu mesmo iria, mas a minha cara é conhecida demais, e Dohor daria com prazer um braço ou uma perna desde que pudesse cortar-me aos pedaços com as suas próprias mãos. Eu de nada adiantaria. Precisamos de alguém que a Guilda ignore por completo, um rosto novo para Dohor e os seus. Um voluntário.

Ninguém piou, e Ido percorreu a sala com os olhos.

— Não é uma decisão fácil, sei muito bem disso, e portanto quero que pensem bem no assunto. Durante esta semana, no entanto, se alguém quiser assumir o ônus deste encargo, que venha falar com qualquer um dos membros do Conselho. A sessão está encerrada.

O mais difícil foi bater àquela porta. Lonerin já tinha visto Ido muitas vezes, em todas as reuniões do Conselho a que assistira, mas nunca tivera a coragem de aproximar-se nem de falar com ele. Suas pernas agora tremiam. Demorou mais uns instantes e então levantou o punho.

— Imagino que esteja procurando por mim.

Lonerin estremeceu e se virou de chofre. Ido estava bem atrás dele.

— Eu...

– Estava dando uma volta. Já fiquei muito tempo enfurnado embaixo da terra, na minha vida, e este palácio me deixa sem fôlego.
Passou diante de Lonerin, abriu a porta.
– Pode entrar. Já esperava que fosse você.
O aposento era um tanto despojado. Ido sentou-se atrás de uma mesa convidando Lonerin a pegar uma cadeira.
– Veio se oferecer como espião?
Lonerin anuiu.
– Conheço a Guilda melhor do que qualquer outro, por aqui.
Ido mostrou-se imediatamente interessado, apoiou os cotovelos na mesa e debruçou-se para o rapaz.
– Foi o que pensei. Conte-me tudo.
– Conheci um Postulante. Sei o que é preciso fazer. E também conheço o templo. Quer dizer, já estive lá.
– Por quê?
Lonerin ficou visivelmente constrangido.
– Devido àquele Postulante que conhecia... Pois é... era uma mulher, e me levava consigo até o dia em que a pegaram.
– E morrem mesmo, os Postulantes?
– Morrem.
– Como é que sabe?
Lonerin demorou um pouco, antes de responder.
– Há uma vala comum... não muito longe do templo... e é ali que os corpos... depois de algum tempo... mas depende...
Ido recostou-se na cadeira.
– Por que decidiu ir?
– Para ser útil! Até agora não fiz grande coisa e...
– Quem era o Postulante seu conhecido? – Ido perguntou de repente.
Lonerin ficou branco.
– A minha mãe – sussurrou.
Ido levantou-se e chegou perto da lareira.
– Não creio que você seja a pessoa mais indicada para a tarefa.
Lonerin virou-se.
– Por quê?
– Porque a sua mãe morreu por causa da Guilda.
– Isso não tem nada a ver!

– Você acha? Eu não diria isso. Não estamos precisando de um mártir nem de um vingador.
– Mas eu não...
Ido olhou para ele sorrindo.
– Escute aqui, Lonerin... você é jovem e cheio de loucas ideias sobre heroísmo, ainda mais fomentadas pela questão delicada da sua mãe, mas acredite em mim: não vale a pena morrer desse jeito.
Lonerin baixou a cabeça.
– Sim, claro, tudo isto tem a ver com a minha mãe, não poderia ser de outro jeito, mas de uma forma diferente do que todos vocês poderiam pensar. A tentação da vingança é algo que sem dúvida alguma está dentro de mim, mas faço o possível para lutar contra ela, desde sempre, desde quando tudo aconteceu. E, de fato, escolhi o caminho da magia, e coloquei-me ao serviço do mestre Folwar e deste Conselho. Acontece que agora acredito poder fazer algo mais, acho que posso transformar o que foi um marco terrível na minha vida em algo útil. Eu vi a minha mãe, naquele templo, vi os homens que a levaram embora, vi como tudo aquilo é feito, e poderei fazer de novo. Acredito que outras pessoas poderiam fazer o mesmo, desde que lhes ensinasse, mas por que não usar a mim diretamente, então? Quem melhor do que alguém que já viu e que poderia ter sucesso nessa tarefa?
Ido sorriu de novo.
– Você faz-me lembrar dos bons tempos... De tempos passados... de pessoas que amei...
Lonerin não desistiu.
– Só quero uma chance...
Ido suspirou.
– Amanhã iremos nos apresentar diante do Conselho. Não creio que terão motivos de queixa, mas de qualquer maneira procure ser tão convincente quanto foi comigo.
Sorriu de leve e piscou para ele.

E foi exatamente o que fez Lonerin. Repetiu diante do Conselho o que contara para Ido enquanto o seu mestre o observava com olhar indecifrável.

Quando sentou, Dafne ficou algum tempo olhando para ele.
— O que acha disto, Folwar? — perguntou afinal.
A voz rouca do mestre soou estranhamente segura.
— Já é um mago formado, e as suas capacidades mágicas são realmente notáveis. Faz um bom tempo, afinal, que trabalha para a Aliança das Águas, ajudando-me e cuidando de questões secundárias. É um dos poucos, entre nós, que já manteve contatos com a Guilda, e isto é uma boa coisa, e além do mais é um jovem muito determinado. Nada tenho a objetar contra a sua escolha, a não ser o receio provocado pela profunda afeição que sinto por ele.
Lonerin sorriu e o mestre retribuiu, com tristeza.
— E quanto a você, Ido?
Ido ficou algum tempo acariciando a barba com a mão.
— Acho que é a pessoa certa, pelo fato de já conhecer a Guilda e pelos motivos que o animam, que julguei muito nobres. Só nos resta esperar que leve a bom termo a façanha e volte vivo entre nós.
— Muito bem, Lonerin — Dafne disse lentamente —, já pode sair. Deixe que o Conselho tenha tempo de deliberar.
Lonerin saiu, fechando a porta atrás de si. Lá fora, a multidão de sempre, com Theana na primeira fila.
— É verdade?
Estava preocupada, de mãos juntas no peito, os olhos a ponto de chorar.
Lonerin não soube o que responder. Tinham compartilhado muitas coisas, naqueles anos de treinamento e estudo, e havia uma ligação entre eles, um vínculo que Theana certamente considerava algo mais que mera amizade. E mesmo assim ele nada lhe contara. Segurou-a delicadamente pelos ombros, levou-a para um canto afastado.
— É verdade — murmurou.
Theana começou imediatamente a chorar baixinho.
— Como pôde... e por que não me disse? Por quê?
Lonerin sentiu um aperto no coração.
— Eu...
— Já pensou que poderia não voltar? Hein, já pensou? E quanto a todo o ódio que sente por aquele lugar? Já pensou nisso?
— Não tem nada a ver, o ódio...

– E em mim, já pensou em mim? Oh, Lonerin...

Apoiou-se lentamente no seu peito e começou a soluçar como Lonerin nunca a vira fazer antes. Devagar, abafando os gemidos na fazenda da sua túnica. Era como se a jovem insegura se tivesse subitamente transformado numa mulher.

"É isso mesmo, que a dor faz. Já fez o mesmo comigo, alguns anos atrás."

Acariciou-a lentamente na cabeça, deu um delicado beijo em seus cabelos, mas ela não conseguia acalmar-se.

– Não quero morrer – murmurou Lonerin. – Não creia que eu tencione imolar-me. Só estou fazendo isso porque acredito em mim e nas minhas capacidades.

A porta escancarou-se de repente, e aquele breve momento de comunhão entre os dois jovens quebrou-se.

Lonerin olhou para dentro da sala, além da porta, e, logo que Dafne o chamou, entrou.

– Lonerin... – implorou Theana.

Ele beijou-lhe as mãos.

– Voltarei. – E foi ouvir o seu destino.

Partiu de Laodameia, a capital da Terra da Água, no dia seguinte.

– Ficarei aguardando os seus relatórios mágicos. Peço encarecidamente que sejam frequentes. Mas o que mais desejo, Lonerin, é que você não se perca. Aprovei a sua escolha pois espero que possa sair-se bem, e vivo, mas não pode perder o rumo, entende?

Lonerin olhara para Folwar, comovido.

– Não o farei, mestre, pode ter certeza de que não farei. O senhor ensinou-me o caminho.

No embrulho nos ombros, alguns mantimentos para a viagem, uma muda de roupa. Coisas que jogaria fora ao se aproximar do templo, para melhor desempenhar o seu papel. Num saquinho costurado por dentro do pano, apenas as pedras para as mensagens mágicas. E mais uma pequena coisa. Uma mecha de cabelos.

– Fique com ela – Theana dissera chorando. Havia cortado completamente a longa cabeleira. – Fiz uma promessa.

Lonerin ficara um tanto constrangido. Não estava preparado para aquela despedida.

– Eu...

– Leve-a com você, sentir-me-ei mais segura da sua volta.

Apertara-a com força na palma da mão. Tinha muito a perder se malograsse. Mais um motivo para não se deixar levar pelo desejo de vingança.

– Voltarei – disse com firmeza.

"Voltarei, e talvez haja algum futuro para nós."

Ela se jogou em seus braços e molhou a sua túnica de lágrimas. Lonerin apertara-a contra o peito.

Foi casto e doce, o beijo que ela deu em seus lábios. E ele deixara que acontecesse, confuso e lisonjeado, com o coração cheio dos mais estranhos sentimentos.

Voltava a pensar naquilo agora enquanto percorria as primeiras léguas da longa viagem rumo ao templo do Deus Negro.

"Voltarei, custe o que custar."

22
HOMICÍDIO NO BOSQUE
✦ ✦ ✦
O PASSADO VII

Dubhe e o Mestre assentam-se no sopé das Montanhas Negras. A capital da Terra dos Rochedos, Repthá, não está longe dali.

– Fica nas montanhas, e muito em breve iremos para lá. Se quisermos trabalhar, é ali que devemos procurar.

O Mestre já deve ter andado por aquelas bandas, pois sabe exatamente como se mexer no território, tanto que, logo que chegaram, não demoraram quase nada para encontrar um abrigo.

A sua nova morada está cavada na pedra, exatamente como as casas de Repthá, e provavelmente está desabitada há algum tempo, pois lá dentro só há uns poucos móveis bolorentos entre paredes desbotadas.

Dubhe observa tudo com atenção. Este novo lugar nada tem a ver com a casa de Selva, e dá-se conta de quanto se afastou do vilarejo e da antiga vida.

– Conto com você para cuidar deste refúgio – diz o Mestre, com frieza. – Afinal você é uma moça, e estas coisas cabem às mulheres.

– Não precisa se preocupar, confie em mim – diz Dubhe, ainda que no fundo do coração se arrependa de nunca ter obedecido à mãe quando lhe pedia para se dedicar mais às tarefas domésticas. Mas aprenderá e fará o possível.

Os primeiros tempos são duros e exaustivos. Dubhe tem de se esforçar muito para aguentar o novo ritmo de vida.

Quando acaba de tomar conta da casa, dedica-se ao treinamento até altas horas da madrugada. O Mestre começou a exigir muito dela, é inflexível e severo, e não se deixa comover de forma alguma.

– Isso não é uma brincadeira, você precisa se esforçar de verdade – diz repreendendo-a.

O sono nunca é suficiente, acordar de manhã é um drama. Dubhe procura ficar logo eficiente e ativa lavando-se com água fria, exatamente como fazia quando morava em Selva. Mas aqui tudo é diferente, inclusive o clima. Na Terra dos Rochedos o verão dura muito pouco e, depois de algumas violentas chuvaradas, o frio penetrante anuncia a chegada do outono. Dubhe, obviamente, não demora muito a adoecer.

O Mestre cuida dela com dedicação, mas sem jamais mostrar-se indulgente. Limita-se a fazer o estritamente necessário para que ela fique boa, nada mais do que isso.

– Nunca esteve nas montanhas antes? – pergunta enquanto prepara uma das suas compressas de ervas.

Dubhe sacode a cabeça, e a sombra de um sorriso passa pelo rosto do Mestre.

– Aqui não é a mesma coisa que no seu vilarejo, estamos bem alto e o inverno chega antes. Precisa aprender a se agasalhar e a evitar a friagem. De qualquer maneira, vai acabar se acostumando.

Quando Dubhe fica em condições de se levantar, o Mestre recomeça o treinamento e, logo a seguir, decide ir a Repthá, o palpitante coração da região, o melhor lugar, no seu entender, para encontrar trabalho.

Já faz um ano que Dohor não confia mais em Gahar, o rei da Terra dos Rochedos, e agora quer apossar-se definitivamente daquele território. Sendo assim, a capital tornou-se um lugar de intrigas e sub-reptícias maquinações, onde os assassinos prosperam.

A cidade não fica muito longe do abrigo deles, meio dia de marcha para chegar lá, e surge num vale estreito e escarpado logo depois de um desfiladeiro. Ao avistá-la, Dubhe repara que quase todas as casas são pintadas de vermelho vivo, mas que nos muros de algumas aparecem veios de cristal negro que só aqui, em todo o Mundo Emerso, se infiltra na pedra. Nas cercanias, com efeito, há uma mina que prosperou durante os anos do Tirano e que ainda continua sendo explorada. Nos dias de vento, levanta-se do solo uma poeira preta que fustiga as ruas da cidade e penetra por baixo das roupas. Quando isso acontece, as pessoas trancam-se em casa porque aquele pó muito fino faz mal à saúde. A paisagem torna-se então sinistra, o ar fica escuro e até o pôr-do-sol assume um tom cinzento.

Dubhe demora algum tempo antes de acostumar-se com todos aqueles gnomos que encontra. A primeira vez que os vê fica apavorada e se agarra na capa do Mestre. Ele a afasta sem qualquer cerimônia.

— Não seja criança. Enfrente os seus medos e procure vencê-los.

Também há Humanos, em Repthá, mas nas ruas veem-se principalmente esses homenzinhos baixos e atarracados, cheios de pelos e barbudos. As mulheres dos gnomos, por sua vez, não são tão horrorosas. Dubhe ainda não teve a chance de vê-las, mas contam que a sua aparência é bem diferente da dos machos e que não são tão truculentas quanto os seus companheiros. Dizem, aliás, que algumas delas são de fato muito bonitas.

À primeira vista, Dubhe acha Repthá imensa e estranha. Praticamente, até agora, ela só viu bosques e aldeias, e a cidade parece-lhe uma espécie de enorme floresta com casas em lugar de árvores. As habitações são tão numerosas que quase parecem amontoadas umas em cima das outras, e as ruas acabam sendo tortuosas vielas escuras.

Dubhe sente-se ao mesmo tempo atraída e apavorada. Percebe claramente o ar de complô e de intriga que se insinua naquelas vielas e chega até o palácio. Repthá é uma cidade só aparentemente tranquila e laboriosa, quanto a isto não há dúvida, e o fato de o Mestre ter proibido que ela vá ao palácio significa que deve haver um motivo muito preciso para tal.

— É o lugar onde a Guilda cuida dos seus negócios. Nós precisamos nos manter longe do paço, contentando-nos com trabalhos de menor importância.

Certo dia, Dubhe pergunta qual é a razão de todo aquele mistério, e o Mestre, embora a contragosto, fala da Guilda. Dubhe repara que toca no assunto com algum temor, e aquilo a deixa atônita. A história da Guilda é um complexo sistema de intrigas e rituais que estimulam a sua mais febril imaginação, ainda mais quando ela sabe que a verdadeira vida da Guilda é subterrânea.

— É lá que recebi o meu treinamento — conclui o Mestre, quase com descaso.

Dubhe olha para ele, subitamente com medo.

— E por que foi embora?

— Isso não interessa — ele responde bruscamente. Fica em silêncio por alguns segundos, mas depois prossegue: — A Guilda é um assunto do qual é melhor falar o mínimo possível, e que de qualquer forma não gosto de lembrar. Não são pessoas, são feras selvagens, os que estão lá dentro. Só estou lhe contando isso para que fique longe deles. Viver fora da Guilda não é nada fácil, os melhores trabalhos ficam sempre com ela. É preciso aprender a encontrar espaços nos quais infiltrar-se. É por isso que nós, sicários autônomos, somos tão poucos. Mas o que mais importa é não se meter nos negócios deles, não atravessar o seu caminho. Atrapalhar os seus planos significa morrer, da pior maneira possível.

Depois das primeiras viagens a Repthá, começa o verdadeiro trabalho, e para Dubhe as coisas mudam.

– Enquanto continuo a treiná-la, você será a minha assistente – diz certa noite o Mestre, e Dubhe acha que o coração vai estourar no seu peito. – Ficará ao meu lado durante as negociações de trabalho, cuidará das minhas armas e, quando estiver mais preparada, acompanhar-me-á no serviço. Você será a minha sombra.

As aulas com as armas começam logo no início do inverno. Por enquanto são aulas principalmente teóricas, e Dubhe acha-as quase enfadonhas. Como é feito um punhal, como pode ser consertado, e o mesmo no que diz respeito ao arco, às setas, às zarabatanas e a tudo o mais. Só se interessa pelos venenos. Muitas das plantas que o Mestre menciona em suas aulas, não só são velhas conhecidas de Dubhe como também ela sabe usá-las.

É fascinada pela botânica, gosta muito de destilar substâncias e misturá-las.

– De qualquer forma o veneno é uma arma para principiantes, mas uma vez que você tanto gosta...

Dubhe fica corada.

– Acho interessante...

– Então estude-o quanto quiser, na certa não vai fazer mal.

Dubhe está tão fascinada que o Mestre a presenteia com um livro encontrado em Repthá, e a garota devora-o, noite após noite, à luz de vela.

Depois das explicações sobre as armas, o Mestre começa a ensinar-lhe como usá-las e como cuidar delas, e a partir daí fica por conta de Dubhe deixar brilhando os punhais, trocar as cordas dos arcos e até fabricar as setas.

Absorve tudo como uma esponja. Compreende perfeitamente a importância da calma, do sangue-frio, e o nó doloroso que há tanto tempo aperta as suas entranhas pouco a pouco se afrouxa. O tempo das andanças sem meta, do medo, do abandono, talvez tenha chegado ao fim. Agora tem uma casa e, muito em breve, um trabalho.

É bem no meio do inverno que o Mestre, pela primeira vez, pede que ela mate de verdade.

Quando ele faz isso, Dhube estremece. Ainda lembra os olhos brancos de Gornar e percebe que está morrendo de medo. Mas no fundo, e ao mesmo tempo, também está excitada. Quer mostrar ao Mestre que aprendeu a lição, que não foi à toa que decidiu ir com ele. De alguma forma quer agradecer-lhe aquela estranha e silenciosa dedicação que sempre demonstrou ter por ela.

– Não precisa fazer essa cara – diz o Mestre, como se estivesse lendo os seus pensamentos. – Não estou pedindo que mate alguém. Estou falando de ir caçar, para aprender que um homem e um animal não são tão diferentes assim quando lutam para sobreviver.

De forma que Dubhe começa a ter familiaridade com o sangue. Estamos bem no meio do inverno, as montanhas estão cobertas de uma espessa camada de neve e o ar penetra na pele como uma lâmina gelada. Não há muitos animais andando por ali, e por isso mesmo a tarefa imposta pelo Mestre é ainda mais complicada.

No começo costumam sair juntos, quase sempre ao entardecer ou à noite, e quase sempre tudo se resume em procurar pegadas e em ficar cansativamente de tocaia, deitados no chão.

– Mestre, há muito poucos bichos para caçar...

– Se fosse fácil, nem mesmo lhe pediria para tentar. Não esqueça que este é um adestramento, Dubhe: é normal que seja demorado e cansativo.

A primeira presa de Dubhe é uma lebre. A jovenzinha acaba de aprender a manejar o arco e ainda não sabe mirar a contento, mesmo que o Mestre a tenha forçado a treinar por longas horas com um alvo atrás da casa. O arco é muito duro, e ela quase não consegue esticá-lo.

– Vai ser bom para os seus músculos – comenta o Mestre.

Para tornar mais mortíferas as suas flechadas e compensar a imprecisão da mira, Dubhe acostumou-se a molhar a ponta das setas com veneno.

– Só permito que faça isso porque é uma novata, entende? O veneno é a arte dos principiantes e dos covardes. É um método ao qual podemos recorrer somente quando todos os demais fracassaram ou não podem ser usados.

Dubhe leva algum tempo para ficar postada corretamente, atrapalha-se com as setas e só consegue armar o arco na segunda tentativa. A lebre levanta as orelhas, percebeu alguma coisa.

– Mexa-se, se não quiser que fuja – sussurra o Mestre.

Dubhe se esforça, mas não mira direito, a mão treme e o tiro acaba saindo fraco. Só acerta na lebre de raspão.

– Não se preocupe – diz o Mestre –, mesmo assim, já basta.

Dirige-se ao local onde a lebre estava e Dubhe vai atrás. O animal está lá. Recebeu um corte que avermelha a penugem da pata esquerda, mas mesmo assim é claro que está sofrendo.

Pela primeira vez, Dubhe tem a chance de constatar o efeito dos seus venenos, e a imagem da agonia daquele bichinho ficará para sempre na sua memória.

O Mestre percebe aquilo, pois sorri com amargura.

– Se tivesse treinado um pouco mais com a mira, não teria precisado do veneno e este animal teria morrido na hora.

A lebre é somente a primeira de uma longa série de presas. O medo inicial dilui-se lentamente no prazer da tocaia e da caça, o horror do sangue pouco a pouco desaparece sendo substituído pelo hábito.

Lá pelo fim do inverno o Mestre começa a levá-la consigo aos encontros com os clientes.

– Você é a minha assistente para o que der e vier, entende? E, portanto, deve me acompanhar. O ofício de assassino não consiste apenas em matar, mas também em saber procurar o serviço e negociar com quem o encomenda.

De forma que, mais ou menos uma vez por semana, Dubhe veste a capa e vai a Repthá com o Mestre. Os clientes são quase todos da cidade, e na maioria dos casos são pessoas de alguma forma ligadas a Dohor e ao seu mundo. Diante dos seus olhos desfilam pessoas desesperadas ou ambiciosas, apavoradas ou cheias de ódio, e Dubhe percebe que durante muito tempo só conheceu a segurança de Selva. Agora, ao contrário, está tocando com a mão o lado escuro do Mundo Emerso, um mundo que se apresenta caótico, maldoso e inseguro. É forçada a deixar para trás muitas das antigas certezas, o bem e o mal se confundem e tudo parece perder-se num louco remoinho.

O único porto seguro é ele, o Mestre.

– O nosso não é um trabalho com uma moral, Dubhe. Há regras, isto é claro, mas não há nem bem nem mal. Só existe a mera sobrevivência, há o punhal e o homem a ser morto. Ou isto ou a miséria, a nossa morte...

Dubhe ouve, guarda na memória.

– Seguro, decidido, é assim que é preciso mostrar-se ao cliente. Sem revelar o rosto, jamais. Um homicida é alguém que não existe, ninguém pode conhecer o seu semblante, nem mesmo as pessoas que ele vai matar. Nunca deixe transparecer qualquer forma de hesitação, e nunca aceite do cliente uma quantia inferior do que foi combinado. O preço é aquele e não dá margem a pechinchas. Somos pessoas que precisam inspirar medo, está claro? Só assim o cliente pode confiar.

O Mestre não está ensinando-lhe somente um ofício, está ensinando-lhe a viver.

Algumas vezes, no entanto, Dubhe quase não reconhece a si mesma. Tem a impressão de ter morrido e nascido de novo, vivendo duas vidas diferentes. O único, fraco, ponto de contato que a liga ao passado é Gornar, o menino que matou a menina que havia nela e fez nascer a assassina.

Mas Dubhe percebe que está de fato tendo a sua iniciação quando o Mestre a leva pela primeira vez consigo para um serviço.

Comunica-lhe isso certa noite, de repente.

– Amanhã vamos fazer um trabalho juntos. Já está na hora de você começar a ser realmente a minha assistente.

Dubhe fica com a colher parada no ar. Parece que seu coração parou.

– E então? O que há com você?
Ela procura manter-se firme.
– Nada, Mestre. Amanhã, então. Ótimo.
Mas na verdade, agora que superou a surpresa, acha que o coração vai explodir no seu peito. Chegou a hora de ver realmente como se trabalha, e o Mestre quer que ela seja nada menos do que a sua assistente. Sente-se ao mesmo tempo tomada por medo e orgulho.

Passa a noite inteira pensando nisso e se pergunta o que terá de fazer, qual será o seu papel.
Durante o dia continua tensa e capricha no polimento das armas, controla a corda do arco, até prepara os venenos.
A hora do almoço nunca demorou tanto, e quando finalmente chega, Dubhe está com o estômago embrulhado. Está emocionada.
– Coma. É aconselhável comer direito, antes de um serviço – diz o Mestre, olhando para ela.
Dubhe segura a colher e engole um pouco de sopa. Então toma coragem.
– O que terei de fazer, exatamente?
O Mestre sorri sarcástico.
– Está tão desejosa assim de matar?
– Não é isso... quer dizer...
Dubhe fica toda vermelha.
– Só irá me acompanhar e olhar. Acho que já progrediu bastante, seja nos exercícios de agilidade, seja na aprendizagem das várias técnicas. Já é hora de ver como se trabalha na prática.
Dubhe concorda com um sinal de cabeça. Percebe, com raiva, que está quase aliviada, afinal, *seria mesmo cedo demais*, diz a si mesma, sem muita convicção.
– Como vai acontecer?
– É uma cilada. Trata-se de umas poucas pessoas, não mais que duas ou três, que estão viajando para o sul. O caminho que tomaram vai passar pelo bosque, e é ali que vamos agir. Há um trecho bastante escuro e escondido, um lugar perfeito para nós. Ficaremos escondidos nas árvores e usarei o arco, só isto. O nosso homem deve chegar lá nas primeiras horas da tarde, e portanto já está quase na hora.
Dubhe já pode sentir a adrenalina.

A última precaução é um cauteloso controle das flechas. Quem as preparou foi Dubhe, mas o Mestre quer conferir. Revira-as nas mãos, Dubhe espera ansiosa pelo veredicto. Finalmente guarda-as uma depois da outra na aljava.

– Fez um bom trabalho, está de parabéns.

Dubhe enche-se de orgulho e quase esquece o medo.

Com tudo pronto e enfileirado na mesa, o Mestre senta no chão e pede a Dubhe para fazer o mesmo.

– É preciso concentrar-se, antes, deixar a mente completamente vazia: compaixão, medo, qualquer pensamento tem de desaparecer, só deixando espaço para a determinação do assassino. A coisa fundamental é tornar-se uma coisa só com a arma. Ser o arco e a seta, e não pensar em mais nada. O homem a ser morto não é uma pessoa, entende? Não é nada. Precisa olhar para ele como poderia olhar para um animal ou, até menos, um pedaço de madeira, uma pedra. Não pense nele, nos seus familiares ou em qualquer outra coisa. Já está morto.

Dubhe tenta. Conhece aquele exercício, já o praticou inúmeras vezes. Vê o Mestre sentado e procura imitá-lo. Mas a sua mente não se esvazia, está emocionada demais.

O Mestre abre finalmente os olhos, olha para ela. Está calmo. Chega até a sorrir.

– Não faz mal. Não é fácil conseguir da primeira vez.

Volta a ficar sério.

– Só desta vez, no entanto. – E ela anui.

Tomam posição numa árvore. O Mestre está ao seu lado, silencioso. Apenas respira, move-se muito pouco.

Tira três setas da aljava. É só mais uma precaução, Dubhe o sabe. Na realidade só vai precisar de uma. Se porventura errar, contudo, ainda terá a oportunidade de dar mais dois tiros. Finca de leve duas flechas na madeira, logo abaixo dele, e fica com outra na

mão. Testa primeiro a flexibilidade do arco. Acha-a plenamente satisfatória. Dubhe sente orgulho do seu trabalho.
Então ficam à espera. Agora ela também respira devagar, mas seu coração continua a bater acelerado. Talvez até o Mestre possa ouvi-lo.

Então, de surpresa, ele segura a mão dela e a encosta no próprio peito. Por uns instantes Dubhe fica ruborizada.
— Está ouvindo? — diz, como se não tivesse percebido nada.
— Está ouvindo o meu coração?
— Estou, Mestre.
— Está calmo. Quando você mata, não pode deixar-se levar pelas emoções. É um trabalho como outro qualquer. Só isto.
— Sim, Mestre. — Mas na verdade Dubhe não consegue realmente concentrar-se. Sente-se, antes, envolvida por aquele contato com o seu Mestre, um dos poucos, desde que se conhecem, pois ele é uma pessoa bastante esquiva. Quando o homem solta sua mão, Dubhe afasta-a apressadamente do seu peito, constrangida. Pensa no batimento calmo daquele coração e o compara com as ansiosas batidas do seu, de um coração que ela não consegue controlar.
— Concentre-se — murmura o Mestre. — Só preste atenção no bosque, nos seus ruídos. Ouça.
Dubhe concentra-se. Desta vez consegue. O coração se acalma, os sons à volta dela surgem nítidos.
Por isso mesmo ouve o tropel dos cavalos quando ainda estão longe. Pode medir suas passadas, percebe a reverberação de vozes que conversam distraidamente. Acaba, quase sem querer, imaginando os sujeitos. Os coitados não fazem a menor ideia do que espera por eles. Os últimos instantes de vida de um homem, e lá está ele, a conversar inutilmente. Uma risada, talvez a última.
Dubhe franze a testa, olha para o Mestre. A determinação dele não parece nem de longe tocada por este tipo de pensamentos. Sua mão está firme, a expressão concentrada. Com gesto elegante prepara a seta e retesa o arco.
Os ruídos são muito mais audíveis, agora, quebram a quietude outonal do bosque.

– Ah, queria que tivesse durado um pouco mais...
– Mas, amo, o senhor pode voltar quando quiser.
– A guerra está indo mal, Balak, francamente não creio que poderei dar-me a luxos como estes no futuro.
– Mas poderá pelo menos aparecer no casamento da sua irmã.
Planos. Planos destinados a nunca se realizarem, para um amanhã que nunca chegará, considera Dubhe.
As vozes continuam a cochichar, mas para ela os ruídos se amortecem, seus ouvidos estão zunindo.
O homem aparece entre as ramagens, ao longe. Dubhe mal consegue distinguir seu rosto. E então o tempo se expande ao infinito, e a percepção de um instante dilata-se até compreender a eternidade. O homem mexe-se devagar, como que num sonho, e Dubhe tem todo o tempo do mundo para observar o que acontece. Os dedos da mão direita do Mestre afrouxam-se de repente.
A corda que, zunindo, volta à posição de descanso quebra o encanto. E o estalo seco do arco confunde-se com o ganido de dor do homem, um estertor que já tem sabor de morte.
Dubhe, pasma, vê o homem levar inutilmente a mão à garganta, com o sangue a escorrer entre seus dedos, denso e vermelho. Ele tomba de lado, cai lentamente, e Dubhe não consegue tirar os olhos da cena. Acompanha a parábola da sua queda, assiste à breve agonia.
– Maldição! – grita um dos soldados da escolta, e logo a seguir ouve-se o barulho estridente da espada desembainhada.
A mão no ombro.
– Precisamos sair daqui, mexa-se.
O Mestre. Deixam-se cair da árvore com um pulo e recuperam imediatamente o equilíbrio. Fogem, correm pelo bosque como furões, sem que nada os detenha e sem que ninguém perceba a sua presença.
Fora da floresta, protegidos pelas capas, encaminham-se calmamente para casa. Não há mais nada a temer.
Está tudo acabado. O Mestre permanece calado, e Dubhe fica de novo atordoada. Acha que deveria sentir alguma coisa, mas não sabe ao certo o quê. Só consegue lembrar a voz do homem, as palavras fúteis que dizia logo antes de morrer.

À noite, na cama, volta a pensar no assunto. Lembra os elogios do Mestre pelo arco e pelas flechas, pensa no homem, em Gornar, em todos os mortos que já viu, em como é fácil matar alguém.

Vira-se na cama sem conseguir dormir. Mais uma vez sente-se confusa, perdida entre sentimentos e desejos opostos que a dilaceram.

Dubhe afunda o rosto na almofada e começa a chorar.

23
SANGUE SACRIFICAL

A viagem de volta foi uma verdadeira fuga. Dubhe procurou caminhar o mais rápido possível, deixando Toph para trás. Vez por outra o homem protestava irritado, mas ela não parava. Uma raiva obscura invadia seu peito. Já sentira o peso da culpa, toda vez que tinha matado, mas daquela vez era diferente. Talvez fosse porque se reconhecia naquela jovem que Toph assassinara com a maior leviandade ou talvez porque a Fera dentro dela se havia regozijado diante daquela cena.

– Quer andar mais devagar? Acalme-se, ora essa!

A voz de Toph dava-lhe nojo, aquele asco juntava-se ao que sentia por si mesma e pelo mundo inteiro, por aquela miserável Guilda que lhe tirara qualquer liberdade e autoestima, que dia a dia a empurrava cada vez mais para o fundo.

Sentiu-se segurar com força.

– Já lhe disse para não correr.

Teve de fazer um esforço para não pular em cima dele.

– Estão atrás de nós, seu idiota.

Toph apertou a presa até machucá-la, mas Dubhe mordeu os lábios para não gritar.

– Nunca mais se atreva a chamar-me assim, e ande mais devagar, pois não consigo acompanhá-la.

Dubhe controlou o seu afã de fugir dali, mas continuou a manter a cabeça teimosamente baixa. Nunca, na vida, tinha sido tão consciente da própria escravidão.

Estavam mais uma vez chegando aos arredores da Casa. Dubhe permanecera em silêncio por todo o caminho, e mesmo agora continuava calada. Avançava devagar, com passo lento e arrastado. A longa marcha deixara-a exausta. Uma fina nevasca tinha começado a cair.

— Não comentarei com ninguém o que aconteceu — murmurou Toph.

Dubhe virou-se, surpresa.

— O meu primeiro homicídio também não foi nada fácil... e embora você já tenha matado antes, pois é, uma coisa é fazer isso sozinha, e outra fazê-lo dentro de um plano maior, por Thenaar. E, além do mais, Rekla não lhe daria a poção... vi você na iniciação... quer dizer... deve ser uma sensação horrível.

— De fato.

— Rekla não perdoa, sei disso — continuou Toph. — Mas é um gênio, entende? Ela faz muito por Thenaar, pela sua glória.

O homem tirou do bolso a ampola com o sangue recolhido logo após o homicídio.

— Olhe.

A contragosto, Dubhe olhou. Não tinha a menor vontade de lembrar. Limitou-se a dar uma olhada de esguelha, mas logo entendeu. O sangue ainda estava líquido.

— Está vendo? — Toph agitou a ampola, e o sangue dançou dentro dela. — É aquela mistura verde que você viu antes, a mesma que usamos nas Noites da Falta ou na piscina aos pés da estátua de Thenaar. É uma fórmula de sua invenção que não deixa o sangue coagular. É graças a ela que o sangue recolhido conseguirá chegar até a piscina. Também pode ser um terrível veneno, se você quiser, pois faz com que a pessoa morra esvaindo-se em sangue.

Dubhe imaginou por um momento aquela morte terrível e apertou-se mais ainda dentro da capa. A sua mente de conhecedora das ervas despertou e procurou rapidamente lembrar as plantas que ela sabia possuírem propriedades anticoagulantes.

— E não é só isto. Quantos anos acha que a Rekla tem?

A pergunta pegou Dubhe de surpresa. Nunca tinha pensado nisso.

— Não sei... uns poucos anos mais do que eu, acho.

Toph sorriu.

— É mais velha do que eu... e, pelo que posso me lembrar, sempre foi como é agora... tampouco conheço a sua idade, mas é como... imutável.

Dubhe não soube o que dizer.

— Ninguém sabe ao certo como ela consegue, mas deve tratar-se certamente de uma das suas poções. Sei disso porque foi a minha

Monitora, assim como agora é a sua. E... acho que a vi. É um líquido azulado, que de vez em quando ela toma. E deve fazer um efeito bastante estranho. Talvez você não tenha reparado, mas às vezes ela some por algumas horas e, mais raramente, até por alguns dias. Vai ver que passa mal. Certa vez tive a oportunidade de vê-la durante um destes períodos, e juro que era... irreconhecível...

Dubhe assimilou e guardou imediatamente na memória aquela informação, que talvez pudesse ajudá-la no seu plano de fuga.

– Irreconhecível? Como assim?

De repente Toph pareceu ficar mais reticente.

– Só consegui ver de longe... mas estava curva, e a sua pele... era como se tivesse readquirido de uma hora para a outra os seus anos. Pois é, alguma coisa assim.

– Onde foi que a viu?

– Por que quer saber?

– Curiosidade... Afinal de contas é a minha mestra!

– Não muito longe da sala das piscinas, parecia estar fugindo à procura de um lugar afastado.

Era então, este, o caminho. Procurar a tal poção era o primeiro passo para a liberdade.

Dubhe parou, e Toph também.

A massa escura do templo erguia-se diante deles. Aparecera de repente, imensa e sombria, e suas portas de bronze reluziam vagamente no escuro.

Tinham chegado.

O pesado batente abriu-se e logo a seguir fechou-se lentamente atrás de Dubhe, e foi mais um mergulho no ar fechado que para ela já se tornara o cheiro da Guilda. A estátua fitava-a, carrancuda, do fundo do templo. Mas daquela vez havia mais alguma coisa.

Num dos bancos via-se uma pessoa, ajoelhada como de costume. Um Postulante. Dubhe lembrou imediatamente da mulher que vira da primeira vez que botara os pés naquele lugar, quando ainda pensava que poderia livrar-se da maldição simplesmente ameaçando Yeshol.

Enquanto avançava pela nave ao lado de Toph, teve tempo de olhar para aquela figura prostrada. Os ombros eram retos e de alguém jovem. Um leve movimento de agitação animava um dos seus pés, apoiados no chão negro do templo. As mãos juntas estavam manchadas do vermelho escuro do sangue coagulado. Tinha cumprido o ritual.

Murmurava alguma coisa em voz baixa, e Dubhe não conseguiu ouvir direito.

Só por um breve instante conseguiu ver o rosto enquanto ela e Toph se dirigiam para o fundo do templo.

Cabelos negros, sedosos, um rosto de adolescente forçado a crescer depressa e uma postura estranha, empertigada, como a de alguém que ainda não perdeu completamente a esperança.

Quando passou ao seu lado, o rapaz levantou levemente a cabeça, e os seus olhares se cruzaram. Profundos olhos verdes e umas tímidas sardas no rosto avermelhado, de camponês. Um olhar nem um pouco desesperado, mas sim vivo e decidido.

"O que é que alguém assim está fazendo aqui?", Dubhe ficou imaginando.

Então o jovem baixou os olhos e se entregou novamente à oração, e desta vez em voz mais alta, com um tom muito acalorado. Dubhe continuou a olhar para ele até chegarem aos pés da estátua de Thenaar.

Toph segurou-a pelo braço.

– E então? Está olhando o quê? É apenas um Perdedor, não é digno do seu interesse. Procure rezar, em vez disso.

Dubhe anuiu confusamente, ajoelhou-se e pensou em qualquer outra coisa enquanto o companheiro repetia a costumeira ladainha.

Afinal levantaram-se.

O rapaz continuava lá, na mesma posição de antes.

A vida reassumiu a monótona rotina de sempre. Toph cumpriu a promessa, e Rekla não soube de nada. No dia combinado, enquanto estavam no templo para a costumeira aula, a mulher tirou do corpete uma pequena ampola.

– A sua poção.

De forma que Dubhe não teve de enfrentar o sofrimento que lhe coubera quando desobedecera antes.

Aquilo não a desestimulou a seguir em frente com as investigações. Agora tinha um lugar onde procurar.

Começou botando no papel tudo o que sabia sobre a estrutura da Casa. Até aquele momento tinha agido sem levar em conta qualquer verdadeiro sistema, zanzando sem rumo certo à noite. Estava na hora de parar com as pesquisas aleatórias e de usar da melhor forma possível as suas capacidades.

Pegou o mapa que Rekla lhe entregara no primeiro dia.

Perto da Grande Sala, onde ficavam as piscinas, não havia indicação alguma. A casa iniciava e terminava naquele único e imenso andar que tinha diante dos olhos. E mesmo assim devia haver alguma coisa, talvez, uma porta secreta...

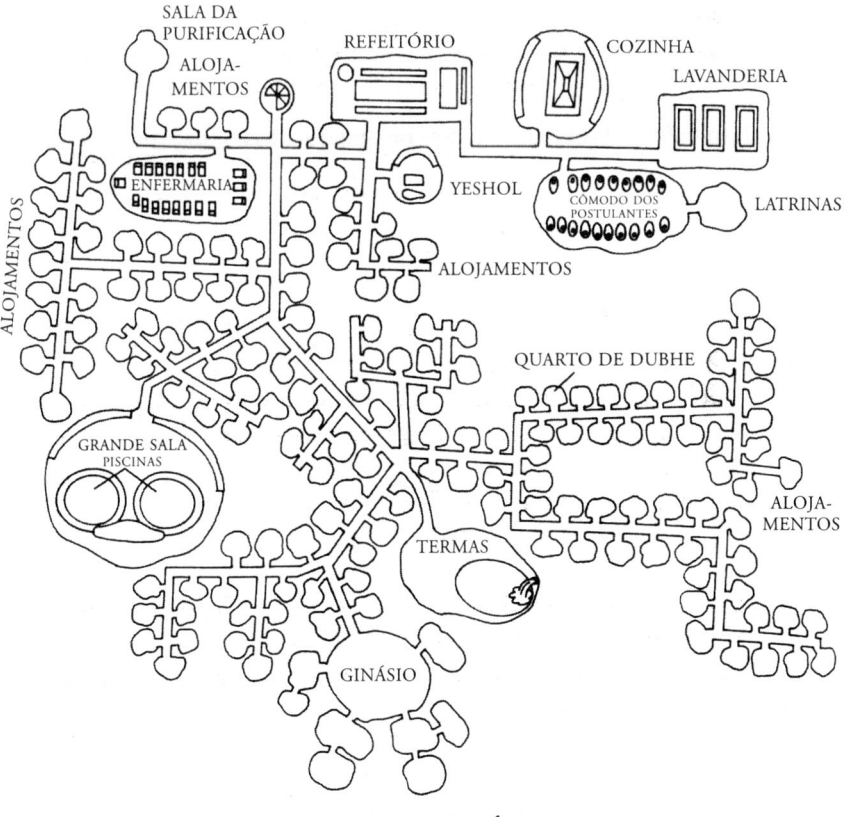

A CASA – 1º NÍVEL

No mapa não aparecia o laboratório de Rekla, prova evidente de que a planta era incompleta.

Havia portanto duas coisas a fazer: tentar descobrir o que tinha perto da Grande Sala, para onde Rekla fugia, e procurar o seu quarto. Provavelmente, aliás, as duas coisas estavam relacionadas.

Dubhe começou pela Grande Sala. Decidiu ir lá, pela primeira vez, de dia, logo depois do almoço.

Não havia muita gente. Alguém derramava o fruto do próprio trabalho nas piscinas, uns poucos outros se moviam ritmicamente ao som das orações, ao lado de uma das piscinas. Dubhe sentou-se num canto.

O teto devia ter pelo menos vinte metros de altura e estava cheio de estalactites. O piso era liso e nivelado, mas perto das bordas da gruta havia estalagmites contorcidas que pareciam levantar os braços para as irmãs que pendiam do teto. Ao longo das paredes existiam toscos assentos e foi ali mesmo que Dubhe se sentou.

Ninguém olhava para ela, mas de qualquer maneira achou mais prudente fingir que estava rezando, de forma que começou a salmodiar de olhos semifechados. Por baixo das pálpebras entreabertas, porém, continuava a estudar o ambiente.

A sala era quase completamente ocupada pelas piscinas, duas, de tamanho enorme. Eram ovais, e a estátua de Thenaar mergulhava um pé em cada uma delas. A imensa escultura quase chegava ao teto. Comparada com ela, a estátua de Aster parecia a de um anão, apesar de ser pelo menos três vezes maior do que o tamanho real de uma pessoa. As duas estátuas quase ficavam encostadas na parede, que por isso não era visível.

Qual seria precisamente o canto da sala ao qual Toph se referia?

Quem interrompeu o curso dos seus pensamentos foi a própria Rekla.

– Muito bem, fico contente em ver que está rezando.

Dubhe quase estremeceu. Sem qualquer motivo, sentiu-se como pega em flagrante.

– Então? Que cara é essa?

A jovem procurou recobrar a calma.

– Estava absorta, espero que me perdoe.

Rekla anuiu muito séria.

– Boa menina. Gostei. Os tempos estão chegando, e é muito bom que você reze.

– Que tempos?

– Vai saber quando a hora chegar. Agora, venha comigo.

Dubhe saiu da sala ainda lançando um último olhar indagador.

Voltou à noite, quando tudo era silêncio. Os corredores estavam quase completamente às escuras e cada passo parecia ribombar mil vezes nas paredes. Parecia-lhe que todos poderiam ouvi-la.

"Não se preocupe, não está fazendo nada de mau... está indo rezar na Sala, é uma coisa que os outros consideram louvável..."

Desta vez não se limitou a olhar para o aposento de um canto, examinou-o percorrendo-o de cima a baixo. Seguiu ao longo das paredes, flanqueou as piscinas. Com todo aquele cheiro de sangue, uma insuportável sensação de enjoo apertou sua garganta, fazendo-a cambalear e forçando-a a apoiar-se nos muros.

"Quer ou não quer sair daqui? Vamos lá!"

Prosseguiu, andando mais uma vez pelas bordas das piscinas, de um lado para outro, apesar do suor frio que lhe molhava as costas. Nada. Não havia qualquer outra passagem, as paredes eram perfeitamente lisas. Somente os três corredores, nada mais. Talvez não houvesse um verdadeiro motivo para que Rekla, com o efeito da poção já no fim, corresse para lá. Talvez, fanática como era, estivesse apenas procurando um lugar para rezar. Talvez o laboratório estivesse alhures.

Uma fisgada pegou Dubhe de surpresa. Levou a mão ao peito. Teve uma repentina tontura, depois mais uma fisgada, garras afiadas rasgando novamente seu peito. O coração falhou.

Agiu sem pensar, sem querer. Afastou-se automaticamente da piscina. O senso de opressão abrandou-se um pouco. Mas o mesmo não se deu com o terror cego. Só se haviam passado três dias desde que tomara a poção, por que a Fera já se erguia com tamanha força? Seria possível que Rekla lhe tivesse dado uma dose menor sem avisá-la?

Fechou os olhos, procurou acalmar-se.
"Está tudo bem."
E, de fato, a garra soltou a presa.

Por enquanto deu por encerrada a sua busca, voltando lentamente para o quarto tomando o mesmo cuidado da ida, mas quando se deitou levou algum tempo para cair no sono. A Fera estava adormecida, mas parecia-lhe insuportavelmente próxima.

Não muito tempo depois a Casa começou a animar-se de novo. Havia mais agitação pelos corredores, e Rekla parecia quase febril.
– Está na hora do sacrifício.
Só de ouvir aquela palavra, Dubhe sentiu um arrepio correr ao longo da espinha.
– Do que está falando? – perguntou titubeante.
– Há muito pouco sangue nas piscinas, penso que você reparou no outro dia, quando foi rezar.
Dubhe anuiu de leve.
– Chegou a hora de oferecer novo sangue a Thenaar, e precisamos escolher um Postulante. Desta vez caberá a Toph cumprir com o ritual. É uma grande honra. É a primeira vez.
As mãos de Dubhe começaram a agitar-se num imperceptível tremor. Desta vez não iria aguentar. Sentia-se farta de horrores, e já fora muito difícil realizar a missão com Toph.
– Está tremendo... – Rekla disse com desprezo. – Você ainda não é uma Vitoriosa, está bem longe disso... apesar de todo o empenho que estou dedicando à tarefa. Deveria estar vibrando de felicidade...
Dubhe baixou os olhos para o chão.
– Daqui a três dias teremos a lua nova, e a noite ficará completamente escura. Você assistirá então ao sacrifício e poderá entender.

Foram três dias infinitos. Dubhe rezava para que nunca acabassem, para que o tempo não tivesse mais fim, mas por mais que tentasse saborear cada instante, esticar ao máximo as horas, o tempo continuava passando rápido.
– Não está concentrada – dizia-lhe Sherva, franzindo a testa.

— Desculpe... — murmurava Dubhe, mas estava com a cabeça longe.

Sherva era o único com que tinha algum tipo de familiaridade, o único em que quase tivesse a impressão de poder confiar.

— O que vai acontecer na noite do novilúnio?

O homem sorriu amargamente.

— É isso? Então é por isso que não consegue concentrar-se?

Dubhe torceu as mãos.

— Precisa aprender comigo, se tudo isso lhe parece realmente tão insuportável. Tire da cabeça, apague. Esta casa, a gente que mora nela, até mesmo Thenaar, devem ser apenas os meios para você alcançar os seus fins.

Fins? Que fins? Será que ela já tinha tido algum objetivo, na vida? E qual seria ele, agora?

— Ora, se você também sente o mesmo ódio, por que continua aqui? — perguntou aflita.

— Porque tenho um propósito, na vida, e não há nada que não faria para realizá-lo. Quero superar os meus limites, tornar-me o melhor. Fui aonde havia guerra, e depois acompanhei os melhores mestres, até o momento em que fui capaz de matá-los. E quando tornei-me tão poderoso que ninguém, fora daqui, podia igualar-me, entrei na Guilda como Criança da Morte. Aqui há os melhores em absoluto, pessoas com as quais precisava confrontar-me. E pouco me importo com as suas atrocidades. São todas coisas alheias, fora de mim, sem a menor importância. E você, Dubhe, você que estremece o tempo todo e odeia este lugar, por que está aqui?

Dubhe olhou para o chão. Não sabia o que dizer. O que Sherva acabava de contar estava fora da sua capacidade de compreender e fez com que, de repente, ele se tornasse algo distante. Não, não era um fanático religioso, talvez fosse alguma coisa muito pior.

— E então?

— Para salvar a minha vida — disse de repente.

— Só pense nisto, então, e esqueça tudo o mais. Desde que tenha realmente certeza de querer viver. Você quer?

Dubhe fitou-o meio desnorteada.

— Claro...

Sherva sorriu.

— Não faz sentido continuarmos com a aula, por hoje. Volte ao seu quarto e pense no assunto.
Dirigiu-se à saída.
— Mas o que acontecerá, afinal, na noite do novilúnio?
A sua voz perdeu-se na sala vazia.

A lua nova chegou cedo demais.
— Hoje ficamos rezando durante a maior parte do dia, as demais atividades estão todas suspensas, até mesmo as nossas aulas — Rekla disse para ela, no refeitório.
Dubhe remexia na tigela à sua frente sem a menor vontade de tomar o leite.
— Vai ser esta noite?
— Vai.
O dia arrastou-se devagar, e Dubhe viveu todas aquelas horas quase num estado de transe.
Passaram a manhã inteira no templo, rezando. O jovem que chamara a sua atenção na tarde da sua volta havia desaparecido, talvez aceito entre os Postulantes ou, quem sabe, mandado embora. Os bancos estavam cheios de homens vestidos de preto, envolvidos em suas capas. Moviam-se todos como uma coisa só, balançando lentamente as cabeças no ritmo da oração. O mar de cabeças como escamas de um único corpo. A ladainha enchia o ar, densa, convidativa, deformando os contornos das coisas. Dubhe sentou-se ao lado de Rekla, como de costume.
— Reze — ela ordenou, e Dubhe obedeceu.
Toph não estava com os outros. Sentava ao lado de Yeshol, diante do altar.
— Está mostrando a sua gratidão pela importante tarefa com que foi agraciado e reza para que Thenaar lhe dê a força — murmurou Rekla.
No meio da tarde, a Guardiã dos Venenos entregou-lhe a preciosa ampola, desta vez mais cheia do que de costume.
Dubhe observou-a com ar interrogativo, segurando-a nas mãos.
— Vai precisar. A Fera adora os nossos ritos.
Rekla sorriu maldosa.

Dubhe apertou os dedos em volta da ampola. Destampou-a com mãos trêmulas, tomou avidamente o líquido até a última gota. A poção desceu gelada pela sua garganta.

— Siga-me.

Mais uma vez, tudo igual, como de manhã. Horas de interminável e monótona ladainha. Idênticos os corpos amontoados no templo, semelhante a posição de Yeshol e Toph, diante do altar, como se nunca tivessem saído de lá.

Então, de repente, a multidão levantou-se.

— Mexa-se, vai ser na Grande Sala — apressou-a Rekla.

Dubhe juntou-se ao cortejo das pessoas que avançavam, todas na mesma direção, pelos corredores úmidos da Casa.

A Grande Sala apareceu diante dos seus olhos imensa e ameaçadora. Havia no ar um cheiro penetrante de incenso que a deixou logo mareada, e ela começou a suar devido ao calor daqueles corpos apinhados e dos braseiros colocados nos cantos do salão para iluminá-lo. Acima de cada braseiro fora montado um quebra-luz de fino pano vermelho, de forma que a sala, as pessoas amontoadas e tudo o mais assumiam uma sinistra coloração de sangue.

Rekla segurava com firmeza seu braço. Levou-a até as primeiras fileiras, de onde poderia ver melhor.

À frente das piscinas, sentado numa espécie de trono de ébano, estava Yeshol, absorto. O clamor era ensurdecedor. Eram vozes excitadas, alegres, cheias de expectativa.

Então Yeshol levantou-se e fez-se um silêncio repentino.

— Após longas noites de espera, chegou mais uma vez o momento do sacrifício. Os últimos meses foram bons, para nós. A volta de uma irmã por muito tempo perdida, muitos novos negócios para a Guilda, muito sangue. Dia a dia aproxima-se a hora em que o arauto de Thenaar voltará para nos indicar o caminho.

Fez uma pausa teatral e todos, até mesmo Dubhe, seguraram a respiração.

— O sacrifício desta noite será com este fim: como agradecimento a Thenaar por não nos ter abandonado durante os longos anos do exílio e por nos ter finalmente concedido a oportunidade de renascer. Rezamos a ele para que continue nos concedendo o seu

favor, para que nos ajude a dar o último passo que ainda nos separa da vitória final, para que a sua glória finalmente resplandeça.
Então calou-se e voltou a sentar-se.
De algum lugar que Dubhe não conseguiu claramente identificar apareceram os dois gigantes que haviam oficiado a cerimônia da sua iniciação. Traziam com eles um homem, carregando-o nos braços. Dubhe o reconheceu. Já o vira nas fileiras dos Postulantes. O sujeito vestia uma túnica imaculada e seu corpo estava completamente abandonado nas mãos dos dois homens. Seus pés roçavam no chão, sua cabeça balouçava a cada passo. Não estava, no entanto, totalmente inconsciente. Sua boca mexia-se devagar, como a resmungar alguma coisa, e mantinha os olhos entreabertos.
Logo atrás do homem vinha Toph, segurando um longo punhal preto nas mãos.
Dubhe compreendeu. Baixou a cabeça, mas Rekla segurou seu queixo e forçou-a a olhar.
– É um grande momento. Observe e reze.
O grupo continuou avançando, até parar diante das duas piscinas. Toph deteve-se, ajoelhou-se na frente de Yeshol.
– Sê bendito por Thenaar, que te escolheu para esta grande tarefa – disse o Supremo Guarda com voz solene –, e que a sua mão seja o teu guia neste sacrifício.
Toph levantou-se de novo e ficou de costas para a multidão. Yeshol retirou-se para um canto e começou a dirigir a oração.
Desta vez foi bastante diferente da reza da manhã e da tarde. As vozes levantaram-se muito alto e trovejaram enquanto a excitação tomava conta de toda a assembleia.
Duas correntes pendiam de uma das mãos da estátua de Thenaar. Os dois homens arrastaram o Postulante até ali e, com os pés já mergulhados no sangue da piscina, prenderam-no aos grilhões. O homem não se rebelou. Com mansa passividade deixou que os dois gigantes fizessem o que queriam com ele. Seus lábios continuavam a mexer-se sem parar, sua cabeça permanecia baixa, vencida por um cansaço extremo. Nem olhou à sua volta, limitando-se a ficar absorto no seu estupor.
Dubhe voltou a pensar no jovem que vira no templo, em seus olhos vivazes, na sua aparência segura. Imaginou-o no lugar daquele

homem, e num clarão viu a si mesma presa à estátua, e a Fera diante dela, pronta a devorá-la.
   Sua cabeça rodava, quase perdeu os sentidos, mas a mão firme de Rekla que segurava seu braço a impediu que caísse.
   – Solte-me... – murmurou.
   A Monitora apertou mais ainda, até fazer-lhe mal.
   – Veja, veja o triunfo de Thenaar!
   A oração ressoou cada vez mais alto, naquela altura quase uma gritaria selvagem. O homem estava só, aos pés da estátua. Toph começou a aproximar-se dele, devagar, o punhal entre as mãos. O mesmo ar de empáfia que sempre marcava seu rosto transformara-se numa louca exultação, numa segurança que beirava o delírio.
   Infligiu o golpe no peito. Um golpe de mestre, de verdadeiro assassino. O homem tombou sem qualquer gemido. Só levantou a cabeça, com uma expressão atônita estampada no rosto. Por um instante tudo parou. O sangue que manchava o metal afiado, o punhal, as vozes. Quando Toph retirou a lâmina, a multidão explodiu junto com o sangue, que começou a jorrar, caindo na piscina.
   Foi um delírio. Em volta dela todos gritavam de alegria, e Rekla soltou a presa, para juntar-se ao júbilo do resto da assembleia. E Dubhe pôde ouvir com clareza a Fera que se movia em uníssono com a multidão, e seus olhos não conseguiam desgrudar-se daquele espetáculo repulsivo e atraente ao mesmo tempo. Sentia o chamado do sangue, o horror daquilo tudo e muita pena por um homem morto sem qualquer motivo.
   O que venceu foi provavelmente o medo da Fera, pois num derradeiro impulso Dubhe encontrou forças para levantar os pés do chão, dar as costas e entregar-se a uma fuga enlouquecida. Tropeçou nos corpos jubilosos dos presentes, afastou-os de si com raiva e desespero, até conseguir alcançar a porta da sala. Correu mais e mais, até meter-se num corredor sem saída, e acabou se chocando com mais uma estátua de Thenaar, uma das muitas espalhadas pela Casa.
   A careta malévola era só para ela. Era o sorriso abusado e arrogante do vencedor.
   Dubhe caiu de joelhos e se entregou a um choro desenfreado.

24
O DIA DE UM POSTULANTE

Quando Lonerin se ofereceu a Ido como voluntário para a missão, sabia muito bem o que estava fazendo.

Agora já não estava tão certo. Havia momentos em que o desejo de vingança, que por muitos anos conseguira manter sob controle, emergia irreprimível, pincelando de luz sinistra toda a missão. Em outras ocasiões, por sua vez, achava que nada poderia jamais voltar a ser como era antes, porque já muitos anos tinham passado, pois os ensinamentos do mestre Folwar foram bem aproveitados, porque agora havia Theana. E, finalmente, às vezes, quando menos esperava, surgia clara na sua mente a ideia de morrer, uma ideia com a qual nunca soubera lidar. Implacável, voltava-lhe à memória a única imagem que tinha da morte, aquele corpo torturado jogado na vala comum, junto com os demais. Aconteceria o mesmo com ele? E não seria, aquele, o seu desejo inconsciente, sempre presente, desde que a mãe tomara a decisão que iria mudar a sua vida?

A jornada através da natureza adormecida da Terra da Água, e depois rumo ao deserto da Grande Terra e, mais além, na escuridão eterna da Terra da Noite, transformava-se pouco a pouco numa viagem no tempo. Era como voltar a ser criança, lembrando coisas que desde há muito pareciam esquecidas.

Ao chegar à Terra da Noite, tudo ficou de fato mais nítido e insuportável. Era a sua terra, mas fazia muito tempo que já não morava lá. Logo depois da morte da mãe, fora enviado para a casa de parentes, uns lavradores que moravam mais para o norte, na Terra do Mar. Estava com oito anos, e desde então nunca voltara a pisar na aldeia natal.

O ocaso surpreendeu-o de repente. Estava viajando perdido em seus pensamentos e, ao levantar os olhos da estrada, viu o sol se pondo sobre o último trecho da planície.

Um homem nunca visto, que só dois dias antes se apresentou como seu tio, agora leva-o embora no coche. Lonerin nunca viu o sol na vida ou, se o fez, era jovem demais para se lembrar. Com os olhos embaçados de pranto vê um disco de um vermelho ofuscante levantar-se penosamente acima de um panorama de desolação.

– Pare de choramingar, está realmente com saudade daquela sua maldita terra escura? Espere só para ver a Terra do Mar! O mar é a coisa mais linda do mundo.

Como explicar que não se trata de saudade, que não sente falta nem do lugar nem da sua eterna noite? É, antes, raiva. E dor por ter de abandonar o lugar onde a sua mãe morreu, sem ter tido qualquer possibilidade de vingá-la.

E enquanto isso, o sol surge implacável e fere seus olhos, tanto que é forçado a fechá-los. Mesmo através das pálpebras, aquela luz invasiva consegue abrir caminho, e tudo fica vermelho de sangue enquanto o calor queima seu rosto.

Lonerin procurou não se deixar distrair pelas lembranças e, em vez disso, criou ânimo enquanto a escuridão o envolvia como um velho cobertor. De alguma forma, era tranquilizador, como finalmente voltar de fato para casa. Mas uma verdadeira casa já não existia, Lonerin sabia muito bem, e no seu lugar havia um novelo de raiva que lentamente ia tomando forma na sua consciência.

Lembrava perfeitamente o caminho para o templo.

– Para onde estamos indo?
À sua volta, a vegetação rasteira e as frutas luminescentes daquela terra. Uma mulher segura sua mão, a mulher à qual a mãe o confiou muitos dias antes, sem dar muitas explicações.

— *Para o templo do Deus Negro.*
Lonerin ouvira os amiguinhos falarem a respeito. É um nome que, por si só, tem o poder de assustá-lo.
— *Por quê?*
A mulher hesita.
— *Para mostrar à sua mãe que o sacrifício já não é necessário.*
Lonerin não entende, mas não faz mais perguntas.
— *Só espero que não seja tarde demais* — *acrescenta a mulher, com voz trêmula.*

Enquanto avançava, Lonerin pensava na mãe. Os anos que haviam carcomido a sua figura, as imagens que agora se mostravam confusas. Era uma bonita mulher, morena como ele, mas as lembranças surgiam sem clareza. E ele sofria com aquilo. Sempre sentira a sua falta, desde o primeiro dia, aquele em que, ainda doente, tinha sido levado para a casa da amiga. Sempre fora um grande vazio na sua vida. Mas seguira em frente, tornara-se um bom mago, até um conspirador, uma pessoa com grandiosas ideias de liberdade e com uma coragem fora do comum. Era assim que Theana o descrevia, era assim que muitos o viam. Uma imagem na qual ele não conseguia se reconhecer.

Lonerin imaginou aquela mulher, da qual não conseguia lembrar com clareza o rosto, percorrendo aquele mesmo caminho, movida por uma determinação infinitamente maior do que a dele. Uma mulher sozinha no meio de toda aquela escuridão, que caminhava conscientemente para a morte.

Durante algum tempo chegara quase a odiá-la. Por que fora embora, por que o forçara a receber aquele presente desmedido e terrível, a sua vida em troca da dele? Não teria sido melhor ela ficar, quem sabe até vê-lo morrer, mas sem abandoná-lo?

Havia sido um período relativamente breve. O ódio pela Guilda era muito mais duradouro, superava qualquer outra coisa. Mesmo agora continuava a senti-lo pulsar.

Finalmente os contornos do templo começaram a surgir no horizonte. Erguia-se num local plano e desolado, e era, portanto, fácil avistá-lo. Lonerin podia jurar que era algo proposital. Queria ser visto de longe, parecendo, mesmo assim, inalcançável. Um Postulante devia aproximar-se daquele lugar de morte como de uma nascente de água pura, precisava desejar alcançá-lo a qualquer custo e padecer antes de conseguir. De forma que, lá chegando, qualquer resistência remanescente, qualquer sombra de dúvida fosse esquecida.

– *Onde está mamãe?*
A mulher ao seu lado estica o pescoço, olha em volta. O templo está vazio, a não ser por duas pessoas que balançam, dobradas em cima dos bancos.
– *Onde?*
Depois daquela longa viagem, Lonerin quer vê-la logo. E além do mais aquele lugar é sombrio, horrível, e a estátua no fundo da nave é maldosa.
Aproximam-se dos bancos, a mulher olha para os homens ajoelhados. Lonerin faz o mesmo.
Estão concentrados, seus rostos parecem incrivelmente semelhantes. Os olhos fechados, a boca que resmunga alguma monótona oração que ele não entende, as mãos juntas a sustentar a testa, manchadas de sangue. Há alguma coisa neles que escapa à sua compreensão, que o deixa impressionado. Não é somente o sangue. É mais a atitude, seus rostos sem expressão. Parecem fantasmas, almas penadas que o amedrontam.
A mulher apoia a mão no ombro de um deles.
– *Viram por acaso uma mulher morena, um tanto magra, nativa destas terras? Tem olhos verdes, uns vinte e cinco anos, usava um vestido azul-celeste.*
O homem nem levanta a cabeça e, embora a mulher continue a sacudi-lo, fica impassível no seu lugar, rezando, como se nada existisse além da sua oração.
A mulher tenta com outro, depois começa a gritar, mas por maior que seja a sua algazarra ninguém parece escutá-la.
Finalmente chegam os homens de preto.
– *Este é um lugar de oração, mulher. Suma daqui.*
Ela repete a pergunta já feita aos dois fantasmas. Riem na cara dela.
– *Não há qualquer mulher como essa.*

– *Mas não pode ser, ela me disse que viria para cá, e eu mesma a vi seguir por este caminho...*
– *Se quiser rezar, fique. Se não, vá embora.* – *Escorraçam-nos de mau jeito, e Lonerin continua chorando e chama pela mãe. Talvez esteja perto, talvez possa ouvir.*
– *Digam para ela que o filho ficou bom! Digam-lhe que já não precisa sacrificar-se aqui!*
As portas fecham-se implacáveis sobre estas palavras.

Lonerin parou não muito longe da porta do templo. Sentou no chão. Fechou os olhos e levou instintivamente as mãos à pequena sacola com os cabelos de Theana. Havia pensado muito nela, naqueles últimos dias. Nunca lhe acontecera antes. Estudaram juntos, ficaram muito amigos e Lonerin sabia muito bem que a jovem tinha uma queda por ele. Nunca acreditara poder retribuir. Simplesmente porque estudar, tornar-se um bom mago, lutar pelo Conselho das Águas pareciam-lhe coisas infinitamente mais importantes do que ela. Mas desde o momento do beijo alguma coisa havia mudado, e de repente Theana passara a parecer-lhe a única coisa concreta e palpável que ainda lhe restara.

Apertou a sacolinha, sentiu a dureza dos seixos que iria usar nas magias, mas principalmente o volume macio dos cabelos dela.

Estava pronto?

Sim, estava. Não o bastante, mas aquela era uma coisa para a qual ninguém podia jamais se considerar realmente preparado.

Estava pronto para a morte também?

A imagem do corpo torturado encheu a sua mente.

Maldição! Sim, sim, se fosse necessário estava pronto até a morrer.

E a sobreviver? Estava preparado a sobreviver e a voltar para Theana?

Levantou-se, ficou de pé diante do portal. Pareceu-lhe ouvir o eco das palavras que a amiga da mãe proferira contra aquela porta fechada. Ali, parado diante daqueles batentes, encontrou a resposta que procurava. Não profanaria o antigo sacrifício da mãe. Faria o que tinha de fazer, para em seguida sair dali são e salvo.

Empurrou com algum esforço a porta, e a escuridão do interior, mais profunda e densa que o breu do lado de fora, engoliu-o.

Era tudo exatamente igual a como se lembrava. Os bancos poeirentos, a estátua com o seu insuportável esgar malévolo, o cortejo de outras estátuas monstruosas nos nichos laterais.

Thenaar. Lá estava o deus que comera a vida da sua mãe e, com ela, a vida de milhares de outras pessoas.

Avançou com decisão ao longo da nave. O coração parecia querer estourar no seu peito.

Aproximou-se de uma coluna e esfregou a mão nela. As asperezas do cristal negro rasgaram-lhe a pele na mesma hora. Eram tão afiadas que no começo os cortes nem mesmo doeram. A dor chegou depois, junto com o sangue.

Insistiu e passou novamente a mão ferida na coluna, cerrando os dentes. Retirou então a mão e a apertou. Algumas gotas de sangue caíram no chão.

Com a mais absoluta calma sentou num dos bancos, logo embaixo da estátua, mantendo a cabeça baixa.

Juntou mentalmente as ideias. Agora vinha a parte mais difícil. Permanecer ali, rezando, por muito tempo, sem comer, entregando-se à ladainha da oração. Tinha de transformar-se em fantasma, como as imagens que guardava na memória dos homens dentro do templo, mas ao mesmo tempo precisava continuar ciente de si mesmo apesar das privações, devia manter a consciência da sua missão e do seu propósito.

Ajoelhou-se com extrema lentidão. A tábua do genuflexório, por baixo do banco, era dura, e não demorou para que seus joelhos ficassem doloridos. Preferiu afastar o pensamento e, em lugar disso, juntou as mãos ainda sangrentas diante do rosto. O cheiro do sangue penetrou em suas narinas. Apoiou a testa nas mãos e começou a salmodiar o seu pedido. O jogo começara.

Fora uma longa espera, muito mais do que ele imaginara. No primeiro dia ninguém apareceu. No templo só ressoava o estrídulo uivar do vento. As lembranças afloravam na sua mente, confusas, fragmentárias.

Lençóis brancos, tão brancos que feriam os olhos. Um quarto que tinha a incômoda e estranha tendência de redemoinhar sem parar diante dos seus olhos, deixando-o enjoado. Uma voz.

— Vamos lá, minha criança, ânimo... não se preocupe... vai passar... vai passar...

Escuridão, ainda a voz da mãe, preocupada, agitada, e a de outra mulher.
— Não pode ser... não pode!
— Acontece muito, com as crianças... você sabe...
— Mas não com ele! Com o meu filho não!

Uma nova casa, maior, e a simpática vizinha que olha para ele, preocupada. Mais escuridão e mais vozes no delírio da febre.
— É uma loucura, as pessoas não voltam, Gadara!
— Mas ele está morrendo! É uma coisa que não posso suportar!
— Quem sabe outro sacerdote ou um mago...
— Não tem cura, você sabe disso.
— Alguns sobrevivem e se recobram... não perca as esperanças...
— A esperança não basta. Darei a minha vida, e o Deus Negro o salvará.

No segundo dia alguém apareceu no templo, de manhã. Lonerin reconheceu-os logo: eram Assassinos. Seu coração deu um pulo, e esperou que as coisas se ajeitassem, que depois de uma espera tão curta já tivessem decidido aceitá-lo. Os dois, no entanto, seguiram em frente sem parar.

Lonerin olhou para eles de relance. Eram um homem e uma jovem mulher. O sujeito ignorou-o por completo, mas ela era diferente. Fitou-o por um momento, e Lonerin ficou surpreso ao descobrir naqueles olhos muita compaixão.

Devia ter uns dois anos menos que ele, mas seu rosto de jovem mulher tinha uma estranha expressão adulta. Era graciosa, embora magra e não muito alta, e estava triste, Lonerin logo percebeu.

Não tivera a oportunidade de encontrar muitos Assassinos na vida, eram esquivos e camaleônicos, davam o bote e logo desapareciam, mas pelo que ouvira contar deles formara uma ideia bastante precisa acerca de como deviam ser.

Enquanto o homem correspondia com perfeição àquela imagem mental, ela destoava.

A partir do segundo dia, a noção do tempo começou a ficar confusa. A sede queimava a garganta, a fome dilacerava as entranhas, os joelhos estavam doloridos e em chagas. De vez em quando dormitava, sentado no banco, mas acordava sobressaltado, para continuar com a encenação. Sentia-se evanescente, como se estivesse começando a derreter-se no ar.
Mamãe aguentou, e aguentou tudo por mim. Eu também preciso aguentar.

Finalmente um homem apareceu. Vestido de preto, como todos os demais. Aproximou-se com cuidado, fitando-o com desprezo.
– Levante-se.
A ordem pareceu chegar de muito longe, mas Lonerin ainda estava suficientemente consciente para entender a delicadeza da situação.
Prostrou-se, exausto, no banco. Seus joelhos não queriam de forma alguma relaxar.
– Por que está aqui?
Lonerin teve de se esforçar para conseguir articular palavras audíveis e dignas de sentido.
– Para implorar ao Deus Negro.
– O nome dele é Thenaar, seu insensato.
– Thenaar – repetiu Lonerin.
– Há muitos deuses, o que o levou a vir para cá?
Lonerin tinha dificuldade para juntar as ideias e levou algum tempo antes de responder.
– Porque Thenaar é o mais poderoso, e só ele pode... satisfazer o meu... o meu pedido.
O homem anuiu.
– E qual seria esse pedido?
Lonerin concentrou-se para não esquecer onde estava. A mentira quase se havia perdido no sofrimento daqueles dias.

– Minha irmã...
– Sua irmã o quê?
– Está mal... muito mal...
Esta era a mentira que tinha preparado.
– Qual é a doença?
Lonerin teve de pensar no assunto. Era uma coisa de que não se lembrava.
– Febre vermelha.
Uma prepotente lembrança invadiu a sua mente.

Está na cama, deitado. Respira com dificuldade, mas está consciente e olha para o teto. Vez por outra uma mulher idosa entra no seu campo visual. Quando desaparece, começa a falar:
– *É febre vermelha.*
– *Não pode ser...*
A mãe.
– *Deve ter pegado de outra criança. É grave, está perdendo muito sangue.*
– Quais são as condições dela?
– Está morrendo.

– Se continuar assim, dentro de um mês vai morrer.
Um silêncio atônito da mãe.

– Um caso desesperado...
– Thenaar pode... eu sei... rezei... supliquei... ele...
As lágrimas encheram seus olhos. Lágrimas pelo passado, por sua mãe. Na certa, devia ter dito as mesmas palavras.
O homem sacou um pano preto.
– Então console-se, pois Thenaar respondeu. Você virá para a Casa e esperará a vez do seu sacrifício. Então Thenaar concederá o que está pedindo.
– Obrigado... obrigado... – murmurou Lonerin enquanto o homem rudemente o vendava.

Como em sonho, sentiu-se levantar-se pelas axilas. Não se aguentava de pé, e o homem teve de ajudá-lo. Mandou-o rodar sobre si mesmo algumas vezes, depois levou-o para algum lugar, mas Lonerin estava esgotado demais para conseguir entender em que direção iam.

No começo, foi guiado principalmente pelos cheiros e pelos sons. Fumaça, umidade, odor de comida: uma mistura de sensações que o deixavam zonzo e lhe embrulhavam o estômago, e em seguida ruídos de panelas, murmúrios e vozes claras.

– Temos mais um. Façam com que se recupere, como sempre.

Mantiveram a venda nos seus olhos por mais algum tempo, levaram-no por corredores escuros e bolorentos. Quando tiraram o pano, ele não conseguia abrir os olhos. Alguém o segurava, uma figura da qual não conseguia distinguir o rosto.

– Ânimo, já estamos chegando.

Alcançaram finalmente uma ampla sala com muitos estrados no chão. Não passavam de palha com alguns trapos como cobertores. O acompanhante indicou-lhe um espaço desocupado e o mandou sentar.

Lonerin suspirou de prazer, depois levantou os olhos para o acompanhante. Era um velho esquálido e imundo, com o rosto marcado por uma longa cicatriz.

Com um sorriso triste, entregou-lhe um pão quentinho e um bom pedaço de queijo. Lonerin assaltou-os, esfomeado. Com poucas mordidas acabou com eles. O velho ofereceu-lhe uma jarra de água que o jovem tomou com avidez.

– Agora descanse. Faz jus a dois dias de resguardo, depois terá de trabalhar.

Lonerin anuiu.

Os passos do velho que se afastava ainda ecoavam no ar quando o jovem já caíra no sono.

Foi exatamente como lhe disseram. Descansou dois dias no quarto comum, dormindo e se alimentando. As refeições eram um tanto escassas, mas suficientes para fazer com que se recuperasse.

Quem lhe trazia a comida era sempre o velho. Nunca trocara mais que umas poucas palavras e alguns confusos sorrisos, pois os Postulantes não pareciam ter qualquer vontade de conversar uns com os outros. Saíam do dormitório muito cedo, voltavam bastante tarde, e sempre acompanhados pelo mesmo homem que viera buscá-lo no templo.

Também havia outros Assassinos que o ajudavam. Eram cinco jovens, todos vestidos de preto, que pareciam coordenar os movimentos dos Postulantes. Um deles aparecia amiúde na grande sala, para ver o que ele fazia quando estava sozinho. Evidentemente os Postulantes eram submetidos a constante vigilância. Tudo bem, ele já esperava por isso.

Quando se viu pela primeira vez cara a cara com um dos Assassinos, no entanto, não foi fácil. Calculou a idade do homem, perguntou a si mesmo se pudesse ter sido ele a matar a sua mãe ou a assistir à sua agonia.

Teve de apertar os punhos com força, até as unhas penetrarem na carne, e só quando sentiu a dor conseguiu acalmar-se e olhar para aquelas pessoas sem o louco desejo de matá-las, acabando então de uma vez com a missão.

Na primeira noite, escondido, tirou as pedras da sacola. Fez aquilo de madrugada, quando os outros dormiam. Um dos cinco estava de plantão na porta, mas também dormitava. Recitou as palavras bem baixinho, ocultando com a mão a fraca luz que os seixos mágicos emitiam na hora de a fórmula realizar o encanto.

A sua primeira mensagem consistiu numa única palavra: "Entrei."

Na tarde do dia seguinte, o último do descanso, o mesmo velho chegou com um embrulho para ele.

— Amanhã terá de jogar fora a sua roupa e vestir esta.

Era uma espécie de vestimenta, idêntica à usada por todos os Postulantes. Tratava-se de um uniforme, bastante gasto, e de um par de calças que, só de olhar para elas, não pareciam propriamente do tamanho certo.

Lonerin considerou aqueles trajes por algum tempo. O jaleco tinha bolsos. Não era lá muito apropriado para guardar as pedras, mas não havia outro jeito.

— A partir de amanhã terá de trabalhar, e é bom que antes disso você saiba de algumas coisas, pois do contrário o Guarda irá se zangar logo de saída — continuou o velho, com voz cansada. Lonerin dispôs-se a ouvir. — Até chegar a nossa vez, é nosso dever servir aos Vitoriosos.

— Quem são os Vitoriosos?

— Os que acreditam no Deus Negro, os Assassinos.

Lonerin gravou a informação.

— O Guarda lhe dirá o que fazer, mas quase certamente será alguma tarefa no refeitório. Nunca fale, nunca se queixe, limite-se apenas a cumprir as ordens, entendeu?

Lonerin concordou.

— E quando será a minha vez?

O velho deu de ombros com fatalismo.

— Não há uma regra. Uns antes, outros depois. Eu... eu estou esperando há mais de um ano — o velho concluiu desconsolado.

Lonerin sentiu um nó na garganta. Quer dizer que podia ser a qualquer momento, e não havia como saber.

— Jamais fale diretamente com um Vitorioso: se ele perguntar alguma coisa, responda, mas nunca se dirija a ele, nem mesmo num tom diferente. Não somos dignos.

Lonerin voltou a anuir.

— Isto é tudo. Só lhe desejo que seja escolhido o quanto antes e que veja realizar o seu pedido. O Deus Negro é terrível e impiedoso, mas cumpre com a sua palavra.

Lonerin não conseguiu reprimir uma careta. Ele precisava de tempo, talvez de muito tempo.

No dia seguinte foi acordado praticamente ao alvorecer. Os Assassinos passaram entre os estrados gritando e jogando rudemente para longe os cobertores.

— Mexa-se, seu preguiçoso! — disse-lhe um deles.

Lonerin fez o que lhe mandavam. Tinha de ser perfeito, sem deixar de forma alguma que reparassem nele. Procurou ser o mais rápido possível.

Mandaram que se perfilassem lado a lado e, de cada ponta da fileira, dois Assassinos começaram a revistá-los.

Lonerin achou que estava perdido. As pedras estavam no seu bolso, marcadas pelos símbolos mágicos: iriam certamente encontrá-las e aquilo seria o fim para ele. Começou a suar frio enquanto procurava ansiosamente juntar as ideias em busca de uma saída. Enquanto isso, um dos dois aproximava-se perigosamente. Só conseguiu imaginar uma solução.

Dobrou-se para a frente, como se estivesse controlando as fivelas dos sapatos que lhe haviam dado. Sacou rapidamente as pedras e jogou-as longe, disfarçando o ruído com umas tossidelas.

— Você!

Seu coração gelou.

— Você!

Passos pesados no chão, e de repente um violento golpe bem no meio da cara, de mão aberta.

— Nunca, nunca se atreva a quebrar as fileiras!

O Assassino estava diante dele. Um rapaz não muito mais velho do que ele. Sentiu ódio pelo sujeito na mesma hora, o desejo de apertar as mãos em torno do seu pescoço e sufocá-lo. Vê-lo mudar de cor daria um supremo prazer.

— Procure não me incomodar de novo, entendeu?

A busca continuou e, quando foi a vez dele, o Assassino foi particularmente rude.

— Para o refeitório, e não se esqueça que estou de olho em você.

Quando chegou lá, acompanhando o seu grupo, Lonerin viu que se tratava de mais um amplo salão, também cavado na rocha, mas com muitas aberturas para fora, para deixar escoar a fumaça. De cada um daqueles poços vislumbrava-se um pedacinho de céu negro como piche, totalmente desprovido de estrelas.

E lembrou. Era sob aquele céu que ele tinha brincado, era aquele o céu que vira no dia em que adoecera.

Cai no chão de repente, sem fôlego. As pernas não aguentam o seu peso. Estava agora mesmo correndo no gramado. E, de repente, jaz no solo, sentindo-se sufocar. Acima dele, o costumeiro céu negro, sem lua

nem estrelas. Uma escuridão infinita. Pergunta a si mesmo se está morrendo.
— Lonerin? Lonerin, o que houve?
Vozes preocupadas de amigos, e uma sensação de calor que toma conta do seu corpo. Até a escuridão descer sobre ele e o envolver.

— Como é? Vai ficar parado?
Lonerin esquece as lembranças. Uma jovem ao seu lado, magérrima, deu-lhe uma leve cotovelada.
— Mandaram você cortar a fruta, o que está esperando? — sussurrou olhando para ele apavorada.
Lonerin saiu correndo. Cozinhar era tarefa dos Assassinos, mas os trabalhos mais humildes cabiam aos Postulantes. Eram exatamente como ele lembrava: ausentes. Magros, com os olhos quase desprovidos de vida, executavam os gestos da sua escravidão mecanicamente, sem se queixarem.
Os castigos corporais, amiúde infligidos aos que demonstravam lerdeza, pareciam passar indolores sobre seus corpos. Lonerin não pôde deixar de pensar que a sua mãe também havia sido reduzida àquelas condições. Lembrava-se dela como uma mulher cheia de vida, de voz quase trovejante, suave nos afagos, segura e firme nas repreensões. Ela também tinha perdido a alma naquele buraco escuro.

Foi um dia interminável, sem um único momento de descanso. A preparação do almoço levara toda a manhã, a do jantar a tarde inteira, e logo a seguir era preciso limpar tudo.
Eram escravos, e os Assassinos consideravam-nos menos que animais. Não passavam de gado para o matadouro, Lonerin podia ver no olhar cheio de desdém dos Vitoriosos. Eram apenas sangue para Thenaar.
Já era muito tarde quando, após acabarem o serviço, receberam a sua ração de comida, e quando lhes foi finalmente permitido voltar ao dormitório, mais uma vez escoltados, Lonerin estava exausto. Nunca tinha trabalhado tanto na vida.

Ficou imaginando se seria possível sobreviver naquelas condições, e achou que muitos daqueles homens iriam morrer bem antes de a hora do sacrifício chegar e, inutilmente, sem nem mesmo ver a realização dos desejos que os haviam levado para lá.

Mas ele teria de resistir. Durante os primeiros dias iria portar-se direitinho, trabalharia e não circularia por ali, mas depois teria de livrar-se da vigilância dos Assassinos, teria de investigar para descobrir o que tramavam naquele lugar.

O aposento estava cheio do calor e do cheiro de muitos corpos, e Lonerin ficou quase enjoado, mas exausto, precisava descansar. Apoiou a cabeça na almofada, envolveu-se nos cobertores, mas apesar de todo o cansaço só conseguiu adormecer depois de pensar que, finalmente, o círculo estava se fechando.

Depois de tantos anos, desde que a mãe deixara aquele lugar como cadáver, ele voltava para lá e para dar um sentido àquela vida que lhe fora doada.

25

A ESCOLHA

✦ ✦ ✦

O PASSADO VIII

Os anos passam rápidos para Dubhe. Depois do primeiro homicídio, acaba ficando cada vez mais envolvida no trabalho do Mestre e, pouco a pouco, torna-se realmente a sua assistente em horário integral. Aprendeu o uso das mais variadas armas, já conhece os segredos de inúmeros venenos, e algumas vezes o Mestre já a mandou contratar sozinha com os clientes.

E cresceu, Dubhe, e muito depressa. As brincadeiras foram deixadas rapidamente para trás, assim como as amizades e as lembranças da infância. Seu corpo mudou, graças ao adestramento tornou-se pronto e nervoso, ágil e vibrante.

Viu muitas coisas, naqueles quatro anos, viajou bastante, primeiro na Terra dos Rochedos, depois na Terra do Fogo. O Mestre vai para onde o trabalho chama, mudando de casa quase todas as semanas e também amiúde de cliente. Primeiro os rebeldes, em seguida novamente Forra e os seus, sem parar, vendendo-se a quem desse mais.

– Mas não deveríamos estar do lado de quem se revolta, dos pobres? – pergunta certa vez Dubhe. – Quer dizer, afinal parece-me que a deles é uma causa justa, e além do mais Forra é cruel.

O Mestre fica quase zangado.

– O nosso é um ofício como outro qualquer. O prazer, o idealismo, são todas coisas alheias, que nada têm a ver com o mero e simples homicídio.

Dubhe nunca mais volta a tocar no assunto, mas no fundo do coração continua a pensar nele, sempre, a qualquer hora do dia, enquanto permanecem naquela terra áspera e sufocante, com poucas árvores e uma verdadeira multidão de vulcões.

É na Terra do Fogo que a sua infância chega definitivamente ao fim. Por lá viu sangue e morte em toda parte, e indizíveis cruldades diante das quais o trabalho do Mestre nem lhe parece tão terrível, mesmo quando está a serviço dos poderosos contra os fracos.

Aquilo que vê lembra-lhe os contos dos velhos sobre os Anos Obscuros, do Tirano e dos fâmins, quando eles ainda não eram um bando de pobres animais submissos, mas sim ferozes assassinos.

Também viu Forra muitas vezes. Um homem enorme, que inspira poder só de olhar para ele, com um rosto móvel que de um momento para outro pode passar do mais bonachão dos sorrisos ao esgar mais cruel.

Viu-o em ação. Entendeu os seus métodos, a sua ferocidade.

Estão num vilarejo de fronteira, mergulhado na desolação dos Campos Mortos, não muito longe da Terra dos Rochedos. Dubhe observa os moradores do local e não consegue imaginar que se trata de rebeldes. Gnomos, em sua maioria, e quase todos mulheres e crianças, alguns velhos e uns poucos homens feridos. Os rostos pálidos e macilentos de quem padece a fome, e os olhos cheios de uma resignação antiga, a mesma que Dubhe viu nas vítimas de todo o Mundo Emerso.

Forra junta-os numa longa fileira, numa esplendorosa manhã de sol só levemente manchada pela fumaça das crateras dos vulcões, e manda matar a todos, sem distinção de sexo nem de idade.

Dubhe fica olhando até o fim, ao lado do Mestre. É ali, naquele dia, que nasce o seu ódio por Forra, um ódio que ela guardará dentro de si para sempre.

Mas Forra não está sozinho, Dubhe já ouvira falar a respeito. Dohor enviou alguém. As pessoas falam dele baixinho, cochichando às escondidas. Alguns o lastimam, outros simplesmente odeiam-no ferozmente. Chama-se Learco, é o filho de Dohor. Dubhe ouviu dizer que tem catorze anos. Só é um pouco mais velho do que ela, o que a deixa curiosa.

Naquele mesmo dia o vê. Ao lado de Forra há um rapazola com cara de menino e corpo magro, de adolescente. Seus cabelos são muito claros, de um loiro que esmaece no branco, e os olhos são verdes, muito luminosos. É pálido, com um rosto fino que forma um oval quase perfeito. Veste uma armadura bastante simples, com uma bonita espada na cintura, e monta na garupa de um cavalo preto.

Aperta nervosamente as rédeas com as mãos e parece estar se esforçando para manter a pose.

Dubhe fica um bom tempo olhando para ele. São os únicos dois jovenzinhos assistindo à cena. Os outros da mesma idade, ou mais moços, estão todos mortos no chão ou choram à espera da morte. São dois sobreviventes.

Ele tampouco desvia os olhos. Observa tudo, quase impassível, mas Dubhe consegue discernir algo fervendo naqueles olhos aparentemente tão calmos.

Então tudo acaba de repente.

– Isto é o que acontece com qualquer um de vocês que tente levantar-se contra o nosso soberano Dohor. A lição foi clara? Não me forcem a fornecer outros exemplos.

Forra dá meia-volta com o cavalo e vai embora com os seus, inclusive Learco.

O silêncio que toma conta da esplanada é ensurdecedor, e então Dubhe acha que de fato entendeu o que é a morte. Já a viu muitas vezes, infligida a inúmeros homens pelo Mestre, mas é ali, naquela esplanada, que realmente a vê pela primeira vez em toda a sua trágica e inelutável presença.

Depois da Terra do Fogo chega a vez de uma rápida passagem pela Terra da Água e, finalmente, já com doze anos, Dubhe acaba mais uma vez na Terra do Sol, a sua pátria.

Quando o Mestre lhe conta para onde estão indo, Dubhe sente um aperto no peito, tanto que as suas emoções ficam patentes no seu rosto, pois o Mestre olha para ela interrogativo.

– Então?

– Nada – ela diz meio constrangida. – Só... só que... estou voltando para casa.

– Pois é – comenta laconicamente o Mestre.

Para Dubhe, ele é o centro de tudo. O mundo começa e acaba nele: professor, mas também pai, salvador. Ela o adora. Não importa que seja um assassino, que tenha um trabalho detestado por todos. E afinal, ela mesma não é uma assassina? O Mestre é perfeito, o Mestre é único, o Mestre é o horizonte. Gosta dos seus ombros largos, de homem, das suas pernas ágeis, da perfeição dos seus movimentos, e também dos seus silêncios obstinados, até da frieza com que tantas vezes a trata. Fica a ouvir, boquiaberta, tudo o que ele diz, aceita tudo como verdade absoluta, e por isso não questiona as suas decisões, e muito menos lhe pede uma coisa de que muito gostaria: passar por Selva, agora que tudo já está perdido, só para reencontrar as suas origens.

Assentam-se numa casa nos arredores de Makrat, onde ficam os barracos dos pobres. Um único aposento com uma lareira. O Mestre coloca no chão um amontoado de palha para duas camas, e é ali que eles dormem, diante do fogo. Num canto, encostada na parede, há uma pequena mesa com duas cadeiras de palha meio bolorentas.
    Da Terra do Sol, Dubhe só conhece Selva, mas, mesmo assim, logo que botou os pés na terra natal sente estar em casa. Não sabe ao certo como foi que se deu conta disso, talvez tenham sido os cheiros, as cores. Só sabe que voltou às origens, e uma estranha sensação de saudade aperta sua garganta.
    – O que foi? – pergunta o Mestre.
    Dubhe encontra naquela voz a força para não chorar.
    – Saudade... uma pontinha de boba saudade.
    O Mestre nada diz, mas Dubhe percebe que ele entendeu e sorri.

É noite, e Dubhe está sozinha. Os subúrbios de Makrat, depois de uma certa hora, assumem um aspecto sinistro, perturbador. O vento uiva entre as casas levantando a poeira, ninguém circula pelas ruas a não ser uns poucos cães sem dono. Mas ela não está com medo. Desde que o Mestre a encarregou de contactar os clientes, já se acostumou.
    A jovenzinha aguarda. O homem pelo qual espera é um velho, foi o que disse a pessoa que entrou em contato com ela alguns dias antes enquanto perambulava pelo mercado. Um velho careca de barba branca, e irá reconhecê-lo porque usará uma flor vermelha na lapela da capa preta. Pediu que o encontro fosse à noite, numa zona da cidade que Dubhe pouco conhece. É a primeira vez que vai lá, e seguiu escrupulosamente as indicações dadas pelo Mestre.

Está envolvida na costumeira, e naquela altura bastante gasta, capa preta. Começa a ficar pequena para ela, e o Mestre prometeu que, se trabalhasse direito, lhe dará algum dinheiro pela tarefa, de forma que poderá comprar uma capa nova. Mantém o rosto escondido, oculto sob as pregas do capuz. Assim como o Mestre, ela também começou a cultivar a obsessão pelo segredo.

O velho finalmente aparece. Arrasta-se, avança devagar, a flor bem visível no peito.

Dubhe fica parada, à espera que o homem se aproxime.

É realmente um velho decrépito. Quando chega a um passo de distância, esquadrinha-a lentamente com o único olho que tem.

– É você?

A voz é cavernosa, lúgubre. Quase sem querer, Dubhe fica pensando que o sujeito não vai demorar muito a morrer, a morte já deixou a sua marca nele.

– Sou.

– Esperava encontrar alguém mais velho...

– Não se deixe enganar pela minha aparência miúda.

Dubhe não gosta nem um pouco de revelar a própria idade e sempre procura fazer-se passar por uma mulher mais madura. Gostaria de crescer o mais rápido possível e tornar-se a mulher que há algum tempo já se julga ser.

– O seu amo mandou-a contratar?

– Isso mesmo. Diga-me do que se trata.

Uma história banal; o velho, já vencido pela doença e próximo do fim dos seus dias, quer ter o prazer de mandar matar aquele que, na juventude, arrancou-lhe um olho e roubou dele a mulher amada. Dubhe começa a olhar com uma mistura de pena e desprezo aquele homenzinho que, diante da morte, não procura a paz, mas sim onipresente vingança.

– O meu amo não costuma cuidar de trabalhos tão insignificantes e mesquinhos.

Uma resposta típica para um trabalho típico.

– Não há nada de mesquinho nele! É o desgosto de toda a minha vida, menina!

Dubhe não se deixa impressionar nem mesmo por aquela repentina reação de ira.

— Está com o dinheiro?
— Quanto quer?
— Por aquilo que está pedindo vai precisar de setecentas carolas.

Começou com uma quantia despropositada para uma tarefa como aquela, mas é assim mesmo que é preciso começar, para ganhar a consideração do cliente e conseguir acertar um bom preço.

Como era de esperar, o velho esbugalha os olhos.

— Mas não tem cabimento...

— Eu já disse, o meu amo costuma trabalhar em outro nível e normalmente não se mete em brigas particulares como essa. Terá de pagar pelos seus serviços, pois ele garante um excelente trabalho.

— É demais. Mesmo duzentas, já seria demais.

— Procure outra pessoa, então. — E se vira, ameaçando ir embora.

O velho a detém, segurando-a pelo braço.

— Espere!... Duzentas e cinquenta.

Começa uma tediosa contratação, que Dubhe consegue finalmente concluir com o preço desejado. Quatrocentas carolas.

— De qualquer forma, terei de falar com o meu amo, para ver se aceita o trabalho, além do mais, por este preço...

— Quer dizer?

— Quer dizer que nos encontraremos de novo, aqui, daqui a dois dias, na mesma hora, se o senhor achar conveniente.

O velho parece ficar uns momentos pensando no assunto, então concorda.

— Está bem.

Dubhe vai embora.

Está satisfeita consigo mesma. Soube cuidar da negociação muito bem, e mesmo que o trabalho não seja lá grande coisa, é dinheiro seguro. Já pensa na nova capa e no mercado onde irá procurá-la.

Está com a cabeça nas nuvens. Em parte pensa na maneira com que cuidou satisfatoriamente do velho, e em parte perde-se correndo atrás de outros pensamentos sem importância. Esquece que está numa zona da cidade que quase não conhece e segue andando para onde a levam as pernas, sem se importar.

Só depois de algum tempo percebe que não sabe onde se encontra.

Já não falta muito ao alvorecer. Uma tênue luminosidade começa a aparecer sobre os telhados das casas.

Dubhe procura orientar-se e, para fazê-lo, usa justamente a alvorada. Depois de identificar o leste, procura calcular mentalmente a localização do sul, onde fica a casa do Mestre. Os becos de Makrat, no entanto, são um tortuoso labirinto, e o caminho logo torna-se difícil. Dubhe avança sem uma meta precisa e começa a ficar preocupada. Nunca lhe aconteceu de perder-se antes.

A marcha continua por um bom tempo, através de lugares cada vez menos conhecidos. Devagar, a luz invade as ruelas enquanto a vida se reanima. Os primeiros mercadores já começam a expor as suas mercadorias, e um lento vaivém acompanha o despertar da cidade.

Com o sol, Dubhe sente-se quase tranquilizada. Não gosta da idéia de pedir informações sobre o caminho a seguir, mas afinal é sua culpa: deveria ter seguido, também na volta, as instruções que o Mestre lhe dera, e agora terá de dar um jeito.

Então a cidade muda repentinamente de aspecto bem diante dos seus olhos, e o tempo quase parece parar. Uma mulher está vindo ao seu encontro com uma cesta cheia de peças de pano na cabeça e mais dois fardos embaixo dos braços. Dubhe a reconhece na mesma hora, embora esteja mais velha, mais cansada e mais gorda. Não pode deixar de reconhecê-la.

Sua mãe. Em Makrat.

Os pés param, pesados como chumbo. Dubhe fica imóvel no meio do caminho até a mulher, passando ao seu lado, bater nela com um dos fardos.

— Desculpe — a mãe diz apressada, virando-se para ela.

Dubhe fica petrificada, fitando-a.

— Tudo bem? — pergunta a mulher, com ar interrogativo.

Dubhe volta à realidade. Não responde, dá simplesmente as costas e vai embora correndo, desaparece logo nos becos da cidade como aprendeu a fazer durante aqueles últimos quatro anos. Quatro anos longe, sem ela.

Quando chega em casa é quase meio-dia. Está confusa. A mãe... Quantas vezes desejou vê-la, quantas vezes... Lembra com um aperto no coração todo o tempo de dor e aflição que passou antes de en-

contrar o Mestre, quando ainda desejava perdidamente que os pais um dia voltassem para buscá-la, para salvá-la. E se a mãe estava por lá, na certa o pai também! Mas por que não a tinha reconhecido? Por causa da capa? Afinal estavam muito perto, uma diante da outra, e já era claro, seu rosto não se encontrava completamente na sombra.
— Onde se meteu?
O Mestre recebe-a na porta de casa com estas palavras. A perturbação de Dubhe é visível.
— Aconteceu alguma coisa? — ele pergunta, de fato, um tanto apreensivo.
Dubhe meneia a cabeça.
— Acabei me perdendo... só isso.
O Mestre se acalma.
— Achei que lhe dera informações bastante claras.
— Desculpe, Mestre, mas me esqueci completamente delas, na volta.
Dubhe procura esquivar-se. Não quer conversa, mas o Mestre volta a detê-la.
— Então? O que foi que ele disse?
A ansiedade, o medo e a alegria esmaecem no relato da noite, e finalmente tudo volta ao devido lugar. A cidade, a casa, tudo reassume os contornos de sempre. Dubhe respira aliviada.
Mas é à noite que a ansiedade toma novamente conta dela, junto com a vívida lembrança da mãe. O Mestre respira devagar bem perto dela, as brasas na lareira exalam as últimas volutas de fumaça, e Dubhe pensa de novo no encontro. Compara mentalmente a imagem da mãe que guarda na memória com a fugaz aparição no mercado, constata até que ponto ela envelheceu, quantas novas rugas tem no rosto. Experimenta dentro de si uma sensação indecifrável. Se tivesse acontecido quatro anos antes, teria dado pulos de felicidade. Mas não agora. Agora já não sabe. Sente-se apenas confusa e irrequieta.

Nos dias seguintes, Dubhe volta amiúde para aquele canto da cidade. Tem boa memória e, depois da primeira vez, já não esquece mais o caminho. Diz ao Mestre que vai fazer compras e fica zanzando durante horas entre as bancas, procurando aquela imagem. Ele não faz muitas perguntas, mas Dubhe sabe que imagina a verdade, pois olha para ela de forma estranha. E mesmo assim deixa-a à vontade.

Dubhe não demora a reencontrar a mãe. Tem uma barraca de tecidos. Fica sempre no mesmo lugar, então começa a chamar os fregueses aos gritos. Os negócios parecem ir muito bem, sempre há alguém examinando a mercadoria.

Dubhe fica observando de longe, como já fez muitas vezes com as vítimas, ao lado do Mestre. Segue as suas pegadas, descobre onde mora. Quer ver como vive e, principalmente, quer ver o pai. Percebe com clareza que é dele que ela realmente precisa. É por isso que leva um choque quando vê o outro homem.

A mãe mora num pequeno sobrado inesperadamente limpo e arrumado para aquele bairro, não muito longe da barraca no mercado. Fica acima de uma loja de tecidos que pertence a um cavalheiro que Dubhe nunca viu, mais velho que o pai, um homem gordo, moreno, com um rosto cheio de benevolência.

Vê os dois, ele e a mãe, que se beijam na boca quando se encontram no fim do dia. Também há uma criança, um menino pequeno, pouco mais do que um recém-nascido.

Dubhe olha e não entende. Será que aquela mulher é realmente a sua mãe? E onde está o pai? Tem a impressão de ver as coisas como que através de um espelho deformante, daqueles que já viu em algumas feiras do interior, que conseguem mostrar você mais gordo ou mais magro a seu bel-prazer. Tudo parece combinar com as suas lembranças, mas também é infinitamente distante. A vida tranquila que acontece naquela casa é para ela totalmente estranha, alguma coisa que ela não entende.

Dia após dia volta para espionar a mãe, às vezes até não vai às aulas do Mestre. Continua experimentando emoções contrastantes: inveja, mas ressentimento também, e afeto, uma mistura que a desnorteia, que faz com que nem mesmo reconheça a si mesma.

À noite, fica se virando no estrado de palha, pensando no mistério da nova vida da mãe. Sem uma razão definida, está com os olhos cheios de lágrimas, e então pisca as pálpebras para rechaçar o pranto. Ela também mudou, naqueles quatro anos, e não adianta fingir que não sabe disso. Por que Selva e os seus pais deveriam ter ficado iguais? Afinal de contas, naquele tempo todo, não vieram procurá-la, não vieram salvá-la. Quem lhe proporcionou uma salvação foi o Mestre, não eles, quem lhe deu um rumo e ensinou um ofício foi ele. Sobra-lhe, no entanto, um vazio no fundo do estômago, exatamente onde a lembrança do pai permanece imaculada. Onde está, agora, o pai?

Só toma uma decisão depois de muito pensar. Avaliou todos os aspectos do assunto, continua a achar que tudo não passa de uma bobagem, mas também sente que precisa saber.

Bate à porta toda embrulhada em sua capa, tão escondida que quando o rapaz abre não a reconhece.

– Quem é? – ele pergunta, desconfiado.
– Sou eu, Dubhe – ela responde.

O nome do rapaz é Jenna. Nunca se falaram muito. Afinal, nem faz um ano que ele trabalha para o Mestre e, de qualquer maneira, nunca precisou manter contatos com ela. Apenas se conhecem de vista, pois estão ambos ligados ao Mestre, e sentem alguma simpatia recíproca, nas poucas vezes que se encontraram, porque têm mais ou menos a mesma idade.

Logo que ela fala, o moço a reconhece. Suspira.

– Você me deu um susto... entre.

A casa não passa de um casebre esquálido entregue à mais total desarrumação: roupas, pratos com restos de comida e o fruto de alguns roubos espalhados por todo canto. Pois é aquilo que Jenna é quando não serve ao Mestre: é um ladrão.

Dubhe senta numa cadeira ao lado de uma tosca mesa de madeira, atormenta as mãos, não ousa encarar os olhos de Jenna.

– O Mestre mandou-a?

Dubhe sacode a cabeça, e Jenna sorri sarcástico.

– Não me diga! Uma visita de cortesia, então! Espere, vou procurar alguma coisa para lhe oferecer...

Ela o segura pela manga antes de ele se levantar e conta tudo. Jenna ouve com atenção.

– Tem certeza de que é ela?

Dubhe anui.

Por alguns momentos o silêncio toma conta do ambiente.

– Quer voltar para ela? – Jenna pergunta timidamente, e Dubhe entende. Entende o que era aquele sentimento estranho e incômodo que a tornou tão apreensiva naqueles últimos dias. Voltar para ela ou ficar com o Mestre? A decisão a ser tomada é esta, a ameaça e a promessa daquele encontro fugaz no meio da multidão.

– Não é só isso... acontece que meu pai não está lá.

Jenna encosta-se no espaldar do assento.

– E aí? E, principalmente, o que é que eu tenho a ver com isso?

Dubhe explica. Quer que ele procure saber, que tente descobrir o que houve depois de ela ser banida de Selva, onde se encontra o pai.

– E porque você mesma não faz isso?

– Não quero que me veja...

– Mas é a sua mãe, não quer pelo menos falar com ela?

Dubhe não sabe.

– Ainda não... quero, antes, saber o que aconteceu.

Jenna fica pensando.

– Acha que pode fazer-me esta gentileza? – ela então pergunta titubeante.

– O que ganho com isso? Tem algum dinheiro?

Dubhe sacode a cabeça e pensa nos trocados que o Mestre lhe prometeu se o trabalho com o velho sair direito.

– Não poderia simplesmente considerá-lo um favor pessoal?

Jenna suspira.

– Está bem, está bem. Não dá para resistir aos olhos doces das meninas – diz. – Procure mostrar-me a sua mãe e eu verei o que posso fazer.

Dubhe continua a olhar para o chão, um tanto constrangida, embora a coisa tenha afinal saído do jeito que esperava.

– Ficarei ouvindo do lado de fora...

– Ah, só faltava!

Dubhe fica calada.

– Que seja, mas procure não me atrapalhar – ele resmunga.

Combinam para o dia seguinte.

Dubhe teve bastante tempo para se organizar. Contou-lhe tudo de Selva, escolheu um parente distante de uma mulher que conhecia naquela época, um rapaz que deveria ter mais ou menos a idade de

Jenna, esperando, ao mesmo tempo, que nada tivesse acontecido com ele enquanto isso. Contou a Jenna os hábitos e as peculiaridades do vilarejo, uma vida de que se lembra com extraordinária clareza.

– Só terá de perguntar como andam as coisas, o que a levou para cá, lembrará as comadres da aldeia.

– Mesmo assim, para ela serei um estranho! Acha mesmo que irá me contar coisas tão pessoais?

– É o que eu espero...

Volta para casa quando já é noite. Jantou com Jenna e se sente culpada. O Mestre deve estar, sem dúvida alguma, preocupado, deve ter esperado por ela. E irá certamente recebê-la com uma repreensão, mais dura que de costume, pois afinal ela bem merece.

Empurra lentamente a porta, mas a luz que a envolve é logo violenta. O fogo arde na lareira, o Mestre está sentado à mesa, impassível.

– Quem é a mulher?

Dubhe sente-se esbofeteada por aquela pergunta tão impiedosamente direta e tem vontade de chorar. Só agora dá-se conta de como o seu mundo está em perigo, da importância da decisão à beira da qual de uns dias para cá se encontra. A mãe e a vida de antigamente, talvez Selva, ou o Mestre, a quem deve tudo.

– Desculpe o atraso...

– Sei onde esteve. Só quero saber por quê. Não acha que mereço uma explicação?

Dubhe desabafa, as suas palavras são um rio que transborda.

O Mestre ouve calado, sem piscar, deixa que conte tudo, não a censura nem mesmo quando aparecem as primeiras lágrimas.

– O que espera conseguir com isso? – diz afinal.

A sua voz não está zangada, aliás, está cheia de compreensão.

– Quero saber do meu pai... onde está... o que aconteceu durante este tempo todo...

– Ele não está aqui, Dubhe. Este é um fato que as palavras da sua mãe não poderão de forma alguma amenizar. Não lhe parece suficiente?

Nem ela mesma sabe ao certo o que quer.

– Mestre... é a minha vida de antigamente... e o meu pai... o meu pai... não sei como dizer, era tudo para mim. Se ele estiver por aqui, se me procurou...
– Irá embora?
Mais uma pergunta brutal, que machuca.
– Porque é disso que estamos falando, e você sabe muito bem. Precisa perguntar a si mesma se quer ficar ou ir embora. E isso não tem nada a ver com seu pai, está claro?
É a primeira vez que fala com ela daquele jeito. Não como um mestre com um discípulo, não como um adulto com uma criança, mas sim de igual para igual.
– O que atrai você é a vida normal, um chamado que provavelmente nunca deixou de atraí-la.
– Eu me sinto muito bem aqui, com você! Estou muito bem mesmo e nunca desejei outra coisa.
– Eu sei. Mas está preparada a ir até o fim? Não há meias medidas, Dubhe. Eu não posso mantê-la aqui como diarista, com você ficando ao mesmo tempo comigo e com sua mãe. Nunca lhe escondi o que a vida de assassino exige. Agora você é forçada a descobrir por você mesma, e precisa escolher.
– Está me mandando embora?
O Mestre faz um gesto de impaciência com a mão.
– Estou dizendo que se for embora será de vez, para sempre. Se amanhã você decidir ficar com a sua mãe, não poderá voltar. Sem rancor de minha parte. Não me oporei, não tentarei convencê-la. E o mesmo vale no caso contrário. Se ficar, será para sempre, e nunca mais poderá ver aquela mulher. Será um adeus definitivo, portanto escolha com cuidado.

No dia seguinte, Dubhe posta-se atrás da barraca desde o momento em que a mãe começa a armá-la. Há uma estranha mistura de prazer e sofrimento na observação de alguém que se ama e que ignora a nossa presença. Dubhe vê a mãe expor com cuidado as sedas e lembra a vez em que a viu limpar as verduras, sentada à mesa da cozinha. Recorda as broncas, os afagos. Mas lembra principalmente o pai. Já lhe bastaria saber que procurou por ela, naqueles quatro anos, que não a esqueceu, que não a deixou sozinha. Isso seria suficiente para ela seguir em frente.

Então, no fim do dia, quando a mãe já está a ponto de dar por encerrado o serviço, Jenna chega. Ele é ótimo, convincente, exatamente como Dubhe esperava.

Passa com displicência diante da barraca, para a alguns passos de distância como se estivesse em dúvida, depois volta atrás. O homem que agora mora com a mãe também chega, dá-lhe um beijinho no rosto.

— Melna?

A mulher se vira, e com ela também o homem que está ao seu lado.

Jenna continua a desempenhar com perfeição o seu papel.

— Claro que é a senhora, nunca poderia esquecer! Não se lembra de mim? Septa, o sobrinho da Lotti! Fui embora de Selva quando só era desta altura.

Dubhe vê a mãe que se agita, olha em volta como que perdida. A expressão dela mudou de repente, logo que ouviu aquele nome.

— O senhor deve estar enganado — diz o homem, ríspido. — Não é a pessoa que está pensando.

Jenna não se deixa pegar de surpresa.

— Ora, claro que é ela, lembro muito bem.

A mãe começa a gaguejar.

— Eu... Selva...

Dubhe sente um aperto no coração. Parecia tão serena, tão feliz alguns momentos antes, e agora...

— Eu já disse que não é ela, ora essa! E você, Melna, vá logo para casa.

— Selva... eu...

O homem envolve-a nos braços, com carinho, fala baixinho com ela ao ouvido.

— Tudo bem, o homem a confundiu com alguém, volte logo para casa, eu não demoro.

Dubhe repara que se trata de uma verdadeira fuga. Umas poucas peças de tecido embaixo do braço, corre pelos becos, desaparece apressada. O homem fica de pé diante de Jenna, com expressão ameaçadora.

— Mas é ela... o senhor mesmo chamou-a de Melna...
— Escute aqui, o que diabo está querendo com a minha mulher?
Ao ouvir estas palavras Dubhe estremece. Será que realmente se enganou?
— Só queria cumprimentar uma amiga... mas o senhor não me parece ser Garni...
O homem suspira, passa a mão no rosto.
— Vejo que o senhor ignora muitas coisas.
Jenna finge surpresa, e Dubhe acha que é bom, muito bom mesmo, quase gostaria que não fosse tão convincente, pois agora preferiria não conhecer a verdade, sente que seria melhor sair dali, voltar ao Mestre e não saber de mais nada. Mas não consegue ir embora.
— Que coisas?
— Quatro anos atrás aconteceu uma tragédia... a filha de Melna matou uma criança.
É uma coisa que Jenna desconhece. Só o Mestre está a par daquela história.
A sua surpresa já não é fingida enquanto um senso de desoladora vergonha se apodera de Dubhe.
— A menina foi expulsa da aldeia e desde então nada mais se soube dela... deve ter morrido na certa. Mandaram-na para a Terra do Mar, perto da fronteira com a Grande Terra, e naquela época havia por lá uma espécie de guerra não declarada.
— A menina? Está falando de Dubhe?
— Ela mesma. Mas não é só. Garni foi aprisionado, mas não se deu por vencido, evadiu e fugiu para encontrar a filha, abandonando Melna ao seu próprio destino. Ele também desapareceu, e só no ano passado soubemos que morreu de privações, não muito longe daqui.
O coração de Dubhe para, o mundo gela à sua volta. Só ouve um surdo ribombo nos ouvidos enquanto a voz do homem domina, poderosa, qualquer outro ruído.
— Ela esqueceu tudo, tentou esquecer tudo comigo. Quando você fala do passado, menciona Selva... é como se estivesse reabrindo uma ferida que ainda não sarou, entende? A Melna de Selva já não existe, e se você gosta dela, nunca mais a procure.

Dubhe aperta os olhos, mas desta vez nada pode deter as lágrimas. A respiração perde-se entre soluços abafados, a dor explode.

Foge do beco e já não se importa que a vejam. Só tem tempo de ouvir as últimas palavras, que se perdem no barulho dos seus passos nas pedras da rua.

– Como o senhor quiser... entendo... – diz Jenna.

– Obrigado – murmura o homem, quase comovido. – Obri... mas quem é?

Depois mais nada, só a vermelhidão do ocaso e as suas botas que batem na pedra. Dubhe sabe, no entanto, que não há para onde fugir.

Vagueia entre os quarteirões, das esquálidas construções da periferia até os monumentos do centro, e sente o vazio dentro de si enquanto soluça. Alguém até para e pergunta o que há com ela.

– O que foi, menina?

Ela não responde. Não há palavras que possam explicar.

Anoitece, mas não faz diferença. Talvez o Mestre esteja esperando por ela ou não.

O som dos seus passos ecoa nas ruas desertas. Não quer voltar para casa, não quer passar diante da loja da mãe. Ela não tem casa, a verdade é esta. Quando alguém toca no seu ombro, vira-se lentamente.

– E aí? Cansou de correr?

Jenna está ofegante.

Param numa pracinha um tanto tristonha, deserta. Sentam na borda de um chafariz em ruínas, cheio de água lodosa e malcheirosa.

– Por que não me contou a verdade? – pergunta Jenna.

Ela não sabe o que dizer.

– Fiquei com vergonha.

– Como aconteceu?

– Um acidente. Estávamos brincando e...

– Não diga mais nada, já basta. Eu... eu sinto muito.

Dubhe não responde. Certas coisas não precisam de palavras.

Volta para casa de madrugada. Encontra o Mestre sentado à mesa, com duas tigelas cheias de leite diante dele. Não sabe o que dizer, mas só de vê-lo sente-se melhor. A dor ainda permite uma brecha de consolo.

— Não há lugar para mim, com ela — Dubhe diz, então, de um só fôlego.

O olhar do Mestre é caloroso, compreensivo.

— O meu pai morreu enquanto procurava por mim, e ela reconstruiu a sua vida com outro homem. Tudo aquilo que tive já não existe e...

— Não precisa explicar nada.

Levanta-se e a abraça. É um gesto tão insólito, tão inesperado que Dubhe fica pasma, abobalhada. Então retribui com arrebatamento e chora como uma criança: as últimas lágrimas da sua infância.

Naquele dia esquecem o treinamento. Ficam simplesmente juntos e passeiam pelas boas lojas da cidade velha. O Mestre deu-lhe o dinheiro que lhe prometera, e os dois escolhem a nova capa.

— Saiu-se muito bem, no outro dia — ele diz, e ela sorri com os olhos inchados de pranto.

Já de capa nova, com o capuz a encobrir-lhe o rosto, no fim da tarde Dubhe volta para casa com o Mestre. Ainda pensa no pai e continuará a fazê-lo para sempre: aquela dor, sabe muito bem, nunca mais a abandonará. Mas o Mestre está ali, ao lado dela. Se há perdição, eles estão juntos nela.

— Afinal, você tampouco teve escolha — ele diz a certa altura —, assim como eu não tive.

Dubhe sente um nó de comoção apertar sua garganta.

— Não, Mestre, você está enganado. Já tomei a minha decisão há muito tempo.

Lentamente, com recato, segura a mão dele, aperta-a.

Ele não se esquiva e, ao contrário, mantém delicadamente aquela mão macia na sua.

26
UMA TAREFA IMPOSSÍVEL

Dubhe nem teve o consolo de alguns dias de descanso. A Casa era um lugar que nunca parava, uma máquina em contínua agitação, e até ela, que era apenas um elo de toda aquela engrenagem, não podia esquivar-se da movimentação geral.

Depois de uma noite de pranto desconsolado, sozinha na cela, a manhã chegou impiedosa e Rekla bateu à sua porta.

– Está na hora – disse simplesmente.

Dubhe andou pelos corredores, aturdida, nada parecia ter verdadeira consistência, lá dentro. Cruzava com os mesmos homens que um dia antes se haviam regozijado com o sacrifício do Postulante e não tinham caras diferentes das de sempre, não pareciam minimamente abalados. Ela, ao contrário, não conseguia apagar da memória as imagens da noite anterior e sentia-se suja até as entranhas só de ter assistido a uma coisa como aquela.

Nas termas, mergulhou na água sem qualquer energia, deixando-se boiar como um cadáver. Mais uma vez esperou que a água pudesse lavá-la, purificá-la. Mas o horror era inapagável.

No refeitório ficou um bom tempo olhando para a sua tigela, sem forças para segurar a colher.

– Não vai comer? – perguntou Rekla.

Engoliu um pouco de leite, mordiscou um pedaço de pão para contentá-la. Tudo tinha mais uma vez o sabor de sangue.

No templo, não prestou atenção numa única palavra que Rekla lhe dizia. Só conseguia pensar na Fera, mais presente do que nunca. Ouvira-a rugir ao longe, naquela noite, e não podia negar que alguma coisa dentro de si havia respondido ao chamado. E era justamente aquilo que a espantava. Não estava melhorando, nem um pouco, e não era somente porque tinha de tomar a poção uma vez por semana, era porque a Guilda fazia o possível para aproximar ao máximo da Fera a sua parte consciente. Se ficasse ali, no fim acabaria se acostumando e não haveria mais diferença entre ela e a Fera.

Viu de novo o rapaz do templo. Magro, emaciado, com o rosto marcado de quem padece de fome. Olhou para ele enquanto lhe servia a costumeira comida, observou suas mãos, dedicou-lhe um longo olhar cheio de horror e pena, no qual ele também pareceu reparar. Retribuiu, mirando-a quase com espanto.

— Obrigada — Dubhe murmurou, baixando logo a seguir a cabeça em cima da tigela.

Já podia vê-lo morto, e por alguma razão sentia-se dilacerar por aquela espécie de presságio. O olhar fugaz no templo ficara na sua lembrança e estabelecera algum tipo de ligação entre os dois. Eram, ambos, prisioneiros.

Dubhe fazia o que tinha de fazer, rezava quando mandavam, treinava quando era hora, ouvia Rekla, mas dentro dela só havia o vazio, uma sensação que sentia não poder tolerar por muito mais tempo.

Sherva percebeu.

— Não está atenta.

Dubhe não replicou, limitou-se a olhar para ele, perdida.

— É por causa da cerimônia?

Ela teria gostado de abrir-se, mas naquela altura já sabia que nem Sherva entenderia. Não era como os outros, é verdade, mas ele também compartilhava o fanatismo com a Guilda. Só mudava o nome do culto. Ele não adorava Thenaar, mas sim a si próprio, as suas capacidades.

— Pensou no que lhe disse?

— A verdade é que não estou me salvando, aqui... aliás, estou me perdendo cada vez mais...

— Se quisesse realmente viver, aceitaria qualquer coisa. E continua aqui: isto quer dizer que já aceitou.

Esta frase queimou como lava dentro dela. Não, jamais aceitaria, não queria aceitar.

Depois de alguns dias retomou as buscas, com mais disposição do que nunca. Estava desesperada e tinha de chegar o quanto antes a uma conclusão. Devagar, mas irremediavelmente se consumindo.

Tentou voltar mais uma vez à Grande Sala, mas, só de vê-la de longe, ficou com um enjoo intolerável. Era cedo demais.

Entregou-se então ao exame metódico dos aposentos que apareciam na planta da Casa. Visitou um cômodo após o outro, percorreu os corredores à procura de passagens secretas, de caminhos dos quais ignorava a existência ou que nunca tinha explorado.

Descobriu que os aposentos dos Monitores de nível superior não constavam na planta. Não conseguia encontrá-los, apesar da sua cuidadosa busca e do afinco com que completava o mapa da Casa. Eles simplesmente não estavam lá e, se estavam, evidentemente deviam ficar num outro andar. Tudo levava de volta à sala maldita, aquela onde ela nem conseguia botar os pés.

Então, certo dia, Rekla deu-lhe uma ordem inesperada.

– Sua Excelência quer vê-la.

Dubhe pensou logo nas suas explorações, nas suas indagações. Yeshol gostava de dizer que tinha olhos por toda parte.

Foi com bastante receio que bateu à sua porta, na mesma sala de trabalho que a recebera alguns meses antes, numa época de liberdade que lhe parecia infinitamente distante.

Yeshol estava no lugar de sempre, dobrado em cima dos livros, escrevendo. Dubhe ficou na soleira, imóvel como uma estátua, e o Supremo Guarda continuou a escrever, alheio à sua presença. Só depois de um bom tempo soltou a pluma e a fitou nos olhos.

– Sente-se – disse com um sorriso gélido.

Dubhe obedeceu.

– Está com medo? – disse com escárnio.

Dubhe, naquela altura, nem tinha mais forças para tentar replicar.

– A minha vida está em suas mãos.

Yeshol sorriu satisfeito.

– Vejo que finalmente me trata com o devido respeito.

Dubhe nada disse.

– Como está se sentindo aqui?

Dubhe esboçou um sorriso amargo.

– Sobrevivo.

– Isso mesmo... como lhe prometemos, não é?

Dubhe continuou calada.

– É inútil fazer-se de conformada, Dubhe, eu posso ler no seu coração. Não estou nem um pouco satisfeito com você, e não será certamente esse seu comportamento diligente a fazer-me mudar de ideia.

– Fiz tudo que me mandaram fazer... acatei as ordens, dobrei-me às suas vontades, matei... não entendo a razão dessa sua insatisfação...

– Porque não participa do nosso culto. Rekla não a perde de vista um só momento, não deixa escapar um só gesto seu, uma única expressão, e muito menos eu.

– Eu já disse, desde o começo, que estou aqui para trabalhar para vocês... quanto às rezas, prefiro deixá-las para os que acreditam nos deuses.

– E eu expliquei claramente que ficar na Guilda significa louvar a Thenaar. No começo fui muito condescendente; afinal, você acabava de chegar... mas tinha certeza de que iria se entregar à nossa crença, porque ela está arraigada em você, desde o dia em que matou o garoto, desde quando ainda estava no ventre da sua mãe. Naquela época, você já pertencia a Thenaar.

Desta vez Dubhe levantou a cabeça.

– Fiz tudo o que exigiram de mim, sem nunca me esquivar. Passei horas no templo, rezei, acompanhei os ritos, tudo! Vocês já têm o meu sangue, as minhas mãos, apoderaram-se por completo da minha alma em troca desta espécie de vida! O que mais querem?

Yeshol não se deixou impressionar. Permaneceu imóvel, com uma expressão dura no rosto.

– Você não quer se entregar à gloria de Thenaar, não quer que ele a transforme numa Vitoriosa.

Dubhe recostou-se na cadeira, prostrada.

– Talvez fosse melhor dizer a Rekla que não lhe dê a poção, por algum tempo...

Dubhe segurou o rosto entre as mãos. Um pesadelo do qual era impossível sair, era nisso que ela se metera, e até a sua busca não passava de mera ilusão. Ali, diante daquele homem terrível e frio, não conseguia vislumbrar qualquer saída.

E, mais uma vez, escolheu.

— Diga-me o que quer de mim, e eu farei.
— Uma prova da sua lealdade, da sua fidelidade ao ideal, só isto. Uma tarefa bastante fácil, para você.
— Uma tarefa? — perguntou.
— Isso mesmo.
Dubhe sentiu-se pior ainda.
— Precisa cortar as pontes...
Yeshol levantou-se e começou a dar amplas passadas pela sala.
— Quero que mate aquele rapazola, Jenna.
Dubhe sentiu um arrepio gelado na espinha.
— Anda por aí fazendo perguntas ao seu respeito, e não gosto disso, e além do mais sei que está esperando por você, lá fora. Ele é o seu último vínculo com o mundo, depois da morte de Sarnek. Faz com que se lembre do seu mestre, o Traidor, desvia-a do seu verdadeiro objetivo.
— Ele não sabe de nada...
— Procura por você, e quem procura daquele jeito, quem ama daquele jeito, não se dá por vencido até encontrar alguma coisa. Por isso, quero que morra.
Dubhe sacudia nervosamente a cabeça.
— Mas não há motivo...
— Eu quero, e isto é motivo suficiente, pois sei que é a vontade de Thenaar, e quando Thenaar exige algo, um Vitorioso nunca se nega. Terá de fazê-lo.
— Não posso... não posso... está me pedindo uma coisa grande demais... eu...
— Você está morta, se não fizer. Não me interessa manter aqui um Assassino que se recusa a aderir ao nosso ideal.
Os olhos de Dubhe ficaram úmidos, continuou a sacudir a cabeça.
— Não faz sentido...
— Não me force a ser duro, Dubhe... e já sabe que posso ser muito mau...
Dubhe pulou de pé.
— Não! — gritou. — Isto é realmente demais, passou de qualquer limite. Nunca farei uma coisa dessas!
Nem mesmo assim Yeshol teve uma reação irada.

– Então morrerá... e não do jeito que está pensando...
Os homens apareceram da porta de repente e a agarraram pelos braços. Pareceram surgir do nada, Yeshol devia tê-los mandado ficar de prontidão. Dubhe conhecia-os, lembrava-se deles com horror.
– Eu lhe peço... – suplicou com um fio de voz.
A resposta foi um mero gesto com a mão. Levaram-na embora aos berros.

Foram dias infernais. Mais uma vez naquela cela escura, mais uma vez completamente só. A Fera rasgou-a, dilacerou-a, mostrou-se em todo o seu horror. Parecia ter-se fortalecido, e agora a dor era absoluta, pura. Botaram-na perto da Grande Sala, onde o cheiro de sangue era mais intenso. Nunca perdeu os sentidos, permaneceu sempre consciente, e o tormento pareceu-lhe infinito. Chegou finalmente a pensar que estava pronta a fazer qualquer coisa, desde que aquela tortura acabasse. Tudo o mais, o horror pelo pedido que lhe haviam feito, o nojo do sacrifício, tudo desaparecia atrás do horizonte do seu sofrimento.
Todos os dias Rekla vinha vê-la, de ampola na mão.
– Basta muito pouco... é só dizer sim.
Mas aquele sim não se formava em seus lábios, não queria dizê-lo. Jenna a ajudara, protegera-a e a beijara. Ele a amava. Se ainda havia algum resquício de humanidade nela, era a lembrança daquele rapaz. E era justamente por isso que Yeshol queria que ela o repudiasse para sempre.
Resistiu por mais de uma semana, e os dias pareceram-lhe anos. Mas todos têm um ponto de quebra, e ela já o superara.
Murmurou aquele sim no décimo dia, com os olhos cheios de lágrimas, e a poção, tão fresca na garganta, desceu queimando até o estômago, como um veneno.
"Encontrarei um jeito, agora só preciso acabar com isto... sim, encontrarei um jeito e ele não morrerá...", pensava, mas estava com vergonha de si e da própria fraqueza.
Apresentou-se na sala de Yeshol, mais uma vez. O Supremo Guarda estava de pé ao lado da biblioteca e sorria satisfeito.

— Cedeu, finalmente... eu sempre venço, Dubhe, nunca se esqueça disso, Thenaar sempre vence. Sofremos muito, corremos até o risco de desaparecer, mas sobrevivemos, e estamos prestes a voltar, e seremos grandes de novo, entende? E você faz parte deste imenso plano, deste majestoso esquema que dá sentido ao mundo.

Dubhe apertou os punhos, baixou a cabeça.

— Diga seus termos — murmurou.

— Tem o prazo de um mês. Depois disso quero a cabeça dele e uma ampola do seu sangue para o deus. Não me interessa como, faça como achar melhor. Se não me der o que eu quero, jogá-la-ei na mais profunda das nossas masmorras e deixá-la-ei morrer dilacerada pela Fera. E não estará sozinha. Mandarei matar tantos Perdedores quantos serão os dias que você aguentar.

Yeshol sorriu sarcástico.

— E agora vá rezar.

Dubhe saiu da sala. Não via qualquer solução. Não havia.

Partiu de manhã. Pensou rapidamente no templo, sem se deter a olhar a grande estátua atrás do altar. Já avisara Rekla na véspera, e ela nada dissera para se opor.

— Avise Sherva.

— Pode deixar.

Dubhe levantou-se e já ia embora quando Rekla a deteve.

— Desejo-lhe sorte na sua missão, Dubhe. Você verá: depois de realizá-la vai se sentir bem melhor. — E sorriu.

Desta vez pegou um cavalo. Não queria levar muito tempo, e além do mais desejava afastar-se daquele lugar o mais rápido possível.

Viajou depressa, forçando o cavalo a um galope frenético. Só três dias, tencionava não levar mais do que aquilo para chegar.

Parecia uma fuga, mas na verdade era a mais triste de todas as suas viagens.

Ainda não decidira o que fazer, mas de qualquer maneira, para não ficar desprevenida, levava a ampola consigo. Escondera-a num bolso secreto, longe da vista.

O sol surpreendeu-a no meio da manhã. Já se haviam passado vários meses desde a última vez que o vira, e o achou morno e suave. O cheiro da primavera estava no ar. Não se dera conta disso, na Casa. A escuridão distorcia até mesmo as estações, e o odor das flores, da grama fresca, não conseguia chegar ao seu quarto. Era como ficar num túmulo. Só cheiro de fechado e de morte, de pedra e de terra.

A Terra do Sol, a terra onde nascera, surpreendeu-a com o verde luminoso dos gramados. As árvores estavam floridas, havia um odor gostoso no ar. Sentiu-se vencer pela comoção.

Às lembranças antigas, do amado Mestre, juntavam-se agora as mais recentes, dos quase dois anos que passara sozinha, como ladra. Era uma época que nunca lhe parecera particularmente boa, mas pelo menos havia sido livre, e a liberdade era agora um luxo que não lhe era permitido.

Makrat continuava a mesma de sempre, confusa, linda e miserável ao mesmo tempo, mas principalmente grande, cheia de vida.

Passou pelo mercado onde, quase cinco anos antes, tinha voltado a ver a mãe. Ela já não estava, já o sabia havia muito tempo.

Nunca poderia ter pensado que rever Makrat pudesse ser tão doloroso. Era como ficar numa cadeia e olhar o mundo através das grades. Estava em casa e, ao mesmo tempo, muito longe. Continuava presa ao seu quarto, na Casa.

Andou sem meta, acariciando o punhal embaixo da capa. O que iria fazer ao encontrar Jenna? Realmente obedeceria às ordens de Yeshol? E se não obedecesse? Mais inocentes iriam morrer e de forma muito pior. Se assim quisesse, poderia matar Jenna sem que ele mesmo percebesse, sem que sofresse. Seria quase um ato de misericórdia.

Meneou a cabeça, horrorizada. Afinal tomou uma decisão.

"Só vou até lá para dar uma olhada, nada mais."

Sabia onde encontrá-lo. Conhecia todos os lugares onde o rapaz roubava, os ambientes que frequentava, sabia tudo dele. Agora que o tinha perdido, percebia que fora o seu único verdadeiro amigo. Sempre fizera o possível para escorraçá-lo, para mantê-lo longe, mas não adiantara.

Divisou-o de longe, magro como sempre, numa gasta capa marrom. Bastou-lhe uma simples olhadela para perceber até que ponto ele tinha mudado e compreendeu que durante aqueles meses devia ter passado por maus bocados.

"Quem ama daquele jeito", dissera Yeshol, e agora Dubhe entendia. Sentiu um aperto no coração.

Parecia mais pálido que de costume e menos animado. Não estava trabalhando, simplesmente perambulava por ali sem uma meta precisa.

Dubhe seguiu-o. Redescobriu um antigo prazer que já havia experimentado ao reencontrar a mãe. Observar uma pessoa amada que vive longe, sem que ela saiba. Espiava-o com afeto, via-o fazer as coisas corriqueiras de todos os dias, os gestos que conhecia tão bem. Reconhecia-o com carinho, com comoção. E mesmo assim, de alguma forma, não parecia o de sempre. Aquele seu vaguear como uma alma penada, circulando por zonas da cidade que antes não frequentava, a maneira com que falava, o seu jeito triste e desconsolado. Tudo aquilo que Yeshol contara era verdade. Estava procurando por ela.

Acompanhou-o até a hora do jantar. Entrou com ele numa taberna.

Jenna pediu uma refeição modesta, que comeu na mais completa solidão. Tinha consigo um papel, que esticou em cima da mesa. Quando o taberneiro chegou com a sopa que pedira, segurou-o pelo braço.

– Já viu esta jovem?

Dubhe apertou-se na capa, escondeu mais ainda a cabeça no capuz.

"E agora? O que vou fazer agora?"

A noite descera com suas sombras sobre a cidade. No passado, a noite teria sido o reino de Jenna. Era no escuro que se mantinha mais ativo e fazia os seus negócios. Era à noite que contactava os clientes, que armava as suas tramoias.

Mas não agora. Agora limitava-se a bater pernas na rua com passo cansado, sem ter uma verdadeira meta aonde ir.

Dubhe seguiu-o de longe, sem perdê-lo de vista, enquanto uma lua gélida e metálica surgia sobre a cidade, entre transeuntes cada vez mais raros, nos becos tortuosos.

Acabaram ficando só eles dois. As passadas ruidosas e arrastadas dele, os passos aveludados e felinos dela, que o acompanhavam como uma sombra. Encolhia-se nas reentrâncias dos muros, observava-o. Ela mesma não sabia o que estava fazendo.

"Vá embora ou então faça aquilo que não gostaria de fazer. Seja como for, escolha o seu destino de uma vez por todas...", disse a si mesma, mas não conseguia.

Talvez se distraísse, perdida em seus pensamentos, ou quem sabe quisesse realmente ser descoberta, mas acontece que a certa altura tropeçou e Jenna ouviu alguma coisa.

Parou de repente e foi bastante rápido para não lhe dar tempo de desaparecer, como ela estava acostumada a fazer.

– Quem está aí? – A sua voz era incerta.

Divisou-a quase na mesma hora e não demorou a reconhecê-la.

– Dubhe?

Seu rosto iluminou-se imediatamente, e correu para ela.

Dubhe não soube o que fazer. Agiu de impulso, como sempre fizera em seus trabalhos.

"Não havia outra escolha."

De punhal na mão, bloqueou-o com o braço livre encostando-o na parede e apertando ao mesmo tempo sua garganta.

Ele foi pego de surpresa e a fitou incrédulo.

O punhal já se levantara, acima da sua cabeça. Dubhe já localizara o ponto onde vibrar o golpe, bastaria apenas baixar o braço para Jenna morrer quase sem perceber.

– Dubhe...

Parecia um chamado, um atônito pedido ao qual era impossível não responder.

Viu-o indefeso à sua mercê: foi como ver o rosto dele pela primeira vez. Afastou-se horrorizada, soltando o punhal.

– Não posso... não posso... – murmurou, e então deixou-se escorregar ao chão, o rosto entre as mãos, a chorar como uma criança.

Jenna ficou por alguns momentos aparvalhado diante dela, então também agachou-se e a abraçou.

— Andei à sua procura, por toda parte, sem parar um só momento desde... — ficou vermelho — desde a última vez que nos vimos.

Estavam na casa dele. Não parecia ter mudado muito, só ainda mais desarrumada. Sentaram à mesa, uma tigela cheia de leite diante de cada um.

— Não conseguia convencer-me de que você tinha realmente ido embora, e o fato de não saber para onde me atormentava.

Dubhe baixou os olhos para a tigela. Não sabia o que dizer. Só sentia vergonha por ter chegado a pensar, mesmo por um só momento, que poderia matá-lo.

Jenna ficou por alguns instantes calado.

— Onde se meteu, Dubhe?

Ela fungou. Seus olhos ainda estavam úmidos, queimavam devido ao pranto. Fazia muito tempo que não chorava daquele jeito.

— Está com uma péssima aparência... e afinal... por que me agrediu? Aconteceu alguma coisa?

Por onde começar? E o que lhe contar para não deixá-lo numa situação ainda mais perigosa? Mas afinal a sua vida já corria perigo.

— Estou na Guilda, agora.

Jenna ficou como que petrificado. Ela tirou a capa e mostrou-lhe os seus novos trajes: as calças pretas, o casaco e o corpete, também pretos.

— Não é possível — ele murmurou.

— Mas precisa acreditar, infelizmente. Mandaram que o matasse.

Jenna estava cada vez mais incrédulo.

— E você faria isto?

Ela ficou por alguns momentos em silêncio.

— Não, nunca — sussurrou.

Jenna pareceu reencontrar alguma segurança.

— Não consigo acreditar... Afinal, Sarnek odiava a Guilda, não é verdade? Fugira dela, ora essa! E estes últimos dois anos, sempre se mudando de um lugar para outro, arrumando todo tipo de serviço, você não os passou justamente tentando se livrar daqueles loucos? E o que faz agora? Atraiçoa a memória do Mestre, esquece tudo e vai se juntar àqueles malditos assassinos?

As lágrimas voltaram a correr fartas, silenciosas.

— Por favor, não chore... — ele disse, mortificado.

– Gostaria de explicar... mas é complicado... e além do mais... não quero que fique com ideias estranhas na cabeça... Eu...
– Está sendo forçada?
Ela anuiu.
– Lembra que antes de partir eu lhe contei que estava mal? É uma doença que eles mesmos me arranjaram e que só eles podem curar. É por isso que me juntei à Guilda.
– Mas... mas os sacerdotes cuidam das doenças, e algum deles deve certamente ser capaz de...
Dubhe meneou a cabeça, depois descobriu o braço e mostrou a marca.
– É uma maldição. Pegaram-me com o engano, está me entendendo? Terei uma morte horrenda se não ficar com eles, uma morte que eu...
– Tem alguma coisa a ver com a clareira?
Sempre fora esperto, o rapaz.
– Tem.
Jenna calou-se um momento.
– Não é possível que alguém como você consiga ficar no meio daquela gente maldita, devido ao que o Mestre sempre lhe ensinou e àquilo em que você sempre acreditou. E, além do mais, dá para ver no seu rosto... Você está se consumindo.
Dubhe meneou a cabeça.
– Teria sido melhor eu não contar.
– Nem pense nisso, e por quê?
– Porque você tem a mania de salvar-me, mas desta vez não pode, nunca pôde, entende? A minha vida tomou este caminho, não há tábuas de salvação, pelo menos ainda não há, só posso cair cada vez mais para baixo!
Recomeçou a chorar.
– Querem que mate você porque não estão satisfeitos comigo. Não sou bastante impiedosa, não acredito bastante no seu maldito deus. É por isso que querem que o mate, e se eu não o fizer, então matarão a mim e a muitos outros.
Jenna ficou roxo de raiva, deu um violento soco na mesa.
– Maldição! – gritou.
– Sinto muito... – ela disse – sinto muito...

Ele a abraçou de novo, com força, e desta vez Dubhe não tentou esquivar-se e, aliás, apertou-o com calor.

Dormiu ali mesmo, naquela noite, como já fizera quando ele salvara a sua vida depois do episódio no bosque. Acordou bem cedo, e o sol que lhe acariciava o rosto era uma agradável novidade, depois de tanto tempo nas entranhas da terra.
Jenna já estava de pé, aprontando o desjejum.
Dubhe quis aproveitar os primeiros minutos matinais para entregar-se àquela atmosfera familiar. Preferiu não falar no dia anterior, tomou com gosto uma xícara de leite quente, comeu com prazer o pão dormido. Era o seu cantinho de vida normal, e queria saboreá-lo até o fim. Quem quebrou o encanto foi ele.
– Quero salvá-la. Não interessa que você não me julgue capaz, e tampouco interessa que você não queira ser salva. Você já sabe... afinal... o que representa para mim.
Dubhe sorriu com tristeza.
– Se quiser salvar-me, vá embora e nunca mais apareça.
Ele ficou sem saber o que dizer.
– O que...
– Esconda-se, fuja de Makrat, suma sem deixar rastro. Mude de nome, procure um lugar onde ninguém o conhecera. Contarei que procurei por você, mas que não o encontrei, e talvez me concedam um pouco mais de tempo.
Jenna baixou os olhos sobre a xícara vazia.
– Não vai adiantar... se disseram que um de nós, ou eu ou você... não creio que se deixarão enganar por um estratagema tão bobo... ou você ou eu, Dubhe, e então... é melhor que seja eu.
– Não diga uma coisa dessas nem de brincadeira, está me entendendo? Nem de brincadeira.
– Por quê? Você tem alguma outra solução sensata?
– Aquela que acabei de dizer.
– Não irá livrá-la daquele lugar miserável.
– Estou investigando.
– Não quero perdê-la de novo, não posso ficar olhando enquanto você volta para aquele inferno.

— Já lhe disse, estou investigando, e já consegui alguma coisa. Descobrirei onde guardam o remédio e, depois de roubá-lo, fugirei. E então poderemos voltar a nos ver.

— Nada disso. Vai ser como no dia em que foi embora. Você desaparecerá no horizonte e nunca mais a verei!

Ela fitou-o fixamente nos olhos.

— Você é a única coisa que me liga à vida daqui de fora, compreende? A única. E, por isso mesmo, nunca me poderá perder realmente.

— Deixe que a ajude, eu lhe peço...

— Faça como eu disse. Não quero brincar com você, livrar-me de você. Se fizer como eu mandei, então poderá realmente ajudar-me.

Jenna gaguejava.

— Parei de roubar, por você... não fiz outra coisa a não ser procurar... o tempo todo...

— Pare de fazê-lo. Foi por isso que o encontraram e que me encarregaram desta tarefa. Suma, eu lhe peço... depois de sair de lá, encontrarei uma maneira de voltar, eu juro.

Jenna olhou para ela, cheio de dúvidas. Não acreditava, nunca acreditaria, e Dubhe tampouco achava que poderia de fato manter a promessa. Tinha ido longe demais, mesmo que conseguisse fugir jamais poderia voltar para ele, pois seria morte certa para ambos.

— Como quiser — ele disse. — Mas nunca irei perdoar-lhe se não voltar.

Dubhe sorriu com tristeza.

Despediram-se ao entardecer.

— Partirei esta mesma noite — ele disse. — Irei...

— Não me conte. Prefiro não saber. Quando me livrar deles, procurarei por você. Sabe que sou muito boa neste tipo de coisas.

— Sei... — ele concordou com um sorriso.

Depois voltou a ficar sério e a fitou.

— Desde o dia em que a beijei nada mudou para mim. Nunca mudará. Amo você.

Dubhe sentiu um aperto no coração. Bem que gostaria de retribuir aquele sentimento, mas não conseguia. Não lhe era possível.

Amara uma única vez na vida, e nunca mais iria acontecer, tinha certeza disso.

— Eu também gosto de você — mentiu, e em seguida deu-lhe um breve beijo nos lábios, casto, rápido. — Fuja, faça isso por mim.

— Farei — ele disse emocionado.

Então Dubhe deu as costas e, como sempre, desapareceu rapidamente.

27

O PACTO

Para Lonerin começou um período difícil, estafante. Nos primeiros dias não fez outra coisa a não ser trabalhar com toda a aplicação, estudando os lugares aonde era-lhe permitido ir, procurando descobrir eventuais falhas na vigilância dos Assassinos.
A liberdade de locomoção quase não existia. Os Assassinos não paravam um só instante de espioná-lo, e o trabalho era extremamente duro. O único momento em que a vigilância afrouxava era à noite. Um guarda ficava de plantão, mas não fazia o seu trabalho com muita diligência. Às vezes dormitava, amiúde se ausentava. Afinal, os Assassinos não deviam considerá-los muito perigosos: eram seres prostrados, desprovidos de qualquer vigor, primeiro enfraquecidos pelos sofrimentos que os induziam a ir até lá, e depois esgotados por um trabalho que nunca parava. Provavelmente, nem consideraram a possibilidade de alguém se infiltrar daquele jeito. Lonerin decidiu apostar tudo neste pequeno descuido.
A primeira coisa que fez foi procurar as pedras. Precisava absolutamente delas. Sem os seixos mágicos, com efeito, não teria como entrar em contato com o Conselho. Se não pudesse enviar os seus relatórios, a sua única saída seria fugir daquele lugar, uma solução que, no entanto, lhe parecia complicada e incerta demais para ser posta em prática. Claro, mais cedo ou mais tarde iria fugir, mas preferia não fazer com que o sucesso dependesse da sua missão.
Procurou entre os corpos adormecidos, até perguntou aos poucos que haviam acordado. Das pedras, nem sombra.
– Um de nós limpa este dormitório todos os dias. Pergunte a ele – disse-lhe um homem.
Lonerin foi logo falar com a pessoa que lhe fora indicada, mas descobriu que tinha a ordem de jogar fora tudo, coisa que justamente

fizera também com aquelas pedras que só lhe haviam parecido um tanto diferentes.

Lonerin sentiu um nó na garganta. Estava sozinho na fortaleza do inimigo, sem mais qualquer possibilidade de contato com o exterior, e o sucesso da missão dependia da sua sobrevivência, coisa que naquela altura parecia bastante duvidosa. Foi um golpe tremendo. Agora já não tinha escolha, precisava realizar a missão o quanto antes e sair vivo dela. Entregou-se de corpo e alma à investigação, que sempre levava adiante nas horas noturnas, as mais seguras.

Mexer-se à noite, de qualquer maneira, também podia ser perigoso. Os Postulantes usavam trajes facilmente reconhecíveis, e ser descoberto perambulando pela Casa significaria certamente uma morte imediata. Era preciso encontrar alguma coisa que pudesse disfarçá-lo.

Certo dia a sorte decidiu favorecê-lo. Na noite anterior os Assassinos estavam bastante agitados, a Casa parecia tomada por um estranho frenesi.

– O que está acontecendo? – Lonerin perguntou a um Postulante.

– Um de nós foi escolhido, o seu sonho será realizado – respondeu o homem.

Tinha nos olhos uma luz de inveja que deixou Lonerin gelado. Mais ainda, no entanto, sentiu-se tomar por uma explosão de ódio que lhe incendiou o estômago. Um sacrifício. Como o da mãe. Detestava aquele fanatismo que cheirava à morte, a maneira com que se rejubilavam, pois sabia que era com o sangue dos outros que se alegravam. Quando o homem se afastou, mordeu o lábio.

Achou que não era uma noite apropriada para dormir muito profundamente. Por certo, todos os Assassinos iriam participar do sacrifício e, com um pouco de sorte, os Guardas também.

Lonerin ficou acordado na cama, fingindo uma respiração pesada da exaustão, de olhos entreabertos para a entrada da sala, onde estava o guarda.

Foi como tinha imaginado. Na calada da noite alguém apareceu.

– Posso ir?

– Claro, é um momento importante, e você não pode perdê-lo só para vigiar esta escória.

– Ainda bem, pensei que iria passar o resto da noite a mofar aqui mesmo.

O homem se levantou, vestiu a capa e foi embora com o outro. A hora certa chegara. Todos os Assassinos estavam provavelmente no mesmo lugar, quase certamente no templo. Havia bastante liberdade de movimento.

Logo que saiu do dormitório, Lonerin sentiu-se nu. Com o seu jaleco de pano claro, com o seu olhar abatido, sobressaía nos salões vazios como um peixe fora da água.

Diante dele descortinou-se um labirinto de corredores. Seria muito fácil perder-se por ali. Ainda bem que saíra preparado. Estava levando consigo um fiapo de feno. Na hora de voltar poderia usá-lo para um simples encantamento que indicaria a direção a tomar, e poderia regressar ao seu aposento antes que o descobrissem.

Aquela primeira exploração deu bons frutos. Descobriu que a ala reservada aos Postulantes estava completamente separada dos ambientes frequentados pelos Assassinos. Era um andar inteiro destinado aos cuidados da Casa, como eles mesmos diziam.

Já conhecia a cozinha, mas a lavanderia, por exemplo, era-lhe desconhecida. Chegou lá por acaso, o que foi bom para ele, pois estavam cheias de trajes pretos.

Pegou uma capa particularmente gasta, que encimava uma pilha de roupas velhas. Provavelmente iram jogá-la fora, e ninguém repararia no seu desaparecimento.

Saiu então da lavanderia e dirigiu-se sem titubear ao refeitório. Era um caminho que conhecia, pois já lhe coubera várias vezes a tarefa de servir à mesa.

Uma vez alcançado o refeitório, passou rapidamente pela sala, de rosto bem escondido embaixo do capuz, e chegou ao outro lado, onde havia um corredor. Até então sempre tinha olhado para ele com ansiedade, como se fosse um lugar escuro onde podiam ocultar-se os segredos que viera procurar.

Já era muito tarde. Passara tempo demais na lavanderia e na ala dos Postulantes, e agora tinha de apressar-se se quisesse dar pelo menos uma primeira olhada na Casa. Estava preocupado, mas ao mesmo tempo desejoso de continuar a busca. A oportunidade era boa demais.

Esticou cautelosamente a cabeça dentro do corredor. Era iluminado pela tênue luz de uns poucos archotes e parecia bastante úmido. Um ar mefítico, denso de sangue, chegava-lhe às narinas. De ambos os lados do corredor, a intervalos regulares, havia portas de madeira agora trancadas. Sem dúvida alguma, os alojamentos dos Assassinos. Era um labirinto, com muitos corredores secundários, mas Lonerin preferiu seguir em frente pelo principal, o maior. Ouvia no fundo um ruído trovejante, obscuro, que parecia surgir da própria pedra e a fazia vibrar como se fosse viva.

Prosseguiu. À medida que avançava, o barulho tornava-se mais claro e terrível. Eram vozes que berravam, em uníssono, gritando palavras que Lonerin não conseguia entender.

Seu coração disparou. Devia estar certamente muito perto do local da cerimônia.

Ele começou a bater descompassado, o pensamento da mãe invadia lentamente sua cabeça enquanto os pés não queriam parar.

Tinha a impressão de o corredor se prolongar de forma desumana, de a meta ainda estar muito longe, talvez irremediavelmente fora de alcance. Era apenas um ponto de luz, vermelho como uma gota de sangue, no fim do caminho que estava percorrendo.

Acelerou o passo enquanto a gritaria da multidão enchia a sala e o corredor, fazendo estremecer as paredes. Finalmente chegou, e a vermelhidão da meta envolveu-o, engoliu-o. Parou.

Estava no limiar de uma sala imensa, uma enorme caverna iluminada por uma luz cor de sangue, apinhada de Assassinos. Agitavam-se, entregues a uma espécie de furor místico, e dirigiam os seus gritos para um ponto específico do salão.

Uma enorme estátua de cristal negro, Thenaar, o Deus Negro. Acorrentado, havia um homem, que daquela distância era quase indistinguível. Sangrava de uma ferida no peito e, pouco a pouco, ia se deixando cair numa piscina cheia de um líquido vermelho.

Pensamentos terríveis remoinharam na cabeça de Lonerin enquanto seu estômago se torcia num enjoo selvagem que ele mal conseguia controlar.

"A minha mãe fez isto por mim. O seu corpo tinha uma ferida no peito. O sangue da minha mãe. Aos pés daquela estátua."

Caiu ao chão, gritou, com a cabeça entre as mãos. O seu berro perdeu-se no tumulto da multidão.
  Tinha os olhos vidrados, totalmente tomado de horror. Queria fugir, mas estava pregado àquela cena.
  Um grito mais alto à sua volta, e Lonerin recobrou-se.
  "Longe, longe daqui!"
  Fugiu apavorado, sem nem mesmo saber aonde ia. Os corredores pelos quais passava eram todos dramaticamente iguais, e o estrondo da multidão, o cheiro do sangue, do sangue daquele homem, perseguiam-no por toda parte. Meteu-se em alguns becos sem saída, perdeu-se, achou que já não tinha escapatória.
  Apoiou-se na parede. Estava abalado, mas precisava absolutamente recuperar o controle de si mesmo. As lembranças, no entanto, não paravam de atormentá-lo.

Não sabe como acabou chegando ali. Foi andando, com os amigos, nada mais do que isso.
  – Há um lugar terrível, que dá medo, não muito longe do templo – dissera um deles, e então decidiram ir, só para mostrar que com eles ninguém podia, que nada os assustava.
  Lonerin tinha ficado à frente do grupo o tempo todo. Os outros continuam a olhar para ele como se fosse um fracote. Já teve a febre vermelha, e a sua mãe desapareceu. Desde então todos procuram tratá-lo com cuidado. E ele não gosta.
  Foi o primeiro a chegar e não sabe exatamente como aquilo aconteceu. Veio andando e só sabe que agora seus pés estão parados e suas pernas moles.
  – É aqui? – alguém pergunta com voz trêmula.
  Ninguém responde, pois todos sabem que é ali mesmo. O lugar terrível.
  Há ossadas, muitas, espalhadas em volta, e um cheiro de carniça que dá um nó na garganta.
  – Não estou gostando – diz outro.
  Lonerin sente que precisa seguir em frente. Não há outro jeito. Continua a olhar para o alvor das ossadas no breu da noite.

Supera a colina e quase não consegue abafar um grito. Já não se trata de ossadas. São mortos de verdade. São cadáveres. E então aquele corpo. A túnica de ríspido pano, negra de sangue, e os cabelos desgrenhados, espalhados no chão. E uma larga ferida, profunda, no peito. Os olhos fechados, como se estivesse dormindo, o rosto branco. Ela. Grita, grita, grita.
Dali a alguns dias, depois de recuperar a voz, dão-lhe uma explicação, diante do túmulo.
— Quem tem alguma coisa a pedir ao Deus Negro vai ao templo e oferece a própria vida. E assim consegue o que pediu. Foi o que a sua mãe fez.

Lonerin sacudiu a cabeça, tentando recobrar-se. Procurou esquecer as imagens da mãe na vala comum, tentou recuperar o controle sobre si mesmo. Estava encharcado de suor gelado, tremia e seu coração martelava em seu peito, acelerado. Sentia-se capaz de matar. Se porventura encontrasse um Assassino iria matá-lo na mesma hora com as próprias mãos, esquecendo por completo a missão.
"Preciso voltar."
Mas o ódio é um velho amigo ao qual é gostoso entregar-se e que estava mais uma vez procurando um espaço só dele, vinha à tona.
Lonerin abafou-o com a razão. Era preciso evocar o encantamento, pois do contrário jamais conseguiria voltar ao dormitório.
Segurou o fiapo de feno entre os dedos, mas duas vezes ele caiu e teve de dobrar-se para apanhá-lo. O tremor das suas mãos quase o assustou. Até recitar a fórmula foi muito difícil. Não lembrava as palavras, e a língua não queria mexer-se.

Não fala. Lonerin fica vários dias sem falar. Quando gritou, a sua voz simplesmente sumiu. Agora talvez esteja pairando em cima da vala comum ou quem sabe da pequena tumba com somente uma tábua de madeira e o nome gravado. Perdeu-se em algum lugar, longe da sua garganta.
— Por que não fala, Loni? Por quê?

Finalmente, depois de muito esforço, conseguiu. Um raio azulado, muito fraco, tomou forma no ar denso. Lonerin começou a correr.

Quando chegou ao refeitório conseguiu finalmente respirar com um pouco mais de calma, mas só mesmo ao alcançar de novo o setor dos Postulantes achou que tinha de fato deixado aquele terrível pesadelo para trás.

Apoiou-se na parede, ainda ofegante. Uma lágrima despontou no canto de um dos seus olhos. Uma lágrima de dor, de raiva e de impotência.

Logo que voltou, Dubhe cruzou quase imediatamente com Rekla, que olhou para ela excitada.

– Então? Já acabou?

– Ele não estava em Makrat.

Rekla mudou de expressão na mesma hora.

– Até a semana passada estava, os nossos o viram.

– Deve ter ido embora depois disso.

Dubhe ia se afastar, mas Rekla segurou-a pelo braço com mão de ferro.

– Está me machucando...

– Não se atreva a nos fazer de bobos... não se atreva... achei que já tinha entendido até que ponto posso ser cruel, e você ainda insiste...

Dubhe procurou manter a calma.

– Estou falando a verdade. Voltei porque ele não estava em Makrat. Contratei uma espécie de informante para que me mantenha a par das coisas.

– Se não for verdade, já sabe o que a espera...

– Sua Excelência disse que eu dispunha de um mês para fazê-lo. Por que está me pedindo isso agora? Ainda tenho mais de vinte dias.

Rekla ficou olhando um bom tempo para ela, com ar ameaçador.

– Vou dizer mais uma vez: se estiver mentindo, daqui a vinte dias vai se arrepender.

Deixou-a, e Dubhe encaminhou-se pelo corredor com ostensiva calma. No coração, no entanto, tinha uma verdadeira tempestade. O encontro com Jenna fizera-a entender que chegara ao fundo do poço. Não podia mais ficar ali, não havia como. Pouco a pouco estava perdendo a sua humanidade.

A iniciação, o sacrifício, a ordem de matar Jenna eram etapas de um percurso doloroso que só podia levá-la à loucura.

Tomou uma decisão.

Voltou às aulas com Sherva, foi condescendente e diligente a tarde inteira, mas Sherva não era um sujeito ao qual se pudesse esconder alguma coisa facilmente.

— Foi muito boa, devo admitir, melhor ainda do que eu podia esperar, aliás — disse quando acabaram. — Não pensei que já estivesse tão preparada, a ponto de se manter concentrada e ativa mesmo com a mente pensando em outra coisa.

Dubhe sabia que a hora chegara. Já não podia voltar atrás.

Postou-se diante dele, empertigada, ainda ofegante depois do longo treino da tarde.

— Então?

— Preciso da sua ajuda.

Sherva foi pego de surpresa.

— Nada, nada no mundo vale o preço que estou pagando, mas mesmo assim ainda não estou preparada a deixar-me simplesmente morrer, a aceitar sem reagir o destino ao qual Yeshol me condenou.

— Talvez você tenha me interpretado mal — foi logo dizendo Sherva, cauteloso. — A minha atitude em relação ao culto talvez a tenha levado ao engano...

— Você não é como os outros, você só adora a si mesmo.

Sherva ficou impressionado.

— Sim, talvez seja isso...

— Você sabe muito bem que só deve obediência a si mesmo. Pode então entender se eu lhe disser que preciso sair deste lugar.

Sherva meneou a cabeça.

— Estou na Guilda há muitos anos, devo muita coisa à Casa...

— Mas só fica aqui porque não acredita ter alcançado, ainda, o nível que lhe permita matar Yeshol — interrompeu-o Dubhe.

Sherva calou-se. Provavelmente não acreditava que aquela moça pudesse ler tão bem no seu coração.

— Não fique surpreso. Sou jovem, mas posso entender, pois já vi muitas coisas no mundo.
— O motivo pelo qual estou aqui nada tem a ver com a minha fidelidade a este lugar. Estou avisando, não diga nem mais uma palavra.
— E por quê? Vai denunciar-me? Já estou desesperada e, antes de sufocar lentamente neste buraco, prefiro morrer logo e acabar com isso.
Sherva levantou-se.
— A aula acabou. Esquecerei o que me disse, mas agora vá embora.
Dubhe ficou onde estava, imóvel.
— Suma daqui, eu já disse. Você não conhece a minha crueldade. Vá logo, é melhor.
Dubhe não desistiu.
— Na Grande Sala há uma passagem, sei disso, mas não consegui encontrá-la. Só me diga onde está.
— Não há passagem alguma, você está enganada.
— Existe sim, e leva aos aposentos dos Monitores.
Sherva fitou-a, ameaçador.
— Está querendo me forçar a matá-la?
— É o único em que confio aqui dentro. Só quero que me diga como encontrar a passagem.
— Se alguém sair daqui, será o fim, entende? Ninguém pode abandonar este lugar. Desista.
— Está com medo de ser morto? É isso que você receia?
— Não banque a espertinha comigo... Você quer a poção para poder ir embora.
Dubhe apertou os punhos, mordeu os lábios.
— Você não acredita em Thenaar, não acredita nos malditos ritos deste lugar, você só quer o poder para si! E então o que lhe custa dizer, o quê? Pouco se importa com o destino desta Casa, ora essa! Ou acha realmente que o dia de Yeshol ficar ao seu alcance nunca chegará?
Sherva permaneceu impassível, gélido.
— Saia.
Não tinha funcionado. Não havia mais nada a dizer. Dubhe baixou a cabeça, foi lentamente a caminho da porta.

"Vou conseguir sozinha", repetia a si mesma, mas isto significava perder muito mais tempo, e o seu tempo estava acabando.

– Aos pés da estátua, entre as duas piscinas, há outra estátua, como no templo.

A voz de Sherva havia sido pouco mais do que um murmúrio, mas fizera mesmo assim estremecer Dubhe.

A jovem virou-se com uma expressão de gratidão nos olhos, mas o rosto do Monitor do Ginásio continuava gélido.

– Suma – sibilou.

Dubhe não se fez de rogada.

Agiu sem perder tempo, naquela mesma noite.

Logo que teve certeza de que, na Casa, todos dormiam, saiu do quarto e apressou-se na escuridão.

Tinha a impressão de que seus pés eram ruidosos demais, parecia-lhe que cada passo provocava um estrondo insuportável. O coração ribombava no seu peito, as juntas estalavam. Parecia-lhe que tudo, nos seus movimentos, provocava barulhos ensurdecedores. Sabia que era só impressão. Sherva havia sido um bom mestre.

"Tudo bem... está tudo saindo direito..."

Parou na entrada da sala, com o coração palpitando. Lá dentro reinava a calma, ninguém à vista. A estátua de Thenaar molhava os pés no sangue.

Dubhe desviou os olhos das piscinas. Eram um convite para a Fera que, ao longe, já esperneava.

Entrou com cuidado e ficou algum tempo observando a estátua. Sempre pensara que as duas piscinas estivessem unidas ou que, de qualquer forma, as suas bordas se tocassem sob as pernas de Thenaar, impedindo a passagem. Olhando melhor, no entanto, percebeu que havia um pequeno espaço escuro dificilmente identificável. Era apertado, e era certamente preciso espremer-se contra a estátua para alcançá-lo, mas lá estava ele.

Agradeceu mentalmente a Sherva, então seguiu em frente. Precisava encontrar a estátua de que o instrutor falara e, depois, o lugar nela que devia ser pressionado para acionar o mecanismo da porta.

O fato de Sherva ter mencionado o templo, no entanto, levava-a a pensar que a trava estivesse basicamente no mesmo lugar.

Avançou de olhos fixos nos pés da estátua, concentrada, mas não o bastante para não perceber o que acontecia em volta. No começo foi somente uma vaga sensação de perigo, depois um ruído claro e desajeitado. Havia alguém.

Seu corpo reagiu como uma máquina.

Duas noites depois do sacrifício, Lonerin já voltara para lá.

Apesar de sentir-se ainda bastante abalado, não era certamente hora de perder mais tempo. Podiam sacrificá-lo a qualquer momento e, portanto, precisava agir logo.

Saíra então mais uma vez, naquela noite. Era preciso entrar nos aposentos dos Assassinos, e decidira desenhar um mapa o mais detalhado possível daquele lugar, para então voltar e dar uma olhada durante o dia, se só encontrasse um jeito de fazê-lo.

Estava agora na sala onde acontecera o sacrifício, no meio da noite. Passou por lá rapidamente, com passadas que ecoavam na abóbada do teto. Mas não se importava com aquilo. Afinal, àquela hora, o local estava vazio.

E foi por este motivo mesmo que, quando uma mão fria agarrou seu pescoço, ficou petrificado. A mão jogou-o contra a parede atrás dele, e logo ele viu o brilho de um punhal.

Tudo havia sido extremamente rápido, tanto que ele nem teve tempo de ficar com medo. O terror veio depois, incontrolável, e transformou em geleia seus joelhos.

Encostado na sua garganta, Lonerin podia sentir o frio punhal, e um pouco mais longe via um rosto que reconheceu imediatamente. A jovem do templo, aquela que vislumbrara quando ainda esperava que a Casa o aceitasse.

– Você? – ela murmurou, incrédula, afrouxando um pouco o aperto na garganta. Também o reconhecera.

De qualquer maneira, Lonerin achou que estava perdido. Já estava a ponto de pedir que a jovem acabasse com ele rapidamente.

Mas, de forma inesperada, ela baixou o punhal.

– O que está fazendo aqui?

Lonerin não conseguiu falar. Tinha a boca totalmente ressecada enquanto as mãos e as pernas tremiam. Estava aturdido, não entendia.

A jovem aguardou por alguns instantes uma resposta, depois olhou em volta, circunspecta.

– Aqui poderiam nos ver – concluiu.

Com uma chave de braço, afastou-o da parede segurando-o firmemente pelo pescoço. Desta vez, no entanto, não achou necessário ameaçá-lo com o punhal nas costas.

– Mexa-se.

Atravessaram a sala bem depressa. A jovem tinha um passo ligeiro e, ao mesmo tempo, absolutamente silencioso, enquanto os pés dele arrastavam-se ruidosamente na pedra.

– Não consegue andar sem fazer barulho? – ela rosnou.

– Eu... – gaguejou Lonerin, reencontrando a voz.

– Mexa-se – ela disse, encerrando o assunto.

Voltaram aos corredores, em seguida tomaram um caminho secundário, até uma porta. A jovem abriu-a com alguma dificuldade, empurrou Lonerin para dentro e então fechou-a atrás de si.

Era um cubículo escuro e frio, com uma cama e uma arca. Lonerin estava no quarto de um Assassino, e levou algum tempo para focalizar aquele estranho e inesperado acontecimento que caíra do céu deixando-o simplesmente boquiaberto.

A jovem agachou-se no chão ao seu lado.

– Fale baixinho, não quero que nos ouçam – ciciou. – E nada de brincadeiras.

Depois de uns segundos, Lonerin anuiu. Ainda estava aturdido. Agora podia olhar melhor para a garota. Era mais jovem do que ele e graciosa. Os traços eram sem dúvida alguma os de uma mocinha recém-saída da adolescência, mas a expressão era adulta, ainda mais porque se percebia nos seus olhos a sombra de um silencioso sofrimento que logo despertou nele uma mistura de pena e simpatia. Parecia mais magra e sofrida, desde a última vez que a vira, e mais pálida, mas talvez fosse porque, daquela vez, só olhara para ela de relance.

– Você é um Postulante? – A voz agradável interrompeu o fio dos seus pensamentos.

– Por que me trouxe aqui? Seja como for, não tenciono contar coisa alguma!

A jovem suspirou. Guardou o punhal na bainha.

– Pronto. Ficou mais tranquilo agora?

Lonerin estava desnorteado, não sabia o que pensar. Podia ser uma cilada. Mas a jovem, em lugar de dar o alarme, levara-o ao seu quarto. Não fazia sentido.

– Por que me trouxe aqui? – repetiu.

– Para entender.

Lonerin achou que, talvez, a melhor defesa fosse o ataque.

– E você? O que é que você estava fazendo? Os Assassinos não andam por aí, na calada da noite...

A tática deu certo. A jovem ficou levemente vermelha.

– Vamos fazer o seguinte: eu respondo às suas perguntas, e você às minhas? Está bem?

Era a conversa mais absurda e perigosa que já tivera.

– Está bem.

Falou de impulso, esperando que fosse a resposta certa.

– Você não é um Postulante normal, certo? Percebi logo que o vi pela primeira vez no templo.

Lonerin ficou melindrado.

– E o que a levou a esta conclusão?

A jovem deu de ombros.

– Os verdadeiros Postulantes não têm qualquer motivo para viver a não ser o desejo que os anima. Você tinha os olhos cheios de outras coisas.

Lonerin sentiu um arrepio nas costas. A menina era perspicaz. Com os outros a encenação funcionara.

– Como se chama?

– Lonerin, e você?

– Dubhe.

A resposta rápida e franca tranquilizou-o. Talvez não se tratasse de uma cilada.

– Então? – insistiu ela. – O que estava fazendo ali? E quem é você?

– Comece você.

Dubhe amuou-se, mas começou:

— Estava procurando uma passagem para os alojamentos dos Monitores. Sei que se encontra naquela sala.

Lonerin sentia-se cada vez mais perdido.

— Os Monitores?

— Os Assassinos graduados, os que usam os corpetes com os botões coloridos.

Na mente dele surgiu de imediato a imagem dos Guardas que vigiavam os Postulantes.

— Por quê? Dormem em alojamentos separados?

— Isso mesmo.

— E qual é a razão desse segredo todo? Vocês não podem circular por aí livremente?

— Nem todos. Eu não posso.

— E por quê?

Dubhe sorriu.

— Já falei bastante de mim. Antes de continuar, diga-me alguma coisa ao seu respeito.

Lonerin começou de novo a suar frio. E agora? Até onde podia falar a verdade?

— Sou lá de fora. Vim fazer uma pesquisa.

O silêncio que se seguiu durou muito pouco.

— Que tipo de pesquisa?

— Acerca da Guilda...

— A mando de quem?

Lonerin hesitou. Estava pondo em risco o sucesso da missão.

— Não posso dizer.

— Tudo bem... Não faz diferença, pelo menos por enquanto. Estávamos procurando a mesma coisa?

Então era isso que ela queria, uma troca de informações.

— Nunca ouvi falar na passagem que mencionou.

A jovem ficou olhando um bom tempo para ele, com ar indagador.

— Escute aqui, eu não estou à cata de passagens secretas ou coisa parecida, eu só...

Sentiu a verdade subir de repente à sua boca. Não sabia exatamente por quê, mas confiava naquela jovem, e achava a coisa totalmente incompreensível. Era uma desconhecida que o pegara em flagrante enquanto fazia algo imensamente perigoso, e além do mais era um inimigo. E mesmo assim confiava.

– Sou um mago – disse afinal. – Estou tentando descobrir o que a Guilda está tramando. Sei que estão aprontando alguma coisa grande, e eu gostaria de descobrir o que é.

Dubhe anuiu.

– E quer fazer isso como Postulante?

– Conhece outro jeito?

A jovem apoiou as costas na parede atrás dela, olhou para cima.

– Não, de fato não conheço.

– O que vai fazer agora?

Lonerin esperou.

– Eu não sou uma Vitoriosa. Deixarei você ir e não pensarei mais no assunto. Nem quero saber qual será o destino deste lugar, se desaparecer, se for engolido pelas profundezas da terra, melhor assim.

Havia uma estranha resignação na sua voz, uma dor só aparentemente adormecida. Lonerin tinha percebido isso nos olhos dela desde o primeiro encontro. Não, não era uma assassina, não no sentido que aquela palavra tinha lá embaixo.

De repente a jovem animou-se.

– Mago, você disse?

Lonerin anuiu.

Ela o fitou por alguns instantes, depois arregaçou uma manga do casaco e mostrou-lhe alguma coisa.

– Reconhece?

Lonerin segurou o braço dela e o observou na fraca luminosidade do luar. Logo acima do cotovelo havia um vistoso símbolo vermelho e preto. O rapaz analisou-o com atenção, passou os dedos por cima. Não levou muito tempo para reconhecê-lo. Estremeceu.

– É um selo.

– Disseram-me que é uma maldição.

Havia um tremor na voz dela.

Lonerin fitou-a em silêncio por alguns instantes. Ela estava com medo.

– Há uma diferença entre as maldições e os selos. As maldições não são magias ligadas à vida do mago que as pronuncia, são apenas feitiços de baixo nível, que só agem uma vez e podem ser revogadas por uma magia mais poderosa. Os selos não.

– Conheço a diferença, e de qualquer maneira a teoria não me interessa. Por que está dizendo que é um selo?

– Estou a par deste tipo de Magia Proibida: nenhuma maldição deixa símbolos no corpo. Somente os selos têm esta característica.

Dubhe puxou o braço com raiva, cobriu-o.

– Se quiser que a ajude, tem de contar-me tudo.

Ela continuou ocultando o braço, sem levantar a cabeça. Então, de repente começou a falar.

Contou-lhe a história. A história de uma cilada atroz, a história de uma longa agonia, ali, nas entranhas da rocha, a história de um monstro sedento de sangue que pouco a pouco ia devorando a sua alma.

– Quero ir embora. Morrerei, se continuar aqui. Neste lugar não há limites, e eu...

– Eu sei – murmurou Lonerin, apertando os punhos. – Sei disso.

– Quero a poção – ela disse. – É por isso que eu estava lá. Preciso encontrar o quarto da Guardiã dos Venenos para roubar a poção e sair daqui. Você pode arranjar para mim?

Lonerin não a conhecia, mas mesmo assim tinha pena dela. Mais uma vítima da Guilda...

– Está sendo enganada.

A jovem levantou na mesma hora a cabeça.

– O selo não tem cura. A poção que lhe dão só mantém sob controle os sintomas, mas o selo continua a agir e a evoluir. Não pode ser detido.

Não tinha a coragem de fitá-la. Ouvia-a respirar com cada vez mais dificuldade.

– Você deve estar errado...

– Não conheço muita coisa sobre os selos, mas... não podem ser quebrados... e muito menos podem ser curados com uma mera poção.

Dubhe, diante dele, parecia uma estátua de pedra. Os braços largados ao longo do corpo, olhava para ele, perdida.

– Deve estar errado... – repetiu.

– Só raramente foram quebrados – ele acrescentou tentando consolá-la. – Um selo, se não tiver sido imposto por um mago poderoso demais, embora com extrema dificuldade, ainda pode ser quebrado. Aster conseguiu livrar-se de um, por exemplo.

O sangue pareceu voltar às faces de Dubhe.

– Mas é uma coisa muito difícil, que só acontece com os grandes magos, e requer um esforço enorme, e nem sempre funciona...

– Você conhece?

Lonerin se interrompeu.

– Conheço o quê?

– Magos que saibam fazer uma coisa dessas.

Francamente não sabia. Folwar?

– Talvez...

– Estou disposta a dar-lhe o que quiser, se me ajudar a encontrá-los, qualquer coisa... só lhe peço que me leve até eles.

Estava desesperada.

– Eu... tenho uma missão a cumprir... e além do mais... fugir...

– Investigarei por você.

Falara de impulso, dava para ver, mas mesmo assim parecia decidida. Não dava a impressão de ser uma pessoa que falasse só por falar.

– Quer que lhe diga o que acontece aqui dentro? Farei isso. Posso mexer-me mais livremente do que você e, sem dúvida alguma, tenho mais traquejo nas investigações. Afinal de contas, é o meu ofício. Descobrirei o que você quer saber, levá-lo-ei daqui quando for a hora, e em troca você me apresentará a alguém que possa curar-me.

De repente Lonerin sentiu-se constrangido. Aquele olhar implorante, aquela oferta, aquela permuta de uma vida em troca de um trabalho que era obrigação dele realizar parecia-lhe quase imoral. Não tinha certeza de poder salvá-la, mas como recusar?

– Não sei se poderei ajudá-la – fez questão de dizer.

– Não importa. Para mim, uma esperança mesmo que remota já basta, além da possibilidade de sair deste lugar.

Chegou a ficar assustado com a angústia, com a determinação dela.

– Está bem – murmurou.

28
A PRIMEIRA VEZ
+ + +
O PASSADO IX

Desde que tomou a decisão, Dubhe sente-se mais segura. Todas as pontes com o passado foram definitivamente cortadas e o seu caminho está agora traçado. Depois do encontro com a mãe parece-lhe não haver mais possibilidade de escolha. Chega até a pensar, com alguma surpresa, que talvez tudo já estivesse escrito desde o começo. O destino. E a sina dela é matar, tornar-se um assassino e dedicar-se completamente ao Mestre, a única certeza num mundo de caos.

E então lá vão eles, novamente viajando. Novas casas, novas terras. Partem na própria noite da decisão.

– Gostaria de mudar de ambiente... – ela diz timidamente.

O Mestre olha para ela.

– Não está segura da sua decisão?

Dubhe apressa-se a menear a cabeça.

– Não, não, não é isso... acontece que... é difícil... é uma nova fase da minha vida que começa, e, então, por que não...

No começo ficam circulando pela Terra do Sol, um ano inteiro passando por aldeias e vilarejos. Mas nunca chegando perto de Selva. Talvez nem mais exista, talvez nunca tenha existido e só viva na cabeça de Dubhe. Aquela vida parece-lhe tão distante, e ela mesma tão diferente, que quase não consegue dar consistência às lembranças.

Depois voltam para casa, na Terra do Mar. Quando Dubhe vê novamente o oceano, o coração dela se enche de alegria. Corre na areia até a arrebentação, como da primeira vez, e como da primeira vez o mar se agita tempestuoso.

Nada mudou, e a casa também continua no mesmo lugar. O mundo do Mestre é este, um mundo que não muda e permanece sempre idêntico a si mesmo. Quem muda, na verdade, é ela: única coisa a mover-se num horizonte fixo. Descobre isso quando se deita na cama.

Lembrava um leito largo, espaçoso, e agora descobre estar numa caminha apertada, onde só consegue caber dobrando um pouco os joelhos.

Cresceu, seu corpo mudou. Pode ver e sentir, quase não consegue reconhecer a si mesma. Os quadris mais macios, o seio que de repente aparece, de uma hora para outra. É a mulher dentro dela que pressiona para florescer, é a sua feminilidade que bate à porta uma vez por mês.

Às vezes gosta do que vê. Espelha-se na água da bacia onde toma banho e se julga graciosa, o rosto de criança e o seio saliente. Quase com vergonha pergunta a si mesma se o Mestre poderia gostar dela, se aquela incipiente feminilidade poderia atraí-lo. Pois se algum dia ela chegar a casar, a gostar de alguém, este alguém só poderá ser ele.

Afasta estes pensamentos sacudindo com força a cabeça, e seus cabelos molhados salpicam de gotinhas a superfície da água e o chão em volta. Pois às vezes preferiria não ser mulher. Gostaria de não ter sexo, porque só assim poderia realmente servir a contento ao Mestre, e de ser como ele, de mudar até tornar-se a própria imagem dele. Igualmente letal e elegante: gostaria disso, mas seu corpo não deixa, é um muro que a separa da pessoa que mais ama.

E enquanto a natureza segue o seu curso e os anos a moldam, o adestramento também continua dando os seus frutos. Naquela altura Dubhe sempre acompanha o Mestre e percebe que ele confia nela. Quem prepara os venenos agora é só ela, e muitas negociações também ficam por sua conta. Só os contratos na Terra do Sol ficam a cargo de Jenna, e, vez por outra, viajam até lá para concluir algum trabalho proveitoso.

Dubhe sente, sabe que a hora está para chegar. Muito em breve terá de matar. Às vezes pensa no assunto, em como será, no que experimentará. Já o viu fazer muitas vezes, tantas que a coisa já não significa nada para ela. Mas fazê-lo em primeira pessoa é diferente, já entendeu. E além do mais há Gornar, que para ela é uma lembrança inapagável, uma ferida que continua sangrando.

Pode assistir a um homicídio sem pestanejar, mas não consegue olhar o morto nos olhos. É para ela impossível. Acredita que se olhasse para aquelas pupilas nos últimos instantes de vida veria a si mesma e a Gornar, e sentir-se-ia inapelavelmente condenada.

Nunca, nunca deixa de pensar naquilo.

E então a hora chega, de repente, inesperada tanto para ela quanto para o Mestre.

Trata-se de um trabalho como muitos outros. Acompanhará o Mestre, como sempre, e, como há muito acontece, terá de cuidar da negociação.

Encontra o homem numa cidade próxima. A chuva cai incessante. Por algum tempo o capuz da sua capa aguentou, mas agora está encharcado, e quando ela entra na hospedaria escolhida para definir os termos do contrato arrepios de frio correm pelas suas costas. Talvez sejam os sinais de alguma indisposição ou, quem sabe, o costumeiro receio que sempre a acompanha quando vai negociar a morte de alguém.

O homem diante dela não é muito alto e também parece assustado. Tem uma pequena cabeça careca e um corpo gorducho, de menino.

Fala afobado, ansioso, e não para de olhar a sua volta.

– Não seja tão circunspecto – diz Dubhe, com a frieza de sempre. – Se continuar a se portar desse jeito acabará dando na vista.

Nada feito. O aviso só consegue deixá-lo ainda mais nervoso.

Conta uma história de vinganças onde Dubhe logo se perde. Trata-se de bagatelas entre chefetes, bobos feudatários que vivem tramando uns contra os outros, lá no sul, perto da fronteira, onde a guerra já anda solta. O homem é o enviado de um pequeno lugar-tenente que quer vingar-se de um par seu e que está cansado de esperar que a guerra se encarregue da desforra.

– O homem que o seu amo tem de matar parece ter sete vidas, como os gatos, e além do mais é um covarde, sempre na retaguarda, nunca na primeira linha para combater o inimigo...

Dubhe está aturdida, quase enjoada com toda aquela conversa agitada, com a mesquinhez de todos aqueles pequenos rancores de

homúnculos que, com um homicídio, acreditam encontrar alguma grandeza.
"É então por bobagens como essas que as pessoas matam?"
– Diga o que quer, exatamente.
O homenzinho explica tempos e modos.
– Seiscentas carolas.
A tática de sempre, na qual o sujeito cai de quatro. Dubhe sai afinal da taberna com um retrato da vítima e um novo trabalho para o Mestre.

À noite faz o seu relatório. Conta tudo: o encontro, a contratação e o trabalho.
– O homem deixou o campo de batalha, está de licença numa aldeia que fica a um dia de viagem daqui. Foi o que o tal sujeito me disse.
O Mestre coça o queixo, pensativo.
– Acho que, antes de mais nada, precisamos dar uma olhada no lugar onde ele está agora. Procure saber dos seus movimentos e, se for o caso, entre em contato com algum dos seus serviçais.
– Precisamos partir amanhã mesmo. A licença dele só dura uma semana, não dispomos de muito tempo.
– Concordo.
Dubhe sorri. De uns tempos para cá o Mestre leva em consideração as suas sugestões e deixa quase inteiramente com ela as investigações. Sente-se orgulhosa desta confiança e fica contente em ser útil, depois de tudo o que o Mestre fez por ela.

Nos dias seguintes, Dubhe entrega-se de corpo e alma ao trabalho.
Ela e o Mestre alugam um quarto numa estalagem, apresentam-se como pai e filha, embora o hospedeiro os tivesse tomado por algum tipo de jovem casal ou algo parecido. O Mestre não gostou nem um pouco da ideia, ela ficou vermelha, quase lisonjeada. Afinal de contas, o Mestre não é assim tão mais velho que ela, e na certa não o bastante para ser seu pai.

Passa os dias explorando, controlando a casa da vítima e acompanhando os seus movimentos. Relata minuciosamente tudo o que descobre ao Mestre. Só no fim ele assume o comando da situação e dá os últimos retoques ao plano.

Certa noite, explica a sua estratégia.

– Aprontarei uma cilada no bosque. Já combinei com o cocheiro da vítima. Irá levá-la até mim, não muito longe daqui, num local isolado. Então, depois do serviço, matarei o cocheiro também.

Dubhe fica atônita ao ouvir aquilo. Conhece o homem, falou com ele várias vezes enquanto indagava.

– O cocheiro? Por quê? Quer dizer, ele não nos ajudou?

Dubhe percebe na mesma hora a idiotice da pergunta. O Mestre, com efeito, fica alguns segundos olhando para ela, com uma expressão que Dubhe conhece muito bem, de muda censura.

– O que foi que eu lhe disse?

Dubhe baixa a cabeça.

– Pois é... é uma testemunha.

Saem quando já está escuro. Dubhe olha para o céu. Nada de lua. Quanto menos luz melhor para trabalhos como aquele.

Encolhe-se dentro da capa. Como sempre acontece quando acompanha o Mestre, experimenta muitas emoções diferentes, opostas. Excitação, medo, remorso. E, mais uma vez, sente-se meio aturdida.

Escondem-se entre as moitas.

Mexem-se, ambos, com os mesmos movimentos elegantes e silenciosos. Quase não fazem barulho.

A espera é marcada pelos gestos calmos e precisos do Mestre. Dubhe entrega-lhe as setas, ele saca o punhal, guarda-o de novo na bainha.

O tempo passa. Minutos ou horas? Dubhe não saberia dizer. Começa a soprar uma brisa que faz farfalhar as ramagens. Isso ajuda; mais barulho, menos chances de serem descobertos.

Ouve-se finalmente o tropel dos cavalos nas folhas secas. Ela põe a mão no cabo do punhal. Uma mera precaução, um cuidado ao qual se acostumou desde que começou a assistir o Mestre.

Ele está pronto, já de punhal na mão.

Um barulho inesperado, o coche acelera, e ouve-se uma voz ao longe, confusa.

– Mas que diabo...

A carruagem aparece diante deles de repente. Dubhe vê os cavalos que avançam, ofegantes, de narinas frementes. Está escuro, mas seus olhos bem treinados os enxergam muito bem.

"Estão perto demais", e instintivamente se enrijece. Quando parece que já está a ponto de atropelá-la, o coche dá uma virada e para.

O Mestre entra em ação, sem uma palavra.

Dubhe o vê abrir a porta da carruagem com violência. Consegue vislumbrar o homem lá dentro, reparando em seus olhos, na tênue luminosidade da noite.

– Não! – tenta gritar, mas o Mestre é rápido, domina-o, e Dubhe não vê mais nada. Somente o barulho de pés que chutam a madeira. Uma sensação de enjoo dá um nó em suas tripas. Já viu muita gente morrer, mas não consegue ficar fria. Sente raiva de si mesma, da própria fraqueza.

Quando o Mestre sai, o seu punhal está manchado de sangue. O cocheiro não se mexeu, ficou o tempo todo no seu lugar, de olhos fixos no vazio.

Dubhe aprendeu a sentir o cheiro do terror e percebe que aquele homem está com medo, as suas veias estão inchadas, a mandíbula contraída.

O Mestre se aproxima, e o homem treme visivelmente.

– Bom trabalho – diz-lhe, mas Dubhe sabe que faz isso para tranquilizá-lo.

Tudo acontece num instante. O homem pula da boleia e mergulha no bosque. O Mestre dá um pulo, mas não consegue pegá-lo.

– Dubhe! – grita.

O corpo reage antes mesmo que a cabeça. Como um raio, Dubhe se levanta. Com uma agilidade com a qual jamais sonhara. Atenta. Não há margem para o medo nem para qualquer outra coisa. Tudo é rápido demais.

Suas mãos correm às facas, os dedos pegam-nas com leveza, e em seguida o arremesso, preciso. O homem é uma confusa mancha escura diante dela, Dubhe nem sabe ao certo o que está fazendo, não tem tempo de pensar.

Então um grito abafado, e a realidade assume de novo os mesmos contornos.

"Acertei-o", diz a si mesma, subitamente incrédula. "Matei o homem."

O Mestre acode, ainda segurando o punhal. Então para. Não faz nada. Vira-se para ela.

– Você o matou.

Aquelas palavras soam estranhas no silêncio do bosque. Dubhe fica gelada, parada no seu lugar.

"Matei-o."

Não consegue pensar em outra coisa. Na sua mente, o último grito do homem, o assovio das facas arremessadas.

Levanta-se mecanicamente, vai ao local onde se encontra o Mestre.

"Matei-o."

O cocheiro jaz de bruços sobre o tapete de folhas. O sangue brilha no solo. O rosto está escondido, mas é como se Dubhe pudesse vê-lo. Tem os olhos de Gornar.

– O seu primeiro homicídio, Dubhe. Já é um sicário, agora.

Dubhe continua parada, os braços caídos ao longo do corpo. Acha que provavelmente deveria sentir alguma coisa, mas não sente absolutamente nada. Levanta os olhos. Acima dela, a pálida luz de miríades de estrelas.

"Uma infinidade..."

Desvia o olhar do homem. De repente não consegue evitar as lágrimas. Mas então o Mestre entra no seu campo visual e tudo para.

– Portou-se muito bem.

Já passa da meia-noite quando chegam em casa. Tudo acabado. Assunto encerrado.

– Vou lhe dar metade do dinheiro, você mereceu – diz o Mestre.

Dubhe ouve, mas não presta atenção. Nada, no entanto, parece importante. Tem a impressão de ver tudo através de um vidro. Longínquo, inútil.

E então fica sozinha no quarto, sem mais véus a separá-la do que aconteceu.

Foi de repente e de forma bastante diferente da que esperava.

O Mestre cumprimentou-a. Fez a coisa para a qual nasceu, por instinto, e de forma merecedora de elogios. Mas não há satisfação nela, somente uma desolação à qual não sabe dar um nome. Cumpriu-se a sina, e a partir de agora será sempre assim. Procurar trabalho, matar, embolsar o dinheiro e começar tudo de novo, numa espiral que lhe tira o fôlego.

Apesar da ventania e do ar que sabe a chuva, decide sair. Arrasta-se até o poço. As rajadas fustigam suas faces com violência. Puxa o balde e mergulha as mãos na água. Está gelada. Molha o rosto e, de novo, as mãos, e mais, e mais, até perder a sensibilidade, até sentir como se não fossem dela as pontas dos dedos, e o rosto como que espetado por milhares de alfinetes.

– Gornar... Gornar...

Quando percebe que duas mãos a seguram pelos ombros, rechaça-as.

O Mestre está de pé diante dela. Mesmo na escuridão, pode ver que está triste. Não consegue aproximar-se dele.

– Eu não queria matar Gornar... – murmura, e sente que está à beira da loucura.

– Vamos voltar.

– Eu não queria matar!

O Mestre segura uma de suas mãos com força, puxa-a.

– Volte para casa – repete com voz esganiçada. E ela começa a chorar.

O Mestre a leva de volta, coloca-a diante da lareira, envolve-a com a sua capa. Mas o frio está em toda parte, ameaça-a, e, naquela primeira noite de homicida, nenhum calor tem a capacidade de aquecê-la.

O Mestre deixa que desabafe, que extravase a raiva, a dor e o sentimento de culpa.

Mais cedo ou mais tarde tudo passa. A lembrança pode até voltar, aliás, retornará na certa, mas é só uma questão de tempo. Vai passar.

– É sempre assim, não se esqueça.

A voz do Mestre é novamente a da noite anterior. Cheia de dor, compreensiva, suavemente calorosa.

– Eu venho da Guilda. Desde que nasci não conheci outra coisa, dentro daquelas execráveis paredes. Desde criança só fui educado para a morte, ensinaram-me que matar é a coisa certa, que se faz isso pela glória de um deus maldito cujo nome deveria ser apagado da face da Terra. Não conhecia outra coisa no mundo a não ser aquilo. Tinha doze anos quando me pediram para cometer o meu primeiro homicídio. Era um dos nossos, que tinha falhado além do permitido. É assim que funciona. Quem não se sai bem, morre. E eu achava que era uma coisa justa, sacrossanta, sentia-me orgulhoso por ter sido escolhido.

Riu baixinho, uma risada amarga.

– Não foi tão difícil. Estava meio dopado, com algumas daquelas substâncias que eles usam. Só tive de golpeá-lo com o punhal no coração. Sabia perfeitamente como fazer. Com doze anos, já sabia como se mata um homem, como fazer com que sofra e como acabar com ele num instante.

Para, suspira. Dubhe ouve.

– Deixou-me simplesmente indiferente, aquela morte. Mas nos dias que se seguiram fui atormentado pela imagem do morto, de como era ele quando vivo e de como olhara para mim quando o apunhalei. Perseguia-me. Eu me sentia sujo e, por mais que me lavasse, continuava havendo sangue nas minhas mãos, sempre.

Por um momento a sua voz trêmula parece pressagiar o pranto, mas quando prossegue tem a mesma força de antes, firme e segura.

– Enfim recobrei-me. A gente sempre se recupera. Mas a primeira vez gostaríamos de estar mortos também.

Dubhe recomeça a chorar.

– Achei que estava pronta, Mestre, acreditava ter esquecido Gornar e tudo o mais, mas não é bem assim... nunca vai passar... nunca.

O Mestre dá-lhe um abraço apertado.

– Está entendendo, agora, por que não queria que ficasse comigo? O meu caminho só leva a isso, e eu não queria que você também o percorresse.

Continua a abraçá-la, e Dubhe se aninha em seu peito.

– Jure que nunca mais fará uma coisa dessas.

Palavras que até um dia antes Dubhe jamais pensaria ouvir. Palavras que para ela sabem a abandono e solidão. Agora chegam como uma bênção, quase imploradas. Mas continua com medo.

– Não me abandone, Mestre, não me abandone! Aprenderei a matar sem receio, tornar-me-ei impiedosa, farei tudo o que você quiser.

– Mas eu não quero!

A sua voz tem firmeza, mas está quase desesperada.

Solta-se do abraço, segura seu rosto entre as mãos, olha para ela.

– Não quero que mate de novo, não quero que seja como eu.

Dubhe não sabe o que pensar. O Mestre é a única coisa que deseja no mundo, e se tiver de matar por ele, irá fazê-lo. Mesmo que tenha de enfrentar cada vez aquele horror, aquele tormento.

– Olhe para mim! Você não quer matar, e eu o sei! Se pudesse continuar a viver comigo sem fazê-lo, o que escolheria?

Não sabe exatamente o que responder.

– Quero ficar com você... Você sempre esteve ao meu lado, quero ficar com você para sempre...

– Mas quer matar? Quer mesmo continuar desse jeito, um dia depois do outro, até consumir-se como eu?

Fita-a com tamanha intensidade que Dubhe se sente nua diante dos seus olhos.

– Não! Não quero! Não quero matar, nunca mais! – diz entre as lágrimas, apertando-o com força. – Mas não me deixe!

– Nunca farei isso... eu juro... você ficará comigo, e nunca mais será forçada a fazer uma coisa dessas.

Dubhe se aperta ainda mais nele, não o larga.

– Obrigada, Mestre, obrigada...

O Mestre afasta-a delicadamente, aproxima suavemente os lábios da sua testa.

Animada por alguma coisa que ela mesma não compreende, Dubhe levanta a cabeça. Só um pouco, o suficiente para que por um breve instante os lábios deles se toquem. E se para ele é somente um beijo fraterno, o beijo de um ser perdido a uma criatura com a qual compartilha o mesmo obscuro destino, para ela a coisa é outra, é a conclusão de um longo percurso, de uma adoração que cresceu juntamente com seu corpo e já dura um tempo infinito, uma ilha de paz e doçura num mar de escuridão e amargura.

Mas é só um momento: o Mestre afasta-se quase de imediato. Desencosta os lábios, limita-se a mantê-la junto de si.

O corpo de Dubhe se relaxa, embora o coração continue batendo descontrolado. Mas já não é medo nem remorso. É algo novo e mais doce. Sente que pouco a pouco a angústia se esvai. E então chega o sono.

29
FARRAPOS DE VERDADE

Naquela noite, Dubhe levou Lonerin de volta ao dormitório. Era a primeira vez que visitava o lugar onde os Postulantes viviam. O fedor dos muitos corpos amontoados sufocou-a como mão de ferro que lhe apertava a garganta. Ficou pensando que aquele jovem magro devia de fato odiar muito a Guilda para humilhar-se e arriscar a vida daquele jeito na tentativa de destruí-la. Olhou para ele enquanto entrava cautelosamente na sala e pensou que no fundo eram parecidos. Segurou-o pelo braço.

– Virei procurá-lo. Você não saia daqui.

Lonerin fitou-a desconcertado.

– Por quê?

– Porque você é um Postulante, não tem familiaridade com a Casa e acabariam descobrindo-o sem demora. Só me avise se o seu sacrifício estiver próximo, mas acho que isto não deverá acontecer antes de mais três ou quatro meses.

Lonerin concordou, não muito convencido.

– Como quiser... quando vamos nos ver de novo?

– No máximo, daqui a uma semana.

Deu-lhe as costas e voltou ao seu quarto quase correndo.

Mais uma vez sozinha, apagou a única vela ainda acesa e se jogou na cama vestida. Tentou controlar a respiração, mas estava agitada demais para se acalmar.

Nunca acreditara realmente que a Guilda pudesse curá-la da maldição, achava que iriam mantê-la ali, naquelas mesmas condições, quanto mais tempo possível, pois estava fraca e sujeita a chantagem. Mas quanto ao fato de a cura existir e de ela ser a poção que Rekla lhe dava, pois é, quanto a isto nunca tivera dúvidas.

E, no entanto, não era bem assim. A única solução que tinha vislumbrado esvaíra-se no ar.

Claro, Lonerin podia estar mentindo, mas não tinha motivo algum para fazê-lo, enquanto a Guilda dispunha de inúmeras razões para esconder a verdade. Pois é, Lonerin não lhe mentira. Ela bem o sabia. Não havia melhorado nada. Muito pelo contrário, a Fera levantava cada vez mais a cabeça, com o passar do tempo cada vez mais o compreendia. A consciência da inutilidade de todos aqueles meses foi como um soco no estômago, o que a levou à beira do pranto. O sofrimento daquele período, o aviltamento ao qual se sujeitara, o sacrifício daquele homem... tudo em vão, tudo fruto de uma terrível trapaça.

Mas agora sabia. Já não tinha dúvidas. Encontraria um jeito...

Destruiria aquele lugar, mataria Yeshol e enterraria de vez o culto de Thenaar e Aster sob um monte de escombros.

Ao entardecer do dia seguinte decidiu que estava na hora de agir. A primeira coisa a fazer era encontrar os alojamentos dos Monitores. Se a Guilda estava realmente tramando alguma coisa, e Dubhe tinha quase certeza disso, as respostas só podiam estar lá.

De forma que, na calada da noite, usando a costumeira capa preta, foi novamente à Grande Sala. Sentia-se mareada, sua cabeça rodava e a Fera ciciava em seus ouvidos, quase convidativa, mas nada seria capaz de detê-la.

Como na noite anterior, dirigiu-se às duas piscinas. Encontrou o espaço vazio entre as duas estátuas. A escuridão ali era quase total. Dubhe agachou-se para entrar naquela espécie de fenda e para acostumar os olhos àquele breu. No início não conseguiu enxergar nada, mas em seguida começou a distinguir vagamente os contornos de alguma coisa diante dela. Era uma estátua, exatamente como Sherva dissera, mas não se parecia com as do templo. Tinha dos lados a vaga sombra de asas, a cabeça dava a impressão de ter uma espécie de bico e o corpo era bastante fino e sinuoso, provavelmente o de uma cobra.

Dubhe percorreu a superfície lisa e lustrosa da estátua examinando-a com os dedos, e o fez com a maior atenção. Apalpou cada saliência, comprimiu cada pequena reentrância, puxou escamas e qualquer coisa parecida, mas foi tudo inútil. Nada parecia haver, ali, nada capaz de acionar algum tipo de mecanismo.

As horas passaram sem qualquer resultado, até ela perceber que já era tarde. Algum leve tropel ia animando a sala. Aninhou-se, mas ninguém apareceu. Só percebeu bem em cima da hora que o barulho não vinha da sala, mas sim de trás da estátua, justamente do lugar onde ela queria entrar. Ruído de passos que subiam escadas.

Deu um pulo, saiu do nicho em que se encontrava e correu, escondendo-se em outro lugar na sombra.

Viu claramente a estátua do basilisco rodar sobre os gonzos e abrir-se sobre um pequeno espaço iluminado. O sujeito que saiu era um Monitor, com seus botões verdes no corpete. Sentiu a raiva crescer dentro de si. Estava tão perto do objetivo, mas não podia alcançá-lo.

Voltou na noite seguinte, e nada mais conseguiu do que uma repetição da noite anterior. Tinha certeza de não esquecer nada, mas controlou tudo de novo com o maior cuidado. Nada feito. A estátua era absolutamente sólida, irremovível.

Dubhe afastou-se dela na medida do possível, tentando ao mesmo tempo não sair do nicho. Sentia-se imensamente frustrada, com vontade de destruir tudo num rompante de raiva. Além do mais, de tanto ficar agachada, estava com os joelhos e as costas doloridos, e todo aquele cheiro de sangue, depois de quatro dias desde que tomara a última dose da poção, deixava-a a ponto de perder o controle.

Recorreu aos olhos. Era uma escolha que lhe parecia um tanto boba, no meio de toda aquela escuridão, mas tentou assim mesmo. Estava desesperada, disposta a fazer qualquer coisa. A estátua olhava para ela com expressão escarnecedora, de bico aberto como se o artesão quisesse que fosse, provavelmente, um grito assustador, mas que pelo menos a ela parecia apenas uma risada cheia de sarcasmo... A boca! Ainda não tinha olhado dentro da boca!

Fez isso. O bico estava aberto, com a língua levemente sobressaltada. Experimentou tocá-la. Não se mexia. Talvez estivesse mais uma vez errada.

Tentou enfiar os dedos mais no fundo, com raiva, até chegar à garganta da estátua, e... *Clique.*

Teve de dar um verdadeiro pulo para trás, e mesmo assim a orla da capa quase ficou presa na porta giratória.

Dentro da estátua, uma escada de caracol, exatamente como tinha imaginado. O ambiente era apertado e fracamente iluminado por uns poucos archotes.

Sorriu satisfeita, mas só por um momento. Desceu os degraus muito devagar. A escada era muito parecida com aquela que, do templo, dava acesso à Casa, só que mais úmida e malsã. A única coisa boa era que, à medida que descia, o cheiro de sangue ficava cada vez mais fraco.

Acabou chegando a uma sala oval, não muito grande. Num canto havia como sempre uma estátua de Thenaar, com o igualmente inevitável Aster. O ambiente era apertado e Dubhe sentiu-se imediatamente pouco à vontade. Podia ser descoberta a qualquer momento e então seria realmente o fim, de uma vez por todas.

Tentou não pensar naquilo. Agora precisava concentrar-se exclusivamente na sua missão, pois a menor distração significaria a diferença entre viver e morrer.

Olhou à sua volta. Havia cinco corredores exatamente iguais aos existentes no andar de cima da Casa. Tudo era como nos alojamentos dos Assassinos, só que menor.

Decidiu que iria percorrê-los todos.

Seu coração quase saltou do peito quando percebeu que um deles levava diretamente ao aposento de Yeshol. Parou petrificada quando leu na porta SUPREMO GUARDA. Prendeu a respiração.

Além daquela porta haveria na certa todas as respostas que Lonerin procurava, mas superá-lo agora seria uma verdadeira loucura. Só o fato de estar ali, parada naquele lugar sem qualquer motivo válido, já era provavelmente muito perigoso. Deu meia-volta.

Percorreu, seguidamente, os outros corredores e deteve-se no fim do terceiro.

GUARDIÃ DOS VENENOS.

Lá estava. O lugar que tanto procurara, o aposento que podia salvá-la. Rekla se encontrava ali, dormia na cama ou, quem sabe, mesmo àquela hora da noite, ainda estivesse enfurnada no seu laboratório. Pois é, o laboratório. Nada que o identificasse por perto.

Provavelmente estava numa outra ala ou talvez a sua única entrada ficasse no quarto de Rekla.

Seguiu em frente, e a surpresa aconteceu quando chegou ao último corredor. Levava à biblioteca. Dubhe nem desconfiava da existência dela. Ninguém jamais lhe falara a respeito. Ficou imaginando se seria também um lugar que valesse a pena visitar. Talvez fosse ali mesmo que se aninhava a explicação da misteriosa confiança de Yeshol, da sua inabalável crença no próximo advento de Thenaar.

Dubhe ficou por alguns instantes incerta na soleira. Poderia dar uma olhada lá dentro, mas a porta estava trancada e, antes, precisaria ser arrombada, uma operação que exigia instrumentos especiais dos quais, no momento, ela se achava desprovida. E já era muito tarde, tinha de voltar ao seu quarto.

Estava prestes a ir embora quando ouviu um barulho.

Escondeu-se apressadamente atrás da estátua de Thenaar. Arquejava. Quase tinha sido pega.

Recuperou lentamente o fôlego e então esticou o pescoço para dar uma olhada.

Viu então Yeshol que vinha, justamente, da biblioteca. Tinha uma expressão tensa, mas de alguma forma iluminada de alegria, e carregava um livro embaixo do braço. Dubhe tentou descobrir qual era o livro, mas não foi possível. Só conseguiu reparar que era preto com grandes tachas de cobre nos cantos. Na capa havia um rebuscado pentáculo vermelho.

Viu-o desaparecer a caminho do seu aposento. Não a notara nem percebera a sua presença! Preferiu dar por encerrada a sua investigação e voltou pelo mesmo caminho pelo qual viera. O problema ficou claro quando se viu diante da parede de tijolos, no topo da escada. E agora?

Sentiu-se sufocar. O muro não apresentava qualquer saliência, os tijolos eram todos perfeitamente iguais. Estava presa numa ratoeira. E, enquanto isso, o tempo passava, e não levaria muito para que algum Monitor acordasse e saísse.

Passou as mãos na superfície do muro, tamborilou com os punhos em cima de cada tijolo à procura de um som diferente, encostou o ouvido na parede. Sem qualquer resultado.

O desespero aumentava, mas Dubhe procurava mantê-lo sob controle. Achou que só lhe restava recorrer à força. Começou a esmurrar todos os tijolos.

Nada, absolutamente nada. Apoiou-se na parede atrás dela, desanimada. Mil segredos a serem investigados, sem a menor possibilidade, sem tempo de fazê-lo. Dali a uma hora, talvez duas no máximo, alguém iria descobri-la.

"Não, maldição, não!"

Se não era o muro, devia ser alguma outra coisa. Olhou febrilmente em volta. Não havia saliências, ornatos, nada. Só o archote...

Parou.

Encostou os dedos no suporte da tocha. Estava quente, mas não o bastante para não permitir que o tocasse. Segurou-o com firmeza, puxou.

O muro, finalmente, abriu-se. Dubhe enfiou-se apressadamente na abertura. Voltou correndo pelo caminho que havia percorrido, até chegar ao seu quarto. Só quando se deixou cair na cama sentiu-se, pelo menos em parte, novamente segura. Ficou deitada no escuro, de olhos abertos.

Havia muitas coisas em que pensar, coisas importantes...

Então era isso, Yeshol, à noite, não dormia e ficava até altas horas na biblioteca. Por quê? Que livro era aquele que segurava embaixo do braço?

Na noite seguinte foi forçada a ficar inativa. Precisava falar com Lonerin.

Foi vê-lo no dormitório, no meio da noite. Aproximou-se tão silenciosa que ninguém percebeu a sua presença, e muito menos o rapaz que continuou a dormir como se não fosse com ele.

Logo que sentiu a mão tocar de leve no seu ombro, ele estremeceu e ficou sentado com um pulo.

– Calma! – ela sussurrou.

– Ah, é você... estava tendo uma espécie de pesadelo, e...

– Não é uma boa hora para sonhar – interrompeu-o Dubhe, e relatou a sua incursão noturna.

Lonerin ouviu tudo com a maior atenção.

– E o que vamos fazer, agora? – perguntou no fim.
– Entrar nos aposentos de Yeshol.
Lonerin esbugalhou os olhos.
– E o que pensa fazer?
– De dia ele fica quase sempre trabalhando na sua sala, no primeiro nível, e não deve ter ninguém no quarto. De qualquer forma, basta estudar os seus movimentos. Eu, no entanto, preciso ter um bom motivo para ausentar-me e descuidar das minhas aulas diárias. E é aí que vou precisar de você.
Lonerin ficou ainda mais atento.
– Tenho um bom conhecimento de botânica e sei que as ervas constituem a base dos filtros mágicos. Preciso que me ensine a preparar uma poção que possa modificar o meu aspecto.
– Ainda não estou entendendo aonde você quer chegar...
– Com a sua receita, eu sairei deste buraco à procura dos ingredientes. Posso fazê-lo, pois foi-me confiada uma missão que terei de realizar até o fim do mês. Sairei, pegarei o que for preciso e voltarei com outra aparência, não importa qual, pois usarei a capa e o capuz para esconder o meu semblante. O importante é que fique muito diferente do que sou agora, digamos com traços de homem. Então, já dentro da Casa, voltarei lá embaixo e entrarei no quarto de Yeshol.
Lonerin fitou-a fixamente, com expressão ao mesmo tempo admirada e preocupada.
– É muito arriscado...
– Eu fui condenada à morte. Estou disposta a correr qualquer risco.
Disse aquilo com voz gélida, cortante, segura.
Lonerin anuiu.
– Está bem. É um risco que eu mesmo deveria assumir, mas...
Dubhe levantou a mão.
– Fale-me da poção.
– Não tenho nada para escrever...
– Não importa, eu vou lembrar. Tenho uma ótima memória, faz parte do treinamento.
Lonerin contou tudo nos mínimos detalhes, descreveu os ingredientes e a quantidade. Não era fácil guardar aquilo tudo na cabeça,

mas Dubhe sabia que conseguiria. Quando ele acabou, ela já ia levantar-se mas o rapaz a deteve.

– Descreva-me o livro que Yeshol estava segurando.

– Era um velho e volumoso livro preto, com umas tachas de cobre meio carcomidas pela ferrugem e um vistoso pentáculo vermelho na capa.

Lonerin pareceu ficar pensando, preocupado.

– Sabe o que é?

– Não tenho certeza, mas pela sua descrição é um livro de Magia Proibida. Em geral são livros muito antigos, e contam que a biblioteca do Tirano estava cheia deles.

Dubhe não pôde evitar um arrepio nas costas.

– Que idade você acha que ele tinha?

– Não sei... muito velho... e, principalmente, em péssimas condições.

O silêncio tomou conta do lugar. Dubhe sabia que seria melhor ir embora, que o risco de ser descoberta aumentava a cada instante. Mas havia alguma coisa que ainda precisava ser dita.

– A Guilda adora Aster como profeta.

Os olhos de Lonerin ficaram vidrados de medo.

– Do que está falando?

– No entender deles, Aster foi um emissário de Thenaar, o maior deles, e todo o horror que ele trouxe consigo nada mais foi do que uma tentativa para preparar o caminho do advento de Thenaar. A Casa está cheia de estátuas dele.

Lonerin segurou o braço de Dubhe com mais força, quase sem querer. Praguejou.

– Na outra noite não lhe contei... nem passou pela minha mente...

– Não importa... não faz mal...

Olhou para ela preocupado.

– Fale logo. Acho que as coisas podem ser bem piores do que o Conselho imaginava.

Bem cedo, na manhã seguinte, informou a Rekla que iria se ausentar pelo resto do dia.

– Preciso entrar em contato com o meu informante. Talvez passe fora a noite também.

Rekla meneou a cabeça, sarcástica.

– Está levando muito tempo, e você bem sabe. Não estou gostando nada, mas quero acreditar na sua inteligência. Só lhe sobram dez dias, e se não conseguir, já sabe o que a espera.

Dubhe apertou os punhos e engoliu a raiva.

– Não se preocupe, conheço as minhas obrigações.

– É o que espero.

Saiu do templo quase correndo, sabendo que o tempo de que dispunha era praticamente inexistente. Um dia para resolver o mistério. E ainda tinha de preparar o filtro.

Bem que gostaria de ter Tori ao seu lado, naquela altura, mas não tinha tempo de ir até a Terra do Sol para pedir que ele preparasse a poção de que precisava. Contentou-se, portanto, com uma pequena loja de ervas de uma aldeia próxima. Afinal, tratava-se de plantas razoavelmente comuns.

O mais difícil foi encontrar uma estranha pedra que Lonerin lhe aconselhara usar, uma espécie de artefato mágico bastante comum entre os magos. Encontrou-a numa loja que vendia instrumentos mágicos.

– Já foi consagrada? – perguntou ao mercador, seguindo as instruções de Lonerin.

– Já – resmungou o homem.

Parou, finalmente, numa clareira não muito longe do templo. Acendeu o fogo, aprontou os vários ingredientes. Nunca havia trabalhado com magia antes, até então só preparara venenos. Para misturar tudo aquilo, usou a ampola que sempre levava consigo e que normalmente deveria guardar o sangue das vítimas.

A poção tinha uma cor levemente esverdeada e era insolitamente densa. Não fazia a menor ideia de como deveria parecer, no caso de resultar certa: Lonerin não explicara. Mergulhou então a pedra dentro dela, a poção ferveu por alguns instantes, assumiu uma cor rosada e, de súbito, ficou transparente.

Tomou-a de impulso, de um só gole.

Não sentiu nada. Nenhum formigamento, nenhuma sensação de mal-estar. Só mesmo o sabor vegetal daquela mistura.

"Não funcionou... e agora?"

Tinha trazido consigo um pedaço de aço bem polido, a única espécie de espelho de que dispunha na Casa. Cheia de receio, olhou para si mesma.

Vislumbrou um homem bastante jovem, de barba por fazer e cabeleira arruivada. Quase levou um susto. Apesar de Lonerin ter avisado.

"Precisaria de um encantamento, para tomar uma forma específica. Assim, só com a ajuda da pedra de Aule, você assumirá uma aparência que não posso prever. Talvez alguém que conheça ou conheceu... não dá para saber. É uma forma de feitiço para principiantes, um mago esperto nunca recorre a filtros tão toscos e incontroláveis."

Sua mão tremeu. Guardou o espelho.

Não ficara exatamente igual ao Mestre, mas se parecia muito com ele. Reconhecera-o na mesma hora em que vislumbrara a própria imagem refletida no aço, e embora muitos detalhes não combinassem, a sua memória tinha preenchido as lacunas, devolvendo-lhe o semblante daquele homem que tanto amara e que fora tudo para ela.

Quando entrou no templo, sentiu-se quase uma profanadora ao fazê-lo com aquele aspecto que tanto se parecia com o do Mestre. De qualquer maneira, era por uma boa causa.

Passou pela nave com naturalidade, apertando a capa em volta do corpo, até desaparecer nos corredores da Casa.

Não havia muita agitação. Todos deviam estar ocupados com os próprios afazeres. Quem tinha uma missão a cumprir saíra, quem por sua vez não tinha devia estar rezando ou, mais provavelmente, treinando no ginásio. Mais uns poucos continuavam em seus quartos, meditando. Melhor assim. Quanto menos pessoas encontrasse, menos explicações seria forçada a dar.

Passou diante da sala de Yeshol no primeiro nível. O jovem assistente que o Supremo Guarda sempre tinha ao seu lado durante o trabalho estava diante da porta, sinal de que o velho se encontrava lá dentro. Dubhe alegrou-se no íntimo.

A Grande Sala estava meio vazia. Só uns poucos rezando, mas nenhum Monitor à vista. Dubhe desapareceu rapidamente na escu-

ridão entre as piscinas, abriu a porta de primeira e sumiu escada abaixo.
 Seu coração começou a bater mais rápido logo que chegou ao segundo nível. Teve um momento de hesitação antes de descer o último degrau da escada em caracol. Não se ouvia qualquer barulho. Provavelmente não havia vivalma, como esperava.
 Bastaram uns poucos passos para atravessar a sala e, ostentando naturalidade, entrou no corredor que levava ao aposento de Yeshol. A porta estava diante dela, trancada, inviolável. E, imediatamente do outro lado, o mistério.
 Dubhe parou. Aguçou novamente os ouvidos à cata do mais insignificante ruído. Nada. Nem vibrações no chão, nem chiados, nem qualquer outra coisa. O andar parecia realmente vazio. Estava na hora de agir.
 Ajoelhou-se, tirou de um bolso uma velha gazua bastante gasta. Presente de Jenna. A imagem dele, magro e esgotado, vagueando pela cidade sem uma meta precisa, surgiu muito viva na sua mente. Afugentou-a enquanto a mão inseria com precisão a gazua na fechadura.
 Pingos de suor frio escorriam da sua testa. Movimentou as mãos com cuidado, virou cautelosamente o ferro. *Claque*. O primeiro cilindro já não era um problema.
 Limpou com a mão uma gota de suor que se detivera na sobrancelha direita. Ainda silêncio. Continuou. *Claque*. O segundo tampouco.
 Faltava muito pouco para ela entrar. O terceiro deu mais trabalho, mas finalmente cedeu. *Claque*.
 Entrou. No escuro, Dubhe sacou uma vela que tinha trazido consigo e a acendeu. Olhou à sua volta. O alojamento não era diferente dos quartos de qualquer outro Assassino. A mesma cama, com o único luxo de um colchão de folhas secas, uma arca, uma estátua de Thenaar. Ao lado, também havia uma de Aster, e a estranheza consistia no fato de as duas estátuas serem do mesmo tamanho. Evidentemente Yeshol tinha uma devoção toda especial pelo Tirano.
 A não ser por este detalhe, só duas coisas diferenciavam aquele aposento dos demais: as grandes estantes apinhadas de livros e uma escrivaninha num canto.

Dubhe aproximou-se imediatamente da mesa. Havia muitos papéis espalhados, uma pluma e um pergaminho. A escrita era bastante miúda e rebuscada, e os papéis preenchidos de palavras. Também havia alguns desenhos.

Dubhe procurou ler:

Dois tomos sobre criaturas artificiais, Biblioteca de Aster, de um sebo da Terra da Noite.
Páginas avulsas sobre a Obscura Magia Élfica, tratado escrito pelo próprio Aster, de Arlor.
A corrupção das almas, dois volumes encadernados, Biblioteca de Aster, de Arlor.

Doações, portanto. Livros recebidos de alguém, quase todos provindos da biblioteca de Aster, escritos pelo próprio e ali catalogados. Muitos deles haviam sido entregues em troca de serviços, e neste caso, também estava anotado o tipo de trabalho e o nome da vítima.

A jovem deu uma rápida olhada nos papéis. Havia obras cujo doador era mencionado com um mero Ele. Tratava-se exclusivamente de obras cedidas em troca de algum homicídio.

Dubhe leu:

Conselheiro Faranta
Superintendente Kaler
Rainha Aires

Assassinatos famosos, conhecidos por Dubhe, terríveis, cujo mandante só podia ser um: Dohor. Ninguém mais podia ser o misterioso Ele. As palavras de Toph, portanto, eram verdadeiras. Dohor tinha realmente vendido a alma à Guilda.

No último papel havia uma anotação escrita por uma mão que parecia diferente. Na verdade nada mais era do que a mesma escrita de antes, quase certamente de Yeshol, mas trêmula, confusa, como de alguém acometido por grande emoção.

A possessão dos corpos e a imortalidade, escrito por Aster, entregue por Ele, Thevorn.

O título não era nada promissor. O que chamou a atenção de Dubhe, no entanto, foi outra coisa. *Thevorn!* Ela mexera nas coisas do homem. Será que eram aqueles, os famosos documentos que tinha de roubar? Mas tratava-se de um pergaminho e não de um livro. Talvez fossem páginas avulsas. Mas, coisa muito mais importante, o que a Guilda tinha a ver com aquilo? Qual teria sido a tramoia?

Concentrou-se coordenando as ideias. O roubo na casa de Thevorn coincidia com o seu primeiro mal-estar. Seria de fato apenas uma coincidência? Teria então Dohor, o maldito Dohor, alguma coisa a ver com a sua maldição?

Um abismo de hipóteses escancarou-se diante de Dubhe enquanto um estranho temor tomava conta dela. Procurou reagir. Não tinha tempo de se perder naquelas especulações. Não agora. Devia, antes, investigar as coisas que Lonerin lhe pedira.

Começou a correr os olhos nos volumes ordenadamente empilhados nas estantes. Nada mais eram que uma interminável sequência de anotações que Yeshol juntara ao longo dos anos. Havia a vida inteira de Aster, reunida em cinco pesados tomos.

Dubhe folheou rapidamente as páginas, leu uns trechos. Em toda a sua aterradora grandeza, emergia a adoração mística que Yeshol dedicara, e provavelmente ainda dedicava, a Aster. A maneira quase divina com que o mencionava, o arrebatamento com que exaltava o seu intelecto, a sua grandeza, o amor com que descrevia a sua condição física.

Os demais livros eram obras sobre Magia Proibida, fórmulas que pareciam tratar, todas elas, das mesmas obsessivas matérias: a imortalidade e a ressurreição dos mortos. Como consegui-las e se fossem realmente possíveis.

Havia referências a volumes da biblioteca, e mais um assunto vinha amiúde à tona: a possessão dos corpos. Dubhe sabia que Aster tinha criado os fâmins, os pássaros de fogo e os dragões negros graças à magia, mas não sabia exatamente como.

Talvez se tratasse de alguma forma de possessão, quem sabe.

Mas a resposta não estava lá, encontrava-se naqueles livros que jaziam na biblioteca, na própria biblioteca que Yeshol tinha criado, reunindo com paciência infinita todos os volumes que Aster juntara na dele, numa obra de reconstrução de um acervo perdido. Era ali que se encontrava o mistério da imortalidade que Yeshol parecia procurar, junto com a solução dos novos enigmas que aquele aposento propusera.

Dubhe afastou-se da mesa. Encostou o ouvido na porta. Só ouviu um religioso silêncio. Saiu totalmente envolvida na capa, fechou a porta atrás de si e deixou como antes a fechadura.

Só lhe restava ir aonde se encontrava quase certamente a verdade.

30
O ROSTO NO GLOBO

Dubhe pegou sem hesitação o caminho que já conhecia. O corredor que levava à biblioteca ficava ao lado da grande estátua de Thenaar na sala central do segundo nível.
Percorreu-o decidida.
Viu-se diante de duas grandes portas de ébano entalhadas. Olhou de relance para os enfeites. Pareciam contar uma história e, logo que reparou, entre tantas, na figura de um menino de perturbadora beleza, deu-se conta do que se tratava. Num dos batentes aparecia a vida de Aster, reconstruída com amor por algum mestre artesão. Também havia Yeshol, naquela epopeia, mostrado como um criado humilde e devotado, o mais próximo de Aster e do seu sofrimento.
Uma grande fechadura de bronze, de aspecto muito sólido, trancava a porta. Dubhe ajoelhou-se de novo e procurou nos bolsos. Sacou o apetrecho de que precisava, agradecendo mais uma vez a Jenna pelo seu desvelo.
Desta vez a operação foi mais trabalhosa, e ela teve de gastar pelo menos quinze minutos de esforço e suor. O som do ferrolho que regulava os tambores da fechadura parecia-lhe um estrondo audível até no nível de cima.
Finalmente o último tambor também capitulou, rangendo em sua rendição com o costumeiro "claque". Dubhe levantou-se, apoiou as mãos nos entalhes e empurrou o batente. A porta se abriu sem dificuldade e sem nem mesmo gemer, perfeitamente lubrificada.
O interior estava escuro. A luz do corredor só conseguia iluminar os primeiros metros do chão de pesadas lajes de pedra. Fechou a porta atrás de si e a vela só chegou a aclarar uma pequena parte da sala, que devia ser muito ampla. No meio havia uma grande mesa reluzente, de ébano. Dubhe aproximou-se das paredes. Estavam completamente perfuradas por pequenos corredores, muito curtos, que

levavam a outros aposentos. Entre as várias aberturas, as mesmas estátuas monstruosas. Não havia nem sombra de livros, ali. Era preciso meter-se nos cômodos laterais, mas a construção parecia ser um verdadeiro labirinto.

Dubhe suspirou de leve. Não tinha muita escolha.

Entrou no primeiro corredor que se abria na parede à sua direita. Acabou num pequeno aposento onde havia uma única grande estante completamente apinhada de livros. Eram, no entanto, diferentes daqueles que vira no alojamento de Yeshol. Aqueles eram todos pretos e de aparência sombria, enquanto estes tinham as cores mais variadas, mas todos muito velhos. Alguns dos pergaminhos não passavam de uma única folha muitas vezes dobrada, as capas eram de couro, de veludo, e todas estavam marcadas pelo tempo, desbotadas, gastas, meio destruídas. E então Dubhe compreendeu que não se encontrava numa mera biblioteca, mas sim no simulacro de um antigo edifício nesta altura perdido, no cadáver mumificado de outra biblioteca que existia antes mesmo que Nihal destruísse a Fortaleza. Voltou-lhe à memória a sua primeira passagem pela Grande Terra, alguns anos antes, com o Mestre, e lembrou-se da poeira preta que encobria toda a planície, pensou em Aster. Era de lá que os livros vinham, da Fortaleza, da biblioteca secreta de Aster.

De uma hora para outra a Casa assumia um novo aspecto. Pareceu-lhe ser um imenso mausoléu dedicado a um culto insano, um túmulo para o espírito de Aster.

Deu uma rápida olhada nos títulos dos livros. História, quase todos inofensivos. Conhecia alguns deles, pois o Mestre lhe falara a respeito. Até lera alguns. Livros de mitologia élfica. Dubhe nunca poderia imaginar que Aster tivesse interesses tão inócuos.

Seguiu em frente, passando sucessivamente pelos vários cômodos e tentando lembrar-se do caminho. Tinha a impressão de poder focalizar de alguma forma a planta geral da construção. As salas podiam ter dois, três ou quatro corredores, cada um levando a uma nova sala. Baseando-se no número de salas para cada tipologia, Dubhe não demorou a reconstituir o mapa geral da construção. As salas estavam reunidas em grupos de grandes quadrados quase completamente isolados uns dos outros. Cada um compreendia só duas salas que davam para o salão principal, e cada uma destas duas, a não ser no caso dos quadrados mais externos, também levava, ao mesmo tempo, ao adjacente. Assim sendo, cada um só estava ligado ao outro de duas formas: pelo salão principal ou por um só cômodo do quadrado anterior. Não era um mapa particularmente complicado, mas sim provido de uma lógica bastante rigorosa.

Uma sala depois da outra, Dubhe ia mudando de matéria. Química e alquimia, línguas mortas, física, magia élfica. Quando chegou à sala de botânica não pôde evitar demorar-se algum tempo, admirando os livros apinhados até o teto. Havia obras raras das quais já tinha ouvido falar, e a tentação de pegar um daqueles volumes e folheá-lo era realmente grande. Mas não foi com esse objetivo que tinha ido lá. Era aconselhável deixar o mínimo possível de pistas, e portanto abrir somente os livros que pudessem levá-la à solução do mistério. Resistiu, então, à tentação, mas continuou a espiar as prateleiras, quase em adoração.

Já tinha ouvido falar de grandes bibliotecas; sabia que em Makrat existia aquela que era considerada a maior daquela época, toda abrigada numa grande torre, e também ouvira fantasiar acerca da de Enawar, a antiga cidade arrasada por Aster. Mesmo assim, esta onde se encontrava agora não lhe parecia deixar nada a dever a nenhuma das duas. Duvidava que as outras pudessem contar com a mesma quantidade de livros antigos ou considerados perdidos, de tomos raros, muitos dos quais até autógrafos. Provavelmente Aster tinha saqueado a biblioteca de Enawar, levando-a para as entranhas da terra, onde o conhecimento pudesse ser só dele e de mais ninguém.

Também havia prateleiras vazias, evidentemente reservadas a livros que Yeshol não conseguira reencontrar. Pareciam órbitas sem olhos e sobressaíam entre a fartura das demais estantes.

Vez por outra, Dubhe topava em alguma sala cheia de livros totalmente diferentes, pretos como aqueles no aposento de Yeshol. Neste caso detinha-se mais longamente, lendo um por um os vários títulos. Eram livros de Magia Proibida, escritos em diferentes épocas por diferentes autores. Alguns eram de tempos longínquos, e deles sobravam apenas umas poucas páginas desbotadas, outros eram até relativamente recentes.

Dubhe pegou alguns. Reconheceu os mencionados no catálogo que lera umas poucas horas antes. Lá estavam eles. Sentou no chão. Afinal, alguém tinha de lê-lo para entender o que se passava na cabeça de Yeshol. Na realidade, começava a intuir a verdade, mas parecia-lhe uma coisa tão absurda, monstruosa. Nem sabia se aquilo que o homem tinha em mente era realmente viável, realizável com a ajuda da magia. Não havia dúvida de que Aster usara fantasmas durante a Grande Guerra, Dubhe já ouvira falar a respeito, mas também sabia muito bem que se tratava de meros invólucros vazios, animados pela vontade do mago que os evocava e os forçava a lutar. Aquilo em que ela estava pensando agora era muito diferente. Sabia que Aster era poderoso, que havia sido responsável por um notável desenvolvimento da Magia Proibida, um extraordinário e terrível legado que, por sorte, ninguém herdara: um legado que agora estava justamente amontoado ali, na biblioteca subterrânea. Talvez ele mesmo tivesse encontrado a maneira de fazer aquilo de que Dubhe desconfiava, porventura mostrado ao seu criado predileto, Yeshol, a maneira de realizar o que provavelmente era o seu sonho mais secreto.

Como era de esperar, Dubhe entregou-se a escritos sobre a possessão dos corpos.

> As almas são estreitamente conaturais ao corpo. Há sacerdotes que desde sempre defendem o contrário, dizendo que a alma é, de várias formas, independente da matéria, chegando até a afirmar a total separação entre carne e espírito. São apenas doutrinas falazes que os sacerdotes mentirosos usam para atrair o povo, sujeitando-o com a força da superstição e da credulidade. Somente a magia, o estudo esmerado e sistemático da essência do espírito e da matéria, pode alcançar a verdade. Pois bem, é preciso que o aprendiz desconfie das falsas religiões, que querem escravizar a mente e impedir que ela chegue à verdade. Em lugar disso, é bom que ele se entregue sem demora à realidade da magia.
> O espírito de uma raposa jamais poderá existir em qualquer outro lugar que não seja o invólucro material que chamamos de raposa. A matéria é um molde ao qual a alma dá vida, mas o próprio molde, por sua vez, deixa o seu selo no espírito, que guarda esta marca

para sempre. De forma que o espírito é influenciado pela matéria e a ela permanece ligado até a morte, que separa artificiosamente aquilo que Thenaar criou unido. O espírito de uma raposa, portanto, não pode sobreviver naquele de um lobo, ou vice-versa, pois a sua dispersão e destruição seria imediata.

A alma de uma mulher é muito diferente da de um homem, e o sexo é o assunto que, mais que qualquer outro, deixa a sua marca nas realidades espirituais. Rehasta tentou separar o espírito de uma mulher da sua carne, coisa que, como o aprendiz já sabe, é possível, e procurou insuflá-lo no corpo vazio de um homem morto, mas a experiência não foi bem-sucedida, e a alma enlouqueceu, deixando definitivamente este mundo.

Há vários graus de intolerância entre a matéria e o espírito. Um espírito feminino não sobrevive num corpo de homem, mas o espírito de um menino pode, até certo ponto, sobreviver no corpo de um velho. As uniões deste tipo, contudo, são sempre falazes; muito em breve o espírito perde a vontade de viver e o corpo se deteriora depressa, tanto que a morte sobrevém depois de poucas horas.
As raças, por sua vez, não se toleram entre si, e o espírito de um gnomo jamais poderá sobreviver, nem mesmo por alguns instantes, naquele de um homem ou de uma ninfa. Os espíritos dos semi-elfos, no entanto, uma vez que participam tanto da essência dos Elfos quanto da dos homens, podem por algum tempo encontrar abrigo também nos corpos humanos, mas a sobrevivência é mesmo assim falaz e só dura alguns dias.

Dubhe sentia arrepios correndo pelos seus braços. A imagem cada vez mais viva de um monstruoso rito ia se desenhando na sua mente enquanto lia de magos que falavam de espíritos insuflados em outros corpos e de outras coisas abomináveis.
Entrou em outras salas. Periodicamente acabava voltando ao salão central, tendo desta forma a certeza de não estar perdida. Começava a perder a noção do tempo. Aquele lugar não era somente um labirinto espacial, pois, de alguma forma, também conseguia confundir o correr das horas e dos minutos. Mais cedo ou mais

tarde Yeshol sairia do seu escritório no primeiro nível e desceria até ali. Dubhe tinha de andar depressa.

Decidiu parar só nas salas com os livros proibidos. Havia muitos, sobre os mais variados assuntos, como era de esperar, mas ela procurou restringir ainda mais o campo da sua pesquisa dedicando-se apenas àqueles que tratavam de ressurreição e encarnação. Leu muita coisa, enfrentando com bastante entusiasmo aqueles antigos volumes.

As minhas pesquisas levaram-me a crer que a morte não seja aquela coisa definitiva que os homens comuns acreditam ser, mas que aliás seja de alguma forma possível vincular o nosso espírito ao nosso mundo, impedindo que supere as portas do além. Há pouco tempo descobri uma fórmula que permite enjaular o espírito de um morto vinculando-o a um lugar ou a um objeto...

... os espíritos evocados desta forma obedecem a qualquer ordem, pois são desprovidos de vontade. Não se trata, portanto, de uma verdadeira ressurreição, mas sim de uma evocação pela qual o mago consegue reproduzir no nosso mundo uma imagem do espírito falecido...

Dubhe continuou. Ainda não tinha encontrado aquilo que procurava.

Estava absorta nos seus pensamentos, quando percebeu que já não voltava à sala central havia um bom tempo. Tentou então procurar uma das salas laterais do conjunto onde estava, de forma a encontrar mais facilmente a saída. Acabou encontrando, mas não foi fácil. Havia algo errado. A estrutura do conjunto era diferente.

Perambulou por vários cômodos, recuou. Nada feito. A simetria das demais salas tinha sido quebrada. Reencontrou finalmente a sala central. Memorizou o caminho e voltou atrás. Havia indubitavelmente umas salas a mais, naquele setor.

Nunca, como nesta ocasião, apreciou tanto o treinamento que o Mestre lhe dera: conseguia lembrar-se sem qualquer problema dos cômodos que já visitara, e por isso mesmo pôde seguir diretamente para os novos. Ao chegar a uma sala lateral, percebeu estar próxima da meta. Havia um arco vermelho-escuro que dava acesso ao que parecia ser outra sala.

ASTER, estava escrito com rebuscados caracteres na arquitrave. Dubhe entrou sem qualquer hesitação. As prateleiras, desta vez, estavam cheias de rolos de pergaminho, espalhados entre uns poucos volumes encadernados. Eram, todas elas, obras autógrafas de Aster. Não havia qualquer indicação nos papiros, evidentemente Yeshol devia conhecê-los de cor. Dubhe decidiu escolher por acaso, mas era como procurar uma agulha em palheiro. Tratavam dos mais variados assuntos, às vezes sem qualquer relação com a magia obscura, mas sim com outros ramos do saber: alquimia, geografia, usos e costumes dos povos do Mundo Emerso; parecia não haver matéria alguma pela qual Aster não se tivesse interessado.

Alguns pergaminhos faltavam, e os buracos não estavam empoeirados como a estrutura das estantes, mas sim limpos e brilhosos, como se os rolos tivessem sido tirados de lá recentemente. Dubhe, no entanto, não vira nenhum deles no aposento de Yeshol, sinal de que, além do escritório, devia haver algum outro lugar onde o Supremo Guarda costumava trabalhar, quem sabe por ali mesmo, perto de onde ela agora se encontrava.

Continuou a perambular até chegar a um aposento quase vazio, a não ser por um pedestal de mogno no meio da sala, mas não havia nada sobre ele. O livro que devia conter não estava lá. Dubhe pensou de imediato no grande volume preto que tinha visto sob o braço de Yeshol.

No fundo do aposento havia uma porta bastante anônima. Dubhe aproximou-se. Era de madeira gasta e estava trancada com uma fechadura relativamente simples. Não perdeu tempo; trabalhou por alguns segundos com a gazua e a porta se abriu docilmente diante dela.

O interior estava escuro, mas podia-se ver que era um ambiente pequeno, e a vela iluminou-o todo sem maiores problemas. Mais uma sala, mais prateleiras, mas muitos livros estavam empilhados no chão ou numa pesada escrivaninha completamente apinhada de pergaminhos. Havia uma cadeira, um castiçal, e nada mais.

Dubhe pulou avidamente em cima dos papéis. Aquele lugar devia sem dúvida ser o segundo escritório de Yeshol, o mais secreto.

Os papéis estavam cheios da mesma escrita miúda que já vira no escritório anterior, mas desta vez as anotações eram muito mais confusas. Havia frases quebradas, notas apressadas, frases sublinhadas e pontos de exclamação por toda parte.

O espírito pode ser forçado a ocupar espaços apertados.

Precisa haver algo que pertenceu ao corpo da pessoa. Cabelos. Unhas. Fragmentos, ainda que pequenos. <u>Raramente tecidos.</u>

A pena é a perdição eterna. Para si e para a alma que ocupa o corpo escolhido.

Fracasso, fracasso! Thenaar, faz com que nem tudo esteja perdido!

Um livro com capa de veludo azul-escuro parecia ser uma espécie de diário. Dubhe entregou-se à leitura. Estava suando frio.

4 de setembro
Estou ainda procurando a peça mais importante. Tudo parece estar no devido lugar, mas o último tomo, aquele que contém a parte mais importante do rito, aquele que dará um sentido às peças que tão penosamente consegui juntar, ainda não foi encontrado. Dohor espalhou os seus homens por todo o Mundo Emerso, mas por enquanto não o encontrou. Thenaar, por que o nosso grande plano tem de depender tanto assim de um descrente?

18 de setembro
Não consigo mais esperar. Thenaar irá perdoar minha ansiedade, pois tudo aquilo que faço é por ele. Decidi tentar mesmo não conhecendo perfeitamente o ritual. Não é totalmente seguro, mas eu não me importo com a minha segurança. Ela pode ser sacrificada por este grande Projeto. É só graças a esta esperança que sobrevivi nestes longos anos de exílio. Tentarei. Está decidido. Eu preciso. PRECISO saber se as minhas esperanças são vãs ou se em tudo isto há um real fundamento.

3 de outubro
Fracasso. FRACASSO!! Este inútil criado não conseguiu ter sucesso, Thenaar, este inútil escravo decepcionou-o, Meu Senhor. Dilacero-me só de pensar que tudo está perdido, e por minha culpa, devido à minha pressa! Rezo fervorosamente para que ainda haja esperança.

15 de outubro
Continua suspenso entre este mundo e o outro. Sinto que me implora para que lhe dê forma, para que o faça voltar a fim de concluir a sua grande obra. Agora, finalmente, posso. Dohor trouxe a peça que faltava. O Livro Negro. É extraordinário. Não há limite para a genialidade de Aster. Estou me descuidando de tudo para lê-lo, nem saio mais do escritório. Finalmente tudo ficou claro.

23 de outubro
Mandei procurar o semielfo. Soube que ainda vive, mas ninguém sabe onde. Os meus Assassinos, de qualquer maneira, irão encontrá-lo. Sem ele, sem o seu corpo, não poderei realizar a cerimônia. Era justamente o que estava faltando, um corpo. Falhei porque não dei ao espírito nada em que se encarnar. Quando penso na angústia destes últimos meses, na minha pouca fé, sinto vergonha de mim. Eu devia saber, Thenaar, que você tudo providencia para que os seus filhos alcancem a vitória.

4 de novembro
A busca continua, infelizmente sem sucesso. O homem que procuramos não é encontrado, parece ter sumido sem deixar qualquer pista. As memórias da rainha Aires, no entanto, falam nele. Não esmoreceremos até encontrá-lo.
Toda noite desço até a sala subterrânea para vê-lo, para ver o seu espírito flutuante, para extasiar-me com a sua presença aqui, novamente entre nós, embora seja ainda uma presença falaz, incorpórea. Mas muito em breve terá um corpo.

Dubhe estremeceu. A sala subterrânea. Era ali que devia encontrar-se a resposta definitiva. Mas onde estaria ela? Fechou o diário, colocou-o de volta na mesa procurando deixá-lo exatamente na mesma posição em que o encontrara, e em seguida começou a revistar o escritório.

A existência daquela sala subterrânea era provavelmente conhecida somente por Yeshol, e era portanto plausível que a sua entrada estivesse justamente naquele aposento. Não havia portas, mas quem sabe uma parede murada, uma passagem oculta...

Preparou-se a dar uma busca meticulosa, mas na verdade não teve de esperar muito pelo resultado. Evidentemente Yeshol sentia-se seguro naquele escritório enfurnado na biblioteca, pois o botão que Dubhe procurava, pequeno e redondo, estava logo ali, embaixo da escrivaninha.

Logo que o apertou, a parede de estantes atrás da mesa deslizou sobre trilhos invisíveis deixando à mostra uma escada íngreme e estreita. Dubhe desceu-a lentamente, segurando o fôlego. A sala ficava ali mesmo, no fim da escada. Não passava de uma pequena gruta úmida e bolorenta, com as paredes historiadas cheias de complicados pentáculos e símbolos mágicos vermelhos de sangue. No meio havia um pedestal e, diante dele, duas velas acesas. Era um altar. No pedestal ficava uma redoma de vidro, contendo um globo vagamente azulado que remoinhava como que animado por um impulso interior de algum tipo.

Dubhe ficou parada no absoluto silêncio daquele lugar repleto de um misticismo insano, de uma adoração blasfema. Era então aquele, o espírito chamado de volta não se sabe de onde? Era aquela a alma à espera do corpo de um semielfo?

Dubhe aproximou-se, trêmula, olhou para o globo. No começo pareceu-lhe totalmente disforme, nada mais do que uma esfera fluida e leitosa. Quando porém seus olhos se acostumaram com aquela luz pálida vislumbrou o segredo daquele objeto. Havia um rosto que se mexia sem parar, lá dentro, um rosto de contornos indefinidos, um rosto que de alguma forma parecia sofrer. Mesmo na sua indefinição, era reconhecível. Era um menininho de uma beleza perturbadora, grandes olhos, vaporosos cabelos encaracolados emoldurando um oval quase perfeito e só arredondado pela típica obesidade infantil, duas longas e graciosas orelhas pontudas. Era idêntico às estátuas espalhadas por todo canto da Casa.

Aster.

Dubhe levou a mão à boca, recuou. O menino pareceu observá-la com olhos líquidos, e o seu olhar não estava zangado, não expressava poder. Só estava triste, extremamente triste. Dubhe sentiu-se sugar por aquele olhar.

Um barulho distante interrompeu o curso dos seus pensamentos. Uma porta que batia ao longe. Alguém tinha entrado na biblioteca.

Horrorizada, Dubhe voltou correndo para a escada, dirigiu-se ao escritório, fechou apressadamente a porta atrás de si.

Estava acuada. Se ficasse ali iriam descobri-la.

Saiu mais uma vez, trancou novamente a porta, mexendo com mãos trêmulas na fechadura. Agradeceu aos céus por se tratar de uma coisa de manuseio tão simples. Já podia ouvir vozes ao longe.

– Deixou de novo esta danada porta aberta? Quantas vezes vou ter de dizer que aquilo que está guardado aqui é mais precioso que qualquer outra coisa? Nada, no mundo, vale tanto quanto esta biblioteca, e você precisa tomar conta dela com todo o cuidado, está me entendendo?

Era sem sombra de dúvidas a voz de Yeshol.

Dubhe achatou-se instintivamente contra a parede, mas sabia muito bem que de nada adiantaria.

"A biblioteca é muito grande, talvez ele não venha para cá, fique calma."

Pois é, mas acontece que aquela sala tinha o pedestal e aquela porta; se era realmente destinada a guardar o pesado livro preto, Yeshol voltaria certamente para lá.

– Queira perdoar...

– Mais três dias de penitência, e da próxima vez serei muito mais rigoroso, estou sendo claro?

Estavam realmente vindo para onde ela estava, Yeshol e o seu jovem assistente.

Dubhe deslocou-se para a sala ao lado e ficou encostada na estante, perto da porta. Rezou para que o homem não passasse por ali. Aproximava-se depressa.

– Dohor perguntou pelo senhor.

– Não faz muito tempo que estive com ele.

– Pediu para lembrar-lhe que quer ser constantemente informado, e acha que o senhor não está fazendo isto.

– Falarei com ele, então. Maldito descrente... não podemos negar os seus méritos, mas a sua insolência é realmente irritante.

Estavam cada vez mais próximos.

Dubhe passou para a sala adjacente, correndo e procurando ao mesmo tempo fazer o menor barulho possível. Os passos do homem pararam.

– Vossa Excelência?

Seguiu-se um silêncio interminável.

– Nada... tive a impressão... nada, não importa.

Ouviram-se de novo as passadas. Dubhe afastou-se mais, foi duas salas mais longe, e desta vez mais devagar. As vozes ainda eram audíveis, porém mais abafadas.

– Não quero ser incomodado por motivo algum, está claro? E também quero que você suma daqui o quanto antes.

Dubhe deslocou-se de novo, até alcançar a sala principal. Quase não conseguia respirar. Correu para a porta. Ainda estava aberta. Um presente da sorte. Abriu-a com delicadeza e arremessou-se para fora. Quando surgiu entre as duas estátuas, na sala das piscinas, sentiu-se quase salva. Livre de Yeshol, mas não daquilo que tinha descoberto. O rosto no globo. O espírito de Aster, pronto a voltar e a mergulhar mais uma vez o Mundo Emerso no terror.

Levou rapidamente a mão ao rosto e, com a ponta dos dedos, apalpou uma pela macia, os seus traços. A poção tinha perdido o efeito. Devia ter passado uma enormidade de tempo, a sala das piscinas estava quase completamente vazia, os corredores em volta silenciosos.

Dubhe puxou o capuz em cima do rosto, até quase não conseguir ver coisa alguma, e depois começou a correr.

Cruzou com alguns Assassinos, mas era tão rápida que nenhum deles prestou atenção nela. Chegou ao dormitório dos Postulantes e parou de chofre. O guarda estava lá, sonolento mas ainda atento o bastante para ouvi-la chegar, sentado diante da entrada do aposento. Dubhe praguejou. Não podia fazer outra coisa a não ser esperar que dormitasse ou fosse embora.

Ficou algum tempo grudada na parede, de olhos fixos naquele homem, mas com a mente borbulhando como um vulcão. Todas as mais sombrias histórias da sua infância sobre o Tirano afloravam nítidas e enchiam sua cabeça de mortos e chacinas. Claro, certamente não estava vivendo numa época de paz. Já tinha assistido a muitas matanças nos dezessete anos da sua vida, mas sentia que as coisas nunca voltaram a ser como então, quando Aster ainda era o soberano absoluto do Mundo Emerso. Aquele tempo representava o inferno. Pensou em quão perto dela estava o espírito daquele monstro, reviu o momento em que o olhar deles tinham se cruzado. Não passava de uma criança, mas quanto horror podia inspirar a sua inocência, o seu aparente desespero!

Então, finalmente, o homem espreguiçou-se, levantou-se e foi embora, meio trôpego.

Dubhe chispou para dentro do dormitório. Curvou-se imediatamente sobre Lonerin, sacudiu-o com firmeza.

Desta vez o rapaz não se deixou pegar de surpresa. Não devia estar dormindo profundamente, pois abriu de pronto os olhos e a fitou com lucidez.

Perguntou imediatamente o que tinha acontecido. Estava preocupado.

– Querem dar nova vida a Aster – ela disse, de um só fôlego.

Lonerin ficou sem palavras. Fitou-a por alguns instantes como que procurando entender o sentido daquelas palavras, depois cerrou os dentes, tentou manter o controle.

– Como?

– Evocaram o seu espírito, eu o vi numa sala secreta, bem embaixo dos nossos pés. Agora estão à cata de um corpo no qual colocá-lo.

Lonerin olhava para ela, decidido. Também estava com medo, mas o dominava.

– Precisamos avisar o Conselho.

Dubhe anuiu.

– Partiremos esta noite, Lonerin. Logo mais. Quando eles encontrarem a tal pessoa, o semielfo, será o fim, entende?

– Estou entendendo muito bem, mas como acha que poderei sair daqui? Você tem alguma sugestão?

– Sairá comigo.

Lonerin fitou-a, interrogativo.

– Não estamos muito longe do templo, aqui, e se esperarmos mais um pouco quase todos estarão dormindo. Com um pouco de sorte não encontraremos ninguém na Casa. Sairemos pelo portão principal.

Lonerin concordou na mesma hora. Dubhe ficou surpresa diante da calma e da determinação que ele demonstrava numa situação como aquela.

Ficou de pé e jogou nos ombros uma capa preta exatamente igual à dos Vitoriosos, só mais velha e desbotada. Vestido daquele jeito, podia perfeitamente ser tomado por um Assassino.

– Vamos – murmurou.

Sair do aposento foi fácil. Ali todos estavam tão cansados que nada os acordaria. Fora de lá, no entanto, sentiram-se imediatamente desprotegidos.

– Aja exatamente como eu – ciciou Dubhe.

Prosseguiram, ambos, bem rente ao muro. O corredor estava fracamente iluminado. Ninguém à vista. Continuaram, então, correndo até o fim. Ainda ninguém.

Estavam ambos meio ofegantes, mas Lonerin mantinha-se calmo, sério e concentrado.

Dubhe deu uma olhada no corredor seguinte. O coração batia com violência no seu peito. Estava prestes a deixar a Guilda e a ponto de voltar a ser livre. Nem tinha pensado nisso, na emoção do momento.

Continuaram correndo. Chegaram ao corredor central. No fundo, a escada que levava para fora, para o templo. Dubhe esticou o pescoço para olhar e gelou.

– O que foi? – murmurou Lonerin.

– Rekla – ela sussurrou.

– Quem é?

– Uma Monitora que me conhece.

Virou-se para Lonerin:

– Puxe o capuz em cima do rosto, ande com decisão e mantenha a cabeça baixa, está bem?

Ela também puxou o capuz sobre a cara, procurou ficar meio corcunda e envolveu-se completamente na capa. Respirou fundo e depois deu meia-volta, indo na direção oposta àquela na qual deveria seguir.

Ouviu o passo comedido de Lonerin atrás de si, e então um silêncio denso, no qual só se escutavam os passos aveludados da sua inimiga.

"Lonerin está andando depressa demais", disse para si mesma.

Ouviu a mulher acelerar o passo.

– Vocês! O que estão fazendo aqui?

Dubhe parou. Não havia outra coisa a fazer. Já ia se virando lentamente quando ouviu a voz de Lonerin, firme e segura:

– Estamos voltando do templo, tínhamos ido rezar.

Rekla anuiu.

– Entendo. Uma atitude realmente louvável. Só por isso não vou puni-los por ainda estarem aqui no meio da noite.

Lonerin baixou a cabeça, e Dubhe logo fez o mesmo.

Rekla passou entre os dois e seguiu em frente.

– Siga-a – murmurou Dubhe.

Foram atrás dela até chegarem a um corredor no qual viraram. Detiveram-se. Lonerin apoiou-se na parede, suspirando.

– Teve muito sangue-frio – ela disse.

Provavelmente ele sorriu, mas a jovem não conseguiu vê-lo na sombra com que o capuz lhe escondia o rosto.

Saíram do corredor e logo a seguir estavam no templo. Atravessaram-no rapidamente.

Estavam quase lá. Dubhe abriu a porta com decisão. Um céu cheio de estrelas cumprimentou-os.

Não se virou. Não perdeu tempo. Passou pela porta, ouviu os passos apressados de Lonerin atrás de si. Estavam fora, para sempre.

Terceira parte

Ido é por vezes, e erroneamente, considerado um elemento secundário deste grande afresco. Muitos lembram-se dele apenas como o mestre de Nihal, outros simplesmente pelo embate que enfrentou, durante a Grande Batalha do Inverno, contra o Cavaleiro de Dragão Negro, Deinóforo. Na verdade, ele foi de fato uma das figuras principais na luta contra o Tirano; talvez não tenha sido o protagonista de ações tão famosas quanto as de Nihal e Senar, mas representou mesmo assim a alma da resistência, preparou as tropas que combateram nas fases finais da guerra, e somente a ele deve-se a sobrevivência das Terras livres durante o longo período em que Nihal e Senar procuraram as Oito Pedras por todo o Mundo Emerso. O fato de ele próprio ter sido no passado um dos principais generais do Tirano só pode aumentar o seu valor, como indivíduo que soube reconhecer o próprio erro e passou a sua vida tentando corrigi-lo.

Oni da Assa
A queda do Tirano
Fragmento

31
O FIM
+ + +
O PASSADO X

O primeiro homicídio parece ter realizado uma espécie de encantamento. Desde aquele dia o tempo corre mais rápido, gastando a vela de uma existência de alguma forma feliz.

Depois daquela vez, ela nunca mais voltou a matar, justamente como o Mestre prometeu, mas tudo mudou, nada permanece exatamente igual. Ela continua a ajudá-lo, negocia com os clientes, cuida das armas, mas com uma consciência mais dolorosa.

Dubhe pegou o dinheiro que o Mestre ofereceu. Com ele, comprou um bonito livro de botânica, leu-o do começo ao fim com prazer. Às vezes, sente uma espécie de sutil repulsão ao segurá-lo nas mãos. A imagem do homem que matou volta à sua mente com violência, e de repente o enjoo aperta sua garganta. Nessas horas basta-lhe pensar no Mestre e tudo passa. Dubhe pensa nele o tempo todo, desde então. Por muito tempo não soube dar um nome àquela sensação que lhe gela o estômago só de pensar no Mestre. Agora sabe o que é. Percebeu tudo quando o beijou, o primeiro beijo da sua vida.

Dubhe teve uma educação completamente diferente das outras garotas da sua idade, e os seus interesses jamais tiveram a ver com bonecas, brincadeiras ou coisas como o amor. Mas ela até leu algumas baladas, de noite, às escondidas do Mestre, e fantasiou sobre aqueles contos. O sentimento por Mathon morreu junto com a sua vida antiga, mas muitas vezes, antes de adormecer, sonhou encontrar alguém por quem se apaixonar, quem sabe um homicida como ela.

Agora, de repente, descobriu que aquele alguém é o Mestre.

Às vezes sente o irresistível desejo de beijá-lo de novo, e de novo, e de contar-lhe tudo, de perguntar se ele também a quer, se também a ama. Mas sempre acaba se contendo. Em parte porque ele, de uns tempos para cá, nunca mais se concedeu gestos de ternura em relação a ela, e em parte porque está com medo. Enquanto ela não disser nada, tudo fica suspenso, e pode continuar a olhar para ele com olhos adoradores, a sonhar em se tornar algum dia a sua esposa. Mas se contasse, por sua vez, ele responderia alguma coisa, talvez um simples não, e tudo acabaria na mesma hora. E ela não quer. Prefere continuar desse jeito, amando-o sem pedir nada em troca, para sempre.

O Mestre começou a recompensá-la pelos seus serviços.

– Se quiser tornar-se uma pessoa independente, terá de aprender a cuidar do seu dinheiro.

– Não estou inteiramente certa de querer tornar-me independente, Mestre... – Na verdade ainda está com medo de que ele possa abandoná-la, agora que, de fato, já não é realmente a sua aluna.

O Mestre reage com um gesto quase de enfado.

– Bobagem. Mais cedo ou mais tarde você também terá de encontrar o seu próprio caminho.

É um período inteiramente ofuscado pelo amor que ela sente pelo Mestre. Não há lugar para mais nada, na sua vida. Tudo gira em torno daquele único assunto, todos os sentimentos são engolidos por aquela paixão sem limites que a deixa como que atordoada o tempo todo, que tira a nitidez e embaça os contornos de tudo que a cerca.

Ele continua o mesmo de sempre. Talvez um pouco mais frio que de costume, embora Dubhe não queira admitir. O seu olhar é esquivo, e cada vez mais amiúde os seus olhos demonstram tristeza. Em alguns casos, à noite, esquece até o treinamento. Prefere ficar simplesmente diante da janela olhando para a escuridão lá fora. No verão, em vez de dormir, passa longas horas na praia, mirando o oceano que invade a areia e recua, num vaivém que ninguém pode quebrar. Parece um homem infinitamente cansado.

Dubhe gostaria de assumir aquele cansaço, aquela tristeza, queria que o seu amor fosse capaz de livrá-lo daquela prostração dando-lhe finalmente a paz, pois sente que é disso que ele precisa. Mas é simplesmente impossível. Continua havendo alguma coisa entre eles, uma parede que os separa, algo ao qual Dubhe não sabe dar um nome, mas que a deixa terrivelmente mortificada.

Assim passam-se os dias, uns depois dos outros, como as contas de um colar. Até o dia em que alguém aparece no limiar de casa.

É um dia de bonança, Dubhe está treinando na praia. Nunca deixou de fazê-lo, apesar de saber que nunca será um sicário. Acontece que gosta de movimentar o corpo e, afinal, precisa manter a forma para assistir a contento o Mestre.
 É outono, há uma gostosa aragem que lhe refresca o rosto e torna o treinamento ainda mais aprazível. Está meditando, sentada de pernas cruzadas na praia, quando percebe passos ritmados e extremamente leves na areia. Abre instintivamente os olhos, quebrando a concentração. Uma figura escura sobressai contra o céu de um cinzento uniforme. É um homem magro, vestido completamente de preto. Usa uma camisa de mangas folgadas, quase bufantes, um corpete de couro com vivazes botões azuis, calças de pano grosso e compridas botas. Preso à cintura, em plena vista, um longo punhal, também preto.
 O homem olha para Dubhe com insistência, sorri, e ela não gosta. Há alguma coisa terrível e ameaçadora naquele sorriso. O homem não se afasta nem se aproxima, só olha para ela, continuando a sorrir; depois, do mesmo jeito que chegou, vai embora.
 À noite, Dubhe continua a sentir-se perturbada por aquele encontro. Não sabe ao certo o que a deixou assustada, mas confia muito na própria intuição. Gostaria de comentar com o Mestre, mas não sabe exatamente o que lhe contar. Por isso fica calada, e espera que o homem nunca mais volte, que tenha sido apenas um encontro casual e sem importância.

Nos dias seguintes, Dubhe continua a sentir-se inquieta. Quando treina não consegue concentrar-se, fica tensa e sempre pronta a descontrolar-se. O Mestre repara.
 – Alguma coisa a preocupa?
 Dubhe levanta os olhos, fingindo surpresa. Na verdade, já estava esperando por aquela pergunta.
 – Não, nada.

— Diga, antes, que não quer contar.
— Não há nada que eu deixaria de comentar com você, sabe muito bem. É verdade.
— Há certamente coisas que nunca me contaria.
Dubhe fica vermelha. Fica imaginando se o Mestre de fato sabe o que está lhe escondendo.
— Todos têm os seus segredos — ele comenta, e ela suspira aliviada.
Espera que a conversa acabe ali, mas no dia seguinte continua inquieta, ainda mais, aliás. Diz a si mesma que não há motivo, que precisa manter a calma.
No meio da manhã alguém bate à porta.
É um período de pouco trabalho e, por isso mesmo, tanto Dubhe quanto o Mestre estão em casa. Como sempre, no entanto, quem abre é ela.
A expressão fica séria e seu corpo se enrijece. Diante dela está o homem que apareceu na praia, com o mesmo sorriso maldoso estampado no rosto.
— Olá, Dubhe. Estou procurando por Sarnek.
Dubhe nem se pergunta como aquele homem sabe o seu nome. Concentra-se apenas no segundo. *Sarnek.*
O rosto do homem abre-se num sorriso ainda mais odioso.
— Ao que parece, encontrei.
Dubhe vira a cabeça e vê o Mestre atrás de si. Tem uma expressão contraída, cheia de raiva, e segura o punhal, os nós dos dedos brancos em volta da empunhadura.
— O que quer? — diz entre os dentes.
O homem continua a sorrir.
— Parece-me bastante tenso... mas não precisa da faca. Como pode ver, eu nem saquei a minha.
O Mestre continua a brandi-la.
— Saia daqui, Dubhe.
A jovem não se faz de rogada. De repente a atmosfera ficou gélida, e ela está com medo.
— Estou lhe dizendo, pode guardar o punhal. Não estou aqui para fazer-lhe mal.
— Queira perdoar, mas não acredito.

— Reconheço que há boas razões para você pensar assim, mas de qualquer maneira já passamos por muitas coisas juntos. Será que não pode confiar em mim, em nome da velha amizade?
 — Não se pode confiar na Guilda.
 — Se eu quisesse matar você ou a garota, já o teria feito, não acha? E em vez disso bati à porta, de faca e demais armas guardadas no devido lugar. Isto deveria convencê-lo das minhas boas intenções!
 O Mestre fica algum tempo parado, encarando o homem, o punhal ainda levantado nas mãos, pronto para ser usado. Só depois de uns intermináveis segundos, baixa a arma, com calma.
 — Vou perguntar mais uma vez, o que quer?
 — Falar com você.
 — Não tenho nada a dizer.
 — Mas eu tenho... Estou lhe trazendo o perdão.
 O Mestre sorri, escarnecedor.
 — É uma coisa de que realmente não preciso.
 — Acha mesmo? Ainda assim não fez outra coisa a não ser fugir, durante esses anos todos, sinal de que receia o castigo.
 O Mestre range os dentes.
 — Vamos ver se resolvemos isto sem mais demora.
 O homem sorri, benevolente.
 — É o que sinceramente espero.
 Entra na casa. Dubhe olha para ele, temerosa. Ele retribui com um olhar de soslaio, cheio de estranhas implicações que ela não consegue entender direito.
 — Saia, Dubhe.
 A jovem vira-se de chofre para o Mestre.
 — Por quê?
 — Porque estou ocupado! — ele responde irritado. — Pare de questionar as minhas ordens, está me entendendo? Eu sou o mestre, e você a minha estúpida aluna. Faça logo o que eu mando e cale-se!
 Diante de uma reação dessas, Dubhe sente-se humilhada, mas não pode fazer outra coisa a não ser obedecer.
 — E não volte antes de pelo menos duas horas!
 Ela concorda, parada na soleira, então fecha a porta atrás de si.
 Já faz sete anos que Dubhe mora com o Mestre. Partilharam tudo, naqueles sete anos, sempre dormiram juntos, comeram juntos,

ficaram no mesmo quarto nas hospedarias, nas grutas e nos mais improváveis abrigos. Ela o ama, ele é o centro do seu universo. E ainda assim, naqueles sete anos, jamais soube como ele se chamava. Para ela sempre foi única e exclusivamente o Mestre.

Agora, de repente, chega um homem estranho, que o Mestre odeia, alguém da Guilda, pelo que ela pode entender, e o chama pelo nome. Sarnek. Dubhe brinca com um dedo na areia e escreve obsessivamente aquele nome. Sarnek. Sarnek. Um desconhecido conhecia aquele nome, e ela não. O que quer deles? Quem é? Por que o Mestre escorraçou-a para falar com ele, e com toda aquela acrimônia, além do mais? Não o Mestre, aliás, Sarnek.

Dubhe levanta-se de chofre. Está furiosa, sente-se traída e apavorada. Corre para o mar.

Na areia fica uma escrita.

Amo Sarnek.

— Chega de conversa, vamos ao que interessa.

Sarnek e o homem estão tomando uma infusão, sentados um diante do outro. O homem parece inteiramente à vontade, Sarnek está tenso, preocupado, sempre com a mão perto do cabo do punhal.

— Você continua o mesmo, Sarnek. Dizem que os anos e as experiências mudam as pessoas, mas parece que a regra, com você, não vale.

— Diga logo o que quer e então suma.

— Eu já disse. A Guilda quer perdoar-lhe.

— Não acredito.

— Vamos dizer que não somos vingativos, se preferir.

— Ficaram no meu encalço este tempo todo, acha que não percebi? Tive de passar fome para evitar que me agarrassem. Somente pequenos trabalhos, sem nunca dar muito na vista...

— Quando deixou a Guilda, sabia muito bem que seria assim.

— Só sei que para vocês eu sou uma vergonha, uma mancha infeliz no seu plano imaculado. Estou errado ou continuo sendo o único que escapuliu bem embaixo do seu nariz?

Sarnek sorri escarnecedor, e o outro não parece gostar muito da provocação.

– O que passou, passou, e já não interessa. Para nós você é apenas um Perdedor, só isto, e Thenaar encontrará sem dúvida um jeito para recompensar a sua traição. O lugar para as pessoas como você está nas mais escuras entranhas do inferno.

– Não tente me impressionar com as suas insanas mentiras de fanático.

O homem bate a xícara na mesa e um pouco de infusão acaba respingando na madeira.

– Se continuar assim, nunca sairei daqui, e esta é uma coisa que você não quer, não é?

– Está bem, prossiga.

O homem recupera o domínio sobre si.

– Como estava dizendo, não temos mais o menor interesse por você. Para nós, você está irremediavelmente perdido. Não se equivoque: é verdade que nestes anos continuamos procurando por você, mas para matá-lo e não para convencê-lo a voltar.

– Isto muito me lisonjeia. E o que mudou, desde então?

– A garota.

Sarnek muda imediatamente de expressão. O sorriso morre em seus lábios e seu rosto volta a ter um esgar de ferocidade.

– Deixe-a fora disso.

O homem finge não ter ouvido.

– Ela é uma Criança da Morte, como você certamente já sabe. Está indissoluvelmente presa a Thenaar. Como se não bastasse, você a treinou do nosso jeito. E a prende aqui, sem agir... quinze anos e ainda nem começou a exercer o trabalho de sicário.

– Deixe-a fora disso – urra Sarnek. – Ela não lhes pertence, ela é minha.

O homem sorri.

– É como eu disse, você não muda. Acaba sempre se arruinando por causa das mulheres...

Como um raio, Sarnek segura-o pela garganta com mão de ferro.

– Cale-se.

O homem não para de sorrir, mas levanta o braço em sinal de paz. Sarnek solta a presa.

– Não pode negar a evidência! Nem mesmo um descrente como você pode deixar de ver: Dubhe pertence a Thenaar. Não está vendo o plano do destino? A maneira com que se aproximou do homicídio, o encontro com você...

— Mero acaso. Eu nem mesmo queria que ficasse.

O homem faz um gesto de enfado.

— Por que se recusa a usar a cabeça? Admito que já faz muito tempo que você deixou de ter fé, e não faria o menor sentido eu tentar reconvertê-lo. Vamos então ao que interessa: a Guilda lhe perdoa desde que nos entregue Dubhe.

Sarnek sorri amargamente.

— Nem pense nisso.

— Não tem muita escolha, Sarnek. Não a entregar significa que voltarei, o matarei e ficarei com ela. Assunto encerrado.

— Se conseguir... e lhe asseguro que não será nada fácil. Sempre fui um sicário melhor que você.

— Deve se lembrar que, quando a Guilda programa a morte de alguém, não há mais esperança. Se não nos entregar Dubhe, nós mesmos a pegaremos, e você morrerá de um jeito que nem pode imaginar...

— Não! Não deixarei que ponham as mãos nela, não a abandonarei ao mesmo tormento pelo qual eu tive de passar.

Sarnek olha para o outro com ódio, tanto que o homem parece assustado.

— Você tem dois dias. Então voltaremos.

O homem levanta-se.

— Pense bem nisso, Sarnek. Você já foi um Vitorioso, sabe de quantas formas podemos matar uma pessoa.

O homem sai pela porta sem cumprimentar e deixa Sarnek sozinho, sentado à mesa, torcendo as mãos de raiva impotente.

— Maldição... maldição!

O Mestre chega correndo e para ao lado dela, na praia. Dubhe percebe imediatamente que aconteceu alguma coisa.

— Junte as suas coisas, amanhã bem cedo vamos embora.

— O que houve? — ela pergunta assustada.

— Faça o que estou mandando. Contar-lhe-ei o que quer saber no devido tempo.

Dubhe obedece, prepara a bagagem. À noite o Mestre sai.
– Se porventura eu não voltar, fuja. Nunca mais use o seu nome nem o meu, entende? Esqueça tudo aquilo que lhe ensinei e procure levar uma nova vida. Mas, principalmente, mude de nome.
Dubhe está realmente apavorada.
– Por que diz isso, o que aconteceu?
– Não precisa ficar assustada, tenho um trabalho a fazer.
Ela se joga nos seus braços, segura-o com força.
– Estou com medo, estou com medo! Não vá!
Chora.
Ele a aperta contra o peito.
– Não se preocupe, tudo vai dar certo.
– Eu só tenho você, você é tudo para mim, e agora me diz "se porventura eu não voltar"...
Soluça, fita-o fixamente tentando refrear as lágrimas.
– Não me abandone, eu suplico, não me abandone, eu... eu o...
Ele a interrompe apoiando um dedo nos seus lábios.
– Não diga mais nada. Não diga... Voltarei antes do alvorecer.
É uma noite horrível. Dubhe passa-a acordada, de pé. Não encontra paz, chora, então procura criar ânimo, não se afasta da janela. O seu embrulho e o do Mestre estão prontos, em cima da mesa. Já vestiu a capa.
– Mestre... Mestre – murmura no escuro.
As horas passam lentas e viscosas, as estrelas parecem pregadas, fixas em seus lugares. Quando a alvorada chega, a vaga luminosidade surge com aflitiva lentidão, espalhando uma brancura leitosa no céu. Com a luz, também chega a angústia. O Mestre não aparece. O que será dela se ele não voltar? O que fazer se ele tiver morrido? Nem se atreve a pensar numa coisa dessas. Ela também morreria. Que razão teria de viver?
E finalmente, enquanto um rosa pálido começa a tingir o céu, Dubhe vislumbra uma figura, que logo reconhece.
Corre para fora da choupana, grita o seu nome, aquele nome que até um dia antes nem mesmo conhecia, pendura-se no seu pescoço chorando. Caem, ambos rolam na areia.
Ele acaricia docemente sua cabeça.
– Está tudo bem, tudo bem.

Quando se levantam, Dubhe repara numa mancha de sangue.
– O que houve?
Ele meneia a cabeça.
– Quase todo ele não é meu.
Mas há um ferimento, Dubhe vê logo, no braço.
– E este?
– Apenas uma bobagem.
É um corte, o Mestre está pálido, molhado de suor.
– Vou cuidar dele.
– Já lhe disse, é só um arranhão.
– Poderia infeccionar. Eu conheço umas ervas... deixe comigo.
O Mestre se rende, diante daqueles olhos úmidos.

Dubhe prepara a mistura, espalha-a com cuidado no braço. É um corte irregular e profundo; quase dá para ver o osso, e houve uma forte hemorragia. Dubhe jamais curou ferimentos como aquele, mas confia nos próprios conhecimentos botânicos e naquilo que leu nos livros. Desinfeta o braço, sutura com agulha e linha e então aplica o emplastro curativo. Nunca tinha feito aquilo antes, mas leu bastante a respeito. Ele não solta um gemido. Olha para o chão, com ar cansado. Não dizem coisa alguma, mas Dubhe sabe que não é preciso. Voltou para ela. Tem certeza de que o homem preto nunca mais irá insidiá-los, está morto. Só diante de duas tigelas de leite voltam a trocar algumas palavras.
– Aquele homem da Guilda já não é um problema, mas precisamos partir mesmo assim.
Dubhe fita-o, encantada. Depois dos terrores da noite nem consegue acreditar que ele esteja ali.
– Como quiser, Mestre.
– Fiz uma coisa muito séria... séria demais...
– Vai dar tudo certo enquanto estivermos juntos – ela diz sorrindo.
Ele também sorri, mas com tristeza nos olhos.
– Vamos partir esta noite.
Partem com as estrelas. São recebidos por um céu frio e impiedoso. O Mestre está fraco, Dubhe o sabe, mas ele insiste em sair sem demora.

— Matei um membro da Guilda. Não vão descansar até me pegarem. Precisamos deixar o maior número possível de milhas entre eles e nós.

Dubhe morde o lábio.

— Mas o que queria, afinal?

— Abandonei a Guilda alguns anos atrás, para eles sou um traidor. Queria matar-me e ficar com você.

Dubhe baixa a cabeça. Quer dizer que no fundo era por ela que eles procuravam. Ela, e o seu maldito destino. Pois é, é uma Criança da Morte, é por isso que a querem. Nunca haveria então um fim para as desgraças que o seu nascimento trouxera consigo?

A viagem é longa e extenuante, ininterrupta. Estão se dirigindo à Terra do Sol, para uma nova casa, disse o Mestre. O homem está abatido, sua testa arde, e Dubhe suplica que pare.

— O que está em jogo é a nossa vida, sua menina boba, não entende?

O Mestre está nervoso, talvez seja a dor ou, quem sabe, a febre. Então Dubhe se apressa, até ficar esgotada também. Compreende que o melhor a fazer é chegar o quanto antes.

Mas, enquanto isso, vê o Mestre que definha, com a chaga que se alastra: não sabe mais o que fazer. Está desesperada.

— Mestre, a ferida está cada vez pior, infeccionou, desse jeito nunca vai conseguir! Precisamos parar!

O Mestre nem quer ouvir, segue em frente, cada vez mais febril, com o passo cada vez mais incerto.

Noite após noite continuam avançando. A paisagem muda, e Dubhe percebe aliviada que a meta não está distante. Já não estão tão longe assim de Makrat.

Apesar de muito debilitado, o Mestre indica o caminho. Entram na floresta e acabam chegando a uma gruta onde há apenas um catre.

— Aqui — diz o Mestre com voz arquejante.

— Mas esta não é uma casa! — protesta Dubhe. — Você não pode ficar aqui.

— Está ótimo. Estou cansado, não crie dificuldades. Aqui perto deve haver um riacho, vá buscar um pouco de água.

Dubhe sai apressada, volta correndo com a água e dá para ele. Passa o resto da tarde procurando comida e preparando emplastros curativos.

Parecia um ferimento sem gravidade, mas na verdade inflamou e piorou bastante.

— Por que fez isso comigo, Mestre? Por que se arriscou e acabou ficando desse jeito?

Ele se limita a sorrir, sem responder. Parece mais tranquilo, afaga amiúde sua cabeça.

— Não sei o que teria sido de mim nestes últimos anos, sem você.

Dubhe vira-se de chofre, os olhos cheios de lágrimas.

— Sem você eu não existo, Mestre, está me entendendo? Eu lhe quero bem, eu o amo!

Ele continua sorrindo.

— Bobagem, bobagem... — murmura.

Depois do jantar cai num sono leve e reparador. Dubhe fica de vigília a noite inteira.

Os dias seguintes são, para Dubhe, de total dedicação ao Mestre. Vai buscar alimentos em Makrat, que não fica longe, prepara-lhe uma cama limpa, medica-o.

— Quando sair, esconda-se bem sob o capuz e certifique-se de que ninguém a está seguindo — ele não se cansa de repetir, mesmo no delírio da febre.

— Aquele homem está morto, Mestre, ninguém pode estar no nosso encalço.

— A Guilda tem olhos e ouvidos em todo lugar.

Dubhe empenha-se de corpo e alma no preparo dos remédios e, depois de uma semana, o Mestre finalmente parece estar se recuperando. Rejubila-se quando repara que a febre está baixando. Mesmo esgotada de cansaço e de medo, reencontra a alegria, sorri para o Mestre.

— Você é realmente uma ótima sacerdotisa — ele brinca, e ela ri pela primeira vez desde que o homem de preto apareceu na vida deles.

Nos dias seguintes continua havendo uma melhora progressiva. O Mestre está muito cansado, mas se recupera. Provavelmente a arma com que foi ferido devia estar levemente envenenada, e é por isso que a convalescência foi tão lenta e trabalhosa.

São dias de felicidade. Para Dubhe é uma volta à vida. Muito em breve tudo será como antes, melhor, aliás, pois há alguns dias o Mestre está muito mais carinhoso com ela. Não sabe o que provocou a mudança. Talvez o fato de terem ficado tão próximos numa hora tão difícil ou porventura o amor que ela confessou. Pois Dubhe lembra muito bem, disse-lhe que o amava. Ele respondeu que era só uma bobagem, mas não parece, pela maneira com que se porta. De repente começa a imaginar um futuro para eles dois juntos, começa a fantasiar.

O Mestre, no entanto, está só aparentemente calmo. Continua a olhar o tempo todo para fora, Dubhe encontra-o muitas vezes de pé e desconfia que estejam vigiando os arredores.

— Precisa ficar na cama, se quiser se curar.

— Já estou bem, não banque a mãezinha.

Certo dia encontra-o escrevendo. Logo que a vê, ele guarda tudo, apressado. Ela nada pergunta.

O Mestre está constantemente preocupado: receia que alguém esteja atrás deles, que saiba onde estão. É uma verdadeira obsessão.

— Tem certeza de que ninguém a seguiu?

— Tenho.

— Aqui perto, eu mesmo posso controlar, mas o resto...

— Você não precisa controlar coisa nenhuma, só tem que pensar em ficar bom.

Dubhe continua a espalhar a pomada. Prepara-a com as próprias mãos, toda noite.

Numa tarde como qualquer outra, passa o remédio no braço. A ferida está estranhamente aberta num lugar.

— Mestre, por que não bota de uma vez por todas na cabeça que precisa repousar? O ferimento abriu de novo, o que foi que fez? — ela diz com ar de censura.

Já pode imaginar a reação dele, pois o Mestre não gosta de ser repreendido daquele jeito. Ele, porém, não se zanga. Responde simplesmente que não fez nada, que ficou de resguardo.

Dubhe se prontifica com todo o cuidado, espalha o emplastro com uma camada mais espessa onde a ferida abriu, depois enfaixa tudo. Mas já naquele momento alguma coisa começa a dar errado. Sente o braço do Mestre que se contrai estranhamente. Para, esperando que seja só impressão dela. Mas não é, o braço está de fato tremendo.

– O que é isso, Mestre?

Ele continua a sorrir, mas está mais pálido que de costume.

– Pode soltar.

O coração dela explode no peito e começa a bater descontrolado.

– Não está se sentindo bem? O que você tem?

Ele não para de sorrir, embora não consiga mais controlar o tremor.

– Não se preocupe, não vai demorar. Daqui a pouco estará tudo acabado.

Dubhe sente-se tomar por um temor estranho, desconhecido, que a enche de horror.

Todo o corpo do Mestre está agora tremendo, e ele mal consegue falar.

– Tenho pouco tempo. Vai encontrar uma carta sob o seu travesseiro. Leia-a e faça o que eu digo.

– O que está havendo, o que está havendo?

Dubhe começa a chorar. Reconhece os sintomas. Estão no livro de botânica, aquele que comprou com o dinheiro do seu primeiro homicídio.

– Perdoe-me. – A voz do Mestre soa indecisa, fragmentária. – Era preciso que eu morresse, e não encontrei outro jeito.

A folha de veludo. Um dos venenos que usava para os seus homicídios. O horror que bloqueia até as lágrimas.

– Está tudo na carta. – As palavras são desconexas, indistintas.

Dubhe só consegue chamá-lo pelo nome e perguntar por quê, por quê, sem parar.

O Mestre está sofrendo, pode ver no seu rosto.

"Não, não, não!"

– Se eu... iriam continuar procurando... sempre... faça... faça com que... encontrem... o corpo...

Dubhe abraça-o com força, gritando todo o seu desespero por aquele gesto que não entende, que não pode de forma alguma aceitar.

O corpo do Mestre estremece naquele abraço. Fica cada vez mais rígido e frio.

O Mestre fecha os olhos, aperta os lábios. Desajeitadamente, ainda consegue afagá-la, passando a mão pesada entre seus cabelos. Ela o aperta com mais força ainda.

"Não, não, não!"

Então, como ele mesmo disse, tudo acaba depressa. O corpo se descontrai, a respiração deixa de ser ofegante para extinguir-se num derradeiro sopro leve.

Dubhe fica ali, abraçada com ele, sem coragem de se mexer, desesperadamente só.

32
O COMEÇO DA HISTÓRIA
✦ ✦ ✦
O PASSADO XI

Querida Dubhe,
Sei muito bem que para você será impossível entender o que eu fiz. Conheço-a melhor que qualquer outro e, como pode imaginar, entendo perfeitamente como se sente, quanta dor e espanto deve provocar-lhe o meu gesto. Esta carta é justamente uma tentativa de explicação. Não peço que me perdoe, nem me arrependo do que fiz. Era preciso. Peço-lhe, antes, que dê por encerrado este capítulo da sua vida, que junte a minha lembrança e os meus ensinamentos e os jogue fora, que os esqueça, para recomeçar uma nova vida, como aquela que levava na época de Selva.
Estou cansado, Dubhe, imensamente cansado. Para as pessoas, ainda sou jovem, e poucos são de fato os meus anos, mas para mim eles pesam indizivelmente nos meus ombros. Sinto-me velho de séculos e gasto. Fiz tudo que estava ao meu alcance, se continuasse a viver não haveria mais nada que eu pudesse acrescentar à minha vida. Iria simplesmente me arrastando e arrastaria você comigo. Este é o primeiro motivo pelo qual escolhi morrer. Não aguentava mais. É o preço que nós assassinos temos de pagar. Os como nós, que nada mais conheceram na vida, que viram outros escolherem por eles destinando-os a uma existência que odeiam, morrem um pouco a cada homicídio. Você é muito jovem, mas sei que também já descobriu esta verdade. O homicídio nos torna pesados, e no fim o peso acaba nos esmagando.
O meu não foi um ato apenas de cansaço. Fiz por causa da Guilda. Na outra noite matei o meu velho companheiro da Casa. Nos conhecíamos desde crianças, e talvez eu o odiasse, e ele a mim, mas crescemos juntos. Matei-o porque queria levá-la consigo, e você não merece o mesmo destino. Mas não se mata alguém da Guilda impunemente. Muitos viriam à minha procura, nunca mais iriam deixar-me em paz, e fariam o mesmo com você. Não tenho forças para enfrentar esta

batalha. Não posso recomeçar a disputar a minha alma com a Guilda. Mas se eu desaparecer, se morrer, você estará livre para fugir sem o meu estorvo. Continuarão a procurá-la, é claro, mas será mais difícil. Porque eles conhecem muito bem a mim, mas pouco sabem de você. Se eu me for, você estará livre.

Foi a coisa melhor destes últimos anos, Dubhe. Quando a encontrei, eu estava desesperado. Tinha deixado a Guilda havia menos de um ano. A minha saída foi bastante difícil. Fazia tanto tempo que estava com eles, e só conhecia o homicídio e o culto de Thenaar. Nasci de uma das sacerdotisas da Guilda e nunca conheci os meus pais. Fui criado pelos Assassinos com a única finalidade de tornar-me uma arma e, por muito tempo, desde a infância até a maturidade, fiz tudo aquilo que eles mandavam, considerando os seus ensinamentos verdadeiros, sacrossantos.

Matar dava-me prazer, fazia-me sentir forte, e não sentia falta da vida de uma pessoa normal. Para mim, na Guilda havia tudo o que precisava.

O encanto quebrou-se por causa de uma mulher. Não há amor, na Guilda, mas a estirpe dos Assassinos tem de continuar.

Ela também era sacerdotisa. Uma sacerdotisa só existe com uma finalidade: oferecer filhos a Thenaar. Quando chega à idade da infertilidade, deve morrer. Até então, a cada dois anos espera-se que gere um filho. Se não conseguir, então é morta.

Era uma jovem bastante comum, nada de excepcional. A Guilda estava cheia de mulheres muito mais bonitas, mais impiedosas, mais habilidosas. Antes de mim, tinha tido dois filhos que lhe haviam sido arrancados logo ao nascerem. Não via naquilo motivo de queixa, sabia que aquela era a sua sina. O segundo havia sido um parto muito difícil, o sacerdote dissera que só um milagre permitiria que tivesse mais filhos. Ela não contara a ninguém.

Não sei por que me apaixonei por ela. Era cândida, talvez fosse isso. Era inocente, algo que eu nunca tinha tido nem conhecido. Matara quando ainda era menina, antes de se tornar sacerdotisa, mas apesar disso mantivera uma espécie de pureza que me fascinava. Fizemos o amor pela primeira vez, e eu me derretia todo ao vê-la passar pela Casa, com sua expressão aérea e ao mesmo tempo absorta. Ela também me amava, de um jeito doce e gentil, que a tornava aos meus olhos ainda mais fascinante.

Ficou um mês sem engravidar, depois outro, e outro mais. Depois de quatro meses ela não estava grávida, embora nos encontrássemos quase todas as noites. No começo não nos importávamos e, aliás, até gostávamos. Quanto mais demorasse a engravidar, mais poderíamos ficar juntos. Mas então o Supremo Guarda falou comigo, disse que uma sacerdotisa que não gera filhos é inútil e que, se não ficasse prenhe dentro de dois meses, eu teria de matá-la.

A angústia tomou conta de nós. Fizemos amor com desespero, receando que cada vez fosse a última, mas ela não ficou grávida naqueles dois meses de que dispunha. Confessou-me o que o sacerdote lhe dissera um ano antes e, chorando, disse que estava perdida, que estava tudo acabado. Eu sabia qual era o meu dever. Eu mesmo teria de matá-la, eram as regras da Casa.

Decidimos fugir. Na verdade, eu decidi pelos dois. Ela sentia-se ligada àquele lugar por alguma forma de gratidão. Era uma Criança da Morte, a mãe tinha morrido de parto e a Guilda acolhera-a ainda bebê, quando ficara sozinha no mundo.

Convenci-a, estudei tudo nos mínimos detalhes. Era estranho como aquele amor tinha mudado toda a minha maneira de pensar, como se tivesse afugentado as minhas convicções sobre a Guilda e o homicídio. Já não queria ser um Vitorioso, já não queria levar oferendas a Thenaar. Só queria viver em paz, com ela.

Fugimos durante a noite. Não é fácil escapulir da Guilda, mas nós tentamos assim mesmo. Ela, no entanto, não estava passando bem, não sei ao certo qual era o problema. Enquanto fugíamos, caiu, e eles não demoraram a cercá-la. Não sei o que deu em mim. Cada vez que penso nisso tenho vontade de morrer. Os meus pés foram mais fortes que o meu coração. Saí em debandada. Não parei para salvá-la. Os meus malditos pés afastaram-me dela, para levar-me a uma vida miserável.

Mais tarde tentei redimir-me, procurei reencontrá-la. Mas só encontrei o seu cadáver entre os corpos da vala comum, onde a Guilda joga as suas vítimas. Deixei-a morrer, entende? A única mulher que amei. Deixei-a morrer por medo, pelo desejo de uma liberdade idiota que nunca aproveitei.

Um ano se passara desde então, quando encontrei você. Não queria ninguém comigo, você sabe disso. Eu já começara a morrer. Ficar com você deu-me forças para continuar vivendo até hoje. Você foi a minha esperança, a minha finalidade por muito tempo. Mais uma vez, no entanto, errei. A minha vida inteira é um engano, e quem paga são sempre as pessoas que amo. Nunca deveria ter deixado que ficasse comigo. Deveria ter entendido logo, pela maneira com que olhou para mim a primeira vez que a salvei, e todas as demais vezes em que olhava para mim em adoração. Mas eu tinha uma necessidade infinita de você, intolerável. Precisava da sua vida para despertar a minha, precisava da sua adoração para sentir-me ainda importante para alguém.

Adestrá-la, perverter a sua inocência, foi um pecado imperdoável, uma coisa que nunca deveria ter feito. Forcei-a a matar, entreguei-lhe o meu destino de morte, preguei-o nas suas costas, só para não me sentir sozinho na minha dor, só para evocar um fantasma.

Toda vez que a fitava, você trazia à minha memória a imagem dela. No começo, você era a criança que eu e ela não conseguimos ter, a menina que talvez nos tivesse permitido ficar juntos. Mais tarde, nos seus olhos via os olhos dela, na minha mente você ficava cada vez mais parecida com ela. E quando via que me amava, quando até me contava, eu voltava a pensar nela, e lembranças terríveis dilaceravam a minha mente. Acho que também amo você. Através dela. E esta é mais uma razão para eu partir.

Eu sou os seus grilhões, Dubhe, sou a sua ruína. Você precisa ser livre, como quando ainda não me havia encontrado. E mesmo assim me diz que sou tudo para você, que sem mim sente-se perdida. Esqueça o amor por mim, haverá outros homens, que amará mais, e que saberão amá-la por aquilo que é, e não por aquilo que eles veem em você.

Agora eu estou morrendo, e tudo volta ao devido lugar. Devolvo a sua liberdade, a sua condição de pessoa normal. É por isso que quis que você mesma fizesse, por isto coloquei a folha de veludo no emplastro. Queria morrer por sua mão, pela mão da pessoa que tanto amo. Nunca se esqueça deste horror. Não quero que trabalhe como sicário. Agora você poderá pensar que não tem escolha, que é a única coisa que sabe fazer, mas não é verdade, não é mesmo! Quero que jure, Dubhe, precisa jurar que nunca fará isto. Não nasceu para este trabalho. O destino não existe, não acredite que seja a sua sina. Todas as bobagens

sobre as Crianças da Morte, sobre Thenaar, que escolhe as suas vítimas e os seus santos, são apenas idiotices. Cada um escolhe o próprio caminho, cada um pode mudar de vida. Pelo menos você pode fazê-lo.
Eu lhe peço, Dubhe, é o meu último desejo. Se decidir ser sicário, acabará como eu, devorada pelo cansaço, morta por dentro, e algum dia você também procurará uma erva capaz de lhe dar uma morte rápida e indolor.
Faça com que a Guilda encontre o meu corpo. Devem saber que estou morto. Mas você fuja, mude de vida e use outro nome. Por algum tempo será melhor que viaje muito, para que percam os seus rastros, mas em seguida poderá assentar-se em algum lugar, recomeçar tudo.
Confio em você. Parto com serenidade, pois sei que conseguirá. É só você querer, é só cortar as pontes com o passado e conseguirá.
Esqueça-me, Dubhe, esqueça-me e me perdoe, se puder.

Sarnek

Dubhe está na gruta. A carta está aberta entre suas pernas. Primeiro leu de um só fôlego, acariciando aquelas páginas tocadas pelas mãos do Mestre, acompanhando a escrita, tudo que, agora, restava dele. Então voltou a ler alguns trechos, leu de novo, de novo.

Já não tem mais lágrimas. Derramou todas no corpo do Mestre, gritando muitas e muitas vezes o seu porquê a ele e ao céu. Nenhuma resposta chegou lá de cima, nenhum consolo, somente uma solidão infinita.

Não compreende. Já sabe de cor aquelas palavras, mas não entende. Aquele gesto desesperado que a privou da única coisa que lhe sobrava parece-lhe absolutamente incompreensível. O desespero, o sentimento de culpa são coisas de que só se percebe vagamente. Somente uma coisa é para ela perfeitamente clara. Não bastou ser uma ótima aluna nem amá-lo tanto, até a adoração. Não conseguiu ser razão suficiente para ele ficar. O Mestre preferiu morrer a ficar com ela, não foi capaz de mantê-lo perto de si.

Volta a pensar na sua vida, no pai que morreu, na mãe que preferiu esquecê-la, em Gornar, que nesta altura não deve passar de um punhado de ossos embaixo da terra, no Mestre. Um infinito rastro de sangue se desenreda ao longo dos seus anos. Só desventuras e dor para aqueles que a amaram, forjaram, ajudaram. Rin também morreu, e com ele todos os demais do acampamento.

O Mestre disse que o destino não existe. Mas o que é tudo isso, então, se não for o destino? O que é esta dor infinita, esta impossibilidade de livrar-se do peso da morte?

"Faça o que ele diz."

Atordoada de dor, quase morta também, segue o conselho do Mestre. Leva-o até as cercanias de Makrat, de noite, envolvida na capa e com o rosto oculto pelo capuz. Deixa-o perto das muralhas. Alguém passará por lá, ficará com pena, cuidará de sepultá-lo. A notícia espalhar-se-á, todos comentarão. A Guilda saberá. E ela desaparecerá.

Não sabe o que fazer da sua vida. Volta à caverna e fica ali um bom tempo, à toa.

Tudo ficou exatamente como na noite em que ele morreu. O emplastro com que ela mesma o matou ainda está nas ataduras. Sobra apenas, agora, um pó escuro e ressecado que o vento dispersa lentamente no chão da gruta. E lá estão as coisas dele. Setas, facas, o arco, o punhal. Todo o seu mundo ficou ali. Tudo tão terrivelmente vivo que Dubhe não consegue acreditar que o Mestre se foi para sempre, que nunca mais voltará a vê-lo.

De forma que se entrega à inércia, o tempo se contrai, presente e passado se confundem. Tudo volta a ser como na noite seguinte à morte de Gornar.

Às vezes gostaria de pelo menos conseguir odiar o Mestre. Sente que haveria bons motivos para tal. Afinal de contas, ele a abandonou e, não satisfeito com isso, de algum modo até forçou-a a matá-lo. Apesar de tudo, no entanto, não consegue. O amor que sentia por ele permaneceu intacto no fundo do seu estômago, no coração, na cabeça. Também há rancor, é claro, mas Dubhe odeia, antes, a si mesma. Poderia ter feito alguma coisa e não fez.

Ainda assim, mesmo no seu extremo cansaço, seja físico, seja espiritual, a vida continua pulsando sob a capa espessa da dor. Dubhe talvez preferisse lutar contra este instinto, achasse melhor deitar-se ali, na caverna, onde o Mestre respirou pela última vez, e também deixar-se morrer. Mas não pode. Aquele batimento obstinado é mais forte do que qualquer outra coisa, é irreprimível.

De forma que, certo dia, estica o braço para um embrulho sujo de terra, esquecido num canto e nunca mais aberto. Com mãos trêmulas e a cabeça rodando desembrulha-o, pega o queijo e afunda nele os dentes, chorando.

A vida foi mais forte. Não será fácil aceitá-la. Haverá mais sofrimento, Dubhe sabe disso, talvez seja como o próprio Mestre disse, será um lento morrer pouco a pouco, mas ela não foi feita para os atalhos, para os fáceis consolos. Seguirá em frente, até o fim.

Dubhe permanece na caverna por mais alguns dias. O Mestre mandou-a sair dali, mas não sabe o que fazer. Está viva, continuará a viver, mas como?

O Mestre aconselhou-a a abandonar aquele caminho, disse "lembre-se para sempre deste horror", e aquelas palavras tornam-se de repente uma ordem na sua mente. Não esquecerá. E, afinal, não há como fazê-lo. Fugirá, andará sem parar, sem uma meta precisa. Nunca mais tocará no punhal. Joga-o fora, leva consigo o do Mestre, e em nome do seu sangue jura que nunca o usará.

Mas o que pode fazer agora? Não sabe. Segue em frente. Por enquanto. Deixa para trás a casa que partilhou com ele, passa por aldeias, vai para o sul. Não quer voltar para a Terra do Sol, que tanta dor já lhe proporcionou.

As suas botas enchem-se de poeira, pouco a pouco a sua mochila se esvazia. O dinheiro acaba e, de um vilarejo para outro, a sua fome aumenta. Olha para a fruta nas tendinhas, espia pelas janelas das hospedarias. Está faminta. Não sabe o que fazer.

Então, certo dia, a barriga resmunga mais que de costume, e aquela vontade selvagem de viver torna-se mais imperativa do que nunca. De forma que, à noite, penetra na despensa de uma hospedagem. Sobe pela parede, entra pela janela. Não faz qualquer barulho. Seu corpo lembra o treinamento, e põe em prática todos os ensinamentos do Mestre. Chega à despensa e come, ataca a comida com voracidade e junta mais para levar. Já alvorece, quando sai de lá.

De algum modo, o seu caminho já está traçado. Aldeia após aldeia, e depois nas cidades. Dubhe compreende. Não há outra coisa que ela saiba fazer. Entrar furtivamente nas casas, nas estalagens, nas mansões e roubar. Não é algo de que goste muito, mas tampouco pode dizer que desgosta. Simplesmente não tem escolha. Uma vida sem meta, procurando com todas as suas forças escapar das mãos da Guilda, uma vida de roubos. O Mestre estava errado. Para sobreviver, terá de lembrar os seus ensinamentos, terá de pô-los em prática. E então a história começa.

33
A FUGA NO DESERTO

O portão fechou-se atrás deles com um baque surdo. Sim, isso mesmo, estavam fora. Fora!
Um turbilhão de pensamentos remoinhava na sua cabeça e, por um momento, apoiou-se na parede atrás de si.
Percebeu um leve toque no ombro.
— Tudo bem?
Lonerin mantinha-se incrivelmente calmo, lúcido.
Dubhe anuiu.
— Vamos embora.
Começaram a fugir pela estepe que cercava o templo, a perder de vista. Tinham de apressar-se ao máximo, para deixar o maior número possível de milhas entre eles e a Casa antes do amanhecer.
Dubhe estava em forma e conseguiu manter um bom ritmo de corrida por mais ou menos uma hora, mas Lonerin não demorou muito em breve a mostrar os primeiros sinais de cansaço. A sua respiração tornava-se cada vez mais ofegante, os seus movimentos desconexos. Dubhe diminuiu a marcha.
— Vamos continuar andando, sem correr, mas não podemos parar. Já pode diminuir o ritmo das suas passadas.
Mesmo a contragosto, Lonerin obedeceu. Pois, afinal, estava totalmente exausto.
— Desculpe... quase... não consigo... respirar...
— A que horas acordam os Postulantes?
Lonerin meneou a cabeça.
— Não sei ao certo... não se vê o sol... lá embaixo... e então...
— Quanto tempo passa, então, entre a hora de eles acordarem e a do desjejum dos Vitoriosos?
— Umas duas horas... eu acho...

Dubhe olhou para o céu. Cinco horas até os Postulantes acordarem e, presumivelmente, umas seis ou sete até a perseguição começar. Somente seis horas para sumir de cena e despistar os inimigos. Nunca conseguiriam, a pé, ainda mais considerando as condições de Lonerin.

– Siga-me.

O rapaz obedeceu.

Podia-se ver que não queria ser um estorvo, e Dubhe podia percebê-lo. Afinal, até então coubera a ela realizar a maior parte do trabalho, seja descobrindo os planos de Yeshol, seja levando os dois para fora.

– Desculpe – Lonerin voltou a dizer, de repente. – O treinamento dos magos não inclui a corrida campestre.

Havia um tom de amargura na sua voz.

– Não se preocupe. Sabe montar?

Lonerin anuiu com ar interrogativo.

Não demoraram a chegar ao sítio. Dubhe passara por lá umas duas vezes durante aquele mês, quando fora visitar Jenna. Nunca demonstrara qualquer interesse por ele. Afinal não passava de uma choça decadente às margens da Terra da Noite. Quando, no entanto, reparara em Lonerin ofegante devido à corrida, uma luz se acendera na sua cabeça.

– Procure não fazer barulho – Dubhe murmurou, e ele concordou com a mesma expressão perplexa de antes.

Arrastaram-se no chão, mexendo-se com cuidado. Avançaram silenciosamente até o estábulo. Um cão dormia pacificamente na entrada. Não seria possível entrar sem acordá-lo.

Dubhe virou-se para Lonerin.

– Você pode fazer dormir uma pessoa?

– Posso, é claro.

Dubhe indicou o bicho.

– Um cão também?

– Também.

Lonerin falou com um tom estranho de voz.

Dubhe olhou para ele.

– E então? O que está esperando?
– Não me parece certo...

Dubhe bufou. Depois daquilo que já o vira fazer, tinha formado uma ideia um tanto diferente dele.

– Acha que temos outra escolha?
– Não... mas este pessoal depende dos cavalos para viver...
– Quer dizer que quando estivermos sãos e salvos, se porventura isso acontecer, os traremos de volta, está bem?

Dubhe estava perdendo a paciência, e Lonerin não teve coragem de dar mais um pio. Levantou dois dedos da mão, recitou uma estranha ladainha numa língua que Dubhe jamais ouvira.

– Vamos – disse em seguida.

Dubhe olhou para o cão. Parecia tudo como antes.

– Tem certeza?
– Pode ser que você tenha dúvidas, mas sou um bom mago.

Tinha uma sombra de zanga na voz. A censura de antes devia tê-lo deixado amuado.

Dubhe meneou levemente a cabeça. Lonerin já se adiantara e ela foi atrás.

Havia quatro cavalos. Mais do que ela esperava encontrar naquela choça. Os sujeitos não deviam levar uma vida tão ruim, afinal. Tinha vontade de comentar o fato em voz alta, mas preferiu calar-se. Lonerin não merecia. Salvara-a de Rekla, se não fosse por ele, jamais teriam conseguido sair do templo.

Eram bichos de carga, nada a ver com cavalos de corrida, mas bastava que pudessem resistir a uma longa noite de cavalgada. Afinal, a Guilda desconhecia a direção que eles tomaram.

Dubhe aproximou-se do cavalo que, dos quatro, parecia o menos velho. Acariciou-o no focinho, e o animal acordou devagar. A jovem sentiu uma estranha inquietação subir do fundo do estômago, uma espécie de torquês que ia apertando as suas entranhas. Foi forçada a se deter e a respirar fundo.

Lonerin fitou-a.

– Tudo bem com você?
– Tudo certo, deve ter sido a corrida.

Ele também escolhera direitinho; o seu cavalo tinha uma boa aparência.

– Não temos tempo para procurar as selas, teremos de cavalgar em pelo.

Lonerin agarrou instintivamente a crina do animal. Provavelmente, nunca tinha cavalgado em pelo antes.

– Está bem.

– Mas primeiro...

Dubhe começou a revistar o estábulo. Precisavam de alguma coisa para comer, era imperativo. Havia uma espécie de jirau, e Dubhe subiu nele. O lugar lembrava-lhe a casa de Selva. Encontrou umas maçãs, alguns pedaços de carne salgada e uns queijos.

"Dubhe, vá buscar algumas maçãs na despensa."

A voz da mãe encheu seus ouvidos, viva e presente como se estivesse ali, bem ao lado dela. Sacudiu a cabeça, como sempre fazia quando queria livrar-se de um pensamento incômodo, e saqueou o que podia ser-lhes útil na viagem.

Desceu, enrolou tudo na capa e se dispôs a partir.

Montaram nos cavalos, e Dubhe teve alguma dificuldade.

"Estou cansada demais, isto não é normal", mas procurou não pensar naquilo. Mesmo que fosse, não dava para repousar: estavam com pressa, se quisessem evitar os sicários da Guilda que dali a pouco iriam fazer de tudo para alcançá-los.

Saíram do estábulo a toda, e quando passaram ao lado do cão o animal nem se mexeu.

Lançaram-se numa corrida louca, com o vento perfumado da primavera a fustigar-lhes o rosto.

– Quanto mais rápidos, melhor, pois do contrário não vamos conseguir – ela gritou, e Lonerin achatou-se no dorso do cavalo. Suas pernas apertavam convulsamente o corpo do animal, as mãos agarravam espasmodicamente a crineira.

Cavalgaram em disparada a noite inteira, levando os animais quase à exaustão. No começo seguiram um percurso errático. Claro, daquele jeito perderiam mais tempo, mas a Guilda sabia ler muito bem os rastros, e, infelizmente, eles haviam deixado muitos. Melhor forçá-los a dar algumas voltas, por enquanto.

A alvorada pegou-os de surpresa. Dubhe nunca tinha pensado que poderia deixar para trás a Terra da Noite naquelas poucas horas que lhes haviam sido concedidas, de forma que se sentiu quase esperançosa quando viu o céu aclarar-se lentamente ao longe.

Estavam perto da fronteira, a noite perpétua começava a abrir caminho aos primeiros raios de sol. Diante deles, a grande planície da Grande Terra.

– Para onde vamos, agora? – Dubhe perguntou.

Ela já ouvira falar no Conselho das Águas, mas o local onde ele se reunia era secreto.

– Para Laodameia, eu trabalho para o Conselho das Águas. Quando chegarmos lá, indicarei o lugar exato.

Precisavam, portanto, atravessar toda a Grande Terra, um deserto.

Água. Dubhe praguejou. Devia ter pensado nisso, mas estava tão transtornada, na noite passada, que... Enquanto pensava na desolada extensão da Grande Terra sentiu a boca seca e reparou que continuava ofegante, como se ainda estivesse cansada da corrida. Mas não podia ser.

– Precisamos desviar para o Ludânio, o rio.

Chegaram às margens do rio quando amanhecia. Em outros lugares, provavelmente, o sol já estava brilhando. Mas ali onde se encontravam, quase na fronteira entre a Grande Terra e a Terra da Noite, tudo estava suspenso numa espécie de sempiterno crepúsculo.

Pararam, desmontaram. Lonerin levou algum tempo antes de poder-se firmar direito nas pernas. Sorriu para Dubhe, constrangido.

Ela retribuiu o sorriso. Desceu do cavalo, mas para sua grande surpresa as pernas não aguentaram e acabou sentada no chão.

Lonerin acudiu.

Dubhe levantou-se segurando-se no animal que, baixando a cabeça, acalmava a sede no rio. Aconteceu quando ficou totalmente de pé. Uma terrível fisgada de dor rasgou-lhe os pulmões deixando-a sem fôlego; seus ouvidos zuniram, e naquele zunido havia um grito distante. Levou as mãos ao peito.

– O que foi, Dubhe?

Lonerin segurou-a pelo braço, mas soltou-a quase na mesma hora. Arregaçou imediatamente a manga dela.
– Maldição... – murmurou Dubhe, entre os dentes.
O braço estava quente, e o símbolo pulsava sinistramente.
– Quando foi que tomou a poção pela última vez?
Dubhe tentou lembrar. Mais uma fisgada, e uma violenta aflição que ela procurou reprimir.
– Exatamente há cinco dias.
Era cedo demais para passar tão mal.
– Lonerin, eu não deveria sentir-me assim... não pode ser apenas a maldição...
– De fato, não é só isso.
Começou a encher o cantil que Dubhe lhe entregara. Desviando os olhos dela.
– O que está acontecendo?
O jovem continuava a encher o cantil.
– Quer fazer o favor de me dizer o que está acontecendo?
Lonerin virou-se para ela.
– Algumas poções criam uma certa dependência. Não posso saber com precisão que tipo de poção lhe deram, mas eu mesmo conheço umas duas ou três misturas apropriadas para o seu caso, e elas todas têm este tipo de efeito colateral.
Dubhe teve uma espécie de vertigem enquanto um acesso de raiva acalorava as suas faces.
– E o que significa?
– Que, quando não toma a poção, o seu corpo fica incapaz de enfrentar a maldição. Você ficou acostumada ao remédio, o seu corpo já não pode passar sem ele para lutar contra os efeitos do selo, que por outro lado, como eu já disse, durante este tempo todo continuou crescendo.
Dubhe gritou contra o céu, depois caiu de joelhos.
– Malditos...
Levantou a cabeça, olhou para Lonerin.
– Mas você sabe preparar a poção, não sabe? É um mago, e, afinal, também foi por isso que fizemos o nosso trato.
O rosto de Lonerin não transmitia qualquer esperança.
– Sei preparar, mas não tenho os ingredientes.

Dubhe investiu com fúria contra ele, agarrou sua garganta e o jogou no chão. Parou bem em cima da hora. A Fera já se fazia ouvir. Deixou-se escorregar ao lado de Lonerin, deitou-se no chão.

– É o fim... – murmurou. – Posso sentir... não vou conseguir me controlar...

Lonerin recuperou o fôlego. Deve ter-se machucado.

– Viajaremos depressa. Temos os cavalos, fugiremos a toda a velocidade e chegaremos antes que seja tarde demais.

Dubhe meneou a cabeça.

– Não dá... os cavalos estão cansados...

– Se você ficar perigosa, farei com que durma, como aconteceu com o cão, mas será um sono muito mais profundo, e a levarei a Laodameia.

Dubhe virou-se para ele, fitou-o com tristeza.

– Não preciso de consolos inúteis. Diga a verdade, pode realmente funcionar?

Lonerin não baixou os olhos.

– Eu juro.

Sabia do que estava falando.

– Você cumpriu a sua parte do trato, agora é a minha vez.

Dubhe endireitou-se.

A Fera continuava lá, ameaçadora, mas era ótimo ter de repente alguém com quem contar.

Lentamente o panorama mudou bem diante dos seus olhos. O sol apareceu em todo o seu esplendor enquanto a planície tornava-se cada vez mais desolada. A Grande Terra. Exigindo bastante dos cavalos, não levariam mais de quatro ou cinco dias para percorrê-la toda. Durante esse tempo, no entanto, ficariam completamente desprotegidos, impotentes diante de qualquer ataque. Seguir rastros naquela extensão desolada de pedras e terra batida era fácil demais.

Lonerin procurou afastar estes pensamentos. A sua missão não dava margem a indecisões. Tinha de acreditar, e acreditar de todo o coração, pois do contrário tudo iria desmoronar. Para dizer a verdade, aliás, nem chegara a pensar que poderia sair da Guilda são e salvo, e conseguira.

Olhou para Dubhe. O mérito era todo dela. O de ter descoberto os planos de Yeshol, uma tarefa que a rigor deveria ter sido dele, o mérito de terem conseguido fugir. Viu-a cabisbaixa, concentrada. Ele tinha estudado bastante os selos e as demais formas de Magia Proibida para conhecer os efeitos daquelas poções. Devia estar sofrendo, sofrendo muito. Procurava manter o controle, mas não era nada fácil. Apertava as mãos na crineira do cavalo, com expressão aflita.

– Vou morrer? – perguntou de repente enquanto o sol baixava lentamente na planície que estavam atravessando.

– Claro que não, nem pense numa coisa dessas.

Ela o fitou. No fundo dos seus olhos via-se o horror que crescia nas suas entranhas, o monstro que tentava possuí-la.

– O que acontece se eu não tomar a poção, se não conseguirmos chegar a tempo?

– Vai passar mal, não nego... mas vamos conseguir.

Não tinha vontade de revelar mais nada. Já se sentia bastante culpado devido àquela primeira tarde em que se haviam conhecido, quando sem papas na língua dissera-lhe que estava fadada quase certamente a morrer e de uma forma horrível.

– Está com pena de mim, mas eu não preciso da sua compaixão. Só preciso que seja sempre sincero comigo!

Lonerin teve um imperceptível estremecimento.

O olhar de Dubhe ficara mais duro.

– Não preciso da compaixão de ninguém. Preciso, antes, dos seus conhecimentos, do maldito filtro que só você sabe fazer, de um dos grandes magos que você conhece, para que me livre do selo!

Calou-se, tentou acalmar-se.

Lonerin suspirou.

– Vai depender da poção, terá de tomá-la a intervalos cada vez mais curtos, eis a verdade! Se não tomar, o selo explodirá em toda a sua violência, e você morrerá.

Dubhe não demonstrou qualquer emoção.

– E de quanto tempo ainda dispomos?

– De uma semana, no máximo.

Dubhe não pôde evitar um sorriso amargo.

— Já lhe disse o que vamos fazer. Posso adiar os efeitos levando-a a um sono profundo, mas será como se você estivesse morta. Desta forma ganharemos pelo menos mais dois dias.
Dubhe voltou a fitá-lo com intensidade.
— E se alguém nos atacar? Se a Guilda chegar enquanto eu estiver dormindo?
— Pensarei em alguma coisa.
Dubhe soltou uma amarga gargalhada.
— Vê-se que não conhece a Guilda...
Lonerin foi tomado por repentina zanga. Sentia-se estranhamente cativado por aquela jovenzinha miúda, por aquele rosto de menina crescida depressa demais. Embora fosse para ele uma desconhecida, sentia que havia algum tipo de ligação entre os dois.
— Não me subestime. E além do mais tenho uma dívida para com você e tenciono honrá-la custe o que custar.

A noite chegou gélida. A Grande Terra era um lugar estranho, com um clima muito particular. Os antigos relatos diziam que se sobressaía pela sua esplêndida beleza, antes de Aster pôr suas garras nela, e que ali soprava a aura de uma eterna e suave primavera. Agora não passava de um imenso deserto pedregoso, frio em qualquer estação do ano.
Pararam. Dubhe pegou a sacola com os mantimentos tirados do estábulo onde haviam roubado os cavalos e repartiu parcamente a comida.
— Desse jeito deve bastar até o fim da viagem.
A sua voz estava um tanto rouca. Todos os músculos do seu corpo começavam a tencionar-se espasmodicamente, e Lonerin o percebera.
Comeram em silêncio. O rapaz sentia-se oprimido pelo destino da companheira de viagem. Sempre fora uma pessoa capaz de experimentar nos próprios ossos o sofrimento alheio; também havia sido por causa daquela sua exagerada sensibilidade que decidira tornar-se mago. Sentia a necessidade de ser útil, de fazer alguma coisa. A impotência corroía-o no âmago da alma, e agora estava totalmente impotente.

Deitaram-se no chão, e Lonerin ofereceu a sua capa a Dubhe.

– Não banque o cavalheiro, de mulher eu só tenho a aparência – eximiu-se Dubhe.

– Não está se sentindo bem, é justo que pelo menos você não padeça o frio.

– Já lhe disse que não quero a sua compaixão.

– Não é compaixão, é gratidão.

Dubhe ficou levemente corada. Esticou a mão.

– Só estou fazendo isso por mim...

– Ninguém a obrigava a me levar também. Obrigado. Encontrarei um jeito de retribuir.

A noite foi tranquila e silenciosa. O céu acima das suas cabeças era de uma beleza perturbadora. Só mesmo no deserto era possível ver todas aquelas estrelas.

Lonerin acabou pensando em Aster, que da sua torre via aquele panorama todas as noites. Estava no meio do que fora o seu império, no solo ainda havia os estilhaços do seu palácio, que o vento espalhara por toda a Grande Terra. E agora ele voltaria, anulando tudo aquilo que Nihal e Senar tinham feito para derrotá-lo. Os quarenta anos que haviam passado desde a sua morte seriam apagados, como se nunca existissem. Lonerin perguntou a si mesmo por que tinham de viver numa época tão obscura. Por que a dor nunca deixava de pairar, ameaçadora, sobre o Mundo Emerso? Pensou na morte da mãe, no ódio contra o qual lutava diariamente e na Fera que Dubhe aninhava dentro de si, tão parecida com o próprio demônio pessoal e ainda assim muito mais terrível. E, no meio dessa dolorosa série de pensamentos sombrios, quase sem querer pensou em Theana. Ainda tinha na boca o sabor do beijo dela. Era a única esperança de paz, de felicidade que jamais tivera na vida. Passou a mão na sacolinha guardada embaixo da túnica, que continha os cabelos da jovem. Um vislumbre de serenidade voltou a acalentar seu coração.

Os dias se passaram lentos e terríveis e, com eles, a viagem. A alvorada surgia sobre uma extensão desigual de pedras, o sol se punha sobre a mesma paisagem. O seu caminho desenrolava-se através de um território desolado, e cada dia parecia igual ao anterior. Os cavalos estavam esgotados, prestes a desmoronar, e eles também exaustos. O único sinal da passagem do tempo era a progressiva mudança que se processava em Dubhe. Lonerin via a sua expressão mudar, lenta mas incessantemente, sua pele se cobria de gotículas de suor, as sobrancelhas franzidas na tentativa de manter o controle.

Mas enquanto isso também pensava no que esperava por ele, no Conselho, no que contaria daquilo que Dubhe descobrira. Dohor sempre fora um perigo ameaçador, todos o sabiam. Mas mesmo assim era um homem contra o qual ainda era possível lutar. Mas não Aster. Ele era um pesadelo parido pelo passado e era irrefreável. O que poderia ser feito contra ele? E se Yeshol já tivesse conseguido evocá-lo? Se a viagem deles já estivesse fadada ao fracasso desde o começo?

– Está preocupado?

Dubhe quase não falava. Parecia que lhe era extremamente penoso, e Lonerin respeitava seu sofrimento procurando dirigir-lhe a palavra o menos possível. Vez por outra, no entanto, ainda conversavam. Aquela viagem silenciosa e solitária estava, de alguma forma, aproximando-os.

– Estou.

– Eu também – disse Dubhe, tentando sorrir.

– Desculpe, afinal você já tem bastantes problemas...

– Aster também me assusta – ela o interrompeu. – O Tirano amedronta até alguém como eu.

Eis uma coisa na qual Lonerin não tinha pensado naqueles últimos dias. Dubhe era uma assassina, um sicário. Difícil de acreditar, com aquela sua cara de menina e o corpo de mulher ainda desabrochando.

– Já faz este trabalho há muito tempo?

– Comecei a treinar com a idade de oito anos. Antes de entrar na Guilda, no entanto, nunca pus realmente em prática aquilo que me foi ensinado. Na verdade, eu era uma ladra.

Ele, aos oito anos, tinha começado com a magia. Logo depois da morte da mãe. Fora o único caminho que encontrara para sobreviver. No começo havia sido pura e simplesmente ódio, e a promessa de uma vingança terrível no futuro. Então aparecera Folwar.

– Como recebeu o treinamento dos Assassinos?
Receou ser intrometido demais.
– Matei quando ainda era criança. Matei sem querer um amiguinho de infância. Aos como eu, a Guilda dá o nome de Crianças da Morte.

Numa outra ocasião, Lonerin provavelmente teria ficado horrorizado com aquela revelação. Mas não agora. Nesta altura, nem mesmo uma coisa dessas conseguia surpreendê-lo. Pareceu-lhe extraordinária a facilidade com que Dubhe conseguiu, mesmo no evidente sofrimento que a maldição provocava, contar sumariamente a história da sua iniciação. Quando acabou, virou-se para ele com um sorriso forçado e sofredor.

– Realmente estranho, contar-lhe isso tudo. Não são coisas de que normalmente eu goste de falar.

Ele sorriu.

– Estamos compartilhando a vida e a morte, não acha?

Ela abriu-se num sorriso fresco, cortado subitamente por uma fisgada que a fez dobrar em dois.

Lonerin deteve de imediato o cavalo.

– Tudo bem?

Dubhe estava mais ofegante do que de costume, com o rosto deformado numa estranha expressão.

– Alguém...

Sentira de repente enquanto revelava ao mago aquilo que nunca contara a ninguém. Por alguns instantes parecera-lhe até ter recobrado a calma, mas aí lá veio a violenta patada da Fera, o seu chamado feroz, ensurdecedor nos ouvidos.

Lonerin avançou na Fera. Sua voz soou estranha e muito fraca, como se viesse de um abismo.

– Tudo bem?

– Alguém...

Não conseguiu dizer mais nada. Havia um inimigo, sentia-o com clareza absoluta e, ao mesmo tempo, ouvia o canto de morte que conhecia muito bem e que tanto a assustava. A Fera acordara.

Afastou Lonerin, empurrando-o com a mão e quase fazendo-o cair do cavalo. A sua voz era débil, quase inaudível, como um eco perdido no vento.

– Afaste-se! Acho que não poderei responder pelas minhas ações!

Não olhou para ver se ele tinha entendido. Sentia esvair-se o controle sobre si mesma, entregando-se irremediavelmente ao desejo de sangue.

Ainda assim, no entanto, percebeu confusamente os pés do jovem que se apoiavam no chão e pisavam nas pedras. Ele tinha entendido.

Dubhe concentrou-se, de olhos fechados. Talvez ainda pudesse controlar-se, reencontrar-se. Entreabriu os olhos e, num turbilhão de poeira, apareceu diante dela uma figura preta que segurava um punhal. O mundo inteiro sumiu, e só o homem armado ficou à sua frente. Seu corpo foi dominado pela Fera, e o massacre começou.

Lonerin afastara-se, mas não muito. O suficiente para não ficar ao alcance da ira de Dubhe. No começo imaginara qual poderia ser o motivo para tamanha fúria, mas aí divisara uma figura preta que se aproximava. Não passara muito tempo na Guilda, mas já bastava para ele reconhecer um Assassino.

Era um jovem e sorria arrogante. Dubhe, por sua vez, tremia toda, montada no cavalo, arquejava, e os músculos, de aparência normalmente tão sutil e elástica, inchavam-se embaixo da pele.

– Encontrei vocês. Pensavam realmente que poderiam fugir? Os olhos de Thenaar estão em toda parte.

Dubhe continuou montada, sem se mexer. De forma que coube ao Assassino tomar a iniciativa.

Chispou em direção da jovem com uma rapidez quase irreal. Dubhe pulou do cavalo com movimento fluido e caiu em cima dele. Era mais magra e baixa, mas mesmo assim pareceu dominá-lo. Lonerin viu claramente a lâmina do homem acertar de raspão o flanco dela e o sangue denso e preto esguichar violentamente da ferida.

– Dubhe!

Por um momento, ambos ficaram caídos no chão, então ela pulou de pé, como se não tivesse sido golpeada, e sacou o punhal.

O jovem ficara por baixo e ela o segurava com a mão impedindo que se mexesse. Estava meio atordoado, mas mesmo assim tentou desvencilhar-se. Ela gritou, um grito que nada tinha de humano, e baixou o punhal com incontida violência. Fincou-o no peito do jovem até o cabo, em seguida puxou-o para fincá-lo de novo, de novo e de novo. O sangue respingava e o jovem agitava-se gritando. Mas a mão de Dubhe era de aço, e o Assassino não teve escapatória.

Lonerin estava petrificado. Foi um massacre, o repasto de um monstro. Dubhe ria escancaradamente. Seu rosto transformara-se numa careta de insana e desvairada alegria.

Ele teve vontade de fugir, mas não foi capaz. Porque Dubhe estava lá, em algum lugar, escondida naquele corpo que já não lhe pertencia, e não podia abandoná-la.

Dubhe soltou o cadáver do rapaz, levantou a cabeça e parou, cheirando o ar.

Lonerin entendeu na mesma hora. O seu inato sangue-frio veio socorrê-lo. Juntou as mãos, fechou os olhos e começou a recitar a fórmula. Era uma luta contra o tempo.

Percebeu os passos pesados de Dubhe que se aproximava, ouviu o seu grito de animal faminto. Seguiu em frente com a fórmula, aos berros, enquanto sentia a energia mágica fluir do seu corpo, através das mãos juntas.

Foi uma explosão de dor, como nunca experimentara antes. Ela. O punhal... Havia sido golpeado! O fôlego morreu em sua garganta, mas recitou a última palavra da fórmula, gritando-a na cara de Dubhe.

A mão que o ferira soltou vagarosamente o cabo do punhal, ainda fincado no seu ombro. Com alguma dificuldade o mago voltou a abrir os olhos. Cruzou por um instante os de Dubhe, novamente normais e agora cheios de indizível horror.

– Salve-me – ela disse com um fio de voz, então desmoronou aos seus pés, adormecida.

Apesar de tudo, Lonerin respirou aliviado. Aí examinou a ferida: milagrosamente, o punhal acertara-o muito acima do coração e, embora o sangue jorrasse farto, o ferimento não parecia nem profundo nem grave. Passou então a considerar as condições de Dubhe. Tinha recebido um golpe no flanco, mas aquela ferida também era bastante superficial. Mexendo-se com dificuldade, examinou-a mais atentamente. Nenhum órgão interno havia sido atingido, só a pele fora rasgada por um amplo corte.

De qualquer forma, não havia certamente motivos para festejar. As condições de ambos eram bastante precárias, e a viagem para Laodameia levaria mais dois dias. Além do mais, seria bobagem acreditar que aquele fosse o único Assassino no rastro deles. Provavelmente, era apenas o mais próximo.

Como se não bastasse, na confusão ambos os cavalos tinham fugido.

Lonerin sentia-se perdido e confuso. As imagens terríveis de Dubhe transfigurada perturbavam sua mente, a dor no ombro latejava com insistência cruel. E ele também perdera as pedras mágicas com as quais entraria em contato com o Conselho das Águas.

Olhou para o céu. Nenhuma nuvem à vista, o sol brilhava e, o mais importante, havia uns abutres. Pelo menos dois deles, voando lá em cima. Deviam ter sido atraídos pelo cheiro de sangue.

Nunca recorrera àquele feitiço com os abutres, mas era a única coisa a fazer.

Chamou um deles, com uma só palavra, imperiosa. Aquela simples fórmula já conseguiu cansá-lo. Estava muito debilitado.

O abutre pousou diante dele, dócil, e o fitou nos olhos por alguns segundos. Estava esperando.

Lonerin pronunciou mais duas palavras, e o esforço quase o fez perder os sentidos. Continuando daquele jeito, não lhe sobraria mais energia alguma para curar Dubhe.

"Pensarei nisto mais tarde."

O abutre ficou imóvel.

– A Guilda quer ressuscitar Aster e encarná-lo no corpo de um semielfo. Usará a Magia Proibida. Estamos na Grande Terra, eu e uma aliada, não muito longe da fronteira com a Terra da Água.

Lonerin concluiu a fórmula com a indicação do lugar aonde o abutre teria de levar a informação e a palavra de despedida. Logo a seguir o animal levantou voo.

E agora? Não podiam ficar ali.

"Salve-me."

Dubhe dissera: "Salve-me."

Livrá-la da escravidão estava além dos seus poderes, mas levá-la embora antes que morresse sangrando ou que a Fera acordasse de novo para tomar definitivamente posse da sua mente, isto, sim, era algo que ele podia, devia fazer.

Voltou a examinar a ferida da jovem. Naquela altura nem conseguia suscitar um mero encantamento de cura.

Tirou a capa e recortou uma longa tira de pano. Pegou o cantil que ainda trazia a tiracolo e usou um pouco de água para limpar o ferimento de Dubhe, depois passou a enfaixá-la.

Depois da operação descansou, exausto. Tomou um gole. Tentou enfaixar também a própria ferida no ombro, mas só conseguiu em parte. O importante, de qualquer maneira, era deter a hemorragia.

Logo que se sentiu um pouco mais descansado, decidiu que estava na hora de partir. Procurou não olhar para o cadáver no chão, carregou Dubhe nos ombros e, com grande dificuldade, pôs-se de pé.

Caminhar exigia dele um esforço imenso, porém não tinha escolha. A dor no ombro era pungente, as pernas fraquejavam. Mas cerrou os dentes e seguiu em frente. Precisava pelo menos tentar, por si e principalmente por Dubhe, que, naquela altura, dependia totalmente dele.

Pensou em Theana e perguntou a si mesmo se voltaria a vê-la.

Percorreu a planície desolada até o entardecer, arrastando-se, esgotando até a última gota as suas energias.

O ocaso foi um esplendor, e quando o sol desapareceu de vez no horizonte ainda soltou no céu um maravilhoso raio verde, de uma cor da qual Lonerin ignorava até a existência.

Sorriu. Dubhe falara-lhe a respeito, certa noite.

"Já estive aqui com o meu Mestre, no começo da minha carreira. Eu estava triste, quando de repente vi o espetáculo mais incrível do mundo. O raio verde na hora do pôr-do-sol. Você já viu?"

Parou para o descanso noturno. Colocou Dubhe no chão e a cobriu com o que sobrava da sua capa. Apalpou a própria ferida. Como já imaginava, a atadura estava molhada. Não conseguira estancar a hemorragia.

Naquele momento, teve certeza de que não veria o amanhecer do dia seguinte.

34
O CONSELHO DAS ÁGUAS

Alguém o chamava com insistência. Sacudia-o, procurava acordá-lo, mas era difícil entender. Bem que ele teria gostado de falar, de abrir os olhos, mas ambas as façanhas resultavam titânicas.
– Lonerin, maldição...
– Está morto?
"Sim, estou morto."
Mas ainda ouvia um longínquo batimento, um zunido nos ouvidos.
Mexeu levemente a mão.
– Não, graças aos céus ainda vive.
Afinal Lonerin abriu os olhos. Havia uma luz imensa que ele não conseguia suportar.
– Então, rapaz, tudo bem com você? Acho que não, não é? Deu-nos um susto e tanto. De qualquer maneira, agora vamos para Laodameia, e bem depressa, antes que alguém nos veja por estas bandas.
Alguém o levantou. Esforçou-se para falar.
– O que foi que disse?
– Du... bhe...
– A jovem? Está conosco, não precisa se preocupar.
Deitaram-no sobre alguma coisa, e então ele perdeu novamente os sentidos.

Dubhe acordou numa cama bem macia, num quarto cheio de luz. Sua cabeça doía, e não levou muito tempo para lembrar. Fechou os olhos. Acontecera de novo. Mais uma chacina, mais corpos estraçalhados a serem esquecidos.
Tentou virar-se na cama, mas uma fisgada no flanco a deteve.
– Acho melhor você ficar parada.

Virou-se para a voz.

Era uma ninfa. Tinha visto muito poucas, na sua vida, e sempre de longe. Era de uma beleza absolutamente ofuscante. Os cabelos eram da mais pura água, e a pele diáfana de uma transparência incrível. Era uma espécie de aparição.

– Quem é você?

– A encarregada das curas do Paço de Dafne, Chloe.

Dubhe ficou surpresa ao ouvir aquele nome. Dafne era a rainha da Província das Águas. Então estavam em Laodameia? As suas lembranças eram confusas e, depois da chacina, não se recordava de mais nada.

– Estou em Laodameia?

A ninfa anuiu com solenidade. Tudo, nos seus movimentos, era elegante.

– Chegou aqui dois dias atrás, sob o efeito de um poderoso feitiço. Estava profundamente adormecida. Tratamos de despertá-la e cuidamos das suas necessidades.

"A poção, talvez?"

– Eu sou...

A ninfa levantou a mão.

– Eu e o mago do Conselho tivemos a oportunidade de ver o seu selo e tomamos as devidas providências.

Uma boa notícia, finalmente. Pequena, mas, de qualquer forma, boa.

– Está ferida no flanco, mas felizmente sem gravidade. Amanhã já poderá se levantar, mas antes preciso cuidar mais um pouco de você.

Não tinha a menor lembrança do ferimento. Mas, afinal, era sempre assim, quando se transformava. Não sentia dor, ignorava as feridas, até as mais sérias.

– E Lonerin? – perguntou de repente.

– Estava com você. Quem nos permitiu encontrá-los foi ele. Com as suas últimas forças fez um encantamento para nos avisar da situação. Encontramos os dois não muito longe da Província, perdidos no meio dos extremos confins da Grande Terra, ambos feridos.

– E como está ele agora?

A última imagem que se lembrava era o rosto do rapaz transformado no de um inimigo pela maldição.

— Poderia estar melhor. Tem um ferimento não muito grave no ombro, mas gastou todas as suas energias para levá-la de volta enquanto você dormia e para nos avisar da sua localização.

Ferido? Dubhe lembrava muito bem que o Assassino não tivera tempo de ferir outra pessoa que não fosse ela. Quem golpeara Lonerin, então? Foi como um lampejo. A imagem do jovem, pálido diante dela, de mãos juntas, e a lâmina que lhe rasgava a carne, enquanto a mente tentava desesperadamente deter o golpe.

Tinha ferido o seu salvador. Já chegara àquele ponto, a maldição, de tão inabalável que se tornara.

— Gostaria de vê-lo.

— Mais tarde.

— Então diga-me pelo menos se vai ficar bom ou morrer, diga-me alguma coisa!

— Vai se salvar, mas precisa recobrar-se.

Não era um grande consolo. A sua expressão revelava uma dor profunda, e a ninfa percebeu.

— Imagino que agora você queira ficar sozinha com os seus pensamentos. Voltarei à noite para a cura.

Com movimentos lentos, a ninfa superou o umbral e fechou delicadamente a porta atrás de si.

Dubhe ficou sozinha. Num piscar de olhos percebeu quão terrível era a ilusão de sentir-se livre. Fugir da Guilda só significara livrar-se de uma prisão. Muitas outras, no entanto, esperavam por ela lá fora e, como sempre, continuava escrava do próprio destino.

Lonerin não estava nada bem. Nunca lhe acontecera antes levar os seus poderes ao extremo limite, e a recuperação era agora bastante difícil. O ombro doía, mas ainda era suportável. O que realmente incomodava era o cansaço, um incrível esgotamento que não lhe permitia levantar-se e tornava difíceis até as ações mais simples.

Theana estava ao lado da sua cama, graciosa e indefesa como a imagem que dela guardava. E pensar que até uns poucos dias antes tinha a certeza absoluta de nunca mais voltar a vê-la.

Segurava sua mão e olhava para ele como se costuma fazer com os moribundos, coisa que Lonerin achava em parte divertida e em parte embaraçosa. Apesar da atitude de enfermeira piedosa, a jovem não tinha tido o menor constrangimento em envolvê-lo numa conversa que o cansava ainda mais.

— Parece que não se importa muito comigo e com a vida, se se arriscou assim.

— A missão, eu já disse.

— A missão não exigia certamente que se arriscasse por uma pessoa desconhecida.

Então, era isso. Theana falava e falava, mas sempre voltava a tocar no assunto desde que Lonerin recomeçara a falar com alguma facilidade. O problema era Dubhe.

— E o que acha que eu devia fazer? Deixá-la sozinha?

— Não precisava se arriscar tanto assim, só isso.

— Só sabemos o que sabemos graças a ela. Salvar-lhe a vida pareceu-me o mínimo que eu podia fazer.

— Mas não pondo em risco a sua própria.

Ele mesmo já se fizera a mesma pergunta. Por que todo aquele desvelo por aquela jovem? Não tinha vontade de encontrar uma resposta, nem de responder a Theana e aos seus absurdos ciúmes.

— Não tinha outra escolha a não ser fugir com ela.

— E entregar-lhe a sua capa e dar para ela a sua água?

Lonerin fez um gesto de enfado que lhe custou uma dolorosa fisgada no ombro.

— Não estou disposto a discutir sobre uma coisa tão inútil. Vamos mudar de assunto.

Theana ficou amuada, baixou os olhos. Lonerin receou ter sido duro demais com ela, mas estava confuso. Ela fora a sua luz, a sua esperança durante a permanência na Guilda e na fuga também. E ainda assim aquilo não bastava, e agora, mais uma vez, perguntava-se o que aquela moça representava para ele. Sorriu consigo mesmo. Seria provavelmente uma das suas últimas oportunidades para pensar naquele tipo de coisas nos próximos meses: a luta transformara-se finalmente em guerra.

Dubhe apresentou-se à cabeceira da sua cama bastante constrangida, torcendo os dedos. Não tinha a coragem de encará-lo e mantinha o olhar pregado no chão.
— Está melhor?
— Não vai demorar para eu me levantar. E você?
Dubhe deu de ombros, sempre sem olhar para ele.
— Nunca estive realmente doente.
Um silêncio cheio de constrangimento baixou entre os dois. Lonerin preferiu mudar totalmente de assunto.
— Daqui a três dias haverá a reunião do Conselho para discutir o nosso relatório. Vai comparecer?
Dubhe levantou finalmente a cabeça e mostrou uma expressão de espanto.
— Eu?
— E quem mais?
Meneou a cabeça num gesto que a fez parecer uma menina.
— Não há motivo para eu participar, não faz sentido. Sou uma criminosa, já é bastante estranho que eu esteja aqui...
— Alertou-nos sobre um grande perigo, acha mesmo que alguém, aqui dentro, esteja realmente interessado no seu trabalho? Quero que esteja presente, é justo que os seus méritos sejam reconhecidos.
Dubhe meneou de novo a cabeça, e desta vez com mais decisão.
— Você se recusa a ver a realidade? Eu não fiz absolutamente nada, e aquilo que fiz é apenas fruto de cálculo. Só estou procurando um jeito de me salvar. Não há qualquer outra razão para eu ter investigado a Guilda e ter fugido com você.
— Não importa o motivo, acontece que fez algo da maior importância, e o Mundo Emerso deve-lhe gratidão.
— Mas eu feri você e...
Percebeu ter tocado num assunto delicado, tanto que se calou na mesma hora.
Lonerin ficou visivelmente emocionado. O fato de tê-la visto naquelas condições só conseguira aumentar o enlevo que sentia por ela, a dolorosa e solidária sensação de pena que lhe dava vontade de salvá-la. Não se importava minimamente em ter sido ferido por ela. Se agora estava naquela cama era somente devido a escolhas que ele fizera mais tarde.

– Não era você. E de qualquer maneira não tem a menor importância.

– Você está enganado, pois era eu mesma. É a pior parte de mim que vem à tona.

– Não acreditaria nisso nem mesmo vendo.

– É a natureza da minha maldição.

Lonerin nem quis saber.

– Pare de se esconder atrás de frases feitas, chega de absurdos. Merece os elogios do Conselho muito mais do que eu. E é por isso que terá de estar lá.

Dubhe calou-se, mas era evidente que não estava convencida.

– Sinto muito, sinto muito mesmo por aquilo que foi forçado a ver e por eu ter tentado matá-lo... você salvou a minha vida, obrigada. Fico lhe devendo.

Fitou-o com intensidade, e desta vez quem teve de desviar o olhar foi Lonerin. Era uma jovem de alguma forma sem véus, direta, e olhar para ela era o mesmo que mergulhar em abismos onde Lonerin sabia que poderia facilmente perder-se.

– Então estamos quites. Seja como for, antes de levá-la ao Conselho, quero que encontre o meu mestre.

A jovem ficou imediatamente atenta.

– É o grande mago de que lhe falei, tenho certeza que poderá ajudá-la. Já lhe expliquei mais ou menos a situação.

– Mais uma vez, obrigada...

Ficava bonita, quando corava. As sombras que eternamente anuviavam seus olhos pareciam de repente sumir.

– Era o mínimo que eu podia fazer.

– Vou deixá-lo descansar, já falei demais.

Lonerin sorriu, mas ela não retribuiu. Acenou levemente um sinal de despedida e saiu do quarto sem mais uma palavra. Lonerin acompanhou-a com o olhar até que desaparecesse do seu campo de visão.

Dubhe estava parada diante da porta, nos subterrâneos do palácio real de Laodameia. Era ali que, naquele ano, o Conselho das Águas tomava as suas decisões, era ali que o mestre de Lonerin tinha o seu laboratório.

Dubhe não sabia ao certo o que pensar daquele rapaz. Estranhamente, ele conseguia deixá-la pouco à vontade. Tinha feito por ela coisas que ninguém fizera antes e, como se não bastasse, sem conhecê-la. Ela ficava perdida entre a mais incondicional gratidão e a típica desconfiança de quem está acostumado a sair dos apertos sozinho para realmente acreditar na boa-fé dos outros. Parecia-lhe tão extraordinário e tão absurdo que alguém tivesse arriscado a vida por ela...

Agora, diante daquela porta, o coração parecia querer estourar no seu peito. A resposta definitiva se encontrava do outro lado daquele umbral, vida ou morte, e Dubhe estava com medo. O que faria se descobrisse que não havia saída, que a maldição era eterna? Nem queria pensar nisso. Quaisquer que fossem as ideias de Lonerin a respeito, tudo aquilo que ela fizera fora visando àquele momento.

Bateu decidida. A voz que respondeu era fraca e cansada. Abriu a porta com delicadeza.

— Sou Dubhe, a jovem que veio com Lonerin.

Parou. O aposento em si nada tinha de diferente da sala de trabalho de qualquer mago. Parecia-se bastante com a de Yeshol, com todos aqueles livros nas prateleiras, a escrivaninha apinhada de volumes e os pergaminhos espalhados por todo canto. O que a deixou petrificada era mais o mago sentado lá dentro. Era um velho de impressionante magreza, tão frágil quanto a sua voz. Estava sentado num assento com grandes rodas de madeira e largado no espaldar como se não tivesse força. Sorriu suavemente e ela ficou sem graça, com as mãos apoiadas na porta.

— Estava procurando por mim?

Dubhe se perguntou se aquele era realmente o tal mago poderoso. Sabia que a aparência física nada tinha a ver com a magia, mas também que era preciso ter muita força para pronunciar os encantamentos.

— O senhor é Folwar?

— Eu mesmo.

Dubhe sentiu-se meio boba. Desde que pusera os pés naquele palácio, não sabia como portar-se, todos a tratavam com um desvelo que quase chegava a incomodá-la.

— Não quer sentar? Entre logo e pare de mostrar-se tão indecisa.

O velho voltou a sorrir, e Dubhe ajeitou-se num assento de madeira, empertigada de forma artificial. E agora? Folwar procurou deixá-la à vontade.

— Lonerin falou-me ao seu respeito. Está aqui devido à maldição, certo?

Dubhe anuiu.

— O seu aluno contou-me que o senhor é um mago muito poderoso e que talvez possa ajudar-me.

Não perdeu tempo. Com movimentos ligeiros arregaçou a manga e mostrou o braço com o símbolo.

Folwar aproximou a sua cadeira e examinou a marca atentamente.

Dubhe segurou o fôlego. Quem sabe Lonerin estivesse errado, talvez não fosse realmente um selo, mas sim uma maldição...

Os minutos durante os quais Folwar segurou o braço entre os seus frágeis dedos pareceram-lhe uma eternidade.

— Um selo bastante complexo...

Involuntariamente, Dubhe enrijeceu. Não era uma boa notícia.

— Foi a Guilda?

— Foi. Mas não sei exatamente quem.

Folwar continuava a olhar para o símbolo. A sua expressão já não era bonachona, mas sim severa, compenetrada.

— Não foi certamente um mágico qualquer, pelo menos à primeira vista, mas vou precisar examinar mais.

Afastou-se dela e procurou alguma coisa nas prateleiras. Era impressionante a facilidade com que se movimentava usando a cadeira de rodas. As estantes, além do mais, haviam sido feitas para ficarem todas ao seu alcance. Tirou vários vidrinhos de uma pesada cristaleira encostada na parede.

A análise não foi muito diferente daquela que já havia sido feita por Magara, só um pouco mais complicada. Folwar passou em cima do símbolo um tição ardente, depois fumaça e finalmente umas misturas estranhas. Aquilo provocou em Dubhe uma vaga sensação de desânimo. O que poderia descobrir, aquele velho, além daquilo que ela já sabia?

Quando acabou, Folwar limpou-lhe o braço. Guardou os vidrinhos no lugar, consultou alguns livros. Finalmente levantou os olhos dos volumes. Parecia muito cansado.
– É um selo, como eu já disse, e certamente muito elaborado. Não encontrei falhas nem pontos fracos.
Dubhe fechou os olhos e tentou reprimir o tremor do corpo.
– O mago é, sem dúvida alguma, poderoso e foi extremamente habilidoso. O símbolo é resistente. Um selo é feito para durar para sempre, mas acho que você já sabe disso.
Dubhe retraiu o braço, baixou a manga com violência.
– Histórias inúteis. Por que não conta logo a verdade? Por que não diz de uma vez que não há nada a fazer?
Ficara de pé e falara aos berros. Por mais que gritasse, no entanto, havia alguma coisa nela que sobrepujava a voz.
Folwar ficou impassível.
– Não digo simplesmente porque o ponto não é esse.
Dubhe não se mexeu. Uma sensação de impotência e de raiva profundas oprimia-lhe o peito.
– Sente-se e fique calma.
– Conte-me tudo e acabamos com esta história – ela rebateu, sem sentar.
Folwar sorriu amavelmente.
– Os jovens são sempre absolutos, não é verdade? Tudo ou nada, assim como Lonerin...
Dubhe apertou os punhos. Não era isso, não era nada disso...
– Sabe-se de selos que foram quebrados. São exceções, possíveis dentro de duas específicas condições: erros na imposição do selo, escassa competência do mago que o criou ou grande poder do mago que o quebra. Eu não sou um perito nestas coisas. Sem falsa modéstia, a minha especialidade são as práticas curativas, mas o meu conhecimento das fórmulas proibidas é bastante limitado. Por aquilo que vi, não há erros no seu selo, mas existe nele alguma coisa muito estranha que não consigo identificar. Acredito que foi imposto por um mago competente, mas de potência mediana, e, portanto, há uma razoável possibilidade de quebrá-lo.
Dubhe segurou o fôlego por um instante.
– O senhor seria capaz de fazê-lo?

Perguntou com um fio de voz. Não se atrevia a esperar.

Folwar sorriu tristemente.

– Sinto muito, mas não sou bastante forte. Lonerin acredita muito em mim, mas os meus poderes não sobrepujam os de um mago comum do Conselho. Nunca conseguiria. Morreria em vão na tentativa.

Desta vez Dubhe sentou.

– E quem, então...

O velho meneou a cabeça.

– Não sei. Um grande mago, alguém que faz muita falta, nesses tempos.

Dubhe suspirou. Mais uma vez, nada feito. Tinha de continuar vivendo com a Fera.

De repente, Folwar surpreendeu-a apoiando a mão esquelética no seu braço. Eram dedos murchos, mas calorosos.

– Não fique desanimada. Quando uma pessoa deixa de ter esperança morre, e você é tão jovem, há tantas coisas à sua espera na vida...

Dubhe retraiu o braço. Ficou com vontade de chorar. Já tinha realmente esperado alguma coisa na vida?

Levantou-se.

– Sou-lhe imensamente grata. Tentarei. Encontrarei alguém.

Procurou sorrir, e Folwar retribuiu o sorriso.

– Até o Conselho, então.

Dubhe anuiu debilmente.

Dubhe nunca estivera num Conselho antes, e não tinha a menor vontade de estar lá. Todas aquelas pessoas importantes, que normalmente só via quando entrava nas suas casas ou recebia o pagamento por algum trabalho... Sem a capa, além do mais, sentia-se nua. Não estava mais acostumada a mostrar o rosto. Sabe-se lá o que Lonerin contara a todo aquele pessoal a respeito dela. Provavelmente, a verdade. Afinal de contas, ali mesmo, diante das portas fechadas da grande sala, já havia quem olhasse para ela de soslaio, de um jeito estranho. Eram quase todos jovens, mas Dubhe evitou encará-los. Detestava o contato com as pessoas, odiava.

Ao seu lado, ainda pálido, estava Lonerin. Caberia certamente a ele apresentá-la, explicar tudo. Tinha um ar muito seguro e comedido. Mais uma vez, Dubhe se perguntou o que o tornava tão determinado, onde encontrava a força com a qual fazia tudo o que tinha a ver com o seu trabalho.

Entre os muitos olhares, havia um que sobressaía sobre todos os demais. Pertencia a uma jovem bastante graciosa, esbelta e delicada, de cabelos loiros. Olhava para ela com algum rancor. Dubhe lembrou que a vira sair do quarto de Lonerin quando ele se recuperava. Não se importou com ela. Não tinha tempo a perder com as birras de uma namoradinha mal-humorada.

– O que estamos esperando? – perguntou a Lonerin, já meio impaciente.

– Nós não pertencemos ao Conselho, somos meras pessoas convidadas a assistir à sessão. Por enquanto o Conselho está deliberando sobre outros assuntos, depois nos chamarão.

Dubhe deu de ombros. Inúteis aparências. Conhecia muito bem o aspecto exterior, o aparato do poder, conforme o vira nos anos do seu trabalho, e também a sua natureza efêmera. Já tinha visto tantas vezes aqueles figurões na intimidade das suas casas que, aos olhos dela, todos eles não passavam, agora, de sujeitos inermes e mesquinhos.

As portas abriram-se, e Dubhe vislumbrou uma mesa circular de pedra no meio de uma grande sala em forma de semicírculo. Várias pessoas, a maioria das quais ela não conhecia, sentavam à mesa.

Os que estavam do lado de fora começaram a entrar, e Dubhe foi atrás. O público foi ocupando as bancadas, mas não eles. Lonerin segurou-a pela mão.

– Nós temos de fazer o nosso relatório.

Acomodaram-se junto de um pódio, perto da mesa, num local onde todos podiam vê-los.

Dubhe percebia os olhares gélidos e desconfiados. Lá dentro todos sabiam e a temiam, e pela primeira vez aquilo não lhe proporcionava qualquer satisfação. Só havia uma pessoa que a fitava sem qualquer disfarce, sem segundas intenções.

Era um velho gnomo de aparência um tanto descuidada, sem um olho e cheio de cicatrizes. Um gnomo vigoroso, em trajes de guerreiro. Dubhe reconheceu-o, pois ouvira falar nele. Ido. Sentiu-se tomar por uma vaga vertigem. Estava diante de uma lenda viva, um homem que conhecera Aster, que até falara com ele!

Uma ninfa levantou-se. O silêncio tomou conta da sala. Dubhe esqueceu os seus pensamentos, ficou atenta. A ninfa parecia-se bastante com aquela que a curara, mas tinha um aspecto muito mais régio e era ainda mais bonita. Usava um diadema branco na cabeça. Dafne, sem dúvida alguma.

– Todos conhecem o motivo pelo qual estamos reunidos. Provavelmente as más notícias de que Lonerin é portador já são conhecidas por muitos de vocês, mas ainda não estamos a par dos detalhes. Por esta razão decidimos convocar Lonerin e a sua companheira, pois ambos acabam de sair da Guilda, onde realizaram a sua investigação. Irão nos iluminar com os seus descobrimentos.

Os olhares ficaram mais atentos. Dubhe baixou a cabeça.

A ninfa sentou, e Lonerin pigarreou baixinho. Quando começou a falar, a sua voz transmitia firmeza. Estava emocionado, podia-se ver pelo leve tremor das suas mãos pálidas, mas sabia controlar-se.

Fez um relato ordenado, a partir da sua chegada à Guilda e das primeiras indagações. Depois, chegou o momento de falar a respeito de Dubhe. Contou como os dois se haviam conhecido e também mencionou o trato entre eles. Dubhe encolheu-se ao lado do jovem mago enquanto os olhares se tornavam mais penetrantes e gélidos.

– Quem investigou, no meu lugar, foi ela, introduzindo-se em lugares onde eu nunca teria conseguido entrar. E também cabe-lhe o mérito de ter descoberto os planos de Yeshol. Sendo assim, deixo a palavra com ela.

Pega de surpresa, perdida, Dubhe olhou para o jovem, que a convidou gentilmente a se levantar. Odiava tudo aquilo. Não estava acostumada a falar em público, e aquela sala, a hostilidade das pessoas presentes, tudo fazia com que se sentisse deslocada. Decidiu que o melhor era acabar logo com aquilo.

– Yeshol, o Supremo Guarda, o chefe da Guilda, quer ressuscitar o Tirano. Precisa de um corpo no qual inserir o seu espírito, que já foi evocado e paira num estado entre a vida e a morte, num aposento secreto da Casa. Está à procura do corpo de um semielfo. Acredito que tenha usado alguma Magia Proibida, provavelmente inventada pelo próprio Tirano. Juntou uma grande quantidade de livros nas entranhas da terra, todos tirados da antiga biblioteca de Aster, e muitos deles foram doados por Dohor. Tive a oportunidade de consultar o arquivo onde Yeshol registra todos os livros da biblioteca e a maneira pela qual os juntou. Não faz muito tempo recebeu de Dohor um pesado volume preto: acredito que seja aquele do qual tirou a magia usada para evocar o Tirano.

Continuou com voz alquebrada, com a clara impressão de não estar conseguindo encontrar as palavras certas para contar tudo aquilo que havia descoberto. O seu relato foi pobre, sabia disto, e provavelmente não muito convincente. Concluiu a sua longa e trabalhosa busca na biblioteca com poucas e lacônicas palavras. Mencionou a ligação entre Yeshol e Dohor, disse que este último havia sido visto na Guilda.

– Isto... é tudo.

Calou-se, e um silêncio tumular tomou conta da sala. A sua fala havia sido curta, curta demais.

Lonerin olhou para ela, um tanto perplexo. Ela evitou aquele olhar. Poderia sem dúvida alguma ter se saído melhor.

– E as provas?

Quem falou devia ser um general.

– Você viu tudo com seus próprios olhos, não viu?

Dubhe anuiu.

– Vi o espírito de Aster.

– Como pode afirmar que era ele? Não existem imagens, nem descrições.

– A Guilda está cheia de estátuas dele, Yeshol o conhecia.

O general sorriu, escarnecedor.

– Tudo bem, mas eu insisto: quais são as suas provas?

Dubhe ficou por um momento sem saber o que responder.

– Não tenho provas, já foi um milagre se conseguimos fugir, achei que já sabiam... não havia tempo para juntar provas.

O general pigarreou, dirigindo-se a Lonerin.

– Vamos resumir a situação. Temos esta quentíssima revelação feita por uma pessoa que pertence à Guilda, uma assassina portanto, ligada a você por um trato bastante estranho e marcada por uma maldição. Não há provas para sufragar a história, somente a palavra da jovem, certo?

A couraça de Lonerin pareceu rachar-se.
— Isso mesmo — respondeu, procurando aparentar segurança, mas a voz soou incerta.
— E por que deveríamos acreditar nela?
Dubhe sorriu. Pois é, uma objeção bastante razoável.
Lonerin pareceu titubear enquanto a sala se mantinha silenciosa.
— Porque é a pura verdade... explica a morte de Aramon, as nossas suspeitas...
— Não é uma resposta, Lonerin — objetou o general. — Deixe-me fazer uma hipótese. A nossa amiga aqui presente está marcada por uma maldição, precisa de ajuda, pois do contrário morrerá. Encontra por acaso um mago capaz de socorrê-la. O mago precisa de revelações, de um tipo específico de revelações; se ela o ajudar a encontrar o que procura, ele também irá ajudá-la. A jovem diz então o que o mago quer ouvir, faz com que ele a leve para fora da Guilda, conta as suas mentiras ao Conselho das Águas e consegue o que quer. Ou então a jovem é enviada pela própria Guilda, afinal, é um membro da seita. Foi instruída a dizer certas coisas para nos enganar. Ela se apoia num jovem e ingênuo mago ao qual conta todas as suas mentiras.

Os presentes continuaram calados. Lonerin estava de pé, pasmo, boquiaberto.
— Mas a Guilda amaldiçoou Dubhe e...
— Isto é o que ela contou a você. A maldição pode ter sido lançada em qualquer outra ocasião. A mentira só procura desviar a nossa atenção levando-nos a acreditar nela, assim como na história que ela conta, deixando Yeshol livre para cuidar calmamente dos seus negócios enquanto nós corremos atrás de pistas falsas.

Dubhe olhou para os conselheiros e para o público, um por um. Não acreditavam nela, enquanto as palavras do general eram claramente recebidas com simpatia pelos ouvintes. Não ficou surpresa. Afinal, passara a vida matando-os por dinheiro, por que deveriam agora confiar? O seu olhar cruzou o de Ido. O gnomo continuava a fitá-la exatamente como antes, sem julgá-la, apenas com curiosidade. Sentiu-se perpassada por aquele olhar.
— Parece-me um plano bastante complicado, e...

– É um sicário, Lonerin, acorda! Mente por profissão, e além do mais pertence à Guilda. Acho isso tudo muito claro.

Um murmúrio serpenteou pela sala.

– E você não viu nada com os seus próprios olhos?

– Fest está certo, não temos provas!

– Não dispomos de qualquer outra informação sobre a Guilda a não ser o que ela conta...

Dubhe sorriu consigo mesma.

– Não tenho a menor intenção de convencê-los.

Embora muito fraca no meio daquela gritaria, a sua voz bastou para calar todo o mundo. Era a aura de morte que pairava em volta dela, sabia disso muito bem, aquele ar ameaçador o qual todos podiam claramente perceber.

– Não estou interessada no destino do Mundo Emerso, não dou a mínima para o Conselho.

Mais olhares carregados de ódio.

– Estou aqui porque Lonerin pediu, mas, no que me concerne, a minha tarefa está acabada. Encontrei o que procurava, e não me importo com o fato de vocês acreditarem ou não nas minhas palavras. Pensem bem nisso, no entanto. Se for como o seu general está dizendo, por que estaria eu falando de Dohor também? Se Yeshol mandou-me, por que ordenaria que mencionasse Dohor, quando o rei sempre alardeou ser completamente alheio às atividades da Guilda?

O olhar de Ido tornou-se mais penetrante, e Dubhe sentiu-se bastante constrangida.

– Que seja, pode ser que não tenha vindo aqui a mando de Yeshol, mas as suas palavras podem ainda assim ser meras mentiras.

– Cheguei, recebi cuidadosas curas, não tinha motivo algum para vir falar neste Conselho. Como já disse, consegui o que desejava.

– Quanto tempo passou na Guilda?

A voz rouca de Ido sobressaltou-a. Virou-se, olhou para ele atemorizada.

– Seis meses.

– Está disposta a nos contar tudo deles?

Eram os seus inimigos, não podia desejar coisa melhor. Anuiu vigorosamente.

– Acho que precisamos saber mais. O relato da jovem foi bastante sumário, precisamos de mais informações. Gostaria de interrogá-la.

– Mas, Ido, não pode realmente confiar...

Ido levantou a mão e calou o general.

– A jovem está certa, não tem nada a ganhar com o que está fazendo. Poderia ter ido embora antes, sem comparecer ao Conselho. E de qualquer forma poderá nos fornecer informações averiguáveis durante o interrogatório. Proponho votar.

Tinha uma voz peremptória e, mesmo que talvez não fosse o homem mais poderoso, estava claro que lá dentro era o chefe espiritual no qual todos viam uma referência.

Votaram e optaram pelo interrogatório.

Foi demorado, perguntaram muitas coisas. Dubhe foi precisa nas respostas, colaborou do melhor jeito possível. Não entendia direito por que fazia aquilo. A maldição dominava sombriamente o seu futuro e impedia que pensasse em qualquer coisa mais distante que uns poucos meses. A volta do Tirano a apavorava, é claro, mas era muito mais provável que ela morresse antes, devorada pela Fera. Não era, portanto, o desejo de salvar o Mundo Emerso. Provavelmente, era apenas gratidão por Lonerin que a tinha ajudado, por aquelas pessoas que, embora amedrontadas e desconfiadas, tinham cuidado dela e preparado a poção.

Sufocaram-na de perguntas. Quiseram saber muitas coisas sobre a Guilda, sobre sua estrutura e organização, mas também sobre o que vira na sala secreta.

Quem insistiu particularmente no assunto foi Folwar.

Quando acabaram, já devia sem dúvida alguma ser noite. Dubhe estava exausta, vazia. Ido olhava para ela satisfeito, mas havia uma sombra de preocupação no seu único olho.

– Estão convencidos, agora?! – exclamou sarcástico, fitando intensamente o general Fest, o mesmo que havia contestado Dubhe durante a reunião do Conselho.

– As noções de magia que mencionou são exatas e do mais alto nível, nunca poderiam estar ao alcance de um mero sicário – comentou Folwar.

Dubhe sentiu-se nua diante daquela palavra, sicário, que na sua crua rispidez encerrava todo o seu ser.

— A citação dos textos também foi correta — disse a segunda ninfa da assembleia, a própria Chloe.

— Não me parece, então, haver mais dúvidas quanto à confiabilidade, certo?

Ido deu uma olhada de escárnio para Fest.

— Pois é — resmungou o homem, carrancudo.

— E então? — perguntou Ido. — Conclusões?

Folwar tomou a palavra:

— Parece uma magia parecida com a evocação, mas não a conheço.

Tomou então a palavra o outro mago, um homem barrigudo de aspecto bonachão:

— Não é uma magia mencionada nos textos. O livro negro que Dubhe viu, no entanto, poderia ser um tomo de que muito costuma falar a tradição popular. Aster deu um grande impulso à Magia Proibida, como todos sabem. Afinal, quem evocou os fantasmas foi ele, uma magia que agora conhecemos graças, justamente, a um fragmento daquele texto perdido.

— Quer dizer que conhece este tipo de mágica?

O homem meneou a cabeça, e a sua papada balouçou no pescoço como geleia.

— Não, desconheço. Mas talvez algum mago mais poderoso saiba alguma coisa.

Interveio Chloe:

— Seja como for, temos realmente de nos preocupar com este plano? Parece que precisam de um semielfo, mas todos sabem que eles já não existem.

Ido não pôde evitar uma careta. Dubhe vislumbrou uma sombra anuviar seu rosto.

— Não é bem assim.

Todos os presentes olharam para ele.

— Ainda poderia haver um semielfo.

— Explique — disse gélido o general.

Ido suspirou.

— Depois da guerra, Nihal e Senar deixaram o Mundo Emerso, como vocês sabem, e foram morar além do Saar. Por algum tempo continuei a ter notícias deles, Senar mantinha-me informado usando a magia. – Fez uma pausa. – Tiveram um filho, sei disso com certeza. Depois aconteceram coisas... – não lhe era fácil encontrar as palavras – brigas... as últimas notícias que recebi informavam que o rapaz estava de partida para o Mundo Emerso devido a atritos com o pai.

Dubhe escutava com a maior atenção. Nihal e Senar eram personagens históricos, estátuas no meio das praças. Ouvir falar neles como de pessoas vivas e reais deixava-a meio desconcertada.

– Quando foi que soube disso?

Era o rei da Província dos Pântanos, que até então se mantivera calado.

Falar era visivelmente penoso para Ido.

– Dez anos atrás.

– E por que não nos contou, por que manteve em segredo os seus contatos? Houve muitas ocasiões em que a ajuda de Nihal e Senar poderia ter sido extremamente valiosa para nós.

Kharepa, o neto do velho rei da Terra do Mar, Dubhe o reconheceu.

– Ela morreu.

Na voz de Ido houve um tremor.

– Faz mais de vinte anos que Nihal morreu. Desde então Senar escreveu muito pouco. Depois de algum tempo, nunca mais consegui entrar em contato com ele.

Nihal e Senar tinham desaparecido do Mundo Emerso havia mais de quarenta anos, ainda assim a presença deles continuara a pairar sobre aquela terra aflita durante todo aquele tempo. Mas até os semideuses têm de encarar o destino, e agora Nihal estava morta.

Dubhe viu Lonerin apertar os punhos e baixar a cabeça. Podia entender. Ela mesma nunca ficara imune à fascinação daquela história antiga e heroica.

– O filho de Nihal e Senar veio morar aqui. Não sei onde, Senar tampouco sabia. Nem sei se ainda está vivo, desconheço a sua aparência, só sei que voltou para o Mundo Emerso. Os semielfos não se extinguiram. Estão sem dúvida alguma procurando por ele. Por ele ou por mais alguém da sua estirpe.

A tragédia tornava-se mais consistente.

– Mas Senar ainda vive, certo?

Ido anuiu.

Dubhe entendia perfeitamente a sua dor. Havia sido por muitos anos o mestre de Nihal. Nada pode quebrar um vínculo tão forte.

Quem falou foi Folwar, a voz fraca, o rosto cansado.

– Senar conheceu o Tirano, juntou informações a respeito dele, antes de ir embora. Talvez ele saiba.

Ido deu de ombros.

– É possível.

Levantou-se.

– O nosso bom Folwar parece-me exausto, e a nossa jovem hóspede também está cansada. – Olhou para Dubhe, com simpatia. – Ficamos sabendo de muitas coisas, e talvez valha a pena dar um tempo. Depois de uma boa noite de sono, amanhã voltaremos a nos reunir e decidiremos o que fazer.

A sessão foi encerrada e todos voltaram aos próprios quartos. Dubhe também recebera o dela, não muito longe do de Lonerin.

Retiraram-se juntos.

– Você esteve ótima – ele disse. – Principalmente na defesa das suas posições. Só os convencemos graças a você.

Dubhe deu de ombros.

– Não estava tentando convencer ninguém.

Lonerin sorriu.

– Mas Aster também a amedronta, não é verdade?

– Tenho muito mais medo do selo.

O sorriso morreu nos lábios de Lonerin.

– Desculpe.

Dubhe sacudiu a cabeça. A coisa não tinha importância.

Despediram-se diante da porta.

– Até amanhã, então.

Dubhe anuiu. Não havia motivo de ela continuar ali, mas ainda não recobrara completamente as forças, e de qualquer maneira queria saber como aquilo tudo acabaria. Afinal, aquilo também tinha a ver com ela, agora.

Mais do que tudo, no entanto, um pensamento fazia-se continuamente presente na sua mente, um pensamento constante que a acompanhou enquanto se despia e se metia na cama. Senar ainda vivia... Senar era um dos maiores magos vivos. Um grande mago. Justamente o que ela precisava.

EPÍLOGO

A sala, a assembleia, tudo era exatamente igual ao dia anterior. Parecia que a noite nem existira. Talvez Folwar estivesse menos cansado, os rostos menos tensos, Lonerin mais rijo e menos pálido, mas quanto ao resto nada mudara, e a atmosfera permanecia tensa. Dubhe o podia sentir dentro dos ossos.

Não tinha dormido muito. Passara a noite inteira pensando em Senar, nos seus conhecimentos e no selo. Era a sua única esperança. Também pensara no Mundo Emerso, no entanto, no seu destino, em Aster. Não conseguia esquecer aquele rosto que flutuava no globo, lá embaixo, nas entranhas da terra. Um rosto sem ódio nem ferocidade, tão diferente de como o imaginara, e ainda assim tão terrível.

O silêncio era espesso, pesado, e, como no dia anterior, foi quebrado pela dona da casa, Dafne. O primeiro a falar, entretanto, foi Ido.

— Acredito que nenhum de nós tenha tido propriamente uma boa noite de descanso, estou certo?

Deu uma rápida olhada em todos os presentes.

— Eu não preguei o olho, o meu único olho. E pensei muito. Quero, então, que ouçam a minha proposta.

Tomou fôlego.

— Folwar falou a coisa certa, ontem à noite. Senar deve estar a par, deve saber. Não podemos esquecer que ele e Nihal derrotaram o Tirano. Proponho ir vê-lo para pedirmos ajuda.

Kharepa meneou a cabeça.

— Não temos tempo, se me entende? Enquanto isso a Guilda seguirá em frente com os seus planos...

— Tem alguma outra ideia? Alguma proposta para deter Yeshol? Atacar a Guilda, talvez? Mas como? Dohor nos esmagaria antes mesmo de chegarmos à Casa. E quanto à magia? Alguma sugestão para dispersar o espírito de Aster?

O silêncio era tão profundo que quase parecia ter consistência.

– Não temos armas para lutar.

O Conselho ficou calado.

– A não ser uma. O filho de Nihal. Ocorre procurá-lo e pô-lo em segurança. Sem ele o plano fracassa. É a única maneira que temos para nos defender.

Muitos concordaram. Dubhe admirou Ido. Tinha a capacidade de inflamar, de tranquilizar, de liderar. Reconhecia nas suas palavras e nos seus gestos a marca do seu passado glorioso de lutador indômito, um passado que ele certamente não havia esquecido. Tinha continuado a lutar, quase sozinho naquela altura, em nome daquilo em que acreditava.

– Alguma outra proposta?

Dubhe levantou lentamente o braço. Não sabia o que lhe dera a coragem de fazê-lo. Agiu por impulso, talvez levada por aquelas palavras que tinham avivado algo desconhecido no fundo do seu estômago, ou porventura fosse apenas desespero, a força que desde sempre a animava.

Todos olharam para ela, com espanto. Ido convidou-a a falar.

– Gostaria de oferecer-me para ir à procura de Senar.

Um murmúrio desconcertado espalhou-se entre os presentes.

– Já lhe concedemos muita confiança, mas não acha que isso é pedir demais? – As palavras eram de Fest. – Trata-se de uma missão extremamente delicada, da qual depende a nossa sobrevivência, e espero que entenda os meus receios.

Dubhe interrompeu-o, anuindo com um gesto de cabeça.

– Mas acontece que eu não quero ir só em nome do Mundo Emerso. Talvez Senar possa curar-me. Sou, portanto, a pessoa com a motivação mais forte. Levarei a sua mensagem.

– E quem nos garante que voltará? – perguntou Vena, o rei da Província dos Pântanos.

Ido meneou a cabeça.

– Não pode ir sozinha, você o sabe. E se você morresse? Vamos precisar, no mínimo, de mais uma pessoa.

– Eu posso ir.

Dubhe já esperava. Não sabia exatamente por quê, mas tinha certeza de que acabaria daquele jeito. Lonerin ficava sempre na primeira linha, precisava agir, tinha de saber que estava fazendo alguma coisa.

Ido não conteve um sorriso.

– Não sabe mesmo ficar sossegado, não é garoto?

Lonerin ficou todo vermelho. Ido devia deixá-lo muito pouco à vontade.

O gnomo levantou as mãos.

– Nada tenho a opor, realizou a sua missão precedente de forma mais que satisfatória.

Então, de repente, muito sério.

– Quanto ao filho de Nihal e Senar, eu mesmo me prontifico a encontrá-lo.

Desta vez a surpresa do Conselho foi maior ainda.

– Mas você é o alicerce do Conselho!

– Sem você a resistência não existe.

– Precisamos de você aqui.

Ido calou a todos com um gesto.

– Eu sou um guerreiro. Já faz tempo que estou aqui dentro, contentando-me apenas em lembrar os dias de luta, os amigos e os companheiros que perdi.

Fez uma breve pausa.

– Tenho contas a ajustar com Dohor, todos vocês sabem disto. E não tenho a menor intenção de desistir do acerto!

A sala animou-se de cochichos, depois voltou a ficar silenciosa, e Dafne levantou-se.

– Vamos então votar este plano de ação: Lonerin e a moça sairão à procura de Senar enquanto Ido se encarregará da busca do filho de Nihal e de Senar. Fiquem à vontade para expressar as suas opiniões.

A maioria foi esmagadora. Estava decidido.

– Mais uma despedida.

Theana estava novamente chorando. Desta vez Lonerin não sabia mesmo o que dizer. Ela tinha razão. Mas ele não podia só ficar olhando, e por muitos motivos. Na primeira missão praticamente nada fizera, e aquilo o deixava bastante contrariado. Havia penetrado no coração da Guilda para destruí-la e para provar a si mesmo que superara o rancor e o ódio, para mostrar que conseguira sublimar todo o seu desejo de salvar o Mundo Emerso. E fracassara em ambas as missões. O que podia fazer então, agora?

Continuou a aprontar a bagagem. Bem que gostaria de encontrar as palavras certas para explicar, de contar tudo que lhe passava pela cabeça.

– Preciso ir. Se me conhece, se me quer bem, sabe perfeitamente que não tenho outra escolha.

Theana meneou a cabeça, os cachos acompanharam o movimento.

– Não, não é bem assim. Disse que voltaria para mim, mas é como se não tivesse voltado, pois está novamente de partida. Eu achei que iríamos ter algum tempo só para nós.

Pois é, ele também acreditara nisso. Parou, olhou para ela.

– Aconteceu tanta coisa...

Theana deixou escorrer as lágrimas.

– É por causa dela?

– Ela quem?

Mas ele sabia muito bem.

– Você sabe.

– Não, francamente não sei.

Theana levantou-se.

– Precisa escolher, tomar uma decisão.

– Não seja boba, não há nada para escolher, para decidir, nada mesmo.

Theana sacudiu a cabeça.

– Há, sim. Porque eu nunca consigo mantê-lo ao meu lado, enquanto por ela você arriscou a vida.

Lonerin meneou a cabeça.

– Está imaginando coisas.

Theana sorriu tristemente.

– Procure voltar. Mesmo que o faça, no entanto, sei que não será para mim.

Dubhe estava sentada do lado de fora, numa varanda do palácio de onde se podia alcançar com a vista a longínqua Terra do Vento. Vislumbrava-se vagamente, perto do horizonte, a enorme planície que marcava a fronteira entre as duas terras. Contavam que aquela estepe já não era a mesma de antigamente. A Grande Guerra deixara marcas indeléveis. Menos árvores, menos ervas altas, uma aparência mais triste.

Era a mesma paisagem que Senar e Nihal tinham visto, talvez sentindo as mesmas sensações que ela experimentava agora, a tristeza e o desânimo de quem parte.

Ficou imaginando se no fim da viagem ficaria finalmente livre. Não se atrevia, ainda, a pensar no depois, quando afinal a maldição fosse vencida. Nem sabia, na verdade, se este dia de fato chegaria. E ainda assim perguntou a si mesma se a quebra do selo iria trazer-lhe o que desejava. Antes de tudo começar, quando era somente uma simples ladra, tinha pensado: "Até quando?", sem entender direito a razão daquela pergunta. Agora compreendia. Estava cansada, e não se tratava apenas do selo. Estava cansada de agir conforme exigiam as circunstâncias e de mover-se como se alguém controlasse os seus movimentos, de seguir em frente só pelo desejo de sobreviver, de deixar-se viver. E mesmo que o selo, talvez, pudesse ser rompido, aquela escravidão, por sua vez, não tinha fim.

– Pensativa?

Dubhe estremeceu. Era Ido. Vestido exatamente como na assembleia, de farda militar. Alguém lhe dissera que ele sempre se mantinha fiel àqueles trajes. Segurava entre os dedos um longo cachimbo fumegante.

– Um pouco.

– Partir é como morrer um pouco, como costumam dizer.

Dubhe anuiu. Era uma situação bastante paradoxal. A pequena ladra, a assassina, que conversava com o famoso herói.

– Senar é um grande mago, não duvido que poderá ajudá-la.

"Pois é."

– É o que espero.

– Quanto ao resto, só depende de você. Mas tenho certeza de que já sabe disso.

Dubhe olhou para ele, surpresa.

Ido deu uma tragada no cachimbo.

— Um homem não vive tanto tempo quanto eu, passando por guerras e batalhas, sobrevivendo a todos os seus amigos, sem no fim entender um pouco as pessoas.

Dubhe olhou para longe.

— Não sei se o senhor está certo. Deve existir, afinal, um caminho para cada um de nós.

— E o seu caminho a leva a lutar pelo Mundo Emerso?

— Não vou para lutar. Vou para salvar a minha vida.

— Acha mesmo?

Ido deu outra tragada.

— Mudei de caminho tantas vezes... até contrariando o meu destino, por toda a minha vida.

"Mas certas pessoas não têm esta possibilidade", pensou Dubhe. Mesmo assim apreciava aquela conversa.

Ido deu uma última tragada, antes de guardar o cachimbo.

— Está frio, e os velhos como eu precisam de resguardo. Espero revê-la quando esta história acabar. Para você e para o Mundo Emerso.

Dubhe anuiu. Ido já ia embora.

— Obrigada — Dubhe disse sem se virar. — Pelo modo com que me tratou no Conselho. Não me desprezou nem teve pena de mim.

— Nada justifica nenhuma das duas coisas.

Levantou a mão em sinal de despedida.

Dubhe ficou sozinha, sentada no parapeito. A brisa matinal desarrumava seus cabelos, ainda curtos, ao estilo da Guilda. Estava bem à beira de um precipício, mas naquele instante sentia-se leve, como se finalmente pudesse voar além do abismo.

A luz azulada tremeluzia nas paredes manchadas de sangue. O vulto no globo continuava informe, quase sofredor, mas Yeshol conseguia reconhecer facilmente naquele lento remoinho os traços de Aster, o rosto que ele tanto amara. O velho apertava um livro nas mãos. Depois da fuga da mocinha e do Postulante, não o largava mais.

— Turno fracassou. O seu cadáver jaz, estraçalhado, na Grande Terra.

– Foi ela.
– Os ferimentos não deixam dúvidas.

Quando o informaram, a caneta que segurava na mão quebrou-se.

– Têm de morrer. Os dois têm de morrer. É preciso. Thenaar exige. Soltem atrás deles o número de Assassinos que for necessário, os melhores, os mais poderosos, mas quero que morram entre sofrimentos atrozes. E tragam-me de volta pelo menos um deles.

Esta ordem, no entanto, não bastou para deixá-lo tranquilo. Alguém mexera em seus livros, no escritório e na biblioteca, alguém investigara. O que sabia Dubhe? De que forma estava ligada ao Postulante? Perguntas que atormentavam as suas noites, que o enlouqueciam. Já estava tão perto da realização dos seus sonhos, não podia perder tudo por causa de uma jovenzinha que não queria baixar a cabeça.

Era por isso que agora estava diante de Aster. A vista dele transmitia-lhe calor e confiança.

– Não deixarei que destrua tudo – disse entre os dentes, com raiva. – Meu Senhor, agora que nos reencontramos depois de tantos anos, não deixarei ninguém levá-lo de novo ao esquecimento. Mesmo que tenha de morrer por isto, você voltará e será recompensado pelo seu sofrimento.

Yeshol colocou as mãos no vidro, apoiou nele a testa.

– Estamos seguindo o rastro do corpo, e estamos chegando perto, meu Senhor, muito perto. Nem o descrente, nem o seu companheiro poderão nos impedir, quando eu tiver nas mãos o garoto e o pai dele. Os tempos estão maduros.

Duas lágrimas quentes desceram pelas suas faces, lágrimas de cansaço e sofrimento, mas também de alegria.

– Os tempos estão maduros.

O TEMPLO

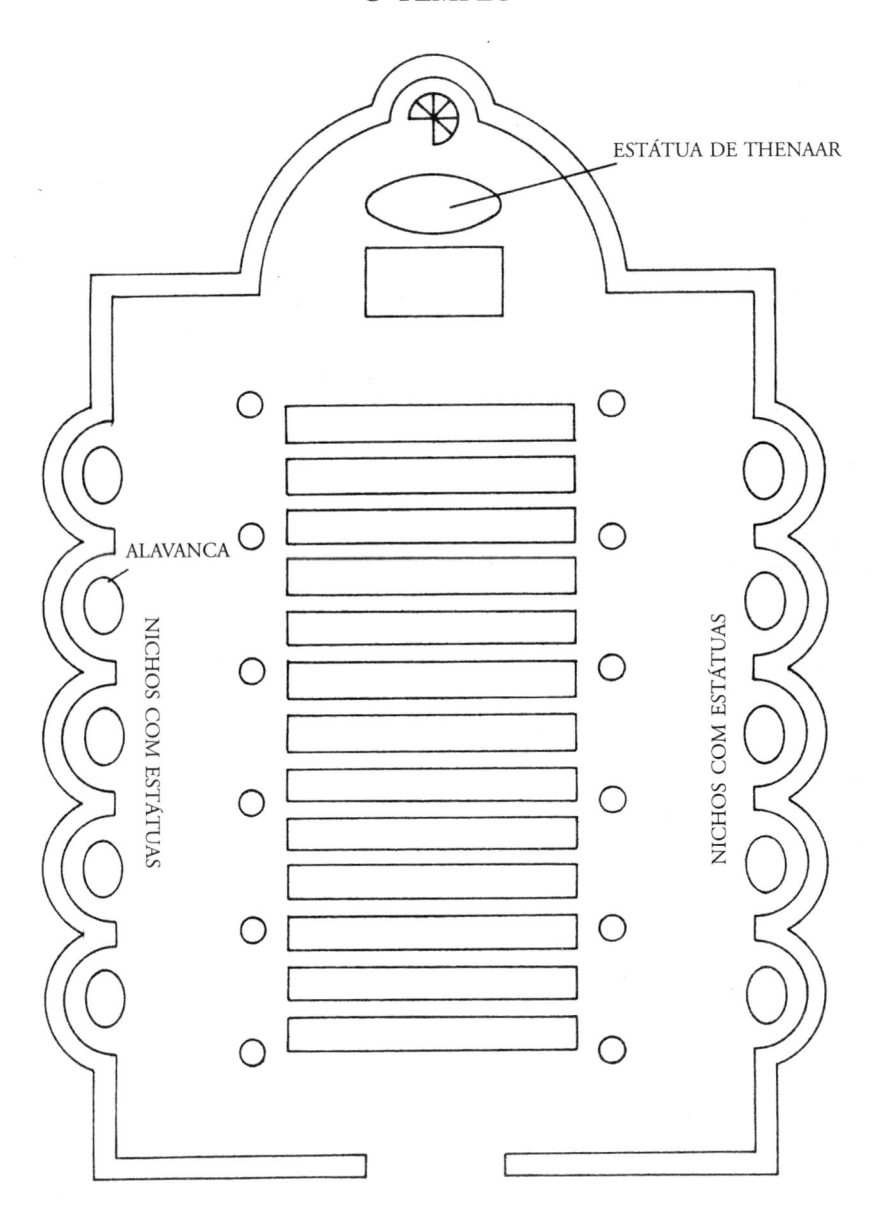

ESTÁTUA DE THENAAR

ALAVANCA

NICHOS COM ESTÁTUAS

NICHOS COM ESTÁTUAS

A CASA – 2º NÍVEL

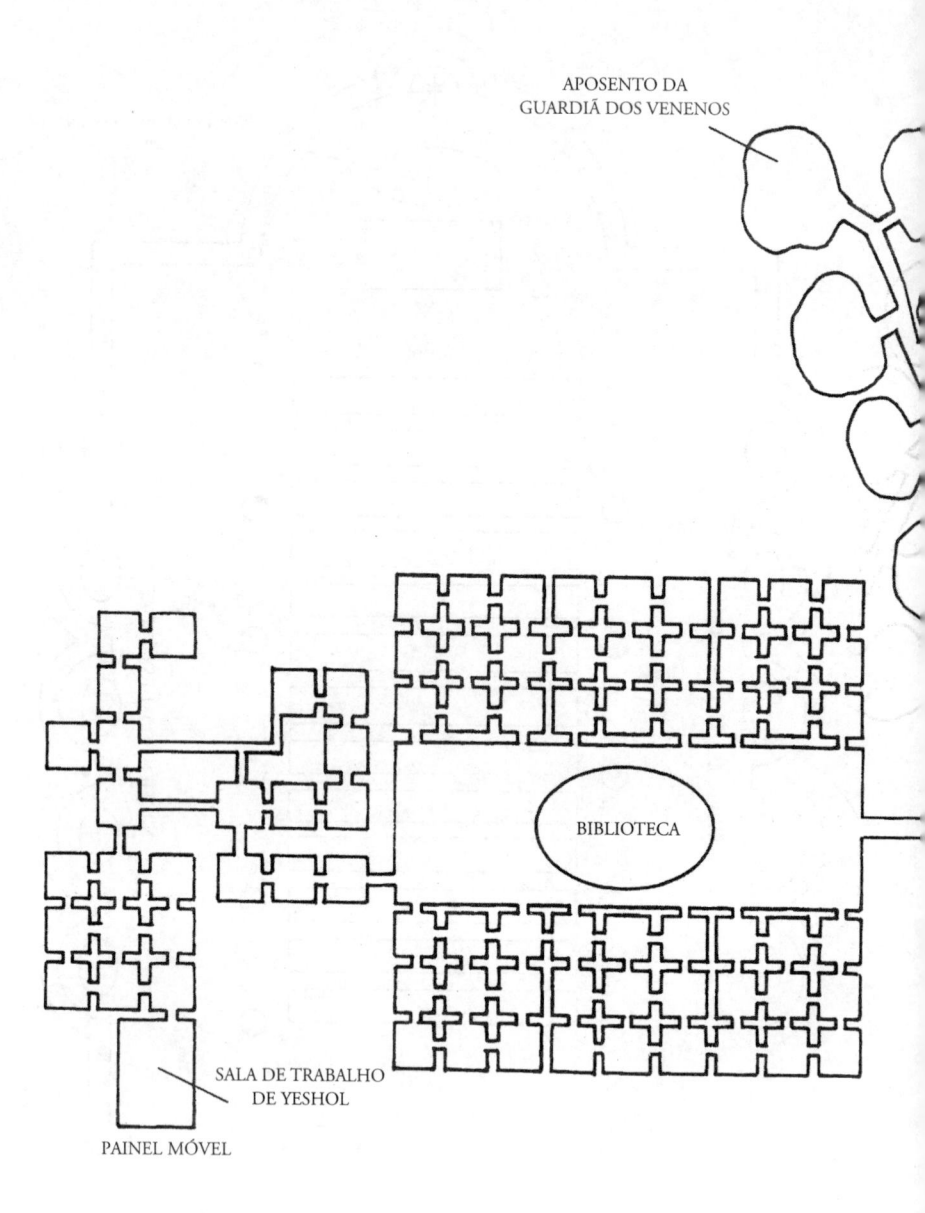

APOSENTO DA
GUARDIÃ DOS VENENOS

BIBLIOTECA

SALA DE TRABALHO
DE YESHOL

PAINEL MÓVEL

APOSENTO DE YESHOL

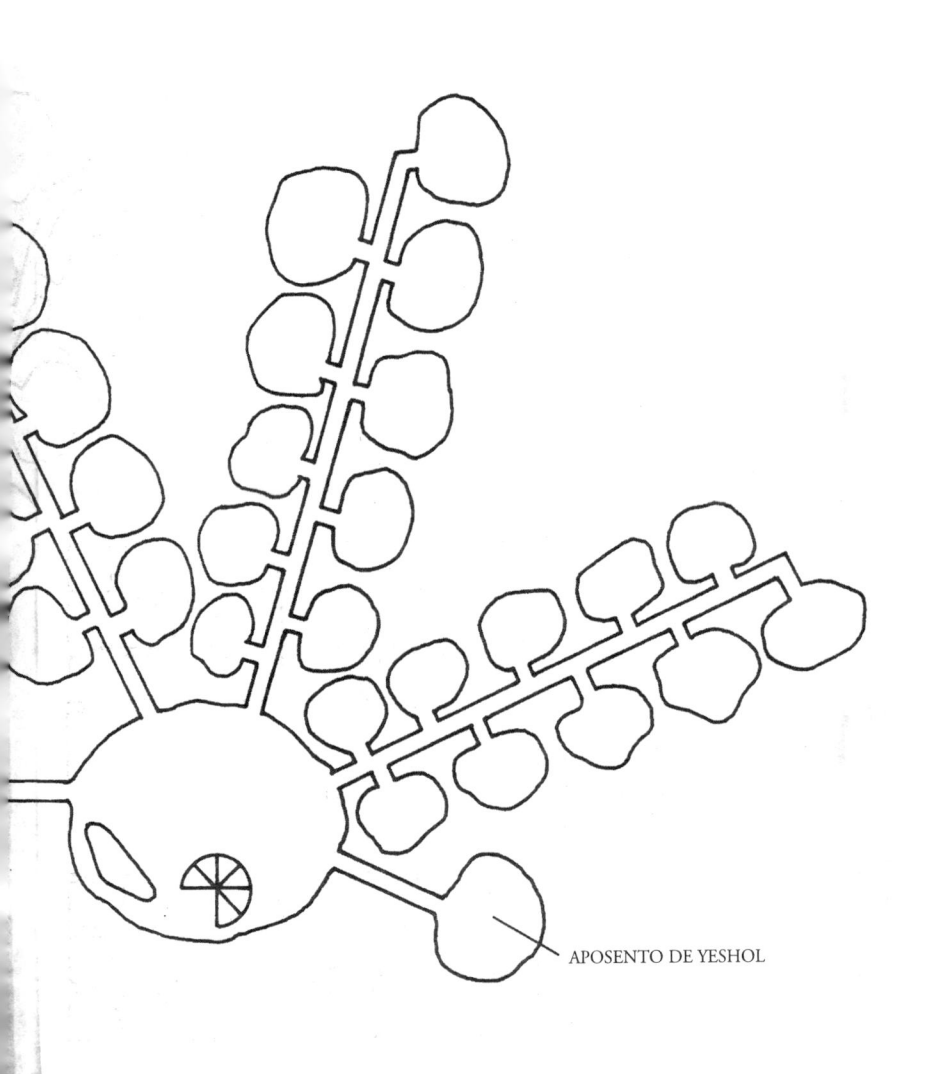

Este livro foi impresso na Editora JPA Ltda.,
Av. Brasil, 10.600 – Rio de Janeiro – RJ,
para a Editora Rocco Ltda.